U0916486

薛仁贵征东

经典书香

中国古典历史演义小说丛书

【清】无名氏 著

团结出版社

图书在版编目(CIP)数据

薛仁贵征东 /（清）无名氏著．—北京:团结出版社, 2016. 9（2025.7 重印）

ISBN 978 -7 -5126 -4420 -5

Ⅰ. ①薛… Ⅱ. ①无… Ⅲ. ①章回小说 - 中国 - 清代 Ⅳ. ①I242. 4

中国版本图书馆 CIP 数据核字(2016)第 202570 号

出　版: 团结出版社
（北京市东城区东皇城根南街 84 号　邮编:100006）
电　话: (010)65228880　65244790（传真）
网　址: www. tjpress. com
E - mail: zb65244790@ vip. 163. com
经　销: 全国新华书店
印　刷: 三河市明华印务有限公司
开　本: 150mm * 217mm　1/16
印　张: 29
字　数: 337 千字
版　次: 2017 年 1 月第 1 版
印　次: 2025 年 7 月第 4 次印刷
书　号: ISBN 978 -7 -5126 -4420 -5
定　价: 69. 00 元

前　　言

《薛仁贵征东》即《说唐后传》《说唐薛家府传》。是部神魔性质清代长篇历史演义小说，是《说唐》后续之作，全书共五十五回。原著作者已无可考。

《薛仁贵征东》分前后二部分，以薛仁贵生平为经线，以他征东事迹为纬线。分述他驰骋沙场 40 年的传奇经历。即在唐太宗征北期间和成为唐朝名将之后保唐太宗跨海征讨辽东，发生的三箭定天山，大破九姓铁勒，攻拔扶余城，降服高句丽，大破突厥，云州大捷等精彩故事。

薛仁贵自幼贫寒，习文练武，食量过大，臂力过人。后娶柳氏为妻。一心想干一番大事业，得到妻子的鼓励和支持。应募投军后却被埋没在火头军中，虽屡立奇功，但是摊上个上司是个既得利益者，战绩都被冒领。后机缘巧合，被尉迟恭元帅发现，薛被封为平辽王。在唐太宗亲征高丽时，张士贵军行至安地时，郎将刘君印为当地武装所围，薛仁贵闻讯后，单骑前往营救，击斩敌将，系其头于马鞍，降伏余众，救君印回营。从此，薛仁贵名闻三军。

据史载，薛仁贵历史上确有其人，是唐朝后期的主要军事统帅。被封为一字并肩王，却一直情系结发妻子。还传说他是白虎神。他勇于力战，长于用兵，深于谋略，屡立战功，为唐朝前期的强盛做出了积极的贡献。在天山作战胜利归来时，战士们自编的曲调：“将军三箭定天山，壮士长歌入汉关。”指的就是他。薛仁贵自恃骁勇强悍，欲立奇功，即穿上异于众人的白色衣甲，手持方天戟，腰挎两张弓，大呼陷阵，所向无敌。所到之处，高丽将士纷纷倒伏，高丽军被打得大败。站在高处观战的唐太宗望见，战后特召见薛仁贵，赐了马和绢等。高宗称其“北伐九姓，东檄高丽，辽东咸遵声教者，并卿之力也”。

《薛仁贵征东》对其他几个主要人物的刻画也相当成功，如写尉迟恭的纯朴、忠勇，程咬金的鲁莽、剽悍等，都很突出。尤其柳金花因赠衣所累，又破除等级观念，跟薛仁贵在破窑成亲，是对当时中国传统婚姻制度的一种反抗，很有看点。

本次出版，对原书中一些错漏、笔误和疑难之处，分别做了校勘、修正和注释，以便于读者阅读。由于时间仓促，水平有限，其中难免有疏漏之处，望专家、读者予以指正。

编　者

2016 年 7 月

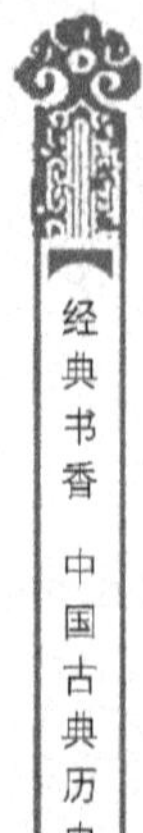

目　　录

第　一　回

秦元帅兴兵定北　唐贞观御驾亲征

诗曰：

欲笑周文歌燕镐①，还轻汉武乐横汾②。岂知玉殿生三秀③，讵④有铜龙⑤出五云。陌上尧尊倾北斗，楼前舜乐动南薰。共欢天意同人意，万岁千秋奉圣君。

话说真主登了龙位，改唐太宗贞观天子年号。真个风调雨顺，国泰民安，四方宁静，百姓沾恩，君民安享三年。忽一日，贞观天子临朝，文武百官朝见已毕，分班站立。有黄门官启奏道："臣黄门官有事奏闻陛下。""奏来。""今有北番使臣官要见陛下，现在午门外候旨。"朝廷说："既有外邦使臣，快宣上殿来见寡人。"黄门官领旨传宣。你看这个使臣，怎生模样？只见他头戴圆翅乌纱狐狸冠顶，身穿大红补子宫袍，腰围金带，圆面短腮，海下胡须，手捧本章，上殿俯伏金阶。说："南朝圣主在上，

---

① 周文歌燕镐（hào）——燕，通"宴"。镐，即镐京，周朝初年的国都，在今陕西西安西南。此句话的意思是，周文王在镐京举行盛大的歌舞宴会。

② 汉武乐横汾——指汉武帝乘船游乐于汾水之上。以上两句的意思是赞颂唐太宗的功勋比周文王和汉武帝还要大。

③ 三秀——灵芝的别称。传说灵芝一年开花三次，故称。

④ 讵（jù）——岂，反诘。

⑤ 铜龙——是古代的一种龙形计时工具，龙口中可以吐水。此两句都是称赞国家的吉祥、昌盛。

有外邦使臣周纲见驾。愿陛下圣寿无疆。”朝廷说：“爱卿到朕驾前，可是进贡与寡人么?”使臣回奏道：“臣奉狼主赤壁宝康王，罗窠汉七十二岛、流国山川红袍大力子大元帅祖车轮之旨令到来，有表本献与万岁龙目亲观。”朝廷传旨：“什么表章，献上来。”周纲把表章双手呈献，旁边侍臣接上龙案，揭开抽封，龙目一看，只见数行字在上面写着：

北番赤壁宝康王，大将先锋谁敢当。立帝三年民尽怨，故我兴兵伐尔邦。唐篡隋朝该一罪，杀父专权到处扬。欺兄灭弟唐童贼①，自长威光压众邦。生擒敬德来养马，活捉秦琼挟将刀。若要我邦兵不至，只消岁岁过来朝。

那太宗不看也罢了，一见数行言辞，不觉龙颜大怒，说：“啊唷唷！罢了，罢了。可恶那北番蝼蚁之邦，擅敢如此无礼，前来欺负寡人!”吩咐把使臣官绑出午门枭首②，前来缴旨。“嗄!”两旁一声答应，唬得周纲魂不附体，说：“啊呀！南朝圣主饶命。狼主冒犯天颜，与使臣官何罪，望赦蝼蚁之命。”爬起金阶大叫。那两班文武百官，多不解其意。早有徐茂功出班说：“臣启陛下，不知这赤壁宝康王表章上说些什么？万岁龙颜如此大怒?”太宗说：“徐先生，你拿去观看就知。”茂功上前取过表章一看，说道：“陛下，这赤壁宝康王命使臣官来投战书了，难道天邦反惧了他不成？况两国相争，不斩来使，今陛下若斩其臣，北番反道陛下惧怕番邦了，请万岁命他使臣官报个信去，说我国随后就来征服你们。”朝廷听了茂功之言，把龙首颠颠说：“先生之言有理。也罢，把使臣官周纲割下两耳，恕其一死。”传旨未了，早

① 唐童贼——这里是骂人的话，指唐太宗李世民。
② 枭（xiāo）首——古代的一种酷刑，把人头砍下并悬挂起来。

有两旁武将一声答应，割去两耳，弄做了一个冬瓜将军，喊声：“啊唷。谢南朝圣主不斩之恩。”太宗喝道：“你快快回去，对那个赤壁宝康王，罗窠汉听讲，叫他脖子颈候长些，只在百日之内，天兵到来取他首级，剿灭鸟巢。”周纲说声：“是！领南朝圣主旨意。”周纲退出午朝门外，把绢袱包满了耳伤之所，当日上马。见北番狼主之话，非一日之工夫，我且不表。

单说唐贞观天子开言说道：“徐先生，北番康王如此无礼，寡人这里不发兵去征剿他，他倒反来讨战，寡人该怎么样。”军师徐茂功道：“陛下，从来只有中国去征服小邦，那里小邦反打战书到中国来？这叫做来者不善，善者不来。臣昨夜仰观天象，见北方杀气腾空，必有一番血战之事，不想今日果有使臣官打战书到来。百日之内，就要提兵前去平服北番，方除后患。若是迟延，他兵一到，就难抵了。”太宗道：“依徐先生之言，如此迟延不得了。”便对叔宝道：“秦王兄，寡人命你明日起，要在教场之内，把团营总兵大小三军武职们等，操演半个月，演好了就此发兵。”叔宝道：“臣领陛下旨意，下教场操演便了。”那秦琼出了午朝门，回到自己府中，就要发令与合府总兵官，明日大小三军在教场中伺候操演，这话且慢表。

单讲徐茂功说：“陛下，这北番那些兵将，一个个多是能人，利害不过的，必须要御驾亲征才好。”太宗道：“徐先生要寡人亲领兵前去么？”军师道：“正是要御驾亲征，才平定得来。”太宗道：“也罢了。父王在位，寡人领兵惯的。今日北番作乱，原是寡人领兵，今降朕旨意与户部尚书，催趱①各路钱粮。”朝廷把龙袍一展，驾退回宫，珠帘高卷，群臣散班。一宵晚话不表。

---

① 催趱（zǎn）——催促，督促。

单讲次日清晨，秦叔宝在教场操演三军，好不热闹。那朝廷在朝中，也是忙乱兜兜，降许多旨意，专等秦琼演熟三军，就要选黄道吉日，兴兵前去。不觉过了半月，叔宝上金銮复旨说："陛下，三军已操演得精熟。"太宗就向军师道："徐先生，几时起兵？"茂功道："臣已选在明日起兵。"朝廷叫声："秦王兄，你回衙周备，明日就要发兵了。"叔宝领了旨意，退回衙署，自有一番忙碌。再说各位公爷，多是当心办事，到了明日五更三点，驾发龙位，只有文官在两班了。这些武将，多在教场内，有护国公秦叔宝戎装上殿，当驾前挂了帅印。皇上御手亲赐三杯御酒，与叔宝饮了。叔宝谢恩，退出午门，跨上雕鞍，豁喇喇往教场来了。早有众公爷在那里候接。多是戎装披挂，跨剑悬鞭，也有铁箔头、乌金铠，狮子盔、黄金甲，獬豸盔、红铜铠，银箔头、青铜甲。这班公爷上前说道："元帅在上，末将们等在此候接。"元帅叔宝道："诸位将军，何劳远迎，随本帅进教场内来。"众公爷齐声应道："是。"一同随元帅进教场来。只见有团营总兵官、游击、千把总、参谋、百户、都司、守备这一班武职们，也都是顶盔贯甲，跪接元帅。秦琼吩咐站立两旁，又见合教场大小三军，齐齐跪下，送帅爷登了帐，点明队伍，一共二十万大队人马。点咬金带一万人马为头站先锋："须要逢山开路，遇水成桥。此去北番人马甚是骁勇，一到边关停住扎营，待本帅大兵到了，便开锋打仗。若然私自开兵，本帅一到，就要取你首级。"先锋一声答应："是，得令。"那鲁国公程咬金，好不威风，头戴乌金开口獬豸盔，身穿乌油黑铁甲，内衬皂罗袍，左悬弓，右插箭，手提开山大斧，须髯多是花白的了。若讲到扫北这一班公爷们，多有五六旬之外，尽是鬓发苍苍年老的了。这叫做：

年老长擒年少将，英雄哪怕少年郎。

只看程咬金有六旬外年纪，上马还与天神相似，这般利害得狠。他领了精壮人马一万前去，逢山开路，遇水成桥，竟望河北幽州大路而行，我且慢表。回言要讲到朝廷龙驾，命左丞相魏征料理国家大事，托殿下李治权掌朝纲。贞观天子同军师徐茂功，出了午朝门，跨上日月骕骦①马，一竟到教军场来。有秦琼接到御驾，遂命宰杀牛羊，奠旗纛②神祇。皇上御奠三杯，有元帅秦叔宝祭旗已毕，吩咐发炮起营。那一时轰隆隆三声炮起，拔寨起兵，前面有二十万人马摆开阵伍，秦元帅戎装打扮，保住了天子龙驾，底下有二十九家总兵官，多是弓上弦，刀在鞘，有文官送天子起程，回衙不表。

单讲那些人马离了长安，正往河北进发，好不威灵震赫。这些地方百姓人家，多是家家下闼③户户关门。正是：

太宗登位有三年，风调雨顺国平安。康王麾下车元帅，表中差使进中原。辱骂贞观天子帝，今日兴兵御驾前。旗幡五色惊神鬼，剑戟毫光映日天。金盔银铠多威武，宝马龙驹锦绣鞍。南来将士如神助，马到成功定北番。

这个唐太宗人马，旌旗招扬，正望北路进发。后有解粮驸马小将军，名唤薛万彻，其人惯使双锤，骁勇无敌，所以护送粮草来往。贞观天子起了二十万足数精壮人马，前去定北平番，我且不表。

单说那北方外邦，第一关叫做白良关，却对中原雁门关。白良关远雁门关有二百里，多是荒山野地之处。雁门关外一百里，

---

① 骕骦（sùshuāng）——古代良马。
② 纛（dào）——古时军队中的大旗。
③ 闼（tà）——门，小门。

是中原地方；白良关外一百里，是北番地方。在此处各分疆界，若是大唐人马到来，必须要穿过雁门关而至白良关。前日使臣官周纲，被太宗皇帝割去两耳，早已回番，见过狼主，故此北番狼主传令各关守将，日夜当心防备，又差探子远远在那里打听。那北番第一关上，有位镇守总兵老爷，你道什么人？他乃姓刘名方，字国贞，其人身长一丈，平顶圆头，犹如笆斗，膊阔一庭，腰大十围。生一张黑威威脸面，短腮阔口，兜风一双大耳，两眼如铜铃，朱砂浓眉，两臂有千斤之力。他若出阵，善用一条丈八蛇矛，其人利害不过，若讲到北番之将，多是：

上山打虎敲牙齿，下水擒龙剥项鳞。

说不尽关关有好汉，寨寨有能人。此一番定北不打紧，只怕要征战得一个：

头落犹如瓜生地，血涌还同水泛江。

当下刘国贞正在私衙与偏正牙将们讲究兵法，忽有小番儿报进来了，说道："启上平章爷，不好了，小将打听得南朝圣主太宗唐皇帝，御驾亲领二十万大队人马，有护国公大元帅秦琼，带了数十员战将，手下有合营总兵官，前来攻打白良关了。"刘国贞闻言，不觉骇然说："唐朝天子亲领人马来了，可打听得明白？""小番在雁门关探听得明明白白的，故来通报。"国贞道："既是明白的，可晓他人马离此有多少路了？""小番探得他此时头站先锋，差不多出雁门关了。"那国贞哈哈大笑道："好好好，送死的来了。"这一班众将连忙问道："大老爷为何闻说南朝起兵前来，反是这等大笑？"国贞说："诸位将军，你们有所不知，俺们狼主千岁，欲取中原花花世界，锦绣江山，所以前日命周纲打战书与太宗唐王。若是唐童不起兵来，倒也奈何他不得。如今那唐王御驾，亲领人马前来，也算我狼主洪福齐天，大唐的万里山河稳稳是我狼主的了，岂不快活。”众将道：“大老爷，何以见得稳取中原，如此容易?”国贞道：“列位将军，岂不晓那唐童全靠秦叔宝、尉迟恭利害。他只道北番没有能人，所以御驾亲自领兵前来征剿我们，他还不晓得北番狼主驾前，关关多是英雄豪杰，何惧叔宝、敬德乎？待唐兵到来，必然攻打白良关。待本镇去活捉唐朝臣子以献狼主，岂非本镇之功。”诸将大喜。叫声：“平章爷须要小心。小将们别过了。”不表这班花知鲁达们回衙，单讲刘国贞吩咐把都儿①，关上多加些灰瓶石子，踢弓弩箭，若唐兵一到，速来报本镇知道。把都儿一声答应，自去紧守关头，我且不表。

单讲那先锋程咬金领了一万人马，从河北一带地方出了雁门关，又是两日路程，有军士报说：“启上先锋爷，前面是白良关北番地方了。”咬金道：“既到番地，吩咐安营，扣关下寨，放炮定营。”众将一声得令，顷刻把营盘扎住。咬金吩咐小军打听，大兵一到，速来报我。军士答应自去。如今要说到贞观天子，统领大队人马，过了雁门关，一路下来。早有程咬金远远相接说：“元帅，小将在此候接帅爷、龙驾。前面已是白良关了，不敢抗违帅令，等候三天，一同开兵。”元帅说：“本帅自令北番早定，马到成功。”吩咐大小三军扎下营盘，走进御营。天子说：“秦王兄，行兵在路辛苦，明日开兵罢。”秦琼说：“此来定北，非一日一月之功，要看日时开兵吉利的成日。”天子道：“秦王兄之言甚善。”按下唐营君臣之事，再讲关内小番报进：“启上平章爷，唐兵已到关下了。”刘国贞说：“方才关外放炮之声，想必唐兵到来扎营，若有唐将讨战，前来报我。”小番得令，自往关上观望不表。

---

① 把都儿——指守关的兵士。

再说唐营元帅说："诸位将军，今当出兵吉日，那一个出去讨战？"一言未了，早有程咬金闪出说："元帅，小将愿往。"元帅说："你是没用的，北番番将不是当耍的，甚是利害，第一场开兵，须要取他之胜，才晓得我们大唐将军的利害。若是你出马杀败了，反为不美。"程咬金是最胆小的，一闻元帅之言，只得退立旁边去了。只见部中又闪出一将道："元帅，待小将出去讨战罢。"元帅一看，原来是尉迟恭，便说："将军出阵，须要小心。"尉迟恭一声："得令。"上马提枪，挂剑悬鞭，顶盔贯甲，一声炮响，大开营门，鼓声啸动，豁喇喇一马冲出，直奔白良关下。那小番儿看见，好一个恶相的唐将，待我放箭。"呔！下面的蛮子，少催坐骑。看箭！"说是迟，射是快，啊唷唷，只见乱纷纷箭如雨点一般射下来。尉迟恭不慌不忙，把长枪乱使，如雪花飞舞相似，把乱箭尽行撇开。上面小番看呆了，箭也不射下来了。那尉迟大叫一声，说道："呔！关上的，快报你主将得知，今天兵到了，太宗皇帝御驾亲征，叫他早早出关受死。"不表尉迟恭关下大叫，单讲小番飞报进衙说："启上平章爷，有南朝蛮子在关外讨战。"刘国贞听报，立起身来："待我去擒南蛮。"吩咐备马抬枪，脱下袍服，顶好盔，穿好甲，端住枪，跨上马，出了总府衙门，来到关上，往下一瞧，说："啊唷！好一个蛮子。"但见他头戴闹龙铁箬头，面如锅底，浓眉豹眼，海下胡髯，身穿锁子乌金铠。左悬弓，右悬箭，坐在马上，好不威风。国贞就命把都儿发炮开关。只听一声炮响，关门大开，放下吊桥。刘国贞出得关门，后拥三百攒箭手，射住阵脚。尉迟恭抬头一看，只见一个番将，向吊桥冲来，好不可怕：但见他头上戴顶双分凤翅金盔，顶大红缨，面如纸钱灰，狮子口，大鼻子，朱砂眉，一双怪眼，短短一捧连鬓胡须。身上穿一领腥腥血染大红袍，外罩龙鳞红铜铠。左悬弓，右插箭，手执一条射苗枪，坐下一匹点子昏红马，直奔上前，把枪一起。尉迟恭也举乌缨枪架住，说道："呔！那守关将留下名来。"国贞道："你要问本镇之名么？乃赤壁宝康王狼主御驾前，红袍大力子大元帅祖麾下加为镇守白良关总兵，大将军刘国贞。你可晓得本镇枪法利害之处么！"敬德说："不晓得你这无名之辈！今天兵已到，你们一国的蝼蚁，多要杀个干干净净，何在你这个霸番奴，把住白良关，阻我们天兵去路。"

正是让我者生，若还挡我者死。

要知两员勇将交战如何，且听下回分解。

第 二 回

白良关刘宝林认父　杀刘方梅夫人明节

诗曰：

威风独占尉迟恭，定北先夸第一功。谁料宝林能胜父，当锋一战定英雄。

再说尉迟恭大叫："番奴快快献关，方免一死。若有半声不肯，那时死在枪尖之下，只怕悔之晚矣。"国贞听言大怒，喝道："你这狗蛮子有多大本事，如此无礼，擅自夸能！魔家这枪不挑无名之将，你也通下名来，魔家好挑你这狗蛮子。"尉迟恭大怒，喝声："番奴！你要问俺家之名么？洗耳恭听：某乃唐太宗天子驾前，护国大元帅秦麾下，加为保驾大将军，虢国公①，复姓尉迟，名恭，字敬德，难道你不闻某家之名么！"刘国贞呼呼冷笑道："原来你就是尉迟蛮子，中原有你之名，魔家只道是三头六臂的，原来也只不过如此，可晓得魔家的枪法么？唐童尚要活擒，何况你这蛮子。"尉迟恭亦呵呵冷笑道："休得多言，照某家的枪罢。"把枪一摆，月内穿梭，直往刘方面门挑进来了。国贞说声："不好！"把枪一架，却把膊子震了两震，在马上两三晃："啊唷！果然名不虚传，好利害的尉迟蛮子。"尉迟恭大笑道："你才晓得俺家尉迟将军的利害骁勇么？照枪罢！"又是一枪，劈前心挑进来了。嗒啷一声响，逼在旁首，马交肩过去，闪背回来，二人大战。好一似：

---

① 虢（guó）国公——周朝国名。这里指尉迟恭的封爵名。

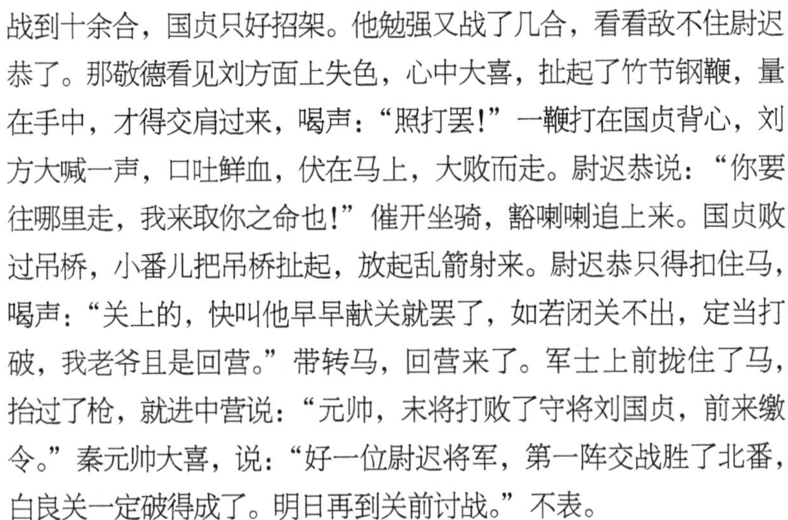

北海双蛟争战水，南山二虎斗深林。

战到十余合，国贞只好招架。他勉强又战了几合，看看敌不住尉迟恭了。那敬德看见刘方面上失色，心中大喜，扯起了竹节钢鞭，量在手中，才得交肩过来，喝声：“照打罢！”一鞭打在国贞背心，刘方大喊一声，口吐鲜血，伏在马上，大败而走。尉迟恭说：“你要往哪里走，我来取你之命也！”催开坐骑，豁喇喇追上来。国贞败过吊桥，小番儿把吊桥扯起，放起乱箭射来。尉迟恭只得扣住马，喝声：“关上的，快叫他早早献关就罢了，如若闭关不出，定当打破，我老爷且是回营。”带转马，回营来了。军士上前拢住了马，抬过了枪，就进中营说：“元帅，末将打败了守将刘国贞，前来缴令。”秦元帅大喜，说：“好一位尉迟将军，第一阵交战胜了北番，白良关一定破得成了。明日再到关前讨战。”不表。

再说刘国贞败进关内，到衙门下了马，有小番扶进书房坐定。说：“啊唷唷，打坏了。”把盔甲卸下，靠在桌子上。里面走出一个小厮来，面如锅底，黑脸浓眉，豹眼阔口，大耳钢牙，海下无须，年纪只好十六七岁，身长九尺余长，足穿皮靴，打从刘国贞背后走过。叫声：“爹爹。”那刘方抬起头来说：“我儿，你来到为父面前做什么？”原来这个就是刘国贞的儿子刘宝林，他便回说：“爹爹，闻得大唐人马来攻打白良关，爹爹今日开兵胜败若何？”国贞见问，说道：“嗳，我儿！不要说起。中原尉迟蛮子骁勇，为父的与他战不数合，被他打了一鞭，吐血而回，心里好不疼痛。”宝林大惊，说道：“爹爹被南朝蛮子伤了一鞭，待孩儿出马前去，与爹爹报一鞭之仇。”刘方说：“我的儿，怎么说动也动不得，那个尉迟老蛮子伤了一鞭，利害非凡。为父的尚难取胜，何在于你。”宝林说：“爹爹不妨，从来说将门之子，未及十岁就要与皇家出力，况且孩儿年纪算不得小，正在壮年，不去与父报恨，谁人肯与爹爹出力。”国贞说：“我儿虽然如此，只是你年轻力小，骨肤还嫩，枪法未精，那尉迟狗蛮子年纪虽老，枪法精通，只怕你不是他的对手。”宝林道：“不瞒爹爹说，孩儿日日在后花园中操演枪法鞭法，件件皆精，哪怕尉迟蛮子，一定还他一鞭之报，今日就要出马。”说罢，就去顶盔贯甲，把一条铁钢鞭，骑一匹乌骓马，手执乌金枪，说：“爹爹，孩儿前去开兵。”刘方道：“我儿慢走，须要小心，待为父的到关上与你掠阵。带马来！”国贞跨上马，军士一同来到关上，说：“我儿，不可莽撞，为父的鸣金就退。”宝林应声道：“是。爹爹不妨。”放炮开关，一声炮响，大开关门，一马冲到唐营，喝声：“快报与尉迟蛮子知道，今有小将军在此，要报方才一鞭之恨，叫他早早出来会我。”这一声大叫，有军士报与元帅得知。说：“启上元帅，营门外有北番小番儿，坐名要尉迟千岁出去，要报方才一鞭之恨，开言辱骂。请元帅爷定夺。”元帅说：“诸位将军，方才尉迟将军打败番将，如今又有小番儿讨战，谁可出去会他？”闪出程咬金道：“元帅，如今第二阵不妨事的了，待小将去会他一会。”元帅尚未出令，旁边又闪出尉迟恭来，叫声：“元帅，既是这小番儿坐名要某家去会战，原待某家出去会他。”元帅说：“将军出去，须要小心。”尉迟说：“不妨。”军士们带马抬枪。程咬金说：“老黑，你把我头功夺去，第二阵应该让我立功，你又来夺去，少不得与你算账的。”尉迟恭叫声：“老千岁，听得小番儿坐名要某家，故而出去会他。倘胜他，第二功算你的如何？”程咬金说：“老黑，你拿稳的么？只怕如今必败，休要逞能。待程老子与你掠阵，看你又胜得他么。”尉迟恭跨上马，手提枪，放炮一声，冲出营门。程咬金来到营门外，抬头一看说：“呵唷，好一个小番儿！”只见他铁盔铁甲，锅底脸，悬鞭提枪，单少胡须，不然是小尉迟无二的了。便叫声："老黑，这个小番儿到像你的儿子。"尉迟恭道："吠！老千岁，休得乱讲，与某家啸鼓！"那番战鼓发动了，拍马豁喇喇冲到刘宝林面前，把枪一起，那边乌金枪嗒啷一声响，架定了，叫声："来的就是尉迟蛮子么？"应道："然也！你这小番儿，既知我老将军大名，何苦出关送死？"刘宝林听说："啊呀！我想你这狗蛮子，怎么把我爹爹打了一鞭，所以我小将军出关要报一鞭之恨，不把你一枪挑个前心后透，誓不为人。"尉迟恭呵呵冷笑说："方才刘国贞被我打得抱鞍吐血，几乎丧命，何况你这小小番儿，想是你活不耐烦了。"宝林说："狗蛮子不必多言，看家伙。"劈面一枪过来，尉迟恭嗒啷一声架住了枪，说："你留个名儿，好挑你下马。"宝林说："你要问我名字么，方才打坏老将军是俺小将军的父亲。我叫刘宝林，可知道小爷爷的本事利害？你可下马受死，免我动手。"尉迟恭大怒，拍马冲来，劈面一枪，宝林不慌不忙，把乌金枪嗒啷一声架过了。一连几枪，都被宝林架住在旁边。这一场大战，枪架丁当响，马过踢塌声。老小二英雄，战到五十回合，马交过三十个照面，直杀个平交①，还不肯住。又战了几个回合，只见日色西沉，宝林大叫一声："啊唷！果然利害的老蛮子。"尉迟恭道："呔！小番儿，你有本事再放出来。"宝林也说："吠！哪个怯你，有本事大家放下枪，鞭对鞭，分个高下。"尉迟恭冷笑道："你这小番儿也会使鞭？难道某家阻了你么。"放下枪，宝林也放枪，两边军士各自接过了枪，二人腰边取出铁钢鞭，拿在手中。两条是一样的，叫一声："哪个走的不足为奇，照小爷爷的鞭罢。"打将下来。尉迟恭急架相迎，这一鞭名曰"摹云盖顶实堪夸"，那一鞭

① 平交——即平手，平局。

叫做“黑虎偷丹真难挡”。两下鞭来鞭架，鞭去鞭迎，好杀哩。只见杀气腾腾不分南北，阵云霭霭，莫辨东西。狂风四起，天地生愁；飞沙遍野，日月埋光。二人又战了三十个回合，直杀到黄昏时候，不分胜败。关头上刘国贞看见天色已晚，不见输赢，就吩咐鸣金。宝林把枪架住说：“老蛮子，本待要取你首级，奈何父亲鸣金，造化了你多活一夜，明日取你性命罢。”尉迟恭也叫声：“小番儿，你老子道你今夜死了，故尔鸣金。也罢，明日取你命罢。”两骑马一个进关，一个进营。尉迟恭来见元帅，说：“方才出战的小番儿，果然利害，与我只杀得平交，难以取胜。”叔宝说：“方才本帅闻报，尉迟将军与小番儿战个敌手，不道北番原有这样能人。”敬德说：“少不得某家明日要取他首级。”

不表唐营之事，再讲那刘宝林进关说：“爹爹，尉迟蛮子果然利害，不能取胜，明日孩儿出马，定要伤他之命。”刘方说：“儿，今日开兵辛苦了，为父的虽做总兵，倒没有你这样本事，与老蛮子战到百十余合，亏你好长力。”宝林说：“爹爹，英雄所以出于少年之名，如今爹爹年迈了，自然战不过这狗蛮子了。”父子一路讲论，到衙门下了马，卸下盔甲，来到书房。国贞说：“我儿，你开兵辛苦，母亲内房去罢，明日再与那狗蛮子相杀。”宝林应道：“是。”来到内房，只见那些番女说：“夫人且免愁烦，公子进来了。”宝林走近前来，只见老夫人坐在榻上，眼眶哭得通红，在那里下泪。便叫声：“母亲，孩儿日日在房中见你忧愁不快，今日又在下泪，不知有甚事情，孩儿今日倒要问个明白。”夫人说：“啊呀我那儿啊，做娘的要问你，今日出兵与唐将哪一个交战，快快说与做娘的知道。”宝林说：“母亲，孩儿出阵，那中原有一个尉迟老蛮子十分骁勇，爹爹出战，被他打得抱鞍吐血而回，所以孩儿不忍，出马前去，要与爹爹报仇，谁想尉迟蛮

子，孩儿与他战到百十余合，只杀得个平手，不得取胜，少不得明日孩儿要取他的命。”梅氏夫人听说，大惊道：“我儿，那中原尉迟蛮子，可通名与你，叫什么名字?”宝林说：“啊！母亲，他叫尉迟恭。”那夫人听了尉迟恭名字，不觉眼中珠泪索落落滚个不住。宝林一见，好似黑漆皮灯笼，冬瓜撞木钟。急问：“母亲为着何事，可与孩儿说明，总有千难万难之事，有孩儿在此去做。”夫人带泪道：“啊呀！儿啊。你虽有此言，只怕未必做得来。做娘的为了你，有二十年冤屈之事，谁人知道。到今朝孩儿长大成人，不思当场认父，报母之仇，反与仇人出力。”宝林连忙跪下叫声：“母亲说话不明，犹如昏镜，此冤屈从何说起，孩儿心内不明，乞母亲快快说与孩儿知道。”夫人道：“儿阿，做娘的今日与你说明，报仇不报仇由你，我做娘的如今就死黄泉也是瞑目的。”宝林说：“母亲到底怎么样?”梅氏夫人说：“我的儿，今日交兵的尉迟恭，你道是何人?”“孩儿不知道。”夫人看见丫环们在此，说道：“你们外边去看，老爷进来，报我知道。”丫环应声走出。夫人见无人在此，叫声：“我儿，那书房中刘国贞，这奸贼你道是谁人?”宝林说：“是我爹爹。母亲，中原尉迟恭，有甚瓜葛?”夫人喝道：“吠，我想你这不孝的畜生，怎么生身之父也不认得?”宝林道：“啊呀，母亲此言差矣，我爹爹现在书房，何见得不认生身之父。”夫人说：“我儿，今日对敌的尉迟恭，是你父亲。刘国贞这天杀的奸贼，与做娘是冤仇，你还不知么?”宝林大惊道：“母亲，孩儿不信如此，乞母亲细细说明此事。”夫人说：“你不信这也怪你不得，方才这鞭，你快拿过来就知。”宝林拿过鞭来，叫声：“母亲，鞭在此。”夫人叫声：“我儿，这一条鞭名曰雄鞭。你可见那嫡父手中乃是一条雌鞭，还有四个字嵌在柄上，你也不当心去看他一看，自已名字可姓刘么。”

宝林把鞭轮转一看，果然有四个字在上面，刻着尉迟宝林四个细字。“啊呀！母亲，看这鞭上姓名，实不姓刘，反与中原尉迟恭同姓，母亲又是这等讲，不知其中委屈之事到底是怎样的？一一说与孩儿明白。”夫人说：“我儿，今日做娘的对你说明白，看你良心。说起来，真正可恼可恨，做娘的当日同你嫡父在朔州麻衣县中，做了四五年的夫妻，打铁为活。从那一年隋属大唐，那唐王招兵，你父往太原投军，做娘再四阻挡，你父不听，我身怀六甲，有你在腹，要你父亲留个凭信，日后好父子相认。你父亲说：‘我有雌雄鞭两条，有敬德两字在上，自为兵器，随身所带乃是雌鞭，这雄鞭上有宝林二字在上，你若生女，不必提起；倘得生男，就取名尉迟宝林，日后长大成人，叫他拿此鞭来认父。’不想你父亲一去投军，数载杳无音信回来，却被这奸贼刘国贞掳抢做娘的到番邦，欲行一逼。那时为娘要寻死路，因你尚在母怀，故犹恐绝了尉迟家后代，所以做娘的只得毁容立阻，含忍到今，专等你父前来定北平番，好得你父子团圆，所以为娘的含冤负屈，抚养你长大成人，好明母之节，以接尉迟宗嗣，为娘就死也安心的了。”定林听罢，不觉大叫一声：“母亲，如此说起来，今日与孩儿大战之人，乃我嫡父亲也。啊唷，尉迟宝林啊，你好不孝，当场父亲不认，反与仇人出力！罢、罢、罢，待孩儿先往书房斩了刘国贞这贼，明日再去认父便了。”就在壁上抽下一口宝剑，提在手中，正欲出房，夫人连忙阻住说道：“我儿不可造次，动不得的。”宝林说：“母亲，为什么？”夫人说：“我儿，那刘国贞在书房中，心腹伴当①甚多，你若仗剑前去，似画虎不成反类其犬，被他拿住，我与你母子的性命反难保了。如今做娘的

---

① 伴当——指跟随做伴的仆从或朋友。

有一个计较①在此，你只做不知，明日出关交战，与你父亲当场说明，会合营中诸将，你诈败进关，砍断吊桥索子，引进唐兵诸将，杀到衙内，共擒贼子，碎尸万段。一来全孝，与母报仇；二来为娘受你父之托，不负你父子团圆；三来扫北第一关是你父子得了头功，岂不为美。”宝林听了叫声：“母亲此言虽是，但我孩儿哪里忍耐得这一夜？”母子说话多端，也不能睡。

再讲那刘国贞在私衙与偏将等议论退敌南朝人马，就调养书房，直到天明。尉迟宝林叫声：“母亲，孩儿就此出去，勾引父亲进关，同杀奸贼。”夫人说：“我儿须要小心。”宝林应道：“晓得。”连忙顶盔贯甲，悬鞭出房，来到书房。国贞看见，叫声：“我儿，你昨日与大唐蛮子大战辛苦，养息一天，明日开兵罢。”那宝林不见对方开口，倒也走过了；因见他问了一声，不觉火冒大恼，恨不得把他一刀劈为两段，只得且耐定性子，随口应声：“不妨得。”出了书房，吩咐带马抬枪，小番答应，齐备，宝林上马，竟自去了。国贞看宝林自去，因自己打伤要调养，吩咐小番把都儿当心掠阵：“倘小将军有些力怯，你就鸣金收军。”把都儿一应得令。再表尉迟宝林来到关前，吩咐把都儿放炮开关。只听一声炮响，大开关门，放下吊桥，一阵当先，冲出营前，大叫：“快报与尉迟老蛮子，叫他早早儿出来会俺。”军士报进唐营：“启上元帅爷，营外有小番将，口出大言，原要尉迟老千岁出去会他。”尉迟恭在旁听得，走上前来叫声：“元帅，某家昨日对他说过，今日大家决一个高下。”叔宝说：“务必小心。”尉迟恭得令而行，有分教：

北番顷刻归唐主，父子团圆又得功。

要知尉迟恭出战如何，且看下回分解。

---

① 计较——这里指计策，策略。

第　三　回

秦琼兵进金灵川　宝林枪挑伍国龙

诗曰：

老少英雄武艺高，旗开马到见功劳。太宗唐祚①兴隆日，父子勋名麟阁标。

再讲尉迟恭出来，跨上雕鞍，提枪悬鞭，冲出营门，两边战鼓震动，大喝道：“呔！小番儿，你还不服某老将军手段么？管叫你命在旦夕。”宝林心中一想，把乌金枪一起，喝声：“老蛮子，不必多言，照枪罢。”兜回就刺，尉迟恭急架相迎，两人战到六七回合，宝林把金枪虚晃一晃，叫声：“老蛮子果然枪法利害，小爷让你。”拨马往落荒而走。尉迟恭心中大喜，大叫道：“你往哪里走，老爷来取你命了。”把马一催，豁喇喇追上来了。宝林假败下来，往山凹内一走，回头不见了白良关，把马呼一带转来。尉迟恭倒了面前喝声：“还不下马受死。”嚓的一枪，直到面门。宝林把乌金枪嗒啷一声响，迎住叫声：“爹爹，休得发枪，孩儿在这里。”连忙跳下雕鞍，跪拜于地。尉迟恭见他口叫爹爹，下马跪拜。倒收住了枪，说：“小番儿，你不必这等惧怕，只要献关投顺，就免你一死。”宝林说：“爹爹，当真孩儿在此相认父亲。”尉迟恭说：“岂有此理，你认错了。某家在中原为国家大臣，哪里有什么儿子在于北番外邦。没有的，没有的。”宝林叫

① 祚（zuò）——福；福运。

声："爹爹你可记得二十年前在朔州麻衣县打铁投军，与梅氏母亲分离，孩儿还在腹内。一去之后，并无音信，到今二十余年，才得长成相认父亲。难道爹爹就忘了么?"尉迟恭一听此言，犹如梦中惊醒，不觉两泪交流说："是有的。那年离别之后，我妻身怀六甲，叫我留信物一件，以为日后相认，只是你无信物，未可深信，一定认错了。"宝林叫声："爹爹，怎么没有信物?"抽起一条水铁钢鞭，提与尉迟恭说道："爹爹，你还认得此鞭么?"敬德把鞭接在手中仔细一看，柄上还刻着"尉迟宝林"四字，认得自己亲造两条雌雄二鞭。昔年留于妻子之处，叫他抚养孩儿长大成人，拿鞭前来认我，谁想到今方见此鞭。果然是我孩儿了。那时便滚鞍下马，说道："我儿，今日为父得见孩儿之面，真乃万幸也。为父与你母亲分别后，也受了许多苦楚，才蒙主上加封，差人到麻衣县相接你母亲，并无下落。那时为父思想了十多年，差人四处察访，音信绝无，岂知孩儿反在北番。因何到此，母亲何在?"宝林叫声："啊呀！爹爹。自从别离之后，母亲在家苦守，不想被番奴刘国贞这贼虏在北番，屡欲强逼，我母亲欲要全节而亡，因有孩儿在腹，犹恐绝了后嗣，所以毁容阻挠，坚心苦守，孩儿长大，叫我今朝相认父亲，总是孩儿不孝，望爹爹不必追究过去之事。"尉迟恭又惊又喜道："原来如此。为今之计，怎生见得夫人?"宝林说："爹爹，母亲曾对我讲过的，叫爹爹假败进营，会合诸将，上马提兵，待孩儿假败，砍断吊桥索子，冲杀进关去擒贼子，就好相见。得了白良关，一件大功。"尉迟恭道："此计甚妙，我儿快快上马。"父子提枪跨上雕鞍，冲出山凹。叫声："小番儿果然利害，某今走矣。休赶，休赶。"一马奔至营前，宝林收住丝缰，假作呼呼大笑道："我只道你久常不败，谁知也有今日大败！罢，快叫能事的出来会我。"此话不表。

再讲尉迟恭下马，上中军来见元帅说：“真算我主洪福齐天，白良关已得。”叔宝说：“将军未能取胜，白良关怎么得来?”敬德说：“北番这位小将，乃是某家嫡子。所以今日假败，到落荒相认，父子团圆。我妻梅氏，现在关中，叫孩儿对某所讲，会合各位将军，坐马提兵，杀出营门。等我孩儿假败下去，砍落吊桥，抢进关中，共擒守将，岂不是白良关唾手而得矣①。”众将闻言大喜。叔宝说：“果有这等事，你子因何反在北番，从何说起?”敬德就把麻衣县夫妻分别之事，细细说了一遍。秦琼方才明白。即发令箭数枝，令诸将坐马端兵，抢关擒北番之将，须要小心，不得违令。众将应声：“是。”早有马、段、殷、刘、程咬金五将，上马提兵，出营门观望。尉迟恭冲出营门，大叫一声：“小番儿，某家来取你命也。”拍马上前，直取宝林。宝林急架相迎，父子假战了五六个冲锋，宝林便走。叫声：“休赶，休赶!”把眼一丢，望关前败下来了。敬德叫声：“哪里走!”回头又叫声：“诸位将军，快些抢关哩。”这六骑马随后赶来，底下大小三军们，旗幡招飐②，剑戟刀枪如海浪滔天，烟尘抖乱，豁喇豁喇豁喇赶至吊桥边来。宝林过得吊桥，有小番高扯吊桥，忙发狼牙，却被宝林砍断索子，吊桥坠落，众小番大惊说：“大爷反把吊桥索子砍断。”宝林喝声：“呔！谁敢响，那个是你们公子。看枪!”乱挑了几个，小番喊叫说：“公子反了!”一拥进关。诸将过了吊桥，宝林叫声：“爹爹这里来。”六骑马杀进关中，鼓打如雷，马叫惊天，那关中合府官员，多闻报了。有偏正牙将们，顶盔贯甲，上马提刀，上来抵敌。尉迟恭父子二人，两条枪好了不

---

① 唾（tuò）手而得——动手就可以取得。比喻非常容易得到。

② 招飐（zhǎn）——飘摇，摇摆。

得，来一个刺一个，来一双刺一双。程咬金手执大斧说：“狗番奴!”骂一句，杀一个，骂两句，杀一双。殷、刘、马、段四将，提起大砍刀，杀人如切菜。好杀哩，直杀到总府衙门，刘国贞一闻此报，着了忙说：“一定此事发了。带马抬枪，随本总来呵。”这一边家将们多是明盔亮甲，提着军器，上着马，一拥出来。到得总府衙门，“啊呀！不好了。”多是大唐旗号，前面尉迟宝林引路，直冲上来。刘国贞把枪一起，叫一声：“畜生！反害自身。照枪。”嚓的一枪直刺过来。宝林把枪嗒啷一响，架住在旁边，马打交锋过来，国贞正冲到尉迟面前来了。敬德把鞭拿在手中说：“去罢!”当夹胸只一鞭，国贞叫得一声：“啊呀!”血稍一喷，坐立不牢，跌下马来。军士拿来拴捉住了，余外家将、小番们晦气，一刀三个的，一枪四五个的，有识时务的，口叫：“走啊，走啊!”多望金灵川逃去，杀得关内无人。尉迟父子进了帅府，滚鞍下马，说：“孩儿，快去请你母亲出来相见。”宝林奉父命来到房中，只见夫人索珠流泪，犹如线穿一般。宝林忙叫：“母亲，如经不必悲泪，爹爹现在外面，快快出去。”夫人说：“我儿，当日夫君曾叫我抚养孩儿成人，以接后代。到今朝父子团圆，虽节操能全，我只恨刘国贞谤污我名，今可擒住么?”宝林说：“母亲，已经绑在外面了。”“既如此，我儿与我先拿进来，然后与你爹爹相见。”宝林说：“是。”走出外面，拿进刘国贞。刘国贞叹声：“罢了，养虎伤身。”梅氏夫人一见，大骂：“贼子，你谤讪我节操声名，蛮称为妻，使北番军民误认我不义，耻笑有失贞节，怎知我含忿难明，皆因身怀此子，不负亲夫重托，所以外貌是和，中心怀恨，毁容阻挠，得幸此子长成，再不道亲夫临敌，父子团圆，我完节之愿毕矣。贼啊，你一十六年谤节之名，此恨难泄。”忙叫：“我亲儿，快将这奸贼砍为肉酱。”宝林应声，提剑起来，乱斩百十余刀，一位白良关守将化为肉泥。夫人叫声："我儿，你往外面，唤父亲到里面来。"宝林奉命出得房门，梅氏夫人大叫一声："丈夫啊！今日来迟，但见其子，不见你妻了。你在中原为大将，我污名难白，见你无颜，罢，罢，罢，全节自尽，以洗贞操。"忙将头撞上粉壁，可怜间脑浆迸裂，全节而亡，呜呼哀哉了。宝林那晓其意，来到外面说："爹爹，母亲要你里面去相见。"尉迟恭大喜，父子同进房中，一见夫人坠墙而死。宝林大哭一声："我母亲啊！"那尉迟吓呆了，遂悲泪说："我儿，既死不能复生，不必悲泪。"就将尸骸埋葬在房，父子流泪来到外面，对诸将说了，人人皆泪。程咬金说："好难得的。"众将上马出关，进中营。马、段、殷、刘缴了令，尉迟恭说："我儿过来，参见了元帅。"宝林上前说是："元帅在上，小将尉迟宝林参见。"元帅叫声："小将军请起。"宝林然后走下来，见过了诸位叔父、伯父们。敬德领进御营，俯伏尘埃，说道："陛下龙驾在上，臣尉迟宝林见驾。"世民大喜，说是："御侄平身。寡人有幸到来平北，得了一位少年英雄，谅北番是御侄熟路，穿关过去，得了功劳，朕当加封与你。"宝林谢了恩。元帅传令，大队人马来到白良关，点一点关中粮草，查盘国库，当夜赐宴与敬德贺喜。养马三日，放炮起兵，兵进金灵川，我且慢表。

单说金灵川守将名字伍国龙，身长一丈，头如笆斗，面如蓝靛，发似朱砂，海下黄胡，力大无穷，镇守金灵川。这一日升堂，有小番报进："启爷，白良关已失，现在败伤把都儿在外要见。"伍国龙闻白良关失了之言，便大惊说："快传进来。"把都儿走进跪下说："平章爷不好了，大唐兵将实为骁勇，白良关打破，不日兵到金灵川来了。"伍国龙那番吓得胆战心惊，说："本镇知道。快走木阳城报与狼主知道。吩咐关头上多加灰瓶石子，

弓弩旗箭，小心保守。大唐兵马到来，报与本镇知道。”把都儿一声得令，此话不表。

再讲到南朝兵马，在路饥食渴饮，约有三日，那先锋程咬金早到金灵川下，吩咐放炮安营，等后面人马一到，然后开兵。不一日大兵到了，程咬金接到关前营内。其夜君臣饮酒，商议 破关之策。当晚不表。次日清晨，元帅升帐，聚集众将两旁听令。尉迟宝林披挂上前，叫声：“元帅，小将新到帅爷麾下，不曾立功，今日这座金灵川，待小将走马成功，取此关头以立微勋，有何不可？特来听令。”秦叔宝道：“好贤侄，此言实乃年少英雄，须要小心在意。”宝林应道：“是，得令。”顶盔贯甲，悬剑挂鞭，绰枪上马，带领军士冲出营门，来到关前，大叫一声：“呔！关上的，快报与伍国龙知道，今南朝圣驾亲征破番，要杀尽你们番狗奴，况白良关已破，早早出来受死。”这一声大叫，关上小番报进来了：“启爷，关外大唐人马已到，有将讨战。”伍国龙闻报，吩咐快取披挂过来，备马抬刀，顶盔贯甲，结束停当，带过马，跨上雕鞍，提刀出府，来到关前，吩咐开关。轰隆一声炮响，大开关门，放下吊桥，一字摆开，豁喇喇一马冲出。宝林抬头一看，见来将一员，甚是凶恶，你看他怎生打扮：

头戴红缨亮铁明盔，身披龙鳞软甲。面如蓝靛，朱砂红发；两眼如铜铃，两耳兜风，一脸黄须。坐下一骑青鬃马，大刀一摆光闪灿，枪刀双起响丁当，喝声似霹雳交加。

宝林看罢大叫一声：“呔！来的番狗通下名来。”伍国龙说：“你要魔家的名么？乃红袍大力子大元帅祖麾下，加为镇守金灵川大将军伍国龙便是。”宝林说：“原来你就叫伍国龙，也只平常。今日天兵已到，怎么不让路献关，擅敢反来阻我去路，分明活不耐烦了。”国龙闻言大怒，也不问姓名，提起刀来喝声：“呔！照魔家的刀罢。”望宝林顶上劈将下来。宝林叫声：“好！”把枪噶啷这一枭，国龙喊声：“不好。”在马上一晃，这把刀直望自己头上崩转来了，豁喇一马冲锋过去，兜得转来，宝林把手中枪紧一紧，喝声：“去罢！”一枪当心挑进来，伍国龙叫得一声：“啊呀！我命休矣。”躲闪不及，正刺在前心，扑冬一响，挑下马去了。宝林复一枪刺死，吩咐诸将快抢关里。叫得一声抢关，一骑马先冲上吊桥上了。营前的尉迟恭在那里掠阵，见儿子枪挑了番将，也把枪一串说：“诸位老将军，快抢吊桥。”有程咬金、王君可二十九家总兵，上马提枪执刀，豁喇喇正抢过吊桥来了，那些小番把都儿望关中一走，闭关也来不及了，却被宝林一枪一个，好挑哩；众将把刀斩的把斧砍的，好杀哩。这些小番也有半死的，也有折臂的，也有破膛的，也有逃了去的，一霎时，逃得干干净净。杀进帅府，查盘钱粮，请关外大元帅同贞观天子、大小三军，陆续进关。把钱粮单开清在簿。宝林上前说：“元帅，小将缴令。”元帅说：“好贤侄，真乃将门之子，走马取关，其功不小。”太宗大悦，说：“御侄将门有将，尉迟王兄如此利害，御侄枪法更精，叫做英雄出在少年，王兄不如御侄了。”敬德听见朝廷称赞他儿子，不觉毛骨悚然，奏道：“陛下，究竟他枪不精，出得不精，没有十分筋骨发出来的。”太宗道：“阿，王兄，御侄没有筋骨也够了。”其夜营中夜饮贺功。

一宵过了，明日清晨，把关上赤壁宝康王旗号去落了，打起大唐旗号，只如今放炮抬营，三军如猛虎，众将似天神，一路上马，前往银灵川进发，好不威风。探马预先在那里打听，闻得失了金灵川，飞报进关去了。行兵三日，来到关外，把人马扎住，后队大元帅人马已到，吩咐离关十里下寨。有尉迟宝林上前说：“且慢安营，待小将走马取关，先开一阵，倘挑了番将，就此冲进关门，走马成功，岂不为美？若不能取胜，安营未迟。”元帅说："既然如此，贤侄须要小心，待本帅与你掠阵，靠陛下洪福，贤侄灭得守将，本帅领三军冲进关中，也是你之功。""得令！"把马一冲，来到关前大喝一声："呔！关上的，快去报天兵到了，速速献关，若有半句推辞，将军就要攻关哩。"小将喊声惊动关上把都儿，报进："启爷，大唐人马已到，有小蛮子坐马端枪讨战。"总爷大惊说："中原人马几时到的，可曾安营么？""启上平章爷，才到。不曾扎营，走马讨战。""啊唷！哪有此理。南朝兵将一发了不得，取了白良关，又取了金灵川，思想要取银灵川，可恼、可恼。"吩咐带马过来，结束停当，挂剑悬鞭，手执金棍，带领众把都儿，一声炮响，大开关门，一马当先，冲过吊桥 。尉迟宝林一看，原来是一员恶将，十分凶险。你道怎生打扮：

头戴龙凤顶铁盔，身穿锁子黄金甲。手执惯使黄金棍，坐下千里银鬃马。

好一位番邦勇将，黑脸红须，直到阵前。宝林大喝一声："呔！来的番狗住马，可通名来。"总爷把棍一起，噶啷架定说："你要问魔家之名么，对你说你可知道，我乃镇守银灵川总兵王天寿便是，可晓得本将军之利害么？还不速退。"宝林听了，把枪一起刺来，王天寿把棍一架，回手一棍，喝声照棍。当头望顶梁上盖将下来，好不利害，犹如泰山一般。宝林把枪一架，噶啷一声响，拨开在旁，回手一枪，王天寿躲闪不及，喊一声不好了，一枪正中咽喉，扑冬一声跌下马来，死于非命。小番见主将已死，晓得银灵川内杀得利害，大喊一声，各自逃生，往野马川去了。元帅好不得意，把人马同宝林杀进关去了，一卒皆无。到总府扎住，尉迟宝林进帐缴令。正是：

唐王有福天心顺，众将英雄取北番。

不知进攻野马川如何，且听下回分解。

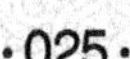

第　四　回

铁板道士遁野马川　屠炉女夜弃黄龙岭

诗曰：

尽夸妖道法高强，野马川边战一场。铁板欲伤年少将，那知老将勇难当。

尉迟宝林走马取了二关，朝廷大悦。说："御侄其功非小。"吩咐改换大唐旗号，查盘钱粮，养马三日。众将称赞尉迟宝林之能，尉迟恭好不得意。次日，发炮起行，往野马川进发。早有小番告急，本章如雪片一般飞报到木阳城。狼主大惊，急召齐花知平章胡猎等议事。众文武入朝，朝参已毕。传旨："大唐兵已夺三关，诸卿有何良策，可退唐兵？"早有元帅祖车轮出班奏道："狼主放心。待臣操演三军，起兵退敌，杀退大唐人马，易如反掌之间。"狼主道："既如此，传旨作速①操演人马退敌，以安朕心。"元帅领旨。

不讲狼主之事，再表大唐兵到了野马川，吩咐放炮安营，朝廷开言说："御侄，你走马破了二关，功劳不小，今日这一座野马川，为何御侄就不能走马出兵，没有胆子去破关么？"宝林叫声："陛下有所不知，臣虽年小称雄，因看得金银二川守将本事欠能，故臣可以走马取关，今野马川关将本事利害骁勇，况且又有仙传异法，十分难破，故此臣不敢夸能。"太宗说："御侄，此

① 作速——赶快；从速。

关有甚妖人把守，善用异法害人么?”宝林说：“陛下，那关将名唤铁板道人，他用一尺长半寸阔铁打成的，叫做铁板，方口一块，念动真言，发在空中，有一万丧一万，有一千丧一千，多要打为泥灰。”太宗说：“此人邪法利害，怎么样处?”徐茂功开言说：“陛下不必多虑，此乃妖道邪法，龙驾在此，正能压邪，哪怕妖法。明日开兵，自然取胜。”宝林说：“待臣明日讨战便了。”

再表次日，打鼓聚将，元帅升帐，诸将两旁站立。小将军披甲上马，领令出营。敬德昨夜听得儿子所言关中妖道利害出奇，说道：“待末将出去掠阵。”元帅说：“我主有言，妖道甚是利害，待元帅同众将一齐出营，观看妖道怎样邪法，如此利害。”众将俱应。营前发动战鼓，宝林来到关前，上面箭如雨下。宝林说：“休得放箭，快快叫守将出来会俺。”把都儿报入帅府说：“启上道爷，外面有唐将讨战。”那李道人呼呼大笑说：“大唐兵将分明来送死了，他自道走马取了三关，却不知我爷的异法利害，也敢前来走马，叫他认认爷的手段看。”吩咐备马，通身打扮，跨上雕鞍，拿一口孤定剑，身藏法宝，带了把都儿，来到关下，吩咐放炮开关，一马当先冲出。宝林抬头一看，好一个怪面道人，头如笆斗，眼似铜铃，尖嘴大鼻，海下红胡，根根如铁线，身穿皂罗袍，手执孤定剑，来到阵前，把剑照宝林劈来。宝林把枪噶啷一声架住；又一剑砍来，又把枪架开了。宝林说：“妖道，看小爷的枪。”劈面刺来。李道人把双剑架起，交了三个回合，那里敌得过，口中念动真言，祭起法宝，往空中呼的一声，有数道霞光冲起，直望宝林头上打将下来了。宝林抬头一看，吓得魂不附体，“啊呀，不好了。”带转马头，正往营前逃走，李道人指点铁板随后追来。尉迟恭看见儿子被妖法追去，心内着忙，冒铁板下冲进来。李道人只顾伤宝林，不提防敬德冲进来，要收这铁板打敬德来不及了，被敬德冲到肋下，拦腰这一把，用力一提，李道人把身一挣，尉迟恭年纪老了，在马上一晃，两个都翻将地下来了。敬德手一松，扒起身来，不见了妖道，借土遁而走了。少不得征西里边还要出阵，这是后事，我且慢表。且说尉迟恭见妖道走了，即上马叫众将冲关，后面大小三军一齐冲进关中。小番看势头不好，弃了野马川，飞奔黄龙岭去了。查盘钱粮，改换旗号，养马三日，发炮起行。往黄龙岭进发，此话不表。

再讲黄龙岭守将，你道什么人，乃是一员女将，叫做屠炉公主，乃是狼主驾前有一位屠封丞相，就是她父亲，因见她能知三略法，会提兵调将，善识八卦阵，兵书、战册尽皆通透，力气又狠，武艺又精，才又高，貌又美，所以狼主将她继为公主，十分宠爱，加封在此镇守黄龙岭。这一日，正与诸将商议退敌之策，忽有侍女禀道："启娘娘，野马川上有小番要见。"公主吩咐传他进来。番子跪伏在地说："公主娘娘不好了，野马川已被大唐兵夺去了，明日就要来攻打黄龙岭了。"吓得屠炉公主面如土色说："列位将军，他前日取了白良关，倒也不在心上，如今看起来，真算中原人马实为利害。杀得俺这里势如破竹，今日取了银灵川，明日失了野马川，多是走马成功的。如今五关已失四关，若黄龙岭一破，木阳城就难保了，与他开不得兵的。"诸将皆曰："公主娘娘，那南朝兵多将广，不可开兵，使个计策杀他片甲不回，捉住唐王，才无后患。"公主心中一想："有了，洒家有良策在此，管叫中原兵马有路无回，尽作为灰。"众将道："娘娘有何妙计？"公主说："此计不可泄漏，你们听我之令，关头上多要旌旗，密密把关门大开，吊桥放下，我们领了关中小番，竟往木阳城去见父王狼主，共擒唐将，同捉唐王，把黄龙岭兵马尽行调空，诱引唐兵进关前来中计。"那众番将听了公主娘娘之令，谁

敢有违，连忙吩咐五营八哨把都儿们，摆齐阵伍，装载粮草，把关门大开，多立旌旗。公主娘娘带领众将，都往木阳城去见狼主不表。

再讲唐王人马，这一天到了黄龙岭，有探马上前禀道："启元帅爷，前面是黄龙岭了。但见关头上旌旗飘荡，并无兵卒，大开关门，吊桥不扯起，不知什么诡计，故此禀上元帅。"秦琼呼呼冷笑说："诸位将军，你们不要藐视此关之将无能，大开关门，兵卒全无，内中有计。今日御驾亲征，谅无大事，你们须要小心进关，看他使何诡计。"程咬金叫声："元帅，非也。我们侄儿连夺四关，尽不用吹毛之力，黄龙岭守将难道岂不晓得？决然闻此威名，谅不敢与我们开兵，所以弃关逃走了。不要说侄儿年少英雄，就闻我老程之名，也胆战心惊的，那里有什么诈，分明怕我，逃遁了去。"秦琼说："你通是呆话，不必多讲与我。"吩咐大小三军进关去。元帅一出令，三军多望关中而进。就着尉迟宝林四处查点明白，恐防暗算，或有奸细，一面发令安营，人马扎住。那太宗问道："御侄，如今前面什么关了？"宝林说："陛下，没有什么关了。就是木阳城，赤壁康王所住之地。"太宗大喜，说道："诸位王兄，闻得番邦之将利害异常，原来如此平常的，焉及王兄们骁勇，一路打关攻寨，并无阻隔，如今兵打木阳城，有几天成功得来。"众臣道："一来靠皇天，二来靠陛下洪福，三来诸将本事，必要攻破番城，活捉番王，得胜班师。"太宗大喜。吩咐营中大排筵宴，赏赐公卿。当夜不表。次日清晨，元帅传令发炮起行，往木阳城而进。

再讲木阳城内狼主千岁，身登龙位，有左丞相屠封、右元帅祖车轮，文武二臣，朝贺已毕，狼主说："元帅，魔家此国只靠元帅之能，今日被唐兵杀得势如破竹，十去其八，昨日又报野马川已失，元帅操演人马已熟，速速兴兵到黄龙岭，与王儿同退唐兵还好，不然黄龙岭一失，魔家就不好看相了。”元帅叫声：“狼主放心，这两天忙得紧，日夜操演三军，今日有铁、雷二将，在教场会火箭，待臣今日去看了操，然后明日到黄龙岭同退唐兵。”祖车轮辞朝，教场中去了。有番儿报进：“启上狼主千岁，公主娘娘带领本部番兵进城来了。”康王听了此言，不觉一惊，开言叫声：“屠丞相，王儿如此胆大，轻身到此，黄龙岭有卵石之危，何人把守，岂不干系?”屠封说：“狼主，那公主不知有甚事情，且召进来。”康王就命番臣番将迎接公主娘娘。文武番臣领旨出迎。公主闻召，同诸将走上银銮殿，公主俯伏说：“父王狼主，千岁，千千岁。”康王叫声：“我儿平身。”说：“王儿，今唐兵到黄龙岭，正思无计可退唐兵，汝不保汛地①，反带兵到此，岂不关内乏人，倘被他取了黄龙岭，如之奈何?”公主叫声：“父王有所不知，臣儿若要保守此关，谅不能够，况南朝蛮子好不利害，倘然失利与他，破了黄龙岭，臣儿之罪也。故此传令诸将，反把关门大开，回来见父王，有个绝妙之计，叫南朝人马一个也不能回朝。”康王说：“王儿有何妙计，捉得唐王，其功非小。”公主说：“此计名曰空城之计。木阳城北四十里之遥，有座贺兰山，做了屯扎之处，把木阳城军民人等，多调在贺兰山住了，做了一个空城，把四门大开，旌旗高扯，大唐人马进了城，我们把木阳城团团围住，不能出去，粮草一绝，岂不多要丧命。”公主正在设计，元帅祖车轮也进朝门。一闻此计，说：“公主计甚好。大唐人马肯进城，一定是死。然唐营之中岂无智谋之士，只怕识得

---

① 汛（xùn）地——清代兵制，凡千总、把总、外委所统率的绿营兵都称汛，其驻防巡逻的地区称为汛地。

空城之计，不进城来，便怎么处？”公主说：“元帅，城中或者不进，营盘扎在城边，只须元帅周备①，如此，如此；恁般②，恁般。怕他不进城去！”元帅叫声：“好计。”狼主心中大悦，说事不宜迟，传魔家旨意，令城中军民人等，尽行搬出，到贺兰山去了。然后狼主部令了数万人，竟退到贺兰山扎营。元帅当下调兵埋伏，暗中探听不表。

单讲大唐人马，离了黄龙岭下来，三天到木阳城，探子报道：“木阳城大开，不知何故。”秦元帅忙问徐茂功道：“二哥，究竟那些番狗使的什么计？”茂公叫声：“元帅，此乃空城之计，引我兵进了城，那时就要围住，绝我粮草。此计不可上他的当，就在此安营在外。”程咬金说：“徐二哥，又在此说混话，什么空城计不空城计，这班番狗，惧怕我们，多逃遁去了。那里有什么计？及早进城，改换旗号，好班师。”茂功说：“我岂不知。谁要你多言！”元帅传令大小三军，不必进城，就此安营。放炮一声，安下营盘。此时却是日已过午，君臣畅饮，直吃到三更，军士飞报进来报上：“王爷、元帅，不好了，营后火发。正南上有二支人马，尽用火箭射将过来，三军营帐多烧着了。”元帅听得呆了。太宗汗流脊背，听一声看：“啊呀，不好了！”沸反滔天③，自已营中多乱起来了。茂功说：“中了他们的计了，诸位将军，快些上马保驾。”元帅上马提枪，冲出营门，尉迟恭父子两骑马也出营外，马、段、殷、刘，措手不及，端了兵器，保定天子，程咬金拿了开山大斧，一拥出营。抬头一看，吓杀人也。但只见正南

① 周备——这里指成全，帮助。

② 恁（nèn）般——这样；那样。

③ 沸反滔天——形容人声喧闹，乱成一团。

上有兵，东西二处也有人马，灯球亮子，照耀如同白日，火球、火箭、火枪，打一个不住，四边有数万人马杀来。唐兵心慌，三军受伤者不计其数。天子叫声："先生，如之奈何？怎么处？"抖个不住。茂功无法，只得传令，把人马统进城中，暂避眼前之害。大小三军哪里还去卷这些物件，只得多弃撇了，望城中逃命要紧。诸大臣保定龙驾，一拥进城，把四门紧闭，扯起吊桥。其夜乱纷纷安住了。再讲外面元帅祖车轮大悦，说道："唐兵落我的圈套了。"吩咐大小儿郎，就此把四门围住，不许放唐卒一人，违令者斩。一声答应，四支人马，将城围得水泄不通。放炮三声，齐齐扎下营盘。早已东方发白。贺兰山狼主御驾，同了屠封丞相，屠炉公主，领了二十万人马，又是团团一围，真正密不通风。

再讲城中唐王坐了银銮殿，元帅住了车轮的帅府，诸将安歇了文武官的衙门，数万人马扎住营盘。军士报道："启上万岁爷，那番兵把四门围住了。"茂公说："不好了，上了他当了。如今粮草不通，如之奈何？"尉迟恭说："军师大人，不免且到城上去看看。"元帅说："老将军之言有理。"天子说："待寡人也到城上去走一遭。"众公卿多上雕鞍，带随身家将。万岁身骑日月骕骦马，九曲黄罗伞盖顶，出了银銮殿，来到南城上一看，大惊说："啊育，吓死人也。好番营，十分厉害。"君臣见了，大家把舌头伸伸。元帅叫声："诸位将军，你看这一派番营，非但人马众多，而且营盘扎得坚固，不是儿戏的。我军又难以冲出去，他们粮草尽足，当不得被他困住半年六月怎么处？况我粮草空虚，岂不大家饿死。"天子龙颜纳闷，诸将无计可施，只得回衙。三天过了，大元帅祖车轮全身披挂，出营讨战。有军士报进："启上万岁爷，西城外有番将讨战。"天子吓得面如土色，叫声："秦王兄，番将如此利害，在外攻城，如何是好？”元帅说：“陛下，不妨，待本帅上城看来。”叔宝上马来到西城上，往下一看，见有一将生得来十分凶恶，面如紫漆，两道扫帚眉，一双怪眼，狮子大鼻，海下一部连鬓胡须，头上戴一顶二龙嵌宝乌金盔，斗大一块红缨，身穿一件柳叶锁子黄金甲，背插四面大红尖角旗，左边悬弓，右边悬箭，坐下一匹黑点青鬃马，手执一柄开山大斧，后面扯起大红旗，上写着：“红袍大力子大元帅祖”，好不威风。在城下大叫：“呔！城上的蛮子听者，本帅不兴兵来征伐你们，也算这里狼主好生之德，怎么你反来侵犯我邦，夺我疆界，连伤我这里几员大将，此乃自取灭亡之祸，今入我邦，落我圈套，凭你们插翅腾空，也难飞去，快把无道唐童献将出来，饶你一群蝼蚁之命，若有半句推辞，本帅就要攻打城门哩。”这一声大叫，城上叔宝说：“诸位将军，这一员番将不是当耍的，你看好似铁宝塔一般，决然利害。”程咬金说：“好像我的徒弟，也用斧子的。”众将笑道，你这柄斧子没用的，他这把斧头吃也吃得你下，比你大得多的，你说什么鬼话。”元帅说：“如今他在城下猖獗，本帅起兵到此，从不曾亲战，不免今日待本帅开城与他交战。”众将道：“若元帅亲身出战，小将们掠阵。”叔宝按好头盔，吩咐发炮开城，与他交战。轰隆一声炮响，大开城门，带了众将，一马冲先，好不威风。祖车轮把斧一摆，喝声：“蛮子少催坐骑，可通名来。”叔宝说：“你要问俺的名么，大唐天子驾前，扫北大元帅秦。”祖车轮呵呵大笑道：“你大唐有名的将，本帅只道三头六臂，原来是一个狗蛮子，不要走，照爷爷家伙罢。”把斧一起，叔宝把枪一架，噶啷一响，说：“呔！慢着，本帅这条枪不挑无名之将，快留个名儿。”车轮说：“魔家乃赤壁宝康王驾下大元帅祖 。”叔宝说：“不晓得你番狗，照本帅的枪罢。”望车轮劈面刺来，车轮说声："好。"把开山大斧一迎，叔宝叫声："好家伙！"带转马头，车轮把斧打下来，叔宝把枪一抬，在马上乱晃，把光牙一挫，手内提炉枪紧一紧，直望车轮面门刺来，车轮好模样，那里惧怕，把斧钩开。正是：

强中更有强中手，唐将虽雄难胜来。

不知二将交战如何，且看下回分解。

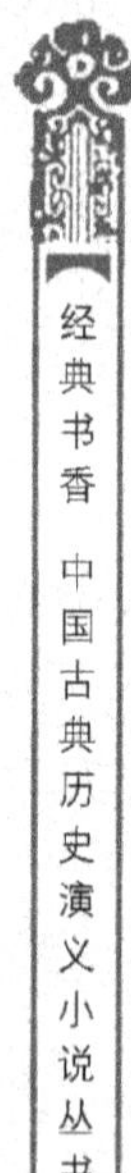

第 五 回

贞观被困木阳城 叔宝大战祖车轮

诗曰：

英主三年定太平，却因扫北又劳兵。木阳困住唐天子，天赐黄粮救众军。

叔宝实不是祖车轮对手，杀到三十回合，把枪虚晃一晃，带上呼雷豹，望吊桥便走。车轮呵呵大笑道：“你方才许多夸口，原来本事平常。你要往哪里走，本帅来也！”把马一拍，冲上前来。唐兵把吊桥扯起，城门紧闭。元帅进得城来，诸将说：“元帅不能胜他，如之奈何。”尉迟宝林说：“元帅，不免待小将出去拿他。”尉迟恭说：“我儿，元帅尚不能胜，何在于你，如今他在城下耀武扬威，怎么样处？”元帅道：“如此把免战牌挂出去。”那祖车轮看见了免战牌，叫声没用的。那番得胜回营，此话不表。

再讲城中元帅同众将，回到殿中，天子开言叫声：“秦王兄，今日出兵反失胜与番狗，寡人之不幸也。”诸臣无计可施，困在木阳城中，不觉三月，粮草渐渐销空。这一日当驾官奏说：“陛下，城中粮只有七天了。”天子叫声：“徐先生，怎么处？”茂功道：“叫臣也没法处治。那番狗设此空城之计，原要绝我们粮草，我军入其圈套，奈四门困住，音信不通，真没奈何。”咬金说：“若过了七天，我们大家活不成了。”天子龙心纳闷，又不能杀出，又没有救兵。不想七天能有几时？到了七天，粮草绝了，城中人马尽皆慌乱。程咬金说："徐二哥有仙丹充饥不饿的，独一老程晦气，要饿杀。"元帅说："如今多是命在旦夕，还要在此说呆话。"尉迟恭意欲同宝林踹出营退敌，又怕祖车轮气力利害，龙驾在此，终非不美。君臣正在殿上议论，无计可施，只听半空中括喇括喇一片声震，好似天崩地裂，吓得君臣们胆战心惊。大家抬头一看，只见半空中有团黑气，滴溜溜落将下来，跌在尘埃，顷刻间黑气一散，跳出许多飞老鼠来，足有整千，望地下乱钻下去。众臣大家称奇。天子叫声："徐先生，方才那飞鼠降在寡人面前，此兆如何？"茂道功："陛下，好了！大唐兵将未该绝命，故此天赐黄粮到了。"诸将说："军师何以见得？"茂功笑曰："前年西魏王李密，纳爱萧妃，屡行无道，后来忽有飞鼠盗粮，把李密粮米尽行搬去，却盗在木阳城内，相救陛下，特献黄粮。"天子大喜说："先生，如今粮在哪里？"茂公道："粮在殿前阶除之下，去泥三尺便见。"天子就命军士们数十人，掘地下去，方及三尺深，果见有许多黄粮，尽有包裹，拿起一包，尽是蚕豆一般大的米粒。程咬金说："不差，不差，果是李密之粮。"元帅点清粮草，共有数万，运入仓廒①，三军欢悦，君臣大喜。茂功说："陛下，臣算这数万粮草，不过救了数月之难，也有尽日，我想城外那些番狗困住四门，粮草尽足，不肯收兵，终于莫绝。"太宗道："先生，这便怎么处？"茂功说："臣阴阳上算起来，必要陛下降旨，命一个能人杀出番营，前往长安讨救兵来才好。"天子呵呵大笑道："先生又来了，就是寡人面前那些老王兄，领了城内尽数人马，也难杀出番营，那里有这样能人，匹马杀出长安讨救，如若有了这个能人，不消往长安讨救了。"茂功说："陛下

① 仓廒（áo）——储藏粮食的仓房。

东首这个人，能杀出番营。”天子一看叫声：“先生，这个程王兄断断使不得，分明送了他性命。”茂功说：“陛下，不要看轻了程兄弟无用，他还狠哩。那些将军虽勇，到底难及他的能干，别人不知程兄弟利害，我算阴阳，应该是他讨救。”天子听言，叫声：“程王兄，徐先生说你善能杀出番营，到长安讨救，未知肯与寡人出力否？”程咬金听说此言，吓得魂不附体，连忙说：“徐二哥借刀杀人，臣不去的，望陛下恕臣违旨之罪。”天子说：“谅来程王兄一人，那里杀得出番营，分明先生在此乱话。”茂功说：“非也，程兄弟三年前三路开兵，他一个走马平复了山东，又来帮我们剿浙江，还算胜似少年，料想只数万番兵，不在我程兄弟心上。”把眼对尉迟恭一丢，敬德说：“军师大人，你说的是。在此长程老千岁的威光，他实没有这个本事去冲踹番营，也枉是称赞他体面。今朝廷困在木阳城，要你往长安去讨救，就是这样怕死，况为国捐躯，世之常事。食了王家俸禄，只当舍命报国，才算为英雄。今日军师大人不保某家出去讨救，若保某家，何消多言，自当舍命愿去走一遭也。”元帅说：“程兄弟，二哥阴阳有准，况又生死之交，决不害你性命，你放心前去，省得众将在此耻笑你无能。”程咬金说：“我与徐二哥昔日无仇，往日无冤，为什么苦苦逼我出去，送我性命？这黑炭团在此夸口，何不保他往长安取救。”茂功叫声：“程兄弟，我岂不知。若保尉迟将军前去，不但要他讨救兵，分明断送他残生，哪里能够杀得出番营。程兄弟，你是有福气的，所以要你出去，必能杀出番营，故此我保你前去，救了陛下，加封你为一字并肩王。”咬金说：“什么一字并肩王？”茂功说：“并肩王上朝不跪，与朝廷同行同坐，半朝銮驾，诛大臣，杀国戚，任凭你逍遥自在，称为一字并肩王。”咬金说：“若死在番营，便怎么处？”茂功说：“只算为国捐躯。

若死了，封你天下都土地。”咬金心中想道：“拜什么弟兄，分明结义畜生，要送我性命，我程咬金省得活在世间，受他们暗算，不如阴间去做一个天下都土地，豆腐面筋也吃不了。也罢，臣愿去走一遭。”天子大喜说：“程王兄，你与寡人往长安去讨救。”咬金说：“臣愿去，但是军师之言，不可失信。今日天气尚早，结束起来，就此前去。”茂功说：“陛下速降旨意七道，带去各府开读。赠他帅印一颗，到教场考选元帅，速来救驾。”天子听了茂功之言，速封旨意，付与咬金。咬金领了天子旨意，开言说：“徐二哥，你们上城来观看，若然我杀进番营中，如营中大乱，踹出营去了。若营头不乱，必死在里头了，就封我天下都土地。”茂公说：“我知道。”就此拜别，说：“诸位老将军，今日一别，不能再会了。”众公爷说：“程千岁说哪里话来，靠陛下洪福，神明保护，程千岁此去，决无大事。”

咬金上了铁脚枣骝驹，竟往南城而来。后面天子同了众公卿上马，多到城上观看。咬金说：“二哥城门开在此，看我杀进番营，然后把城门关紧。”茂功道：“放心前去，决不妨事。”吩咐放炮开城，放下吊桥，一马冲出城门，有些胆怯，回头一看，城门已闭，后路不通，心中大恼说：“罢了，罢了。这牛鼻子道人，我与你无仇，何苦要害我？怎么处嗄！”在吊桥边探头探脑，忽惊动番兵，说：“这是城内出来的蛮子，不要被他杀过来，我们放箭乱射过来。”咬金见箭来得凶勇，又没处藏身，心中着了忙，也罢，我命休矣！如今也顾不得了。举起大斧说道：“休得放箭，可晓得程爷爷的斧么？今日单身要踹你们番营，前往长安讨救，快些闪开，让路者生，挡我者死。”这番程咬金弃了命，原利害的，不管斧口斧脑，乱砍乱打。这些番兵那里挡得住，只得往西城去报元帅了。咬金不来追赶，只顾杀进番营，只见血流满地，

谷碌碌乱滚人头，好似西瓜一般。进了第二座番营，不好了，多是番将，把咬金围住，杀得天昏地暗，咬金哪里杀得出？况且年纪又老，气喘嘘嘘，正在无门可退，后面只听得大喊一声，说："不要放走蛮子，本帅来取他的命了。"咬金一看，见是祖车轮，知道他利害不过的。说道："啊呀！不好了，吓死人也。"只见祖车轮手执大斧，飞赶过来了。咬金吓得面如土色，又无处逃避。祖车轮一斧砍过来，咬金哪里挡得住，在马上一个翻金斗，跌下尘埃。众将来捉，忽见地上起一阵大风，呼罗罗一响，这里程咬金就不见了。元帅大惊说："蛮子哪里去了？"众将说："不知道啊，好奇怪啊，连这兵器马匹多不见了。方才明明跌下马来，难道这样逃得快？""诸将不必疑心，可见大唐多是能人，多有异法，想必土遁去了。此一番必往长安讨救，就差铁雷二将守住了白良关，不容他救兵到此，也无奈我乎。"众将说："元帅之言有理。"不表。

咬金跌倒尘埃，吓得昏迷不省，只听得有人叫道："程哥鲁国公，快起来，这里不是番营。"咬金开眼一看，只见荒山野草，树木森森，又见那边有座关，关前有个道人走来，手执拂尘，含着笑脸，来至面前。咬金连忙立起身来说："仙长还是阎罗王差来拿我的么，还是请我去做天下都土地的么？"道人说："非也，贫道是来救你的。"咬金说："你这道长怎么讲起乱话来，人死了还救得活的么？"道人说："你命不该死，贫道已救你，方得活命，快往长安讨救。"咬金说："鬼门关现在面前，还要到长安去什么？"道人说："此处是雁门关，乃阳间的路，不是什么鬼门关阴司之地。进了北关，就是大唐世界了。"咬金道："如此说起来，果然我还不曾死么？"那番把手摸摸头颈："嗄！原来这个吃饭家伙还在这里。请问仙长何处洞府，叫甚法号？"道人说："程哥，我乃谢映登，你难道不认得了么?”咬金听说大惊道：“啊呀！原来是谢兄弟，谁知你一去不回，弟兄们各路寻访，绝无影踪，众弟兄眼泪不知哭落几缸，谁知今日相逢，你一向在何处，为甚不来同享荣华，我看你全然不老，须发不苍，比昔日反觉齐整些。我方才明明跌下马来，怎生相救出白良关？一一说与我知道。”谢映登叫声：“程哥，兄弟那年在江都考武时，叔父度去成仙。今有真主被番兵围困木阳城，特奉师父度你出关，故此唤你醒来。”咬金大喜，见斧头马匹多在面前，便说：“谢兄弟，你果是仙家了么？我老程同你去为了仙罢。”映登说：“程哥又来了，我兄弟命中该受清福，所以成了仙，你该辅大唐享荣华，况且天子又被困在木阳城，差你往长安讨救，你若为了仙，龙驾谁人相救?”咬金说：“不妨，徐二哥对我讲过的，若死在番营，封我天下都土地，如今同你做了仙，只道我死了，照旧封我。”映登说：“既要为仙，吃三年素，方度你去。”程咬金听说要“吃三年素方度为仙”这句话，便说：“啊呀，这个使不得，素是难吃的。”映登说：“好孽障，还亏你讲，后面番兵追来了。”咬金回头一看，映登化作清风就不见了。连忙立起身来，团团一看，前面是雁门关。心中大喜，如今一字并肩王稳稳的了。把盔甲放下，打好盔囊，连兵刃鞘在马上，换了纱貂，穿一领蟒袍金带，背旨意跨上马，过了雁门关，一路竟奔长安，我且慢表。

单讲木阳城诸将，见程咬金杀入番营，营头不乱，大家放心不下，说是：“军师大人，方才程将军委实年高，无能去踹番营，原算屈他出城求救，今番营安静，程将军人影全无，这怕一定多凶少吉的了。”茂功说：“不妨，程将军此去，自有仙人助救，早已出了雁门关，往长安去了。”天子说：“有这样快么?”茂功说：“非是马行的，乃仙人度去，所以有这样速捷。”朝廷大喜说：

“但愿程王兄出了雁门关，救兵一定到了。”

不表君臣们回到银銮殿之事，再讲程咬金，他背了旨意，一路下来，救兵如救火，日夜趱行，逢山不看山景，遇水不看钓鱼，一路上风惨惨，雨凄凄，过了河北幽州、燕山一带地方，又行了十余天，这一日到了大国长安，日已正午时了。程咬金把马荡荡，行下来数里之遥，只看见前面来了一个头上翡翠扎巾，身穿大红战袄，脚下乌靴，面如紫色，两眼如铜铃，浓眉大耳，海下无髯，光牙阔齿，身长八尺，年纪只好十六七岁，好似饮酒醉的一般，打斜步荡下来的。那人行不数步，翻身跌下尘埃，慢腾腾扒起身来说：“是什么东西，绊你老子一跤。”睁眼看时，却见一块大石头，长有六尺，厚有三尺，足有千斤余外。他笑道：“原来是你绊我一跤，我如今拿你到家中去压盐韭菜。”程咬金听见说：“什么东西，这个人想必痴呆的，这一块石板就是老程也拿不起，这人要拿回家去做块压菜石，不知他有多少气力，待我瞧瞧他看。”咬金把马拢住，只见那人站定了脚，把双手往石底下一衬，用力一挣，拿了起来了。好英雄，面不改色，捧了石头，走下数步。抬头一看，喝声：“呔！前面马上的是什么人，擅敢如此大胆，见了公子爷，不下马来叩个头？”程咬金心中暗想说：“好大来头，什么人家儿子，擅敢在皇帝城外恶霸，连京内出入的官员多不认得的了？”说：“呔！你是何等之人，敢口出大言，不思早早回避，反在此讨死招灾？今旨意当面，口出不逊，罪刑不赦，立该家门抄灭。”那人大怒说：“好强盗，擅敢冒称天子公卿，反说公子爷恶霸，我父现在天子驾前为臣，可晓得小爷的利害？也罢，我将手中这块石头丢过来，你接得住，就是大唐臣子，若接不住，打死你这狗强盗也没有罪的。”说罢把石一呈，直往程咬金劈面门打下来，哪晓底下这一骑马飞身直跳，把咬金跌在那一旁，石头坠地，连忙扒起身来说："住了，你家既是朝廷臣子，难道我兴唐鲁国公岂有不认得的哩?"那少年听见，吓得魂不附体，倒身跪下说："原来就是程伯父，望乞恕罪。"咬金说："你父是谁人，官居何爵?"少年说："伯父，我爹爹就叫定国公段志远，现保驾扫北去了。小侄名叫段林。"咬金说："原来是段将军的儿子，念你年幼无知，不来罪你，你在何处吃了些酒，弄得昏昏沉沉，全不像官家公子，成何体面?"段林叫声："伯父，今日同了众弟兄在伯父家中小结义，所以饮醉，请问伯父，我爹爹与北番开兵，胜败如何?"咬金说："你爹爹说也可惨，自从前日与兵前去，第一阵开兵，就杀掉了。"段林听说，吓得冷汗直淋，说："我爹爹为国捐躯了?"段林听那爹爹啊，不觉两泪如珠。程咬金说："不要哭，不要哭，也还好亏得我伯父马快，冲上前去，架开兵刃，斩了番将，救了你爹爹性命。"段林方住了哭，说："好老呆子，原来是呆话。侄儿请问伯父，今日还是班师了么?"咬金说："不是班师，只为陛下被番兵围困在木阳城，故尔命我前来讨救，侄儿回去快快备马匹、兵刃、盔甲等，明日你们小英雄就要在教场内比武了。"段林大喜道："伯父要我们小弟兄前去扫北，这也容易。我们进城去。"咬金同了段林进城分路，一个往自己府中。鲁国公当日就到午门，驾已退殿回宫了。有黄门官抬头看见道："啊呀！老千岁，圣上龙驾前去扫北平番，可是班师了么?"咬金说："非也，快些与我传驾临殿，今有陛下急旨到了。"正是这一番非同小可，惊动这一班：

出林猛虎小英雄，个个威风要立功。

不知咬金见驾如何，且看下回分解。

第　六　回

程咬金长安讨救　小英雄比夺帅印

诗曰：

咬金独马踹番营，随骑尘埃见救星。奉旨长安来考武，北番救驾显威名。

黄门官听见有皇上急旨降来，不知什么事情，连忙传与殿头官鸣钟击鼓。内监报进宫中，有殿下李治，整好龙冠龙服，出宫升殿宣进。程咬金俯伏尘埃说："殿下千岁在上，臣鲁国公程咬金见驾。愿殿下千岁，千千岁。"李治叫声："老王伯平身。"吩咐内侍取龙椅过来，程咬金坐在旁首。殿下开言说："王伯，孤父王领兵前去破虏平番，未知胜败如何。今差王伯到来，未知降甚旨意?"程咬金说："殿下千岁，万岁龙驾亲领人马，前去北番，一路上杀得他势如破竹，连打五关，如入无人之境，不想去得顺溜了，倒落了他的圈套。他设个空城之计，徐二哥一时阴阳失错，进得木阳城，被他把数十万人马围住四门，水泄不通，日日攻打，番将骁勇无敌，元帅常常大败，免战牌高挑，不料他欲绝我城中粮草，困圣天子龙驾，所以老臣单骑杀出番营，到此讨救。现有朝廷旨意，请殿下亲观。"李治殿下出龙位，跪接父王旨意，展开在龙案上看了一遍。说："老王伯，原来我父王被困在木阳城内，命孤传这班小王兄在教场内考夺元帅，提调人马，前去救父王。此乃事不宜迟，自古救兵如救火，老王伯与孤就往各府，通知他们知道，明日五更三点，进教场考选二路扫北元帅。”咬金说：“臣知道。”就此辞驾出了午朝门，往各府内说了一遍。

来到罗府中，罗安、罗丕、罗德、罗春四个年老家人，一见程咬金，连忙跪地说：“千岁爷保驾前去定北，为甚又在家中。几时回来的?”咬金说：“你们起来，我老爷才到，老夫人可在中堂?”家人们说：“现在中堂。”咬金说：“你们去通报，说我要见。”罗安答应，走到里边来说道：“夫人，外面有程老千岁北番回来，要见夫人。”那位窦氏夫人听见说：“快些请进来。”罗安奉命出来，请进程咬金，走到中堂，见礼已毕，夫人叫声：“伯伯老千岁，请坐。”咬金说：“有坐。”坐在旁首，开言说：“弟妇夫人在家可好?”夫人道：“托赖伯伯，平安的。闻伯伯保驾扫北，胜败如何?”咬金说：“靠陛下洪福，一路无阻 。”夫人说：“请问伯伯为何先自回来，到舍有何贵干?”咬金道：“无事不来造府，今因龙驾被番兵围困在木阳城，奈众公爷俱皆年老，不能冲踹番营，所以命我回长安，要各府荫袭①小爵主，在教场中考夺了二路定北大元帅，领兵前去杀退番兵，救驾出城。”窦氏夫人听说，叫声：“伯伯，如此说起来，要各府公子爷领兵前去，杀退番兵，救驾出城，破虏平番?”咬金说：“正为此事，我来说与弟妇夫人知道。”窦氏听见，不觉两眼下泪，开言说：“伯伯老千岁，为了将门之子与王家出力，显耀宗族，这是应该的，但我家从公公起，多受朝廷官爵，鞍马上辛苦，一点忠心报国，后伤于苏贼之手，我丈夫也死在他人之手，尽是为国捐躯，伯伯悉知。此二恨还尚未申雪，到今日皇上反把仇人封了公位，但见帝主忘臣之恩也。我罗氏门中，只靠得罗通这点骨肉，以接宗嗣，

① 荫袭——指封建官僚的子孙承袭先辈的名位和爵禄。

若今领兵前去北番，那些番狗好不骁勇，我孩儿年轻力小，倘有不测，伤在番人之手，不但祖父、父亲之仇不报，罗门之后谁人承接。”程咬金听说，不觉泪下。把头点点说：“真的，依弟妇之言，便怎么样?”夫人说：“可看先夫之面，只得要劳伯伯老千岁，在殿下驾前启奏一声，说他父亲为国亡身，单传一脉，况又年纪还轻，不能救驾，望陛下恕罗门之罪。”咬金说：“这在我容易，待我去奏明便了。请问弟妇夫人，侄儿为甚不见，哪里去了。”夫人叫声：“伯伯老千岁，不要说起，自从各位公爷保驾去扫北平番后，家中这班公子，多在教场中相闹，后来称了什么秦党、苏党，日日在那里耍拳弄棍，原扯起了旗号，早上出去，一定要到晚间回来。”程咬金说：“什么叫做秦党、苏党?”夫人说：“那苏党就是苏贼二子，滕贤师三子，盛贤师一子，六人称为苏党；秦党就是秦家贤侄，与同伯伯的令郎，我家这个畜生，还有段家二弟兄五人，称为秦党。”咬金说：“吓！有这等事，这个须要秦党强苏党弱才好。”夫人说：“伯伯老千岁，他们在家尚然如此作为，若是闻了此事，必然要倔强去的，须要隐瞒我孩儿才好。”咬金说：“弟妇之言不差，我去了，省得侄儿回来见了，反为不便。”夫人说：“伯伯慢去，万般须看先人之面，有劳伯伯在驾前启奏明白。”咬金流泪道：“这个我知道，弟妇请自宽心。可惜我兄弟死在苏贼之手，少不得慢慢我留心与侄儿同报此仇，我自去了。”夫人说：“伯伯慢去。”程咬金走出来说：“罗安，倘公子爷回来，不要说我在这里。”罗安应道：“是，小人知道，千岁爷慢行。”咬金跨上雕鞍，才离得罗府，天色已晚。见那一条路上来了一骑马，前面有两个人，拿了一对大红旗，上写秦党二字，后有一位小英雄，坐在马上，头上边束发闹龙亮银冠，面如满月，身穿白绫跨马衣，脚蹬皂靴，踏在鞍桥，荡荡然行下来了。程咬金抬头看见说："罗通贤侄来了，不免往小路去罢。"程咬金避过罗通，竟抄斜路回到自己府中。有家人报与裴氏夫人知道，夫人连忙出接说："老将军回来了么?"咬金说："正是，奉陛下旨意回来讨救。"夫妻见礼已毕，各相问安。裴氏夫人叫声："老将军，陛下龙驾前去征剿北番，胜败如何?"咬金道："夫人，不要说起，天子龙驾被北番兵困木阳城，不能离脱虎口，故尔命我前来讨救。"夫人说："原来如此。"吩咐摆宴，里面家人端上酒筵，夫妻坐下，饮过数巡。咬金开言叫声："夫人，孩儿哪里去了，为什么不来见我?"夫人说："老将军，这畜生真正不好，日日同了那些小弟兄，在教场内什么秦党、苏党，一定要到天晚方回来的。"咬金说："正是将门之子，要是这样的。"外边报道："公子爷回来了。"程咬金抬头一看，外边程铁牛进来了。他生来形相与老子一样的，也是蓝靛脸，古怪骨，铜铃眼，扫帚眉，狮子鼻，兜风耳，阔口獠牙，头上皂绫抹额，身穿大红跨马衣，走到里边说道："母亲拿夜膳来吃。"咬金说："呔！畜生！爹爹在此。前日为父教你的斧头，这两天可在此习练么?"铁牛说："爹爹，自从你出去之后，孩儿日日在家习演，如今斧法精通的了。爹爹你若不信，孩儿与你杀一阵看。"咬金说："畜生，不要学我为父，呆头呆脑，拿斧子来耍与父亲瞧瞧看。"铁牛道："是。"提过斧子，就在父前使起来了。只看见他左插花，右插花，双龙入海；前后遮，上下护，斧劈太山；左蟠头，右蟠头，乱箭不进；拦腰斧，盖顶斧，神鬼皆惊。好斧法！咬金大喜说："我的儿，这一斧二凤穿花，两手要高，那这一斧单凤朝阳，后手就要低了。蟠头要圆，斧法要泛，这几斧不差的。"程铁牛耍完了斧，叫声："爹爹，孩儿今日吃了亏。"咬金说："为什么吃了亏?"铁牛说："爹爹，你不知道，今日苏麟这狗头，摆个狮子拖球势，

罗兄弟叫我去破他，我就做个霸王举鼎，双手撑将进去，不知被手一拂，跌了出来，破又破不成，反跌了两交。”程咬金说：“好！有你这样不争气的畜生，把为父的威风多丧尽了。这一个狮子拖球势，有甚难破，跌了两交，不要用霸王举鼎的，只消打一个黑虎偷星，就地滚进去，取他阴囊，管叫他性命顷刻身亡了。”铁牛道：“爹爹不要管他，待孩儿明日去杀他便了。”咬金说：“呔！胡言乱道，今夜操精斧法，明日往教场比武，好夺二路扫北元帅印，领兵往北番救驾。”铁牛大悦道：“啊唷，快活！爹爹，明日往教场比武，这个元帅一定我要做的哟。”咬金道：“这个不关为父之事，看你本事。且到明日往教场再作道理。”

不表程家父子之事，要讲那罗通公子到了自家门首，滚鞍下马，时入中堂，说道：“母亲，孩儿在教场中，闻得我父王龙驾，被番兵围住木阳城，今差程老伯父回来讨救，要各府荫袭公子，在教场中夺了元帅，领兵前去救驾征番，所以回来说与母亲知道。父王有难，应该臣儿相救，明日孩儿必要去夺元帅做的。”夫人道：“呔！胡说！做娘的尚且不知，难道倒是你知道？自从陛下扫北去后，日日有报，时时有信，说一路上杀得番兵势如破竹，如入无人之地，接连打破他五座关头，尽不用吹灰之力，何曾说起驾困木阳，差程伯父回来讨救，你哪里闻来的？”罗通说：“母亲，真的。这事秦怀玉哥哥对我说的，方才程伯父在我家，要我明日考中了二路定北元帅，领兵往北番救驾。所以孩儿得知。”夫人说：“吓，原来如此。啊，我儿，他们多是年纪长大，况父又在木阳城，所以胆大前去，你还年轻少小，枪法不精，又无人照顾，怎生去得？陛下若要你去，程伯父应该到我家来说了。想是不要你去，所以不来。”罗通说：“嗳，母亲又来了，孩儿年纪虽轻，枪法精通，就是这一班哥哥，哪一个如得孩儿的本事来？若到木阳城，怕秦家伯父不来照管我么。况路上自有程伯父提调，母亲放心，孩儿一定要去。”罗通说了这一番，往房中去了。窦氏夫人眼泪纷纷，叫丫环外面去唤罗安进来。丫环奉命往外，去不多时，罗安走进里边说道：“夫人，唤小人进来有何吩咐。”窦氏夫人说：“罗安，你是知道的，我罗家老将军、小将军父子二人，多是为国捐躯的。单生得一位公子，要接罗门之后，谁想朝廷有难，要各府荫袭小爵主前去救驾。我孩儿年纪还轻，怎到得这样险地。所以今日已托程老千岁在驾前启奏，奈公子爷少年心性，执法要去，所以唤你进来商议，怎生阻得他住才好。”罗安说：“夫人，容易。明日他们五更就要在教场比武的，不如备起暗房之计来。”夫人道：“罗安，什么叫做暗房之计？”罗安道：“夫人那，只消如此如此，恁般恁般，瞒过了。饭后他们定了元帅，公子爷就不去了。”夫人说：“倒也使得。”吩咐丫环们，今夜三更时，静悄悄整备起来，丫环们奉命。不表罗家备设暗房之计，单讲罗通公子，吃了夜膳，走到外面说：“罗安，今夜看好马匹鞍辔等项，枪锏兵器，明日清晨，孤家起身，就要去。”罗安应道：“是，小的知道。”这时候，各府内公子多在那里整备枪刀马匹了。其夜之事，不必细表。

到了五更天，多起身饱餐过了。午朝门鸣钟击鼓，殿下李治出宫上马，出了午门，有左丞相魏征，保殿下来至教场内。那边鲁国公程咬金也来了，同上将台，把龙亭公案摆好，三人坐下，把这元帅印并丈二红罗，两朵金花放好在桌上。只看见那一首各家公子爷都来了，也有大红扎巾，也有二龙抹额，也有五色将巾，也有闹龙金冠，也有大红战袄，也有白绫跨马衣；也有身骑紫花驹，白龙驹，乌骓驹，雪花马，胭脂马，银鬃马；也有大砍刀，板门刀，紫金枪，射苗枪，乌缨枪，银缨枪。好将门之子，

这一班小英雄来到将台前，朝过了殿下千岁。李治开言叫声："诸位王兄，孤父王有难在北番，今差程老王伯前来挑选二路定北元帅，好领兵往北番救驾。如有能者，各献本事，当场就挂帅印。"说言未了，那一旁有个公子爷出马叫声："爹爹，我的斧子厉害，无人所及，元帅该是我的。"忽听又有一家公子喝声："呔！程家哥哥，你休想把元帅留下来。"那位小英雄说罢，冲过来了。你道什么人？却是滕贤师长子滕龙。程咬金说："不必争论，下去比来，能者为帅。"把眼一丢，对自己儿子做个手势说："杀了他。"铁牛把头点点说："容易。""呔！滕兄弟，你本事平常，让我做了罢。"滕龙说："铁牛哥哥惯讲大话，放马过来，与你比试。"铁牛说："如今奉皇上旨意，在此挑选能人，若死在我斧子下不偿命的。"滕龙说："这个自然。"把手中两柄生铁锤在头上一举，往铁牛顶梁上盖将下来。铁牛也把手中宣花斧噶啷一声，架在旁首，冲锋过去，兜转马来，铁牛把斧一起，望滕龙瞎绰一斧，砍将过去，滕龙把双锤架开，二人大战六个回合。原算铁牛本事高强，滕龙锤法未精，被铁牛把斧逼住，只见上面蓦云盖顶，下边枯树蟠根，左边丹凤朝阳，二凤穿花，双龙入海，狮子拖球，乌龙取水，猛虎搜山，好斧法！喜得程咬金毛骨酥然，说道："魏大哥，这些斧法，都是我亲传的。"魏征微笑道："果然好，世上无双。"

不表台上之言，单讲滕龙被铁牛连劈几斧过来，有些招架不住，只得开言叫声："程哥住手，让你做了元帅罢。"铁牛说："怕你不让，下去。"滕龙速忙闪在旁首，铁牛上前说道："爹爹，拿帅印来，拿帅印来。"忽听英雄队里大叫一声："呔！程铁牛，休得逞能，元帅是我的。"程咬金望下一看，原来是苏定方次子苏凤。便叫："我儿，放些手段，杀这狗头。"铁牛点点头便说：

"呔！苏凤小狗头，你本事平常，让我做了元帅，照顾你做个执旗军士。"苏凤说："呔！铁牛不必多言，放马过来。"他把手中红缨枪串一串，直望铁牛劈面门挑将进来。程铁牛把斧架开，一个摹云盖顶，也望他顶梁上劈将下来。苏凤把枪急架忙还，二人战到八个回合，苏凤枪法精通，铁牛斧法慌乱，要败下来了。程咬金说："完了，献丑了。好畜生，使些什么来!"魏征说："这些斧法，也是你亲传的?"程咬金心中不悦。底下铁牛见苏凤枪法利害，只得把马退后，说："小狗头，我不要做元帅了，让你罢。"苏凤大悦，便上前叫声："程伯父，帅印拿来与我。"程咬金最怪苏家之后，不愿把帅印交他，正在疑难，只见那旁边又闪出一个家公子爷，大叫一声："苏凤休得夸能，留下元帅来我做。"苏凤回头一看，原来是段志远的长子段林。便说："呔！段兄弟，你年纪还轻，枪法未精，休想来夺元帅印。"段林说："不要管，与你比比手段看。"他把手中银缨枪抖一抖，直望苏凤穿前心挑进来。苏凤手中枪忙架相还，二人战到五个回合，段林枪法原高，逼住苏凤，杀得他马仰人翻，正有些招架不定。程咬金说："好啊！强中更有强中手，他只为杀败我的儿子，逢了段林，就要败了。这个人原利害的，就是掇①石头的朋友。"只见苏凤枪法混乱，看来敌不住段林，只得叫声："段兄弟，罢了，让你为了元帅罢。"段林说："既然让我，退下去。"苏凤闪在旁首。正是：

英雄自古夸年少，演武场中独逞能。

毕竟这元帅印谁人夺，且看下回分解。

---

① 掇（duō）——用双手拿。

第 七 回

老夫人诉说祖父冤　小罗通统兵为元帅

诗曰：

兴唐老将向传名，世袭公侯启后昆①。比武教场谁不勇，龙争虎斗尽称能。

那番惊动了苏家长子苏麟，把大砍刀一起，冲过马来，喝声："段兄弟，元帅应该我做，你还年轻，休夺为兄帅印。"段林说："英雄出在少年，什么叫年轻，照我的枪罢。"嚓一枪兜着咽喉刺进来。苏麟说："来得好！"把大砍刀噶啷一声响，钩在旁首，举转刀来，往段林一刀砍过去。段林把枪架开，二人不及三合，被苏麟劈面门一刀斩过来，段林招架不及，只得把头偏得一偏，刀尖在肩膀上着了枪，喊声："啊唷！好小狗头，你敢伤我。"苏麟说："兄弟得罪你的，退下去。"段林只得闪在旁首。苏公子上前叫声："老伯父，帅印拿来与小侄。"只听得又有英雄出来说："呔！帅印留下，等为兄的来取。"苏麟回头一看，原来是秦元帅之子秦怀玉。苏麟哈哈大笑说"你枪法未高，说甚元帅。"秦怀玉道："与你比试便了。"把手中紫金枪串一串，往苏麟照面门嗖的一枪挑进来。苏麟把刀架在旁首，马打交锋过去，丝缰兜转回来，苏麟回首一刀，望怀玉顶梁上砍下来，怀玉把紫金枪拦在一边，二人杀得九合，不分胜败。正是：

---

① 后昆——即后代，后嗣。

棋逢敌手无高下，将遇良材一样能。

正战个平交，这苏麟手中刀，上使雪花蟠顶，下砍龙虎相争，左边风云齐起，右边独角成龙。那一刀劈开云雾漫，这一刀堵下鬼神惊，跨马刀刀光闪电，连三刀刀耀飞云。好刀法！怀玉哪里惧你，把手中枪紧一紧梅花片片，串一串枪法齐生，慢一慢枪光蔽日，案一案天地皆惊。好枪法，二人不分高下，大战教场，我且不表。还有那罗公子不到，他被罗安设个暗房之计，阻在房中，到底年纪还轻，不知细情，还在房中睡着。那个罗通公子在床榻上翻身转来，往外一看，原来乌黑赤暗如此，说："这也奇了，为什么今夜觉得这等夜长？睡了七八觉，还未天明，不免再睡一觉。"罗通安心熟睡，只听远远鼓炮之声，有那些百姓在罗府门前经过说："哥哥慢走，兄弟与你同去看比武。"罗通睡梦中听得仔细，连忙床上坐起身来，听一听看，只听隐隐战鼓发似雷声，急得罗通心慌意乱，说："不好了，为何半夜就在那里比武，我还困懵懵在此睡觉，只怕此刻元帅必然定下了。"连忙穿了大红裈裤①，披了白绫跨马衣，统了一双乌缎靴，走到门首，把闩落下，扳一扳房门，外面却被罗安锁在那里，动也不动。罗通着了忙，双手用力一扯，括喇一声响，把一扇房门连上下门楹多扳脱了。往旁首一撩跨出门来，说："啊唷！完了。日头正午时了。"哪晓他们设此暗房之计，多用这些被单毡裘，衣服布绢，把那些门缝窗棂，都闭塞满了。所以乌暗不透亮光的。这番气得罗通面上变色，说："好啊！你们这班狗头，少不得死在后面。"说了一句，望外面走了。牵过一骑小白龙驹，跨上雕鞍，把银缨梅花枪拿在手中，好看得紧，也不包巾扎额，秃了这个头，也不洗脸，

① 裈（kūn）裤——即裤子。

出了两扇大门，催开坐下马，竟望教场中去了。罗安进内禀道：“夫人，公子爷去了。”窦氏夫人说：“罗门不幸，生了这样畜生；不从母训，身丧外邦，由他去罢。”

不表罗府之言，单讲罗通来到教场中，见秦怀玉胜了苏麟，正在那里要挂帅印。罗通大叫：“秦家哥哥，留下元帅来与小弟做罢。”程咬金在台上一看，原来是罗通，说：“这小畜生又知道了。”秦怀玉笑道：“兄弟，为兄年长，应该为帅；你尚年轻，晓得什么来。”罗通道：“哥哥，兄弟虽则年纪轻，枪法比你利害些，就是点三军，分队伍，掌兵权，用兵之法，兄弟皆通，自然让我为帅。”秦怀玉说：“不必逞能，放马过来，当场与你比武，胜得为兄的枪就让你。”罗通攒竹梅花枪，紧一紧，直取怀玉，怀玉手中枪急架相还，二人战了四合，秦怀玉枪法虽精，到底还逊罗家枪几分，只得开口叫声：“兄弟让了你罢。”罗通大悦，说：“诸位哥哥们，有不服者快来比武。若无人出马，小弟就要挂帅印了。”连叫数声，无人答应。罗通上前叫声：“老伯父，小侄要挂帅印。”程咬金说：“你看看自己身上，衣服不曾整齐，像什么样，须要结束装扮，好挂帅印。家将过来，取衣冠与公子爷装束。”那家将答应，忙与罗公子通身打扮好了，就在当场挂帅印。殿下李治亲递三杯御酒，说道：“御弟，领兵前去，一路上旗开得胜，马到成功，救了父王龙驾回来，得胜班师，其功非小。”罗通谢恩。这一首程咬金说：“殿下千岁，救兵如救火。速降旨意，命各府爵主明日教场点起人马，连日连夜走往番邦，救陛下龙驾要紧。”殿下道：“老王伯，这个自然。”李治上殿下就降旨意，这些各府公子爷回家，多要整备盔甲。魏征保住殿下，回到金銮殿不必表。

单表罗通威威武武，回到家中，下了雕鞍，进入中堂说道：

"母亲，孩儿夺了元帅，明日就掌兵权，要起大队人马前去破虏平番了。"夫人大怒说："呔！好不孝的畜生，做娘昨日怎么样对你说，你全然不听做娘的教训，必要前去夺什么元帅，称什么英雄。自古说强中更有强中手，北番那些番狗，都是能征惯战，你年轻力小，干得什么事！我且问你，你祖父、父亲，为甚而死的？"罗通说："啊呀！孩儿年幼，未知我祖父父亲怎样死的。"夫人大哭，叫声："我儿，你祖父、父亲这样英雄，多死于非命，也是为国捐躯的。"罗通大哭说道："母亲，我祖父、父亲死在何人之手，遭甚惨亡？"夫人大哭道："啊呀，我儿！你若不领兵前去，做娘对你说明，后来好泄此恨；若要前去破关救驾，只恐画龙不成，反类其犬，为娘到也难对你说明。"罗通说："啊呀，母亲又来了。为人子者理当与父报仇，母亲说与孩儿知道，此番领兵前去，先报父仇，后去救驾。"夫人说："儿啊，你既肯与父报仇，不消问我。"罗通道："母亲叫孩儿问哪一个？"窦氏说："你明日兴兵往北番，须问鲁国公程老伯父，就知明白。报仇不报仇也由你。"罗通说："母亲，孩儿问了程伯父，不取仇人首级前来见母亲，也算孩儿真不孝了。"其夜罗通心中纳闷。到五更天，有各府公子爷，都是戎装披挂，结束齐整，齐到教场中听令。罗通头带闹龙束发亮银冠，双尾高挑，身披锁子银丝铠，背插四面显龙旗，上了小白龙驹，手提攒竹梅花枪，后边一面大纛旗，上书"二路定北大元帅罗"，好不威风。来到教场，诸将上前打拱已毕，点清了三十万大队人马，罗通命苏麟、苏凤二弟兄先解粮草而行；程铁牛领了三千人马为前部先锋，逢山开路，遇水叠桥；后面罗通祭旗过了，放炮三声，摆齐队伍，众小爵主保住了元帅罗通、程咬金老千岁，一同望北番大路而行。只见：

旗旌队队日华明，剑戟层层亮似银。英雄尽似天神将，统领

貔貅①队伍分。

这三十万人马，望河北幽州大路而进，不觉天色已晚，元帅吩咐安下营寨，与程老伯父在中营饮酒。忽想起家内母亲之言，连忙问道："老伯父，小侄有一句话要问伯父。"咬金说："贤侄要问我什么事?"罗通道："老伯父，我侄儿年幼，当初不曾知道我父亲怎生样死的，到今朝考了二路定北元帅，要去救父王龙驾，母亲方泣泪对我讲说，祖父、父亲，都是为国身亡，死于非命。那时我问死于何人之手，待孩儿好去报仇。谁知我母亲不肯对我说明，叫我来问伯父就知明白。故此小侄今夜告知伯父，望伯父说明，我好与父报仇。"咬金听说，顷刻泪如雨下说："吓，原来如此，好难得侄儿有此孝心，思想与父报仇，这是难得的。说也惨然，可怜你祖父、父亲，都遭惨死。"罗通大气说："伯父！我父亲丧在哪个仇人之手，快对小侄说明。"咬金噎住喉咙，纷纷下泪，说不出来了，叫声："侄儿休要悲啼，你既有此心，今夜且不要讲，且破了番兵，然后对你说明。"罗通道："伯父，为什么呢?"咬金说："侄儿，你今第一遭为帅出兵，万事尽要丢开，必须寻些快乐才好，若如此烦恼悲伤，恐出兵不利。"罗能道："是。待小侄进了北番关寨，对我说便了。"其夜一宵过了，明日清晨发炮抬营，过了河北一带地方，竟望雁门关去。非一天之事，我且不必表他。

单讲罗府中还有一位二公子，年方九岁，力大无穷，生来唇红面白，凤眉秀眼，还是一个小孩童。有两柄银锤，到使得来神出鬼没，人尽道他是裴元庆转世，却是罗安老家人亲生的。窦氏夫人见他英雄，过继为二公子，取名罗仁，待他胜似亲生一般。

---

① 貔貅（píxiū）——古书上说的一种凶猛的野兽，也用于比喻骁勇的军队。

弟兄情投意合，极听母亲教训。若说他本事利害不过，各府的公子没有一个及得他来，要在外边闯祸，做个小无赖，百姓会齐了多到罗府中叫冤，所以夫人将二公子禁锁书房，不许出门闯祸。若说这位公子锁得他住？因母亲之法，不敢倔强，凭你大人的胡桃链，也有本事拿将来裂断了。锁在书房一月有余，这一日来了两个丫环，一个执壶，一个拿了一盘点心，送来与公子吃。罗仁公子笑嘻嘻说道："丫环，我要问你，这两天哥哥不进来望望我，却是为何？"丫环说："公子，你难道不知道么，前日万岁爷平番，被困木阳城，程老千岁到来讨救，要各府公子教场比武，考取二路元帅，公子爷考了二路元帅，前去救驾，所以大公子爷领兵定北去了，不在家中，故此不进书房探望。"罗仁说："他几时去的？"丫环说："有三天了。"罗仁说："何不早报我得知，我最喜杀番狗的，拿了点心去。"立起身，把项中链子裂断了，拿了两柄银锤往外就走。丫环慌忙叫道："公子爷哪里去？去不得的，夫人要打的。"罗仁哪里肯听，出了门去了。两个丫环连忙进来说："夫人，不好了，二公子闻了大公子领兵定北，也要去杀番狗，拿了锤一径去了。"夫人听见大骂道："你两个贱婢，谁要你们多舌去讲，如今怎么样？外边快叫罗德、罗春、罗丕，去寻他转来。"丫环应道："是，晓得。"连忙到外边传话。几个家将随即出门，四下去寻，且慢表。

再讲那公子罗仁，长安中走惯的，倒也认得，出了光泰门，就不认得路了。在那里东也观，西也望，来往的人都是认得罗府二公子的，开言问："二公子，你要往哪里去？"罗仁说："我要去杀番狗，你们可是番狗么？吃我一锤。"众人说："嗳、嗳，二公子，我们不是番狗。"罗仁道："既如此，番狗在哪里？"众人说："北番的番人路远哩，你小小年纪，怎生去得。"正讲之间，后面四个家将赶上来，叫声：“二公子，夫人大怒，道你不听母训，私自出来，要打在哪里，快些回去。”罗仁说：“你们要死呢要活?”四个家将道：“公子又来倔强了，夫人叫我来寻你的，死活便什么样?”罗仁说：“要死你们领我回家去，要活你们同我到哥哥那里去。”四个家人倒有些推脱，犹恐他认真打一锤来，只得说道：“公子就要到哥那里去，也要同我回家，辞别了夫人，发些盘缠，行李也是要的。”罗仁说：“既如此，你们去拿了来，代我向母亲面前说一声，我来这里等你们。”家将说：“公子同去的是。”罗仁说：“我若回家，母亲阻住，不容来的。”家将道：“如此公子不要走开了。”罗仁说：“不走开的，我在这里等。”四个家将连忙进城，来到府中说：“禀上夫人，公子不肯回来，要往哥哥那边去，使我们回来说与夫人知道，要些盘缠同上北番。”夫人说道：“这小畜生，也这样倔强。也罢，罗安你们带些盘缠，领了这小畜生随便那里走这么两三天，只说道寻不见哥哥，回去罢。带他回来便了。”罗安道：“晓得。”拿了盘缠，来到城外，二公子见了说：“罗安你们来了么，可对母亲说么?”罗安说：“夫人到肯发盘缠，叫我们小心服侍二公子前去。”罗仁大喜说：“好母亲，快些领我去寻哥哥。”家将说：“倘然寻不见大公子，要回家的。”罗仁年纪虽轻，倒也乖巧，说：“罗安，着你们身上寻还哥哥，若五六天不见，管叫你四人性命难保。”家将听说，心中想道：“看来到要同他寻着的了。”

不表罗仁在路之事，再讲先锋程铁牛，领了三千人马，出了雁门关，前面有座高山，名曰磨盘山。只听得山上一声锣响，程铁牛坐在马上说：“前面高山上有锣声，必有草冠下来，尔等须要小心。”说声未了，山上数千喽啰，下山来了。冲出一个大王，年纪还轻，十分凶恶，漆脸乌眉，怪眼狮口，身穿红铜甲，熟铁盔，骑一匹斑豹马，手揣着两柄混铁解花斧，化落落冲下山来，大叫一声："打我前山过，十个头儿留九个，若还没有买路钱，叫你插翅难飞过。快快留下买路钱来，放你过去。"程铁牛一见暗笑，大胆的狗强盗，怎么天兵到来，也要买路钱的。把斧一起，冲上前来喝声："狗强盗，你敢是吃狮子心、大虫胆的么？天兵到此，还不投服。"大王道："呔！什么天兵不天兵，我大王这里，就是大唐天子打从此山经过，也要买路钱的。快快留下来，不然要取你命了。"铁牛大怒说："我把你这该死的狗强盗，还不好好下马归服了，同公子爷前去扫北平番就罢。若有半句推辞，恼了小爵主，杀上山来，把你们巢穴要剿个干干净净。"俞游德大怒说："照斧罢！"直望程铁牛面门上剁下来了。铁牛说声："好！"把开山斧噶啷架开，交锋过去，圈转马来，还转一斧。二人大战在磨盘山下，杀个平交。愈游德惯用脚踏弩，练得希熟的，却把一张弩弓放在马镫子上，若逢骁勇之将，战他不过，只要把脚板一钩，发出箭来，要中哪里就是哪里，再不歪偏的。程铁牛哪里知道，只顾上面兵器，不顾下面，战到二十回合，俞游德就发箭了，把脚板一钩，一箭骨上望程铁牛面门上射来，程铁牛叫声不好，把头一偏，正中横腮骨，直透耳朵根，去了一大片，血流满面，带转马头，望后好走哩。俞游德大笑道："要打我山前过，必要买路钱，怕你飞了不成。大王爷守在此。"

不表俞游德阻住磨盘山，单讲程铁牛退走不上二三十里，大队人马来了，元帅罗通在马上大惊说："老伯父，先锋该当开路，为何反退转来？"程咬说："不知。这小畜生，想必有利害强盗挡路也未可知，待他到来，问个明白就知。"正是：

凭君骁勇多能将，难避强徒脚踏弓。

要知收服磨盘山草寇，且听下回分解。

第　八　回

罗仁私出长安城　铁牛大败磨盘山

诗曰：

小将如云下北番，威风大战白良关。中军帐内来托梦，怒斩苏麟救驾还。

再讲程铁牛到了罗通马前说："元帅，小弟奉命前到磨盘山，被一强盗阻住去路，小弟被他射伤一箭，几乎性命不保，败走回来，望元帅恕罪。"咬金说："好畜生，个把强盗杀他不过，若与番将打仗，只好败的了。"罗通开言说："程哥，强盗要买路钱，决非无能之辈。待本帅前去收服他。"铁牛说："他有脚底下射箭，须要防备。"罗通说："我知道。"程咬金说："不消贤侄去收服他，待我去。"罗通道："为甚有劳伯父去收服来？"程咬金说："贤侄，你难道不知我是强盗的祖宗，他一见自然就来归顺。"罗通大笑，吩咐催兵前进望磨盘山杀来。俞游德带了三百喽啰，下山前来，喝声："快将一万买路钱来，放你过去，没有须献元帅首级过来。"惊动唐营，罗通大怒，同程咬金出营观看。罗通端枪冲将过来："呔！狗强盗，敢阻本帅大队人马的去路么？"俞游德呼呼冷笑说："我非挡你去路，只因山上欠粮，要借粮草一千或五百，以补过路之税。"罗通道："狗强盗，好好下马归在本帅标下，饶你一死。若不肯，刺死本帅枪尖之下，那时悔之晚矣。"俞游德道："我大王看你年轻力小，一定要来送死，照我的斧罢。"当的一斧，砍将过来。罗通把枪在斧子上噶啷一卷，俞游德在马上乱晃，一马冲锋过去，带转马来，罗通把枪紧一紧，喝声照枪罢，直望俞游德劈面门刺来。游德喝声不好，把手中斧往枪上抬得一抬，几乎跌下马来。被罗通嗖嗖嗖连挑数枪，俞游德哪里招架得定，把斧抬住："呔！慢着。"罗通是防备他的，见他住了马，把枪收在手，两眼看定。哪晓得俞游德把脚一勾，喝声："看箭！"一箭直望罗通面门射上来。罗通说声："不好！"把右手往面上捞接在手，就把左手一枪刺过来，正中马眼，那马嘘哩哩一叫，四足一跳，把俞游德翻下马来。唐营军士把挠勾搭去梆了。喽啰兵说："不好了，二大王被他捉去了，我们快报上山大大王知道。"飞奔往磨盘山上去了。罗通听说还有大大王，等他一发擒了，好去定北救驾。说犹未了，只见山中又有一位大王爷来了。生得来好可怕，只见他头上翡翠扎巾，青皮脸，朱砂眉，一双怪眼，口似血盆，獠牙四个露出，海下无须，也还少年，身穿青铜甲，左有弓，右有箭，手中端一根金钉槊①，催开齐鬃马，豁喇喇冲过来了。营门前有程咬金看见，心中想道："这个强盗单少了一脸红须，不然与那个单雄信一般的了。这个面貌果然无二。"那罗通把枪一起，说："好个大胆的狗盗，今日二路定北天兵到此，多要买路钱，领众挡路，分明活不耐烦了。"那大王说声："呔！我大王爷与你们借贷粮草，没有就罢了，你擅敢擒我兄弟俞游德，好好送了过来，饶你一死，若有半声倔强，管叫你性命顷刻身亡。"罗通呵呵大笑说："你出口大言，还不晓得我罗爷的枪利害哩。"那大王听说喝道："呔！你可是大唐罗成之子么？"罗通说："然也！你既晓本帅，何不早早下马归正。"大王说："啊呀！小贼种，你们是我杀父仇人，我在磨盘山

① 槊（shuò）——长矛，古时一种兵器。

上守之已久，不想今日撞着，我父有灵，取你之心祭奠我父；如若不能，誓不为人立于世上。”罗通听到，吓得顿口无言，呆住了。暗想我罗通乃是一家公爷，并未出兵，又不曾害人性命，今因父王有难在番营，故此领兵前去救驾。还只得初次出兵，他为何说起我是他杀父仇人起来？那番问道：“呔！本帅爷与你有什么仇，你且说来。”大王道：“你难道不知我父叫单雄信，昔年与你父原是结义一番，后来我父保了东镇洛阳王为臣，去攻打汴梁城，丧在罗成之手。到今朝我思与父报仇，故此权在磨盘山上落草，虽则罗成已死，深恨难消，今日仇人之子在眼前，取你心祭父，总是一般。”罗通呵呵大笑道：“你原来就是单家哥哥，小弟不知，多多有罪。难得今日故旧相逢，万千之幸，若说伯父身丧，与我爹爹无罪，自古两国相争，各为一主，伯父与爹爹战斗，一时失手，也算伯父命该如此，此乃误伤，有什么冤仇。哥哥这等执法起来。”单天常听了暴跳如雷，怒骂：“杀父之仇，不共戴天，还有何说？不要走，照打罢！”就把金钉枣阳槊一起，呼直望罗通顶上打来。罗通把手中枪噶啷架定说：“哥哥休要认真，这样认真起来，报不得许多仇恨。若论金国敬、童培芝二位伯父，被你爹爹擒去，钉手足而亡，也是结义好友，难道不算账的么？两命抵一命，也算兑得过的了，何用哥哥再来报仇？过去之事，撇在一旁，如今小弟相逢，喜出万幸，快快下马，同小弟进营拜见程伯父，同往北番救驾，何等不美。”单天常大怒说：“有仇不报，枉做英雄。照打罢！”把金钉槊又打过来。罗通把枪紧一紧，把他的枣阳槊逼在一旁，回手一枪，望天常兜面挑将进来。单天常叫声：“不好。”把手中槊往上噶啷一抬，这一抬，几乎跌下马来。罗通马打交锋过去，把天常夹腰只一把，说声：“过来罢！”轻轻不费气力，提过马来，搂到判官头上，带转马，望营前来下马，竟入中营。说：“哥哥，如今还是同小弟去定北，还是怎样？”天常心中想道“我欲报父之仇而来，谁想反被他擒住，若不同他去，料然性命难保，不如从了他，说去平虏或者早晚间下得手，杀了他与父报仇，有何不美。”算计已定，说：“也罢，我愿同前去定北。”罗通说：“哥哥，你若口是心非，立个誓来，小弟放心。”天常说：“元帅又来了，我乃年少英雄，一言既出，驷马难追，岂可在元帅面前谎言，若不信我便立誓。若有口是心非，此番前去破虏平番，就死于敌人之手，尸骨不得回朝。”罗通说：“哥哥真心太过。”一同来见了程老伯父。咬金说：“贤侄，你父在日，与我好兄弟，不幸他为国尽忠，难得侄儿长大，这金钉枣阳槊使得精通，实乃将门之子，为伯父见了你，也觉欢心，尔等那众小弟兄过来，大家见了礼。”下面俞游德绑缚在此，见单天常归服唐朝，开言叫声：“单大哥，你从顺了他，小弟绑在此，怎么样呢？”天常说：“元帅，俞游德乃是我结义的好兄弟，望元帅放了他。”罗通说：“既是哥哥好友，就是小弟手足了。”过来放了绑，程咬金吩咐营中排宴，款待侄儿。其夜，小弟兄酒饭已毕，各自回营不表。单讲明日清晨，罗通自思这两个人未必真心，若在旁边，早晚之间倘不防备，行刺起来，反为不美，不如差他两个为先锋，离了我身，就不妨碍了。算计已定，开言叫声：“哥哥，本帅令箭一枝，你二人领了三千人马，为前部先锋，先往白良关。待本帅到了，然后开兵。”

单天常接了令箭，同俞游德带了人马，竟往白良关。在路行三天，到了白良关，吩咐放炮安营，候大兵到了，然后打关。俞游德叫声：“哥哥，今日天色尚早，不免待小弟出马讨战一番。”天常说：“兄弟，北番虏狗不是当耍的，既要出马，务必小心。”俞游德说：“不妨。兄弟有脚踏箭利害。”跨上马，手端双斧，冲

到关前，大喝一声说："关上的，报与主将知道，快快出来会我。"小番报进关中，守将铁雷银牙，身长一丈，头如笆斗，眼似铜铃，上马惯用一块踹牌，犹如中国民间用的擀绵条擀板一般，只不过生铁打就，一块铁牌有四尺长，三尺阔，五寸厚，没有柄的，用一根横撑把手，底面有二百只铁钉在上，若是枪刺过来，只要把踹牌一绷，枪多要拔出去的，回手打来，利害不过，有千斤多重，人哪里当得起。铁雷银牙算得北番天字号第一个英雄，正与诸将议论，忽小番报道："启上将军，今有唐兵到了，有将在外讨战。"铁雷银牙呼呼大笑说："该死的来了。"便把盔甲按好，上马执牌，竟到关前，吩咐放炮开关。轰隆一响，冲出关外，好一位番将，俞游德喝声："番狗，少催坐骑，快通名来。"铁雷银牙笑道："你要问魔家之名么？魔乃流国山川红袍大力子大元帅祖麾下，加封镇守白良关总兵大将军，复姓铁雷银牙。"俞游德说："俺不晓得你无名之辈。今日大唐救兵已到，要把你北番人羊犬马，杀个干干净净，踹为平地，做个战场，好好下马献关，就罢了，若有半句推辞，顷刻劈于马下，悔之晚矣。"铁雷银牙闻言大怒，回说不必夸能，通下名来，本总兵好用手打你下马。俞游德说："你也来问俺的大名么？我乃大唐二路元帅罗标下，加为前部先锋俞游德便是。"铁雷银牙呼呼大笑道："原来是个无名的小卒，想是活不耐烦，来送死了。"俞游德大怒，把斧砍来，说："照爷的斧罢。"直望银牙头上砍来，银牙叫声来得好，把手中这一扇踹牌往斧子上噶啷一挠，那两柄斧子多打在半空中去了，回转马来说声："去罢！"再一踹牌打下来，俞游德只喊得啊呀一声，哪里躲闪得及，正被他打得在头上，呜呼哀哉，死于马下。单天常一见大哭："我那兄弟啊，死得好惨。"催马摇槊冲上前来说："不要走，取你首级，与弟报仇。"银牙说：

"你快通名来，趁手中踹牌。"单天常道："虏狗，你要问我名么，我乃大唐二路元帅罗标下，前部先锋单天常，你把我兄弟打死，照我家伙罢。"把槊往头上打来，银牙把手中牌往枣阳槊上噶唧这一挠，单天常手松得一松，这一条枣阳槊往半空中去了。单天常吓得呆了，被他复一踹牌，夹着背梁打下，轰隆响翻下马来，伏惟尚飨①了。众兵见两 先锋俱丧，多望后面退走，银牙呼呼大笑说："原来都是没用的先锋，不够我两合，尽丧了性命。"说罢，带转马进关中，吩咐小番小心把守关门，此言不表。

单讲二路元帅罗通领大兵而来，有军士报进："启上元帅爷，俞、单二先锋将军与白良关守将交战，不上二合，都被打死了。"罗通闻报吃惊道："有这等事么，可怜单家哥一家年少英雄，一旦屈死于他人之手，也算他命该如此。"说话之间，大兵已到白良关，就吩咐放炮安营。只听轰隆一声，离关数箭，把三十万人马齐齐扎定营盘，按了四方旗号，此时天色已晚，诸将在中营饮酒，一宵无话。

再表来日清晨，大元帅打起升帐鼓，营中诸将多顶盔贯甲，进中营参见，站立两旁。罗通开言说："诸位哥哥，本帅有令箭一枝，谁人出马前去讨战。"只听应声而出说："小将程铁牛愿往。"元帅道："既是程哥出马，须要小心。"铁牛道："不妨。带马过来，抬斧。"手下答应齐备，程铁牛按好头盔，上马提斧，炮响出营，豁喇喇冲到关前来了。关头上有小番一见说："唐营小将，火催坐骑。照箭！"那个箭纷纷的射将下来，程铁牛把马

① 伏惟尚飨（xiǎng）——伏惟，旧时下对上陈述时的表敬之辞。尚飨，也作尚享，意思是希望死者来享用祭品，旧时常用作祭文中的结语，这里是"死"的代称。

扣定，喝道："呔！关上的，快报主将，今有大唐救兵到了，速速献关。"小番报进来了："启上平章爷，关外有将在那里讨战。"铁雷银牙说："想必又是送死的来了。带马过来，抬牌。"小番应声齐备，银牙立起身来，跨上雕鞍，手端踹牌，出了总府衙门，来到关上望下一看，只见唐将怎生打扮，但见他头戴开口獬豸乌金盔，身穿锁子乌金甲，坐下一匹点子梨花马，手端一柄开山斧，年纪还轻，只好二十余岁。那银牙就吩咐放炮开关，堕下吊桥，前有二十对大红幡，左右番兵一万，鼓啸如雷，豁喇喇一马冲出关来会战。那程铁牛坐在马上，见关中来了一将，甚是异相，喝声住马，心中一想道："我兵器不知见了多少，不曾见这件牢东西，方方一块，就是十八般武艺里头，那有什么使踹牌的？真算番狗用的兵器了。"他就把斧一起，大喝一声："呔！今日小爵主领兵到此平番，斧法精通，十分利害，快快投降，免其一死，若不听好言，死在马下，悔之晚矣。"银牙大笑道："不必多言，通下名来。"铁牛说："你要问小将军之名么，我乃当今天子驾前鲁国公程老千岁公子，大爵主程铁牛，奉二路扫北大元帅将令，要你首级。也罢，照我的斧罢。"把马一拍，一斧就砍下来。银牙把手中牌噶啷一响相架，铁牛喊声不好，几乎跌下马来。这斧子往自己头上直绷转来，豁喇一马冲锋退去，兜转马来，银牙把踹牌一起，喝声："小蛮子，照打罢。"挡一牌打来，铁牛把手中斧望上面这一抬，只见火星直冒，两臂苏麻，虎口都震开，带转马拖了斧子，说："啊唷，好利害，好利害！"望营前败走了。银牙大叫说："有能事的出来，没用的休来送命。"少表这里夸能，再讲程铁牛进营说："元帅，番狗踹牌利害，小将败了，望元帅恕罪。"罗通大怒说："好一个没用匹夫，快退下去。"铁牛唯唯而退。元帅又问："谁能出马？"秦怀玉道："小将愿往。"元帅道："秦哥去必能得胜，须要小心。"秦怀玉答应，吩咐带马抬枪，顶盔贯甲，挂剑悬锏，上马豁喇喇冲出营门。银牙一见，通名已毕，说道："原来你是秦蛮子的尾巴。"怀玉道："番狗，你既知小爵主大名，何不早早献关投顺，亦免要我公子出马擒拿。"催一步马，喝声照枪罢，分心刺将进来。银牙把踹牌噶啷一声架开，怀玉把手中枪这一缩，只多退了十数步，又是一个回合冲锋过去，战到六七个回合，马有五个冲锋，秦怀玉哪里是番将对手，把枪虚晃一晃，带转马，豁喇喇望营前走了。进入中营说："元帅，北番虏狗果然利害，小将不能取胜，望元帅恕罪。"罗通说："哥哥，胜败乃兵家之常，但这一座关不能破，怎生到得木阳城救驾？既如此，待本帅亲自出马。"整好盔甲，跨上马，把定枪，一声炮响，鼓声如雷，带领人马冲出营来，一字摆开。众小爵主俱出营门掠阵。

那铁雷银牙见唐营冲出一员小英雄，匹马当先，冲将过来。银牙大喝一声："来将何名！"罗通说："要问本帅之名么？我乃太宗天子御驾前越国公罗千岁的爵主，干殿下罗通是也。"银牙闻言，不觉吃了一惊，心中想道："这原来是当初罗艺之孙，谅必枪法利害有名的。当年炀帝在朝平北，罗艺之子罗成，同表兄秦琼来退我邦，杀得我元帅大败，骁勇不过的，待我问他一声看："呔！来的可是罗成之子么。"罗通道："然也。本帅之名扬闻四海，你也闻孤之名，何不下马投顺，免孤动手。"银牙说："小蛮子，你在中原算你有名，来到我邦，撞着铁雷将军，只怕你性命不保，活不成了。"罗通大怒，说："番狗好无礼，不要走，照本帅的枪罢。"催开马兜面一枪，银牙反踹牌一挡，两下交锋，各显本事，一来一往，一冲一撞，你拿我麒麟阁上标名，我拿你逍遥楼上显威。两边战鼓似雷，好杀哩，正是：

英雄生就英雄性，虎斗龙争谁肯休。

毕竟不知胜败如何，且看下回分解。

第　九　回

白良关银牙逞威　铁踹牌大胜唐将

诗曰：

阴魂显圣保江山，教子伸冤败北番。祖父冤仇今日报，英雄小将破双关。

罗通小将与铁雷银牙战到个三十回合，不分胜败。杀得银牙汗流脊背，把踹牌噶啷一响抬住了枪，银牙开口说：“好利害的罗蛮子。”罗通说：“你敢是怯战了么。”银牙道：“呔！小蛮子，哪个怯战。今日铁将军不取你命，誓不进关。”罗通说：“本帅不挑你下马，也誓不回营。”吩咐两边啸鼓，鼓发如雷，两骑马又战起来，正是：

八个马蹄分上下，四条膊子定输赢。枪来牌架丁当响，牌去枪迎迸火星。

二马相交，战到五十回合冲锋，未定输赢。罗通心中一想，待我回马枪挑了他，算计已定，把枪虚晃了一晃，带转马就走。银牙看见罗通不像真败，明知要发回马枪，便把坐骑护定，呼呼大笑道：“罗通，你家回马枪善能伤人，不足为奇，不来追，怕你奈何了我，有本事与你决一输赢。”罗通听言，不觉大骇说：“完了，他不上我当，便怎么处？”只得挺枪上前又战起来。两下杀到日落西沉，并无胜败，天色已晚，两下鸣金，各自收兵。银牙进关去了。罗通回进中营下马，抬过了枪，诸公爷接进说：“元帅，今日开兵辛苦了。”罗通说：“这狗头果然利害，难以取胜，叫本帅也没本事奈何他来。”咬金说：“侄儿，今被这狗头挡住去路，白良关难破，怎生到得木阳城?”罗通说：“伯父，如今也说不得，且待明日再与他交战，必要分个胜败。”当夜不表。明日，早有银牙讨战。罗通依旧出营与他交战，又杀到日落西山，并无强弱。一连战了三天，总是不分胜败，无计可施。

一到第四天，元帅升帐，诸将站立两旁。程咬金在后营有些疲倦起来，罗通只得把头靠在桌上，也要睡起来。程铁牛说：“诸位弟兄，元帅睡了，我们大家睡他娘一觉罢。”秦怀玉说：“兄弟又来了，元帅与番狗战了三天，所以睡了。等元帅醒来，倘有将令，也未可知。”少表众将两旁站立，再说罗通蒙眬睡去，只见营外走进两个人来，甚是可怕。前面头上戴一顶闹龙斗宝紫金貂，冲天翅，穿一件锦绣团龙缎蟒，玉带围腰，脚蹬缎靴，面如紫漆，两道乌眉，一双豹眼，连鬓胡髯，左眼有一条血痕；后面有一人头戴金箔头，身穿大红蟒，面如满月，两道秀眉一双凤眼，五绺长须，满面皆有血点，袍上尽是血迹。那二人走到罗通面前，两泪纷纷说：“好个不孝畜生，你不思祖父、父亲天大冤仇未曾报雪，又不听母训，反到这里称什么英雄，剿什么番邦，与国家出什么力?”罗通一见大惊，连忙问道：“二位老将军何来，为何说这样的话?”那二人说道：“吓！你难道不认得了，我乃是你祖父罗艺，这是你父亲罗成，可怜尽遭惨死，无人伸冤，所以到你面前，要与祖父、父亲报仇雪恨。”罗通听言，似梦非梦，大哭说道：“吓！原来二位老将军，就是我罗通祖父、父亲在此。望乞祖父对孙儿说明仇人在何处，姓甚名谁，待孙儿先查仇人杀了他，然后去救驾。”罗艺道：“我那罗通孙儿啊，难得你有此孝心，若要知道仇人是谁，去问鲁国公程伯父，就知明白。”罗通道：“是，待孙儿去问程伯父便了。”罗成走到桌前说：“我

儿，你有忠心出力王家，奈白良关难破，为父的有件东西与你，就可挑那番狗了。”罗通连忙问道：“爹爹，是什么东西。”罗成说：“儿啊，你不须害怕，待为父的放在你衣袖内。”罗通说：“是，请爹爹上来。”罗成上前，将手向罗通袖中一放，把罗通一扯说：“我儿醒来，为父的去也。”同了罗艺两魂，转身望营外就走。罗通叫声：“爹爹，如今同祖父往哪去。”旁边程铁牛应道：“爹爹在这里。”把手往桌一拍，吓得罗通身汗直淋。抬起头来，不见什么祖父、父亲，但见两旁站立众将，心中胆脱，满腹狐疑。我想祖父、父亲之仇，叫我问程伯父：“啊！军士，快与我往后营相请程老千岁出来。”军士奉令，忙入后营，只见程咬金正坐在那里打瞌睡。便上前来高叫一声：“程老千岁，元帅爷相请出营。”把咬金惊醒，那番大怒道：“这个罗通小畜生，真正可恼，我老人家正在好睡，他又来请我出去做什么?”那番只得起身，走出中营说：“侄儿有什么话对我讲。”罗通说：“老伯父，且坐了。”咬金坐在旁首，罗通满面泪流说：“伯父，小侄方才睡去，梦见祖父、父亲到来，要我报仇雪恨，侄儿就问仇人是谁?祖父说孙儿要知仇人名姓，须问鲁国公程老伯父，便知明白。”咬金听说，不觉大惊道：“啊唷，原来是我叔父、兄弟阴魂不散，白昼到来托梦。”叫声：“侄儿，此仇少不得要报的，但是在此破关，不便对你说，待到得木阳城，然后说此仇恨。”罗通说：“啊呀，伯父啊，使不得的，祖父、父亲曾对我说，若是程伯父不肯对你说明此事，必要捉他到阴司去算账。”这一句话吓得程咬金胆战心惊说：“叔父、兄弟啊，你不要来捉我，待我对你孩儿罗通说便了。”罗通大喜道：“伯父如此，就对小侄讲明。”咬金道：“侄儿啊，此事不说犹可，若还说起，甚可怜啊。家将程呼在哪里。”应道：“老千岁有何吩咐?”咬金道：“往我后营箱子内，取那包箭头来。”程呼答应，忙往后营，开箱取出送来。咬金接在手中，不觉大哭，悲啼叫一声：“侄儿哪，你解开来看。”罗通双手捧过来，将包打开一看，原来是一包箭头。忙问道：“伯父，这一包箭头做什么的?”咬金道：“侄儿，你哪里知道，这一包箭头有一百零七个，你祖父中了这一条倒须勾而死，你父亲遭乱箭身亡。”罗通泣泪道：“我祖父、父亲尽被何人射死的？如今这仇人在也不在，家在何方，姓甚名谁？我必要与祖父报仇雪恨!”咬金说：“侄儿，你道这仇人是谁，就是随驾在木阳城中的银国公苏定方这砍头的贼子!”罗通道：“他是我父皇的功臣，怎么反伤自家一殿之臣起来?”咬金道：“侄儿，你有所不知，那年炀帝在朝，累行无道，各路作乱，自僭①为王者多，天下何曾平静。那苏定方保了明州夏明王窦建德，起兵到河北幽州，攻打城池，欲夺河北一带地方，乃是你祖父老将军管辖的汛地。他一点忠心与皇家出力，保守幽州，岂肯被番王所夺，所以你祖父出战，被苏定方发这一枝箭，名曰倒须钩，正射中在左眼，你祖父回衙拔箭归阴了。后来五王共同起兵，共伐唐邦。苏定方设计，把你父哄到淤泥河，四蹄陷住，身被乱箭而死，可怜你父背如筛底。为伯父的前往殡殓，打下箭来，一共有一百零七箭。我原想侄儿大来，好与父报仇，所以将这些箭头收拾在此，与你看的。难得叔父、兄弟阴灵有感，前来托梦，今日对你说明天大冤仇，乃银国公苏定方这狗贼。”罗通听言，暴跳如雷，说道：“我把苏定方这贼子碎尸万段，方雪我恨。哎！父王、父王，你好忘臣子之功也。我罗氏三代尽忠报国，就是这一座江山，亏我父之功，怎么

① 僭（jiàn）——超越本分。古时指地位在下的人冒用地位在上的人的名分。

反把仇人荫子封妻。我罗通不取这贼子之心，誓不立于人世也。”正在大怒，忽有军士报进：“启元帅爷，苏家二位公子爷解粮到了。”罗通说：“住了。苏麟、苏凤如今在哪里？”军士禀称，现在营外。罗通说：“啊唷，气死我也，捆绑过来。”苏麟、苏凤道：“小将奉令解粮，毫无差错，为甚元帅要把小将们捆起来？”罗通不好说报仇之事，只因方才正在忿怒头上，所以要把他弟兄捆绑进营，如今仔细想来，无甚差误，却被他弟兄急问上来，不觉顿口无言。说：“也罢，本帅有令箭一枝，命你往关前讨战，若胜得番将铁雷银牙，这就罢了；如若败回，休怪本帅。”苏麟、苏凤一声：“得令。”接了令箭，退出营外。苏凤叫声：“哥哥，元帅不知为甚大怒，不问根由，要斩我们，内中必有跷蹊。今又命哥哥到关前讨战，知道番将利害不利害，倘然不能取胜，性命就难保了。”苏麟泣泪道：“兄弟，你难道看不出罗通作事么？”苏凤说：“哥哥，兄弟不知是何缘故。”苏麟道：“呀，兄弟，我哥哥不是痴呆懵懂，此事尽已知道。方才一到营前，也不问解粮多少，就把我们绑进营门，罗通面上已发怒容，已有泪形，竟要为兄到关前讨战。若胜还可，倘然不胜，性命必不能保。想他一定要与父报仇了，怎奈兵权在他手内，为兄的命一字玄玄①，也说不得了。”苏凤说：“哥哥且请宽心，若不能取胜，是有做兄弟的在此，与罗通分辩，保救哥哥。”苏麟说：“兄弟，只怕未必肯听。你在营前且掠阵，待为兄的到关前讨战。”苏凤说：“是。哥哥须要小心。”那苏麟顶盔贯甲，跨马端枪，出营与银牙打仗，我且不表。

单讲罗通在营又叫道：“老伯父啊，侄儿方才梦中，父亲又

① 玄玄——“玄之又玄”的省略。

对我讲道：‘你若要破此关，我有一件东西在此。’即放在小侄袖中，未知什么东西，梦中之事只怕不真。”咬金说：“原来有此一事，决不谎言，看看袖中是什么东西。”罗通把手往袖中摸出一张纸来，你道有什么在上面，却画就一张小小弯弓，一枝箭在上面。罗通见了，不解其意。便说：“伯父，这一件东西，不知什么意思，叫小侄不解。”程咬金说：“这又奇了，我罗老兄弟既然阴魂可保江山，此物决非无用，待我想来是何意思。”想了一会说：“吓，是了。侄儿，你难道不知此件东西怎样用他的么？”罗通说：“伯父，侄儿不知怎生用法。”咬金说：“侄儿，当初你父亲惯用怀揣月儿弩的。”罗通说：“伯父，怎生叫怀揣月儿弩。”咬金说：“侄儿，你不知道，当初你父在日，有这一点小弓小箭，藏于怀里，若遇勇将，不能取胜，拿将出来，百发百中，取人性命，如在手掌。那年伯父在于关前，看你父与殷学交锋，连战百余合，不能取胜，用此物伤他命的。今日侄儿难破白良关，你父也教你用此月儿弩，所以纸上画此图形。”罗通说：“果有此事，但小侄不曾用，怎么处？”咬金说：“不妨，你是乖巧的，容易习练，你父也曾教我，为伯父的虽不能精，有些会的待我教道你就是了。”罗通就吩咐家将，应声去造怀揣月儿弩。

再表这一头苏麟大败进营说：“元帅，关中番将踹牌甚是利害，小将难以取胜，求元帅恕罪。”罗通大怒，喝声：“苏贼，今日本帅第一遭领兵到此，一重关还没有破，你就大败回营，刀斧手过来，与我将苏麟绑出营门枭首。”刀斧手一声答应，把苏麟背膊牢拴推出营门去了。吓得苏凤魂不附体，连忙跪下说：“元帅，胜败乃兵家之常事，求元帅恕罪。”罗通大怒道：“胜则有赏，败则有罚，你敢触怒本帅，左右与我拿下，重责四十棍。”两旁军牢奉令，把苏凤拿到案前，只见刀斧手已取苏麟首级进营来缴令了。苏凤一见，大放悲声，哭出营外，回进自己营中，收拾行囊路费，自思此地不是安身之处，受了四十钢棍，可怜打得鲜血直流，含怒起身，等得三更时分，逃脱身躯，另保别主之事，我且丢开。再讲罗通叫声：“伯父，小侄斩了苏麟，方出胸中一忿之气，必须杀了苏定方，我祖父、父亲冤仇报雪。”咬金说：“这个自然。明日待伯父教道你怀揣月儿弓，破了白良关，杀到木阳城，好斩苏定方这个狗贼。”罗通道：“是，多承伯父指教。”其夜话文不表。

单表来日，早有军士报道：“启元帅爷，苏家小将军昨夜不知哪里去了。”罗通说：“一定逃走了，由他去罢。”是日，程咬金教罗通习学怀揣月儿弓，果然罗通乖巧，一学就会，练了三日，射去正中。咬金大喜说：“如今练来已熟，事不宜迟，明日就去攻关讨战，或者你父阴灵暗保，也未可知。”罗通应声道：“伯父之言有理。”一到明日，装束齐整上马，把月儿弩藏于怀内，炮响一声，一马冲出营来。后面程咬金也在营前观看。那罗通来到关前，高声大叫：“呔！关上的，快报与那个虏狗说，本帅与他连战三天，不分胜负，今日叫他出来，定个输赢。”小番报进关中，铁雷银牙披甲停当，带了手下，放炮开关，一马当先，冲过来了。罗通一见喝声：“虏狗，你来送死么！”把枪一串，催上马来，一心要取番将首级，也不打话，二人大战。原杀个平交，战到了二十余合，罗通诈败佯输，带转马头而走。铁雷银牙扣定马说：“小蛮子，你不必弄鬼，魔家知道你回马三枪利害，不来追你，有本事再与你战三百合。”住马不追。罗通诈败下来，左手往怀中取出一张小弓，回头看见他不追下来，即把枪按在判官头上，带转马来，暗叫一声：“父亲啊，你阴灵有感，暗中保佑我孩儿一箭成功。”心中在此想，把手一捺，嗖的一箭发将出来，果然罗成阴灵暗助，不高不低，一箭射去，正中番将咽喉。银牙说声："什么东西飞来。"要闪也不及了，轰隆一响，翻将下来，死于马下。罗通见番将已死，回转头来叫声："程伯父、众将们，好抢关口。"口叫动手，把枪一摆，豁喇喇纵过吊桥来了，手起枪落，好挑的。那些小番走得快，逃了性命，走不快也有荡着面门，也有刺着咽喉，死者死，伤者伤，逃者逃，多弃关飞奔金麟川去了。元帅同诸将来到关中，查盘钱粮，点明粮草，养马一日，到了明晨，放炮一声，兵进金麟川，此话慢表。

再讲金麟川守将名叫铁雷金牙，身长一丈，有万夫不当之勇。正在堂上闲坐，忽见小番报进说："平章爷，不好了，白良关又被唐兵打破，银牙将军阵亡了。"铁雷金牙闻言大惊说："有这等事！啊呀，我那兄弟啊，可怜如此英雄，一旦丧于唐将之手。"大哭数声，泪如雨下。吩咐把都儿关上加起灰瓶石子，踏弓弩箭，若是唐朝救兵一到，速来通报，待魔家好与兄弟报仇。

不表关内之事，再讲到罗通大队人马来到金麟川，离开数里安营下寨，放炮停行。到了明日，元帅升帐，聚齐众将，站立两旁。便开言说道："诸位哥哥在此，北虏番将甚是利害，你们难以开兵，今日原待本帅亲自出马，或者挑得番将也未可知，你们多上马端兵，看我打仗。倘然取了金麟川，岂不为美。"众将称善，罗通按好盔甲，带过马，手执枪上马，一声炮响，一马冲出营来。小番看见，报进关中。铁雷金牙闻报，披挂停当，顶盔贯甲，上马提刀，放炮开关，放下吊桥，带了众番，一马冲出关来，正是：

饶君烈烈轰轰士，难敌唐朝大国兵。

毕竟不知金麟川如何破得，且看下回分解。

第　十　回

八宝铜人败罗通　罗仁双锤救兄长

诗曰：

愿得貔貅十万兵，能教虏寇一时平。功成不用封侯印，麟阁须留忠孝名。

罗通抬头一看，好一员番将，甚是可怕。只见他戴青铜狮子盔，身穿锁子红铜甲，外罩大红袍，青眉紫脸，豹眼黄须，坐下一匹青毛吼，冲上前来，把刀一起，把罗通把枪噶啷架定："呔！来的可通下名来。"金牙说："你要问魔家之名么？魔乃流国山川七十二岛红袍大力子大元帅祖麾下，加为百胜将军，铁雷金牙便是我也。晓得你是罗成之子罗通，你伤我兄弟银牙，欲要把你活擒过来，碎尸万段，以泄我弟之仇。"说声未了，把刀一起，叫声："小蛮子，照魔家的刀罢。"豁绰一刀砍过来。那罗通不慌不忙，把枪一卷，直往头上绷转来，战到了二十余合，金牙只有招架之功，没有还兵之力，嘴里边说："啊唷！好利害的小蛮子哩。"罗通见他刀法已乱，这一枪兜胸前刺进来。那铁雷金牙叫声不好，躲闪不及，正中前心，扑通一响，翻下马来。罗通同众将乘势抢关，那些小番儿见主将已死，多进关中，闭关也来不及了。罗通随后冲进，杀得番兵：

忙忙好似丧家犬，急急浑同漏网鱼。

口中尽叫快走，都往野马川逃去了。元帅吩咐养马一日，查盘府库，扯起大唐旗号，明日兵进野马川。再讲野马川守将叫做铁雷八宝，其人身高一丈，头大如斗，两眼铜铃，口似血盆，连鬓红须，力拔泰山，要算番邦一员大将，惯使一个独脚铜人。列位，你们道什么叫做独脚铜人？有四尺长，原有头有手，单有一只脚，像十二三岁的小孩子一般，有千斤多重。将此作军器，你道利害不利害。铁雷八宝正与花知鲁达们，在私衙商议退兵之事，外面小番报进："启上将军，关外有金麟川败残兵卒，要见将军。"八宝听言大惊说："传进来！"一声吩咐传进，小番跪禀道："将军爷，不好了。大唐救兵来得凶勇，二将军被唐将枪挑而死，金麟川已破，不日兵到野马川来了。"铁雷八宝听言，不觉下泪说："有这等事。大兄被伤，此恨未消，今二兄又遭童子之手，可不痛杀我也。待唐兵来到关下，魔家不一顿铜人打尽蛮子，也誓不立于人世也。"遂吩咐小番，若唐兵一到，速来报我知道。把都儿一声答应，紧守关门不必表。

再讲唐兵到了野马川，离关一里安营下寨，吩咐放炮升帐。罗通坐在中军帐内，叫声："程伯父，路上辛苦，安息一宵。"咬金说："这个自然，出兵之法，凡兴兵破关，三军行路辛苦，要停兵一天，养养精神的。"当夜不表。

再讲次日天明，元帅升帐说："今日哪一个哥哥去攻关讨战？"闪出秦怀玉道："小将愿去讨战。"罗通道："哥哥须要小心。"怀玉得令，上马提枪，结束停当，放炮开营，带领三军，一马冲出，来到关前大喝一声："呔！关上的，快报与虏狗知道，出来会我。"小番看见，连忙报进："启上将军，今有唐将一员出马讨战。"八宝听言，既有唐将讨战，吩咐披挂，抬铜人过来。小番一声答应齐备，八宝结束上马，拿了独脚铜人，催开马，出了总府，来到关前，放炮开关，鼓声啸动，一马望吊桥上冲过来了。秦怀玉抬头一看，心中大骇说："他手中拿的是什么东西？我想十八般武艺，件件皆知，何曾想有这人用的是独脚铜人。"

他又生得十分恶相，你看他怎生打扮：

面如红枣浪腮胡，两道青眉豹眼珠。身着连环金锁甲，头顶狐狸狮子盔。左首悬弓新月样，右边顶内插狼牙。手执铜人多凶恶，坐骑出海小龙驹。

秦怀玉喝道：“来的虏狗，少催坐下之马，快留下名来，你有多大本事，敢来送死。”铁雷八宝听见便说：“你要问魔的名么，魔乃流国山川红袍大力子大元帅祖麾下，加为随驾大将军，铁雷八宝的便是。你小蛮子有甚本事，敢到魔家马前送死。”秦怀玉呼呼大笑说：“把你这番狗活捉过来，立时枭首。怎么口出大言，分明买腌鱼放生，不知死活，你又不是什么铜皮铁骨的利害，今日天朝救兵到来，还不知道我们众爵主爷骁勇哩。此去赤壁宝康王尚要活擒，何在为你这个把番狗，擅敢霸住野马川，阻我上邦爵主爷去路。”铁雷八宝哈哈大笑说：“你们众蛮子尚被我邦困住，何在你们这一班无知小子，还不晓得魔家手中铜人利害么。此乃自投罗网，不足为惜。快通个名来，魔好打你为粉。”怀玉说：“小爵主乃是护国公秦老千岁荫袭小爵主，奉朝廷旨意，挑选二路平番招讨大元帅罗麾下，加为无敌小将军，秦怀玉便是。放马过来，照爵主的枪罢。”把空条黄金枪串一串，一炷香直往八宝面门上速刺将过来。那八宝说声：“来得好！”不慌不忙，把手中独脚铜人往枪上噶啷这一击，秦怀玉喊声不好，几乎跌下雕鞍，枪多拿不牢起来了。马打冲锋过去，才圈得马转来，早被八宝量起手中铜人，喝一声：“小蛮人照打罢。”将这铜人往顶上打下来了，好似泰山一般。秦怀玉喊声：“不好，我命休也。”把枪横转了，抬上去。不觉噶啷啷声响，枪似弯弓模样，马直退后十数步，几乎跌落雕鞍。看来战他不过，只得带转马头，往营前大败而走。铁雷八宝说：“你这小蛮子，来时许多夸口，原来本事也只平常，你往哪里走，魔来也。”豁喇喇追上前来，秦怀玉早进营了。有军士射住阵脚，八宝只得把马扣定，喝道：“营下的，量你们营中多是无名小卒之辈，决少能人，快快退了人马，让还魔这里两座关头，放你们残生回去。”

不表铁雷八宝夸言，单讲秦怀玉下马进了中营，说道：“元帅，番狗骁勇，手中铜人十分沉重，小将被他打得一下，挡不住，所以败了，望元帅恕罪。”罗通大骇说：“北番番将算得异人了，用的兵器多不在十八般武艺里头，第一关守将的什么踹牌，如今又是什么铜人了，哥哥无罪，带马过来，待本帅亲自出马。”那手下军士备好龙驹，牵将过来。罗通立起身来，把头盔按一按，把金甲按一按，跨上龙驹，提了攒竹梅花枪，炮声一起，营门大开，前里二十四对大红旗，左右平分，鼓声啸动，豁喇喇冲出来了。元帅出马，众爵主多出营来哩。那程咬金说：“我从幼出战沙场，兵器见了无数万，从不曾见有什么独脚铜人的兵器，今日我老人家倒也要出营去看一看。”

不表爵主与程咬金出营观望，单讲罗通冲出营来，那铁雷八宝抬头一看说：“又来送死的蛮子，少催坐骑，通下名来，是什么人？”罗通道：“你要问本帅之名么，乃越国公荫袭小爵主，外加二路扫北大元帅，干殿下罗通便是。”八宝听言，便说：“你可就是当年平北罗艺老蛮子的小蛮子传下来的么？”罗通应道：“然也，既知本帅之名，何不早早下马受缚。”八宝呼呼冷笑道：“我把你这小蛮子，碎尸万段，方雪我恨。我两位哥哥尽丧于你这小蛮子之手，正要与兄报仇，这叫天网恢恢，疏而不漏，今日仇人在眼，分外眼红，我一铜人不打你个齑粉①，也誓不共戴天。放

① 齑（jī）粉——细粉；粉末。这里指粉身碎骨。

马过来！”八宝催一步马向前，把独脚铜人往头上一举，喝声：“照打罢。”望罗通顶梁上一铜人打下来。那罗通喊声：“不好。”看来这铜人沉重，只得把枪也轮横了抬上去。噶啷噶啷一声响，马打退有十数步才圈转来。八宝又说：“照打罢。”又是一铜人打下来，罗通又把枪挡得一挡，不觉坐下雕鞍头圆乱闯，一马冲锋过去，兜得转来，八宝又打一铜人下来。那时罗通抬得一抬梅花枪，打得弯弓一般，虎口多震得麻木了。心下暗想：“这番狗果有本事，不如发回马枪挑了他罢。”算计已定，把枪虚晃一晃，说：“番狗果然骁勇，本帅不是你对手，我今走也，少要来追。”说罢带转丝缰走了。铁雷八宝哈哈大笑说：“魔家知道你，当年罗艺、罗成前来扫北，把回马枪伤去了我邦大将数员，魔也晓得你们罗家有回马三枪利害，但别将怕你回马三枪骁勇，独有魔家不惧你们的回马枪，我把铜人在此摇动，看你怎么样把回马枪伤我。”说罢把铜人在手中摇动，将喉咙前心两处护定，催开坐骑，随后转来了。那罗通听见此言，回头看看，只见他把铜人摇动，护住咽喉，一路追下来了，并无落空所在，好发回马枪。罗通不觉心内慌张，不知怎样的，把丝缰一偏，往营左边落荒而跑了。那铁雷八宝心中大喜说：“魔道你败进营中，倒也奈何你不得，谁说你反落荒而走，分明：

一盏孤灯天上月，算来活也不多时。

凭你飞上焰摩天①，终须还赶上。你往哪里走！”豁喇喇追上前来。营前众爵主见元帅被番将追落荒郊，不觉一齐惊得面如土色，尽说：“完了，如今驾也救不成，一个元帅反送掉了。”程咬

① 焰摩天——佛教用语，指欲界天中的第三层。这是用来比喻极远的地方。

金说："这个畜生自然该死，败下来自该败进营内，怎么反走落荒郊，一定多凶少吉的了。"此话慢表。

且说罗通被八宝追下来，有四十里路程，急得来汗流脊背，只见八宝使起铜人紧追紧走，慢追慢行，一步不能放松。想道："这回马枪不能伤他，将如之何。"心下在此沉吟，丝缰略松得一松，马慢了一慢，却被八宝这匹马纵一步上，就在罗通背后，量起铜人，喝声："照打罢。""当"！这一击打下来，那个罗通喊声："我命休也。"把枪抬得一抬，在马上乱晃，二膝一夹，那马豁喇喇好走哩。追得罗通好不着急。说："番狗奴休要来追，少待来追。"八宝呼呼冷笑说："你往哪里走，快留下首级来。吓。"说罢，又紧追紧赶，相离营盘有八十里路了。

罗通吓得昏迷不醒，伏住马鞍上败下来。偶抬头一看，只见那一边远远来了五个人，那四个头上多是紫色将巾，当中这个银冠束发，白绫战袄，生得唇红齿白，年纪不过八九岁，好是孩童一般，那四个人须发多白。你道是什么人，原来就是罗府中二公子罗仁。他道哥哥领兵扫北，所以也想前来杀番狗。随了罗德、罗春、罗安、罗福四名老家将来的。一路进了白良关，金银二川，罗仁不觉烦恼说："你们这四个老狗才，在此作弄我么，离家乡也有几十天，难道哥哥的兵马还不见？"四人道："二爷又来了，进北番地界，有三座关头，大公子兵马不见，非怪我们之事。"正在此讲，只听喊声道："番狗奴休要来追。"豁喇喇追下来了。那时五人抬头一看，只见一员番将，摇动手中铜人，追赶一员银冠束发的小将下来。四个家将大惊道："啊呀，不好了，这员败下来的小将，好似我家大公子一般，二爷你可见么？"罗仁听说，睁眼仔细一看，说："是啊，是啊。一些也不差，果是我家哥哥，为什么大败？不好了，这番狗奴如此猖獗，追我哥

哥，我不去救，那一个去救。你们快拿锤来！”罗安道：“二爷，使不得，番狗骁勇，你哥哥尚且大败，你去到得哪里是哪里。”罗仁道：“你不要管。”竟夺了两柄大锤，蹋、蹋、蹋，跑过去了叫声：“哥哥，我兄弟罗仁在此救你。”那罗通听言，抬头一看，不觉惊骇叫声：“兄弟动不得，为兄尚然大败，你年纪尚小，不要藐视他人，快退下去。”罗仁不听罗通言语，竟追上去了。罗通好不着急，扣定了马，那四名家将赶上来说：“大爷，我们家人们叩见。”罗通说：“你这四个狗才，那番狗使这铜人，好不厉害，我尚且败了，二公子有何本事，你们放他上去，倘被他们伤了，如之奈何。”四个家将说：“我们原阻挡，二爷不听，自要上去，不关我们之事。”

少表这里主仆之言，再讲罗仁提了两柄银锤，上前喝道：“呔！你这番狗，不必追我哥哥，我二爷在此，你把这颗首级割下来。”那八宝在马上看见了这个小孩子在马前讲话，想他身不上三尺，不觉哈哈大笑，把马扣定说：“孩子，魔要追赶这罗通小蛮子，你为什么拦住马前，倘被马脚踹死了，怎么样呢，快些闪开，待魔家走路。”罗仁喝道：“呔！你这个该死的番狗，那罗通是我哥哥，我就是二公子罗仁，你要往哪里走。吓！快来祭你二爷这两柄锤罢。”八宝闻言怒道：“什么东西，魔家立番邦以来，这铜人下不知死了多多少少的英雄好汉，你这小孩子，也在此戏耍，快些闪开，再在马前混账，魔家撮起了捏死了犹如蝼蚁一般哩。”罗仁道：“呔！番狗。你不要夸口，好好取过头来，必要待你小爷一顿乱捶，把你打为肉酱么。”八宝大怒说：“你这小孩子，魔家好意放你一条生路，你必要死在我铜人底下，此乃该死畜类，佛也难度，照打罢。”“当”一铜人打下来。那罗仁说声：“来得好。”把手中银锤往铜人上噶啷这一枭，架在旁首，冲锋过来。罗仁在地下够不着他身体，交锋过来，往八宝这一骑马头上挡这一银锤，打得这个马头粉碎跌倒来，把一个铁雷八宝翻在尘埃。罗仁上前把铜人夺下，复又一锤打去，把八宝头颅打得肉酱一般，一命归天去了。罗通与四名家将见了，不胜之喜。上前来说道："兄弟，多多亏你，为兄险些丧于番狗之手，请问兄弟到这里做什么？"罗仁说："兄弟也要去杀番狗，在哥哥帐下立些功劳，出仕朝廷，故尔来的。"罗通说："既如此，兄弟同我营中去。"

不表六人回转营中，先讲营内诸将，等至更初，不见元帅回来，大家着忙。程咬金亦着了急，这一首："启上老千岁，元帅回营了。"诸将听说元帅回营，大家出来迎接。说："元帅恭喜，受惊了。啊呀！这二兄弟为何亦在此处？请到里边去。"大家同进营来。咬金叫声："侄儿，你被番狗追下去，害得我做伯父的胆子多惊碎了，如今怎样脱离回营？"罗通把兄弟相救情由，说了一遍。咬金大喜，称赞二侄儿之能。罗仁就拜见伯父，又与众位哥哥见过了礼。罗通吩咐道："如今趁关上小番等候主将回关，必然不闭关门，不如连夜抢进关中安营罢。"众爵主听了令，多上马提了兵器先抢关头了。后面大小三军，卷帐拔寨，多抢关了。罗通、罗仁两员小将，先把关门打开，冲到里面，把那些把都儿枪挑锤打，守关之将尚然伤了，那些小番济什么事？被众将赶进关内，刀斩斧劈，人头谷碌碌乱滚，如西瓜一般。这场厮杀，小番尽皆弃关而逃。元帅就吩咐安下营盘，一面查点粮草，一面关上改立旗号，众将各自回营。一宵过了，到明日清晨，传令：

早除野马铜人将，再灭黄龙女将来。

毕竟众小将不知如何救驾，且看下回分解。

第十一回

罗仁祸陷飞刀阵　公主喜订三生约

诗曰：

屠炉公主女英雄，国色天姿美俏容。只因怒斩罗仁叔，虽结鸾交心不同。

罗通吩咐：发炮抬营，大小三军拔寨往黄龙岭进发。一路前行，有四五天程途，早到了黄龙岭。离关数箭之遥，传令三军扎住营盘，起炮三声，早已惊动了关上。把都儿一见唐营扎住营盘，慌忙进衙飞报主将，说：“启上公主娘娘，南朝救兵已至关下，扎营在那里了。”屠炉公主听见，说：“该死的来了！”吩咐带马。手下应声答应，带过马来，公主跨上雕鞍，手提两口绣鸾刀，离了总帅府衙门。后面跟了二十四名番婆，都是双雉尾高挑，望着关前来。一声炮响，关门大开，吊桥放下，鼓啸如雷，豁喇喇的冲到营前来了。有军士一见，连忙扣弓搭箭，说：“呔！来的番婆，少催坐骑，照箭！”那个箭嗖嗖的射将地来。公主把马扣定，叫一声：“营下的，快去报，有公主娘娘在此讨战，叫你们唐兵好好退了，暂且饶你一班蝼蚁之命。若然不退，我娘娘就要来踹你营头了！”那些军士到中营报说：“启元帅，营外有一番婆，口出大言，在外讨战。”罗仁心中大悦，走将过来说：“哥哥，待兄弟出去擒了进来。”罗通说：“兄弟既要出战，须当小心。”罗仁应道：“不妨。”他一点小孩子，也不坐马，拿了两个银锤，走出营去了。罗通立起身来说：“诸位哥哥、兄弟们，随

本帅出营去看看我弟开兵。”众爵主应道：“是。”大家随了罗通出到营外，咬金也往营外看看。

罗仁又看那公主一看。啊唷！好绝色的番婆。你看她怎生打扮，但见：

头上青丝，挽就乌龙髻；狐狸倒插，雉鸡翎高挑。面如傅粉红杏，泛出桃花春色；两道秀眉碧绿，一双凤眼澄清。唇若丹朱，细细银牙藏小口。两耳金环分左右，十指尖如三春嫩笋；身穿销子黄金甲，八幅护腿龙裙盖足下。下边小小金莲，踹定在葵花踏镫上。果然倾城国色，好像月里嫦娥下降，又如出塞昭君一样。

罗仁见了，不觉大喜，说：“番婆休要夸口，公子爷来会你了！”那公主一见，说：“是小孩子！你吃饭不知饥饱，思量要与娘娘打仗吗？幸遇着我公主娘娘有好生之德，你命还活得成。若然逢了杀人不转眼的恶将，就死于刀枪之下，岂不可惜？也算一命微生，无辜而死，我娘娘何忍伤你！”罗仁听言，大喝道：“呔！你乃一介女流，有何本事，擅敢夸能，还不晓得俺公子爷银锤利害吗？也罢，我看你千娇百媚，这般绝色，也算走遍天涯，千金难买。我哥哥还没有妻子，待我擒汝回营，送与哥哥结为夫妇罢！”公主听言，满面通红，大怒道：“哇！我想你小孩子乱道胡言，想是活不耐烦了！我娘娘拼得做一个罪过了，照刀罢！”插的儿一刀，往罗仁面上劈下来。罗仁叫声：“来得好！”把银锤往刀上噶啷一声响，架在一边，冲锋过去。罗仁把银锤击将过来，望马头上打将下去。公主看来不好，把双刀用力这一架，噶啷、噶啷一声响，不觉火星迸裂，直坐不稳雕鞍，花容上泛出红来了，心中想：“这孩子年纪虽小，力气倒大。罢！不如放起飞刀伤了他罢。”算计已定，把两口飞刀起在空中，念动真言，青光冲起，

把指头点定，直取罗仁。惊得营前罗通魂不附体，叫声："兄弟！这是飞刀，快逃命！"这一头没一个不大惊小怪。哪知罗仁出母胎才得九岁，哪晓上战场有许多利害，第二次交锋，焉知飞刀不飞刀。见刀在空中旋下来，心中倒喜。抬头看着了刀，说道："咦！这番婆会做戏法的。"口还不曾闭，一口刀斩下来了。罗仁喊声："不好！"把锤头打开。这一把又飞往顶上斩下来了。罗仁把头偏得一偏，一只左臂斩掉了；又是一刀飞下，一只右臂又斩掉了。那时罗仁跌倒尘埃，一顿飞刀，可怜一位小英雄斩为肉酱而亡了。

罗通见飞刀剁死兄弟，不觉大放悲声："啊呀，我那兄弟啊！你死得好惨也！""轰隆"一声响，在马上翻身跌落尘埃，晕去了。唬得诸将魂飞魄散，连忙上前扶起，大家泣泪道："元帅苏醒！"咬金泪如雨下说："侄儿！不必悲伤。"四个家将哭死半边。罗通洋洋醒转，急忙跨上雕鞍，说："我罗通今日不与兄弟报仇，不要在阳间为人了！"把两膝一催，豁喇喇冲上来了。公主抬着一看，只见营前来了一员小将，甚是齐整，但见他：

头上银冠双尾高挑，面如傅粉银盆，两道秀眉，一双凤眼，鼻直口方，好似潘安转世，犹如宋玉还魂。

公主心中一想："我生在番邦有二十年，从不曾见南朝有这等美貌才郎。俺家枉有这副花容，要配这样一个才郎万万不能了。"她有心爱慕罗通，说道："呔！来的唐将，少催坐骑，快留下名来！"罗通大喝道："你且休问本帅之名。你这贱婢把我兄弟乱刀斩死，我与你势不两立了！本帅挑你一个前心透后背，方出本帅之气。照枪罢！"嗖的一枪，劈面门挑进来。公主把刀噶啷一声响，架往旁首，马打交锋过，英雄闪背回。公主把刀一起，望着罗通头上砍来，罗通把枪逼在一旁。二人战到十二个回合，公主本事平常，心下暗想：“这蛮子相貌又美，枪法又精，不要当面错过，不如引他到荒郊僻地所在，与他面订良缘，也不枉我为了干公主。”算计已定，把刀虚晃一晃叫声：“小蛮子！果然骁勇，我公主娘娘不是你的对手，我去了，休得来追！”说罢，带转丝缰，往野地上走了。罗通说：“贱婢！本帅知你假败下去要发飞刀。我今与弟报仇，势不两立！我伤你也罢，你伤我也罢，不要走！本帅来也！”把枪一串，二膝一催，豁喇喇追上来了。

那公主败到一座山凹内，带转马头，把一口飞刀起在空中，指头点定喝道：“小蛮子！看顶上飞刀，要取你之命了！”罗通抬头一见，吓得魂不附体，说：“啊呀！罢了，我命休也！”倒把身躯伏在鞍桥上。那时公主开言叫声：“小将军！休得着急，我不把指头点住飞刀，要取你之命。如今我站住在此，飞刀不下来的，你休要害怕。我有一言告禀，未知小将军尊意若何？”罗通说：“本帅与你冤深海底，势不两立，有何说话速速讲来，好与兄弟报仇！”公主道：“请问小将军姓甚名谁，青春多少？”罗通道：“嗄，你要问本帅么？我乃二路平番大元帅干殿下罗通是也，你问他怎么？”公主道：“嗄，原来就是当年罗艺后嗣。俺家今年二十余岁，我父名字屠封，掌朝丞相，单生俺家，还未适人，意欲与小将军结成丝罗之好。况又你是干殿下，我是干公主，正算天赐良缘，未知允否？”罗通听言大怒，说：“好一个不识羞的贱婢！你不把我兄弟斩死，本帅亦不稀罕你这番婆成亲。你如今伤了我兄弟，乃是我罗通切齿大仇人，哪有仇敌反订良缘！兄弟在着黄泉，亦不瞑目。你休得胡思乱想，照枪罢！”耍的一枪，直望咽喉刺进来，公主将刀架在一边，说：“小将军！你休要烦恼，你的性命现在我娘娘手掌之中。我对你说，你若肯允，俺家情愿投降，献此关头。在你马头前假败，就领番兵退到木阳城，等你

兵马一到，就里应外合，共保我邦兵马俺家君。你救出唐王与众位老将军，先立了功，岂不消了我误伤小叔之罪？然后小将军差一臣子求聘我邦，岂不两全其美？你若不允，我把指头拿开，飞刀就要取你性命了！”罗通道：“呔！贱婢杀我弟之仇，不共戴天！你就斩死我罗通罢！”公主哪里舍得斩他。正是：

姻缘不是今生定，五百年前宿有因。并头莲结鸳鸯谱，暗里红丝牵住情。

故此，公主不舍伤他，复又开言叫声：“小将军！你乃年少英雄，为何这等智量？你今允了俺家姻事不打紧，陛下龙驾与众位臣子就可回朝了。你若执意要报仇，娘娘斩了你，死而无名，仇不能报，驾不能救，况又绝了罗门之后，算你是一个真正大罪人也！将军休得迷而不悟，请自裁度。”

那公主这一篇言语，把罗通猛然提醒，心下暗想：“这贱婢虽是不知廉耻，亲口许姻，此番言语倒确确实是真。我不如应承她，且去木阳城，杀退番兵，救了陛下龙驾，后与弟报仇未为晚也。”算计已定，假意说道：“既承公主娘娘美意，本帅敢不从命！但怕你两口飞刀利害，你既与本帅订了姻缘，已降顺我唐朝了，须把这两口飞刀抛在涧水之中，罗通方信公主是真心降唐了。”公主说：“既是小将军允了俺家亲事，要俺抛去飞刀有何难处。但将军不要口是心非方好，须发下一个千斤重誓，俺家才把飞刀抛下。”罗通暗想：“我原是口是心非，如今她要我立誓，也罢！不如发一个钝咒罢。”叫声：“公主！本帅若有口是心非，哄骗娘娘，后来死在七八十岁一个枪尖上。”暗想：“七八十岁老番狗有什么能干，难道我罗通杀他不过？这原是个钝咒。”公主听见他发了咒，心中不胜欢悦，说：“将军一言为定，驷马难追！”便收下飞刀，抛在山凹涧水之中。公主说：“小将军，俺家假败在你马头前，你随后追来，我便弃关而走，在木阳城等你兵马到来，共救唐王天子便了。”罗通说：“本帅知道，公主请先走！”那公主带转马头而走，罗通随后追赶出了山凹，高声大喝：“呔！番婆你往哪里走！本帅要与弟报仇哩！”豁喇喇追到关前来了。公主假意大喊：“啊唷，小蛮子果然利害，我不是你对手，休追赶罢！”冲到关前，下马往内衙说道：“把都儿！我们退了兵罢，罗小蛮子骁勇异常，飞刀都被他破掉了，要守此关料不能够。我们不如把关门开了，退到木阳城，等唐兵到来，一发困住，倒是妙计。”众小番依令即把关门大开，吊桥放下，装载了粮草，带了诸将，竟望木阳城大路而走了。此话丢开。

且表那罗通见公主进入关中，遂即回营。众将接住了马，往中营坐下，有程咬金开言道：“侄儿，你兄弟之仇不报，反被番婆逃入关中，何时得破？”罗通说：“伯父！那父王龙驾如今救得成了。”咬金道：“侄儿，黄龙岭还未能破，龙驾怎么就救得出？”那番，罗通就把方才屠炉公主这番始末根由的言语细细一讲。咬金不觉大喜道：“侄儿！你心中果肯与她成亲么？”罗通说：“伯父又来了，她是我兄弟仇人，我要与兄弟报仇，怎么反与她成亲起来？这是无非哄她。”咬金说：“侄儿，不是这样讲的。你兄弟身丧沙场，也是自己命该如此，何必归怨于她。公主既有如此美意，肯在木阳城接引我邦人马，共破番兵，救出陛下龙驾，是她一桩大大的功劳，也就算将功赎罪，可消得仇恨来了。侄儿不是这等讲，待等此番救驾之后，待我做伯父的与你为媒，成全这段良姻便了。”正在营门讲论，早有军士报进说：“启上元帅，屠炉公主不知为甚把关门大开，领了小番们都退去了。”罗通知道其意，吩咐四名家将：“有书一封，回家见太夫人说，不要悲伤，若日后救了陛下龙驾，自然取屠炉女首级，回家祭奠兄弟的。”

四名家将领了元帅书信，竟是回家往长安大路而行，我且不表。

单讲罗通传令，大小三军拔寨起兵，穿过黄龙岭，一路径往木阳城进发。

再说赤壁宝康王同丞相屠封、元帅祖车轮在御营饮酒，康王说："元帅，报闻大唐救兵打破白良关、金银二川、野马川；铁雷三弟兄如此骁勇，俱皆战死沙场，如此奈何?"祖车轮道："狼主放心，铁雷弟兄虽勇，皆是无谋之辈，故有失地丧师之祸。如今黄龙岭公主娘娘多谋足智，况有飞刀利害，自然守得住的。"君臣正在议论之间，忽有探子报来："启上千岁！公主娘娘回军了。"康王听报，大吃一惊，说："元帅，唐兵何其凶勇，破关如此甚急，王儿不守黄龙岭，反领兵回来做什么?"祖车轮说："连及臣也不知是什么意思，且去迎接入营，问个明白便了。"康王曰："善!"车轮上马带了番兵出营，一路迎接来见公主说："公主娘娘在上，臣祖车轮在此迎接。"公主说："元帅平身，随俺家进营来。"车轮奉命，同进御营。俯伏说："父王在上，臣儿见驾，愿父王千岁，千千岁!"康王说："王儿平身，赐坐!"旁边问道："王儿，那唐朝救兵实为利害，连破几座关头，杀伤数员上将。王儿为何不守黄龙岭，反自回营何干?"公主道："父王在上，那唐朝小将罗通邪法利害，臣儿飞刀都被他破了，所以难守此关，只得回来见父王。"康王听说，心中十分纳闷，只得与众臣议论，唐朝救兵到此，怎生破敌，这话不表。

且说大唐人马相近，到了木阳城，有探子报进说："启上元帅，前面就是木阳城了!"罗通抬头一看，果见番兵如山似海，围得密不通风，那众将军大家惊骇。罗通吩咐大小三军到这边平阳之地安营。军士一声答应，顷刻扎下营盘。罗通便叫："程老伯父！如今待侄儿独马单枪杀进番营，叫开木阳城，见了陛下，同军兵杀出城来，听见炮响，要伯父领众侄儿攻进番营。正是外破内攻，不怕番兵不退。”咬金说：“侄儿言之有理，须要小心！”罗通道：“这个不妨。”就把银铠扎束停当，跨上小白龙驹，提了梅花枪，出了营门，豁喇喇冲到番营。把都儿看见叫声：“奇啊！那边来的这个小将是什么人，难道是唐朝救兵不成？为什么单人独马的？”那都儿答道：“哥啊！不要管他，我们放箭。”纷纷的射将下来。罗通说：“营下的！休放箭，今已救兵到了，快快退兵。如有半声不肯，本帅要踹营盘哩！”说罢，把枪串动，冒着弓矢，一马冲进。吓得番兵魂不附体，箭都来不及放了。被罗通手起枪落好挑，犹如弹子一般，有着咽喉的，有着前心的。番兵见不是路，只得让一条路待他走。这罗通进了第一座营盘，又杀进第二座营头。不好了！惊动了番邦正将、偏将，提斧拿刀在罗通马前马后，刺的、劈的、斩的，这个罗通哪里在他心上！把枪前遮后拦，左钩右掠，落空的所在，一枪去掉了偏将几人；那一枪又伤了副将几员，把马一催，冲过了这一个营盘。在里边只见枪刀闪烁，那里见什么路头！罗通原是个小英雄，开了杀戒，透第七营盘方才到得护城河。只见木阳城上都是大唐旗号，喘息定了一口气，望着南城而来，正要叫城，只听：

一声炮响轰天地，冲出番邦骁勇人！

不知冲出番将是谁，但看下回分解。

第十二回

苏定方计害罗通　屠炉女怜才相救

诗曰：

一将焉能战四门，却遭奸佞①害忠臣。若非唐主齐天福，那许英雄脱难星。

罗通听见炮声响处，倒吃一惊。抬头一看，只见一员番将冲到面前，赤铜刀劈面斩来。罗通就把梅花枪架定，喝声："你是什么人，擅敢拦阻本帅进城之路?"那番将也喝道："呔！唐将听者，魔乃大元帅麾下大将军，姓红名豹，奉元帅将令，命魔家围困南城。你可不知魔的刀法利害么！想你有甚本事，敢搅乱我南城汛地?"罗通也不回言，大怒，挺枪直往红豹面门刺来。红豹说声："来得好！"把赤铜刀劈面相迎。两将交锋，战有六个回合，马有四个照面。红豹赤铜刀实为利害，望着罗通头顶上劈面门"绰绰绰"乱斩下来。那时，罗通也把手中攒竹梅花枪噶唧丁当，丁当噶唧钩开了枪，逼开了刀。这一番厮杀不打紧，足足战到四十回合，不分胜败。那时恼了罗通，把枪紧一紧，喝声："番狗奴，照枪罢！"嗖这一枪挑进来，红豹喊声："不好！"闪躲不及，正中咽喉，挑下马来。那番正偏将、副偏将见主将已死，大家逃散，往营中去躲避了。罗通喘定了气，来到南城边，大叫道："呔！城上那一位公爷巡城？快报与他知道，说本邦救兵到

---

① 奸佞（nìng）——奸邪谄媚的人。多指奸臣。

了。小爵主罗通要见父王，快快开城门放我进去!”

少表这里叫城。单讲城上自从被番兵围住，元帅秦琼传令在此，每一门要三千军士守在这里，日日差一位公爷在城上巡城。这一日刚好轮着银国公苏定方巡城。他听见城下有人大叫，连忙扒在城垛上往底下一看，只见罗通匹马单枪在下，明知救兵到了，心下暗想说：“且住。我昨夜得其一梦，甚是蹊跷，梦见我大孩儿苏麟，满身鲜血走到面前说：‘爹爹，孩儿死得好惨！这段冤内成冤，何日得清也?’说罢我就惊醒。想将起来，此梦必有来因，莫不是罗家之事发了？他说冤内成冤，必然将我孩儿摆布死了，要我报仇的意思。待我问他着。”苏定方叫一声：“贤侄，你救兵到了么?”罗通抬头一看，心中想道：“原来就是这狗男女！罢，罢！今日权柄在他手中，只得耐着性气。”正是：

英雄做作痴呆汉，豪杰权为懵懂①人。

便答应道：“救兵到了，烦苏老伯开城，待小侄进城朝见父王龙驾。”定方说：“贤侄，你带多少兵马？几家爵主？扎营在何处？程老千岁可在营中么?”罗通道：“侄带领七十万人马，几家爵主，扎营在番营外面六、七里地面，程伯父现在营中。”苏定方说：“我家苏麟、苏凤两个孩儿可来么?”罗通听见此言，沉吟一回说：“他二人在后面解粮，少不得来的。”苏定方见他说话支吾，心中觉着必定他要报祖父冤仇，把我孩儿不知怎么样处决了，故有此番恶梦。正是：

人生何苦结冤仇，冤冤相报几时休?

我若放他进城，此仇何时报雪？却不道连我性命不保。倒不如借刀杀人，把一个公报私仇，以雪我儿之恨罢！叫这畜生四门杀

---

① 懵（měng）懂——糊涂。

转。况番将祖车轮万人莫敌，手下骁勇之辈不计其数。叫他四门杀转，必遭其害，岂不快我之心？”定方恶计算定，岂知天意难回。

思量自有神明助，反使罗通名姓扬。

苏定方便叫声：“贤侄，陛下龙驾正坐银銮殿，贴对南城。若把城门开了，被番兵冲进，有惊龙驾，岂不是你我之罪么？”罗通说：“既如此，便怎么样？”定方说：“不如贤侄杀进东城罢。”罗通说：“就是东门。你快往东城等我！”罗通说罢，把马一催，南城走转来。要晓得围困城池，多是番兵扎营盘的，只有几条要路，各有大将几员把守出入之所，以防唐将杀出。番营余外营帐，只有番狗，没有番将的。罗通走到东门，正欲叫门，忽听得城凹一声炮响，冲出两员大将来了。你看他打扮甚奇，都是凶恶之相。一个是：

头戴青铜狮子盔，头如笆斗面如灰；两只眼珠铜铃样，一双直蓝扫帚眉。身穿柳叶青铜镜，大红袍上绣云堆；左插弓来右插箭，手提画戟跨乌骓。

又见那一个怎生打扮：

头上映龙绿扎额，面貌如同重枣色；两道浓黑眉毛异，一双大眼乌珠黑。内衬二龙官绿袍，外穿铜甲鱼鳞叶；手端一把青龙刀，坐下一匹青毛吼。

这两个番将冲将过来。罗通大喝道：“呔！你们两只番狗，留下名来！”两员番将大怒道：“你这小蛮子，要问魔家弟兄之名么？乃红袍大力子大元帅祖麾下护驾将军伍龙、伍虎便是。奉元帅将令，在此守东城汛地。你独马单枪前来送死么？”罗通大怒道：“我把你两个番狗！怎么拦阻本帅，不容进城？你好好让开，饶你们一死。若然执意拦阻马前，死在本帅枪尖上犹如蚂蚁一般，何足于惜！”伍龙、伍虎哈哈大笑道：“小蛮子，你想要进东城么？只怕不能够了。好好退出，算你走为上着。不然，死在顷刻！”罗通闻说大怒，把枪一摆，喝声：“照枪罢！”往伍龙面门刺来。伍龙把方天戟一架，马打交锋过去。伍虎把青铜刀一起，喝声：“小蛮子！看刀！”豁绰直望顶梁上一刀砍下来。那罗通把枪噶啷架开。这罗通本事虽然利害，如今两个番将，刀戟两般兵器逼住了枪，罗通只好招架尚且来不及，哪有空工夫发枪出去。算他原是年少英雄，智谋骁勇，百忙里一枪逼开了戟，喝声：“番狗！照枪罢！”一枪望伍龙面门挑进来。伍龙把戟钩开。这三人战在沙场，一来一往，一冲一撞。正是：

枪架戟，丁当响当叮；枪架刀，火星迸火星。那三人，好似天神来下降；那三匹马，犹如猛虎出山林。十二个蹄分上下，六条膀子定输赢。只听得：营前战鼓雷鸣响，众将旗幡起彩云。炮响连天，惊得书房中锦绣才人顿笔；呐喊声高，吓得闺阁内聪明绣女停针。

这三人杀到四十回合，罗通两臂酸麻，头晕混混，正有些来不得了。不觉发了怒，把光牙一挫，喝声：“照枪罢！”一枪直望伍龙心口刺来。伍龙喊声：“不好！”要把戟去钩他，谁知来不及了，正中前心，死于马下。伍虎见兄死了，心中一慌，不提防罗通趁势横转枪来，照伍龙脑后挡这一击，打得头颅粉碎，跌下马来，呜呼哀哉了。

两名番将虽然都丧，这罗通还喘息不住，杀得两目昏花。行至护城河边，把马带住，望城上一看，早见苏定方已在城上，便高声叫道：“苏老伯！快把城门开了，待小侄进城。”苏定方说：“侄儿，这里东门正对番帅正营。那元帅祖车轮勇猛非凡，内有大将数员，十分利害，守定东门。如今开了东城，一定要冲杀进来，不要说千军万马，也难敌他！如今料想你我两人寡不敌众，怎生拦阻？”罗通道：“你不肯开城，难道飞了进来不成？”定方说：“贤侄，不是为伯父的作难。奈奉朝廷旨意在此巡城，时时刻刻用意当心，只怕冲进，所以东城开不得。你不如到北城进来罢！”罗通暗想：“苏定方说话蹊跷，好不烦闷。”便说：“也罢。我罗通杀得人困马乏，若到北城，再推辞不得。”定方道：“这个自然。你到北城，我便放你进来。”

罗通只得把马一催，往北城而来。一到北城，只听番营里一声炮响，冲出两员番将，生来丑恶异常，身长力大。罗通抬头一看，不觉大惊，说：“不好了！我连踹七座营盘，伤去三员骁将，如今怎能又敌过这两员丑恶长大之将？分明中了苏定方之毒计！”只得喝声：“呔！来的两名番狗，快留下名来！”那两名番将也喝道：“呔！小蛮子！你要问魔家之名么？魔乃流国山川红袍大力子祖元帅麾下先锋专魔犴①妖魔呼是也。可恼你这小蛮子，有多大本事，不把我们两个先锋大将在眼内？东城不是我们把守，由你猖獗，你进了东城就有命了。这北城是魔等防地，你也敢来搅乱么？真正分明自寻死路了！”罗通听了大怒，说：“番狗！本帅连杀二门，伤去了番将三员，尽不费俺气力。你两个岂不可知死活，敢来拦住马前？快让本帅进城，饶你一死。若不避让回营，动了本帅之气，只怕命在顷刻！”专魔犴大怒，喝声：“小蛮子！休得夸能。照打罢！”把手中两铁锤一齐直往罗通顶上打将下来。罗通把枪一架，枭在旁首去了。妖魔呼也喝：“照斧罢！”就把手中两柄月斧盖将下来。罗通把枪杆子架在一旁，一马冲锋过去。那两员番将好不利害，把锤、斧逼住，乱劈乱打，不在马前，就

① 犴（àn）。

在马后。罗通战乏之人，只好招架，没有还枪发出去。

专魔犴手中两柄锤好不利害，使得来只见锤，不见人，往罗通头上紧紧打下来。妖魔呼两柄斧头起在手中，也是左蟠头，右盖顶，双插翅，杀得罗通吼吼喘气。把枪抡在手中，手里边左钩右掠，前遮后拦，迎开锤，逼开斧，这一条枪使动朵朵梅花。这两名番将哪里惧你，只管逼住。恼了小英雄性气，把身一摇，力气并在两臂，把枪紧一紧，逼开了番将锤斧，照定专魔犴咽喉，喝声："去罢！"噗通一声挑下马下，跌落护城河内去了。妖魔呼一见，心内惊慌，把双斧砍将过来。罗通把枪架开，照着妖魔呼一杆子，妖魔呼喝声："不好！"连忙招架，来不及了，打在头上，跌下马来一命呜呼了。

那罗通又伤二员番将，心中好不欢喜。喘息定了，往城上一看，只见苏定方早在上面，说："苏伯父，念小侄人困马乏，再没本事去杀这一城了。快快开城放小侄进城。"苏定方心中一想："我要送他性命，故而不放进城。岂知这小畜生本事十分骁勇，连杀三门，无人送他性命，这便怎么处呢？不如叫他再杀至西城。那西城有番帅祖车轮把守，他骁勇异常，正有万夫不当之勇，况这畜生杀得人困马乏，哪里是他对手，岂非性命活不成了！"定方算计停当，叫声："贤侄，为伯父的真正千差万差了！害你团团杀转来，该放你进城才是。乃奉元帅将令，北城门开不得的，我若开了北城，元帅就要归罪于我，这便怎么处？"罗通听言大怒，说："你说话太荒唐了！你是兴唐大将，我也是辅唐英雄。乃龙驾被困在城，到来救驾，为何不肯放我进城，反有许多推三阻四？南城不容进，推到东城，又不容进，推到北城，如今又不放我进城，是何主意？还是道我有谋叛之心，还是你苏定方暗保番邦，为此国贼？"这句说话唬得定方目定口呆，叫声：

“贤侄！非是我暗为国贼，因帅爷将令，故而如此。”罗通道：“我且问你，这北城为何开不得？”定方说：“连我也不解其意。”罗通道：“纵然开不得，今日救兵到了，就开了也不妨。若秦老伯父归罪于我，罗通在此决不害你！”定方说：“是么。既是救兵，西城也进得的，必须要进北门的么？”罗通道：“我知道了。我罗通若是生力，就走西门何妨？但我连战三门，力怯人困，再走四城，分明你要断送我性命也！”定方道：“贤侄的英雄那个不知，谅这些番奴、番狗岂是贤侄对手。我焉肯送你性命。”罗通心下暗想：“我三关已破，何在乎这一关。且杀至西门，看他怎么样，难道又使我再走南门不成？说也罢，我就走西城，不怕你推三阻四。”罗通把马催动，望西城而来。

那罗通周围杀转，这番到西门，差不多天色已晚黑来了。只听那边银顶葫芦帐内一声炮起，呐喊震摇，豁喇豁喇冲出一员大将，后面跟了四十名刀斧番将，好不凶勇！冲上前来喝声：“呔！来的罗小蛮子！少催坐骑。这里西城是本帅防地，你敢前来送命么？”罗通听言全无惧怯，也便喝：“呔！番狗！你有多大本事，敢在马前挡我本帅之路？自古说：‘让路者生，挡路者死！’快通名来！”番将呼呼大笑道：“小蛮子，你要问魔家之名么？你且洗耳恭听。本帅乃赤壁宝康王驾前封为流国山川红袍大力子大元帅祖车轮是也！可晓得我斧法精通。你这小蛮子前来侵犯西城么？”罗通大怒，喝声：“我把你这狗番奴一枪挑死才出我气！怎么你把天朝帝君困在木阳城内，今日救兵已到，还不退营？阻住本帅去路，分明活不耐烦了！”祖车轮道：“休要夸能。放马过来，照本帅斧子罢！”即把浑铁开山斧往自己头上一举，豁绰望罗通顶梁上这一斧砍将过来。罗通喊声：“不好！”把攒竹梅花枪往斧子上噶啷啷这一抬，倏忽跌倒，雕鞍马都退了十数步。要晓得罗通生力则与祖车轮差不多，如今罗通连战了三门，力乏的了，自然杀不过祖车轮。被他这一斧砍得来，脸面失色，豁喇一马冲锋过去。回得转马来，罗通把梅花枪一起说：“番狗奴！照本帅的枪罢！”插这一枪望番将咽喉挑进来。祖车轮说声：“来得好！”把开山斧架在旁首，马交肩过去。英雄转背回来，祖车轮连剁几斧过来，罗通只好招架，并无闲空回枪。看看战到二十余合，罗通有些枪法乱了。祖车轮见罗通气喘不绝，思想要活捉回营，那时吩咐小番：“与我把罗通围住，不许放他逃走。待本帅生擒活捉他来，有个用处。”小番一声答应，把一字铛、二钢鞭、三尖刀、四楞锏、五花棒、六缨枪、七星剑、八仙戟、九龙刀、十楞锤望着罗通前后，马左马右，就把一字铛肩膊乱打，二钢鞭扫在马蹄，三尖刀面门直刺，四楞锏脚上丁当，五花棒顶梁就盖，六缨枪照定分心，七星剑劈着脑后，八仙戟捣在咽喉，九龙刀颈边豁绰，十楞锤下下惊人，好一场大杀！罗通喊声：“不好了！”把梅花枪抡在手中，前遮后拦，左钩右掠，上护其身，下护其马。钩开一安铛，架调二钢鞭，逼下三尖刀，按定四楞锏，拦开五花棒，掠去六缨枪，遮调七星剑，闪过八仙戟，抬住九龙刀，扫去十楞锤，原也利害！祖车轮这一柄斧子好不骁勇，逼定罗通厮杀，不冲回合的猛战。正是：杀在一堆，战在一起，围绕中间杀个翻江倒海一般。罗通心内着忙，眼面前都是枪刀耀目，并没有逃生去路。手中枪法慌乱，人又困乏，头晕昏昏，性命不保，只得喊声：“我命休矣！谁来救救？”祖车轮说：“小蛮子，你命现在本帅掌握之中，休要胡思乱想逃脱。蚁命围定在此，决无人救你，快快下马投降，方免一死，不然本帅就要生擒了！”唬得罗通魂不附体。正是：

若非唐主洪福大，焉得罗通命保全？

毕竟不知怎生逃脱，且看下回分解。

第 十 三 回

破番营康王奔逃　杀定方伸雪父仇

诗曰：

数年冤恨到如今，仇上加仇洗不清。罗通险失车轮手，亏得屠炉作救星。

那罗通看见马前马后都是枪刀，并没有去路，只叫："我命休矣！"惊动城上苏定方，在垛内见了不胜欢喜："如今这小畜生性命一定要送番兵手内了。为此借刀，杀我孩儿仇恨已报！"

不表苏定方在城上得意。单讲番营盘内赤壁营，康王同了屠封丞相、屠炉公主等正坐龙位。此时正张挂银灯，忽听得外面杀声震地，金鼓连天，忙问道："营外为何呐喊？"小番禀道："启上狼主，只因外面有一南朝小蛮子，名唤罗通，十分利害，连杀三门，无人抵敌 。如今在西城被元帅围住，将要活擒蛮子了！"屠炉公主听见，心内吃惊，暗想："我把终身托他，叫小将军杀进番营，共救南朝天子，如今他在西城厮杀，一定人困马乏，况且祖车轮斧法精通，必然性命不保，倘有差池，岂不怨恨于我？不如出营前救护夫君，也表我一片真心为他。"公主算计已定，开言叫声："父王！南朝这罗通骁勇异常，儿臣飞刀尚被他破掉，何在祖元帅！这叫来者不善，善者不来。然是这些番将围住，也难擒他。不如待儿臣前去助元帅一臂之力，捉了罗通。"康王大喜，说："王儿言之有理，快快前去！"

那时公主上马，提了两口绣鸾刀，出了番营，并不带番婆、番女，径走西城。抬头一看，只见围绕一圈子，在里厮杀。声声只听得叫："我命休矣！谁来救救？"公主暗想："分明在那里叫我。"连忙冲前一步，大叫："众将闪开！元帅，我来助战，共擒罗通！"众番将杀得气喘吼吼，听见公主娘娘来，大家闪在一旁让开。屠炉公主这一马冲过来相救罗通之事，我且慢表。

先讲木阳城内贞观天子李世民，坐在银銮殿上。两边众公爷站立，徐茂公立在左侧，皇爷开口叫声："徐先生，你的阴阳当初件件有准，到今朝程王兄讨救之事，却有差了。"茂公说："陛下何以见臣阴阳不准呢？"朝廷道："前日程王兄去讨救兵的时节，先生也曾算他今日辰刻救兵到木阳城了。如今寡人在此候了一天，不要说辰刻，如今已到戌刻，还不见至，想救兵今日一定不来的了，岂不是先生阴阳不准？城中粮草看看尽了，再是五天救兵不到，绝了粮草，还有什么天赐王粮到来不成？"茂公道："陛下龙心请安。臣阴阳有准，算定今日辰刻救兵到，一些不差，救兵辰刻已到木阳城了。"皇爷说："先生，怎么既然辰刻到的，为什么至晚还不进来见寡人？"茂公叫声："圣上！有位小公子独马进番营，因城门紧闭，又被番兵困住在城外厮杀，故而辰刻至晚不见进来。"朝廷说："有这等事？"侧定耳朵听一听，说："啊唷！"只听得外边炮响连天，战鼓似雷，喊响齐声，闹杀不住。那朝廷听罢，龙颜大怒，说："秦王兄，今日轮差那位官员巡城，这等欺朕？救兵辰刻到的，至晚还不来奏，闭住城门不放御侄进来，是什么意思？"秦琼叫声："陛下！今日乃银国公苏定方巡城，不知他何故不来奏知。"尉迟恭不觉大怒，说："陛下！那苏定方不来奏知我王，分明欺君，暗为国贼，一定他反了！待臣前去擒来。"那时尉迟恭跨上雕鞍，出了午门，竟走北城去了。不必说他。

茂公开言叫："秦三弟，你快令众将连夜冲杀番营，好外应里合，一阵成功!"叔宝领了茂公之命，遂传令大小三军，披挂端兵，摆齐队伍，先锋、副总都是披挂起马。马、段、殷、刘、王五将，大家跨上马，刀的刀，枪的枪，各带能干家将数十，出了银銮殿。灯球亮子照耀如同白昼，秦元帅领三军往北城来，且慢表。

这里马三保、段志远、殷开山、刘洪基各带三军杀出四门，我且不表。又要说外面番将围绕罗通，正在厮杀，见屠炉公主上来，大家闪在一边，让公主冲到祖车轮马前，喝声："呔！罗通，照刀罢!"绰这一刀往祖车轮顶梁上砍下来。车轮不曾提防，要躲闪也来不及了，说："啊呀公主！怎么斩错了?"口内叫斩错，头偏得一偏，贴中左肩一只膊子砍了下来，在马上翻身倒地。罗通见了，满心欢喜，纵一步，马上往车轮一枪刺个后背透前心。可怜一员大将，死于非命。那些众番兵见公主斩下元帅膊子，大家喧嚷："公主娘娘反了!"唬得屠炉女面如土色，到往那一头跑了过去。罗通如今胆大了。串动梅花枪，见一个挑一个，好挑哩！一边在此战。

再讲到城内，尉迟恭冲上城头，他是个莽大夫，叫一声："拿反贼！苏定方不要走!"豁喇喇一马冲过来了。这苏定方听言心内一跳，回转头看时，却原来是尉迟恭，心内倒觉着自己不是了，忙叫心腹家将快快下去开城逃命。定方提了大砍刀，下落城头。四员家将把城门大开，坠下吊桥一下，苏定方冲出城去了。尉迟恭大怒，说："啊唷唷！可恼，可恼！天子有何亏负你，敢背反朝廷，私开北城。倘有番兵冲杀来，岂不有惊龙驾！你思想还要逃走性命么?"随后赶出城来。

苏定方拼命纵过吊桥，却正遇罗通马到跟前，见了不觉大怒，说："苏定方，你往哪里走！"这一声叫，吓得定方魂不附体，带转马往那一头跑去。正逢屠炉公主冲来，他听得罗通叫声："反贼苏定方。"必定要捉他的意思。见苏定方冲过来，他就纵一步马，向前照着苏定方夹背领一把抓住，说："在此间了！"提在手中，往着罗通那边一撩。罗通双手接住，回头看见尉迟恭在吊桥上，叫声："尉迟老伯父，待小侄丢苏贼过来，你接着！"把定方一丢。敬德说："在这里了！"接过来捺住判官头上，带转缰绳进城去了。只见叔宝领兵冲出，便叫："秦元帅，苏定方已被末将擒住在此，不劳元帅费力。"叔宝说："本帅奉军师之命，连夜冲杀番营，一阵成功。尉迟将军快把苏定方拿往银銮殿见驾，速来助战。"尉迟恭应道："是！某家知道。"尉迟恭忙到银銮殿说："陛下，苏定方拿在此间了。"天子说："将这反贼绑在龙柱，王兄前去助元帅冲营回来，然后处决。"尉迟恭一声："领旨！"绑了苏定方，就往北城冲出。

先讲秦琼，带领诸将冲过吊桥，见了罗通说："侄儿！伯父在此，大胆冲踹番营，就要里应外合，一阵成功了！"罗通见伯父如此言，就放出英雄本事，一骑马冲到营前，手起枪落，好挑哩！

屠炉公主听说唐兵冲踹，假意喊声："不好了！唐将骁勇，尔等还不逃命，等待何时？"口内说这句话，手中刀好似切菜一般，把自家番兵乱剁，人头碌碌乱滚，如西瓜相似的。有的说："公主娘娘反了！"就是一刀。杀的这些番兵"反"字都不敢叫，由着屠炉公主见一个杀一个。冲进御营盘，假意说："父王、父亲！不好了，南蛮利害，踹进番营、御营来，快些逃命！儿臣在此保驾断后。"康王听言，魂飞魄散。相同丞相跨上雕鞍，叫声："王儿，保魔逃命！"弃了御营，不管好坏，竟自走了。只见外边

烟尘抖乱，尽是灯球亮子。喊杀连天，震声不绝，营头大乱，夺路而走。后面公主虽是断后，却回头看看罗通在那一边厮杀，就把头点点说：“你随我来。”罗通公然安心，串串梅花枪，随定公主马后不住的乱打乱刺。秦琼领了诸将三军，跟住罗通追杀上来。他这条提炉枪好不了当！撞在马前就是一枪。也有刺在面门，也有刺入前心，也有伤在咽喉，死者不计其数。挑人如打战，呐喊似雷声。一个公主在前引路，喊声：“不好了！”一刀。说：“父王快走！”又是一刀。喊叫百来声“父王不好”，杀了百来个人了。这两口刀抡在手中好杀，也有砍破天灵盖的，也有头落尘埃的，也有连肩卸背的。杀得来：

天地皱云起，乌鸦不敢飞。狂风喧四野，杀气焰腾腾。弃下营和帐，卸甲走如飞。

东有平国公马三保、定国公段志远二位老将，领三千人马冲踹番营。马将军手内金背蔡阳刀，举起上面摩云盖顶，下面枯树翻根，豁绰乱剁；段将军手中射苗枪，串动朝天一炷香，使下透心凉，见一个挑一个，见两个刺一双。惨惨愁云起，重重杀气生。

西城有开国公殷开山、列国公刘洪基二位老将，带三千人马冲杀过来。殷将军这条红缨枪好不利害！左插花，右插花，月内穿梭，嗖嗖的乱挑个不住；刘将军摆开象鼻刀，使动上面量天切草，护马分鬃，人头乱滚。血流成河，尸骸叠叠。

有长国公王君可，把手中青龙偃月刀不管好坏，撞在刀头上就是个死。那一首尉迟恭好不了当！举起乌缨枪，朵朵莲花相似；坐马儿郎着得一枪，伤人性命无数。番兵尸首堆得土山一般。大家只要逃得性命，夺路而走。四门营帐多杀散了，归到一条路上逃命。

这一头罗通随定公主厮杀。看来营头大散，遂发信炮一声，惊动程咬金老将军，叫声："众位侄儿，发信炮了，快些冲营！"那些将士上马提刀，带领了大小三军。咬金举起手中斧子，领了众公子豁喇喇围上来了，把这些番兵裹在当中，好一场大杀！内边众老将杀出，外边众小将杀进去，杀得番邦人马无处奔投，可怜：

血流好似长流水，头落犹如野地瓜。

这一杀不打紧，杀得番兵神号鬼哭，追杀下去有八十里路。逃命无数，伤坏者也不少，草地上的尸骸断筋折骨者，分不出东西南北。正所为：

一阵交兵力不加，人亡马死乱如麻；败走番人归北去，从今再不犯中华。

这一首，秦元帅发令鸣金收兵。只听一声锣响，各将扣定了马，大小三军都归一处，齐集队伍，退转木阳城去了。

如今再讲到赤壁宝康王，虽有屠炉公主同屠封丞相保护，只是吓得魂飞魄散，伏在马上半死的了。丞相见唐兵都退了，方敢把马扣住，说道："狼主苏醒，唐将人马退去了。"康王那时才言说："啊唷，吓死魔也！吓死魔也！"吩咐且扎营。这一首扎住营盘，公主进了御营。康王说："王儿！亏得你断后截住唐兵，魔家性命不送。若没有王儿，魔千个残生也遭唐将之手了！"公主心下暗想："好昏君！我心向唐王，杀得你们大败，还道我保着自家人马，真正是呆痴懵懂之君了！"遂回言道："父王！唐将实为骁勇，儿臣难以抵挡，所以有此损兵折将。望父王赦罪，待儿臣出去收军。"说罢，遂走出营外，敲动催军鼓。也有愿者转来，不愿者竟逃命走了。三通鼓完，番兵齐了，点一点二十五万番兵，只剩得五万，还是损手折脚的。就是大将，共伤一百零三员。康王叫声："王儿，魔开国以来，未曾有此大败！今杀得片

甲不存，元帅又遭阵亡。孤掌北番不能争立称王，倒不如献了降书罢！”屠封说：“狼主降顺大邦，不待而言。但唐兵已退，不来追杀，也蒙他一点好生之意。我们且退下贺兰山，整备降书、降表，看他们来意若何。唐王起兵到贺兰山来，我们归顺。不来，我们也不要投降。”康王说：“丞相之言有理。”吩咐埋锅造饭。屠炉公主只等唐邦媒人到来说亲。

再说众国公与众爵主领兵入城，皆住内教场。元帅同众大臣上银銮殿，有程咬金启奏说：“老臣奉旨讨救，一路上因关津阻隔，所以来迟，望陛下恕罪。”朝廷说：“王兄说哪里话来。朕蒙老王兄豪杰，独马杀出番营，往长安讨救，其功浩大，请王兄平身。”咬金谢恩起身。又有一近小爵主俯伏说：“陛下在上，小臣秦怀玉、程铁牛、段林、滕龙、盛蛟见驾。不知万岁被困番城，所以救驾来迟，罪该万死！”朝廷说：“众位御侄平身。寡人被困番城，自思没有回朝之日。亏得众御侄英雄，杀退番邦人马，其功非小，更有何罪？”众小爵主道：“愿我王万岁，万万岁！”大家起身，站立一边，单有罗通泪如雨下，不肯起身。朝廷一见，大吃一惊，说：“王儿，你有什么冤情，如此痛哭？快快奏与寡人知道。”罗通哭奏道：“啊呀父王啊！要与儿臣伸冤啊！”朝廷说：“王儿既有冤情，须当一一奏闻。”罗通说：“儿臣当初未及三岁，父亲早丧。年幼在家，也不知其细。不道前日父王旨意，命程伯父到长安讨救。儿臣思想救父王龙驾，所以夺了二路扫北元帅之印，乐乐然领人马到白良关。其时正遇守关将利害，难以得破。闷坐营中忽蒙眬睡去，见我祖父、父亲到跟前，身带箭伤，说：‘不孝畜生！你祖父、父亲为王家出力，死于非命。你不思与祖父、父亲报仇，反替不义之君出力！’”朝廷说：“王儿，有这等说，应该就问他那一个不义之君。”罗通道：“臣儿也曾相问，他说：‘为父与当今天子太宗出力，乃一旦隐于泥河，乱箭惨亡，身遭苏定方毒手。朝廷不与功臣雪恨，反把仇人封妻荫子。你若要与皇家出力，倘后身亡，那时罗门三代冤仇谁人得报？’说罢惊醒，儿臣才知苏定方是大仇人了。以后破关过来，单枪独马杀进番营，为何苏定方不肯开城，反使儿臣团团杀转？幸亏儿臣枪法利害，敌住斗战。不然被番将伤了，一条性命白白又送与定方毒手。这倒还可，为儿臣者该当尽忠于父王，以立勋名于麒麟阁。但伤了儿臣，父王龙驾困在番城，谁来保救！伏望父王龙心详察，苏定方怀仇欺君误国，该当何罪？”朝廷听言大怒，说：“啊唷，啊唷！可恼，可恼！寡人有何亏负这逆贼，竟敢用暗算毒计，心向番王，把寡人的龙驾戏弄，真正是一个大奸大恶的国贼了！啊，王儿，你把苏定方怎样处治了，与祖父报仇。待朕设奠亲自请罪罗王兄便了。”罗通方才谢恩：“愿父王万岁，万万岁！”立起身，来到龙柱上解下绑缚，扭将过来。这苏定方口称：“罢了，罢了！我死去与罗门仇深海底矣！”朝廷说：“王儿且慢动手，传旨与光禄寺备筵当殿御祭。”这一边银銮殿上摆了一桌酒肴。有罗通拜了四拜，扯起一口宝剑，叫声：“祖父、父亲！今日陛下亲在赐祭，仇人也在此，孩儿与你报仇了！”就把剑望苏定方心内豁绰一刀，鲜血直冒，把手一捞，捞出一颗心肝。定方跌倒尘埃，一员大将归天去了。底下有挠钩手拉去尸骸，不必细表。

单讲罗通把这颗心肝放在桌上说：“祖父、父亲！仇人心肝在此，活祭先灵。慢饮三杯，安乐前去，超生极乐！”朝廷说：“罗王兄阴魂渺茫，朕欲待拜你一拜，但君不拜臣，秦王兄与寡人代拜一拜。”秦琼走过来拜了一番。这一首众公爷也来相拜。

君臣义重今相见，父子情深旧所闻。

毕竟屠炉公主姻事如何，且看下回分解。

第 十 四 回

贺兰山知节议亲 洞房中公主尽节

诗曰：

奉旨番营去议亲，康王心喜口应承。屠封送女成花烛，结好唐君就退兵。

众公爷拜过，小英雄也拜了一番。那时朝廷传旨大排筵席，钦赐众公爷、小爵主等。御酒已毕，朝廷开言叫声："程王兄，前日你去时，寡人见你独马踹进番营，营头不见动静，害得寡人吊胆提心，实不知其详。只道王兄死在营中，哪知却到了长安。你如今把出番城到长安讨救事情细细讲一遍。"咬金道："臣到忘了。臣蒙徐老大人美荐，奉旨单骑讨救。我原不想活的，所以拼着命杀进番营。连臣也自不信，一进番营使动斧子比前精得多了。他们什么祖车轮不车轮，手中使动大斧砍一斧来原利害不过。再不道臣的斧子如有神仙相助一般力也大了，就被臣这柄斧子去架得一架，他就翻下地来。这些番兵哪敢拦阻我的去路！被我摇动斧子，杀出番营，讨得救兵到此。要万岁爷封我一字并肩王。"徐茂公说："陛下在上，这程咬金有欺君之罪，望我王正其国法。"咬金说："你这牛鼻子道人，你屡屡算计我这条老性命。我有什么欺君之罪？"茂公冷笑道："我且问你，你当初怎样杀出番营，怎样到长安讨救？你直说了，算你大功。你是随口胡言，好像没有对证的。说什么祖车轮斧法不如你，被你架落尘埃。只怕你倒说转了，分明你被他架下尘埃有之。"咬金说："你赖我并肩王倒也罢了，怎么反说臣讨救也是假的？我若跌下番营，人已早早死了，救兵哪里来的呢？”茂公道：“我问你，谢映登你可见不见？”咬金听说，心内吃惊，当真二哥是活神仙了。假意说：“二哥，你一发问得奇，那里见什么谢映登？若说谢兄弟当初走江都考武，他解手就不见了。你为何如今倒假作不知起来？”茂公说：“你现在此谎君。这番营内好不利害！你年已六旬，若没有谢兄弟相救，你焉能到得长安，活得性命？如今反在陛下面前称赞自能，分明一派胡言。刀斧手！与我把这谎奏欺君的狗头绑出午门，以正国法！”两旁刀斧手一声答应，吓得咬金魂飞魄散，慌忙说道：“望陛下恕罪！果是谢映登相救，待臣直奏便了。”朝廷喝退刀斧手，说：“程王兄，且细细说与寡人知道。”咬金把谢映登为仙搭救情由细细的讲了一遍，众公爷大家称奇。茂公说：“何如？陛下，程咬金谎奏我王，其罪非小。须念他一番辛苦，到长安讨了救兵前来，将功折罪，没有加封。”咬金说：“我原不想封王的。”大家一笑，各回衙署。不表。

且讲那咬金一到明日，打点要做媒人，将要上朝，见了罗通说道：“侄儿，为伯父的今日奏知陛下与你作伐①，前往贺兰山去说亲。”罗通大惊说：“伯父，这贱婢伤我兄弟，还要雪仇。怎么伯父要去说亲，我罗通稀罕他成亲的么？”程咬金说：“你既不要她，为何在阵上订了三生，立下千斤重誓，故此肯与你出力？”罗通说：“我原是哄他的。因要救陛下龙驾，与他设订三生的。”咬金说：“嗳，侄儿，为人在世，这忠孝节义都是要的。你既要与兄弟报仇，不该与她面订良姻。屠炉公主有心向你，也有一番在贺兰山悬望。你若不去，必要全他手足之义，这男子汉信行全

① 作伐——指为人作媒。

无，从来没有这个道理！如今为伯父的做主，自然与你们完聚良姻。”说罢，竟上银銮殿俯伏尘埃，启奏道：“陛下龙驾在上，臣有一事冒奏天颜，罪该万死！”朝廷说：“王兄有何事所奏？不来罪你。”咬金道：“陛下，那赤壁宝康王有位屠炉公主，生来有沉鱼落雁之容，闭月羞花之貌。前日在黄龙岭与罗贤侄约下良缘，撇去飞刀，退到木阳城。就是贤侄杀四门，被元帅祖车轮困住，险些丧了性命。幸亏公主相救，领引我兵马冲踹番营，心向我主，与陛下出力，也有一番大功劳。伏望我皇降旨，差使臣官前去说盟做媒。未知陛下龙心如何？”朝廷听说大悦，说道：“如此讲起来，寡人倒亏屠炉公主女暗保的了，何不早奏？就命程王兄前去说亲作伐罢！”咬金见太宗允奏，说：“领旨。”那罗通慌忙俯伏奏道：“父王在上，那屠炉女是儿臣大仇人。我兄弟罗仁才年九岁，与父王出力，伤了铁雷八宝以后，开兵死在贱婢飞刀下，可怜斩为肉泥而亡。儿臣还不与弟报仇，反与他成亲，兄弟阴魂焉能瞑目？望父王不要差程伯父去说亲。”朝廷说：“他既伤了你兄弟，为何又在阵上交锋与她订起良缘来呢？”罗通说：“儿臣怕她飞刀难破，所以与她假订丝罗，要她撇去飞刀，救得陛下龙驾，方与她成亲。故而她退至木阳城，引我人马大破番营。这是要救父王之困，哄骗言辞。儿臣岂是贪她的么？”朝廷说声：“王儿，不是这说。既她伤了二御侄，你欲报此仇也是大义，就不该与她阵上联姻了。她既把终身托你，暗保我邦大获全胜，也有一番莫大的真功劳与寡人也。这信字是要的，若不去说亲，她在贺兰山悬望，岂不是王儿忘了恩情？就是伤了二御侄，也算为国家出力。两国相争，各为其主，乃是误伤。以后你被祖车轮元帅围住，屠炉公主若不相救，王儿焉能得脱此难，逃得性命？也算有恩与你，这恩与仇两下俱可抵销得来的了。如今不必再奏，寡人做主决不有误，程王兄速速前去说亲。”程咬金领旨。如今罗通不敢再奏，只得闷闷然立在一边。

这一回，程咬金把圆翅乌纱在头上按一按，大红蟒袍在身上边拎一拎，腰里把金镶玉带整一整好。出了银銮殿，跨上雕鞍，带领四员家将，离了木阳城，一路行来，到了贺兰山上。有把都儿们一见，说：“哥哥兄弟那，那边行下来的是什么人，我们这里没有这个官员，想必大唐来踹营剿灭我山寨么？”那一个说：“嗳！兄弟你又来了。若是剿山寨有人马来的，如今只得五人，又无器械，哪里像是踹营的？我们且扣住了弓箭，问一声看。”那个又说：“得，哥哥讲得不差。”大家扳弓搭箭，喝声：“呔！来者何官？少催坐骑，看箭哩！”那个箭不住的射将过来。程咬金把马扣定，喝声：“呔！营下的！快报与康王狼主知道，今有大唐朝鲁国公程咬金，有国家大事要来求见你邦狼主，快些报进去！”

这一边，小番报进来了：“报启上狼主知道，有大唐朝来了鲁国公程咬金在山下。”康王听言，吓得魂不附体，说：“住了。他带领多少人马前来？”小番说：“人马一个也没有，只带四名家将，五人来的。”康王说：“可有兵器？身上还是戎装还是冠带？”小番道：“也无兵器，也不戎装，却是文官打扮的纱帽红袍。”康王道：“他对你讲什么？”小番道：“他说：‘快报你们狼主千岁知道，今有大唐朝鲁国公，奉旨有国家大事要来求见你们狼主。’”康王听见此言才得放心。便叫声：“丞相，他们得胜天邦，孤只等他兵马到来，就要投顺的。为何反不统兵，倒是文装独马而来，善言求见，不知有何事情？丞相不要轻忽了他，好好下山去接他上来。”屠封说：“臣领旨！”他就整顿朝衣，出了营盘，后随四名相府家人，滔滔的下山来了。

有小番喝道："那一边天朝来的鲁国公爷！请上山来，相爷在此迎接。"程咬金听见，把马带上一步。有屠封丞相趋步上前说："不知天邦千岁到来，有失远迎，多多有罪！"咬金一见，滚鞍下马，说道："不敢，不敢！孤家有事相求，承蒙丞相远迎，何以敢当，请留台步。"二人携手上山。底下有两名家将带住了马，这两名跟随了程咬金上贺兰山来。进入御营，程知节一揖说："狼主驾在上，有天朝鲁国公程咬金见狼主千岁。"这康王一见，连忙走下龙案，御手相搀，叫声："王兄平身。"取龙椅过来。咬金说："狼主龙驾在上，臣本该当殿跪奏才是。奈奉君命在身，又蒙狼主恩旨，理当侍立所奏 ，焉敢坐起来！"康王说："蒙王兄到孤这座草莽山中来，必有一番细言，自然坐了好讲。"咬金说："既如此，谢狼主台命！"他就与屠封丞相两下分宾主左右坐了。有当驾官烹茶上来。用过一杯，康王就问说："王兄，魔家错听祖元帅之言，一旦冒犯天朝圣主，今为失机败将，悔之晚矣！今见了王兄，自觉惭愧无及。"程咬金叫声："狼主又来了！只因番兵利害，困住四门，我主无法可退，故此使臣到长安讨救兵。那些小爵主们年幼无知，倚仗少年本事，伤了千岁人马几千，有罪之极！"康王说："王兄说哪里话！魔家在营门正欲献表降顺，不知王兄奉旨所降何事?"咬金说："狼主在上，臣奉旨而来非为别事。只因万岁有个干殿下，名唤罗通，才年一十四岁，才貌双全，文武俱备，还未联就姻亲。我王闻得千岁驾下有位干公主，貌若西施，武艺出众。意欲与狼主结成秦晋，订就良姻，以成两国相交之好。未知狼主龙心如何?"康王听言大喜，说道："王兄，敢蒙天子恩旨，理当听从。但魔家是败国草莽，就有公主，只当山鸡、野雉一般。圣天子是上邦主，干殿下似凤凰模样，这叫山鸡怎入凤凰群?既蒙圣主抬举，待魔差屠丞相送公主到木阳城来，服侍殿下便了。”咬金大喜，说：“既承狼主慨允秦晋之好，快出一庚帖与臣去见陛下，选一吉日奉送礼金过来。”康王吩咐取过一个龙头庚帖，御笔亲书八个大字，付与咬金。咬金接在手中，辞别龙驾，出了御营。

屠封送至山下，咬金叫声：“丞相请留步，孤去了。”那时跨上雕鞍，带了四名家将，竟往木阳城来见驾。俯伏银銮殿阶下叫声：“万岁，臣奉旨前往贺兰山说亲，前来缴旨。”朝廷说：“平身。此去，番王可允否？细奏朕知道。”咬金说：“陛下在上，臣去说亲，番王一口应承，并无一言推却，候陛下选一吉日就送来成亲。”朝廷大喜，说：“既如此，明日王兄行聘，着钦天监看一吉日与王儿成亲，择在八月中秋戌时结姻。”

光阴迅速。到了八月十五，这里朝廷为主，准备花烛；那边康王命丞相屠封亲送公主到木阳城内。来到北关，元帅秦琼出来迎接，接入午门，同上银銮。屠封上殿俯伏说：“南朝天子在上，臣屠封见驾，愿陛下圣寿无疆！”贞观天子叫声：“平身！”降旨光禄寺设宴，尉迟王兄陪屠丞相到白虎殿饮宴；命秦琼、程咬金到安乐宫与殿下结亲。罗通跪下叫声：“父王在上，屠炉女伤我兄弟，仇恨未消！怎么反与她成亲？此事断然使不得。望父王赦臣违逆之罪。”朝廷听言，把龙颜一变，说：“哇！寡人旨意已出，你敢违逆朕心么？”罗通见父王发怒，只得勉强同了秦、程二位伯父安乐宫来。教坊司奏乐，赞礼官喝礼。午门外公主下辇，二十四名番女簇拥进入安乐宫。交拜天地，拜了大媒程咬金，拜过伯父叔宝，然后夫妻交拜一番。只不过照常一般，人人皆如此的，不必细说。叔宝、咬金回到白虎殿，与屠封饮酒。

不表白虎殿四人饮酒。再讲罗通，吃过花烛，光禄寺收拾筵席。番女服侍公主过了，退出在外，单留二人在里面，好等他

睡。罗通一心记着兄弟惨伤之恨，见公主在眼前，怒发冲冠，恨不得一刀两段。胸中火气忍不住，起来立起身大喝道：“贱婢啊，贱婢！你把我九岁兄弟乱刀砍死，冤仇如海！我罗通还要与弟报仇，取你心肝五脏祭奠兄弟！此乃大义。亏你不识时务，不知羞丑。贱婢思量要与我成亲，若非还我一个兄弟，也不要你这一个贱婢配合！”公主听言，心内大惊，火星直冒，羞丑也不顾，叫一声：“罗通阿，罗通！好忘恩负义也！前日在沙场上，你怎么讲的？曾立千斤重誓。故我撇下飞刀，引进黄龙岭，共退自家人马，皆为如此。到今日你就翻面无情了！”罗通说：“这怕你想错了念头。我立的乃是钝咒，哪个与你认起真来！人非草木，我罗通岂可不知你领我兵杀退自家人马。只算将功赎罪，不与弟复仇，饶你一死，就是我的好意了。岂肯与你这不忠不孝的畜类番婆成亲？你父屠封现在白虎殿，快快出去随了他退归番国贺兰山，饶你一命！如若再在宫中，我罗通要就与弟报仇了！”公主道：“罗通！何为不忠不孝？讲个明白，死也瞑目。”罗通说：“贱婢！你身在番邦，食君之禄，不思报君之恩，反在沙场不顾羞耻，假败荒山，私自对亲，玷辱宗亲，就为不孝；大开关门，诱引我邦人马冲踹番营，暗为国贼岂非不忠？”公主一听此言，不觉怒从心起，眼内纷纷落泪，说：“早晓罗通是个无义之辈，我不心向于他邦。如今反成话柄，到来反驳我不忠不孝。罢了！”叫声：“罗通！你当真不纳我么？”罗通说：“我邦绝色才子却也甚多，经不得你看中了一个，也为内应，这座江山送在你手里了。”公主听见暗想：“他这些言语，分明羞辱我了。哪里受得起这般谗言恶语，难在阳间为人。嗳！罗通啊，罗通！我命丧在你手，阴世绝不清静，少不得有日与你索命！”把宝剑抽在手中，往颈上一个青锋过岭，头落尘埃！可惜一员情义女将，一命归天去了。罗通见公主已死，跑出房门，往那些殿亭游玩去了。

次日，几名番女进房来一看，只见鲜血满地，人为二段，吓得面如土色，大家慌忙出了房门来报屠封。屠封才得起身，与尉迟恭、秦、程三位用过定心汤，要同去朝参。只见几名番女拥进殿前，叫声："太师爷，不好了！公主娘娘被罗通杀死。还不走啊!"屠封丞相听见，魂飞魄散，大放悲声。也不别而行，出了白虎殿要逃性命了。敬德等三人听报，吓得顿口无言，好像掉在冷水内，说："不好了！若果有此事，屠丞相放不得去的。"便叫声："老丞相不必着忙，快快请转!"这屠封哪里肯听，匆匆然跑往外边去了。三位公爷心慌意乱，说："这小畜生无法无天了!"大家同上银銮殿。朝廷方将身登龙位，秦、程二位奏道："陛下，不好了!"如此恁般。惊得朝廷说："反了！反了！有这等事？寡人御旨都不听了。快把这小畜生绑来见朕！如今屠封在哪里?"三位公爷说："陛下，他才出午门去了。"叫声："尉迟王兄，快与朕前去宣来。"尉迟恭退出午门，赶到北关，见了屠封叫声："丞相，圣上有旨请你转去，还有国事相商。"屠封听见此言，又不敢违逆，只得随了尉迟恭到银銮殿上，连忙俯伏，叫声："万岁啊！臣有罪。显见公主得罪天邦殿下，臣该万死！望陛下恕罪草莽之臣一命。"朝廷叫声："丞相平身。卿有何罪？寡人心内欲与你邦：

结成永远相和好，故求公主聘罗通。"

不知贞观天子如何发放屠封，且看下回分解。

第十五回

龙门县将星降世 唐天子梦扰青龙

诗曰：

罗通空结凤箫缘，有损红妆一命悬。虽然与弟将仇报，义得全时信少全。

贞观天子说："丞相，朕欲两国相和，与罗通结为秦晋之好。不想这畜生无知，伤了公主。朕的不是了！故而请你到殿，将原旧地方归还你邦，汝君臣不必怨恨。寡人即日班师，留一万人马在此保护，以算朕之赔罪。"屠封听言，不胜之喜，说："我王万万岁！"立起身来，退出午门，回转贺兰山，自然另有一番言语。君臣两下苦无战将强兵，所以不敢报仇，只得忍耐在心。

不表番国之事。如今讲到罗通正在逍遥殿，只见四名校尉上前剥去衣服，绑到银銮殿。朝廷大喝说："我把你这小畜生千刀万剐才好！寡人昨日怎样对你讲？屠炉女伤了你兄弟，也算两国相争误伤的。她有十大功劳向于寡人，也可将功折罪。不遵朕旨意，不喜公主，只消自回营帐，不该把她杀死！可怜一员有情女将，将她屈死，你怎生见朕？校尉们，与朕推出午门枭首！"校尉一声："领旨！"推出午门去了。此时众公见龙颜大怒，没有人敢出班保奏。不要说别人不敢救，就是一个嫡亲表伯父秦叔宝也不敢上前保奏。大家呆着，独有程咬金想起前日讨救之时罗家弟妇之言，不得不出班保奏一番。连忙闪出班来叫声："刀下留人！"说道："陛下龙驾在上，臣冒奏天颜，罪该万死！"朝廷说：

“程王兄，罗通违逆朕心，理该处斩，为甚王兄叫住了？”咬金说：“陛下在上，罗通逆圣应该处斩。奈臣前日奉旨讨救曾受我弟妇所嘱。他说：‘罗氏一门为国捐躯，止传一脉，倘有差迟，罗氏绝祀。万望伯父照管。’臣便满口应承，故此弟妇肯放来的。虽这小畜生不知法度，有违圣心。万望陛下念他父亲罗成功于社稷，看臣薄面，留他一脉。臣好回京去见罗家弟妇之面。”朝廷说：“既然王兄保奏，赦他死罪。”咬金说：“谢主万岁！”传旨赦转罗通。罗通连忙跪下说：“谢父王不杀之恩。”朝廷怒犹未息，说：“谁是你的父王！从今后永不容你上殿见朕。削去官职，到老不许娶妻。快快出去，不要在此触恼寡人！”罗通领旨退出午门，回进自己营中，与众弟兄讲话。各将埋怨不应该如此失信，太觉薄情了。如今公主已死，说也枉然，只有罢了。

不表小弟兄纷纷讲论。单说朝廷传旨殡葬屠炉公主尸首，驾退回营。群臣散班，秦、程二位退出午门，遇到罗通，叔宝说：“不孝畜生！为人不能出仕于皇家，以显父母，替祖上争气，一家亲王都不要做，自拿来送掉了。如今削去职份，到老只好在家里头。”罗通说：“老伯父，不要埋怨小侄了，倒是在家侍奉母亲的好。”咬金说：“畜生！既是事亲好，何必前日在教场夺此帅印？为伯父好意费心，用尽许多心机说合来的，何苦把这样绝色佳人送了她性命！如今朝廷不容娶讨，只好暗里偷情。当官不得的，要娶妻房除非来世再配罢！”罗通说：“伯父又来了，既然万岁不容婚配，理当守鳏①到老，怎敢逆旨。伯父保驾班师缓缓而行，小侄先回京城。”咬金说：“你路上须当小心。”罗通答应道：“是！”就往各营辞别。当日上马，带了四名家将，先自回往长

---

① 鳏（guān）——指无妻或丧妻不再娶。

安，不必去表。

如今过三天，这一日贞观天子降旨班师，银銮殿上大排功臣宴。元帅传令三军摆齐队伍，天子上了骕骦马，众国公保驾，炮响三声，出得木阳城，赤壁康王同丞相与文武官，一路下来，见了朝廷，大家俯伏，口称："臣赤壁康王候送天子。"贞观天子叫声："狼主平身。赐卿三年不必朝贡，保守汛地，寡人去也。"康王称谢道："愿陛下圣寿无疆！"留下一万人马，保守关头，木阳城原改了康王旗号，狼主退归银銮殿，这话不表。

再说天子一路下来，不一日早到中原汛地。那些地方文武官员迎接，打得胜鼓，班师旗号已到大国长安，却好天色傍晚，当夜不表。次日天子升坐，诸卿朝恭已毕，徐茂公俯伏启奏道："臣启陛下，臣昨夜三更时候望观星象，只见正东上一派红光冲起，少停又是一道黑光，足有半高，不上四五千里路远，实为不祥！臣想起来才得北番平静，只怕正东外国又有事发了。"朝廷说："先生见此异事，寡人也得一梦兆，想来越发不祥了。"茂公说："嗄！陛下得一梦兆，不知怎样的缘由，讲与臣听，待臣详解。"天子叫声："先生，寡人所梦甚奇。朕骑在马上独自出营游玩，并无一人保驾，只见外边世界甚好，单不见自己营帐。不想后边来了一人，红盔铁甲，青面獠牙，雉尾双挑，手中执赤铜刀，催开一骑绿马，飞身赶来，要杀寡人。朕心甚慌，叫救不应，只得加鞭逃命。那晓山路崎岖，不好行走，追到一派大海，只见波浪滔天，没有旱路走处。朕心慌张，纵下海滩，四蹄陷住泥沙，口叫：'救驾'。哪晓后面又来了一人，头上粉白将巾，身上白绫战袄，坐下白马，手提方天戟，叫道：'陛下，不必惊慌，我来救驾了！'追得过来，与这青面汉斗不上四五合，却被穿白的一戟刺死，扯了寡人起来。朕心欢悦，就问：'小王兄英雄，未知姓甚名谁？救得寡人，随朕回营，加封厚爵。’他就说：‘臣家内有事，不敢就来随驾，改日还要保驾南征北讨。臣去也！’朕连忙扯住说：‘快留个姓名，家住何处，好改日差使臣来召到京师封官受爵。’他说：‘名姓不便留，有四句诗在此，就知小臣名姓。’朕便问他什么诗句。他说道：

‘家住遥遥一点红，飘飘四下影无踪。三岁孩童千两价，保主跨海去征东。’

说完，只见海内透起一个青龙头来，张开龙口，这个穿白的连人带马望龙嘴内跳了下去，就不见了。寡人大称奇异，哈哈笑醒，却是一梦。未知凶吉如何，先生详一详看。”茂公说：“啊！原来如此。据臣看来，这一道红光乃是杀气，必有一番血战之灾，只怕不出一年半载，这青面獠牙就要在正东上作乱，这个人一作乱了，当不得了！想我们这班老幼大将，擒他不住，不比去扫北，就是三年平静了。东边乃是大海，海外国度多有吹毛画虎之人，撒豆成兵之将，故而有这杀气冲空，此乃报信于我。却幸有这应梦贤人。若得梦内穿白小将，寻来就擒得他青面獠牙，平得他作乱了。”朝廷说：“先生！梦内人哪里知道有这个人没有。这个人有影无形，何处寻他？”茂公说：“陛下有梦，必有应验。臣详这四句诗，名姓乡坊都是有的。”朝廷说：“如此先生详一详，看他姓甚名谁，住居那里？”茂公说：“陛下，他说：‘家住遥遥一点红’，那太阳沉西只算一点红了，必家住在山西。他纵下龙口去的，乃是龙门县了。山西绛州府有一个龙门县，若去寻他，必定在山西绛州府龙门县住。‘飘飘四下影无踪’，乃寒天降雪，四下里飘飘落下没有踪迹的，其人姓薛。‘三岁孩童千两价’，那三岁一个孩子值了千两价钱，岂不是个人贵了？仁贵二字是他名字了。其人必叫薛仁贵，保陛下跨海征东。东首多是个海，若去征

东，必要过海的。所以这应梦贤臣说，保了陛下跨海去平复东辽。必要得这薛仁贵征得东来。”朝廷叫声：“先生，不知这绛州龙门县在哪一方地面?”茂恭说：“万岁又来了。这有何难?薛仁贵毕竟是英雄将才之人，万岁只要命一能人到山西绛州龙门县招兵买马，要收够将士十万，他们必来投军。若有薛仁贵三字，送到来京，加封他官爵。”朝廷说：“先生之言有理！众位王兄御侄们，哪个领朕旨意到绛州龙门县招兵?”

只见班内闪出一人，头戴圆翅乌纱，身穿血染大红吉服，腰围金带，黑煨煨一张糙脸，短颈缩腮，狗眼深鼻，两耳招风，几根狗嘴须，执笏当胸，俯伏尘埃说：“陛下在上，臣三十六路都总管、七十二路大先锋张士贵，愿领我王旨意，到龙门县去招兵。”朝廷说：“爱卿此去，倘有薛仁贵，速写本章送到京来，其功非小。”张士贵叫声：“陛下在上，这薛仁贵三字看来有影无踪，不可深信。应梦贤臣不要倒是臣的狗婿何宗宪。”朝廷说：“何以见得?”士贵道：“万岁在上，这应梦贤臣与狗婿一般，他也最喜穿白，惯用方天戟，力大无穷，十八般武艺件件皆能。是他若去征东，也平伏得来。”朝廷说：“如此，爱卿的门婿何在?”士贵道：“陛下，臣之狗婿现在前营。”朝廷说：“传朕旨意，宣进来。”士贵一声答应：“领旨。”同内侍即刻传旨。何宗宪进入御营，俯伏尘埃说：“陛下龙驾在上，小臣何宗宪朝见，愿我王万岁万万岁。”原来何宗宪面庞却与薛仁贵一样相似，所以朝廷把宗宪一看，宛若应梦贤臣一般，对着茂公看看。茂公叫声：“陛下，非也。他是何宗宪，万岁梦见这穿白的是薛仁贵，到绛州龙门县，自然还陛下一个穿白薛仁贵。”朝廷说：“张爱卿，那应梦贤臣非像你的门婿，你且往龙门县去招兵。”张士贵不敢再说，口称：“领旨。”同着何宗宪退出来，到自己帐内，吩咐公子带领家将们扯起营盘，一路正走山西。

列位呵，这张士贵你道何等人？就是当年鸡冠刘武周守介休的便是他了。与尉迟恭困在城内，日费千金，一同投唐。其人刁恶多端，奸猾不过。他有四个儿子，两个女儿。大儿名唤张志龙，次儿志虎，三儿志彪，四儿志豹，都是能征惯战，单是心内不忠，奸计多端。长女配与何宗宪，也有一身武艺；次女送与李道宗为妃。却说张家父子同何宗宪六人上马，离了天子营盘，大公子张志龙在马上叫声："父亲，朝廷得此梦内贤臣，与我妹丈一般，不去山西招兵，无有薛仁贵，此段救驾功劳是我妹丈的；若招兵果有此人，我等功劳休矣。"士贵道："我儿，为父的领旨前去招兵，你道我为什么意思？皆因梦中之人与你妹丈相同，欲要图此功劳，所以领旨前去。没有姓薛的更好，若有这仁贵，只消将他埋灭死了，报不来京，只说没有此人。一定爱穿白袍者，必是你妹夫，皇上见没有薛仁贵，自然加张门厚爵，岂不为美？"那番四子一婿连称："父亲言之有理。"六人一路言谈，正走山西绛州龙门县，前去招兵，我且慢表。

单讲朝廷降下旨意，卷帐行兵，到得陕西，有大殿下李治，闻报父王班师，带了丞相魏征众文武出光泰门，前来迎接。说："父王，儿臣在此迎接。""老臣魏征迎接我王。"朝廷叫："王儿平身，降朕旨意，把人马停扎教场内。"殿下领旨，一声传令，只听三声号炮，兵马齐齐扎定。天子同了诸将进城，众文武送万岁登了龙位，一个个朝参过了，当殿卸甲，换了蟒服。差元帅往教场祭过旗纛，犒赏了大小三军，分开队伍，各自回家。夫妻完聚，骨肉团圆。朝廷降旨，金銮殿上大摆功臣筵宴，饮完御宴，驾退回宫，群臣散班，各回衙署，自有许多家常闲话。如今刀枪归库，马放南山，安然无事。

过了七八天，这一日鲁国公程咬金朝罢回来，正坐私衙，忽报史府差人要见。咬金说：“唤他进来。”史府家将唤进里边说：“千岁爷在上，小人史仁叩头。”咬金说：“起来，你到这里有何事干？”那史仁说：“千岁爷，我家老爷备酒在书房，特请千岁去赴席。”咬金道：“如此你先去，说我就来。”史府家将起身便走。程咬金随后出了自己府门上马，带了家将慢慢地行来。到了史府，衙门报进三堂。史大奈闻知，忙来迎接。说：“千岁哥哥，请到里边去。”咬金说：“为兄并无好处到你，怎么又要兄弟费心？”史大奈说：“哥哥又来了，小弟与兄劳苦多时，不曾饮酒谈心。蒙天有幸，恭喜班师，所以小弟特备水酒一杯与兄谈心。”咬金说：“只是又要难为你。”二人挽手进入三堂，见过礼，同到书房。饮过香茗，靠和合窗前摆酒一桌，二人坐下，传杯弄盏，饮过数杯，说：“千岁哥哥，前日驾困木阳城，秦元帅大败，自思没有回朝之日，亏得哥哥你年纪虽老，英雄胆气未衰，故领救兵，奉旨杀出番营，幸有谢兄弟相度，恭喜班师。”咬金说：“不入虎穴，焉得虎子。为兄最胆大的。”这里闲谈饮酒，忽听和合窗外一声喊叫：“呔！程老头儿，你敢在寡人驾前吃御宴吗？”吓得程咬金魂不附体，抬头一看，只见对过有座楼，楼窗靠着一人，甚是可怕，乃是一张锅底黑色脸，这个面孔左半身推了出来，右半身凹了进去，连嘴都是歪的。凹面阔额，两道扫帚浓眉，一双铜铃豹眼，头发披散满面，穿了一件大红衫，一只左臂膊露出在外，靠了窗盘，提了一扇楼窗，要打下来。那程咬金慌忙立起身来，说：“兄弟，这是什么人，如此无礼，楼窗岂是打得下来的？”史大奈说：“哥哥不必惊慌，这是疯癫的。”对窗上说：“你不要胡乱！程老伯父在此饮酒，你敢打下来，还不退进去！”那番这个八不就的人就往里面去了。程咬金说：“兄弟，到底这是什么人。”大奈说：“唉！哥哥不要说起，只因家内不祥，是这样的了。”咬金说：“兄弟，你方才叫他称我老伯父，可是令郎？”大奈说：“不是，小弟没福，是小女。”程咬金说：“又来取笑了。世间不齐整丑陋堂客也多，不曾见这样个人，地狱底头的恶鬼一般，怎说是你令爱起来。”大奈说：“不哄你，当真是我的小女，所以说人家不祥，生出这样一个妖怪来了。更兼犯了疯癫之症，住在这座楼上，吵也被她吵死了。”咬金说：“应该把她嫁了出门。”大奈说：“哥哥又来取笑了，人家才貌的裙钗、绝色的佳人，尚有不中男家之意，我家这样一个妖魔鬼怪，哪有人家要她。小弟只求她早死就是，白送出门也不想的。”咬金叫声：“兄弟不必担忧，为兄与你令爱作伐，攀一门亲罢。”大奈说：“又来了，小户人家怕没有门当户对，要这样一个怪物？”咬金说：“为兄说的不是小户人家，乃是大富大贵人家的荫袭公子。”大奈笑道：“若说大富大贵荫袭爵主，一发不少个千金小姐、美貌裙钗了。”咬金说：“兄弟，你不要管，在为兄身上还你一个有职分的女婿。”大奈说：“当真的么？”咬金道：“自然，为兄的告别了，明日到来回音。”大奈说：“既如此，哥哥慢去。”史老爷送出。鲁国公那马来到午门，下马走到偏殿，俯伏说：“陛下在上，臣有事冒奏天颜，罪该万死。”朝廷说：“王兄所奏何事。”咬金说：“万岁在上，臣前在罗府中，我弟妇夫人十分悲泪，对臣讲说：‘先夫在日，也曾立过功劳与国家出力，只因：一旦为国捐躯死，唯有罗通一脉传。’”不知程咬金怎生作伐，且看下回分解。

第十六回

胜班师罗通配丑妇　不齐国差使贡金珠

诗曰：

平番安享转长安，路望东辽杀气悬。贤臣详梦知名姓，到后方知在海边。

再讲咬金奏称罗夫人哭诉之言：“‘罗成一旦为国捐躯，只传一脉，才年十七。只因朝廷被困北番，我儿要救父王，夺元帅印掌兵权，征北番救龙驾。逼死屠炉公主，触怒圣心，把孩儿削除官爵，退居为民，不容娶妻，岂不绝了罗门之后？先夫在九泉之下也不安心的。望伯父念昔日之情，在圣驾前保奏一本，容我孩儿娶妻，以接后嗣，感恩不尽！’为此老臣前来冒奏。可恨罗通把一个绝色公主尚然逼死，臣想不如配一个丑陋女子却好。凑巧访得史大奈有位令爱，生来妖怪一般，更犯疯病，该是姻缘。未知陛下如何？”朝廷说：“既然程王兄保奏，寡人无有不准。”咬金大悦，说：“愿我王万岁、万万岁！”谢恩退出午门，又到罗府内细说一遍。窦氏夫人心中大悦，说：“烦伯伯与我孩儿作伐起来。”咬金道：“这个自然。”说罢，前往史府内说亲，不必再表。要晓得这一家作伐有甚难处？他家巴不能够推出了这厌物。东西各府公爷爵主们都来恭喜。选一吉日，罗老夫人料理请客，忙忙碌碌，一面迎亲，一面设酒款待，鼓乐喧天。史家这位姑娘倒也稀奇，这一日就不痴了。喜嫔与她梳头，改换衣服。临上轿爹娘嘱咐几句，娶到家中结过亲，送入洞房，不必细讲。这位姑娘形状都变了，脸上泛了白，面貌却也正当齐整了些。与罗通最和睦，孝顺婆婆十二朝，过门后权掌家事，万事贤能。史大奈满心欢喜，史夫人甚是宽怀，各府公爷无不称奇。也算罗门有幸，五百年结下姻缘，不必去说。

再讲贞观天子驾坐金銮，自从班师回家已两月有余。山西绛州龙门县张士贵招兵没有姓薛的，故打本章到来。黄门官呈上，朝廷一看，上写："三十六路都总管，七十二路总先锋臣张环，奉我王旨意，在山西龙门县总兵衙门扯起招军旗号。天下九省四郡各路人民投军者不计其数，单单没有姓薛的，应梦贤臣一定是狗婿何宗宪。愿陛下详察。"朝廷叫声："先生，张环本上说并没有姓薛的，便怎么样？"茂公说："陛下不必担忧，龙门县一定有个薛仁贵，待张环招足了十万人马，自然有薛仁贵在里边的。"君臣正在讲论，忽有黄门官俯伏说："陛下龙驾在上，今有不齐国使臣现在午门，有三桩宝物特来进贡。"皇爷龙颜大悦，说："既然有宝物进贡，降朕旨意，快宣上来。"黄门官领旨传出："宣进来。"有不齐国使臣上金銮殿俯伏朝见，说："天朝圣主龙驾在上，小邦使臣官王彪见驾，愿圣主万寿无疆！"朝廷把龙目往下一瞧，只见使臣官头上戴一顶圆翅纱貂，狐狸倒照，身穿猩猩血染大红补子袍，腰围金带，脚踏乌靴。但是这个脸看不出的。不知为什么用这一块纱帕遮了面，就像钟馗送妹模样。天子看不出，就道："问你可是不齐国使臣王彪么？"应道："臣正是。"天子说："你邦狼主送三桩什么宝物与寡人？"王彪说："万岁请看献表就知明白。"把表章展开，朝廷一看，上写："臣不齐国云王朝首天朝圣主，愿天子万岁！因小国无甚异宝，唯有三桩鄙物；赤金嵌宝冠、白玉带一围、绛黄蟒服一领。略表臣心。"天子大悦，说："爱卿，如今这三件宝物拿上来与寡人看。"王彪说：“啊呀，圣上啊！臣该万死！”天子大惊，说：“为什么？三桩宝物进贡入朝，乃是你的功劳，还有何罪？”王彪道：“万岁啊！不要说起。臣奉狼主旨意，把三桩宝物放在车子上，叫四名小番推了，打从东辽国经过。遇着高建王驾下大元帅盖苏文拦住去路，劫去三桩宝物，把小番尽皆杀死。臣再三跪求，饶我一命。还讲万岁爷许多不逊，臣不敢奏。”天子大怒，说：“有这等事？你细细奏来。”王彪领旨，说：“万岁！这盖苏文说：‘中原花花世界，要兴兵过海，去夺大唐天下，如在反掌！少不得一统山河全归于我，何况这三桩宝物？留在这里，你寄个信去。’小臣被他拿住，刺几行字在面上，故把纱遮面上。求万岁恕臣之罪。”天子说：“卿家无罪。你把纱帕拿去，走上来等朕看看。”那王彪鞠躬到龙案前，把纱帕去掉了。天子站起身一看，只见他面上刺着数行字道：

面刺海东不齐国，东辽大将盖苏文。把总催兵都元帅，先锋挂印独称横。几次兴兵离大海，三番举义到长安。今年若不来进贡，明年八月就兴兵。生擒敬德秦叔宝，活捉长安大队军。战书寄到南朝去，传与我儿李世民！

天子看了这十二句言语犹可，独怪那“传与我儿李世民”这一句，不觉哪龙颜大怒，大叫：“啊唷，啊唷！罢了，罢了！”这一声喊惊得使臣魂不附体，连忙趴定金阶说：“万岁饶命啊！”朝廷说：“与你无罪！”吓得那文武战战兢兢。徐茂公上前问道：“陛下，他面上刺的什么，陛下龙颜大怒起来？”朝廷说：“徐先生，你下去观看一遍，就知明白。”茂公走过去看了一遍，说道：“陛下如何？梦内之事不可不信。东辽此人作乱，非同小可，不比扫北之易。请陛下龙心宽安。待张士贵收了应梦贤臣，起兵过海征服他就是了。”天子就令内侍把金银赏赐王彪，叫声：“爱卿，你

路上辛苦劳烦。降旨一路汛地官送归过海，若到东辽国去见这盖苏文，叫他脖子颈候长些，百日内就来取他的颅头便了！你去罢。”使臣王彪叩谢：“愿我皇圣寿无疆！”不齐国使臣退出午门，回归过海。不必去表。

如今再讲贞观天子叫声：“徐先生，此去征东，必要应梦贤臣姓薛的方可平复的。”茂公道：“这个自然。东辽不比北番，利害不过，多有吹毛画虎之人，撒豆成兵之将。要薛仁贵方破得这班妖兵怪将。若是我邦这班老幼兄弟们，动也动不得。”朝廷道：“如此说起来，就有薛仁贵，必要个元帅领兵的。寡人看这秦王兄年高老迈，哪里掌得这个兵权？东辽好不枭勇，他去得的么？必要个能干些的才为元帅去得。”这是天子好心肠，好意思，是这等说道：“秦王兄为了多年元帅，跋涉了一生一世。今日东征况有妖兵利害。把这颗帅印交了别人，脱了这劳碌，安享在家，何等不美？”哪晓得都是不争气的秦叔宝，假装不听见，低了头在下边。尉迟恭与程咬金从不曾为元帅过的，不知道这元帅有许多好处。在里面听得万岁说了这一句，大家装出英雄来了。尉迟恭挺胸叠肚。程咬金在那里使脚弄手起来。朝廷说：“朕看来倒是尉迟王兄能干些，可以掌得兵权。”天子还不曾说完，敬德跪称：“臣去得。谢我主万岁、万万岁！”程咬金见尉迟恭谢恩，也要跪下来夺这个元帅。哪晓得秦琼连忙说：“住了！”上前叫声：“陛下，万岁道臣年迈无能，掌不得兵权，为什么尉迟老将军就掌得兵权？他与臣年纪仿佛，昔日在下梁城，臣与尉迟将军战到百十余合以后，三鞭换两锏，陛下亲见他大败而走。看起来臣与他只不过芦地相连，本事他也不叫什么十分高，何见今日臣就不及他？当初南征北讨，都是臣领兵的。今日臣就去不得了，岂不要被众文武耻笑，道老臣无能，怕去了。求陛下还要宽容。”程

咬金说："当真我们秦哥还狠！元帅积祖是秦家的。我老程强似你万倍，尚不敢夺他。你这黑炭团到得哪里是哪里，思想要夺起帅印来？"朝廷说："不必多言。啊，秦王兄，虽只如此，你到底年高了，尉迟王兄狠些。"叔宝叫声："陛下，你单道老臣无能，自古道：

年老专擒年小将，英雄不怕少年郎！

臣年纪虽有七旬，壮年本事不但还在，更觉狠得多了；智量还高，征东纤细事情如在臣反掌之易。不是笑着尉迟老将军，你晓得横冲直撞，比你怯些胜了他，比你勇些就不能取胜了。哪里晓得为元帅的法度？长蛇阵怎么摆？二龙阵怎么破？"敬德哈哈笑道："秦老千岁，某家虽非人才出众，就是为帅之道也略晓一二。让了某家吧！"叔宝说："老将军，要俺帅印，圣驾面前各把本事比一比看。"天子高兴的说："倒好，胜者为帅。"传旨午门外抬进金狮子上来，放在阶前，铁打成的，高有三尺，外面金子裹的，足有千斤重。叔宝说："尉迟将军，你本事若高，要举起金狮子在殿前绕三回，走九转。"敬德想道："这个东西有千斤重。当初拿得起，走得动，如今来不得了。"叫声："秦老千岁，还是你先拿我先拿？"叔宝说："就是你先来！"敬德说："也罢，待某来！"把皂罗袍袖一转，走将过来，右手柱腰，左手拿住狮子，脚挣一挣，动也不得一动，怎样九转三回起来？想来要走动，料想来不得的，只好把脚力挣起来的。缓缓把脚松一松，跨得一步，满面挣得通红，勉强在殿上绕得一圈。脚要软倒来了，只得放下金狮子，说："某家来不得。金狮子重的很，只怕老千岁拿不起！"叔宝嘿嘿冷笑，叫声："陛下如何？眼见尉迟老将军无能，这不多重东西就不能够绕三回。秦琼年纪虽高，今日驾前绕三回九转与你们看看。"程咬金说："这个东西不多重，这几斤我也拿得起的。秦哥自然走三回绕九转，不足为奇的。”那秦琼听言，一发高兴。就把袍袖一捋，也是这样拿法，动也不动，连自己也不信起来，说：“什么东西？我少年本事哪里去了？”犹恐出丑，只得用尽平生之力举了起来，要走三回，哪里走得动！眼前火星直冒，头晕凌凌，脚步松了一松，眼前乌黑的了。到第二步，血朝上来，忍不住张开口鲜血一喷，迎面一跤，跌倒在地，呜呼哀哉！

要晓得叔宝平日内名闻天下，都是空虚，装此英雄，血也忍得多，伤也伤得多。昔日正在壮年，忍得住。如今有年纪了，旧病复发，血都喷完了，晕倒金銮。吓得天子魂飞海外，亲自忙出龙位，说：“秦王兄，你拿不起就罢了，何苦如此！快与朕唤醒来。”众公爷上前扶定。程咬金大哭起来，叫声：“我那秦哥啊！”尉迟恭看叔宝眼珠都泛白了，说：“某家与你作耍，何苦把性命拼起来？”咬金说：“呸！出来！我把你这黑炭团狗攮的！”尉迟恭也说：“呔！不要骂！”咬金道：“都是你不好！晓得秦哥年迈，你偏要送他性命。好好与我叫醒了，只得担些干系；若有三长两短，你这黑炭团要碎剐下来的！”秦怀玉看见老子斗力喷血死的，跨将过来，望着尉迟恭夹胸前只一掌。他不防的，一个鹞子翻身，跌在那边去了。敬德爬起身来说：“与我什么相干？”程咬金说：“不是你倒是我不成？侄儿再打！”秦怀玉又一拳打过去。敬德把左手接住他的拳头，复手一扯，怀玉反跌倒在地。爬起身来思量还要打，朝廷喝住了，说：“王兄、御侄，不必动手，金銮殿谁敢吵闹？叫醒秦王兄要紧。”两人住手。尉迟恭叫声：“老千岁苏醒！”朝廷说：“秦王兄醒来！”大家连叫数声。秦琼悠悠醒转，说：“啊唷！罢了，罢了！真乃废人也。”朝廷说：“好了！”尉迟恭上前说：“千岁，某家多多有罪了！”程咬金说：“快些叩

头赔罪!”叔宝叫声:“老将军说哪里话来。果然本事高强,正该与国出力。俺秦琼无用的了!”眼中掉泪,叫声:“陛下,臣来举狮子,还思量掌兵权,征东辽。如今再不道四肢无力,昏沉不醒,在阳间不多几天了。万岁若念老臣昔日微功,等待臣略好些,方同去征东。就去不能够了,还有言语叮嘱尉迟将军,托他帅印,随驾前去征东。陛下若然一旦抛撇了臣,径去征东,臣情愿死在金阶,再不回衙了。”朝廷说:“这个自然,帅印还在王兄处,还是要王兄去平得来。没有王兄,寡人也不托胆。王兄请放心回去,保重为主。”叔宝说:“既如此,恕臣不辞驾了。我儿扶父出殿。”怀玉应道:“爹爹,孩儿知道。”那番秦怀玉与程咬金扶了秦琼。尉迟恭也来搀扶,出了午门,叫声:“老千岁!恕不远送了。”叔宝说:“老将军请转,改日会罢!”一路回家,卧于床上,借端起病,看来不久。

单说天子心内忧虑秦琼。茂公说:“陛下,国库空虚,命大臣外省催粮。又要能干公爷到山东登州府督造战船一千五百号,一年内成功,好跨海征东。这两桩要紧事情迟延不得。”天子说:“既如此,命鲁国公程咬金往各省催粮,传长国公王君可督造战船。”二位公爷领旨,退出午门。王君可往登州府,程咬金各路催粮,不表。

再讲山西绛州府龙门县该管地方,有座太平庄,庄上有个村名曰薛家村。村中有一富翁名叫薛恒,家私巨万。所生二子,大儿薛雄,次儿薛英。才交三十,薛恒身故。弟兄分了家私,各自营业。这二人各开典当,良田千顷,富称故国,人人相称。员外次子薛英,娶妻潘氏,三十五岁生下一子,名唤薛礼,又名仁贵。从小到大不开口的,爹娘不欢喜,道他是哑巴子。直到五十岁庆寿,仁贵十五岁了。一日睡在书房中,见一白虎揭开帐子扑身进来，吓得他魂飞天外，喊声："不好了！"才得开口。当日拜寿，就说爹娘福如东海，寿比南山。薛英夫妇十分欢喜，爱惜如珠。不晓得罗成死了，薛仁贵所以就开口的。不上几天，老夫妇双双病死了。只叫做：白虎当头坐，无灾必有祸。真曰："白虎开了口，无有不死。"仁贵把家私执掌，也不晓得开店，日夜习学武艺，开弓跑马，名闻天下，师家请了几位，在家习学六韬三略。又遭两场回禄，把巨万家私、田园屋宇弄得干干净净。马上十八般，地下十八件般般皆晓，件件皆能。箭射百步穿杨，日日会集朋友放马射箭。家私费尽，只剩得一间房子。吃又吃得，一天要吃一斗五升米，又不做生意，哪里来得吃？卖些家货什物，不够数月吃得干干净净。楼房变卖，无处栖身，只得住进一山脚下破窑里边，犹如叫花子一般。到十一月寒天，又无棉衣，夜无床帐，好不苦楚！饿了两三天，哪里饿得过，睡在地上，思量其时八、九月还好，秋天还不冷。如今寒天冻饿难过。绝早起身出了窑门，心中想道："往哪里去好呢？有了！我伯父家中十分豪富，两三年从不去搅扰他，今日不免走一遭。"心中暗想，一路早到。抬头看见墙门门首有许多庄客，尽是刁恶的，一见薛礼，假意喝道："饭是吃过了，点心还早。不便当别处去求讨罢！"正是：

龙逢浅水遭虾戏，虎落荒崖被犬欺。

毕竟不知薛礼如何回话，且听下回分解。

第 十 七 回
举金狮叔宝伤力　见白虎仁贵倾家

诗曰：

仁贵穷来算得穷，时来方得遇英雄。投军得把功劳显，跨海征东官爵荣。

再说薛仁贵一听刁奴之言，心中不觉大怒，便大喝道：“你们这班狗头，眼珠都是瞎的？公子爷怎么将来比做叫花的？我是你主人的侄儿，报进去！”那些庄汉道：“我家主人大富大贵，哪里有你这样穷侄儿？我家员外的亲眷甚多，却也尽是穿绫着绢，从来没有贫人来往。你这个人不但穷，而且叫花一般，怎么好进去报？”仁贵听说，怒气冲天，说：“我也不来与你算账，待我进去禀知伯父，少不得处置！”

薛礼撒开大步，走到里边。正遇着薛雄坐在厅上，仁贵上前叫声：“伯父，侄儿拜见！”员外一见，火星直冒，说：“住了！你是什么人，叫我伯父？”薛礼道：“侄儿就是薛仁贵。”员外道：“哇！畜生！还亏你老脸前来见我伯父。我想，你当初父母养你如同珍宝，有巨万家私托与你，指望与祖上争气。不幸生你这不肖子，与父母不争气，把家私费尽，还有面目见我！我只道你死在街坊，谁知反上我门来做什么？”仁贵说：“侄儿一则望望伯父；二则家内缺少饭米，要与伯父借米一、二斗，改日奉还。”薛雄说：“你要米何用？”仁贵道：“我要学成武艺，吃了跑马。快拿来与我。”薛雄怒道：“你这畜生！把家私看得不值钱，巨万拿来都出脱了。今日肚中饥了，原想要米的，为何不要到弓、马上去寻来吃？”仁贵说：“伯父，你不要把武艺看轻了。不要说前朝列国，即据本朝有个尉迟恭，打铁为生，只为本事高强，做了虢国公。闻得这些大臣都是布衣起首。侄儿本事也不弱，朝里边的大臣如今命运不通，落难在此，少不得有一朝际遇，一家国公是稳稳到手的。”薛雄听了又气又恼，说道：“青天白日，你不要在此做梦！你这个人做了国公，京都内外抬不得许多人。自己肚里不曾饱，却在此讲混话。这样不成器的畜生，还要在此恼我性子。薛门中没有你这个人，你不要认我伯父，我也决不来认你什么侄儿。庄汉们，与我赶出去！”薛礼心中大怒，说：“罢了！罢了！我自己也昏了！穷来有二、三年了，从来不搅扰这里，何苦今日走来讨他羞辱？”不别而行。出了墙门大叹一声道：“咳！怪不得那些闲人都不肯看顾，自家骨肉尚然如此。如今回转破窑也是无益，肚中又饥得很，吃又没得吃，难在阳间为人。”一头走，一头想，来到山脚下见一株大槐树，仁贵大哭说：“这是我葬身之地了！也罢！”把一条索子系在树上吊起来了。

仁贵命不该绝，来了一个救星名叫王茂生。他是小户贫民，挑担为生，偶然经过，抬头一看吊起一人，倒吓得面如土色。仔细一认，却也认得是薛大官人：“不知为什么寻此短见？待我救他下来。”茂生把担歇下，摆过一块石头摆定了，将身立在上面，伸手往他心内摸摸，看还有一点热气，双手抱起，要等个人来解这个索结，谁想再没有人来。不多一会，那边来了一个卖婆仔，细一看，原来就是自家的妻子毛氏大娘。都算有福，同来相救。那茂生正在烦恼，见妻子走来，心中大喜，叫声：“娘子，快走一步，救了一条性命也是阴德。”那大娘连忙走上前来，把箱子放下，跨上石头，双手把圈解脱。茂生抱下来，放在草地上。薛

礼悠悠苏醒，把眼张开说：“哪个恩人在此救我？”“王茂生同妻毛氏做生意回来，因见大官人吊在树上，夫妇二人放下来的。”仁贵道：“啊呀！如此说二人是我大恩人了。请受小子薛礼拜见！”茂生道：“这个我夫妻当不起。请问大官人为什么寻此短见起来？”仁贵说：“恩人不要说起，只恨自己命运不好，今日到伯父家中借贷，却遭如此凌贱。小子仔细思量，实无好处。原要死的，不如早绝。”茂生道：“原来如此。这也不得怨命，自古说：‘碌砖也有翻身日，困龙也有上天时’。你伯父如此势利，决不富了一世。阿娘，你笼子内可有斗把米么？将来赠了他。”毛氏道：“官人，米是有的，既要送他，何不请到家中坐坐。走路上成何体统？”茂生道：“娘子之言极是。薛官人，且同我到舍小去坐坐，赠你斗米便了。”仁贵道：“难得恩人，犹如重生父母，再长爹娘！”茂生挑了担子，与薛礼先走。毛氏大娘背了笼子，在后慢慢的来。一到门首，把门开了，二人进到里边，见小小坐起，倒也精雅。毛氏大娘进入里面烹茶出来。茂生说：“请问大官人，我闻令尊亡后有巨万家私，怎么弄得一贫如洗？”仁贵道：“恩人不要讲起。只因自己志短，昔年合同了朋友学什么武艺、弓马刀枪，故而把万贯家财都出脱了。”茂生听言大喜，说：“这也是正经，不为志短。未知武艺可精么？”仁贵道：“恩人啊！若说弓马武艺，件件皆精。但如今英雄无用武之地，救济不来。”茂生道：“大官人说哪里话来。自古道：‘学成文武艺，货与帝皇家’。既有一身本事；后来必有好处！娘子快准备酒饭。”毛氏大娘在里面句句听得，叫声：“官人走进来，我有话讲。”茂生说：“大官人请坐，我进去就来。”茂生走到里面，便叫：“娘子有什么话说？”毛氏道：“官人啊，妾身看那薛大官人不像落魄的，面上官星显现，后来不作公侯，便为梁栋。我们要周济，必然要与他说过，后来要靠他过日子，如若不与他说过，倘他后来有了一官半职，忘记了我们，岂不枉费心机？”茂生说：“娘子之言甚为有理。”便走出来说道：“薛大官人，我欲与你结拜生死之交，未知意下如何？”仁贵听言大喜，假意说道：“这个再不敢的。小子感承恩人照管，无恩可报，焉敢大胆与恩人拜起弟兄来！”茂生说：“大官人，不是这论。我与你拜了弟兄，好好来来往往。倘我不在家中，我妻子就可叔嫂相称，何等不美？”仁贵道：“蒙恩人既这等见爱，小子从命便了。”茂生说：“待我去请了关夫子来。”走出门外，不多一会买了鱼肉进到里面。好一个毛氏大娘，忙忙碌碌端整了一会。茂生供起关张，摆了礼物，点起香烛，斟了一杯酒，拜跪在地，说：“神明在上。弟子王茂生才年三十九岁，九月十六丑时生的。路遇薛仁贵，结为兄弟，到老同器①，连枝一般。若有半路异心，不得好死！”仁贵也跪下说：“神明在上。弟子薛礼行年二十一岁，八月十五寅时建生。今与王茂生结为手足。若有异心，欺兄忘嫂，天雷打死，万弩穿身！”二人立了千斤重誓，立起身来送过了神，如今就是弟兄相称。大娘端正四品肴馔②，拿出来摆在桌上。茂生说：“兄弟，坐下来吃酒。”仁贵饮了数杯，如今大家用饭。茂生说：“娘子，你肚中饥了，自家人不妨，就同坐在此吃罢！”这位娘子倒也老实，才坐得下来，仁贵吃了七、八碗了。要晓得他几天没有饭下口吃，况又吃得，如今一见饭没有数碗吃的，一篮饭有四、五升米在里头。茂生吃得一碗，见他添得凶了，倒看他吃。毛氏坐下来，这个饭一碗也不曾吃，差不多完在里头了。茂生大悦道：“好兄弟，吃得，必

---

① 同器——比喻共处。

② 肴馔（zhuàn）——丰盛的菜肴。

是国家良将！娘子，快些再去烧起来。”仁贵说：“不必了，尽够了。”他是心中暗想：“我若再吃，吓也吓死了。我回家少不得赠我一斗米，回到窑中吃个饱。”算计已定，说：“哥哥嫂嫂请上，兄弟拜谢！”茂生道：“啊呀！兄弟又来了！自家人不必客气。还有一斗二升米在此，你拿去，过几天缺少什么东西只消走来便了。”仁贵道：“哥嫂大恩，何日得报？”茂生道：“说哪里话来，兄弟慢去。”

仁贵出门，一路回转破窑。当日就吃了一斗米，只剩得二升米，明日吃不来了。只得又到茂生家来，却遇见他夫妻两个正要出门，一见薛仁贵，满心欢喜说：“兄弟，为什么绝早①到来？”薛礼说：“特来谢谢哥嫂。”茂生说：“兄弟又来了，自家兄弟谢什么。还有多少米在家？”仁贵说：“昨日吃了一斗，只有二升在家了。”王茂生心中一想，说：“完了！昨日在此吃了五升米去的，回家又吃了一斗。是这样一个吃法，叫我哪里来得？今日早来，决定又要米了。”好位毛氏，见丈夫沉吟不语，便叫道：“官人，妾身还积下一斗粟米在此，拿来赠了叔叔拿去罢！”茂生说：“正是。”毛氏将米取出，茂生付与仁贵，接了谢去。茂生想：“如今引鬼入门了，便怎么处？”

少表茂生夫妻之事。且说仁贵，他今靠着王茂生恩养，不管好歹，准准一日要吃一斗米，朝朝到王家来拿来要。要晓得这夫妻二人做小本生涯的，彼时原积得起银钱。如今这仁贵太吃得多了，两个人趁赚进来，总然养他不够，把一向积下银钱都用去了，又不好回绝他，只得差差补补寻来养他，连本钱都吃得干干净净，生意也做不起了。仁贵还不识时务，天天要米。王茂生心

---

① 绝早——指极早；早早地。

中纳闷，说："娘子，不道薛仁贵这等吃得，连本钱都被他吃完了。今日哪里有一斗米？我就饿了一日不妨。他若来怎样也好饿他？"毛氏大娘听说，便叫声："官人，没有商量，此刻少不得叔叔又要来了。只得把衣服拿去当几钱银子来买米与他。"茂生说："倒也有理。"那番，今日当，明日当，当不上七、八天，当头都吃尽了。弄得王茂生走投没路，日日在外打听。不道这一日访得一头门路在此，他若肯去，饭也有得吃。大娘说："官人，什么门路？"茂生说："娘子，我闻得离此地三十里之遥，有座柳家庄。庄主柳员外家私巨万，另造一所厅房楼屋，费用一万银子。包工的缺少几名小工，不如待他去相帮，也有得吃了。"毛氏说："倒也使得。但不知叔叔肯去做小工否？"

夫妻正在言谈，却好仁贵走进来了。茂生说："兄弟，为兄有一句话对你讲。"仁贵道："哥哥什么话说？"茂生说："你日吃斗米，为兄的甚是养不起。你若肯去做生活就有饭吃了。"仁贵说："哥哥，做什么生活？"茂生道："兄弟，离此三十里柳家庄柳员外造一所大房子，缺少几名小作。你可肯去做？"仁贵说："但我不曾学匠人，造屋做不来的。"茂生道："嗳！兄弟，造屋自有匠头。只不过抬抬木头，搬些砖瓦石头等类。"仁贵道："啊！这个容易的。可有饭吃的么？"茂生道："兄弟又来了，饭怎么没有，非但吃饭，还有工钱。"仁贵道："要什么工钱？只要饭吃饱就好了。"茂生说："既如此，同去！"两下出门，一路前往大王庄，走到柳家村，果见柳员外府上有数百人，在那里忙忙碌碌。茂生走上前，对木匠作头说道："周师父！"作头听叫连忙走过来说："啊呀！原来是茂生。请了！有什么话？"茂生说："我有个兄弟薛仁贵，欲要相帮老师做做小工，可用得着么？"周匠头道："好来得凑巧，我这里正缺小作，住在此便了。"茂生说：“兄弟，你住在此相帮，为兄去了，不常来望你的。”仁贵说：“哥哥请回！”王茂生回去不表。

再讲仁贵从早晨来到柳家庄，说得几句话，一并做活，还不端正，要吃早饭了。把这些长板铺了，二、三百人坐下，四个人一篮饭，四碗豆腐，一碗汤。你看这仁贵，坐在下面也罢，刚刚坐在作头旁首第二位上。原是饿虎一般的吃法，一碗只划得两口，这些人才吃得半碗，他倒吃了十来碗。作头看见，心内着了忙，说：“怎么样，这个人难道没有喉咙的么？”下面这些人停了饭碗，都仰着头看他吃。这薛礼吃饭没有碗数的，吃出了神，只顾添饭，完了一篮，又拿下面这一篮来吃。不多一会，足足吃了四篮饭，方停了碗，说够了。作头心下暗想：“这个人用不着的，待等王茂生来，回他去罢。”心里边是这样想。如今吃了饭，大家各自散开去做生活。仁贵新来，不晓得的，便说：“老师，我做什么生活？”作头说：“那一头河口去相帮他们扛起木料来。”仁贵答应，忙到河边。见有二、三十人在水中系了索子，背的背，扯的扯，乃是大显柱正梁的木料，许多人扯一根扯他不起。仁贵见了大笑，说：“你们这班没用之辈！根把木头值得许多人去扯他？大家拿了一根走就是了。”众人说：“你这个人有些疯癫的么？相帮我们扯得起来，算你力气狠得极的了。若说思量一个人拿一根，真正痴话了。”仁贵说：“待我来拿与你们看看。”他说罢，便走下水来，双手把这头段拿起来，放在肩头上，又拿一根挟在左肋下，那右肋下也挟了一根，走上岸来，拖了就跑。众人把舌头乱伸，说：“好气力！我们许多人拿一根尚然弄不起。这个人一人拿三根，倒拿了就走。这些木料都让他一个拿罢！我们自去做别件罢。”那晓仁贵三根一拿，不上二、三个时辰，二百根木头都拿完了。作头暗想：“这也还好，抵得二、三十人吃饭，也抵四、五十人生活。”如今相帮挑挑砖瓦，要挡抵四、五篮饭也情愿的。”

到明日，王茂生果然来望，便说：“兄弟，可过得服么?”仁贵说：“倒也过得服的。”那个周大木走将过来，叫声：“王茂生！你这个兄弟做生活倒也做得。但是吃饭太觉吃得多，一日差不多要吃一斗米。我是包在此的，倘然吃折了怎么处？不要工钱只吃饭还合得着。”茂生说：“薛兄弟，周老师道你吃得多，没有工钱。你可肯么?”仁贵说：“哪个要什么工钱！只要有的吃就够了。”茂生说：“如此极好。兄弟我去了。”不表茂生回去。

且说薛仁贵如今倒也快活。这些人也觉偷力得多了，拿不起的东西都叫他抬拿。自此之后，光阴迅速。到了十二月冷天，仁贵受苦了，身上只穿是单衣，鞋袜都没有的。不想这一月天气太冷，河内成冰，等了六、七天还不开冻。将近岁底，大家要回去思量过年。周大木叫声：“员外！如此寒天大冻，况又岁毕，我们回去过了新年，要开春来造的了。”柳员外说：“既然如此，寒天不做就是，开春罢！但这些木料在此，要留一个在此看守才好。不然被人偷去，要你赔的。”木匠说：“这个自然。靠东首堂楼墙边搭一草厂，放些木料，留人看守。”员外说：“倒也使得。”木作头走出来道：“你们随便那一个肯在此看木料?”只有薛仁贵大喜道：“老师！我情愿在此看木料。”作头心中想：“这个人在此，叫我留几石米在这里方够他吃得来！”大木正在踌躇，只见柳员外刚踱将出来。作头便叫声：“员外，我留薛礼在此看木料，不便留米。员外可肯与他吃么?”员外说：“个把人何妨？你自回去，待他这里吃罢了。”众匠人各自回家，不必去表。

单讲薛礼走进柳家厨房，只见十来个粗使丫环忙忙碌碌，家人妇女端正早饭。仁贵进来一个个拜揖过了。家人道："你可是周师父留你在这里看木料的薛礼么?"仁贵道："老伯，正是。"

英雄未遂凌云志，权做低三下四人。

毕竟薛仁贵如何出息，且听下回分解。

第十八回

大王庄薛仁贵落魄　怜勇士柳金花赠衣

诗曰：

贫士无衣难挡寒，朔风冻雪有谁怜？谁知巾帼闺中女，恻隐仁慈出自然。

再说薛仁贵道：“我正是周师父留在此的。”家人道：“既如此，就在这里吃饭罢！”仁贵答应，同了这班家人们就坐灶前用饭。他依旧乱吃，差不多原有几篮饭吃了。他们富足之家，不知不觉的，只不过说他饭量好，吃得。众家人道：“你这样吃得，必然力大，要相帮我们做做生活的。”仁贵说：“这个容易。”自此，仁贵吃了柳员外家的饭，与他挑水、淘米、洗菜、烧火，都是他去做，夜间在草厂内看木料。

员外所生一子一女。大儿取名柳大洪，年方二十六岁，娶媳田氏。次女取名柳金花，芳年二十正，有沉鱼落雁之容，闭月羞花之貌，齐整不过。描龙绣凤，般般俱晓；书画琴棋，件件皆能。那柳大洪在龙门县回来，一见薛礼在厂中发抖，心中暗想：“我穿了许多棉衣，尚然还冷。这个人亏他穿一件单衣，还是破的，于心何忍?”便把自己身上羊皮袄子脱下来，往厂内一丢，叫声：“薛礼！拿去穿了罢！”仁贵欢喜说：“多谢大爷赏赐！”拿了皮袄披在身上，径是睡了。自此过来，到了正月初三，田氏大娘带了四名丫环上楼来。金花小姐接住说：“嫂嫂请坐！”大娘道：“不消了。姑娘啊，我想今日墙外没有人来往，公公又不在

家中。不知新造墙门对着何处？我同姑娘出去看看。”小姐道：“倒也使得。”姑嫂二人走到墙门，田氏大娘说：“这造墙门原造得好，算这班师父有手段。”小姐道：“便是呢，嫂嫂，如今要造大堂楼了。”二人看了一会，小姐又叫声：“嫂嫂，我们进去罢！”姑娘转身才走，忽见那一首厂内一道白光冲出，呼呼一声风响，跳出一只白虎，走来往着柳金花小姐面门扑来。田氏大娘吓得魂飞魄散，拖了姑娘往墙门前头跑。回头一看，却不见什么白虎，原来好端端在此。田氏大娘心中稀罕，叫声：“姑娘啊，这也奇了，方才明明见一只白虎扑在姑娘面前，如何就不见了？”小姐吓得满面通红说：“嫂嫂！方才明明是只白虎，如何就不见了？如今想将起来，甚为怪异，不知是祸是福？”田氏大娘道：“姑娘，在厂内跳出来的，难道看木头的薛礼不在里面么？我们再走去看看。”姑嫂二人挽手来到厂内一看，只见薛礼睡在里边，并无动静。小姐心下暗想：“这个人虽然像叫花一般，却面上官星显现，后来决不落魄，不是公侯，定是王爵。可怜他衣服不周，冻得来在里边发抖。”小姐在这里想，只听田氏嫂嫂叫声：“姑娘，进去罢！”小姐答应，相同嫂嫂各自归房。

单讲小姐，心里边倒疑惑：“我想这只白虎跳出来，若是真的，把我来抓去了。倒为什么一霎时跳出，一霎时就不见了？谅来不像真的。况在厂内跳出，又见看木料的人面上白光显现，莫非这个人有封相拜将之分？”倒觉心中闷闷不乐。不一日，风雪又大。想起：“厂内之人难道不冷么？今夜风又大，想他决冻不起。待我去看看，取得一件衣服，也是一点恩德。”等到三更时，丫环尽皆睡去，小姐把灯拿在手中，往外边轻轻一步步捱去。开了大堂楼，走到书房阁；出小楼，跨到跨街楼，悠悠开出楼窗，往下一看。原来这草厂连着楼，窗披在里面的，所以见得。正好仁贵睡在下边，若是丢衣服，正贴在他身上。小姐看罢，回身便走，要去拿衣服。刚走到中堂楼，忽一阵大风将灯吹灭，黑暗伸手不见五指。慢慢地摸到自己房中，摸着一只箱子，开了盖，拿了一件衣服就走。原摸到此间楼上，往窗下一丢，将窗关好了，摸进房径是睡了一宵。晚话不表。

到了明日，薛仁贵走起来，只见地上一件大红紧身，拾在手中说："哪里来的？这又奇了，莫非皇天所赐？待我拜谢天地，穿了他罢。"这薛仁贵将大红紧身穿在里面，羊皮袄子穿在外面，连柳金花小姐也不知道，竟过了日子。谁想这一夜天公降雪来，到明日足有三尺厚。有柳刚员外要出去拜年，骑了骡子出来，见场上雪堆满在此，开言叫声："薛礼，你把这雪拿来扫除了。"仁贵应道："是！"那番提了扫帚在此扫雪。员外径过护庄桥去了。这薛礼团团扫转，一场的雪却扫除了一半。身上热得紧，脱去了羊皮袄子，露出了半边的大红紧身在这里扫。哪晓得员外拜年回来，忽见了薛礼这件红衣，不觉暴跳如雷，怒气直冲。口虽不言，心内想一想："啊呀！那年我在辽东贩货为商，见有二匹大红绫子，乃是鱼游外国来的宝物，穿在身上不用棉絮，暖热不过的。所以，我出脱三百两银子买来，做两件紧身。我媳妇一件，我女儿一件，除了这两件再也没有的了。这薛礼如此贫穷，从来没有大红衣服，今日这一件分明是我家之物。若是偷的，决不如此大胆穿在身上，见我也不回避。难道家中不正，败坏门坊？到底未知是媳妇不正呢？还是女儿不正？待我回到家中查取红衣，就知明白了。"这柳刚大怒，进入中堂坐下，唤过十数名家人，说："与我端正绳索一条，钢刀一把，毒药一服，立刻拿来！"吓得众家人心中胆脱，说："员外，要来何用？"员外大喝道："唗！我有用！要你们备，谁敢多说？快些去取来！"众家人应道：

"是！"大家心中不明白，不知员外为什么事情，一面端正，一面报知院君①。那院君一闻此言，心内大惊，同了孩儿柳大洪走出厅堂。只见员外大怒，院君连忙问道："员外，今日为何发怒？"员外道："嗳！你不要问我，少停就知明白了。丫环们，你往大娘、小姐房内取大红紧身出来我看！"四名丫环一齐答应一声，进房去说。大娘取了红衣，走出厅堂，叫声："公公、婆婆！媳妇红衣在此，未知公公要来何用？故此媳妇拿在此，请公公收下。"员外说："既然如此，你拿了进去，不必出来出丑！"大娘奉命回进房中，不表。

再讲小姐正坐高楼，只见丫环上楼叫声："小姐，员外不知为什么要讨两件红衣。大娘的拿出去与员外看过了，如今要小姐这件红衣，叫丫环来取。小姐快些拿出来，员外在厅上立等。"金花小姐听见此言，不觉心中一跳。连忙翻开板箱一看，不见了红衣，说："不好了！祸降临身！那一夜吹灭了灯火，不知哪一只箱子，随手取了一件撂下去，想来一定是这件大红紧身。必然薛礼穿在身上，被我爹爹看见，所以查取红衣。为今之计，活不成了！"箱子内尽翻倒了，并没有红衣。只见楼梯又有两名丫环来催取，说："员外大怒，在厅上说，若再迟延，要处死小姐！"那位姑娘吓得魂不附体，不敢走下楼去，只得把箱子又翻，哪里见有？

再表外边，员外坐在厅上等了一会，不见红衣，暴跳如雷，说："咳！罢了，罢了！家门不幸！"院君道："为什么这样性急？女儿自然拿下来的。你难道疯癫了么？"员外大怒，骂道："老不

---

① 院君——旧时对有封号的妇人的称呼。后来也称富户的妻子为"院君"。这里指员外之妻。

贤！你哪里知道！有其母必生其女，败坏门坊。还有什么红衣？那红衣为了表记，赠与情人了！”院君大惊，说：“你说什么话？”连忙回身就走，来到高楼，叫声：“女儿！红衣可在？快拿与做娘的。你爹爹在外立等要看！”金花说：“啊呀，母亲啊！要救女儿性命！”眼中掉泪，跪倒在地。院君连忙扶起，说：“女儿！到底怎么样？”小姐道：“啊唷，母亲啊！前日初三，与嫂嫂一同出外观看新造墙门。看见厂内一人，身上单衣，冻倒在地，女儿起了恻隐之心。那晚夜来，意欲把扯一件衣服与穿，谁想吹灭了灯，暗中箱内摸这一件衣服，撂下楼去。女儿该死！错拿了这件大红紧身与他，想是爹爹看见，故来查取。母亲阿！女儿并无邪路，望母亲救了女儿性命！”葛氏院君听言大惊，说：“女儿！你既发善心，把他衣服，也该通知我才是。如今爹爹大发雷霆，叫做娘的也难以做主。且在楼上躲一躲！”母女正在慌张，又有丫环上楼，叫声：“小姐！员外大怒。若不下楼，性命难保了！”院君说：“女儿！不必去睬他！”不表楼上之事。

再讲员外连差数次不见回音，怒气直冲，忍不住起来了，说：“啊，好贱人！总不来理我，难道罢了不成？”立起身往内就走。柳大洪一把扯住，说：“爹爹不须性急，妹子同母亲自然下楼出来的。”员外说：“哇！畜生！你敢拦阻我么？”豁脱了衣袖，望着扶梯上赶来，说：“啊唷唷！气死我也！小贱人在哪里？快些与我下楼去问你！”小姐吓得面如土色，躲在院君背后，索落落抖个不住，说：“母亲！爹爹来了。救救女儿性命！”院君道：“不妨。”叫声：“员外息怒。待妾身说明，不要惊坏了女儿。”员外道：“老不贤！有辩你倒替小贱人说！”院君道：“女儿那日同了媳妇出外看看新墙门，见了厂内薛礼身上单薄，抖个不住。女儿心慈，其夜把他一件衣服。不道被风吹灭灯火，暗中拿错了这

件红衣，被他穿了。并无什么邪心，败坏门坊的，员外休得多疑。”员外说：“替他分说得好！一件大红紧身，有什么拿差？分明有了私心，赠他表记。罢了！罢了！小小年纪，干这无天大事，留在此也替祖上不争气！你这老不贤，还要拦住，闪开些！”走上一步，把这葛氏院君右膊子只一扯一扳，哄咙一交。小姐要走来不及了，却被员外往着头上只击打将过来，莲花朵首饰尽行打掉了。一把头发扯住，拦腰一把，拿了就走。院君随后跟下楼去，员外把小姐拖到厅上，一脚踹定，照面巴掌就打。说：“小贱人！做得好事！你看中了薛礼，把红紧身做表记，私偷情人，败坏门坊。我不打死你这小贱人誓不姓柳！”拳头脚尖乱打。打得姑娘满身疼痛，面上乌青，叫声：“爹爹！可怜女儿冤屈的。饶了孩儿罢！”院君再三哀告说：“员外，女儿实无此事。若打坏了她，倘有差迟，后来懊悔！”员外说：“嗳！这样小贱人，容他不得，处死了倒也干净！小贱人！我也不来打你，那一把刀、一条绳、一服药，你倒好好自己认了哪一件。若不肯认，我就打死你这贱人！”吓得众人面如土色。柳大洪叫声：“爹爹！不要执见。谅妹子不是这般人，可看孩儿之面，饶了妹子罢！”员外说：“畜生！你不必多讲。小贱人快些认来！”金花跪在地下说：“爹爹饶了女儿死，情愿受打！”田氏大娘跪下来叫声：“公公！可看媳妇之面，饶了姑娘性命罢！谅姑娘年轻胆小，决不干无天事的。况薛礼无家无室，在此看料，三不像鬼，七不像人。只不过道他寒冷，姑娘心慈，拿差了衣服是有的。难道看中了叫花子不成？公公还要三思。”院君道：“我和你半世夫妻，只生男女二人。况金花实无此事，要他屈死起来？可念妾身之面，饶他一死。”员外哪里肯听，打个不住，小姐痛倒在地。大家劝了不听，又见小姐哀哭倒地，忍不住眼泪落将下来。正在吵闹，忽有个小厮立在旁首，观看了一会，往外边一跑，走出墙门，来对了薛礼说道："你这好活贼！这件大红衣是我家小姐之物，要你偷来穿在身上。如今员外查究红衣，害我家小姐打死在厅上了，你这条性命少不得也要处死的！"薛礼听见这句说话，看看自已的衣服，还是半把大红露出在外。仔细听一听，看柳家里面沸反淫天，哭声大震，便说："不好了！此时不走，等待何时！"顷刻间面如土色，丢了这把扫帚，往这条雪地上大路边放开两腿好跑哩！不知这一跑跑在哪里去了。

再讲员外正逼小姐寻死，忽门公进来说："西村李员外有急事相商要见。"员外立起身来说："老不贤，你把这贱人带在厨房，待我出去商量过了正事，再来处死她。若放走了，少不得拿一个来代死！"众人答应："晓得。"此时心内略松一松。院君扶了金花哭进厨房。柳大洪同了大娘一同进厨房来。

再表柳刚员外接进李员外到厅商议事情，不表。再说金花苦诉哀求说："母亲！爹爹如今不在眼前，要救女儿性命！"院君好不苦楚，众人无法可施。大洪开言叫声："母亲，爹爹如今不在，眼前要救妹子。依儿愚见，不如把妹子放出后门逃生去罢！"金花道："啊呀，哥哥呀！叫妹子脚小伶仃，逃到哪里去？况且从幼不出闺门，街坊路道都不认得的，怎生好去逃命？"大洪说："顾妈妈在此，你从小服侍我妹子长大，胜如母亲一般。你同我妹逃往别方，暂避眼前之难，等爹爹回心转意，自当报你大恩！"顾妈妈满口应承："姑娘有难，自然我领去逃其性命。院君，快些收拾盘缠与我。"葛氏院君进内取出花银三百两，包包裹裹，行囊是没有的，拿来付与乳母顾妈妈。与小姐高楼去收拾那些得爱金银首饰，拿来打了一个小包袱，下楼说："小姐逃命去罢！"金花拜别娘亲哥嫂。小姐前头先走，乳母叫声："院君，姑娘托

在我身上，决不有误大事，不必挂怀。但是我姑娘弓鞋脚小，行走不快，员外差人追来如何是好?”院君踌躇道：“这便怎么样处呢?”大洪道：“顾妈妈，你是放心前去。我这里自有主意，决不会有人追你。”乳母说：“既如此，我去了。”

不表顾妈妈领了小姐逃走。再讲柳大洪大户人家，心里极有打算。他便心生一计，叫声：“母亲！孩儿有一计在此，使爹爹不查究便了。”院君道：“我儿，什么计?”大洪说：“丫环们端正一块大石头在此，待爹爹进来，将要到厨房门首，你们要把这石块丢下井去。母亲就哭起来，使爹爹相信无疑，不差人追赶。”院君说：“我儿，此计甚妙！”吩咐丫环连忙端正。外边员外却好进来了，大叫：“小贱人可曾认下哪一件？快与我丧命！”里边柳大洪听见，说：“爹爹来了！快丢下去！”这一首丫环连忙把石块望井内“轰隆”一声响丢下去，院君就扳住了井圈，把头钻在内面遮瞒了，说：“啊呀！我那女儿啊！”田氏大娘假意眼泪纷纷，口口声声只叫：“姑娘死得好惨！”这些丫环们倒也乖巧，沸反淫天，哀声哭叫小姐不住口。柳大洪喊声：“母亲不要靠满井口，走开来。待孩儿把竹竿捞救她！”说罢就把竹竿拿在手，正要往井内捞。那员外在外听得井内这一响，大家哭声不绝，明知女儿投井身亡，倒停住了脚步，如今听得儿子要把竹竿捞救，连忙抢步进来，大喝一声：“畜生，这样贱人还要捞救她做什么，死了倒也干净！”院君道：“老贼，你要还我亲生女儿的！”望着员外一头撞去。正是：

只因要救红妆女，假意生嗔白发亲。

毕竟员外如何调处，且听下回分解。

第十九回

富家女逃难托乳母　贫穷汉有幸配淑女

诗曰：

本来前世定良缘，今日相逢非偶然；虽是破窑多苦楚，管须富贵在他年。

那员外一时躲闪不及，倒跌了一跤，趴起身来叫声：“丫环们，与我把这座灶头拆下来填实了！”众丫环一声答应。这班丫环拆卸的拆卸，填井的填井，把这一个井顷刻间填满了。田氏大娘假意叫声：“姑娘死得好苦。”揩泪回进自己房中去了。大洪叫声：“爹爹何苦如此把妹子逼死，于心何忍？”说罢也往外边走了去。那院君说：“老贼啊！你太刻毒了些，女儿既被逼死，也该撩起尸骸埋葬棺木也罢了，怎么尸首多不容见，将她填在泥土内了？这等毒恶，我与你今世夫妻做不成了！”这院君假意哭进内房。员外也觉无趣，回到书房闷闷不乐。

我且丢下柳家之事，再表那薛仁贵心惊胆战，恐怕有人追赶，在雪内奔走个不住。一口气跑得来气喘吁吁，离柳家庄有二十里，见前有个古庙，心下想道：“不免走进去省省气力再走。”仁贵走进庙中，坐于拜单上面省力，我且慢表。

再讲这柳金花小姐被乳母拖住跑下来不打紧，可怜一位小姐跑得来面通红涨，三寸金莲在雪地上别得来好不疼痛，叫声：“乳母，女儿实是走不动了，哪里去坐一坐才好。”顾妈妈说：“姑娘，前面有座古庙，不免到里边去坐一坐再走。”二人趱上前

来。哪知仁贵也在里边坐了一回，正要出庙走，只见那边两个妇人远远而来，便心中暗想道：“不好啊！莫非是柳家庄来拿我的么？不免原躲在里面，等他过了再走。”列位，那仁贵未曾交运，最胆小的，他闪进古庙想：“这两个妇人，倘或也进庙中来便怎么处？啊！有了，不免躲在佛柜里边，就进来也不见的。”仁贵连忙钻入柜中，到也来得宽松，睡在里边了。

且表那小姐同了乳母进入庙中，说：“姑娘，就在拜单上坐一坐吧。”小姐将身坐下。顾妈妈抬眼团团一看，并无闲人，开言说道：“姑娘，你是一片慈心，道这薛礼寒冷，赐他红衣，再不道你爹爹性子不好，见了红衣，怪不得他发怒，无私有弊了。我虽领你出门，逃过眼前之害，但如今哪里去好？又无亲戚，又无眷属，看来倒要死一块了。”小姐叫声：“乳母，总然女儿不好，害你路途辛苦。我死不足惜，只可惜一个薛礼，他也算命薄，无家无室，冷寒不知受了多少，思量活命，到此看木料，我与他一件红衣，分明害了他了。我们逃了性命，这薛礼必然被爹爹打死了。”乳母道：“这也不知其细。”二人正在此讲，惊动佛柜里面一个薛仁贵，听见这番说话，才明白了：“啊！原来如此！这件红衣却是小姐道我身上寒冷送我的，我哪里知道其情，只道是天赐红衣，被员外看见，倒害这位小姐离别家乡，受此辛苦，街坊上出乖露丑，哎！薛礼啊，你受这小姐这样大恩不思去报，反害她逃生受苦，幸喜她来到庙中息足，不免待我出去谢谢她，就死也甘心的了。”想罢一番，即便将身钻出佛柜，来到小姐面前，双膝跪下叫声：“恩小姐所赐红衣，小子实是不知，只道天赐与我，故尔将来穿在身上，谁想被员外见了，反害小姐受此屈打，又逃命出门，小子躲避在此，一听其言，心中万分不忍，因此出来谢一谢小姐大恩，凭小姐处治小子便了。”忽地里跪在地下说此这番言语，倒吓得小姐魂不附体，满面通红，躲又躲不及。乳母倒也乖巧，连忙一把扶起说："罪过罪过，一般年纪，何必如此。请问小官人向住何方，年庚多少？"仁贵说："妈妈，小子向在薛家庄，有名的薛英员外就是家父，不幸身故，家业凋零，田园屋宇尽皆耗散，目下住在破窑里面，穷苦不堪。故此在员外府上做些小工谋食，不想有此异变，我之罪也！"顾妈妈叫声："薛礼，我看你虽在窑中，胸中志略才高决不落薄。我家小姐才年二十，闺阁千金，见你身上寒冷，赐你红衣，反害了自家吃苦，如今虽然逃脱性命，只因少有亲眷，无处栖身。你若感小姐恩德，领我们到窑内权且住下，等你发达之时再报今日之恩，也就是你良心了。"薛礼叫声："妈妈，我受小姐大恩，无以图报。如若薛礼家中有高堂大屋，丰衣足食，何消妈妈说得，正当供养小姐。况且住在破窑并无内外，又无什物等件，叫花一般，只有沙罐一个，床帐俱无，稻草而睡。小姐乃千金贵体，哪里住得服？不但受些苦楚，更兼晚来无处栖身，小姐青年贵体怎生安睡？外人见了，又是一番猜疑。不但报小姐恩德，反是得罪小姐了，使小子于心何忍？岂非罪更深矣！"乳母说："薛礼，你言语虽然不差，但如今无处栖身怎么处？"心中一想，轻轻对姑娘说道："若不住破窑，哪里去好？"金花道："乳母啊，叫我也无主意，只得要薛礼同到窑，速寻安身之处再作道理。"乳母说："去便去了，但薛礼这番言语实是真的，不分内外眼对眼，就是姑娘你也难以安睡。我看薛礼这人，虽然穷苦，后来定有好处。姑娘，既事到其间，为乳母做个主张，把你终身许了他罢。"那柳小姐听见此言，心中一想："我前日赠他衣服，就有这个心肠。"今闻乳母之言，正合其意，便满心欢喜低倒头不开口。乳母觉着了他心意，说道："薛大官，你道破窑中不分内外，夜来不好睡，

我如今把小姐终身许你如何？”薛礼听言大惊，说：“妈妈休讲此话！多蒙小姐赐我红衣，从没有半点邪心。老员外尚然如此，妈妈若说小姐今日终身许我，叫薛礼良心何在？日后有口难分真假，此事断然使不得的！”乳母道：“薛礼官人，你言之差矣！姻缘乃五百年前之事，岂可今日强配的？小姐虽无邪心，却也并无异见。但天神作伐，有红衣为记，说什么有口难分真假？”仁贵说：“妈妈啊！虽然如此，但小子时衰落难，这等穷苦，常常怨命。况小姐生于富家闺阁，好过来的，哪里住得服破窑起来？岂非害了小姐受苦一生一世？我薛礼一发罪之甚也！况小姐天生花容月貌，怕没有大富大贵才子对亲？怎生配我落难之人起来，此事断然使不得！”乳母见他再三推辞，便大怒道：“你这没良心的，我家小姐如此大恩，赠你红衣反害自身，幸亏母兄心好，故放逃生。今无栖身之地，要住在你破窑你却有许多推三阻四，分明不许我们到窑中去了！”薛礼说：“妈妈，这个小子怎敢？我若有此心，永无好日！既然妈妈大怒见责，我就依允此事便了。”乳母说：“薛大官，这句才说得是，你既应承，那包裹在此，你拿去领小姐到破窑中去。”仁贵答应，把包袱背在膊子上便说：“这个雪地下不好走的，此去还有十里之遥，谅小姐决走不动，不如待我驮了去吧。”乳母说：“倒也好。”柳金花方才走了二十余里，两足十分疼痛的了不得，如今薛礼驮他走，心内好不欢喜，既许终身，也顾不得羞丑了。薛仁贵乃是一员大将，驮这小姐犹如灯草一般轻的，驮了竟望雪跑了去。乳母落在后面，走不上前起来，仁贵重又走转，一把挽了乳母的手而走。不上一回工夫，到了丁山脚下，走进破窑放下小姐，乳母便说道：“你看这样一个形相，小姐在此如何住得？”金花叫声：“乳母，看他这样穷苦，谅来如今饭米俱没有的。可将此包裹打开，拿一块零碎银子与他，到街坊去买些鱼肉柴米等类，且烧起来吃了再处。”乳母就把一块银子付与仁贵说：“行灶要买一只回来的。”仁贵说：“晓得。”接了银子满心欢喜，暗想：“如今饿不死的了。”

按下薛仁贵忙忙碌碌外边买东西不表。今再讲王茂生少了薛仁贵吃饭，略觉宽松几日。这一日，那王茂生卖小菜回来，偶从丁山脚下破窑前经过，偶抬头往内边一看，只见两个妇人在里边，心下一想：“这窑内乃是薛兄所居之地，为何有这两个堂客在内?”正立定在窑前踌躇不决，忽见薛仁贵买了许多小菜鱼肉归来。王茂生说：“兄弟，你在柳家庄几时回来的？为甚不到我家里来，先在这里忙碌？请问里面二位是何人?”薛礼说：“哥哥，你且歇了担子，请到里面我有细话对你讲。”茂生连忙歇了担子，走进破窑。仁贵放了米肉什物，叫声：“小姐，这位是我结义哥哥，叫王茂生，乃是我的大恩人，过来见了礼。”茂生目不识丁，只得作了两个揖。仁贵把赐红衣对茂生如此长短细细说了一遍，茂生不觉大喜说：“既如此，讲起来是我弟妇了。兄弟，你的运已交，福星转助。今日是上好吉日，不免今晚成亲好。”仁贵说：“哥哥，这个使不得！况破窑内一无所有，怎好成亲?”茂生说：“一些也不难，抬条椅凳，被褥家伙等物待我拿来。喜嫔是你嫂嫂，掌礼就是我，可使得吗?”乳母道：“倒也使得。有银二两，烦拿去置办东西。”王茂生接了银子出窑说：“兄弟，我先去打发嫂嫂先来。”仁贵说：“既如此，甚妙。”他在窑内忙忙碌碌准备。

单讲王茂生挑担一路快活，来到家内对毛氏妻子细细说了一回。大娘心中得意，说：“既有此事，我先往窑中去，你快往街坊买了些要紧东西、急用什物，作速回来。”茂生道：“这个我晓得的。”夫妻二人离了自家门首，毛氏竟到破窑中。仁贵拜见了嫂嫂，小姐乳母二人也相见了礼。毛氏大娘是做卖婆的，喜嫔到也在行的，就与姑娘开面。料理诸事已毕，却好王茂生来了，买了一幅被褥铺盖、一套男衣、一个马桶，与他打好床铺，又回到家中搬了些条桌、椅凳、饭盏、箸子等类，说："兄弟，为兄无物贺敬，白银一两，你拿去设几味中意夜饭吃了花烛。"薛礼说："又要哥哥费心。"接了银子正去买办。茂生好不忙碌，挑水淘米，乳母烧起鱼肉来。差不多天色昏暗，仁贵换了衣服，毛氏扶过小姐，茂生服侍仁贵，参天拜地、夫妻交拜已毕，犹人家讨养新妇一般做了亲。茂生安排一张桌子，摆四味夜饭，说："兄弟坐下来，为兄奉敬一大杯。"薛礼说："不消哥哥费心，愚弟自会饮的。"茂生敬了一杯，叫声："娘子，我与你回去罢。兄弟，你自慢饮几杯，为兄的明日来望你。"仁贵说："哥哥，又来客气了，且在此，等愚弟吃完花烛，还要陪哥哥嫂嫂饮杯喜酒去。"茂生道："兄弟，这倒不消费心了。"茂生夫妻出了窑门，竟是回家，我且不表。

再说仁贵饮完花烛，乳母也吃了夜饭，如今大家睡觉。顾妈妈着地下打一稻草柴铺，分这条褥子来当被盖了，仁贵落好处又不冻饿。这一夜大妻说不尽许多恩爱，一宵晚景不必细表。

次日清晨，茂生夫妻早来问候，茶罢回去。如今薛仁贵交了运了，有了娘子，这三百两头放大胆子吃个饱足的，三个人每日差不多要吃二斗米。谁想光阴迅速，过了一月，银子渐渐少起来了。柳金花叫声："官人，你这等吃得，就是金山也要坐吃山空了。如今随便做些事业，攒凑几分也好。"仁贵说："娘子，这倒烦难，手艺生意不曾学得，叫我做什么事业攒凑起来？想去真正没法。"自此仁贵天天思想，忽一日，想着了一个念头，寻些毛竹，在窑内将刀做起一件物事来了。小姐叫声："官人，你做这些毛竹何用?”仁贵说:“娘子,你不曾知道,如今丁山脚下雁鹅日日飞来,我学得这样武艺好弓箭,不如射些下来,也有得吃了,故而在此做弓箭,要去射雁。”小姐说:“官人,又来了,既要射雁,拿银子去买些真弓箭射得下,这些竹的又无箭头,哪里射得下?”仁贵说:“娘子,要用真弓箭非为本事,我如今只只要射的是开口雁,若伤出血来非为手段,故用这毛竹的弓箭。雁鹅叫一声就要射一箭上去,贴中下瓣咽喉,岂不是这雁叫口开还不曾闭,这一箭又伤不伤痛,口就合不拢,跌下来便是开口雁了。”小姐说:“官人,果有这等事?候射下雁来便知明白了。”那仁贵做完,到丁山脚下候等。只见两只雁鹅飞过来,仁贵扳弓搭箭,听得雁鹅一声叫,嗖的一箭射将上去,正中在咽喉,雁鹅坠地果然口张开的。这如今只只多射开口雁,一日到有四五十只拿回家来,小姐见了满心欢喜,仁贵拿到街坊卖了二三百文,一日动用尽足够了。

自此天天射雁,又过了四五个月。忽一日在山脚下才见两只雁鹅飞过,正欲攀弓,只听见那一边大叫:“呔!薛仁贵你射的开口雁不足为奇,我还要射活雁。”仁贵听见此言,连忙住了弓,回转头一看,只见那边来了一人,头上紫包巾,穿一件乌缎马衣,腰拴一条皮带,大红裈裤,脚踏乌靴,面如重枣,豹眼浓眉,狮子犬鼻,招风大耳,身长一丈,威风凛凛,其人姓周名青,也是龙门县人,从幼与薛仁贵同师学武,结义弟兄,本事高强,武艺精通,才年十八,正是小英雄,善用两条镔铁锏,有万夫不当之勇。只因离别数载,故而仁贵不认得了,因见周青说了大话,忙问道:“这位哥,活雁怎生射法,你倒来射一只我看看。”周青说:“薛大哥,小弟与你作耍,你难道不认得小弟了吗?”仁贵心中想一想说:“有些面善,一时想不起了,请问哥尊姓，因何认得小弟。”周青说：“薛大哥，小弟就是周青。”仁贵道：“啊呀！原来是周兄弟。”连忙撇下弓，二人见礼已毕，说：“兄弟，自从那一年别后，到今数载有余，所以为兄的正不认得贤弟。请问贤弟，一向在于何处，几时回来的？”周青说：“哥哥有所不知，小弟在江南，傅家特请在家内为教师，三百两一年，倒也过了好几年。自思无有出头日子，今闻这里龙门县奉旨招兵，为此收拾行囊飞星赶来。哥哥有了这一身本领，为何不去投军，反在这里射雁？”仁贵说：“兄弟，不要说起，自从你去之后，为兄苦得来不堪之极，哪里有盘缠到龙门县投军。兄弟耳朵长，远客江南，闻知回来，谋干功名，如今不知在何处作寓。”周青说：“我住在继母汪妈妈家内。不想哥哥如此穷苦，我身虽在江南，却心中日在山西，何日不思？何日不想？今算天运循环，使我们弟兄相会。哥哥，射雁终无出息，不如同去投军干功立业，有了这一身武艺，怕没有前程到手？哥哥你道如何？”仁贵说：“兄弟之言，虽是淮阴侯之谕，但为兄有妻子在家，一则没有盘费，二来妻子无靠，难以起身，故尔不敢应承。兄弟一个去干功立业罢。”周青说：“哥哥有了嫂嫂，这也可喜啊！哥哥，虽然如此，到底功名为大。自古说，‘学成文武艺，货与帝王家。’我和你尚幼时同师所学：

岂有干功立事业，不共桃园结义人？”

毕竟薛仁贵怎样前去投军，且听下回分解。

第二十回

射鸿雁薛礼逢故旧　赠盘缠周青同投军

诗曰：

英雄深喜遇英雄，射雁山前故旧逢；同往龙门投帅府，无如时运未亨通。

再讲周青又说："哥哥，如今去出仕，自然也要一同去。路上盘缠不劳哥哥费心，待我拿过银子来，哥哥权为安家之本就可以去了。"仁贵道："既承兄弟费心，为兄自当作伴同走一遭。"周青大喜道："哥哥，我带得白银三百两在此，哥哥拿到家中付与嫂嫂，辞别了就来到我继母家内来，吃了饭然后起程，我先去了。"仁贵接了银子大喜，回身便走到破窑内来，叫声："娘子，我有个结义兄弟名唤周青，赠我三百两银子作为安家之本，要同我到龙门投军干功立业，今日就要动身，所以辞别娘子要分路了。"柳金花闻说此言，心中一悲一喜，叫声："官人，干功出仕为男儿之大节，未知官人要几年方可回来？"仁贵道："娘子，卑人此去若是投军不用，即日就回，若然用我，保驾征东跨海前去，多则三年，少则两载，也要回来的。"金花说："既有许多年数，妾身也没有什么丢不下。自从成亲半载，已经有孕在身，未知是男是女，望官人留个名字在此。"仁贵道："啊！原来如此啊！娘子啊，我去之后，生下女儿不必去表，若生男子，就把前面这座丁山为名，取他薛丁山便了。"金花便记在心，叫声："官

人，妾身苦守破窑等你成名回来，好与我父母争口气。”仁贵说：“娘子在家保重啊！乳母，我去之后，姑娘有什么忧愁，要你在旁解劝，使姑娘悄然解闷，我有好日回来，自然报你之恩。”顾妈妈说：“不消大官人费心。”金花说：“官人路上小心为主。”仁贵道：“这个不消娘子吩咐，我去了。”这番夫妻分别，正是：

流泪眼观流泪眼，断肠人送断肠人。

仁贵离了破窑，竟到王茂生家。却正遇他夫妻在那里吃饭，茂生说：“兄弟，来得正好，坐下来吃饭。”仁贵道：“不消，我兄弟到来非为别事，一则相别哥嫂，二则有句说话重托哥哥。”茂生听言连忙问道：“兄弟，你要到哪里去？说什么相别起来。”仁贵就把相遇周青，赠银三百同去投军干功立业之事，细细说了一遍。茂生夫妇大悦：“原来如此！这也难得。兄弟，你去投军，要得几年回来？”仁贵说：“兄弟此去，多则三年，家内妻子望哥哥照管，日后功名成就，自当图报。”茂生夫妇道：“这个不消可嘱，窑中弟妇自然我夫妻料理，你是放心前去。”仁贵拜别哥嫂竟自去了。问到汪家墙门首，只见周青出来叫声：“哥哥，请到书房内来。”仁贵道：“晓得。”二人挽手进入书房。小厮掇进早饭，两人用过。周青叫声：“哥哥，小弟为教师虽有数载，只积得五百银子，一箱衣服，也算各色完全的，待我拿出来。”周青掇过箱子，取匙开锁说：“哥哥，这里边衣服五色俱全多有的，但凭哥哥去拣一副，喜穿什么颜色就拿出更换。”仁贵一看，果然颜色完全，说：“兄弟，我倒喜这白颜色。”他就拿出来改换，头上白绫印花抹额，身穿显龙白绫战袄，脚踏乌靴，白绫臕裤。正所谓：佛要金装，人要衣装。起初仁贵面脸多有怪气，如今是面泛亮光，犹如傅粉，鼻直口方，银牙大耳，双眼澄消，两道秀眉，身高足有一丈，真算年少英雄。周青说：“哥哥，你满身多穿了白，腰中倒拴了这条五色鸾带吧。”仁贵道：“倒也使得，就是这条五色带便了。”拿来拴在腰中。周青打好行囊，收拾盘缠，先进去拜别了继母，又回进书房，大家背了包裹，说：“哥哥，走吧，事不宜迟。”二人出了墙门，弟兄一路闲谈，正望龙门县来。正是：

逢山不看山中景，遇水不看水边村。

一路上风惨惨雨凄凄，朝行夜宿，多少辛苦，渴饮饥餐，登山涉水，在路上行了七八天，早进龙门县城中。你看那城内的人烟，啊唷唷！好不热闹；你看六街三市，车马纷纷。周青说：“哥哥，我与你虽只本事高强，投军之事，到底不明不白，不如且投宿店，慢慢打听个明白如何，才好去投军。”仁贵说：“兄弟言之有理。”二人来到饭店前说：“店官请了。”那店家说：“不敢，二位爷请了。还是饱餐，还是宿歇的？”二人说：“我们是歇宿的。”店家道：“既如此，请到里边来。”二人走进店中，店官领进一间洁静房内，铺好铺盖，小二掇进晚膳来，摆在桌子上。仁贵说：“店家慢走，我要问你说话。”店家说：“二位爷，问我什么事？”仁贵说：“店家，我们弟兄二人前来投军，不知投军的道理，请教你可知道投军怎么样的？”店家叫声：“二位爷，这个容易，那招兵这位总管爷名叫张士贵，他奉旨到来招兵，天天有各路人民到来投军，只要写一张投军状投进去的。”仁贵道：“这投军状上怎生写法？”店家说：“这不过是具①投军人某人那州那县人氏，面容长短一定要写的。”仁贵道：“如此，我们弟兄两个合一张状可以使得吗？”店家说：“这个使不得，有几个人一定要几张投军状的。”仁贵道：“既然如此，我们就写起来投进去。”

---

① 具——陈述，开列。

店主道："二位爷，天色晚了，这位大老爷只得早晨坐堂收这些投军状的，若一到饭后退堂就不收了。"仁贵说："既如此，我们就写端正在此，明日投进去便了。"店家说："还有一句要紧说话，明朝二位爷投进去，大老爷若用了，一定要发盔甲银的，每一个银十两，发与二位爷不要自用了，有这个规矩，要送与内外中军官买果子吃的，若是不送他就不用了。"仁贵说："这也小事。"仁贵连夜灯下写了投军状。

一宵过了，到清晨弟兄起身梳洗打扮，藏了投军状说："店家，行囊在里边，小心照管，我们去了来算账。"店家道："是，只怕二位爷去得太早了。"仁贵说："早些的好。"弟兄二人出了店门。行到半路，只听见轰隆一声炮响，大老爷升堂，啊唷唷，只看见东南西北这些各路投军人多来了，多拥在总府辕门。只听鼓乐喧天，吆吆喝喝好不威风，大纛招军旗号扯起东西辕门，大门有内外中军出来了说道："呔！大老爷有令，尔等投军者速献投军状进去！"只听一声答应，啊！那些人碌乱纷纷把军状递与中军官，仁贵也把两张军状付与他，外中军说："尔等候着。"应道："是！"

不表辕门外投军人等候发放。单表中军官进入大堂，呈上许多军状，旗牌官接上展铺公案上边，这位张大老爷就拿面上这一张观看，原来却好周青的军状，下面第二张就是薛仁贵的了。那张环睁睛看时，上写具投军状人周青，系山西绛州府龙门县人氏，才年一十八岁。张环心下一想："十八岁就来投军，必是能干的。中军过来！"中军应道："有！"张环吩咐道："快传周青进见！"中军道："是！"连忙走到辕门问说："呔！尔等内中有周青吗？"仁贵说："兄弟，叫你。"周青连忙上前说："中军爷，小人就是。"中军道："啊，你就叫周青，大老爷有令，快随我进来。"

周青应道："是。"随了中军进入大堂，连忙跪下说："大老爷在上，小人周青叩见。"张士贵抬眼一看说："果然像个年少英雄。"就问："周青，你既来投军，可学兵马，能用几桩兵器？"周青说："大老爷在上，小人幼习弓马，尽皆熟透，十八般武艺件件皆能。"张士贵说："你两膊有多少勇力？"周青说："小人右膊有四百多斤，左膊有五百斤。"张士贵说："你善用什么器械？"周青说："小人善用两条镔铁锏。"张环道："既然如此，铁锏可带在此？"周青道："这倒不曾带来。"张环道："既不曾带来，中军，你往架上取这两条铁锏过来，与他当堂耍与本总观看。"中军应道："是！"便往架上取了铁锏下来，递与周青。周青接来提在手中，立起身来就在大堂上使起来了。果然好锏，但见左蟠头、右蟠头如龙取水，左插花、右插花似虎奔山，这个锏使动了，大堂上多是风声。锏法使完放在旁边，上前跪下说："大老爷在上，小人锏法使完了。"张士贵大悦道："你锏法果然耍得好，本总要收能干旗牌十二名，如今有了八名在此，还少四名。今看你年少英雄，不免收你在里边做了旗牌官吧。"周青说："多谢大老爷抬举。"立起身来，改换旗牌衣服就站在旁边了。张士贵看到第二张上，只见写着具投军状人薛仁贵，系山西绛州府龙门县人氏。吓得张环魂不在身，心下暗想："陛下梦内不可不信，军师详梦真乃活神仙了！我在此招了七八个月，从没有姓薛的，正合我意，不想原有薛仁贵。陛下梦中说他穿白用戟，未知真假，不免传他进来看个明白。"中军应道："有！"张环说："速传龙门县薛仁贵进来。"那中军答应道："是！"忙出辕门喝道："呔！尔等内可有薛仁贵吗？"仁贵应道："中军爷，小人就是。"中军道："你就是薛仁贵吗？好个汉子！大老爷有令，小心随我进来。"仁贵答应，随了中军官进入大堂，连忙跪下说："大老爷

在上，薛仁贵叩见。”那张环望下一看，只见他白绫包巾白战袍，通身多是白的，心下暗想：“应梦贤臣，一些都不差的了。为今之计便怎么样呢？我若用了他，陛下一知，我张氏门中就没有功劳了，不如不用他罢！只说没有此人，倒也哄骗瞒了天子，这些大功劳自然是我贤婿的了。”张士贵算计已定，说道：“你就叫薛仁贵吗？”仁贵应道：“小人正是。”张环说：“你既来投军，可能弓马，武艺善会几桩？”仁贵道：“大老爷在上，小人善会走马射箭，百步穿杨。十八般武艺件件皆精。”张环说：“两膊有多少气力？”仁贵说：“小人右膊有五百八十斤，左膊有六百四十斤之力。”士贵听见说，很恨他比周青气力又大：“你善用什么器械？”仁贵道：“小人善用画杆方天戟。”张环听言大喝道：“嘟！”两旁就一声吆喝，张环怒道：“我把你这大胆狗头，左右过来！”两下应道：“有！”张环吩咐道：“快把这狗头绑出辕门枭首！”两旁应道：“嗄！”刀斧手就把仁贵背膊牢拴绑起来了。吓得仁贵魂不附体，趴在大堂说：“啊呀大老爷，小人不犯什么法，前来投军为何要斩起来？”连着周青惊得面如土色，跪下来叫声：“大老爷，这是我周青的从幼同师学武结义弟兄，前来投军，不知有甚触怒，求大老爷看旗牌之面，保救饶他一命。”张士贵说：“我且问你，本帅之名难道你不知？敢称薛仁贵，有犯本总之讳吗？”周青道：“恕他不知，冒犯讳字，求大老爷宽容饶他之命。”张环说：“也罢！看周青份上，饶他的狗命。与本总赶出辕门，这里不用。”仁贵道：“谢大老爷不斩之恩。”立起身来，往外就走出了辕门，心中大怒。正是：

欲图名上凌烟阁，来做投军反惹灾。

忿忿不平正走，后面周青赶上前来，说：“哥哥慢走！大老爷不用，我与你同回家去吧。”仁贵说：“兄弟，又来了。为兄命里不该投军，故尔有犯他讳不用，你已得大老爷爱，收为旗牌，正好干功立业，为什么反要回家起来？”周青说：“哥哥，这教千军易得，一将难求。我与你有了一身本事，况大老爷不用，就是愚弟在他跟前也难干功劳的了。况且与哥哥是有兴而来，怎撇你独自单身闷闷回家？不如一同回去的安心些。”仁贵道：“嗳！兄弟言之差矣。你蒙大老爷收为旗牌，正好出仕好显宗耀祖。为兄的况有妻子在家，就是收用我去，到底也有些放心不下。今大老爷不用，为兄慨然回家射射雁，也过了日子了，你不必同我回去，住在此上策。”周青说：“既然如此，弟在此等候，你回去寻得机会再来投军。方才大老爷止不过道你犯了讳字，所以不用，如今只要军状上改了名不用贵字，怕他还不肯收？”仁贵道：“我晓得了。店内行囊为兄拿去。”周青道：“这自然，盘费尽有在里头，小弟在此等候哥哥。”说罢，两个分路。

仁贵到饭店算明饭钱，拿了行囊竟回去路，我且慢表。再讲周青回转辕门，自己领出十两盔甲银，送与内外中军官收了。总管张士贵那日又收用了几名投军人，方退进内衙，四子一婿上前说道：“爹爹，今日投军人可有姓薛的吗？”张环说：“我儿不要说起，军师是活神仙，陛下的梦确确是真，果有应梦贤臣的人。今日投军状上原有薛仁贵名字，为父的传他进来一看，却与朝廷梦内之人一般面貌，原是白袍小将，善用方天戟的。其人气力又狠，武艺又高，我想有了此人，功劳焉得到我贤婿之手？故尔故意说犯了为父的讳字，将他赶出辕门不用。我儿，你道如何？”四子大喜说：“爹爹主意甚妙，只要收足了十万兵马，就好复旨了。”

我且按下。再说薛仁贵一头走一头心下暗想说：“我命算来这等不济了。我与周青一样同来投军，怎么刚刚用了他，道我犯讳他就不用起来？这也使我可笑。”一路行来，昏闷不过，气恼得紧，一心只顾回家，忘记了歇宿之处，抬头看看日色西沉了，两边多是树木山林，并没有村庄屋宇，只得望前又走，真正前不巴村后不巴店。仁贵说：“啊呀，不好了！如今怎么处呢？”肚内又饥饿起来，天色又昏黑起来了，只得放开脚步往前再走。正行之间，远远望去，借宿一宵便了。算计已定，行上前来，走过护庄桥，只见一座八字大墙，门上面张灯挂红结彩，许多庄汉多是披红插花，又听里边鼓乐喧天，纷纷热闹，心中想道：“一定那庄主人家是好日的了。不要管他，待我上前去说一声看。”仁贵叫声：“大叔，相烦通报一声，说我薛仁贵自贪趱路程，失了宿店，无处安身，要在宝庄借宿一宵，未知肯否？”庄汉道：“我们做不得主的，待我进去禀知庄主留不留，出来回复你。”仁贵说：“如此甚好。”那庄客进去禀知庄主，不多一回，出来回复道：“客官，我们庄主请你进去。”仁贵满心欢喜，答应道：“是。”连忙走将进来。只见员外当厅坐定，仁贵上前拜见，叫声：“员外，卑人贪趱程途，天色已晚，没有投宿之处，暂借宝庄安宿一宵，明日奉谢。”员外道：“客人说哪里话来，老夫舍下空闲无事，在此安歇不妨，何必言谢。”仁贵道：“请问员外尊姓大名？”员外道：“老夫姓樊，表字洪海。虽有家私百万，单少宗嗣，故此屡行善事。我想客官错失宿店，谅必腹中饥饿，叫家人速速准备酒饭出来，与客官用。”庄汉一声答应，进入厨房，不多一回搬将出来摆在桌上，有七八样下饭，一壶酒一篮饭摆好了。樊员外叫声：“客官，老夫有事不得奉陪，你用个饱的。”仁贵称谢坐下。正是：

蛟龙渴极思吞海，虎豹饥来欲食狼。

毕竟薛仁贵在樊家庄上宿歇如何，且听下回分解。

第二十一回

樊家庄三寇被获　薛仁贵二次投军

诗曰：

张环谋计冒功劳，仁贵愁心迷路遥。幸遇樊庄留借宿，三更奋勇贼倾巢。

再说薛仁贵坐于桌上，心中想道："我酒倒不必用了，且吃饭罢。"盛过饭来，一碗两口，一碗两口，原是没碗数。这样吃法，樊洪海偶意抬眼，看见他吃饭没有碗数的吃，一篮饭顷刻吃完了，仁贵一头吃，一头观看，见员外在旁看他，不好意思："我吃得太多，故尔员外看我。"又见员外两泪交流，在那里揩眼泪，惊得仁贵连忙把饭碗放下，说："不吃了，不吃了。"立起身来，就走出位。樊员外说："嗳，客官须用个饱，篮内没有了饭，叫家人再去拿来。"仁贵说："多谢员外，卑人吃饱了。"员外又说："嗳，管官，你虽借宿敝庄，饭是一定要吃饱的。老汉方才见你吃相，真是英雄大将。篮把饭，岂够你饱？你莫不是见我老汉两眼下泪，故尔住了饭碗么？客官吓，你是用饱。我老汉只因有些心事，所以在此心焦，你不要疑忌道我小见，再吃几篮，家中尽有。"仁贵说："员外面带忧容，却是为什么事情心焦？不妨说得明白，卑人就好再吃。"员外道："客官有所未知。老夫今年五十六岁，并无后代，单生一女，年方二十，名唤绣花，聪明无比。若说他女工针指，无般不晓；书画琴棋，件件皆精。因此我老汉夫妻爱惜犹如珍宝，以为半子有靠。谁想如今出于无奈，白

白要把一个女儿送与别人去了。”仁贵说：“员外，卑人看见庄前，张灯挂红结彩，乃是吉庆之期，说甚令爱白白送与别人，此何意也?”员外说：“嗳，客官，就为此事，小女永无见面的了。”仁贵说：“嗳，员外，此言差矣！自古说男大须婚，女大须嫁，人家生了女儿，少不得要出嫁的，到对月回门是有见面的，有什么撇在东洋大海去的道理?”员外说：“客官啊，人家养女自然出嫁，但是客官你才到敝庄借宿，哪里知道其细？这头亲事又非门当户对，又无媒人说合。”仁贵说：“没有媒人怎生攀对？倒要请问是怎么样。”员外道：“客官啊，说也甚奇离。我樊家庄有三十里之遥，有座风火山，那山林十分广大，山顶上却被三个强盗占住，霸称为王，自立关寨旗号。手下喽啰无数，白昼杀人，黑夜放火，劫掠客商财物。此处一带地方，家家受累，户户遭殃，万恶无穷。我家小女不知几时被他露了眼，打书前来，强要我女儿为压寨夫人，若肯就罢，不肯，要把我们家私抄灭，鸡犬杀尽，房屋为灰。所以老汉勉强应承了他，准在今日半夜来娶，故我心焦在此悲泪。客官，你今夜在此借宿，待老汉打扫书房，好好睡在里边，半夜内若有响动，你不必出来，不然性命就难保了。”仁贵听见员外这番言语，不觉又气又恼，说：“有这等事！难道禀不得地方官，起兵来剿灭他的么?”员外摇手道：“客官你哪里知道。这三个强盗，多有万夫不当之勇，若让那地方官年年起兵来剿，反被这强徒杀得片甲不留。如今凭你皇亲国戚，打从风火山经过，截住了一定要买路钱，没人杀得他过。”仁贵说：“岂有此理！真正无法无天的了。这强盗凭他铜头铁骨，难道罢了不成！有我在此，员外不必忧愁，那怕他三头六臂，等他来，我有本事活擒三寇，剿尽风火山余党，扫除地方之害。”员外说：“这个使不得！客官你还不知风火山贼寇骁勇利害，就是龙门县总兵官与人马来，尚且大败而走。我看你虽是英雄，到得他那里，不要画虎不成，反类其犬，有害老汉性命，多不能保了。我没有这个胆子留你，请往别处去借宿罢，休得带累我们性命。”仁贵呼呼大笑说：“员外放心，卑人若为大将，千军万马，都要杀得他大败亏输，岂可怕这三个贼寇？我有这个本事擒他，所以说得出这句话。方才员外不说，我也不知，今既说明，岂容这三个贼寇横行？我薛仁贵：

枉为天下奇男子，不建人间未有功。

岂肯负心的么！总然员外胆小不放心，不肯留我借宿，我也有本事在外守他到来，一个个擒住他便罢。”樊洪海听他说得有如此胆量，必定是个手段高强的了。便笑容可掬地说道：“客官，你果有这个本事，救得小女之命，老汉深感大恩。倘有差误，切莫抱怨于我。”仁贵说：“员外，这个自然，何消说得。”樊员外大喜，忙进内房，对院君说了一遍，母女听见，回悲作喜说：“员外，有这奇事？真正天降救星了。你快去对他说，不要被这些强盗拥到里边来，不惊吓我女儿才好。”员外说：“我晓得的。”慌忙走出厅堂，叫声：“客官，我家小女胆子极小，不要被强盗进来，吓坏了便好。”仁贵说：“员外，不妨。只消庄客守住墙门，我一人霸定护庄桥，不容一卒过桥，活捉贼寇就是了。”员外说：“如此极妙的了。”这许多庄客闻了此言，多胆大起来了，十分快活，说道：“若是捉强盗，我们也常常捉个把的，自从在了风火山贼寇，不要说捉强盗发抖，就是捉贼也要发抖的了，谁敢去捉？今夜靠了客官的本事捉强盗，我也胆壮的了。弟兄们，我们大家端正家伙器械枪刀要紧！”这班庄客大家分头去整备。薛仁贵说：“员外，府上可有什么好兵器么？”员外尚未回言，庄客连忙说：“有，我这里有一条枪在这边，待我去拿来。”仁贵接在手中一看，乃是一条常用的枪，心中倒也笑起来。说：“这条枪有什么？干没用的！”庄汉说：“客官，你不要看轻了这条枪，那毛贼的性命不知伤了多少，是我防身的，怎么说没干的！”仁贵托在手中，略略卷得一卷，豁喇一声，响折为两段。员外说：“果然好气力！”又有一个庄客说：“客官，我有一把大刀在家里，但柄上有铁包，捐一捐火星直冒，重得很，所以不动，留在家里，待我们去扛来。”仁贵说：“快快去拿来。”那庄汉去了一回，抬来放在厅上。仁贵一只手拿起来，往头上摸得一摸，齐这龙吞口镶边内裂断了跌下来，刀口卷转。说：“拿出来都是没用的！”庄汉把舌头伸伸，叫声：“员外，这样兵器还是没干，拿来折断了，如今没有再好似它的了。”员外说：“这便怎样处？”仁贵说：“兵器一定要的，若然没有，叫我怎样迎敌得他住？”又有一个庄汉说道：“员外，不如柴房内拿这条戟罢。”员外说：“柴房里有什么戟？”庄客道：“就为正梁柱子的。”员外说：“你这个人有点呆的，这条戟当初八个人还抬不动，叫这位客官哪里拿得起？”仁贵道：“怎么样一条戟？待我去看看。”员外说：“你要看它也无益，拿它不动的。这条戟有名望的，曾闻战国时淮阴侯标下樊哙用的①，有二百斤重，你怎生动得？”仁贵哈哈大笑说：“若果是樊哙留得古戟，方是我薛仁贵用的器械也！快些领我去看来。”员外与庄汉领了仁贵同进柴房，说：“喏，客官，这一条就是。”仁贵抬眼一看，只见此条戟戟尖插在地下泥里不见的，唯有戟杆子抬住正梁，有茶杯粗细，长有一丈四尺，通是铁锈的了。说：

① 曾闻句——淮阴侯，指西汉名将韩信。这里说是战国人，有误。也有说是借此来烘托乡下土财主的无知。

"员外，要擒三个贼寇，如非①用这戟。"洪海说："只怕动不得。"仁贵说："就是再重些，我也拿得起的。庄客，你们掇正柱子过来，待我托起正梁，换它出来。"庄客便拿过一根柱子，仁贵左手把正梁托起，右手把方天戟摇动，摇松了拔将起来，放在地下。庄汉把柱子凑将上去，仁贵放下正梁，果然原端不动换出了。拿起方天戟来，使这么两个盘头，说："员外，这条也不轻不重，却到正好。"这几个庄客说："啊唷，要拿二百斤兵器的，自然这些刀枪多没用的了。"一齐走到厅堂上，仁贵把戟磨得铄亮，员外大排酒筵，在书房用过。

到黄昏时候，员外同了庄汉躲在后花园墙上探听。仁贵拿了戟，坐在厅上等。这头二十名庄客，多满身扎缚停当，也有三尺铁锏，也有拿挂刀的，也有用扁担的，守在门首等候。

到了半夜，只听得一声炮响，远远鼓乐喧天。大家说道："风火山起马了，我们齐心为主。"只看见影影一派人马来了，前面号灯无数，亮子火把高烧，照耀如同白昼，多明盔亮甲，刀枪剑戟，马震如雷，数千喽啰，围护簇护下来了。众庄客见了，大家发抖说："快进去报与客人知道！"连忙走将进来，叫一声："客人，强盗起兵来了，快出去！"仁贵立起身，往外就走。跨出墙门，庄汉说："须要小心，那边人马无数，我们都是没用的，只靠得你一个本事，小心为主。"仁贵说："不妨。"走出去立在护庄桥上，把戟托定，抬眼一看，说："嗄唷！"只见喽啰簇拥，刀光射眼，挂弯弓如秋月，插铁箭似狼牙，马嘶叫，蛇钻不过；盔甲响，鸦鸟不飞，果然好一副强盗势头。原觉利害。渐渐相近，仁贵大喝道："呔！来的这班喽啰，可是风火山上绿林草寇

① 如非——除非。

么？俺薛仁贵在此，还不下马，改邪归正过来，待要怎么样！”

要讲这强盗，大大王名唤李庆红，二大王姜兴霸，三大王姜兴本，却是同胞兄弟。这晚三大王守住山寨不下来，只有二大王姜兴霸保了大大王李庆红下山娶亲。这大大王李庆红怎生打扮？

头上戴一顶二龙朝翅黄金盔，身上穿一件二龙戏水绛黄袍，外罩锁子红铜甲，坐下胭脂黑点马。

这二大王姜兴霸怎生打扮？

头上戴一顶乌金开口獬豸盔，身穿大红绣花锦云袍，外罩练链青铜铠，坐下豹荔乌骓马。

他二人一路行来，忽听得这一声喊叫，二人不觉到吃一惊，抬头望一望，只见桥上立一个穿白用戟小将，不觉大怒，说：“送死的来了，我们冲上前去！”二位大王催一步马，各把枪刀一举，喝声：“哟！你这该死狗才，岂不闻我风火山大王利害么？今日乃孤家吉期，擅敢拦阻护庄桥上送死么！”仁贵闻言亦大怒，喝道：“呔！我把你这两个狗头，该死的毛贼！我薛仁贵若不在此，由你白昼杀人，黑夜放火，无法无天。今日俺既在此，哪怕你铜头铁颈，擅敢强娶人家闺女，今日触犯我英雄性气，愤愤不平，你敢上桥来？有本事，来一个杀一个，还要到风火山剿戮你的巢穴，踹你们的山寨，削为平地，一则救了樊绣花小姐，二则与地方上万民除害！”二位大王闻了此言，心中火气直冒顶梁，大怒说；“唷，反了，反了！孤家霸在风火山十有余年，官兵尚不能征讨，你不知何处来的毛贼，一介无名小卒，擅夸大口，分明活不耐烦了，快来祭我大王爷的刀头罢。”把马一催，手提笏板刀，一起叫声：“小贼，领我一大砍刀！”望着仁贵，劈顶梁上剁下来。仁贵见刀头砍下来，就把手里这一柄方天戟，往这把刀上噶啷的这一按，李庆红喊声：“不好！”手中震得一震，在马上七八晃，马冲过来，被仁贵右手拿戟，左手就把李大王夹背上这一把，庆红喊声："不好！"要把身偏一偏，来不及了，被仁贵伸过拿云手，挽住勒甲绦，轻轻不费力提过马鞍桥，说一声："过来罢！"好像小鸡一般，举起手中，回转头来说道："庄汉们，快将索子来将他绑了。"就往桥坡下这一丢，那些庄汉大家赶过来要绑，不想被李大王扒起身来，喝道："哪个敢动手！"到往墙门首跑过来。吓得那些庄汉连忙退后，手内兵器都拿不起了，叫道："客官，不好了，这个强盗反赶到墙门首来了。"仁贵回头说："你们有器械在手，打他倒来，拿住了。"庄汉说："强盗利害，我们拿不住。"那仁贵只得走落桥下。那边姜大王把马一催，说："你敢拿我王兄，孤来取你之命也！"冲过护庄桥来。这仁贵先赶到李大王跟前说："你还不好好受缚？"胸膛这一掌，李庆红要招架，哪里招架得住？一个仰面朝天，跌倒尘埃。仁贵就一脚踹定说："如今这强盗立不起的，你们放大着胆子过来绑。"那些庄汉心里才要过来绑，见姜大王挺枪追来，又不敢走上前，只挣定墙门首发抖。谁想姜兴霸赶得到仁贵身旁，他已把李庆红踹住地下了。那番姜大王大怒，说："我敢把我王兄踏倒，照枪罢。"飕的一枪，直往面门上挑进来，仁贵把方天戟望枪尖上噶啷这一卷，钩牢了枪上这一块无情铁，用力一拔，姜大王说："啊呀，不好！"在马上哪里坐得牢？轰隆一个翻斤斗，跌下马来。仁贵就一把提在手中，说："庄汉们，快来绑了。"这些庄汉才敢走过来，把绳索绑了二人。那桥下这些喽啰，吓得魂不附体说："我们逃命罢！"大家走散去报三大王了。

仁贵与庄汉推了两个强盗到墙门首里边，樊员外夫妻大悦，说："恩人啊，如今怎么样一个处死他？"仁贵说："且慢，你们把这两个一齐捆在厅上，待我到风火山剿灭山寨，一法拿了那一

个来，一同处置。”员外说：“须要小心。”仁贵说：“不妨。”单身独一望风火山而来。我且慢表。

单讲那山寨中这位三大王姜兴本，他身高有九尺，平顶一双铜铃眼，两道黑浓眉，大鼻大耳，一蓬青发，坐在聚义厅上暗想：“二位王兄去到庄上取亲，为什么还不见回来?”一边在此想，忽有喽啰飞报进来说：“报三大王，不好了!”姜兴本便问：“怎么样?”喽啰说：“大大王、二大王到樊家庄去娶亲，被一个穿白袍、用方天戟的小将活擒去了。”三大王大怒道：“嗄，有这等事！带马抬枪过来。”喽啰一声答应：“嗄!”就抬枪牵马过来。那三大王跨上雕鞍，手提丈八蛇矛，带领了喽啰，豁辣辣冲下山来。才走得二三里，只见这些喽啰说：“三大王，喏、喏，那边这个穿白的就是了。”三大王抬头一看，连忙纵马摇枪上前喝道：“哟！该死的毛贼，你敢擒孤家的二位王兄么？好好前去送了上山，饶你之命，如有半句支吾，孤家枪法利害，要刺你个前心透后背哩。”仁贵一看，但见那姜兴本：

头上戴一顶黄金开口虎头盔，身穿一件大红绣龙蟒，外罩柳叶乌金甲，手举一条射苗枪，坐下白毫黑点五花马。

他冲上前来，仁贵大喝：“呔！我把你这绿林草寇，今日俺与地方上万民除害，故来擒你，还自不思好好伏在马前受绑，反口出大言么!”姜兴本大怒说：“休要夸口，过来照我的枪罢”。飕这一枪，望着仁贵兜咽喉刺将过来。仁贵就把方天戟嗒啷响枭在一边，也只得一个回合，擒了过来。正是：

饶君兄弟威名重，哪及将军独逞雄。

要知风火山草寇怎么处治，且看下回分解。

第二十二回

樊绣花愿招豪侠婿　薛仁贵怒打出山虎

诗曰：

擒贼擒王古话传，后唐今见小英贤。救民除暴威风布，平静樊庄老小安。

众喽啰看见三个强盗都捉了去，都吓得魂胆消烊①，跪下地来说："好汉饶我们蝼蚁性命，情愿拜好汉为寨王。"仁贵说："我堂堂义士，岂做这等偷鸡盗狗之人，偶而在此经过，无非一片仗义之心，与这地方除害。今三寇俱擒，我也不来伤你等性命，快些各自前去山头收拾粮草，改邪归正，各安生业，速把山寨放火烧毁，不许再占风火山作横。我若闻知，扫灭不留。"众喽啰答应道："是。多谢好汉饶命，再不敢为非了。"

不表众喽啰回山毁寨散伙。再讲薛仁贵挟了姜兴本，回到庄上，进入厅堂，将绳索绑住。员外提棒就打，说："狗强盗，你恶霸风火山，劫掠财帛，以为无人抵敌，不想也有今日。庄汉们，与我打死这三个害人之贼。"众庄汉正要动手，仁贵连忙说："不必打死，我有话对他说。"庄汉方才不打。仁贵走将过来说："你们这三个毛贼，擅敢霸住风火山横行天下，这些歹人！况兼本事一些也没有，如今被擒，有何话说？"三弟兄说："啊呀好汉，乞求饶我等性命，今再不敢为盗，情愿改邪归正了。"仁贵

① 魂胆消烊（yáng）——意即魂飞魄散。形容极端害怕的样子。

道："我看你们这班毛贼，若放了你们去，终久地方上有一大害也。罢，你若肯到龙门县去投军，与国家出力，我便饶你们性命。"三位大王说："好汉若肯饶我们，即刻就去投军。"仁贵说："如此，我也要去的，何不结拜为生死弟兄，一同前去？倘国家干戈扰攘，岂不一同领兵征服平静，立了功劳，大家受命皇恩，何等不美？"三人说："承蒙好汉恩宠，我等敢不从命？但我们强徒，怎敢相攀义侠英雄结拜。"仁贵说："如今既改邪归正，都是英雄豪杰了，请起。"仁贵就把绑索解下，三人立起身来，员外说："待老夫备起礼物，供起关圣神来，你们四位好汉，就在厅上见礼过了，就此结拜便了。"这员外就吩咐家人整备佛马，当厅供起。大家跪下，立了千斤重誓，结拜生死之交。拜毕，送了神，就在厅上摆酒，四人坐下畅饮。

单表这员外走进内房，院君叫声："员外，妾身看这薛仁贵相貌端正，此去投军，必有大将之分。女儿正在青春，不如把终身许了他罢。"员外大喜道："院君之言正合我意，待我就去对他说。"员外走出厅堂说："薛恩人，老汉小女年当二十，未曾对亲，老汉夫妇感蒙相救，欲将小女相配恩人，即日成亲，以订后日之靠，未知好汉意下如何？"仁贵说："这个使不得！敝人已有妻子在家，苦守我成名，难道反在此招亲，岂不是薛礼忘恩了？"员外说："恩人不妨。人家三妻四妾尚有在家，恩人就娶两位也不为过。我家女儿愿做偏房侧室便了。"仁贵说："府上小姐正当青春年少，怕没有门当户对怎么？反与作偏房，岂不有屈了？望员外另选才郎，我不敢遵命。"员外说："恩人，老汉一言既出，驷马难追。况且小女之心已愿，誓不别嫁好汉。若不应承，是嫌小女貌丑了。"李、姜二位大王叫声："薛兄弟，既承员外如此说，又承小姐心愿情服，何不应允？"仁贵说："既承不弃，就应允尊教。但是得罪令爱，有罪之极。”员外说：“说哪里话来？待老夫择一吉日，就此成亲。”仁贵说：“做亲且慢，敝人功名要紧。待等前去投军效用，有了寸进，冠带到府接小姐成亲。今日未有功名，决难从命。”员外说：“这也使得。但是要件东西，作为表记才好。”仁贵看看自己身上这一条五色鸾带，说：“也罢，敝人也没有什么东西，就将此带权为表记。”员外说：“如此甚好。”仁贵往腰中解下，递与员外。员外接在手中，竟入内房，就将此番言语说与院君潘氏知道。院君满心欢喜，将鸾带付与樊绣花收好。员外重复出厅，仁贵道：“岳父，小婿心在功名，时刻不暇，焉肯耽搁？就此拜别。”员外说：“贤婿，小女既属姻亲，务必留心在意，虽则腰金衣紫名重当时，断不可蹉跎宜室宜家之事。”仁贵说：“既承岳父美意，小婿理当不负颙望①，自然早归，以答深情。”说完，弟兄四人出了墙门，辞别员外，离了樊家庄。

在路耽搁了几天，已到了龙门县内，原歇在罗店中。其夜写了三纸投军状，仁贵的军状改为薛礼。一宵过了，明日清晨，多到辕门，着中军官接进军状，来至大堂。旗牌官铺在公案上，有张大老爷先看了三大王军状，说：“快传进来。”中军答应，连忙传进三人，跪在堂上。张环说：“哪一个是李庆红？”应道：“小人就是。”张环说：“你既来投军，可能弓马精熟？”庆红说：“小人箭能百步穿杨，十八般武艺件件皆精。”张环说：“你胳膊有多少气力？”庆红说：“小人左膊有四百斤，右膊有三百斤。”张环说：“你善用什么器械？”庆红说：“小人惯用一把大刀。”张环说：“既如此，你刀可带来？”庆红说：“带在外边。”张环说：“快取来耍与本总看。”庆红答应，到外边拿了大刀，来到大堂上

① 颙（yóng）望——大望，重望。

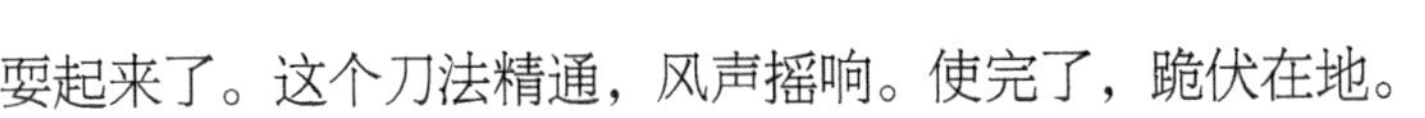

耍起来了。这个刀法精通，风声摇响。使完了，跪伏在地。

张环又传进姜兴本、姜兴霸也是这一般问过了，也是各把枪刀之法使了一番，张环满怀欢喜说：“本总十二名旗牌，已得九个。看你三人刀法精通，枪法熟透，不免在标下凑成十二名便了。”三人大悦，说：“多谢总爷抬举。”三人改换旗牌版式，站立两旁。

那张大老爷看到第四张上写着：具投军状上薛礼，山西绛州龙门县人氏，便心中一想说：“又有什么龙门县姓薛的？不要管他。”吩咐中军传他进来。那中军答应一声，连忙出辕门，传进薛礼到大堂跪下。张环抬头一看，嗄！原来就是薛仁贵，他改了名字来的。这番不觉大怒，便兜头大喝道：“你这该死的狗头！本总好意放你一条生路，你怎么还不知死活，今日还要前来送命么？左右过来，与我将这狗头绑出辕门开刀！”左右一声答应，吓得薛礼魂不在身，说：“啊呀大老爷，小人前来投生，不是投死的，前日犯了大老爷讳字，所以要把小人处斩，今日没有什么过犯了，大老爷为什么又要把小人处斩起来？”张环喝道：“你还说没有什么过犯么？本总奉了朝廷旨意龙门县招兵，凡事取吉祥。你看大堂上多是穿红着绿，偏偏你这狗头，满身尽是穿着白服，你戴孝投军，分明咒诅本总了，还不拿下去看刀！”这番李庆红、姜兴本、姜兴霸三人跪下，叫声：“大老爷在上，薛仁贵乃是旗牌结义弟兄，他生性好穿白服，同来投军。既然误犯了大老爷的军令，望大老爷可念旗牌生死好友，患难相扶，且饶他这条狗命。”张环说：“也罢，看三位旗牌面上，暂且饶你。左右过来，与我赶出去！”两旁一声答应，将仁贵推出辕门。仁贵仰天长叹说：“咳，罢了！哪知道我这等命苦，伙同兄弟们两转投军，尽皆不用，难道我这般命薄，没有功名之分，故而总兵推出不用。如今想起来，到底是：

命运不该朱紫贵，终归林下作闲人。

不如回家去罢，将将就就苦度了日子，何苦在此受些惊恐。”正在思想，后面李庆红与姜氏兄弟三人，一齐赶上前来说：“薛哥，我们四人同来投军，偏偏不用哥哥。日后开兵打仗，没有哥哥在内，叫兄弟们也无兴趣，不如我们退回风火山，同为草寇罢。”仁贵说：“兄弟们又来了。为兄穿白触怒了大老爷，所以不用。你等总爷喜得隆宠，后来功名如在反掌之中，为什么反复去做绿林响马起来？这个断断使不得。”三人说：“既如此，哥哥此去改换衣服，再来投军，小弟们在此候望。”仁贵说：“嗳，兄弟，我二次投军，尚不收用，此乃命贱，再来也无益了。若是兄弟思念今日结拜之情，后来功名成就，近得帝皇，在圣驾前保举一本，提拔为兄就为万幸了。”三弟兄道：“这个何消说得。如此，哥哥小心回家，再图后会。”仁贵应声：“晓得。”别了三弟兄，到饭店中取了行囊闷闷在路，我且不表。

单讲三弟兄回到总府衙门，送了中军盔甲银。旗牌房内周青见礼，大家细谈出身之事，并薛礼二次投军不用，叹息良久。大家说：“我们都是结义兄弟了，自后同心竭力，不可欺兄灭弟就是了。”按下不表。

再讲仁贵自别李、姜三弟兄，闷闷不乐，到饭店歇了一宵早上就行。不上四五里路，但见树木森森，两边多是高山，崎岖难行，山脚下立一石碑，上写着：“此处金钱山，有白额虎伤人利害，来往人等须要小心。”仁贵见了笑道：“何须这样大惊小怪，恐吓行人？太欺天下无人了，我偏要在此等等，除此恶物，以弭①祸患。”就在两山交界路上睡到午后，只听见叫喊道：“不好

① 弭（mǐ）——消灭；消除。

了，不好了！啊唷唷，这孽畜追来，我命休了，谁来救救！”豁喇喇望山上飞奔过来。仁贵梦内惊醒，站起身来一看，只见一骑飞跑，上坐着一人，头戴乌金盔，身穿大红显龙蟒袍，腰围金带，脚下皂靴踹定踏镫。一嘴白花须髯，手拿一条金披令箭，收紧丝缰绳，拚拿的跑来，叫救不绝。仁贵一看，后面白客虎飞也赶来，心中暗想：“这人不是皇亲，定是国戚。我不救他，必遭虎害。”即时上前，将虎一把领毛扯住，用力捺住，虎便挣扎不起，便提起拳头，将虎左右眼珠打出，说：“孽畜，你在此不知伤了多少人性命，今撞我手内，眼珠打出，放你去罢。”那虎负痛而去。转身问道：“将军受惊了。请问将军高姓大名，为何单身独行，受此惊吓？”那将军道：“我乃鲁国公程咬金，奉旨各路催赶钱粮，打从此地经过，不期遇此孽蓄。我若少年，就是一只猛虎也不怕他，如今年老力衰，无能为矣。幸遇壮士，感恩非浅。请问壮士既有这等本事，现今龙门县内招兵，何不去投军，以期寸进。在此山路上经营，有何益处？”仁贵道：“原来是程老千岁，小人不知，多多有罪。但不瞒千岁说，小人时乖运蹇①两次投军，张总兵老爷总是不用，所以无兴退回，欲转家乡，闷闷不快，在此山林睡觉。忽闻喧喊，故此起来。”咬金道：“你有这本事，为何他不用？”仁贵道：“连小人也不知道。但我们兄弟四人都用，单单不用我。”咬金大怒道：“岂有此理！张士贵奉旨招兵，挑选勇猛英雄，为何不用？孤欲带你到京，只是不便。也罢，我有金披令箭一枝，你拿去要张士贵收用便了。”仁贵应道：“是。多谢千岁。”接了令箭。咬金策马前去，我且不表。

单说仁贵得了鲁国公令箭，连夜赶到龙门县，天色还早，就

---

① 时乖运蹇（jiǎn）——指自己时运不顺，命运不佳。

到衙门，大模大样。中军喝道：“你这个人，好不知世务。大老爷连次不用，几乎性命不保，今日又来则甚?”仁贵道：“不要管，快报与大老爷得知：有鲁国公金披令箭在此，要见大老爷。”中军闻言，不得不报。说：“候着!”中军进禀说：“有不用薛礼，得了程千岁令箭，要见大老爷。”士贵听言，心内吃惊道：“既如此，着他进来。”中军传进仁贵跪下，呈上令箭。张环一看，果是这鲁国公老千岁的，便问：“你在哪里得来的?”仁贵道：“小人打从金钱山过，路逢一只白额猛虎，欲伤程爷，小人将虎打瞎两眼，相救了程公爷。他说要各路催粮回京要紧，不期遇虎，幸亏解救，因问小人：‘既有本事，何不到龙门投军?’小人说：‘投过两次不用，要回家去。’千岁大怒道：‘有此本事，为何不用？我有令箭，他若再不用，孤与他算账!’故小人只得大胆到此。”张环听言，魂不附体，心内暗想：为今之计，倒要用了。眉头一皱，计上心来说：“薛礼，既然如此，我只得用你。但有一句话问你：昨日程千岁可曾问你姓名?”仁贵道：“这到不曾问及。”张环说：“如此还好。你两次投军，非我不用，这是一片恻隐之心，救你性命。你有大罪，朝廷正要寻你处决，你可知道么?”薛仁贵道：“小人从未为非，有何大罪?”张环道：“只因前日天子扫北归师，得其一兆，见一白袍用戟的小将，拿住朝廷，逼写降表，又有诗四句道：

家住遥遥一点红，飘飘四下影无踪。

三岁孩童千两价，生心必夺做金龙。

君王细详此诗，乃穿白袍小将家住遥遥一点红，是山西地方；第二句其人姓薛，第三句乃仁贵二字，末句言此薛仁贵要夺天下的意思，留此人在世，后必为患。于是降旨，要暗暗查究你，起解到京处决，以绝后患。你不知死活，钻入网来。我有好生之德，

故托言犯讳犯忌，拿去开刀，使你不敢再来，绝此投军之念，岂不救了你性命？不道你又偏偏遇着鲁国公，幸喜不知姓名。若说出来，顷刻拿到京师处决。如今有了这枝令箭，我也难救你了。”吓得仁贵面如土色，连忙跪下道：“啊呀，小人性命求大老爷放回，感恩不浅。”张环道：“前日没有令箭，你偏不肯回家；如今有此令箭，你要回家，也难放你去了。”仁贵道：“大老爷啊，小人哪里知道其细？屡屡思量干功立业，哪晓有此奇冤，万望大老爷救救小人蚁命。”张环道：“也罢。我向有好生之心，况又梦中之事，或者未必可信，何苦害你性命？看你本事高强，精通武艺，若要保全性命，除非瞒隐仁贵二字，竟称薛礼。前锋营内月字号，尚缺一名火头军，不如权作火头，倘后立些功劳，我在驾前保举，将功赎罪，亦未可知。”仁贵大悦说：“蒙大老爷恩德，愿为火头军。”四名旗牌跪下说：“大老爷，我等愿与薛大哥为火头军，求大老爷容我们同居一处。”张环说：“也罢，既同为火头军，断不可称为薛仁贵。”众人说：“这个不消大老爷吩咐，只叫薛礼，内边弟兄称呼。”四人脱下旗牌衣服，换了火头军衣帽，五个人同进月字号。

这一日，五人睡在里头，走进四五十人，都是些有力气新投军的。见这五人睡在此，就喝道：“呔！火头军，日已高了，还不起来烧饭？我等肚内饥了。”周青过来道：“你们这班狗头，这么放肆！许多人在这里不烧火，要我们烧？”众人说：“火头不烧火，要我等烧不成！自然火头军烧来伏事我们的。”周青道：“我们叫火头将军，怎么落了一字，叫起火头军来？”众人怒道：“好杀野火头军！若再多言，我们要打了。”周青说：“要打？来、来、来！”走一步上前，把手一推，许多人脚多立不定。大家翻了一跤，立起身来叫声：“火头将军本事高强，请问尊姓大名，我等来烧便了。”周青说：“你要问姓名么，这三位李庆红、姜兴本、姜兴霸，做绿林出身，在风火山杀人放火不转眼的主顾，骁勇不过，被我薛大哥活擒的。

只得改邪归正路，投军立做立功人。”

毕竟众英雄如何出息，且看下回分解。

第二十三回

金钱山老将荐贤 赠令箭三次投军

诗曰：

分明天意赐循环，故使咬金到此山。认得英雄赠令箭，张环无奈把名删。

那周青说："我们薛大哥英雄无敌，与当初裴元庆差不多的气力。我是走江湖教师周青便是。你们有什么本事，要我们烧饭?"众人说："原来你众位都是有本事的能人，我等有眼不识泰山，多多有罪。如今愿拜为师，望乞教导我等，情愿服侍将军，心下若何?"周青说："这也罢了。你等服侍我们中意，情愿教道你等枪棒。"如今这五十人拜了五位为师，火头军到也安乐，日日讲些武艺，到也好过。

张士贵原在龙门招兵，我且不表。再讲贞观天子驾坐朝门，文武朝参已毕，鲁国公程咬金催粮回京缴旨。又过了五日，王君可打表进京说，在山东登州府造完战船一千五百号，望陛下速速发兵征东。朝廷看本大悦，说："徐先生，催粮已足，战船已完，未知张士贵招兵何日得见应梦贤臣?"茂公说："陛下只在五六天内。"果然过了五六天，黄门官呈上山西表章。龙目一观上写：

臣张士贵奉旨招兵十万已足，单单没有应梦贤臣薛仁贵，想来决少此人。万事有狗婿何宗宪，武艺高强，可保皇上跨海征东。望陛下选日兴兵，待臣为先锋，平复东辽便了。

朝廷看完，心下纳闷，叫声："先生，张环招兵十万已足，并没有薛仁贵，怎么处?”茂公说：“陛下放心。张环招兵已足，薛仁贵已在里头了。”朝廷说：“既有薛仁贵，张环本章上为何没有？岂不是慌君之罪了?”茂公道：“陛下，连张环也不知，故此本章上没有姓薛的，不知不罪。陛下兴兵前去，自然有应梦贤臣。”朝廷说：“果有此事？就择日起兵征东。但秦王兄卧床半载，并无好意，缺了元帅，怎好征东?”茂公说：“平辽大事，陛下若等秦元帅征东，来不及了。且待尉迟将军为帅，领兵征东，秦元帅病好随后赶到东辽，原让他为帅，领兵征东。”朝廷说：“倒也有理。但帅印还在秦王兄处，程王兄去走一遭。”咬金叫声：“陛下差臣到哪里去?”天子道：“你往帅府望望秦王兄病恙可好些么？看好得来的，不必提起；看形状不能好，取了帅印来缴寡人。”程咬金应道：“领旨。”退出午门，心中暗想：“这颗帅印在秦哥哥手内，若秦哥哥有甚三长两短，一定交与我掌看。若取帅印，被黑炭团做了元帅，倒要伏他跨下，白白一个元帅没我分了。我偏不要去取印，只说秦哥哥不肯。”咬金诡计已定，不知到哪个所块去走这么一转，原上金銮来了。

朝廷道：“程王兄来了么，秦王兄病恙可像好得来的么?”咬金说：“陛下，秦哥此病十有八九好不来的，只有一分气息，命在旦夕，不能够了。”朝廷听说，龙目下泪，大叹一声：“咳，寡人天下，秦王兄辅唐，尽忠报国，今朝病在顷刻，可不惨心！程王兄，帅印可曾取来?”咬金道：“陛下不要说起，帅印没有，反被他埋怨了一场。”朝廷说：“他怎样埋怨你?”咬金道：“他说：‘我当年南征北讨，志略千端，掌了三朝元帅，从不有亏。今日臣病危，还有孩儿怀玉也可以掌得帅印的，就是孩儿年轻，还有程兄弟足智多谋，可以掌得帅印。尉迟恭虽是一殿功臣，与秦琼并无衣葛，怎么白白把这颗帅印送他掌管起来？此印不打紧，日

日在乱军中辛苦，夜夜在马背上耽惊，才能得此帅印，分明要逼我归阴了。’竟大哭要死到金銮殿上来。臣只得空手，前来见驾。”朝廷便说：“徐先生，为今之计便怎么样？”茂公说：“秦三弟病内，虽言降旨，决不肯听。如非能驾亲去走一遭。”朝廷道：“也使得。寡人早有此心，要去看望秦王兄病体，不如明日待寡人亲往便了。”皇上一道旨意传出，执掌官尽皆知道，准备銮驾，各自当心。其夜驾退回宫，群臣散班。

程咬金退出午门，说：“不好了，明日朝廷对证起来，我之罪也。不如今夜先去订个鬼门，按会一番，算为上着。”连夜赶至帅府。他是入内的，竟走到房内，却好合家尽在陪伴。咬金拜见了嫂嫂问候过了，叔宝睡在床上说：“兄弟趁夜到此，有何事干？”咬金道：“秦大哥，今日陛下降旨，要取你帅印。我犹恐恼你性子，假作走一遭，哄骗了朝廷。那晓陛下明日御驾亲临，犹恐对证出来，万望秦哥帮衬，肯不肯由你。”叔宝说：“哪有这等事情。承兄弟盛意，决不害你。请回府去，明日先通消息。”咬金说：“是，我去了。”出了帅府，回到自己府中过了一夜。

明日清晨，结束停当，各官多到午门候旨。朝廷降旨起驾出了午门，徐绩保驾，文武各官随定龙驾，都到帅府。咬金先到秦府，对秦怀玉通了个信，转身随了天子行下来。再讲秦怀玉进房说：“爹爹，天子顷刻驾到了。”叔宝说：“夫人回避，我儿取帅印来。”怀玉应道：“是。”便往外边取了进来说：“爹爹，帅印在此。”叔宝说：“你好好放在床上。你到外边接驾，进入三堂，要如此作弄朝廷，然后进见。”怀玉应道：“晓得。”便出房走到外边。只见圣驾已到，就俯伏说：“臣秦怀玉接驾。”天子道：“御侄平身，领寡人进去。”怀玉说：“愿我皇万岁，万万岁。”秦怀玉在前引路，进入抱沙厅，居中摆了龙案，供了香烛。朝廷坐下，两旁文武站立，朝廷就问：“御侄，王兄病恙今日可好些么？”怀玉说：“蒙皇龙问，臣父病体尚不能痊愈。”天子道：“病已久了，怎么还不能好？御侄你去说一声，朕要看望他。”怀玉应道：“领旨。”走到里边，转一转身出来，叫声：“陛下，臣父睡着，叫声不应。”朝廷说：“你也不必去叫他，待朕等一等就是了。”那晓叔宝假睡，与儿子说通的。停一回只说不曾醒，又歇了一回，原说还不曾睡醒，等了许久，总然不醒。徐茂功明知他意，茂功道：“还不如进到三弟房内去等罢。”朝廷说：“倒也使得。”怀玉在前引路，程咬金、徐茂功同驾入内，各官多在外面。尉迟恭心内要这帅印，又不敢进去，叫声：“陛下，臣可进来得么？”朝廷说：“不妨，随朕进来。”“是。”尉迟恭跟了龙驾，竟到秦琼房内。

朝廷坐了龙椅，怀玉揭开帐子，叫声：“爹爹，陛下在此看望。”叔宝睡在床上，明知天子在此，假作呼呼睡醒说：“哪个在此叫我？”怀玉说：“爹爹，御驾在此。”叔宝睁开眼一看，只见天子坐床前，大骂：“好小畜生！陛下起程，就该报我，怎么全不说起？要你畜生何用！叫不醒，推也推我醒来，要天子贵体亲蹈践地，在此等我。秦门不幸，生这样畜生，罪恶滔天了。陛下在上，恕臣病危，不能下床朝见，臣该万死，就在腕上叩首了。”朝廷说：“王兄安心保重身躯，不必如此。朕常常差使问候，并不回音，朕亲来看你，未知王兄病恙可轻些否？”秦琼说：“万岁，深感洪恩，亲来宠问，使臣心欢悦无比。但臣此病，伤心而起，血脉全无，当初伤损，如今处处复发，满身疼痛，口口鲜血不止。此一会面，再不要想后会了。”朝廷说：“王兄说哪里话来？朕劝王兄万事宽心为主，自然病体不妨。”尉迟恭上前说：“老元帅，某家常怀挂念，屡屡要来看望，不敢大胆到府惊动，天天在程千岁面前问候下落。龙驾亲来，某家也随在此看望。”叔宝说：“多蒙将军费心。陛下征东之事，可曾定备么?”朝廷说：“都完备了。但是王兄有恙未愈，无人掌管帅印，领兵前去，未定吉日。朕看起王兄来，是这样容颜憔悴，就痊愈起来，也只好在家安享，哪里领得兵，受得辛苦前去征东？朕心到此担忧。”叔宝说：“陛下若要等病好领兵征东，万万不能了。平辽事大，臣病事小，臣若有三长两短，不去征东了不成，少不得要掌帅印去的。”朝廷说：“这个自然。但此印还在王兄处，交与朕就好帅领兵先去征东。待王兄病愈，随后到东辽，帅印原归王兄掌管。王兄意下如何?”叔宝道：“嗳，陛下又来了。臣这样病势，哪里想什么元帅？但此印当初受尽千般痛苦，万种机谋挣下这印，今日臣病在床，还将此印架在这里，使我见见，晓得少年本事，消遣欢心。今陛下取去，叫臣睡在床上，看甚功劳？臣死黄泉，也不瞑目。”朝廷说：“这便怎么处？没有元帅，官兵三军焉能肯伏?”叔宝说：“臣的孩儿虽是年轻，本事高强，志略也有，难道领不得兵的？可以掌得兵权去的。”天子道：“王兄此言差矣。今去征东，多是老王兄，那个肯服御侄帐下?”叔宝说：“如此陛下取臣印，哪个掌管?”朝廷说：“不过尉迟王兄掌管兵权。”叔宝说：“取臣印倒也平常，孩儿年轻做不得，送与别人，臣若有长短，公位都没有孩儿之分了。”天子道：“王兄说哪里话来？你如若放心不下，朕宫中银瓶公主，王兄面前许配御侄，招为驸马如何?”叔宝大悦说：“我儿过来谢恩。”怀玉上前谢过了恩。

叔宝又叫：“尉迟将军，你且过来，俺有话对你说。”敬德连忙走到床前说：“老元帅有什么话对某家说?”叔宝假意合眼，尉迟恭候进身躯，连问数声，秦琼咳嗽一声，把舌尖一抵，一口红痰往敬德面上吐来，要闪也来不及，正吐在鼻梁上，又不敢把袍

袖来揩，倒不好意思，引得咬金嘴都笑到耳朵边去了。叔宝假意说：“啊呀，俺也昏了。老将军，多多得罪，帐子上揩掉了。”尉迟恭心内好不气恼，要这颗帅印，耐着性子重又问道：“老元帅什么话讲?”秦琼道：“你要为元帅?”敬德说：“正是。”叔宝道：“你要掌兵权，可晓得为帅的道理么?”说：“某家虽不精通，略知一二。”叔宝说：“既如此，你说与我听。”敬德说：“老元帅，那执掌兵权第一要有功必赏，有罪必罚，安营坚固，更鼓严明；行兵要枪刀锐利，队伍整齐，鸣金则退，擂鼓则进；破阵要看风调将，若不能取胜，某就单骑冲杀，以报国恩；一枪要刺死骁将，一鞭要打倒能人，百万军中，杀得三回九转，此乃掌兵权的道理。”叔宝大喝道：“唗！你满口胡言，讲些什么话！这几句乱语，想为元帅了么?”程咬金大笑说：“老黑，你只晓得打铁，哪知道为元帅的意思？倒不如我来罢。”茂公说：“你不必笑别人。你一法也不知道。”秦琼说：“不是这样的，俺教你为帅的道理。”尉迟恭说：“是，请教。”咬金笑道：“老黑，秦哥教训你，今日只当师徒相称，跪在床前听受教诲罢。”敬德无可奈何，只得双膝跪下。叔宝道：“老将军，凡为将者，这叫做莲花帐内将军令，细柳营中天子惊。安营扎寨，高防围困，低防水淹，芦苇防火攻，使智谋调雄兵，传令要齐心；逢高山莫先登，见空城不可乱行；战将回马，不可乱追。此数条，才算为将之道理，你且记着。”尉迟恭道：“是，蒙元帅指教。”秦琼说：“接了印去。”敬德双手来接，叔宝大喝一声：“呔！此颗印乃我皇恩赐与我，我虽有病，你要掌兵权，当与万岁求印。我交与万岁，与汝何干？还敢双手来接！”程咬金说：“走开些，不要恼我秦哥性子。”尉迟恭大怒，立起身来便走。秦琼道：“陛下，帅印原交还我王。

一世功劳，藏于太庙①了。”朝廷道：“说哪里话来？王兄病愈，帅印原在。”天子接过，交与茂公藏好。还有许多言语，且按下内房之事。

再讲尉迟恭大怒，气得怒发冲冠，跑出三堂，坐下交椅说：“反了，反了！可恼秦琼，你自道做了元帅，欺人太过了。你也是一家公位，我也是一家公位，何把你恶言羞辱？罢了，与今日吃了这场亏。你命在旦夕，喉中断了气，还耀武扬威，得君龙宠。少不得恶人自有天报，可恼之极！”他正在三堂上辱骂叔宝，哪里得知程咬金看见敬德大怒出来，随后赶到三堂屏风背后，听得了回转身来，思想要搬弄是非。却遇着怀玉出来，说：“侄儿，你爹爹此病再也不得好。”怀玉道：“老伯父，为什么？”咬金说：“你去听听黑炭团咒骂着。”怀玉说：“他怎么样咒骂？”程咬金道：“他说死不尽的老牛精，病得瘟鬼一般，还是耀武扬威，是这样作恶，一定要生瘟病死的，死去还要落地狱，永不超生，剥皮割舌，还有许多咒骂。为叔父的方才句句听得，你去听听看。”怀玉大怒，赶出三堂，不问根由，悄悄掩到背后。敬德靠在交椅上，对外边自言自语，不防备后边秦怀玉双手一扳，连着太师椅翻了一跤，就把脚踹住胸前，提拳就打。尉迟恭年纪老了，挤在椅子内，哪里挣得起？说：“住了。你乃一介小辈，谁敢动手打我？”怀玉说：“打便打了你，何妨！”一连数拳，打个不住。咬金连忙赶过来说：“侄儿，他是你伯父，怎么倒打他？不许动手。”假意来劝，打的左手，不去扯住，反扯住了空的右手说：“不许打。”下面暗内趯②踹一脚。敬德说：“怎么你也敢踹着

① 太庙——天子为祭拜祖先兴建的庙宇。

② 趯（tì）——跳跃。

我？”咬金说：“黑炭团，你只怕昏了。我在这里劝，反道我踢你，没有好交的了。”又是一脚。那个尉迟恭气恼不过，只得大叫：“啊唷，好打，好打！陛下快些来救，来救命啊！”不觉惊动里边房内。

秦琼正与天子论着国家大事，那天子听得外边喊叫，就同茂公出来往外边。那咬金听得敬德大叫，明知朝廷出来，放了手就跑进说：“陛下，不好了！侄儿驸马被尉迟恭打坏在地下了。”天子说：“嗄，有这等事么？待朕去看。”朝廷走出来，咬金先跑在前面，假意咳嗽一声，对秦怀玉丢一丢眼色。怀玉乖巧，明知朝廷出来，反身扑地，把尉迟恭扯在面上说：“好打！”这个敬德是一介莽夫，受了这一顿打，气恼不过，才得起身，右手一把扯住怀玉，左手提起拳头，正要打下去。朝廷走出三堂，抬头一见，龙颜大怒说：“唬！你敢打我王儿，还不住手！”敬德一见说：“万岁，冤枉啊，臣被他打得可怜，我一拳也不曾打他。”怀玉立起身来说：“父王阿，儿臣被他打坏了。”敬德道：“无此事，端端你来扳倒我，乱踢乱打，怎么反说某打你起来？”朝廷道：“你还要图赖？方才朕亲眼见你打我王儿，怎么倒说王儿打你？应该按其国法才是，念你有功之臣，辱骂驸马，罚俸①去罢。”尉迟恭好不气恼，打又打了，俸又罚了，立起身往外就走，竟回家内，不必再表。

单表朝廷同了诸大臣，出了帅府，秦怀玉送出龙驾，回进内房，叫声：“爹爹，父王回朝去了。”秦琼道：“你过来，我有一句说话叮嘱你。”怀玉说：“爹爹，什么说话？”叔宝说：“就是尉迟恭与为父一殿功臣，你到底是小辈，须要敬重他。如今兵权在

① 俸——即俸禄，薪俸。

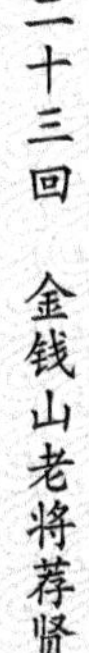

他之手，你命在他反掌之中，不可今日这般模样。”怀玉说：“是，孩儿谨领父亲教训。”怀玉原在床前服侍不离。

且说天子回朝，已过三天，钦天监择一吉日，将银瓶公主与怀玉成亲，送回帅府，不必细表。

再表朝廷降下旨意，山西张士贵接了行军旨意，就带齐十万新收人马，正如：

南山猛虎威风烈，北海蛟龙布雨狂。

毕竟御驾征东如何，且看下回分解。

第二十四回

尉迟恭征东为帅　薛仁贵活擒董逵

诗曰：

御驾亲征起大兵，长安一路望东行。今朝谁来东辽去，功建登州薛姓人。

那张士贵与四子一婿离了山西，正奔山东登州府。此话慢表。

再说天子当殿与众卿议黄道吉日，就与尉迟恭挂了帅印，来至教场，点起五十万大队雄兵，祭过了旗，朝廷亲奠三杯酒，发炮三声，排开队伍，一路行兵御驾亲征。天子坐在日月骕骦马上，有徐茂公、程咬金、马、段、殷、刘六将保住龙驾，前面二十七家总管随护元帅，离了大国长安。一路上盔滚滚，甲层层，旗幡五色，号带飘飘，刀枪剑戟，似海如潮，一派人马下来。我且不题。

单说总兵先锋张士贵，同四子一婿十万雄兵下来，只见前面有一座大山，名为天盖山。这人马相近山前，只听顶上炮声一起，赶出几百喽兵，多是青红布蟠头，手内棍棒刀枪闪烁。当中有一位大王，全身披挂，摆动兵器，一马当先冲下山来，大叫："呔，来的何人，擅敢领兵前来搅扰大王爷的山路！早早献出买路钱，方让你们过去。"这一声大叫，惊动张士贵。抬头看见，心下暗想："他说什么天兵经过，多要买路钱，一定活不耐烦了。"吩咐大小三军，且扎下营盘。底下众儿郎一声答应："是。"

就把营盘扎住。张志龙叫声："爹爹，待孩儿去擒来。"张环道："我儿须要小心。"志龙答应。按好头盔，紧紧乌油甲，举起射苗枪，催开坐下黑毫驹冲上前来，大喝一声："呔，我把你这绿林草寇，我们是什么兵马，你敢大胆阻我天兵去路么?"那大王哈哈大笑说："你还不知大王利害之处。天下闻孤董逵之名，在我山下经过都要买路钱，你今好好献过粮钞，放你过去；如有半字支吾，恼了孤家性子，一顿乱枪，走脱一卒也不算大王爷爷本事。"张志龙大怒说："该死的强徒，天下乃朝廷出入要路，你敢霸定天兵！好好让天兵过山，饶你性命；若再支吾，取你性命。"董逵说："不须夸口，照大王爷枪罢。"催一步马，拿手中枪直往志龙面门上挑进来。志龙叫声："不好!"把枪往杆子上噶啷一抬，险些跌下马来。交锋过去，冲将转来，志龙叫声："狗强盗，照我枪罢!"飕这一枪，望董逵前心刺来。董逵叫声："好!"把枪噶啷一架逼开，趁势一枪刺进来，张志龙躲闪也不及，正刺中左腿，鲜血直流，大叫一声："好利害的狗强盗!"兜转马大败而走。张士贵说："好骁勇草寇，战不上二合，大孩儿受了伤败下来了。"何宗宪叫声："岳父，待小婿出去擒来。"张环说："贤婿出马，须要小心。"何宗宪说："不妨。"按按头上凤翅双分亮银盔，紧紧身上柳叶银条甲，手举过杆方天戟，催开底下银鬃马，冲上前来说："咦！该死的强盗，休要扬威，我来取你之命哩。"董逵抬头一看，喝道："哪怕你们有百万英雄，千员上将，也有些难过天盖山。"何宗宪听说："你敢吃了狮子心大虫胆，说得出这样大话。照戟罢!"一戟直往董逵咽喉挑进来，他喊一声："来得好!"把滚银枪架在一边，战不上三个回合，董逵横转枪杆子，照着何宗宪背上"当"只一击，打得抱鞍吐血说："啊唷，唷唷，好利害!"带转马，大败望营前来了。董逵呼呼大笑道："哪怕你们百万雄兵齐赶上来，也过不得此山。”勒马拦住山下。

单说何宗宪败到营前说：“岳父，强盗枪法利害，小婿实难敌他。还有谁有胜得他来？”父子六人无计可施。单表五个火头军在营前看打仗，见强盗连败大老爷一子一婿，十分猖獗，恼了薛仁贵性子，说：“岂有此理！一个强盗尚被他霸住天盖山，阻住大唐兵马，无人可退，焉能到得东辽？”心内忿忿不平，走进自己营中，拿了方天画戟，来到张环面前，叫声：“大老爷，公子爷不能取胜，待薛礼去擒来。”张士贵说：“又来了，小将军尚不能胜，何在于你？且上去看。”薛礼走上前，把戟串一串，喝声：“呔，狗强盗！此处乃朝廷血脉，就是客商也不该阻住，要他买路钱。我们奉旨御驾亲征，开路先锋，天邦兵马打从天盖山经过，不思回避，擅敢拦阻此山去路，既撞在我手，快快下马祭我戟尖！”董逵说：“呔！步下来此穿白小卒，敢是铜包胆铁包颈？方才二位小将，尚然被大王爷打得吐血而回，你这小小鼠辈想是也活不耐烦了，照孤家的枪罢！”一枪望着仁贵拦腰刺来。薛礼说：“来得好！”把方天戟往杆子上噶啷一枭，董逵喊声：“不好了！”手一松，枪往半天中去了，在马上乱晃。薛礼在地下走上一步，右手拿戟，左手往董逵腿上一把扯住说：“过来罢。”一拖拖得董逵头重脚轻，倒坠转来。董逵好不着忙，两手乱到挣个不住，薛礼道：“你挣到哪里去？”把董逵勒下，一夹一挤，手脚不动了。左手牵了这匹马，回身便走到营前说：“大老爷，小人薛礼活擒董逵在此。”张士贵满心欢喜，暗想：“薛礼好本事，我子万不如他，真算贤婿天大的造化了。薛礼这等骁勇，此去立得大功，都是我贤婿冒来的功劳了。”士贵有心冒功，叫薛礼放下董逵绑起来。

那仁贵将董逵放下，动也不动死的了。薛礼说：“大老爷，强盗被小人夹死了。”四子一婿把舌头乱伸，说：“好戟法，好力气！”士贵道：“薛礼，你本事果然高强，活擒董逵是你之功，待我大老爷记在功劳簿上，此去征东，再立得两个功劳，待我奏本朝廷，赎你之罪。”仁贵道：“是，多谢大老爷。那强盗这副披挂，小人倒喜欢他，求大老爷赏赐与小人穿戴，好去开兵立功。”张环道：“马匹盔甲自然是你的，不消问我。是你擒来，自己取用便了。”仁贵把董逵盔甲除下，将尸首撇在一旁，倒得了银盔银铠，一骑白毫马。回到前锋营，周青、李、姜四人大喜说：“大哥，你倒立了一功，得了一副盔甲，我等兄弟们不知何日见功。”薛礼说：“莫要慌。一过海东，功劳多得紧。”

不表月字号火头军五人，单言张士贵吩咐抬营，十万人马穿过天盖山，正行下来，不过四五十里荒僻险路，只听得前面括拉一声响，山崩地裂，人人皆惊。张士贵唬得面如土色，马都立定了。说：“我的儿，什么响？”志龙说：“爹爹，好奇怪，不知什么响。”差人前去打听，不多一回，报说：“启上大老爷，前边不上一箭之路，地下摊开了一个大窟，望下去乌暗，不知有多少深，看不明白。”张环说：“有这等事？把人马扎住，我儿同为父去看来。”众公子应道：“是。”那父子六人催马上前，果见一个大窟如井一般。士贵说：“好奇怪！”吩咐手下人将索子丢下去有几多深浅，手下答应。数名排军把索子系了一块大石，望底下坠落，直待放不下了，拿起来量一量说：“大老爷，有七十二丈深。”张环道：“平空绷开地穴，倒底未知凶吉，或有什么宝物在地下也未可知，或有什么妖怪作精也未可知。差人去探探看，看有何物在底下。”志龙说：“爹爹说得是。着哪一个下去？”士贵看看军士们，都是摇头说：“这个底下去不得的，决有妖怪在内，被他吃了，走又走不起，白白送死。”士贵说：“我儿，谅此地穴，没人肯下去的。”志龙道：“爹爹，有了。我看薛礼倒也能干，不如差他下去探探看。有宝物，拿起来落得受用，若是妖怪吃了，也是他大数。”张环说：“我儿之言有理。”过来前锋营内传薛礼。

那中军奉令来到月字号说：“呔！火头军薛礼，大老爷传你。”薛礼正与四个兄弟讲究武略，只听得中军说大老爷传，薛礼大家一呼风赶出营门，同了中军来到穴前说：“大老爷在上，薛礼叩头。不知传小人到来，有何军令？”张环说：“薛礼，方才平空摊此地穴，其深无比，想一定朝廷洪福，必有异宝在下。你下去探一探，是什么宝物，拿起来献上朝廷，也是一件大功，免得罪了。”薛礼道：“待小人下去。”周青说：“动也动不得的，大哥，你要死没下去。”仁贵道：“不妨。生死乃命中所判，为兄下去得。”张环传令手下人，将一只竹篮系了一条索子，摇动响铃，我们就好收你起来。这根索子用了盘车，周青、姜、李四人执定盘车，慢慢坠将下去。彼时张环父子多在穴边，看守仁贵起来回音，我且不表。

单讲薛礼悠悠放至下面，黑洞洞，就有阴风冒起，寒毛直竖。仁贵暗想：“不好啊，我不听兄弟们的话，一时高兴下来，如今性命一定要断送的了。”心内十分胆怯。摸索着走出竹篮，团团一摸，都是满的。挨到东首，旁边有些亮光，也不要管他好歹，钻进去挨出外边，好似山洞内钻出来模样，又是一个世界了。上有青天云日，下有地土树木，心中大喜说：“这也奇怪，此世界不知通于何处？”回头一看，出来之所，乃是一座高山洞里钻出来的。忽然间云遮雾拥，好是阴雨天空一般，却也明亮。两旁虽无人家田地，却也花枝灼灼，松柏青青，好似仙家住所。居中一条砖砌街道，仁贵从此路曲曲弯弯行去。

正去之间，听得后面大叫："呔！薛仁贵！你回转头来看！我与你有海底冤仇，三世未清，今被九天玄女娘娘锁住，难以脱身。幸喜你来，快快放我投凡，冤仇方与你消清了。"仁贵回头一看，只见西南上一根擎天大石柱，柱上蟠一条青龙，有九根链条锁着。仁贵走将过来，把九条链条裂断说："汝去罢！"这条青龙摆尾一啸，一阵大风望东北角腾空而去，回头对薛礼看看，把眼一闭，头一答，竟不见了。

仁贵回身又走，只见前面有座凉亭，走到亭内，有一座灶头，好不奇异。灶门口又不烧，又没有火，灶上三架蒸笼，笼头罩着，虽不烧却也气出冲天。薛礼从早上下来地穴，又行了数里，肚中饥了，见了热腾腾三架蒸笼，想是一定吃得的东西，待我拿开来看。仁贵团团一看，并没有什么人影，便将笼头除下，只见一个面做的捏成一条龙，盘在里边，拿起来团一团，做两口吃了下去。又掇开底下一蒸，有两只老虎，也是面做的，也拿在手中捏做一团，吞了下肚。又掇开第三架，一看有九条面做的牛，立在蒸内，也拿起来捏拢了，做四五口吃在腹中，不够一饱。将蒸笼原架在灶上，走出亭子，身上暴躁起来，肌肤皮肉扎扎收紧，不觉满身难过。行不上半里，见一个大池，池水澄清，仁贵暗想："且下去洗个浴罢。"将白将巾与战袄脱下来，放在池塘上，然后将身走落池中，洗了一浴起来，满身爽快，身子觉轻了一轻，连忙穿好衣服，随大路而走。

忽听后面有人叫道："薛仁贵，娘娘有法旨，命你前去，快随我来。"仁贵回头一看，见一青衣童子，面如满月，顶挽双髻，一路叫来。仁贵道："请问这里什么所在，因何晓得我名字？哪个娘娘传我？"那童子道："此地乃仙界之处。我奉九天玄女娘娘法旨，说大唐来一员名将，名唤薛仁贵，保驾征东，快领来见我，有旨降他，所以叫你名字。”仁贵听说，万分奇异，说：“有这等事？”连忙随了童子一路行去。影影见一座大殿，只听鼓乐之声来至殿前，童子先进内禀过了，然后仁贵走到里边，只见一尊女菩萨坐在一个八角蒲墩上，薛礼倒身下拜说：“玄女大圣在上，凡俗薛礼叩头，未知大圣有何法旨？”娘娘说：“薛仁贵，你乃大唐一家梁栋，只因此去征东，关关有狠将，寨寨有能人，故而我冲开地穴，等你下来。有面食三架，被你吃下腹内，乃上界仙食。你如今就有一龙二虎九牛之力，本事高强，骁勇不过，不够三年就可以征服。咳，但是你千不是，万不是，不该把这条青龙放去。若这龙降了凡，就要搅乱江山，干戈不能宁静，所以我锁在石柱上。如今被你放去，他就在东辽作乱，只怕你有一龙二虎九牛之力，也难服得青龙，便怎么处？”仁贵说：“啊呀，大圣啊！弟子薛礼乃凡间俗子，怎知菩萨处天庭之事？所以放走了青龙。他在东辽作乱，搅扰社稷，今陛下御驾亲征，若难平服，弟子之大罪了。望大圣娘娘赐弟子跨海征东，就能平定，恩德无穷。愿娘娘圣寿无疆。”那玄女娘娘说：“若要平定东辽，只是如今三年内不能够的了。除非过了十有余年，才得回中原，干戈宁静。我有五件宝物，你拿去就可以平辽。”叫童儿里边取出来。那青衣童子说：“领法旨。”连忙进内，取出递与薛礼。娘娘说：“薛仁贵，此鞭名曰白虎鞭，若遇东辽元帅青脸红须，乃是你放的青龙，正用白虎鞭打他，可以平定得来。”仁贵道：“是。”娘娘道：“哪，这一张震天弓，这五枝穿云箭，你开兵挂于身畔。这青龙善用九口柳叶飞刀，着了青光就伤性命，你将此弓宝箭射他，就能得破，射了去把手一招，原归手内。”仁贵应道：“是。”娘娘又说：“哪，此件名曰水火袍，若逢水火灾殃，即穿此袍，能全性命。”仁贵应道：“是。”回头看四桩宝物，霞光遍透。又

有一本素书，并无半字在上。就问娘娘："此书何用?"娘娘说："此书乃是异宝，名曰'无字天书'。此四件呢，别人见得，这天书只可你一人知道，不可被人看见。凡逢患难疑难之事，即排香案拜告，天书上露字迹，就知明白。此五件异宝你拿去，东辽就能平服。不可泄露天机，去罢。"薛礼大悦，拜别玄女娘娘，将天书藏于怀内，手拿弓箭，一手拿了袖鞭，前面青衣童子领路，仁贵离了殿亭，一程走到两扇石门边，童子把门开了说："你出去罢。"将薛礼推出门外，就把石门闭上，前去复旨。不必去表。

单讲仁贵抬头一看，眼前乌暗团团，一摸摸着了竹篮，满心欢喜，将身坐在篮内，把铜铃摇响。且表上边自从仁贵下去，已有七天不见上来。张环明知薛礼死在底下，思想要行兵，有周青、姜、李四人哪里撇得下？在地穴前守了七日七夜，不见动静。忽然闻得铜铃摇响，大家快乐，连忙动盘车收将起来。仁贵走将出来说："兄弟们，倒要你们等了这一回。"众人道："说什么一回，我们等了七日七夜了。"仁贵说："这也奇了。真乃山中方七日，世上几千年。为兄在下面不多一回工夫，就是七天了。"众人道："大哥，下面怎么样的？手里这些东西哪里来的?"薛礼就一一细说一遍。四人满怀欢喜，回到营中。

张士贵闻知，说："薛礼，你为何去了几天？且把探地穴事情细说与大老爷得知。"仁贵答应，就把娘娘赠宝征东之事，细说一回。张环大喜说："也算一桩功劳。"吩咐就此拔寨起行。仁贵回到前锋营，藏好了四件宝贝，卷帐行兵，正望山东地界而来。在路耽搁几天，早到山东登州府。正是：

十万貔貅如狼虎，保驾征东到海边。

毕竟不知征东跨海如何，且看下回分解。

第二十五回
白袍将巧摆龙门阵　唐天子爱慕英雄士

诗曰：

统领英雄到海边，旗幡蔽日靖风烟。君王欲见征东将，命摆龙门宝阵盘。

那张环便来参见长国公王君可，专等朝廷到来一同下海。等不上四五天，早见前面旗幡密密，号带飘飘，有长国公王君可，总先锋张士贵一路迎接下来。朝廷大喜说："王兄平身。你奉朕旨在此督造战船，预先完修，是王兄之大功也。随寡人进城来。"君可口讲："领旨。"尉迟恭传令五十万大小三军，屯扎外教场，三声炮起，齐齐扎下营盘。朝廷同了众公爷进城，扎住御营，武将朝参已毕，一一见礼问安。王君可说："尉迟老元帅，长安秦千岁病体怎么样了？"敬德道："他尚卧床不起，愈觉沉重，所以不能执掌兵权，某家代领兵来的。"王君可说："他往日受伤，此病难痊。"尉迟恭道："便是。"茂功说："如今要选黄道吉日，下船过海。"天子道："徐先生且慢。朕听先生说有应梦贤臣在军中，所以放胆起兵。今下了船到东辽，非同小可。他那里多有骁将，我这里有了贤臣，方可以平辽。若无姓薛的小将，这班老将多是衰迈，不能如前日之威风的了，怎能抵敌，如何处置呢？"茂功说："不妨。张士贵十万兵中，现有应梦贤臣，请陛下放心。"天子说："先生又来了，前在陕西行兵到山东，从不听见说有姓薛的，寡人定是放心不下，怎好落船过海？既是先生说有此

人，今张环兵丁现在，待朕降旨宣出，封他一官，好随寡人下船过海，何等不美?”茂功说：“陛下不知其细，那个应梦贤臣，他还时运未到，福分未通，近不得主上天子之尊贵，受不得朝廷一命之恩荣。且待他征东班师，才交时运，方可受恩。若今陛下就要他近贵，分明反害他性命难保了，岂非到底无人保驾?”朝廷说：“有这等事? 既然他福分未到，受不起恩宠，就待后日也罢了。但是如今朕要见他一面，才得放心过海。若不见面，寡人不去征东了。”茂功说：“要见他一面容易的。万岁降一道旨意，着元帅三天内要在海滩上摆一座龙门阵，见得贤臣一面了。”朝廷说：“既如此，宣元帅进营。”

尉迟恭正在吩咐枪刀要锐利，队伍要整齐，勿听朝廷叫声：“尉迟王兄，朕要你在海滩上摆一座龙门阵，使寡人看看，限三天摆了来缴旨。”敬德一听此言，吓得魂不附体，说：“陛下，臣从幼不读书，一字不识，阵图全然不晓，不要说龙门阵，就是长蛇阵也只得耳闻，不曾眼见。臣只晓得一枪一鞭，哪里晓得摆阵? 望陛下另着别将摆罢。”茂功把眼望朝廷一丢，天子心内明白，便假意把龙颜变转，大喝道：“唗! 你做什么元帅? 摆阵用兵乃元帅执掌的常事，怎么说不曾摆起来? 若到东辽，他们要你讲究阵图，你也是这样讲：‘我从小不读诗书，不晓得摆阵?’倘若东辽兵将摆出异样大阵，你也不点人马去破，就是这样败了不成? 决要三天内摆下龙门阵就罢，如若逆旨，以按国法!”敬德勉强领了旨意，踱出御营说：“真正遭他娘的瘟! 秦琼做了一世元帅，从不摆什么龙门阵，某才掌得兵权，就要难我一难。但不知这龙门阵怎么摆法?”

心内烦恼，走出营来，却遇程咬金交身走过，只听得他自言自语地说：“当初隋朝大臣曾摆龙门阵，被我学得精熟。可惜不掌兵权不关我事，不然摆一座在海滩上，也晓得老程的手段。”敬德一一听得，满怀欢喜说：“程老千岁，不必远虑。待本帅做主，点些兵马在海滩上摆起龙门阵来，显显将军手段如何？”咬金说：“这个使不得。私摆阵图，皇上要归罪的。”敬德说：“不瞒将军说，朝廷方才要本帅三天内摆阵。你自悉知本帅不曾摆阵，只要你提调我摆就是了。”程咬金道：“陛下要元帅摆阵，我又不是元帅，与我什么相干？龙门阵我是透熟的，摆也不知摆过多少，不要教你。”竟回身去了。

尉迟恭明知他说鬼话，回进营中，眉头一皱，计上心来。说：“左右过来，速传先锋张士贵进见。”左右一声答应：“嘎！”“呔！元帅爷有令，传先锋张士贵进营听令。”张环闻知，连忙到中营说：“元帅爷在上，末将张士贵参见。不知元帅有何将令？”敬德道：“本帅奉旨要摆一座龙门阵。本帅未曾投唐之时，常常摆过，如今投唐之后，从不曾摆，倒忘怀了。只记得些影子，故而传你进营，命汝三天内在海滩上，代本帅摆座龙门大阵前来缴令，快去！”张士贵听言大惊说：“是。元帅在上，末将阵书也曾看过，多精通的，也有一字长蛇阵，二龙出水阵，天地人三才阵，四门斗底阵，五虎攒羊阵，六子联芳阵，七星阵，八门金锁阵，九曜①星官阵，十面埋伏阵，这十个算正路阵。除了这十个阵，别样异阵也有几个，从来不曾有什么龙门阵，叫小将怎生摆？”敬德道：“唗！我把你这该死的狗头，胡言乱语讲些什么？这十阵本帅岂有不知？我如今要摆龙门阵，你怎说没有？做什么总管，做什么先锋！快摆龙门阵论功升赏，若再在此逆令，左右看刀伺候！”一声吩咐，两旁答

---

① 九曜（yào）星官——古阵名。

应："嗄！""是！"吓得张环魂飞魄散说："待末将去摆来。"只得没奈何走出中营。

来到自己营中说："不好了，真正该死该死。"那四子一婿见说大惊道："爹爹，为什么方才元帅传去？有何令旨？"张环说："嗳，我的儿，不要讲起。我阵书也不知看了多少，从来没有什么龙门大阵。这元帅偏偏限为父的三天内，要在海滩上摆一座龙门阵。我儿，你可晓得龙门阵怎样摆法？"志龙道："孩儿阵书也只当熟透的，不曾见有什么龙门阵，爹爹就该对元帅说了。"张环道："我岂不知回说？他就大怒起来。如若逆令不摆，他就要把为父处斩。难道我不要性命的？所以不敢不遵，奉令出来的。这龙门阵如何摆法？"四子道："这便怎么处？"何宗宪叫声："岳父，我想元帅也不曾摆的，故此要岳父摆。不如就将一字长蛇阵摆了，装了四足，当做龙门阵如何？"士贵大喜说："贤婿之言有理。左右过来，传令三军披挂整齐，出城听调。"左右一声："得令。"就把军令传下去。十万兵马明盔明甲，整整齐齐摆开队伍，统出兵来。父子女婿六人，竟到海滩，一队队摆了一字长蛇阵，装出四足五爪，略略象龙模样。张士贵大悦，命志龙与何宗宪在内领队，自己忙进城来到中营，禀上元帅说："末将奉令前去，龙门阵已摆完备，请元帅去看阵。"尉迟恭说："果然摆完了么？带马过来。"左右答应，牵过马匹，元帅上马，张环在前。

张环走出城来在海滩上，道："元帅，喏，这龙门阵，可是这样摆法？"敬德是黑漆皮灯笼，胸中不识一字的，假做精明在道的一般望去，一看说："不差，正是这样的影子。算在你的功劳，待本帅去缴旨。"尉迟恭回进城来，忙到御营说："陛下，臣奉旨前去，不到三天，已摆完了这座龙门阵，前来缴旨。"朝廷说："既摆了龙门阵，徐先生快同寡人去看。"茂功同了天子上马，出城来到海滩。程咬金也随来一看，暗想："这座龙门阵原来是这样一个摆法的，待我记在此，也学做做能人。"那朝廷一见说："尉迟王兄，这阵可行得动的么？"敬德道："行得动的。"就吩咐张士贵行起阵来。张环一声传令，阵中炮响一声，何宗宪领了头阵，照样长蛇阵行动一般。天子叫声："先生，这梦内贤臣在何处？那个就是？指与朕看。"茂功说："陛下看看，看像是龙门阵否？若像是龙门阵，才可见有应梦贤臣。"茂功说了这两句话，朝廷当心一看，况且向来督兵过的，这十阵书皆明白，方才一心要看应梦贤臣，所以不当心去看看阵图，如今当心一看，明晓是长蛇阵，同了徐茂功回马就走。

尉迟恭不解其意，也转身进城，来到御营下马，叫声："陛下，臣摆此阵如何？"朝廷大怒，喝道："唗！朕要你摆龙门阵的，怎么摆这什么阵来哄骗寡人？又不是一字长蛇阵，又不像龙门阵，倒像四脚蛇阵。"敬德说："啊呀陛下，这个是龙门阵。"朝廷说："唗，还要讲是龙门阵么？这分明一字长蛇阵，将来摆了四足，弄得来阵又不像阵，兵又不像兵，这样匹夫做什么元帅？降朕旨意，绑出营门枭首！"敬德着忙："啊呀万岁，恕臣之罪。这阵不是臣摆的，是先锋张环摆的。"茂功在旁笑道："元帅，你分明被张环哄了。这是长蛇阵，你快去要他摆过。"尉迟恭道："是。"连忙回身来至中营说："左右过来，传总管张环！"左右一声答应，出营说道："呔！元帅爷有令，传先锋张士贵进来听令。"张环连忙答应道："是。"行入中营，叫声："元帅，龙门阵可摆得像么？"敬德大怒道："我把你这贼子砍死的。到底你摆的是什么阵？"张士贵回说："元帅不差的，这是龙门阵。"敬德道："唗，还要强辨！哄哪一个！本帅方才一时眼昏，看不明

白，想起来分明是一字长蛇阵。”张环道：“元帅，实在没有这个龙门阵，叫末将怎样摆法？所以把长蛇阵添了四足，望元帅详察。”敬德说：“乱讲！如今偏要摆龙门阵，快去重摆过来，饶你狗命，违令斩首。”张环无法，只得答应道：“是，待末将重去摆来。”

出了中营，上马飞奔海滩。抬头一看，还在那里行长蛇阵。喝道：“畜生，收了阵快来见我。”四子一婿连忙收了阵图，来至营中说：“爹爹，龙门阵是我们的功劳，为什么爹爹倒生起烦恼来？”张环道：“唗，畜生！什么功劳不功劳，难道他们不生眼珠的么？你把长蛇阵去哄他，如今元帅看出，十分大怒，险些送了性命。再三哀求，保得性命，如今原要摆过。有什么功劳？这便却怎处？”何宗宪叫声：“岳父，我看薛礼到是能人，传他来与他商议，摆得来也未可知。”张环道：“贤婿之言有理。中军过来，速传火头军薛礼进营听令。”中军答应，传来说：“薛礼，大老爷传你。”薛仁贵奉令进见说：“大老爷在上，小人薛礼叩头。”张环说：“薛礼，你如今已有二功，再立一功就可赎罪了。今陛下要摆龙门阵，故此传你进来。你可知此阵图？速即前去摆来，其功非小。”仁贵说：“龙门阵书上也曾看过，但年远有些忘怀，待小人去翻出兵书，看明摆便了。”张士贵听言大喜说：“既如此，快去看来。”仁贵应道：“晓得。”回到前锋营内，摆了香案，供好天书，跪倒尘埃，拜了二十四拜说：“玄女天圣在上，弟子薛礼奉旨摆龙门阵，但未知龙门阵如何摆法，拜求大圣指教。”薛礼祷告已完，立起身来，拿下天书揭开一看，果然上有龙门阵图的样式，有许多细字一一标明。

薛礼看罢，藏好天书，来至大营说：“大老爷，那龙门阵其大无比，十分难摆，更且烦难，要七十万人马方能件件完全。小人想最少也要七万人，方可摆得。”张环道：“果有此阵么？既如此，待我统兵七万与你，可替本总小小摆一座罢。”薛礼一声答应说：“小人还求大老爷，在海滩高搭一座将台，小人要在上边调用队伍，犹恐众兵不服，如之奈何？”士贵说：“不妨。本总有斩军剑一口，你拿去，如若不服听调，就按兵法。”仁贵道：“多谢大老爷。”接了军剑一口，竟到前锋营庄肃整齐。士贵下令要靠山朝海高搭一台，点齐七万人马，明盔亮甲。薛礼来到海滩说：“大老爷，还要搭一座龙门。”士贵传下军令竖好龙门。仁贵道：“小人多多有罪，求大老爷在此安候。”张环说：“自然本总要在此听调。”仁贵走上将台，把旗摇动摆将起来。薛仁贵第一通掌兵权，谁敢不服？都来听候军令。那薛仁贵当下吩咐：这一队在东，那一队在西，大老爷怎么长，大老爷怎么短，四子一婿多来听调，上南落北不敢有违一回，张总兵反被火头军调来调去，不上半天功夫摆完了。张环心中大喜说：“看这薛礼不出，果然是个能人。你看此阵图，果然原像一座龙门阵，活像龙在那龙门内要探出探进的意思。”只见仁贵下将台，把黄龙行动泛出龙门，都用黄旗，乃是一条黄龙。

张士贵忙进城，来到中营说：“元帅在上，那座龙门阵今已摆好在海滩上了，特请元帅去看阵。”尉迟恭道：“既然摆好在那里，你先去，待本帅同驾前来便了。”张士贵答应，先往城外等候。敬德来至御营，同了天子、军师一齐上马来到海滩。朝廷坐在龙旗底下，望去一看，但见此阵：

旗幡五彩按三才，剑戟刀枪四面排。方天画戟为龙角，拂地黄旗鳞甲开。数对银枪作龙尾，一面金锣龙腹排，千口大刀为龙爪，两个银锤当眼开。

朝廷大喜说：“果然活龙活现，这才是座龙门阵。”便叫：“徐

先生，龙门阵虽然摆就，这应梦贤臣是哪一个？”茂功道：“陛下降旨把龙门阵行动，就可见应梦贤臣了。”朝廷大悦说：“既如此，降朕旨意，把阵图行动起来。”“嗄！”下边一声答应。阵心内走出一起，仁贵领了队伍从出，龙门里面人马，圈出外边兜将转来；仁贵撇下黄龙，又把青旗一摇，阵里边都用青旗，又变了一条青龙了。茂功道：“陛下，那，那走转来执青旗的那一个穿白小将，就是应梦贤臣了。”朝廷睁眼一看，说：“果然是！分明与梦内一般面貌，活像！”又在阵心内去了。如今又走转来了，手内又执白旗，都换了白旗，又一条白龙了。少停，手执红旗，又变了红龙了。天子好不欢喜说：“这个领阵小将，果然是个能人。降朕旨意，收了阵罢。”张环传令下去，仁贵一一调开，散了龙门阵图。朝廷同军师自回御营，称赞仁贵之能。

张环收兵进城，将人马扎住说：“薛礼，你摆阵图其功非小，待本总记在功劳簿上，少不得奉达朝廷，出你之罪。我大老爷先赏你十斤肉、五罐酒，你拿去罢。”仁贵道：“是，多谢大老爷厚赐。”仁贵领了酒肉回到前营来，就端正起来，摆开桌子，弟兄五人饮酒作乐，我且不表。

单讲张士贵进入中营，叫声：“元帅，此阵可摆得是么？”敬德大悦说：“这个阵摆得好，才是个龙门阵。原算将军之功，待本帅记在此。”就将功簿展在桌上。要晓得尉迟乃是写不了字的，提起笔来竖了一条红杠子，算为一功。张环又说：“元帅在上，狗婿何宗宪前日行兵天盖山，活擒草寇董逵，探地穴，也是狗婿微功。”敬德说：“既有三功，并记在上面。”也竖了两条杠子，将功簿收藏好了。张环大悦，回到营中说：“贤婿，方才元帅都上了你的功劳了。”宗宪道：“多谢岳父费心。”按下不表张环冒功之事，单讲御营天子说：“徐先生，朕看这应梦贤臣在内领阵，一定是：

武略高强兵法好，雄威服众有才能。”

但不知他胸中学问如何，且听下回分解。

第二十六回

小将军献平辽论　瞒天计贞观过海

诗曰：

九天玄女赠兵书，巧摆龙门独逞奇。考试文才年少将，平辽论内见威仪。

话说天子要试贤臣才学，军师徐茂功说：“容易。陛下要知贤臣腹内才学，须降旨尉迟恭，要他做一纸《平辽论》，就知他才学了。”朝廷连忙降旨一道。敬德来到御营说：“万岁宣臣有何旨意？”朝廷说：“王兄，朕此去征东未知胜败，要讨个信息，王兄快去做一纸《平辽论》与寡人看。”敬德听言一想说：“早知做元帅这等烦难，我也不做了。才摆得龙门阵，又是什么《平辽论》。我想什么论不论，分明在此难着某家。不要管，再叫张环做便了。”说：“陛下，待本帅去做来。”尉迟恭来到中营说：“左右过来，快传张环进见。”左右奉令出营说：“呔，张环，元帅爷有令，传你进营。”张士贵答应，连忙来到中营说：“元帅在上，传末将来有何将令？”尉迟恭说：“本帅奉旨，要你做一纸《平辽论》，快去做来。”张环应道：“是。待末将去做来。”慌忙退回自己营中，叫中军过来，应道：“有。”张环道：“快传前营薛礼听令。”中军奉令，传进薛礼。”说：“大老爷在上，小人薛礼叩头。”张环道：“起来。本总传你的时节正多，以后见了我大老爷，不必叩头了。”薛礼说：“是。小人遵令。”张环道：“薛礼，方才元帅要本总做《平辽论》，你可做得来？一发立了此功。”仁贵道："是。小人可做得的。"张环道："如此快去做来。"仁贵奉令进营，便叫兄弟们回避，周青、姜、李四人退出。仁贵忙摆香桌，上供天书，拜了二十四拜，祷告一番。拿来揭开一看，上面字字碧清，写得明白。就将花笺一幅，看了天书，细细写好誊①下，忙到张环营中说："大老爷，小人《平辽论》做在这里了。"士贵说："待本总记在簿上。"说罢，就拿到中营，叫声："元帅，《平辽论》乃是狗婿何宗宪做在此了。"尉迟恭接了《论》，把功劳簿又竖了一条杠子，竟到御营说："陛下在上，《平辽论》在此，请我主龙目清观。"朝廷说："取上来。"侍臣接上，铺在龙案，军师同朝廷一看，上写着《平辽论》：

混沌初分盘古出，三才治世号三皇。天生五帝相继续，尧舜相传夏禹王。禹王后代昏君出，乾坤一统属商汤。商汤以后纣为虐，伐罪吊民周武王。周室东迁王迹熄，春秋战国七雄强。七雄并吞为一国，秦氏纵横号始皇。西兴汉室刘高祖，光武中兴后汉王。三国英雄尊刘备，仲达兴为司马王。杨坚篡周为隋王，国号兴称仁寿王。天生逆子隋炀帝，弑父专权大郸王。郸王邪政行无道，天下黎民尽遭殃。天公降下真明主，重整乾坤归大唐。施行仁政贞观帝，万民感戴太宗王。平除四海番王顺，无道东迁又放狂。明君御驾亲跨海，一纪班师东海洋。

朝廷看完大悦。道："徐先生，此去征东，为何要这许多年数？"茂功道："看来要得十二年才能平服。"天子道："有了这样能人，自然平服得快。"茂功算定后日黄道吉日，就要下船过海。当夜不表。

再说次日，张士贵传令十万人马，先下战船，开了二百余

---

① 誊（téng）——抄写；转录。

号，都把链条绞拢一排，扯起御驾亲征旗号，竟望海内而去。这一千三百战船，只只绞定，海内风波最险，犹恐吹翻，故把链条绞定。五十万雄兵都在两边船内。朝廷同公卿于吉日上了龙船，扯起平辽大元帅旗号。尉迟恭好不威风，三声炮响，一齐开出。在海内行了三日，只见天连水，水连天。忽一时，大风刮起，豁辣辣就不好了。海内波浪泼起数丈，惊得天子面如土色，龙案都颠翻倒了。这些船在海内跳来跳去，人马跌倒船中，扒得起来，又跌倒了，天子也翻了数次。程咬金在船内滚来滚去，徐茂功也难起身，余者无有不跌，无有不吐。天子骇怕，吓得发抖说："先生，不去征东了。情愿安享长安，由他杀过来，让他也看得见，何苦丧在海内?"程咬金说："陛下，快降旨，转去转去，性命要紧。"茂功说："不妨。只消陛下降旨，要元帅平风浪静。"敬德也跌得昏了，一听此言，心内大惊说："军师大人差矣！风浪乃玉皇御旨，天上之事，叫本帅哪里平得来?"茂功道："我算定阴阳，风浪该是你平的，有本事去平就罢了。如没有本事去平其风浪，降旨将你绑缚，撩在海内，祭了海神，也平得风浪了。"尉迟恭道："遭他娘的瘟，怎么海中风浪多，要元帅去平起来?"没奈何，过了前船，传总兵张环。左右一声答应，说："呔，帅爷有令，传先锋张士贵上船听令。"那个张士贵，也在船内跌吐得个昏花，好不难过。只听中军说："禀上大老爷，元帅军令，要传过去。"张环道："这样大风，又来传我去做什么?"无可奈何，挨上船头。水手挽住一只船，扒上龙船："元帅传末将有何将令?"敬德说："如此大风浪，今已危急，快去与本帅平净风浪，是你大功。"张环道："元帅又来了，海内风浪，年年惯常，叫末将怎生平法?"元帅道："你若不平风浪，叫两旁将士把你张环绑了，丢在海中祭了海神，或者平得风浪亦未可知。"张环说：

"元帅，这个使不得，待末将去平复水浪便了。"士贵走至前船，进入内舱，就传薛礼。哪晓得仁贵在船内翻了两跤，也着了忙，就拜着天书，上边字字明白。藏好了天书，却当大老爷来传。仁贵明知此事，到张环船内说："大老爷传小人有何将令?"士贵说："你可有平浪之计么?"薛礼笑道："大老爷，有五湖四海龙王到此朝参，故此这等大风。只要万岁御笔亲书'免朝'二字，撇在海内，极大的风浪就平了。"张环大悦道："果有此事？应验了，你之大功。依你行事，平了风浪，你这大罪一定就赦去。"

不表仁贵退出回前营内。单讲张环来到龙船，照样薛礼这番言语，对元帅说了。尉迟恭大悦说："妙啊，妙啊，果应其言，就记你功劳。"说罢，来到御营，进入舱内，叫声："陛下，海内五湖四海龙王前来朝参，故起风浪。只消陛下亲挥'免朝'二字，撇入海内，风浪就息了。"朝廷说："果有此事？待朕就写起来。"元帅摆好龙案，亲书"免朝"二字递与敬德接在手中，走出船头，两边有水军扶定。说："圣上有旨，今去征东，诸位龙王免朝，各回龙驾。"把"免朝"二字丢入海内，犹如有人在底下接了去的一般，顷刻不见了皇旨牌。不一刻，风浪顿息。朝廷说："徐先生降朕旨意，把战船回转山东，不去征东，情愿待他起兵杀过来再处。"茂功说："陛下又来了。如今风浪平息，正好行船，怎么反要回山东？倘东辽起兵杀至中原，怎生抵敌?"咬金道："陛下不要听这牛鼻子道人。此去大海，风浪还大，乃是险路，性命要紧。趁此风息浪静，回到登州，安享长安。若是东辽兴兵过海侵犯疆界不是我夸口说，就是老程年纪虽老，还敌得他过，包在臣身上。杀退番人，决不惊驾，眼前避祸要紧。"敬德说："老呆子，什么说话，自古道：'食君之禄，当报君之德'，趁此风平浪息，以仗陛下洪恩，此去征东，有甚险处？你敢驾前

乱道!”朝廷说：“不必埋怨。寡人愿死长安，决不征东入海。”徐茂功心下一想说：“既然陛下不去征东，臣也难以逆旨，且回登州。”尉迟恭见军师说了，只得即忙传令，吩咐三军，回转登州，待风浪平息过海征东。元帅一声令下，只听齐声答应：“嗄!”张士贵也奉令，这一千五百战船尽皆回转。行了三日三夜，到了登州海滩，把船泊住。朝廷与公爷下船进城，城内扎营，不必去表。

单讲天子说：“先生，我们明日回长安去罢。”茂功说：“陛下有了这样应梦贤臣保驾平东，此乃国家的大事，怎么万岁要回长安起来?”天子叫声：“先生，但海内风浪极大，怎生行船？不如回长安去罢。”茂功说：“陛下放心。有几日风大，自然有几日风小的。就在这里等几天，待风息浪静，可以过得海，平得东了。”朝廷说：“既如此说，就等几天便了。”

不表天子在御营内。再言徐茂功来到帅营，尉迟恭连忙接住。说：“军师大人连夜到此，有何事见谕?”茂功道：“元帅，海内风浪浩大，圣上不肯征东，怎么处?”敬德叫声：“大人又来了。朝廷虽不肯征东，难道本帅回转长安不成？真若待圣上驾回长安，本帅同军师领兵过海，前去征东罢。”茂功道：“不是这等讲的，那东辽人马邪法多端，必要御驾亲征的。若元帅统兵前去，料难平复得来。”元帅道：“如今陛下不肯去，也没法奈何他。”茂功道：“我想起来也容易的，如非设一个瞒天过海之计，瞒了天子过海，到东辽就可以征东了。”敬德道：“大人，何为瞒天过海之计呢?”茂功说：“元帅不要慌，只消去传令这张士贵，要他献这瞒天过海之计，如有就罢，若没有，就掘下三个泥潭，对他说辰时设计，就埋一尺；午时设计，就埋二尺；戌时设计，将他埋三尺。这一天总不使计，将他连头多埋在泥里。他是自然着忙，就有瞒天过海之计献出来了。”尉迟恭大喜说：“军师大人当真么？待本帅明日就要他献计便了。”徐茂功道：“是。”回转御营，其夜不表。

到了明日，敬德传令，一面掘坑，一面传张士贵进中营。士贵说：“元帅传末将有何将令？”敬德说：“朝廷惧怕海内风浪，不肯下船过海，故此本帅传你进营，要献个瞒天过海之计，使圣上眼不见水，稳稳的竟到海东，是你之功。如若没有此计，本帅掘下泥坑三个，你辰刻没有，埋你一尺；午时没有，埋你二尺；晚来没有，埋你三尺。如若再无妙计，将你活埋在泥里。张环听了大惊：“元帅，待末将去与狗婿何宗宪商议此计，有了前来缴令。”敬德说：“既如此，快去！”张环答应，回营说：“中军传令薛礼进见。”中军奉令来传，薛礼忙到营中说：“大老爷传小人有何将令？”士贵道：“只因朝廷惧怕风浪，不去征东。元帅着我要献个瞒天过海之计，使朝廷不见风浪泼天，就不致圣驾惊恐，竟到东辽，是你之功。”薛礼说：“待小人去想来。”奉令出来，回到前营，忙摆香案，拜求天女，翻看天书，上边明明白白。薛礼看罢，藏好天书。来到中营说：“大老爷，瞒天过海之计有了。”张环大喜道：“快说与我知道。”仁贵道：“大老爷，此非一日之功。对元帅说传下令去，买几百排大木头来，唤些匠人造起一座木城，方方要四里，城内城外多把板造些楼房，下面铺些沙泥，种些花草，当为街道。要一万兵扮为士、农、工、商、经纪、百姓；居中造座清风阁，要三层楼一样，请几位佛供在里面。等朝廷歇驾，将木城先推下海，趁着顺风缓缓吹去，哄朝廷下船赶到城边，竟上此城，歇驾清风阁。又不见海，又不侧身倒动，岂不瞒了天子过了海了？”张士贵称谢，自回前营不表。

单讲士贵来到帅营，叫声：“元帅，有计了。只须降下令去，伐倒山木，筑一木城，如此甚般做法，可以过得海去。”尉迟恭大悦，就记了何宗宪功劳，来见军师，一一将言对茂功说。茂功称善：“此行甚妙。”茂功假传旨意，暗中行事，一些不难。十万人动手伐倒山林大木。正叫人多手多，不上三个月，这座木城就造完了。推入海内，果然是顺风稳稳的去了。单单瞒得朝廷。只有程咬金胆小，见了木城，心中怕去。又隔了三天，朝廷说：“先生，回长安去罢，在此无益。”茂功道：“陛下，臣算阴阳，这有半年风浪平静，何不下船前去？过了半载，风浪来时，已到东辽有二三个月了。”朝廷道：“果有此事么？”茂功道：“臣怎敢谎着？”天子道：“若下了船又起风浪，是徐先生之大罪了。”茂功道：“这个自然，是臣阴阳不准之罪，该当领罪。”天子道：“既如此，降朕旨意下船过海。”尉迟恭传下令来，张环先开五百号战船，先锋开路，竟自前去。

单讲这朝廷下了龙船，众国公保住。二十六家总兵官也下战船，只只开去。单有程咬金在沙滩上说道：“徐哥，我看这座木城甚是可怕。倘被风浪打翻，岂不白白送了性命？你是保驾去罢。我转长安，等秦哥病好一同前来，有何不可？”茂功道：“既如此，你天子驾前不可多讲。”咬金答应。上船进船舱说：“陛下在上，臣思秦哥有病在床，乏人看望，臣心难安。恕臣之罪，臣不敢保驾征东了。欲转长安，侍奉秦哥，病愈同到东辽助驾。”朝廷说：“正该如此，程王兄请便。”咬金辞驾上岸，别了诸将，快马转陕西。也不必表。

且说朝廷降旨，开了龙船，离登州府二三日，行到大海之中，十分旷野之所，无风风也大，龙船原在这里泼动。朝廷说：“先生，你说如今没有风浪，故此下船的。如今原是这等风浪，便怎么处？不如回转山东，少惊朕心。”茂功说：“陛下龙心韬安①，降旨前面可有歇船躲浪之处么？”尉迟恭假意望前一看，说道：“陛下，前面影影见有一所城池，不如去泊上岸，避避风浪。”朝廷说：“先生，这是什么城池？还是东辽该管，还是寡人汛地？”茂功说：“陛下，臣见这地图上载的，不叫什么城，名为避风寨。都用木头筑的，传为城木为寨，乃是陛下该管的汛地。陛下今到此处，且停船上岸进寨去，一则避过海内风浪，二则观玩寨中人民丰乐景致。”朝廷说：“这也使得。”元帅传令下来，龙船飞赶到木城边，把绳索缆住。众大臣先在岸上接驾，天子同了茂功、敬德走上岸，骑了马，诸将保定。进得寨门，淘淘曳曳，拥上许多百姓，香花灯烛，跪伏尘埃说：“万岁龙驾在上，避风寨百姓接驾。愿圣天子万寿无疆。”朝廷说：“众百姓，此处可有清静所在歇驾么？”那些百姓，就是元帅掌管的黄旗人马假扮为民，军师吩咐在此。大家应道：“启上万岁爷，这里有座清风阁，十分幽雅，可以安歇龙驾。”朝廷说：“既如此，就往清风阁去。”天子来到阁上，把四面纱窗推开，好比仙景一般，心中欢乐。果然并不听见风浪，瞒过天子缓缓行过海去。那些兵马原在战船内，被木城带了行动。诸大臣在清风阁上，单瞒过朝廷。他又看不出行动，认真只道歇在岸上。虽在此与军师下棋，只想回转长安，便说道：“徐先生待风浪平息，一定不去征东，要回长安了。”军师道：“这个自然。”到晚，军师别了朝廷，出来私自对众公爷说道：

海中风浪随时有，休对君王说短长。

毕竟不知如何过得海去，且看下回分解。

---

① 韬安——意思是宽心。

第二十七回

金沙滩鞭打独角兽　思乡岭李庆红认弟

诗曰：

仁贵功劳天使灵，张环昧已甚欺君。虽然目下多奸险，他日忠良善恶分。

话说那军师对诸位公爷说：“倘或主上问起海中风浪，你们都说不曾平息便了。”众公爷道：“这个我们知道。”自此以后，今日风浪大，明日风浪又大，众臣都是这等讲，急得朝廷龙心散乱，不知几时风浪平静得来。

且不表君臣在清风阁上，木城缓缓行动。再表张士贵领了十万人马为开路先锋在战船内，先行的木城来得慢，战船去得快，不上两个月，早到狮子口黑风关了。你道狮子口怎么样的？却是两边高山为界，收合拢来的一条水路，只得一只船出进取为口子，进了口子，还有五百里水路起岸，就是东辽了。狮子口上有座关，名为黑风关，是东辽边界第一座关头。里面有个大将姓戴，表字笠篷。其人善服水性，力大无穷，有三千番兵多识水性，在海水内游玩的。这一天正坐衙内，有巡哨小番报进来了说：“报将军，不好了。”戴笠篷问道：“怎么样？”小番道：“将军，前日元帅劫了不齐国三桩宝物，又把不齐国使臣面刺番书，前往中原。今有战船几百，扯起大唐旗号，顺流而来，相近口子了。”戴笠篷闻言，哈哈大笑道：“此乃天顺我主，故使唐王自投罗网，待我前去望一望看。”说罢，他就到海边往外一望，果有几百战船远远来了。他心中一想："待我下海去截住船头，一个个水中擒他，如在反掌，何等不美。"他算计已定，就取了两口苗叶刀说："把都儿们！随我下海去哩。"众小番一声答应，随了主将，催一步马，豁喇喇到海滩。下了马，望海内跳了下去。这些小番向常操演惯的，几百小划子，每一人划一只，一手拿桨，一手执一口苗叶刀，多落下海去，散在四边，其快异常。那些大波浪多在上边泼过，只等主子弄翻来船下水里，这些小番一个个都打点拿人。此言不表。

单讲唐朝船上，张士贵父子在后，五个火头军在前，领五十个徒弟，共五号船，薛礼居中。他们征东有三部东辽地图带来，你道是哪三部呢？朝廷船上一部，元帅船上一部，先锋船上一部，所以张士贵早把地图看明，先吩咐薛礼："前面乃是东辽狮子口黑风关，必有守将，须要小心。"仁贵立在船头上，手中仗戟望下一看，忽见水浪一涌，远远冲过一个人来，仔细一看，只有头在上面，探起来又不见了。四边浪里，隐隐有许多小划子划将拢来。仁贵便叫众兄弟："你们须要当心，水里边有人，防他过来敲翻船只。"那一首周青、姜、李等多备器械，悠悠撑近，见这人在水内双眼不闭，能服水性，明知利害，心生一计，便把方天戟插在板上，左手扯弓，右手拔箭，搭上弓弦，在此候他探起头来，我就一箭伤之。哪晓这员番将该当命绝，不料探起头来，仁贵大喝一声道："看箭！"飕的一箭射过去，不偏不倚，正中咽喉，一个鹞子翻身，沉下海底去了。那时四边的小番见主将被南朝战船上穿白小将射死，早急掉划子进了口子，飞报到东海岸去了。这里张士贵满心欢喜，上了薛礼功劳。一面穿过口子，仁贵同了周青上岸搜寻一遍，并没有一人在内。盘查关中粮草，共有三千万石，及许多金银宝物。关头上倒了高建庄王旗号，立

起大唐龙旗，留下几员将官在此候接龙驾，大队人马即刻下船。过了口子，把这些金宝钱粮献与张环，好不欢喜。那钱粮端正，下候龙驾来时，要申报何宗宪功劳，金宝私自得了。此言不表。

且说在路过了狮子口，又行三日三夜，早相近东辽，不必细说。单讲到海岸守将官彭铁豹，还有两个兄弟彭铁彪、彭铁虎守在后关金沙滩。这彭铁豹，其人力大无穷，坐在衙内，忽报黑风关小番来报说："平章爷，不好了！"彭铁豹问道："怎么样？"小番道："那中原起了几百号战船，过海前来征剿！大兵还没有来，只有先锋船到来。上有一将身被白袍，利害无比，力大箭高，把我主将射中咽喉，打死宝骑，穿过狮子口来了。"铁豹闻言大惊说："有这等事？狮子口失去了，如此过来，与你令箭一枝，快些一路报下去，去狼主庄王得知，叫元帅操演三军，各关上守将须要当心，好与中原对敌。"小番一声："得令。"接了令箭，飞马报至三江越虎城庄王、元帅知道。日日教场操演，关关守将当心，多防穿白小将厉害。

单表那彭铁豹通身打扮，率领将士出关。三千番兵，一齐冲出到了海滩岸上。往前一看，果有几百号战船，扯起风帆，驶将过来，铁豹叫一声："把都儿齐心备箭。他战船相近，你们齐发乱箭，不容他到岸。"此言不表。

再讲仁贵船上，他见船近东辽，说："四位贤弟，快些结束端正，领兵杀上东辽。"那四人就端正领兵，手执器械，立在各自船头上。望去一看，只见番岸一派兵丁，纷纷绕乱。邦岸如城头模样，高有三丈。周青说："薛大哥，不好。你看他邦岸甚高，兵马甚众，倘被他发起乱箭射将过来，就不好近他的高岸了。"说言未了，只见岸上纷纷的箭射将过来，一人一支，那箭射个不休。四人大叫："不要上前去，我们退罢。"那些水军见箭发得利害，不战自退。连仁贵的战船也退下了。连忙说："怎么你们退下起来？快上前去！"水军道："箭发利害，上去不得。"仁贵说："不妨，你们各用遮箭牌，快些冒上岸边，待我上了岸，就不敢发箭了。"众水军只得大家遮了遮箭牌，把船梭子一般的冒到邦岸前去。周青说："大哥须要小心。"仁贵道："我晓得。"说罢，右手执牌，左手执戟，在船上舞动。叮丁当当乱箭射来，多在戟上打下了。岸上铁豹一见穿白小将，也用方天画戟冒着乱箭冲将过来。他便把阴阳手托定，戟尖朝下，戟杆冲天，说："船上穿白小将通名，好挑你下海。"仁贵道："你要问我小将军之名么？"洗耳恭听："我乃大元帅麾下，三十六路都总管，七十二路总先锋张大老爷前营，月字号一名 火头军薛礼便是。"口未说完，船已撞住邦岸。这叫做说时迟，来时快。船一近，彭铁豹喝声："照戟罢！"上边顺插的一戟，直望仁贵当心刺将下来。那仁贵喝一声："来得好！"也把方天戟噶啷一声响，戟对戟绞钩住了，怎禁得仁贵扯一扯，力大无穷。铁豹喊声："不好！"用尽平生猛力，要拔起这条戟来。谁知薛仁贵志量高，就起势一纵，上边吊一吊，飞身跳上岸去了。众小番见小将利害，他弃了箭，飞报金沙滩去了。铁豹看见他纵上岸来，心内着了忙，把银杆戟一起，喝声："照戟罢！"一戟直望仁贵面门上刺来。仁贵不慌不忙，把手中方天戟噶啷一声响，逼在旁首，喝声："去罢！"复还一戟进来，铁豹喊声："不好！"要把戟去架，哪里架得开？不偏不歪刺在前心，阴阳手一反，扑通往船头上丢去了。周青连忙割了首级把尸骸撩在海内。叫众兄弟快些抢岸，一边泊船过去，一边在岸上杀得那些番兵有路无门，死的死，逃的逃，尽行弃关而走。张士贵吩咐将船一只只泊住，布了云梯，上了东海岸。仁贵进总衙府查点粮草金宝等类，周青团团盘查奸细，李庆红往盘头上改立

号旗。张环父子传令十万人马关前关后扎住了，回进总府大堂，排了公案。仁贵上前说：“大老爷，小人略立微功。”张环道：“待我大老爷记在此，等朝廷驾到，保奏便了。”仁贵道：“多谢大老爷。”且按下候驾一事。

再讲到木城内，贞观天子在清风阁上好不耐烦，说：“先生，自从上城，一月风浪还不平息，不知何时转得长安？”茂功说：“陛下龙心韬安，只在明后日风浪平息，就可以下船回长安了。”正在闲讲，有军士报说：“启上万岁爷，木城已泊在狮子口，请陛下下龙船进口子。”朝廷听言，到不明不白。有徐贩俯伏尘埃说：“陛下，臣有谎君之罪，罪该万死，望陛下恕臣之罪。”朝廷说：“先生平身，汝无罪于朕，怎么要寡人恕起罪来？朕心下不明，细细奏来。”茂功说：“望陛下恕臣之罪，方可细奏。”天子说：“朕不罪先生，可细细奏与寡人知道。”茂功道：“臣该万死。只因前日怕来征东，歇驾登州，臣与元帅设一瞒天过海之计，使陛下龙心不知，竟到东辽。”就把设计之事，一是长，二是短，细细说了一遍。朝廷心下明白，龙颜大悦说：“这段大功，皆先生与尉迟王兄之大功劳也，何罪之有？快降朕旨意，着大队人马上岸攻关。”茂功说：“先锋张环已打破黑风关进口子去了。望陛下下龙船好进狮子口。”天子说：“既来到东辽，就在木城内驶去，何等不美？又要下什么船！”茂功说：“陛下又来了。狮子口最狭，船尚不能并行，木城哪里过得？”朝廷说：“如此，进口子到东岸有多少路，可有风浪么？”茂功说：“此去东岸，不上二三天水路，就有些风浪，也不大的了。”天子说：“如此，待朕下船。”朝廷降旨一道同众公卿下了龙船进口子。

离却黑风关不上二三天，到了东海岸。张士贵父子出关迎接，朝廷上岸歇驾。总衙府两旁文武站立，五十万雄兵齐扎关内大路上。张志龙吩咐安了先锋营盘，士贵领何宗宪进入大堂，俯伏尘埃说："陛下在上，狗婿何宗宪箭射番将戴笠蓬，取了黑风关狮子口，飞身跳上东海岸，戟刺番将彭铁豹，又破东海岸二桩微功。求陛下降旨，再去打后面关头。"朝廷大悦说："尉迟元帅，记了张爱卿功劳。"敬德领旨，把功劳簿打了两条红杠子，心下暗想："这张环翁婿为人狗头狗脑，如何成得大事？莫非这些功劳，都是假冒的？"此言不表。

且说朝廷叫一声："张爱卿，你女婿何宗宪骁勇，明日兴人马去攻金沙滩便了。"不表。张环退出总府，朝廷降旨排宴，各大臣饮酒，一宵晚话。到了明日清晨，朝廷命长国公王君可看守战船，这里众公臣保驾。发炮三声，五十万大兵一齐进发。

再说张士贵父子领兵先行，在路耽搁数天，远远望见金沙滩。离开数箭之地，放炮安营。单讲到了关内，早有小番飞报总府衙门说："启上二位将军，大唐起了六十万大兵，天子御驾亲征，四员开国功臣保驾，尉迟恭掌帅印，余者将官不计其数，杀过海东来了。还有一名火头军姓薛名礼，穿白袍小将，戟法甚高，他便乱箭之中飞身上岸，把平章爷挑死，已破此关。如今在关外安营，须要防备。"彭铁彪、彭铁虎弟兄二人听说，不觉大惊说："住了！可是箭射戴笠蓬将军的穿白小将么？"番兵说："正是他。"铁虎道："哥哥，闻得前日一箭伤了戴笠蓬后，又伤我哥哥。自古说：父兄之仇，不共戴天。我与你出马前去会他便了。左右带马过来！"手下答应。弟兄二人全身披挂，连忙跨上雕鞍，领了番兵，离却总衙门，来到关前。炮声一响，关门大开，旗幡摹动，冲过吊桥来。营门前军士一看，只见两员大将，一个手中执一条镀金枪，一个手中拿两根狼牙棒，在外面讨战，连忙进营报启说："大老爷，营外有两员番将讨战。"张环就传薛礼出马迎敌。仁贵此一番上马冲锋，抬头一见两员番将，果然威武。仁贵大喝一声："呔！东辽蛮子休得耀武扬威，我来取你之命了。"那彭铁彪一看见来将穿白，便说："呔，慢来。小蛮子可就是前锋营火头军么？"仁贵说："然也。"铁彪道："呔！我把你这该死的狗蛮子，你把我大兄挑死，冤如海底。我不把你一枪刺个前心透后背，也誓不为人也。照枪罢！"插一枪，直往仁贵咽喉挑将进来。仁贵把方戟往枪上噶啷一卷，铁彪在马上乱晃。冲锋过去，圈得转马来。仁贵把戟串动，飕这一戟，往番将面上挑进来，那铁彪把手中枪望戟杆上噶啷啷啷这一架，挣得面如土色，马多退后十数步。铁虎见二哥不是薛礼的对手，也把马催上前来，叫一声："照打罢！"当一响，把狼牙棒并打下来。仁贵架在旁首，马打交肩过去。三人战在关前，杀个平交。营前周青见了，也把马催上前来说："薛大哥，小弟来助战了。"冲到番将马前，提起两根镔铁锏，望着彭氏弟兄，照天灵盖劈面门，掠掠的乱打下去。铁虎把狼牙棒杀个平交，铁彪这条枪，哪里掠得住仁贵的戟法？战不上五六合，却被薛礼一戟刺中左腿，翻下尘埃死了。铁虎见哥哥刺死，手中松得一松，被周青打一锏过去，打在顶梁上，脑浆并裂，一命而亡了。仁贵大叫："兄弟们，抢关头哩！"后面姜、李三人撇了旗鼓，催开坐骑，轮动兵刃，豁喇喇抢进关门，把那些小番杀得片甲不存，弃了金沙滩，飞报思乡岭去了。此话慢表。

再讲张士贵父子，改立旗号，领十万人马穿进关来，安下营寨。张环赏五个火头军肉五十斤，酒五坛，大家畅饮。过了五天，大队人马早到。士贵迎接龙驾进关，安歇总府衙门。说："元帅，狗婿何宗宪锏打彭铁虎，戟挑彭铁彪，已取金沙滩。"敬德就提起笔来，打了两条红杠子，此言不表。

单说思乡岭上有四员大将，一人名唤李庆先，一人名唤薛贤徒，一人名唤王心鹤，一人名唤王新溪。四人结义，誓同生死，多是武艺高强，封为镇守总兵，霸住思乡岭。忽有小番报进来报：“启上将军，关外大唐人马在那里安营。”四将道：“他人马既到，须要小心。若有讨战，速来禀知。”小番答应，自去把守。不表关内之事，且说关外张士贵，吩咐发炮安营。一边起炮，齐齐扎住营盘。一到明白，仁贵出马，姜氏弟兄助战，豁喇喇冲进关前。有关头上小番见了说：“哥阿，这穿白的就是火头军，利害不过的，我们大家发箭哩。”说罢，纷纷的箭射将下来。仁贵把马扣定，喝一声：“呔！休得放箭。快进去报与你主将知道，说今有大唐火头军在此讨战，快快开关受死，免得将军攻关。”这一首小番早已报进报：“启上四位将军爷，关外火头军讨战。”四将听见火头军三字，不觉大惊说：“久闻穿白小将武艺高强，我们四人大家上马，出关去看他一看，怎生样的骁勇。”众人道：“倒说得有理。”四人披挂完备，上马离了总府，带领小番来到关前。炮声一响，大开关门，四将拥出。抬头看时，你道薛仁贵怎生打扮：

头上映龙，素白飞翠扎额，大红阴阳带两边分；面如满月，两道秀眉，一双凤目；身穿一领素白跨马衣，足踏乌靴，手执一条画干方天戟，全不像火头军，好一是天神将。

毕竟不知四将看罢白袍将如何，且看下回分解。

第二十八回

薛礼三箭定天山　番将惊走凤凰城

诗曰：

仁贵威风谁不闻，东辽将士尽寒心。张环何独将功冒，到底终须玉石分。

单讲王心鹤叫声："哥哥，待我上去会他一会。"薛贤徒道："须要小心。"心鹤答应，催开战马上前说："嗒，穿白小将休得耀武扬威，我来会你。"仁贵抬头一看，只见一将冲过来，薛礼大喝道："呔，来的番将少催坐下之马，快通名来。"王心鹤道："你要问我姓名么？洗耳恭听。魔乃红袍大力子大元帅盖麾下总兵大将军王心鹤便是。你可知将军利害么？照魔家的枪罢！"说罢，把手中枪直往仁贵面上刺来。薛礼把方天戟一声响架了枪，复回一戟，直往番将前心挑将进去。王心鹤说："啊呀，不好！"把枪一抬，险些跌下马来。喊声："啊唷，名不虚传，果然利害。兄弟们快些上来，共擒薛蛮子！"一声大叫，关前薛贤徒、王新溪说："李大哥，你在这里掠阵，我们上去帮助王大哥杀这火头军薛蛮子。"李庆先说："既如此，各要小心。"二人道："不妨。"催开战马上前，直奔仁贵厮杀。这薛礼好不利害，一条戟敌住三人杀得天昏地暗。薛贤徒使动紫金枪往咽喉刺，王心鹤舞动白缨枪往胸前进，王新溪使动大砍刀照天灵乱砍，薛礼全不在心，抬开枪，架开刀，四人杀到五十余合，不分胜负。周青、李庆红说："他们三人战我一人薛大哥，我等也上去帮帮。"众人道："说得有理。"周青在前冲上来，截住王新溪这把大刀；李庆红抵定薛贤徒这杆枪。

关前李庆先看见中原上来一将："此人好像我同胞哥哥，当初我弟兄同学蔡阳刀，原有十二分本事，他霸住风火山为盗，我等四人出路为商，漂流至此十有余年。今看此将一些不 差，不如待我上去问他，就知明白了。"李庆先带马上前大叫一声道："使大刀蛮子，可是风火山为盗的李庆红么？"那庆红正杀之间，听得有人叫他，抬头一看，有些认得，好像我兄弟，连忙带过马来说："你可是我兄弟庆先么？"庆先也答应道："正是你弟在此。"二人滚鞍下马，弟兄相会，叫："王兄弟休要动手，这是我哥哥好友。"庆红叫薛大哥："不要战，都是我弟结义弟兄，大家下马见礼。"四人听言，住了手中兵器，来问端的①。李氏弟兄把细细情由说个明白。王心鹤大喜："如此讲起来，我们都是弟兄了。嗄，薛大哥，小弟不知，多多有罪。"仁贵道："说哪里话来？愚兄莽撞，得罪兄弟，不必见怪。"周青说："二位王大哥，我等九人既为手足，须要伏顺我邦，并胆同心才好。"心鹤说："这个自然。况今又都是手足，自然同心征剿番王。"李庆红道："如此，我们大家冲关夺到了思乡岭，报你们四位头功。"众人道："说得有理。"庆红庆先上马，提刀在前，引路九骑马，豁喇喇冲上吊桥。那些小番连忙跪下说："将军们既顺大唐，我们一同归服。"仁贵道："愿降者，决不有伤性命。"关上改换旗号，运出粮草，送与张大老爷，上了四位兄弟头功。不言王心鹤运粮投献。

先锋张环带领人马穿进关内，扎定营盘，来到总府衙门，升坐大堂。九人跪下。李庆红说："大老爷，这李庆先是小人同胞

① 端的——究竟，详情。

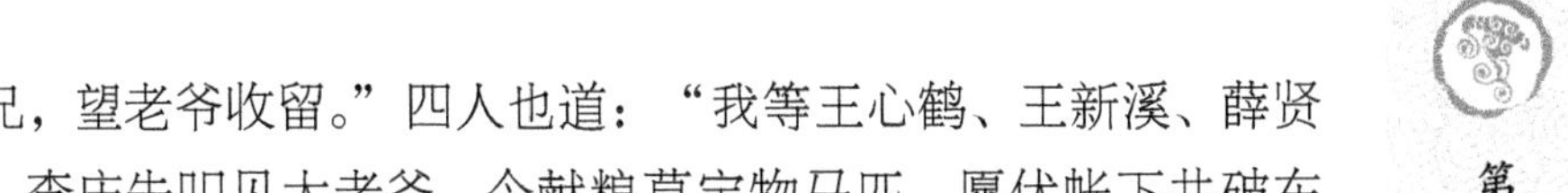

弟兄，望老爷收留。”四人也道：“我等王心鹤、王新溪、薛贤徒、李庆先叩见大老爷，今献粮草宝物马匹，愿伏帐下共破东辽，以助微功。”张士贵大喜说：“四位英雄归顺本总，赐汝等旗牌，辅其左右。”四人道：“我闻薛大哥是火头军，庆红兄是何官职？”庆红说：“我们五人都是火头军。”四人道：“如此，我等九人共为火头军。”张环心下暗想，不受抬举的，也罢，你等俱往前营为火头军便了。上了四人名字，不必细表。

再讲到贞观天子闻报打破思乡岭，元帅传令起了人马，离了金沙滩，来至思乡岭。张士贵出关迎接，接进龙驾，坐于总府。张环俯伏说：“我主在上，狗婿何宗宪取了思乡岭，前来报功。”天子大悦说：“爱卿其功非小，奏凯班师，金殿论功升赏。”张环道：“谢主万万岁。”尉迟恭上了功劳簿。张士贵退出总府，来到帐房，不胜欢喜，犒赏火头军酒肉，前营内弟兄畅饮。仁贵开言叫声：“兄弟们，明日起兵下去，不知什么地方？可有能将保守？”王心鹤说：“薛大哥若问思乡岭下去，乃是一座天山。山上有弟兄三人，名唤辽龙、辽虎、辽三高。凶勇不可挡，除了元帅英雄，要算他弟兄三人利害。”仁贵说：“果有这样能人？愚兄此去，必要夺取天山，方显我手段。”心鹤说：“大哥此去，无有不胜。”大家饮至三更。

一到明日，张士贵传令三军拔寨起兵，离开了思乡岭。一路下来，相近天山，把都儿报上山去了：“启上三位平章爷，不好了！南朝穿白薛蛮子果然利害，取了思乡岭，四员总爷俱皆投顺。如今来攻打天山了。”辽氏弟兄听言大惊，叫声：“二位兄弟，我想穿白小将如此利害，难以取胜。且守天山，看他怎样前来讨战。”两弟兄道：“哥哥之言有理。”不表山上之言。再讲火头军薛仁贵，同了八个弟兄尽皆披甲，出到营门，往天山一看，不觉骇然。但见天山高有数千余丈，枪刀如海浪，三座峰头多是滚木。扯起一面大旗，上书七个字："天山底下丧英雄"。望去影影有些看不出，小番一个也不见。"不要管，待我喊叫一声。呔！山上的快报主将得知，今有火头将军薛礼在此讨战！"这一声喝叫，山顶上并无动静，仁贵连叫数声，并不见一卒。说道："众兄弟，想必山太高了，叫上去没有人听见，不如待我走上半山喝叫罢。"王心鹤叫声："薛大哥，这便使不得，上边有滚木石打下来的。若到半山，被他打落滚木，不要送了性命的么？"仁贵道："不妨。"把马一拍，走上山来。不到二三丈高，只听得上面一声喊叫："打滚木！"吓得仁贵魂飞魄散，带转马，往底下一跑一纵，纵得下山。滚木夹马屁股后打下来，要算仁贵命不该绝，所以差得一丝打不着。薛礼叫一声："天山上的儿郎休得滚木，快报进去，叫守山主将出来会我，若个作耳聋不报，俺火头爷爷有神仙之法，腾云驾雾上你天山，杀一个干干净净，半个不留。"山顶上把都儿听得说会驾雾腾云，忙报进山来："启爷，底下穿白的薛蛮子在那里讨战，请三位爷定夺。"辽龙说："二位兄弟不必下去，由这蛮子在底下扬威罢。"小番道："将军，这个使不得。他方才说若不下来会战，他有神仙之法，腾云驾雾上山来，要把我杀个干净。"那弟兄三人一听此言，不觉吃一惊说："他是这等讲么？"辽虎道："大哥，久闻火头军利害，看起来尽有仙法。"辽三高说："不如我们走下半山，看看薛礼蛮子是何等样人，这般骁勇。"辽龙、辽虎说："兄弟言之有理。"三人披挂完备，端兵上马，出寨来至半山说："把都儿，我们叫你打滚木，便打下来，不叫你打，不要去动手。"小番答应："知道。"辽三高在第一个低些，辽虎在居中又高些，辽龙在后面顶上。三人立在半山，薛仁贵抬头一看，三人怎生打扮？那辽三高头上：

戴一顶开口獬豸盔，面如锅底两道红眉，高颧骨、铜铃眼，海下几根长须；身穿皂罗袍，外罩乌油甲；坐下一匹乌鬃马，手执一柄开山斧。

又见辽虎他头上：

戴一顶狮子卷缨盔，面似朱砂涂就，两道青眉，口似血盆，海下一部短短竹根胡；身穿一件锁子红铜甲，坐下一匹昏红马，手执两柄铜锤。

后面辽龙他头上：

戴一顶虎头黄金盔，面方脸黄，鼻直口方，凤眼秀眉，五绺长髯；身穿一领锁子黄金甲，手端一管紫金枪，坐下一匹黄鬃马。

这三人立在山上，仁贵叫一声："咦，上面三个番儿，可就是守天山的主儿么？"三人应道："然也。你等穿白小将，可就是南朝月字号内火头军薛蛮子么？"仁贵道："你既知火头爷爷大名，怎不下山归服，反是躲身在上？"辽龙说："薛蛮子不必逞能。你上山来，魔与你打话。"仁贵心下暗想："不知有甚打话？唤我上山，打落滚木亦未可知。论起来不妨，他们三人都在半山，决不打下滚木来的。"放着胆子上去。

薛仁贵一手执戟，一手带急缰绳，望着山上来。说："番儿，你们请着火头爷上山，有何话说？"辽龙说："薛蛮子，你说有腾云驾雾之能，世上无双，凭你有甚法术本事，献出些手段与我们三位将军看看。"仁贵闻言，心中一想，计上心来。开言说："你们这班番儿，哪里知道腾云驾雾？不要讲别的，只据我随身一件宝物，你国中就少了。"辽龙道："什么宝物？快献与我们看。"仁贵说："我身边带一枝活箭，射到半空中叫响起来，你们道希奇不希奇？"辽氏三弟兄说："我们不信。箭哪有活的？"要晓得响箭只有中原有，外国没有的，不会见过，所以他们不信。仁贵说："你们不信，我当面放一箭与你看看。"辽三高说："你不要假话，暗内伤人。"仁贵说："岂有此理！我身为大将，要取你等性命，如在反掌之易，何用暗箭伤你？"辽龙说："不差。快射与我们看。"那薛礼左手拿弓，右手搭起两枝箭，一枝是响箭，一枝是鸭舌头箭。搭在弦上说："你们看我射活箭。"辽氏弟兄听说，都把兵器护身。辽三高把开山斧遮住咽喉，在马上看薛礼往上面飕的一箭，只听倏哩倏哩响在半天中去了。那仁贵这一响箭射上去，他力又大，弓又开得重，直响往半天中。一枝真箭搭在弦上，哪知辽家弟兄不曾见过响箭，认真道是活的，仰着头只看上面，身体都不顾了，辽三高到把斧子坠下了，露出咽喉，被仁贵插这一箭，贴正射中辽三高咽喉内，跌落尘埃，一命呜呼。吓得辽虎魂飞天外，说："嗄唷，不好！"带转马头，思量要走。谁想仁贵手快，发得一枝，又是一枝射去，中在马屁股上。哪晓马四足一跳，轰隆把一个辽虎翻下马来，惊得辽龙魂不附体，自己还不会跑上山去，口中乱叫："打滚木！"上面小番听得主将叫打滚木，不管好歹，哄哄的乱打下来。仁贵在底下听打滚木下来，跑得好快，一马直纵下山脚去了。倒把辽家弟兄打得来头颅粉碎，尽丧九泉。一边打完滚木，那下边薛仁贵回转头来叫声："众位兄弟，随我抢天山！"豁喇喇一马先冲，上山来把着那些小番乱挑乱刺，杀进山寨。有底下八员火头军，刀的刀，枪的枪，在山顶杀得那些番兵逃命而走。那九人追下山有十里之遥，大家扣住马。士贵父子穿过天山，兵马屯扎路旁，犒赏九人，上了功劳簿，早报到思乡岭。正是：

三枝神箭天山定，仁贵威名四海传。

天子知道大悦，大元帅起程，三军放炮起行，一路下来，过

了天山安营扎寨，士贵又进营来冒功了。说："陛下在上，狗婿何宗宪三箭定天山，伤了辽家三弟兄，以立微功。"天子大喜说："爱卿门婿利害异常，你一路进兵奏凯，回朝论功赠职。"士贵大悦："谢我主万万岁。"不表张环退出御营。敬德上了功劳簿，心内将信将疑，我且不表。单讲士贵来到自己营中，传令人马拔寨起兵。离了天山，一路正望凤凰城来。此言慢慢说。

单讲凤凰城内有一守 将，名唤盖贤谟。其人力大无穷，本事高强，算得着东辽一员大将。他闻得南朝火头军利害，暗想："天山上辽家弟兄本事骁勇，决不伤于火头军之手，只怕他难过此山。"正在思想，忽小番报进来说："启上将军，不好了！南朝穿白小将箭法甚高，把辽家三弟兄三箭射死。天山已失，将到凤凰城了。"盖贤谟说："有这等事？尔等须要小心保守，待唐兵一到，速来报我。"小番答应。出得衙门，只听轰天一声炮响，连忙报进："启上将军，南朝人马已安营在城外了。""带马！"小番答应，一边带过雪花点子马。他全身披挂，上了雕鞍，手提混铁单鞭说："把都儿，随我上城去。"小番答应。后面跟随番将数员，直上南城而来。望远一看，果见唐营扎得威武：

五色旗幡安四边，枪刀剑戟显威严。东西南北征云起，箭似狼牙弓上弦。

好不威风！

再表张士贵营中九个火头军，上马端兵出到营外。仁贵先来到吊桥，大喝一声说："城上的儿郎听着，今有火头将爷在此讨战，快报城中守将，早早出来受死。"盖贤谟大喝道："呔！城下的可是火头军薛蛮子么？"薛仁贵应道："然也。你这城上番儿是什么人？"盖贤谟道："你且听者。本总乃红袍大元帅盖标下，加为镇守凤凰城无敌大总管盖贤谟是也。我看你虽有一身智勇，不足为奇。久闻你箭法精通，黑风关伤了戴笠蓬，又三箭定了天山，果然世上无双，魔也不信。你今日若有本事，一箭射到城上，中我这一枝鞭梢，魔就带领城中兵马情愿退隐别方，把此座凤凰城献了你们。若射不中，即速退归中原，永不许犯我边界。”仁贵大喜说：“当真要一箭中你的鞭梢，即就献城么？”盖贤谟道：“这个自然。若射中了，无有不献。”仁贵道：“若射中了，你不献城便怎么样？”盖贤谟道：“嗳，说哪里话来！大丈夫一言既出，驷马难追。岂肯赖你？倘若射不中，你不肯退回中原，便怎么样？”仁贵道：“我乃中国英雄，堂堂豪杰，决不虚言。若射不中，自然退回。”盖贤谟道：“还要与你讲过停当。”仁贵道：“又要讲什么停当？”盖贤谟道：“我叫你射鞭梢，不许暗计伤人性命，就算不得大邦名将了。”仁贵道：“此乃小人之见，非大丈夫所为。”贤谟说：“既如此，快射我的鞭梢。”那仁贵飞鱼袋内抽起一张弓，走兽壶中扯了一枝箭将来，搭定弓弦，走到护城河滩边说：“你看箭射来了。”口内说看箭，箭是不发。但只见盖贤谟靠定城垛，左手把鞭呈后，在那里摇动。心中一想：“我道他拿定了鞭由我射的，岂知他把鞭梢摇动，叫我哪里射得着？”便眉头一皱，计上心来。说道：“盖贤谟你听者，我在此只顾射你鞭梢，没有细心防备，你后面番将众多。倘使暗计放下冷箭，伤我性命，将如之何？”贤谟道：“岂有此理。君子岂行小人之事？把都儿，你们不许放冷箭。”他口内说，手中原把鞭梢只管摇动。那仁贵把弓开了说：“呔，你说不许放冷箭，为何背后番将攀弓搭箭在那里？”盖贤谟听言，把头回转去看后面，把鞭梢反移在前，手不摇动了。哪知仁贵箭脱弓弦，飕的一声，贴正：

射中鞭梢迸火星，贤谟吓得胆心惊。

不知盖贤谟献关不献关，且看下回分解。

第二十九回

汗马城黑夜鏖兵[①] 凤凰山老将被获

诗曰：

贞观天子看舆图，游幸山林起祸波。可惜功臣马三保，一朝失与盖贤谟。

话说那番将心惊胆战说："啊呀，我上了薛蛮子的当了。众把都儿们，这火头军如此骁勇，我们守在此总是无益，不如献城，退归山林隐居罢。"这些番兵番将都依言尽开了东城，一拥退归，自有去处。我且慢表。

再说仁贵见着城上顷刻间并无一卒，就呼："兄弟们！随我去看来。"八个兄弟同了仁贵就进东城，四处查看，并无东辽一卒。就把凤凰城大开了四门，士贵父子带领人马进入城中，扎定营盘，城上改了旗号。九人献了功，原往月字号营内。张环差人去报知天子，朝廷大悦，传旨兵马离了天山一路下来。先锋接驾进城，发炮安营。士贵又奏道："狗婿何宗宪，一箭射中凤凰城，又立了微功。"天子就叫元帅上了功劳簿。张环回到自己营内，传令三军拔寨进兵，离却凤凰城，一路先行。我且慢表。

单讲那汗马城中守将名唤盖贤殿，就是盖贤谟的兄弟，有千场恶战之勇，才高智广之能。那一日，正在外操演，才进总府，外边报进来了："报启上将军，不好了！凤凰城已失，大将军带

① 鏖（áo）兵——激烈地战斗。

领兵马，自去退隐山林了。如今大唐人马纷纷的下来了。”盖贤殿惊得面如土色说：“你可知凤凰城怎样失的？”小番说：“那大将军闻得薛蛮子利害，不与他开兵打仗，设下一计难他，就把鞭梢与他射。哪知火头军箭法甚高，贴正中了鞭梢，大将军就献城而退了。”盖贤殿说：“啊呀哥哥，你好人贫志短也。怎的一阵不战，被他中了鞭梢，就退处隐居？难道困守不得的？把都儿过来，你们须要小心，唐兵一到，速来报我。”小番答应：“嗄，晓得。”不讲小番守城。

且表张士贵人马到了汗马城边，一声炮响，齐齐扎下营盘。过了一夜，到了次日，仁贵通身披挂，来到城边大喝一声：“呔，城上儿郎快去报说，南朝火头军在此讨战。”早有小番报进总府：“报启上将军，城外有一位火头军前来讨战。”那盖贤殿全身披挂，上了雕鞍，出了总府，来至西城。一声炮响，城门一开，吊桥坠下。有一十四对大红蜈蚣幡左右平分，豁喇喇冲过吊桥来了。仁贵一见，喝声：“来将少催坐骑，快通名来。”贤殿说：“洗耳恭听，我乃大元帅盖麾下，加为总兵大将军盖贤殿是也。你这无名小卒，有何本领，敢来与魔家索战？”仁贵大怒道：“唗，你这番奴有多大本事，擅敢口出大言，来阻我火头爷爷的兵马？既要送死，放马过来。”盖贤殿大怒，把马一纵，把大砍刀一起说：“照爷爷刀罢！”豁绰一刀，往仁贵顶梁上剁来。那仁贵就把方天戟噶啷一声响，钩在旁首，就把戟一串，往盖贤殿分心一刺。那一边大刀噶啷一声响，这一架在马上乱晃，两膊子多震得麻木了。说：“嗄唷，果然这蛮子名不虚传。”二人约战有六个回合，盖贤殿杀得气喘嘘嘘。仁贵缓缓在此战他，忽见落空所在，紧一紧方天戟，插的一声直刺进去。贤殿喊声：“不好！”把头一仰，正中在左肩尖上，一卷一挑，去了一大片皮肉。“嗄唷

唷，伤坏了，休得追赶。”带转马缰绳，飞也一般豁喇喇望吊桥一跑进了城，把城门紧闭，往总府去了。外边薛仁贵大悦，得胜回营。张士贵犒劳酒肉，到前营与众弟兄其夜快饮，不必细表。

单讲汗马城中，盖贤殿身坐大堂说：“啊唷，好利害的薛蛮子。”他就把金疮药敷好伤痕，饮杯活血酒，心下一想：“好利害！战他不过，便怎么处？嗄，我如今固守此城，永不开兵，看他如之奈何。”算计已定，吩咐把都儿上城，各宜小心把守。再加几道踏弓弩箭，他若再来攻城，速来报我。小番答应，自去吩咐众军，用心把守。此宵无话。

来日，薛仁贵又来讨战。小番连忙报入帅府：“启上将军，昨日的薛蛮子又在城外讨战。”贤殿吩咐带马，跨上雕鞍，来到城上说：“蛮子，你本事高强，智略甚好。故取天山与凤凰城。魔如今也不开兵，固守汗马城，怕你们插翅腾空飞了进来么?”仁贵哈哈大笑：“你没有本事守城，何不早投降过来？我主封你官职，重重受用。你若立志固守，难道我们就罢了不成？少不得有本事攻打进来，取你首级便了。”贤殿说：“凭你怎么样讲，我等总不开兵。把都儿，你们须要小心，我去了。”贤殿自回衙门。仁贵无可奈何，大骂一场，骂到日已过西，总不见动静，只得回营。过了一宵，明日同八个弟兄又去大骂讨战，总不开兵，一连骂三四日，原不见有人出敌打仗，只得到中营来见张环。张环说：“为今之计便怎么处？他不肯出城对敌，拖迟时日，不能破城，奈何?”仁贵说：“大老爷放心，我自有法儿取他城池便了。”张环道：“如此须要竭力。”仁贵退出回营。到了次日，千思百想想成一计，到中营来见张环说：“大老爷在上，小人有个计策，即取汗马城了。”张环道：“什么计?”仁贵道：“大老爷只消如此如此，日间清静，夜内攻城。”张环说：“此计甚好，就是今夜起。”仁贵同进前营。

其夜，张士贵传令大孩儿张志龙带领三千人马，灯球亮子照耀如同白昼，去往东城攻打，炮声不绝，呐喊连天，一夜乱到天明方才回营。那东城头上三千番兵遭了瘟，一夜不能合眼。第二夜，二子张志虎带领三千人马，灯球亮子在南城攻打，齐声呐喊，战鼓如雷，直到天明方才回营。第三夜，张志彪在西城攻打。第四夜，张志豹人马在北城攻打。一到第五夜，四子各带三千人马散往四城攻打。这城内人民大小男女，无不惊慌。这些番兵真正遭瘟，日间又不敢睡，夜间又受些惊吓，哪里敢睡一睡？盖贤殿又是每日每夜在城上查点三通，若有一卒打睡，捆打四十，这些番兵们好不烦恼气着。不表城上番兵受累。

再表这一夜，又是张志龙攻城。轮到第五夜，四城一齐攻打。自此夜夜攻城，到了十九日，薛仁贵先已设计：这一夜大家不攻城，安静了一夜再说。城上番兵说：“哥呵，为今之计怎么处？他日间不来攻城偏偏多是夜里前来出阵。我们日间又睡不得，夜里又睡不得，害得我们二十夜不曾合眼，其实疲倦不过的。”又一个说：“兄弟们，倘今夜又四城来吵闹，哪里当得起？”说话之间，天又夜了。大家各各小心，守到初更，并不见动静；守到半夜，不见唐兵前来；守到天明，也无一卒到来攻城。大家虽只不睡，倒也快活。说：“唐军人马乱了这许多夜深，也辛苦了，谅今夜决定也不来的。”且按下城上众兵之言。单讲到仁贵暗想：“那番邦人马二十天不睡，多是人困马乏，疲倦不过的了。”忙与众兄弟商议一番。直守到二更天，城上番兵明知不来，大家睡了。二十天不睡，这一夜就是天崩地裂也不晓得的了。

再说城外薛仁贵引头，九个火头军多是皂黑战袄，开裆裤裤。因要下水去的，故此穿开裆的，恐其袋水。各各暗藏短兵

器，拿了云梯，九人多下护城河去，上了城脚下。一边张士贵带人马，照起灯球亮子在西城，长子带三千人马在东城，次子带人马打南城，四子守北城，把灯球照耀如同白日，真正人不知鬼不觉。姜家弟兄扒东城，李家弟兄扒南城，王氏弟兄扒北城，薛、周二人在西城，各处架云梯扒城。先说仁贵架着云梯一步步将上去，周青随后，薛贤徒在底下行将上来。这薛仁贵智略甚高，先把一口挂刀伸进垛内，透透消息，并无动静，方才大胆。两手搭住城墙，一纵跨进城墙，遂曳住周青也吊了进去。薛贤徒也纵进里边，看一看好像酆都地狱内一般，那些番兵犹如恶鬼模样，也有睡的，也有靠的，也有垂落头的，尽皆睡着不知。三人把兵器端在手中，仁贵说："你两个各自去杀四城番兵，我下去斩了盖贤殿，再来领你们出路。"那个仁贵往城下去了。这周青、薛贤徒大喊一声："呔，你们不必睡，我们火头军领人马攻破城头，杀进来了！"一声喊叫，下面张环带领兵马，炮声一起，齐声呐喊，战鼓如雷，在下扬威。城中二人提刀提锏乱打乱斩，唬得番兵没头没脑，有路无门。只听南城一声炮响，下边呐喊助战，上边也在那里杀了。东西二城，尽皆喊杀，连天炮声不绝。杀得番兵夺路而走，也有坠城而死，也有坠城而跑。也有斩下脚的，也有劈去膊子的，也有打碎天灵盖的，也有打坏脊梁骨的。周青舞动双锏，一路的打往南城去，李庆红杀往西城来，李庆先使动板斧杀至东城，姜兴本反杀往南城，姜兴霸杀到北城，王新溪杀至东城，王心鹤舞动双锤打到西城，薛贤徒追到北城。八个英雄在四门杀来打去，这几千番兵遭其一劫了。

又要说到总府内，盖贤殿靠定案桌，正在打睡，忽梦中惊醒了，只听外边沸反滔天，震声不绝，说："啊呀，不好了！中他们计了。"跨上雕鞍，提刀就走。才离总府，哪知仁贵躲在暗内，跳上前去一刀，砍于马下，取了首级就走，杀上城头，大半死在城内，一小半要逃性命，开了四城而走。不道城外伏住人马反杀进城，走的皆丧九泉。

士贵领人马进了城，四面八方把这些番兵杀得干干净净。东方发白，一面安营，一面查盘奸细，城头上改了旗号，把四门紧闭，方才犒赏火头军一番。连忙修成本章，差人送往凤凰城，不必表提。

单讲凤凰城内，贞观天子驾坐御营，同徐茂功、敬德正在说起张士贵攻打关头，去有二十余天，不见报捷，未知胜败如何。说话未完，忽有守营军士呈上张先锋本章，天子展开一看，方知汗马城坚守难破，亏他门婿何宗宪用尽心机，夜驾云梯进城攻破，已取其地方，延拖时日，望王恕罪，许多言语。军师与元帅同观，尉迟恭就把功劳簿记了功。

天子心下暗想："不知东辽还有多少城池未破？待朕取出东辽地图一看就知明白。"天子降旨，茂功取上地图，天子展开细看，从黑风关、狮子口看起，一直看到凤凰城，上边载得明白。凤凰城南首不上四十里之遥，有座凤凰山，上有四时不谢之花，八节长春之草，还有凤凰石，石下凤凰窠，窠外有凤凰蛋，此乃东辽游玩地方，古今一处圣迹。不觉惹动圣心，开言叫声："徐先生，朕在中原常常看此地图，只有凤凰山古迹甚好游玩。只因远隔东海，难以得到，故不说起。如今天遂人愿，跨海征东，以取凤凰城，只离得此地四十里之路，朕意欲游玩此山，看看凤凰蛋，不知怎么样的，先生你道如何？"茂功听见此言，不觉吃惊，心中一想：此番帝心不转，老将就有灾难了。但天机不可泄露，连忙回答道："陛下既有此心去游玩，但恐凤凰山有将把守，必须要差能干大将探听过了，然后可去。"那下边这班老将们，听

得天子要到凤凰山去看看凤凰蛋，大家都是高兴的。平国公马三保走上来说：“陛下要游凤凰山，待老臣先去探听个虚实，前来回复我主。”天子说：“既是马王兄前去，须要小心，速去速来。”

马三保答应下来，结束完备，上马提刀，带了部下军士，出营就走。一路上好不快活，心内想：此去若无守将更好，若有守将，即便开兵杀退番将，看个仔细，何等不美也？不枉了随驾过海这一番跋涉，回朝去也好对故乡亲友说说海话。一头思想，一路行去。忽抬头远远见凤凰山，加鞭赶近，果见山脚下有营帐扎在那里。你们道什么将官在内？就是凤凰城守将盖贤谟。他领兵隐在此山，暗中差人各路打听大唐天子消息，予先有报。贤谟晓得大唐老将到来，便暗中使计停当，然后上马端兵，冲出营来，大喝：“呔，南朝老蛮子，既到此地，快快下马受死！”马三保听言，抬头一看，啊唷，你看来将生来黄脸紫点斑，眼似铜铃样，两道赤眉毛，獠牙，狮子口，招风大耳朵，一部火练须，顶盔贯甲，坐下金丝马，手提混铁鞭。马三保看罢，大喝道：“呔，我砍死你这狗头！本藩奉天子旨意，要来游玩凤凰山，你还不早早退去，擅敢前来拦阻么？快来祭我宝刀！”盖贤谟道：“此座凤凰山，乃是我东辽一点圣迹，就是我邦狼主尚不敢常去，你们是中原蛮主，擅敢到凤凰山么？分明自投罗网，只怕来时有路，去时无门。敢来夸口？”马三保大怒说：“番狗儿，休得自强，看刀！”催马上前，把大砍刀一起瞎绰一刀，剁将过去。盖贤谟把鞭噶啷一声响架开，马打冲锋过去，带转缰绳，贤谟提鞭就打，三保急架相迎。二人战到个十六回合，马三保年纪虽老，到底有本事，杀得盖贤谟呼呼喘气，有些招架不住，把鞭虚晃一晃说：“老蛮子果然好利害，不是你的对手，我今走也，休得来追。”带转马，豁喇喇望营前就走。马三保把大刀一紧说：“你要往哪里走？我来取你之命了！”就拍马追上前去。才到营前，不防番将私掘陷坑，谁知马脚踏空，轰隆一声响，连人带马翻下坑中。那些番将上前，把挠钩搭起，背缚绑了进营来。三保挺身立着，大叫一声：“罢了，上了他诡计。”哪晓营外八员军士见主将绑入营中，明知不好，等他营前挑出首级，好回报天子。等了一回，不见动静，只得离了凤凰山，前去报了。我且慢表。

单言营中盖贤谟摆了公案，带过马三保，背身站立。喝道：“呔，老蛮子，今被魔家擒住，见魔还不跪么？”三保大怒说：“唗，我把你这番狗奴砍死的。我乃上邦名将，一人之下，万人之上。怎么反来跪你们草莽蝼蚁？盖贤谟说：“此一时，彼一时。你在唐王驾前谁人不敬？哪个不尊？今被擒住，早早屈膝善求，尚恐性命不保。你这等烈烈轰轰，偏要你跪！”三保呼呼大笑道：“我奉天子之命在身，岂肯轻意跪人？我老将军其头可断，其膝不可屈。要杀就杀，决不跪你这番邦狗奴。”盖贤谟大怒道：“你不跪罢了不成？左右过来，与我砍下二足。”手下一声答应，两边把刀斩将过去，把老将二腿砍下。可怜一位大唐开国功臣，跌倒在地，喊叫不绝。盖贤谟又吩咐：“将他两只膊子割下，抬去撇于大路上。等唐朝这班老将看样，若到凤凰山来，又照样死法。”小番得令，把马三保割去二臂，抬出营门，撇在通衢大路，前来回报。此言不表。单讲马老将军一去双手两足，心未肯就死。在道路上负痛有口难喊，有命难救。

再表凤凰城上，天子与军师元帅讲话，忽有军士报进说：“不好了。”

犹如心向云霄去，恍然身落海涛口。

不知马三保死活如何，且听下回分解。

第 三 十 回

尉迟恭囚解建都　薛仁贵打猎遇帅

诗曰：

凤凰山上凤凰鸣，凤去朝天番将惊。请救扶余怀妙计，雄师百万困山林。

话说那军士报上："万岁爷，老千岁杀败番将，追赶上去，不道中他诡计，身落陷马坑，被他活捉进营。小的们等候许久，不见消息，又不见首级挑出，一定凶多吉少。"天子听言，吓得浑身冷汗，便说："徐先生，马王兄被他捉去，决然有死无生，快些点将去救才好。"尉迟恭道："陛下放心，待臣去救来。"朝廷说："尉迟王兄前去须要小心。"尉迟恭道："不妨。"按好头上金盔，提了黑缨枪，跨上乌骓马，带了四员家将出营，竟往凤凰山去。远远望见山脚下帐房密密，想来这是番将守山的营寨了。尉迟恭正想之间，抬眼看见道路上一人，并无手脚，像冬瓜一般。尉迟恭倒吃一惊，忙唤家将前面去看来，这个还是人还是怪。众将奉命上前去一看，忙来报说："元帅，这就是马老千岁，被番营断去手足，还是活的。"敬德闻言：

犹如天打与雷惊，半个时辰呆住声。

连忙把枪尖放下，枪杆向天纵一步，马上见了马三保这等模样，不觉泪如雨下，叫声："老将军，你怎的不小心，遭这样惨祸？想你决不能活，有什么话说？趁本帅在此，可要阴封，还是怎样？负痛快快说来，待我申奏朝廷。"马三保去了手足，心疼不了，有口难言，只把口乱张，头乱摇，眼内泪如线穿。要近一步，又无手擎，又无脚挣，只把头一仰一曲拢来了些。尉迟恭说："你心内疼痛，不必挣拢来，待我走近来便了。"敬德领一步，马上枪尖贴对马三保当心。这马三保痛得紧，巴不能够死，用力叠起心来，正刺当中。一位兴唐大将，今日归天去也。敬德连忙拿起枪尖，马三保已合眼身故。尉迟恭吩咐家将抬到凤凰城去。家将答应，自去料理抬回。那尉迟恭说："我此番要不与老将军报仇，枉为一殿之臣！"

那番尉迟恭暴跳如雷，纵马摇枪来到番营，呼声大叫："呔，小番快报你主儿番狗奴知道，说我大唐大元帅尉迟将军在此，叫他早早出营受死！"小番闻言报进帐内。盖贤谟闻此大唐元帅尉迟恭，不胜欢喜，忙坐马端枪出到营外，架住兵刃，哈哈大笑说："呔，尉迟蛮子，我只道你有三头六臂，原来你也是个平常莽夫。看你年纪老迈，怎与魔家斗战一二合？你不见那路上此人么？不要照样而死，那时悔之晚矣。"敬德听说，心中一发火冒，大怒说："我把你这番狗奴，有多大本事，敢把本帅标下一员大将断去手足？仇如海底，故而本帅亲来擒你，活祭我邦老将，以雪此恨！放马过来，照本帅一枪罢。"忙紧一紧乌缨枪，直望盖贤谟面门上挑将进来。这贤谟喊声："不好！"把鞭望枪杆子上噶啷这一架，马都退后十数步，冲锋过去，圈得转马来。这尉迟恭一心要报仇恨，捅的一枪，又望番将劈咽喉刺将过去。盖贤谟用尽平生之力，架得开枪，手将震麻了，只得勒马便走。敬德随后追赶，盖贤谟跑进营去了。尉迟恭才到得营前，也是轰隆一响，连人带马翻下陷坑中去了。这里挠钩搭起，绑进帐房。唬得外边军士连忙报往凤凰城。我且慢表。

单讲盖贤谟捉了大唐元帅，心中大喜："我狼主向有旨意说：

'有人生擒得南朝秦叔宝、尉迟恭活解建都候旨发落，其功非小。'我如今把他前去，岂不是我之大功也！"主意已定，说："老蛮子！你的造化。若不是我狼主要活的，我早已把你手足也断去了。"尉迟恭到气得不开口。这就吩咐囚入囚车，五千人马护住，盖贤谟就走建都。扯起营盘，离了凤凰山，竟走三江越虎城。我且慢表。

再说那凤凰城内，天子正在忧愁，思想王兄此去，未知胜败如何。不想营外飞报进来说："启万岁爷，那马老将军被番兵砍去手足，撇在大路，负痛不过，正凑着元帅枪尖而死。因此把尸骸抬在门外，请旨定夺。"天子闻言，吓得魂飞天外，魄散九霄，龙目中纷纷下泪。段、殷、刘三位老将军浑身冷汗直淋，赶出御营，一见马三保如此而死，不觉放声大哭，走进御营，哭奏天子，要求阴封。天子降旨：即便阴封埋葬凤凰山脚下。段、殷、刘三老将领旨，带同军士亲往凤凰山埋葬。我且不表。单言探子又报天子说："启上万岁爷，元帅欲与马老将军报仇，追杀番将，也入陷坑，被他绑入营中，未知生死，故特飞报。"那天子又闻此报，吓得呆了一个时辰，方才叫道："徐先生，为今之计怎么处？"茂功说："陛下龙心韬安。马将军惨死，乃是大数，不能挽回。尉迟恭阳寿未绝，自有救星，少不得太平无事回来。"

不表君臣议论之话，再说到汗马城先锋张士贵，他奉旨停兵在城养马，未有旨意，不敢攻打前关，所以空闲无事，日日同了四子一婿，在城外摆下围场打猎。这九个火头军，也是每日在别处打猎。不想那一天张士贵用了早膳，打围去了。前营火头军正在那里吃饭，仁贵道："众位兄弟，日已正中了，我们快去打猎要紧。"周青道："薛大哥，我们与他去怎么打得野兽来？又没我们分。昨日辛辛苦苦打两只顶肥壮麋鹿，多被大老爷要了去。"

仁贵道："贤弟你真正小人之见。两只鹿有什么稀罕？今日闻得先锋大老爷，同众位小将军向北山脚下去了，我们往南山脚下，他们就撞不见了。"周青道："哥哥说得有理。"九人吃完了饭，各取了弓箭兵器，多上马出了汗马城，向南山下去四十里，摆下围场，各处追赶獐鹿野兽，打猎游玩。日已正午过了，只看见远远一队人马，都是大红蜈蚣旗。仁贵说："兄弟们，你看那边用大红蜈蚣旗人马，一定东辽兵将，必有宝物在内，所以有兵丁护送，解上建都去的。待我上前夺了他来，或有金银宝物，大家分分，有何不可？"周青闻言，大喜说："快上去。"仁贵就纵马将戟冲上前来，大喝一声："呔，番狗奴！俺火头将军在此，快快留下名来。"一声大叫，这一首盖贤谟听得，说道："军士你们等须要小心保住。"即便纵马提鞭呼一声进前大喝道："呔，我把你这薛蛮子一鞭打死才好。前日在凤凰城不曾取你之命，故尔今日前来送死么！"这仁贵想：夺财宝要紧，也不打话，喝声："照戟罢！"绰这一戟，直望盖贤谟面门上刺来。他就把混铁鞭噶啷一声响，枭往一边，马打交锋过去，圈得转马来。这仁贵手快，喝声："去罢！"绰这一戟，刺将进来，贤谟喊声："啊呀。"来不及了，贴正前心透后背，阴阳手一番，哄咙挑往那一头去了。薛礼赶上前来，这班番兵散往四处去了。只留得一座囚车，看他探起头来，是黑脸胡须的人。仁贵认得就是尉迟元帅，倒吓得面皮失色，拍马便走。尉迟敬德见这穿白袍小将，好似应梦贤人，大叫："小将快来救我本帅。"敬德叫得高兴，那边越跑得快了。敬德心下一想："如今不好了，他杀了番将，救了某，倒跑去了。如今不上不下，丢我在囚车内，倘被番兵再来到，被他便便当当割了头去，便怎么处？"此话不表。

单讲仁贵急急忙忙跑过去了，八弟兄一见，连叫："大哥！"

总不回头，只得大家随后赶来。却正遇张士贵父子打从东首兜转来，便见了仁贵。忙问道："薛礼，你今日打了多少飞禽走兽？"仁贵把马扣定，面色战栗。张环到吃一惊，忙问道："你为什么这样惊惶？"仁贵喘气定了，叫声："大老爷，小人真正该死。方才正在那一边打猎，不当不抵却遇一队番兵前来，我只道是解什么宝物往建都去的，故此飞马上前，却夺来献与大老爷。谁知并非有什么宝物，乃是尉迟恭元帅，不知几时被擒，囚在囚车里面，解往建都去的。所以小人杀了番将，散了番兵，飞马就跑。望大老爷救救。"张环说："原来有这等事！他可问你名字？"仁贵说："小人拍马飞走，没有这个胆量与他打话。他叫我放出囚车，小人有主意，不去听他，竟跑了来。"张环道："还好，你的命长，以后再不可道出仁贵二字，算为上着。你快些同了弟兄们，进城躲避前营内，待我大老爷去放他，送回凤凰城就是了。"仁贵道："多谢大老爷。"不表仁贵同众弟兄回营。

再讲张环满心欢喜，同了四子一婿，竟往南山脚下而来。果见一轮囚车，张环连忙下马，起步向前说："元帅，末将们多多有罪了。"连忙打开囚车，放起尉迟恭。敬德便问："方才救我这穿白小将是什么人？"张环说："这就是小婿何宗宪。"宗宪忙上前说："是小将。"敬德道："混账！方才明明见的那一个人，不是这一个模样，怎么说就是你？难道本帅不生眼珠的么？我且问你，既然是你，为什么方才飞跑而走？"张环说："小婿何宗宪到底年轻，不比老元帅久历沙场。他偶遇一队番兵，道有什么金珠财宝，故而一时高兴杀散番兵。看见元帅在囚车内，不敢轻易独放，所以飞跑来同末将父子一齐来放。"敬德道："无影之言由你讲，少不得后有着落，悔之无及，去罢。"张环道："请元帅到汗马城中水酒一杯，待末将送往凤凰城去。"敬德道："这也不消，有马带去骑来。”张环答应，吩咐牵过高头白马。尉迟恭跨上雕鞍，不别而行，竟往凤凰城去了。张环父子围场进入汗马城。我且不表。

单讲到凤凰城，唐王正在相望尉迟恭，忽军士报说：“元帅回营了。”天子闻言大喜。敬德走进御营朝参过了，天子道：“王兄，你被番将擒去，犹如分剖朕心，难得今早回营，未知怎样脱离？”尉迟恭：“陛下在上，臣被他擒去，囚在囚车，活解建都。行至汗马城山岔路口，遇一白袍小将，杀退番兵，见了臣飞跑而去。停一回，张环父子同婿何宗宪，前来放我，臣就问他此事，他说就是宗宪。虽脱离灾难，反惹满肚疑心，想来那白袍小将，一定是应梦贤臣。”天子闻言便说：“徐先生，这桩事情必然你心中明白。救王兄者，还是何宗宪，还是薛仁贵？”茂功笑道：“哪里有什么薛仁贵？原是何宗宪，元帅不必心疑。”尉迟恭说：“这桩真假且丢在一边。那凤凰山如今没人保守，望陛下明日就去游玩一番，好进兵攻打前关。”天子曰：“然。”即降旨：众臣兵士各要小心。此夜无言。

一到来日，众三军尽将披挂在城外候驾，下面三十六家都总兵官上马端兵，一班老将保定龙驾，出了凤凰城，竟往凤凰山来。四下一看，果然好一派景致。但见：

红红绿绿四时花，白白青青正垂华。百鸟飞鸣声语巧，满山松柏翠阴遮。有时涧水闻龙哨，不断高冈见虎跑。玲珑怪石天生就，足算山林景致奢。

那天子心下暗想：“地图上只载得凤凰山上有凤凰窠、凤凰蛋，如今到了此山，地界广阔，知道这凤凰窠在哪一个所在？”即便降旨一道：“谁人寻出凤凰窠，其功非小。”旨意一下，这班老将保驾在此，只有二十四家总兵官领了旨意，分头各自去寻。

再表齐国远同着尤俊达寻到东首，忽见徐茂功立在那一边，便开言说道："徐二哥，你在这里么?"茂功道："二位兄弟，你们可有寻处么?"国远说："哪里见有什么凤凰窠，凤凰蛋?"茂功道："兄弟，你岂不知凤凰栖于梧桐？现在前面，你还要到哪里去寻?"国远道："如此，这边这几株梧桐树下就有凤凰窠、凤凰蛋了么?"茂功道："你去寻看便知分晓了。"那徐国远依了茂功之言，连忙寻到那一首梧桐树下。只见一座小小石台上，有一块碑牌，好似乌金一般，赤黑泛出亮光，犹如镜子，人多照得见的。约有一人一手高，五尺开阔。地下有一块五色石卵，长不满尺，碗大粗细，两头尖，当中大，好似橄榄一般。推一推，滚来滚去。石台底下有一个穴洞，一定是凤凰窠了。便说："尤大哥，如今凤凰窠已寻着，快报万岁知道。这个石卵到好，待我拿他玩耍。"他双手来捧，好比生根一般，动也不动。国远什么东西千斤石拿得起来，这些小东西有多少斤数！拿他不起？两个用力来拿，总拿不动，推去原像浮松一般，推来推去，单是拿不动。大家自不信，自好生疑惑。茂功走过来，见了笑道："有这两个匹夫，岂不晓此是凤凰山上的圣迹，若然拿得动，早被别人拿去了，哪里还等得到你们两个来?"二人听说，也笑道："是啊，不差。"回身就走来报与天子。天子大喜，同了元帅、段、殷、刘四员老将来到梧桐树下，跨上小小石台。天子观看，见乌金石碑甚是光亮，照得出君臣人影。天子说："徐先生，此是何碑?"茂功说："此非碑也，就叫凤凰石了。"天子说："既是凤凰石在此，凤凰为何不见呢？凤凰蛋也没有见来。"茂功说："当真凤凰生什么蛋的？只不过像这些。圣迹底下这块石卵，就是凤凰蛋了。"唐王说："先生之言说得有理。如今但不知凤凰可在窠中不在窠中？若然见得凤凰。朕在万幸也。"茂功道："凤凰岂是轻易见的？但陛下乃天子至尊，就见何妨？只恐臣等诸人见了，就是天降灾殃，只恐见他不得。”齐国远道：“我们不信！哪有看不得的道理？偏要看看这凤凰。”他就走取了一根竹梢，来到凤凰窠边，透入里面，乱捎起来。只听见里面百鸟噪声，飞出数十麻雀，望东首飞去了。又见飞出四只孔雀，然后来了一对仙鹤，不消半刻，果见一只凤凰满身华丽，五彩俱全，三根尾毛长有二尺，飞起来歇在凤凰石上，对了贞观天子把头点这三点。茂功道：“陛下，他在那里朝参了。”天子满心欢喜说：“赐卿平身。”但见这凤凰展开两翅，望东首飞去了。朝廷说：“先生，方才这凤凰，后分三尾是雄的，一定还有雌的在内，不见飞出来。”国远说：“既有雌的，待臣再捎他出来。”又把竹梢望窠内乱搅，只听里边好似开毛竹一般的响，国远连忙拿出竹梢，见飞出一只怪东西来了，人头鸟身，满翅花斑，像如今啄翁公一样，登在凤凰石上，对天子哭了三声。大家见了不识此鸟，独有徐茂功吓得面如土色，大骂国远说：“凤凰已去，何必又把竹梢捎出这只怪鸟来？啊呀陛下啊，不好了，祸难临头，灾殃非小，快些走罢。”吓得天子浑身冷汗，说：“先生，祸在哪里？”茂功道：“啊呀陛下，还不知此鸟名为哭鹂鸟，国家无事，再不出世；国家颠倒，就有此鸟飞出。当初汉刘秀在位，有此怪鸟歇在金銮殿屋上，只叫得三声，王莽心怀恶意。

就将飞剑斩怪鸟，谁知衔剑远飞腾。”

不知贞观天子，见了怪鸟如何，且看下回分解。

第三十一回

唐贞观被困凤凰山　盖苏文飞刀斩众将

诗曰：

炼就飞刀神鬼惊，百发百中暗伤人。可怜保驾诸唐将，尽丧刀光一缕青。

再说徐茂功对天子说："怪鸟衔了王莽飞剑飞去，王莽就背及朝主，把汉室江山弄得七颠八倒。如今这怪鸟分明对陛下在此哭，还有什么好兆？"朝廷说："此鸟这般作怪，待朕赏他一箭。"天子说罢，用弓搭箭射将上去。这鸟刮搭一声，衔了御箭，往东飞去。茂功道："如今就有祸患来了。怪鸟衔了御箭，分明前去报信，此时不去，更待何时？"众大臣一听军师之言，吓得目顿口呆，走也来不及。这叫说时迟，来时快。

先讲大元帅盖苏文，早知大唐薛蛮子利害，缺少人马，奉旨到扶余国借兵五十万，猛将数百员。却值这一日回来，大路上人马走个不住。相近汗马城，只听百鸟声音，抬头一看，只见一群飞鸟领着凤凰而去。盖苏文大怒，心内暗想："此凤凰安安隐隐在山上窠内，狼主向有旨意，不许扰乱此窠。今凤凰已去，谅有人惊动灵鸟，故此飞去。我本邦将士决然不敢，一定中原有将在山上，故把凤凰都赶了去。"正想之间，忽听哭鹂禽在头顶上叫一声，落下一支翎箭。盖苏文就拾起来一看，上刻"贞观天子"四字，明知唐王在山上，连忙吩咐传下军令，五十万人马竟望凤凰山来。一声炮响，把凤凰山团团围住，下山的大路排列十重营帐，番将数员。山前扎住帅营，盖苏文自己亲守。又传令到建都讨兵十万，前来困上加困，兵上增兵，那怕唐王插翅飞了去。

不表盖苏文围困山下，单讲山上唐天子正欲传旨，忽听炮声一起，大家看时，山下番兵来得多了，围得密不通风。天子吓得目顿口呆，说："先生，诸位王兄，为今之计怎么样?"军师与众将说："陛下龙心韬安。盖苏文虽只围住此山，要捉我邦君臣，却也烦难。"降旨安下营盘，一面伐木作为滚木。这一天正当午刻过了，盖苏文也不开兵。山上君臣议论纷纷，当夜不表。到了明日，番营内炮声一起，大元帅冲出营来。你道他怎生打扮?

头戴一顶嵌宝狮子青铜盔，雉尾高挑，身穿一领二龙戏水蓝青蟒，外置雁翎甲。前后护心，锁袋内悬弓，右边插一壶狼牙箭，坐下一匹混海驹，手端赤铜大砍刀。

立住山脚，高声大叫道："呔，山上唐童听者，你在中原稳坐龙廷，太平无事。想你活不耐烦，前来侵犯我邦。今日上门买卖，不得不做。唐童要逃命，也万万不能，若降顺我邦，低首称臣，我狼主决不亏你一家。亲王封你的，待保全性命，亦且原为万人之尊。若不听本帅之言，管叫一山唐兵尽作刀下之鬼。"按下苏文之言。

单讲山上君臣望下看时，只见盖苏文头如巴斗，眼似铜铃，青脸獠牙，身长一丈，果是威风。天子见了盖苏文，记着前年战书上第十二句："传与我儿李世民"，不觉恨如切齿，恨不得飞剑下去，割他首级。段志远上前说："陛下，待老臣下去会他。"天子说："须要小心。"志远道："不妨。"便按好头盔，紧紧攀胸甲，坐上马，提了枪，豁喇豁喇冲下山来，大叫一声："呔，番奴！老将军来取你之命也。"苏文抬眼一看说："来将可通名来。"段志远冲得下山说："你要问我之名么?我老将乃实授定国公、出师平辽大元帅标下大将，姓段双名志远。你可闻老将军枪法利害么？想你有多大本事，敢乱自兴兵，困住龙驾！分明自投罗网，挑死枪尖，岂不可惜？快快下马受死，免得老将军动恼。”盖苏文闻言大怒说：“你这老蛮子，当初在着中原，任你扬武耀威，今到我邦界地，凭你有三头六臂，法术多端，只怕也难免丧在我赤铜刀下。你这老蛮子，到得哪里是哪里，快放马过来，砍你为肉泥。”段志远心中大怒，喝声：“番狗，照老将军的枪罢！”就分心一枪挑将过来。

这盖苏文不慌不忙，把手中青铜刀噶啷一声架开，回转刀来喝声：“去罢！”绰一刀砍过来，段志远看见刀法来得沉重，哪里架得住？喊一声：“我命休矣！”躲闪也来不及，贴正一个青锋过岭，头往那边去了，身子跌下马来。一员老将，可怜死于非命。盖苏文呼呼大笑说：“什么叫做开国功臣，不够本帅一合，就死在刀下了。”那山上唐王一见志远身亡，心中不忍。旁首殷开山、刘洪基见了，放声大哭说：“啊呀我那段老将军啊！”开山跨上马，提了大斧，带泪下山来，叫声：“盖苏文，你敢把我同朝老将伤了性命，我来报仇也！”一声喊叫，后面刘洪基也下山来道：“不把你这番狗一刀砍为两段，也誓不为人了。”盖苏文说：“慢来，要丧在本帅刀下，必须要通个名儿。”殷、刘二老将道：“你要问老将军名字么？洗耳恭听：我乃开国公殷开山、列国公刘洪基，可闻晓大名么？”盖苏文道：“中原有你之名，本邦不以为奇，放马过来。”开山纵马上前，把双斧一起劈将过来，盖苏文把赤铜刀架在一边，刘洪基把蔡阳刀剁将过去，盖苏文也枭在一旁冲锋过去，答转马来，盖苏文量起赤铜刀，望着刘洪基劈面砍将过来，他便把蔡阳刀望赤铜刀上噶啷噶啷这一抬，马都退后了十数步，两臂都震麻了。苏文又是一刀，往开山顶上剁来，开山

手中双斧哪里招架得住？闪避也来不及，怎经得盖苏文力大刀重，把殷开山顶梁上一直劈到屁股头，分为两段，五脏肝花拐了满地，也丧黄泉去了。刘洪基一见砍劈了殷开山，又要哭又要战，忽手一松，刀落在地，却被盖苏文拦腰一刀，身为两段，呜呼哀哉。正是：

松山四将久闻名，高祖开山开国臣。南征北讨时时战，东荡西除日日征。试看唐朝非容易，血汗功劳才得平。可惜四员年老将，凤凰山下作孤魂。

这唐天子见三员老将军尽丧盖苏文刀下，不觉龙目中纷纷掉泪，心中好不万分懊悔。尉迟恭吓得目定口呆，下面二十七家歃血弟兄内总兵官齐国远，也有些呆的说道："陛下，三位老将遭此惨死，难道罢了不成，待小臣下去与他会战，以报冤仇。"诸将道："这个使不得。齐兄弟，你不要混账。盖苏文手段高强，段、殷、刘三员老将尚死在他刀下，何在于你？"国远道："不妨事的。"他不听众将之言，上马轮斧冲下山来，高声大叫："番狗！齐爷爷来会你了。"盖苏文说："又是一个送死的来了，快快留下名来。"国远道："呔，你要问爷爷名姓么？洗耳恭听，我乃大元帅尉迟恭标下、加为总兵官齐，表字国远，可闻我杀人不转眼的主顾么？"苏文道："本帅不知你这无名小卒。今日本帅开了杀戒，凭你多少名将下来，也尽斩死这口刀下。"国远大怒，纵马上前喝声："照斧罢！"绰一声，双并爷子砍将过去。盖苏文把刀架在一边，马打交肩过去，圈得转马来，苏文把刀一起，喝声："去罢！"绰的一刀砍过来，国远哪里招架得住？说声："啊呀，我命死也！"把头一偏，连肩卸背着一刀，复上一刀，斩为四块，一家总兵归天去了。

山上有二十六家总兵，见齐国远身遭惨死，大家放声大哭说："兄弟，哥哥们方才伤了三员老将，乃是一殿之臣，所以也不十分着恼。今齐兄弟是我们歃血弟兄，生死之交，岂可坐视国远身亡？我等二十六家好友，不与他报仇，更待何时？"这番王当仁兄弟，尉迟南弟兄、李如旹、尤俊达、鲁明弟兄、岳伯勋、鲁世侯、尚山智、夏山智、张公瑾、史大奈、韩世宗、金甲、童环、李公逸、唐万仁、卜光焰、卜光龍、邴远真、邴远直、贾闰甫、柳周臣、樊建威随征这二十六家总兵，齐跨上雕鞍，枪的枪，刀的刀，尽皆含泪豁喇喇冲下山来，大叫："盖苏文，我把你拿来剁为肉酱，以祭我兄弟齐国远，方消我恨。"这盖苏文往上一看，只见许多将官赶下山来，他倒问不得许多名姓，说："来，来，来，祭我的刀口。"这数家总兵齐下山，把盖苏文团团围住在中间，望他乱斩乱打。也有紫金叉分挑肚腹，一字镋照打肩头，银画戟乱刺左膊，乌缨枪直刺前心，月牙铲望领就铲，雁翎刀顶上风声，混铁棍低扫马足，点光锚就刺咽喉，龙泉剑忽上忽下，虎尾鞭左打右打，开山斧斧劈后脑，大银锤打碎天灵，狼牙棒腾腾杀气，枣样槊四面征云，倍轮锏霞光万道，紫金枪烟雾腾霄。这盖苏文好不了当，把赤铜刀量起在手中，抬开紫金叉，架调一字镋，钩下银画戟，逼住乌缨枪，撇去月牙铲，拦开雁翎刀，闪掉混铁棍，躲过点光锚，抬定龙泉剑，架住虎尾鞭，拦去开山斧，遮定大银锤，钩开狼牙棒，闪掉枣样槊，躲过倍轮锏，逼住紫金枪。这二十六家总兵官不在马前，就在马后，手起刀落，手起枪挑，杀得盖苏文招架也不及，哪里还有空工夫还刀过去？手中刀法渐渐松放，人是呼呼喘气，要走奈杀不出。心内想一想，说声："不好，我寡不敌众，不要一时失措，被他伤了性命，不如先下手为强。"主意已定，便一手提刀在这里招架，一手掐定秘诀，背上有个葫芦，他就把葫芦盖揭开，念动真言，飞出一口柳叶飞刀，长有三寸，蒜叶阔相似，冲开来到有一丈青光，连飞出九口，山脚下布满青光。这数家总兵见了，还不知是什么东西，山上徐茂功大叫：“兄弟们不好了，这是九口柳叶飞刀，要取性命，你们还不逃上山来么！”二十六人一听徐茂公之言，大家魂不在身，如今要走也来不及了。有几家着刀的，已今砍为肉酱，有一大半刀虽不曾着身，青光多透身的了，拼命的跑上山来。随马而死不计其数。贾闰甫、柳周臣才上山，也跌落马就死了。唐万仁、尤俊达到得天子驾前，也是坠马而亡。二十六家歃血好友，为了齐国远尽皆身丧。着刀的碎身粉骨，着光的全尸而亡。那盖苏文微微冷笑，收了飞刀说：“山上唐童，你可见么？本帅这九口飞刀，乃上仙所赐，有一百丧一百，有一千丧一千。方才死的这一班老少将官也不为少，谅你驾前如今也差不多，没有能将了，还要挣住凤凰山怎么？快快献表归顺。”不表盖苏文猖獗。

单言唐天子在山上，见这班臣子死得惨然，看看面前，只有得元帅尉迟恭了，心中好不痛苦。自己大叫：“唐童啊唐童，你该败江山！好好在凤凰城内不好，偏偏要到这个所在来送死，却害这班老将死于非命，受这般大祸。”那尉迟恭看见天子伤悲，不觉暴跳如雷，说：“罢了，罢了，陛下阿，要等臣罪不赦。当初秦老千岁做了一生一世的元帅，从不伤了麾下一卒。某尉迟恭才做得元帅，就麾下之将尽行丧与敌人之手，还有何面目立于人世？我不与众将报仇，谁人去报？带过马来！”唐王一把扯住，叫声：“王兄，这个使不得的。你难道不见盖苏文飞刀利害么？”敬德道：“臣岂不知番狗飞刀？若贪生怕死，不与众将报仇，一来被人耻笑，二来阴魂岂不怨恨？臣今赶下山去，或能杀得盖苏文，与众将雪了仇恨。倘若臣死番将刀下，也说不得了。陛下放手！”天子哪里肯放？一把扯住道：“王兄，如今一树红花，只有你做种子。你若下去，一旦伤与盖苏文之手，叫寡人靠着何人？”苏公也劝道：“驾下乏人，报仇事小，保驾事大。元帅不必下去。”尉迟恭听了军帅劝言，只得耐着性子。又听见盖苏文在山下大叫：“尉迟蛮子，本帅看你年高老迈，谅你一人怎保得唐王脱离灾难？何不早把唐童献下山来，待本帅申奏狼主，封你厚爵。若依然不献唐童下山，本帅就要赶上山来，把你碎尸万段，休要后悔！”盖苏文讲来虽然是这等讲，心内却是想：谅山上也决没有十分能人在此，且由他罢，就回营去了。再言山上徐茂功吩咐把这数家总兵尸首，葬于凤凰山后，单将唐万仁葬在山前。天子问道：“为何把唐万仁尸骸葬在山前？”茂功说：“陛下，后来自有用处，所以葬在山前这尸首。”依军帅言语，把总兵尸首尽行埋葬。天子降旨，设酒一席，亲自奠祭一番。徐茂功也奠酒三杯。正是：

府州各省聚英豪，结义胜友胜漆胶。生死同心助唐业，可怜一起葬番郊。

唐太宗当夜在御营，同元帅、军师商议退番兵之计。茂功开言叫声：“陛下，要退番兵，这如非汗马城中先锋张环。他有婿何宗宪利害，可以退得番兵。”天子道：“他们这隔许多路程，如何晓得寡人被困凤凰山上？必须着人前去讨救才好。但元帅老迈，怎能踹得出番营？”茂功道：“如非驸马薛千岁，他往后山脚下可以踏得出。”天子大喜，连忙降旨一道，命驸马薛万彻到汗马城讨救。万彻就领了旨。竟过了一宵。

明日清晨，连忙结束停当上马，端了大银锤，望后山冲下来了。有营前军士扣弓搭箭说：“山上下来的小蛮子，少催坐骑，看箭来也！”这个箭纷纷不住的射过来。薛万彻大叫：“营下的休

得放箭，孤家要往汗马城讨救，快把营盘扯去，让小千岁过了就罢。若有那关不就，孤就一顿银锤，踹为平地哩。”营前小番说：“哥啊，待我去报元帅得知。”一边去报盖苏文。这万彻听见此言，把马一催，银锤晃动，冒着弓矢，冲进营中来了。手起锤落，打得这些番兵番将走也来不及，踹进了一座营盘。怎禁得万彻英雄，拼命的打条血路而走。到得盖苏文提刀纵马而来说：“小蛮子在哪里?”小番说：“那已去远了。”苏文道：“活活造化了他，追不及了。”少表番营之事。

再表唐王看见驸马杀出番营，心中大悦说：“倒也亏他年少英雄。”不表天子山上之言。

再讲薛万彻连踹岳七座番营，身上中了七条箭，腿上两条，肩上两条，他倒自己打下，也不觉十分疼痛。只有背心内这一箭，伤得深了，痛得紧，手又拿不着，只得负痛而走。随着大路前去三十里，到了三岔路口，他倒不认得了，不知汗马城打从哪一条路上去的，故而扣定了马，缓缓立着，思想要等个人来问路。偶抬头，见那一边有一个穿旧白绫衣的小后生，在那里砍草。万彻走上前来说：“呔，砍草的!”那人抬头，看见马上小将银冠束发，手执银锤，明知大唐将官，便说：“马上将军，怎么样?”正是：

英雄未遂冲天志，且作卑微贱役人。

不知驸马如何问路，这砍草何人？且看下回分解。

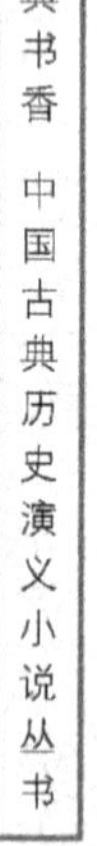

第三十二回

薛万彻杀出番营　张士贵妒贤伤害

诗曰：

驸马威名早远传，番营杀出锦雕鞍。只因识认白袍将，却被奸臣暗害间。

那万彻道："孤问你要往汗马城从哪一条路上去的。"这砍草的回言道："既然将军要往汗马城，小人也要去的，何不一同而行。"万彻又问："你叫什么名字，是张环手下什么人？"那人道："将军，小的是前营月字号内一名火头军，叫薛礼。"那万彻心下暗想："他身上穿旧白绫衣，又叫薛礼，不要是应梦贤臣薛仁贵。"便连忙问道："呔，薛礼，你既在前锋营，可认得那个薛仁贵么？"仁贵听言，吓得魂不附体，面脸挣得通红说："将军，小的从不认得薛仁贵三字。"驸马道："嗳，又来了。你既在前锋营，岂有不认得薛仁贵之理！莫非你就叫薛仁贵么？"薛礼浑身发抖，遍体冷汗直淋说："小的怎敢瞒着将军。"万彻心中乖巧，明知张环弄鬼，所以也不肯直通名姓。想他一定就是薛仁贵，也不必去问他，待我去与张环算账。薛万彻就从居中这一条大路先走，一路来到汗马城，进入城来，到了士贵营前说："快报张环得知，圣旨下了。"军士报入营中，张士贵忙排香案，相同四子一婿出营迎接。薛万彻下马，进到中营，开读道："圣旨到来，跪听宣读：

奉天承运皇帝诏曰：朕前日驾游凤凰山，不幸遭东辽主帅盖苏文兴兵六十万之众，密困凤凰山，伤朕驾下老少将官不计其数，因驾下乏人，又且难离灾难，故命驸马薛万彻踹出番营前来讨救，卿即速同婿何宗宪，提兵救驾，杀退番兵，其功非小。钦哉。谢恩！”

张环同子婿口称：“愿我主万岁、万万岁。”谢恩已毕，前来叩见驸马，万彻变了怒容说：“张环，你说从没有应梦贤臣，那火头军薛礼，是哪一个？”张环听言，吃了一惊说：“小千岁！应梦贤臣乃叫薛仁贵，是穿白用戟小将，末将营中从来没有。这薛礼是前营一名火头军，开不得兵，打不得仗，算不得应梦贤臣，故不启奏闻我主。”万彻大怒说：“你这狗头，孤在驾前不知其细，被你屡屡哄骗。今日奉旨前来讨救，孤满身着箭，负痛而行，等人问路。见一人后生，他直对我讲，这薛仁贵名唤薛礼，怎么没有？亏得孤亲眼见他，亲自盘问。明明你要冒他功劳，故把他埋没前营内，还要哄骗谁人。孤今日不来与你争论，少不得奏知天子，取你首级，快把好活血酒过来，与我打落背上这支箭。”张志龙忙去取人参汤、活血酒。张环心内怀了反意，走到薛万彻背后，把这支箭用力一绰，要晓得背心皮如纸，衣薄怎禁得？二尺长箭，插入背中，差不多穿透前心了，可怜一员年少英雄，大叫一声：“痛死我也！”顷刻死于张环之手。志龙慌忙说：“啊呀！爹爹为何把驸马插箭身亡。”士贵道：“我的儿，若不送驸马性命，被他驾前奏出此事，我与你父子性命就难保全。不如先把他弄死，只说箭打身亡，后来无人对证，岂不全我父子性命。”志龙道：“爹爹妙算甚高。”后张环吩咐手下，把驸马尸骸抬出营盘烧化，将骨包好，回复天子便了。

不表军士奉令行事，单讲张环一面端正救驾，连忙去传火头军。薛仁贵正躲在前营内，恐怕薛万彻盘问根由，所以不敢出

来。今奉大老爷呼唤，连忙到中营来说："大老爷在上，传小的有何吩咐？"士贵道："朝廷被番兵困住凤凰山，今有驸马到来讨救，故尔与你商议兴兵救驾。"仁贵道："如今驸马在哪里？"张环说："他因踹出番营，被乱箭着身，方才打箭身亡，已今化为灰骨。只要前去救驾，但番兵有六十万之众，困住凤凰山，我兵只有十万，怎生前去迎敌，相救龙驾出山？"仁贵听说，心中一想说："大老爷，只恐三军不交，薛礼若出令与他，众不遵服。如服我令，我自有个摆空营之法，十万可以装做得四五十万兵马的。"张环听见此言，心中大悦，说："薛礼，若会摆空虚人马，我大老爷一口宝剑赐与你，若有军兵不服，取首级下来，反加汝功，由你听调。"仁贵得了令，受了斩军剑，分明他做了先锋将军一般，手下军士谁敢不遵？即便发令下来，就此卷帐抬营，出了汗马城，一路上旗幡招转，号带飘摇，在路耽搁一二日，远远望见凤凰山下多是大红蜈蚣旗，番营密密，果然扎得威武。仁贵就吩咐："大小三军听者，前去安营，须要十座帐内六座虚四座实，有人马在内，空营内必须悬羊擂鼓，饿马嘶声。"三军听令，远看番营二箭路，吩咐安下营盘，炮声一起，齐齐扎营。十万人马到扎了四五十万营盘。列位，你道何为悬羊擂鼓，饿马嘶声呢？他把着羊后足系起上边，下面摆鼓，鼓上放草，这羊要吃草，把前蹄在鼓上擂起来了，那饿马吃不着草料，喧叫不绝。此为悬羊擂鼓，饿马嘶声。这番人营内听见，不知道唐朝军士有多少在里面。盖苏文传令把都儿，小心保守各营。便心中想："来的救兵决是先锋，定有火头军在内。不知营盘安扎如何，待本帅出营去看看。"那盖苏文坐马出营，望四下内唐营边一看，啊唷唷，好怕人也！但只见：

摇摇晃晃飞皂盖，飘飘荡荡转旌旗。轰雷大炮如霹雳，锣鸣

鼓响如春雷。

又见那：熟铜盔、烂银盔、柳叶盔、亮银盔、浑铁盔、赤金盔，红闪闪威风，暗腾腾杀气。玲珑护心镜，日照紫罗袍、大红袍、素白袍、绛黄袍、银红袍、皂罗袍、小绿袍，袍袖销金砌，八方生冷雾。按按兽吞头，抖抖荡银铠、柳叶铠、乌油铠、青铜铠、黄金铠、红铜铠，铠砌五色龙。一派鸾铃响，冲出大白龙、小白龙、乌獬豸、粉麒麟、青鬃马、银鬃马、昏黄马、黄彪马、绿毛狮、粉红枣骝驹、混海驹。还见一字亮铁镋、二条狼牙棒、三尖两刃刀、四楞银装锏、五股托天叉、六楞熟铜锤、七星点钢枪、八瓣紫金瓜、九曜宣花斧、十叉斩马刀，枪似南山初山笋、刀似北海浪千层。又见一龙旗、二凤旗、三彩旗、四面旗、五方旗、六缨旗、七星旗、八卦旗、九曜旗、十面埋伏旗、一十二面按天大历旗、二十四面金斩定黄旗、三十六面天罡旗、七十二面地煞旗。剑起凶人怕，锤来恶鬼惊，丁当发袖箭，就地起金榜。眼前不见人赌斗，一派都是乱刀枪。

这盖苏文看了唐营，不觉惊骇，把舌乱伸，暗想唐朝将士好智略也！看完回进中营。

这日天色已晚，过了一宵，次日天明。单讲到前营内火头军薛仁贵，全身披挂，上马端兵，同了八家弟兄，出到营外。李庆先搴旗，王心鹤掠阵，姜兴本啸鼓，薛礼冲到番营前，高声大叫：“呔！番营下的，快报番狗盖苏文说，今有火头爷爷在此叫战，叫他早早出营受死！”有番营前把都儿射住阵脚，小番报进帅营去了。报：“启上元帅，营外有南朝火头军，身穿白袍，口称薛礼讨战。”那盖苏文闻了大唐老少英雄，倒也不放在心上，如今听见火头军三字，倒吃了一惊：“我在建都，常常闻报火头军取关利害，从不曾会面，再不道到在凤凰山会他起来。”带马抬刀，连忙结束停当，一声炮响，营门大开，鼓啸如雷，二十四面大红蜈蚣幡，在左右一分，冲出营来。你道他怎生打扮：

头戴一顶青铜盔，高挑雉尾两旁分。兜风大耳鹰嘴鼻，海下胡须阔嘴唇；绿脸獠牙青赤发，倒生两道大红眉。身穿一件青铜甲，砌就龙鳞五色铠；内衬一领柳绿蟒，绣成龙凤戏珠争。前后鸳鸯护心镜，镜映天下大乾坤。背插箭杆旗四方，大纛宝盖鬼神惊。左首悬弓又插箭，惯射英雄大将才。脚登窍脑虎头靴，踹定一骑混海驹。手托赤铜刀一柄，犹如天上英雄将。

这盖苏文自道自能，赶出营来，抬头一看，但见火头军怎生打扮：

头戴一顶亮银盔，朱缨倒挂大红纬。面如傅粉交满月，平生两道凤鸟眉；海下齐齐嫩长髯，口方鼻直算他魁。身穿一件白银铠，条条银叶照见辉；内衬一领白绫袍，素白无花腰系绦。吞头衔住箭杆袖，护心镜照世间妖。左边悬下震天弓，三尺神鞭立见旁。手端丈八银尖戟，白龙驹上逞英豪。

这盖苏文见穿白小将来得威风，就把马扣住，说道："那边穿白将，可就是火头军薛礼么?"仁贵说："然也！你既晓得火头爷爷大名，何不早早自刎，献首级过来!"盖苏文呵呵冷笑，叫声："薛礼，你乃一介无名小卒，焉敢出口大言！不过本帅不在，算你造化，由汝在前关耀武扬威，今逢着本帅，难道你不闻我这口赤铜刀利害，渴饮人血，饿食人肉？有名大将，尚且死在本帅刀下，何在你无名火头军祭我刀口？也不自思想。你不如弃唐归顺，还免一死，若有牙关半句不肯，本帅就要劈你刀下了。"仁贵道："你口出大言，敢就是什么元帅盖苏文么?"那苏文应道："然也！你既认得本帅之名，为何不下马受缚。"薛礼微微冷笑说："你这番狗，前在地穴内仙女娘娘法旨，曾有你之名，这是我千差万差，放汝魂魄。今投凡胎，在这里平地起风波，连伤我邦大将数员，恨如切齿。我也晓得你本事不丑，今不一鞭打你为齑粉，也算不得火头爷本事高强。快放马过来！”盖苏文闻得火头军利害，这叫先下手为强。把赤铜刀双手往头上一举，喝一声：“薛礼照我的刀罢！”插这一刀，望薛礼顶梁上砍将下来。这一首薛仁贵说声：“来得好！”把杆方天戟望刀上噶啷这一枭，刀反往自己头上跌下转来。说：“唷！果然名不虚传，好利害的薛蛮子。”豁刺冲锋过去，圈得转马来。盖苏文刀一起，插望着仁贵又砍将过来。薛礼把戟枭在一边，还转戟，望着盖苏文劈前心刺将过来。这盖苏文说声：“来得好！”把赤铜刀望戟上噶啷这一抬，仁贵的两膊多震一震。说：“啊唷，我在东辽连敌数将，从没有人抬得我戟住。今遇你这番狗抬住，果有些本事了。”打马交肩过去，英雄闪背回来。仁贵又刺一戟过来，盖苏文又架在一边，二人大战凤凰山，不分胜败。正是：

棋逢敌手无高下，将遇良才各显能。一来一往莺转翅，一冲一撞凤翻身。刀来戟架丁当响，戟去刀迎放火星。八个马蹄分上下，四条膊子定输赢。

你拿我，麒麟阁上标名姓；我拿你，逍遥楼上显威名。二人杀到四十冲锋，八十照面，并无高下。盖苏文好不利害，把赤铜刀起一起，望仁贵劈面门，兜咽喉，两肋胸膛，分心就砍。薛仁贵哪里放在心上，把画杆戟紧一紧，前遮后拦，左钩右掠，逼开刀，架开刀，捧开刀，拦开刀，还转戟来，左插花，右插花，苏秦背剑，月内穿梭，双龙入海，二凤穿花，飕飕飕的发个不住。这盖苏文好不了当，抡动赤铜刀，上护其身，下护其马，迎开戟，挡开戟，遮开戟。这青龙与白虎，杀个不开交。一连战到百十余合，总无胜败。杀得盖苏文呵呵喘气，马仰人翻，刀法甚

乱；薛仁贵汗流脊背，两臂酸麻。“啊唷，好利害的番狗!”苏文道：“啊唷，好骁勇的薛蛮子!”二人又战起来了。这一个恨不得一戟挑倒了冲天塔，那一个恨不得一刀劈破了翠屏山，好不了当的相杀！只见：

阵面上杀气腾腾，不分南北；沙场上征云霭霭，莫辨东西。狂风四起，天地锁愁云；奔马扬尘，日月蔽光华。那二人胜比天神来下降，那二马好似饿虎下天台。两边战鼓似雷声，暮动旗幡起色云。炮响连天，吓得芸馆①书房才子顿笔；呐喊齐声，惊得闺房凤阁佳人停针。正是铁将军遇石将军。杀得一百四十回合，原不分输赢。

那盖苏文心中暗想：“久闻火头军骁勇，果然名不虚传。本帅不能取胜，待我放起飞刀，伤了火头军，就不怕大唐兵将了。”苏文算计已定，一手把刀招架，一手掐诀，把葫芦盖拿开，口中念动真言，飞出一口柳叶飞刀，青光万道，直往薛仁贵顶上落将下来。这薛礼抬头看见，明知是飞刀，连忙把戟按在判官头上，抽起震天弓，拿出穿云箭，搭住在弓弦，飞飞飕飕的一箭射将过去。只听刮喇喇一声响，三寸飞刀化作青光，散在四面去了。那番吓得苏文魂不附体，说：“啊呀，你敢破我飞刀!”飕飕飕，连发出八口柳叶飞刀，阵面上都是青光，薛礼惊得手忙脚乱。当年九天玄女娘娘曾对他讲，有一口飞刀，发一条箭，如今盖苏文发八口起来，仁贵就有箭八条，也难齐射上来。所以仁贵浑身发抖起来，说：“啊呀!”无法可躲，只得拿起四条穿云箭，望青光中一撒，只听得括拉拉拉连响数声，青光飞刀尽被玄女娘娘收去，五条箭原在半空中。此是宝物不落下来的。仁贵才得放胆，把手

① 芸馆——亦称“芸台”“芸阁”“芸署”等，是古代藏书的地方。

招，五支箭落在手中，将来藏好，提起方天戟。那边盖苏文见破飞刀，魂不在身，说：“嗄唷！罢了，罢了。本帅受木脚大仙赐刀。你敢弄起鬼魔邪术，破我飞刀，与你势不两立。我不一刀砍汝两段，也誓不为人了。”把马一催，二人又战起来。杀了八个回合，盖苏文见飞刀已破，无心蛮战，刀法渐渐松下来。仁贵戟法原高，紧紧刺将过来，苏文有些招架不住，却被薛礼把刚牙一挫，喝声：“去罢！”插一戟，直望苏文面门挑将进来。盖苏文喊声：“不好！”把赤铜刀望戟上噶啷这一抬，险些跌下雕鞍，马打交肩过来。薛仁贵抽起一条白虎鞭，喝声：“照打罢！”三尺长鞭，来得利害，手中量一量，倒有三尺长白光，这青龙星见白虎鞭来，说：“啊呀，我命死矣！”连忙闪躲，鞭虽不着，只见白光在背上晃得晃，痛彻前心，鲜红血喷，把那铜刀拖落，二膝一催，豁喇喇望营前败将下去。仁贵道：“番狗，你往哪里走，还不好好下马受缚！”随后追赶。苏文进了营盘，小番射住阵脚，仁贵只得回进自己营盘。张士贵大喜，其夜犒赏薛礼，不必表他。

单讲到盖苏文进入帅营，跨下马鞍，抬过赤铜刀，将身坐下。嗄唷说：“好利害的火头军！本帅实不是他敌手。”就把须上血迹抹下，用活血酒在此养息。忽后营走出来：

一位闭月羞花女，却是夫人梅月英。

毕竟不知这位夫人，如何话说，且看下回分解。

第三十三回

梅月英法逞蜈蚣术　李药师仙赐金鸡旗

诗曰：

番邦女将实威风，妖法施来果是凶。杀得南朝火头军，人人个个面掀红。

那夫人年纪不上三十岁，生得来闭月羞花之貌，沉鱼落雁之容。四名绝色丫环扶定，出到帅营，盖苏文见梅氏妻子出来，连忙起身说："夫人请坐。"梅月英坐下，叫声："元帅！妾身闻得你与中原火头军打仗，被他伤了鞭，未知他有什么本事，元帅反受伤败？"盖苏文道："啊，夫人！不要说起。这大唐薛蛮子，不要讲东辽少有，就是九流列国，天下也难再有第二个的了。本帅保主数载以来，未尝有此大败，今日反伤在火头军之手，叫我哪里困得住凤凰山，擒捉唐王？"月英迷迷含笑道："元帅不必忧愁。你说火头军骁勇，待妾身明日出去，偏要取他性命，以报元帅一鞭之恨。"苏文道："夫人又来了，本帅尚不能取胜，夫人你是一介女流，晓得哪里是哪里。"夫人说："元帅，妾于幼时，曾受仙人法术，故取得他性命。"苏文说："夫人，本帅受大仙柳叶飞刀，尚被他破掉了，夫人你有甚异法胜得他来？"夫人说："元帅，飞刀被他破得掉，妾的仙法他不能破得掉的。"苏文说："既然如此，夫人明日且去开兵临阵。"说话之间，天色已晚。

过了一宵，明日清晨，梅月英全身披挂，打扮完备，上了一骑银鬃马，手端两口绣鸾刀，炮声一起，冲出营来。在营前大喝一声："咦！唐营下的，快报说'今大元帅正夫人在此讨战'，唤这火头蛮子，早早出营受死。"讲到那唐营军士，连忙报进中营说："大老爷在上，番营中走出一员女将，在那里索战，要火头军会他。"张环说："既有女将在外讨战，快传火头军薛礼出营对敌。"军士得令，传到前营，仁贵就打扮完备，同八家弟兄一齐上马出营，抬头一看，但见那员女将梅月英，怎生模样：

头上闹龙金冠，狐狸倒罩，雉尾双挑；面如满月，傅粉妆成。两道秀眉碧翠，一双凤眼澄清；小口樱桃红唇，唇内细细银牙。身穿一领黄金砌就雁翎铠，腰系八幅护体绣白绫。征裙小小，金莲踹定在葵花踏凳银鬃马上，手端两口绣鸾刀，胜比昭君重出世，犹如西子再还魂。

那仁贵从马上前喝声："番狗妇！火头爷看你身欠缚鸡之力，擅敢前来讨战，与我祭这戟尖么。"梅月英道："你就叫火头军么？敢把我元帅打了一鞭，因此娘娘来取你性命，以报一鞭之恨。"薛礼呼呼冷笑道："你邦一路守关将，不能胜将军一二合之外，何在为你一介女流贱婢，分明自投罗网，佛也难度的了。"放马过来，两边战鼓啸动，月英纵马上前，把绣鸾刀一起，喝叫："薛蛮子！照刀罢。"绰一声，双并鸾刀砍来，仁贵举戟急架忙还，刀来戟架，戟去刀迎，正战在一堆，杀在一起，一连六个冲锋，杀得梅月英面上通红，两手酸麻，哪里是仁贵对手。只得把刀抬定方天戟，叫声："薛蛮子，且慢动，看夫人的法宝。"说罢，往怀里一摸，摸出一面小小绿绫旗，望空中一撩，口念真言，把二指点定，这旗在虚空里立住上面。薛仁贵倒不知此旗伤人性命，却扣马在此观看。讲到营前八名火头军，见旗立空虚，大家称奇。犹如看做戏法一般，大家都赶上来看。哪晓这面旗在空中一个翻身，飞下一条蜈蚣，长有二尺，阔有二寸，他把双翅一展，底下飞出头二百的小蜈蚣，霎时间变大，化了数千条飞蜈蚣，都往大唐火头军面上直撞过来，扳住面门。吓得仁贵魂不附体，带转丝缰，竟望半边落荒一跑，自然咬坏的了。那些蜈蚣妖法炼就，其毒利害，八员火头军，尽行咬伤面门，青红疙瘩无数，都负痛跑到营内，顷刻面涨犹如鬼怪一般，头如笆斗，两眼合缝，多跌下尘埃，呜呼哀哉，八位英雄，魂归地府去了。梅月英从幼受仙母法宝，炼就这面蜈蚣八角旗，惯要取人性命，他见大唐将士一个个坠马营门而死，暗想薛蛮子奔往荒落，性命也决不能保全，自然身丧荒郊野地去了。所以满心欢喜，把手一招，蜈蚣原归旗内，旗落月英手中，将来藏好，营前打得胜鼓回营。盖苏文上前相接，滚鞍下马说："夫人今日开兵，不但辛苦，而且功劳非浅，请问夫人，大唐火头军咬此重伤，还是晕去还魂，还是坠骑身亡？"月英道："元帅，他不受此伤，逃其性命。若遭蜈蚣一口，断难保其性命了。"盖苏文听言，满心大悦，说："夫人，多多亏你，本帅不惧大唐老少将官，单只怕火头军利害。今日他们都被蜈蚣咬死，还有何人得胜本帅？岂不是十大功劳，都是夫人一个的了！"吩咐摆酒，与夫人贺功。

少表番营之事，再讲张士贵父子，见八名火头军多堕骑身亡，面如土色，浑身冷汗。说："完了，完了。我想薛礼败往荒僻所在，也只不过中毒身死。为今之计，怎生迎敌番人？"大家好不着忙。又讲仁贵他败走到旷野荒山，不上十有余里，熬痛不起，一气到心，跌下雕鞍，一命归阴。这骑马动也不动，立在主子面前。忽空中来了一个救星，乃香山老祖门人，名唤李靖。他在山中静坐，偶掐指一算，明知白虎星官有难，连忙驾云到此，空中落下尘埃，身边取出葫芦，把柳枝端出仙水，将仁贵面上搽到，方才悠悠苏醒。说："哪一位恩人在此救我。"李靖道："我

乃是香山老祖门人，名唤李靖。当初曾辅大唐，后来入山修道，因薛将军有难，特来相救。”仁贵连忙跪下，口叫：“大仙，小子年幼不知，曾闻人说兴唐社稷，皆是大仙之功，今蒙救小人性命，小子感恩非浅。万望仙长到营，一发救了八条性命，恩德无穷。”李靖说：“此乃易事。贫道山上有事，不得到营，赐你葫芦前去，取出仙水，将八人面上搽在伤处，即就醒转。”仁贵领了葫芦，就问：“仙长，那番营梅月英的妖法，可有什么正法相破么？”李靖道：“贫道有破敌正法。”忙向怀里取出一面尖角绿绫旗说：“薛将军，他手中用的是蚣角旗，此面鼢①蝀旗，你拿去，看他撩在空中，你也撩在空中，就可以破他了。即将葫芦祭起空中，打死了梅月英。依我之言，速速前去，相救八条性命要紧。”薛仁贵接了鼢蝀旗，拜谢李靖，跨上雕鞍。一边驾云而去，一边催马回营。张士贵正在着忙，忽见薛礼到营，添了笑容。说：“薛礼，你回来。这八人怎么样？”仁贵道：“有救。”就把仙水搽在八人面上，方才悠悠苏醒，尽皆欢悦，就问道葫芦来处。仁贵将李靖言语，对众人说了一遍。张环明知李仙人有仙法，自然如意。就犒赏火头军薛礼等人，同回营中欢酒。

过了一宵，明日清晨，依先上马，端兵出到番营，呼声大叫：“呔！番营的快报与那梅月英贱婢得知，今有火头军薛礼在此讨战，叫他快些出来受死！”不表薛仁贵大叫，单讲那营前小番飞报上帅前说：“启上元帅，营外有穿白火头军讨战，要夫人出去会他。”盖苏文听见此言，吓得魂不在身，连忙请出梅月英问道：“夫人，你说大唐火头军受了蜈蚣伤，必然要死，为什么穿白将依然不死，原在营外讨战？”那夫人梅月英闻言，吃惊道：

① 鼢（fén）——一种哺乳动物。

“元帅，那穿白将莫非是什么异人出世，故而不死。我蜈蚣旗利害，凭你什么妖魔鬼怪，受死伤害，必不保全性命，为甚他能得全性命起来？吩咐带马抬刀，待妾身再去迎敌。”这一首牵马，月英通身披挂，出了番营，抬头一看，果然不死，心中大怒说：“唷，薛蛮子，果像异人，不知得仙丹保全性命，今娘娘偏要取你首级。”仁贵呼呼冷笑说：“贱婢，你的邪法谁人作准，我不挑你前心透后背，也算不得火头爷骁勇了。”催马上前，喝声：“照戟！”插的一戟，往面门挑进来。梅月英急驾忙还，二人杀在一堆。马打冲锋，双交回合，刀来戟架丁当响，戟去刀迎迸火星。

战到六个冲锋，梅月英两膊酸麻，抬住画戟，取出蜈蚣角旗，望空中一撩，念动真言。薛仁贵见了，也把鹘󠄀椟旗撩起空中，他也不晓得念什么咒诀，自有李靖在云端保护。两面绿绫旗虚空立着，一边落下飞蜈蚣，一边落下飞金鸡，那飞蜈蚣，变化几百蜈蚣飞过来，那飞金鸡，也化几百，把蜈蚣尽行吃去。吓得梅月英魂飞魄散，说：“你敢破我法术么。”连忙掐诀收旗，哪里收得下？只见蜈蚣角旗与鹘椟旗悠悠高上九霄云内，一时不见了。仁贵心中大悦，便把葫芦抛起空中，要打梅月英。谁知李靖在云端内把手一招，葫芦收去，薛仁贵胆放心宽，把方天戟一起，纵马上前，照定月英咽喉中插一戟刺进来，这梅月英乃是女流，又是法宝已破，心中焦闷，说声：“不好，我命死也！”要招架也来不及了，贴正刺中咽喉，被他阴阳手一泛，轰隆响挑往营门前去了。

这盖苏文在营前看见，放声大哭说：“啊呀，我那夫人啊。”把赤铜刀一起，哗啦啦冲上前来说；“薛蛮子，你敢把我夫人伤害，我与你势不两立。我死与夫人雪恨，你死乃为国捐躯。不要走，本帅刀来了！”望仁贵劈顶梁上砍下来，这一刀廿四分本事，多显出在上面。仁贵把戟架在一边，马打交肩过去，英雄闪背回来，仁贵把方天戟直刺，盖苏文急架忙还。

二人斗到十六个回合，薛仁贵量起白虎鞭来，盖苏文一见白光，就吓得魂不附体，说："啊呀，我命死也。"略略着得一下，鲜血直喷，带转丝缰，望营前大败而走。薛仁贵大喜，回头对营前八位兄弟说道："你们快同张大老爷、小将军们，扯起营盘，冲杀番兵，一阵成功了。"那边一声答应一声，八弟兄各将兵刃摆动，催马冲杀四面番营，张环父子领了大队人马，卷帐发炮，冲到帅营来。这番凤凰山前大乱，有薛礼随定盖苏文冲到帅营中，把小番们一戟一个，挑得番兵走的走，散的散，死的死，苏文见火头军紧紧追来，吓得魂飞魄散，只得兜急丝缰，望内营一走，砍开皮帐，竟走偏将营盘。哪知仁贵赶得甚紧，又且番营层层叠叠，人马众多，又不敢伤着自家人马，一时逃走不出，原冲到凤凰山脚下，忽前边撞着一班火头军，高声大喝："盖苏文，你往哪里走！我们围住，取他首级。"九人围住，把盖苏文棍棍只望顶头打，刀刀只向颈边砍，枪枪紧紧分心刺，斧斧只劈背梁心，杀得盖苏文招架也来不及，被他们逼住，走也走不脱。架得开棍，那边李庆红插一刀砍将过来，苏文喊声："不好！"把身躯一闪，肩尖上着了刀头，连皮带肉去了一大片，口中叫得一声，伤坏那边。王心鹤喝声："照枪罢！"飕这一枪，分心挑将进来。苏文说声："我命死矣！"闪躲也来不及，腿上又着了一枪："唷，罢了，罢了。本帅未尝有此大败！"他如今满身伤，拼着命，见一个落空所在，把二膝一催，豁喇喇冲出圈子，往出脚下拼命这一跑。仁贵就吩咐众弟兄，四处守定，一则冲踹，二则不许盖苏文出营。八人答应，自去散在四面守住。

这盖苏文心下暗想："你看周围营帐密密，人马大乱，喊杀

连在，哭声大震，我若往营中去，恐防有阻隔，反被火头军拿住，不如在凤凰山脚下，团团跑转，等有落空所在，那时就好回建都了。”苏文算计停当，只在山前转到山后，仁贵紧紧追赶，随了盖苏文团团跑转，惊动山上贞观天子，同着元帅、军师出到营外，往山下一看，只见四面番营大乱，炮声不绝，鼓啸如雷。又听得山脚下大叫道：“啊唷唷，火头军果然骁勇，不必来追!”豁喇喇盘转前山来了。君臣往下看时，见有盖苏文被一穿白将追得满身淋汗，喊叫连天，只在山脚下打圈子。朝廷就问徐先生：“底下追赶盖苏文那员穿白小将，却是谁人?”茂功笑道：“陛下，这就是应梦贤臣薛仁贵。”朝廷听见说是应梦贤臣，不觉龙心大悦。就对山下大叫道：“小王兄，穷寇莫追，不必赶他，快些上山来见寡人。”连叫数声，仁贵在下哪里听得，只在山脚下紧走紧追，慢走慢追。忽上边尉迟恭说道：“陛下，如何眼见本帅细心查究，军师大人说没有应梦贤臣，如今这穿白小将是谁?”茂功说：“元帅休要夸能，这是我哄你，你认真起来，哪里有什么应梦贤臣，你看原是何宗宪在下追他。”敬德道：“你哄哪个？明明是穿白将薛仁贵，陛下若许待本帅下去，拿他上来，还是仁贵还是宗宪?”朝廷把不能够要见应梦贤臣，说道：“元帅不差，快快下去拿来。”敬德跨上雕鞍，等盖苏文转过了前山，后面就是薛仁贵跑来。他就是一马冲将下去，却也正在仁贵后，双手一把扯住薛礼白袍后幅，说：“如今这里了。”总是尉迟恭莽撞，开口就说：“在这里了。”薛仁贵尚信张环之言，一听后面喊叫在这里了，扯住衣幅，不知要捉去怎样，不觉吓了一跳，把方天戟往衣幅上插，这一等身躯一挣，二膝一催，豁喇喇一声响，把尉迟恭翻下尘埃，衣幅扯断，薛礼拼命的逃走了。盖苏文回头不见了薛仁贵追赶，心中大悦，跑出营去，传令鸣金，退归建都去罢。那大小番兵齐声答应，见元帅走了，把不得脱离灾难，败往建都去了，我且慢表。

单讲这尉迟恭，扒起身来，手中拿得一块白绫衣幅，有半朵映花牡丹在上，连忙上马，来到山顶。茂功道：“元帅，应梦贤臣在何处?”敬德道：“军师休哄陛下好了，应梦贤臣有着落了。”朝廷道：“拿他不住，有何着落?”敬德说：“今虽拿他不住，有一块袍幅扯在此了，如今着张环身上，要这个穿无半幅白袍之人，前来对证，况有半朵牡丹映花在上，配得着是应梦贤臣，配不着是何宗宪，岂不是张环再瞒不过，再献出薛仁贵来了?”朝廷大悦，说：“元帅智见甚高，今日必见应梦贤臣了。”

如今按下山上君臣之言。单讲这番兵退去，有一二个时辰，凤凰山前一卒全无。张士贵方才吩咐按下营盘，大小三军尽皆扎营，八位火头军先来缴令，回归前营。等了半日，薛仁贵慢慢进营，身上发抖，面如土色，立在张环案旁。口中一句也说不出了。张环大吃一惊，说：“如今你又是什么意思?”薛礼道：“大老爷救命，元帅屡屡要拿我，方才被他扯去衣幅，如今必有认色，小人性命早晚不能保全的了。”张环听见，计就生成，说；“不妨，不妨。要性命，快脱下无襟白袍与何大爷调换，就无认色，可以隐埋了。”正是：

奸臣自有瞒天计，李代桃僵①去冒功。

毕竟张环冒功瞒得过瞒不过，且看下回分解。

---

① 李代桃僵——出自古乐府《鸡鸣》：“桃生露井上，李树生桃旁。虫来啮桃根，李树代桃僵。树木身相代，兄弟还相忘。”本用以比喻兄弟相爱互助，后转用以比喻以此代彼或代人受过。

第三十四回

盖苏文大败归建都　何宗宪袍幅冒功劳

诗曰：

荷花开放满池中，映得清溪一派红。只恨狂风吹得早，凤凰飞处走青龙。

那仁贵心中大悦，说：“蒙大老爷屡次施恩相救，小人将何图报？”连忙脱落白袍，与何宗宪换转。两件白袍，花色相同，宗宪穿了仁贵无襟白袍，薛仁贵反穿了宗宪新白袍。薛礼竟回前营内，不必表他。

单讲张士贵思想冒功，领了何宗宪，将薛万彻尸骨离却营盘，来到凤凰山上，进入御营，俯伏尘埃，说：“陛下龙驾在上，巨奉我主旨意，救驾来迟，臣该万死。驸马踹营讨救，前心受了箭，到汗马城中开读了诏书，就打箭身亡。臣因救兵急促，无处埋葬，烧化尸骸，今将驸马白骨，带在包中，请陛下龙目亲观。”朝廷听见此言，龙目下泪，说：“寡人不是，害我王儿性命了。”尉迟恭就开言叫声：“张环，驸马性命乃阴间判定，死活也不必说了。本帅问你，方才山脚下追盖苏文这穿白小将，是应梦贤臣薛仁贵，如今在着何处？快叫他上山来。”士贵道：“元帅又来了，若末将招得应梦贤臣，在中原就送来京定笃了，为何将他隐埋没在营内？方才追赶盖苏文，杀退番兵者，是狗婿何宗宪，哪里有什么薛仁贵。”敬德大喝道：“你还要强辩么！本帅因无认色，故亲自将他白袍襟幅扯一块在此，已作凭据，你唤何宗宪进来，配得着也不必说了，配不着看刀伺候。”张环应道：“是。”朝廷降旨，宣进何宗宪，俯伏御营。张环道：“元帅喏，可就是这无襟白袍，拿出来对对看。”尉迟恭把这块袍幅与宗宪身上白袍一配，果然毫无阔狭，花朵一般。尉迟恭大惊，他哪里知道内中曲折之事，反弄得满肚疑心，自道：“嗳，岂有此理。”张环说：“元帅，如何，是狗婿何宗宪么?”敬德大怒说：“今日纵不来查究，待日后班师，自有对证之法。”忙将功劳簿打了一条粗杠子，乃凤凰山救驾，是一大功劳。朝廷说：“卿家就此回汗马城保守要紧，寡人明日就下山了。”张士贵口称领旨，带了宗宪下凤凰山。一声传令，拔寨起程，原回汗马城，我且慢表。

单讲天子回驾，降旨把人马统下山来，凄凄惨惨回凤凰城中，安下御营。朝廷见两旁少了数家开国功臣，常常下泪，日日忧愁，军师与元帅每每劝解。忽这一天，蓝旗军士报进营来，说：“启上万岁爷，营外来了鲁国公程老千岁，已到。”朝廷听见程咬金到了，添上笑容，说：“降旨快宣进来见驾。”外边一声传旨，召进程知节，俯伏尘埃，说：“陛下龙驾在上，臣程咬金朝见，愿我王万岁、万万岁！恕不保驾之罪。”朝廷说：“王兄平身。这几时没有王兄在营，清静不过，如今王兄一到，寡人之幸。不知你从水路、旱路来的?”咬金说：“陛下，不要讲起。若行水路，前日就同来了，何必等到今日？乃行旱路，同了尉迟元帅两位令郎，蹈山过岭，沿海边关受许多猿啼虎啸之惊，冒许多风沙雨露之苦，才得到凤凰城见陛下。”朝廷说：“还有御侄在营外，快宣进来。”内侍领旨传宣。尉迟宝林、尉迟宝庆来到御营朝见陛下，见过军师，父子相见，问安家事已毕，宝林就是前妻梅氏所生，宝庆是白赛花滴血，家中还有黑金锭亲生尉迟号怀，年纪尚幼，因此不来出阵。天子又问程王兄：“中原秦王兄病怎

么样了，还是好歹如何?”咬金说：“陛下若讲秦哥病势，愈加沉重，昼夜昏迷不醒，臣起身时就在那里发晕，想必这两天多死少生了。”天子嗟叹连声。程咬金见礼军师大人，回身叫道：“尉迟老元帅，掌兵权，征东辽，辛苦不过了。”敬德说：“老千岁说哪里话，某家在这里安然清静，空闲无事，有何辛苦?”咬金又往两边一看，不见了数位公爷，心中吃惊。开言说：“陛下，马、段、殷、刘四老将军，并同众家兄弟哪里去了?”朝廷听见，泪如雨下。说：“总是寡人万分差处，不必说了。”知节急问：“陛下，到底他们是怎么样?”天子忙把马三保探凤凰山死去，一直讲到盖苏文用飞刀连伤总兵二十余员，吓得程咬金魂不附体，放声大哭。骂道：“黑炭团，你罪在不赦！我哥秦叔宝为了一生一世元帅，未尝有伤一卒，你才做元帅，就伤了我众家兄弟，你好好把众兄弟赔我，万事全休，不然我剥你皮下来偿还他们性命。”朝廷道：“程王兄，你休要错怪了人，这多是寡人不是，与尉迟王兄什么相干。”咬金下泪道：“万岁一国之主，到处游玩，自然众臣保驾。你掌了兵权，自然将机就计，开得兵，调兵遣将；开不得兵，就不该点将下去了。怎么一日内把老少将官，都送尽了。”朝廷道：“也不必埋怨，生死乃阴间判定，休再多言。过来，降旨摆宴，与程王兄同尉迟王兄相和。”内侍领旨，光禄寺在后营设宴，摆定御营盘内，两人谢恩坐下，饮过三杯，尉迟恭开言叫声：“程老千岁，某有一件稀奇之事，再详解不出，你可有这本事详得出么?”程咬金道：“凭你什么疑难事说来，无有详解不出。”敬德说：“老千岁，可记得前年扫北班师，陛下曾得一梦，梦见穿白将薛仁贵保驾征东，老千岁你也尽知的。到今朝般般应梦，偏偏这应梦贤臣还未曾见，你道是何缘故?”程咬金说：“没有应梦贤臣，如何破关得能快？倘或在张士贵营中也未可知。”敬德道：“他说从来没有应梦贤臣薛仁贵，只得女婿何宗宪，穿白用戟。”咬金说：“老黑，既是他说女婿何宗宪，也不必细问了，谅他决不敢哄骗。”敬德道：“老千岁，你才到，不知其细，内中事有可疑。若说何宗宪，谁人不知，他本事平常，扫北尚不出阵，征东为什么一时骁勇起来？攻关破城，尽不在一二日内，势如破竹。本帅想薛仁贵是有的，张环奸计多端，埋没了薛仁贵，把何宗宪顶头，在驾前冒功。”咬金道：“你曾见过薛仁贵么？”敬德道：“见是见过两遭，只是看不清楚。第一遭本帅被番兵擒去，囚在囚车，见一穿白将，杀退番兵，夺落囚车，见了本帅，飞跑而去，停一回，原是何宗宪。后来在凤凰山脚下追赶盖苏文也是穿白用戟小将，本帅要去拿他，又是一跑，只扯得一块衣襟，原是何宗宪身上穿无襟白袍。我想，既是他，为何见了本帅要跑，此事你可详解得出么？”咬金道：“徐二哥阴阳上算得出的，为何不要问他？”敬德说：“我也曾问过军师大人，想受了张环万金之贿，故不肯说明。”程咬金道：“二哥，到底你受了他多少贿？直说那一日受他的贿。”茂功道：“哪里受他什么？”咬金道：“既不受贿，为何不说明白？”茂功道：“果是他女婿何宗宪，叫我也说不出薛仁贵。”咬金道：“嗳，你哄那个老黑，想来必有薛仁贵在张环营内。前年我领旨到各路催趱钱粮，回来路遇一只白额猛虎随后追来，我后生时那惧他，只因年纪有了，恐怕力不能敌，所以叫喊起来，只见山路中跑出一个穿白小将，把虎打出双睛，救我性命。那时我就问他这样本事，何不到龙门县投军？他说二次投军，张环不用。那时我曾赐他金披令箭一支，前去投军。想他定是薛仁贵。”敬德道：“这里头你就该问他名字了。”咬金道：“只因匆忙之间，不曾问名姓，如今着张环身上，要这根御赐的金披令箭，薛仁贵就着落了。”尉迟恭道：“不是这等得

的，待本帅亲自到汗马城，只说凤凰山救驾有功，因此奉旨来犒赏，不论打旗养马之人，都要亲到面前犒赏御宴，除了姓薛，一个个点将过去。若有姓薛，要看清面貌，做十来天功夫，少不得点着薛仁贵。你道此计如何?”咬金说：“好是好的，只是你最喜黄汤，被张环一顷倒鬼，灌得昏迷不醒，把薛仁贵混过，那时你怎么得知?”敬德道：“一件大事岂可混账得的，今日本帅当圣驾前戒了酒，前去犒赏。”咬金道：“口说无凭，知道你到汗马城吃酒不吃酒?”敬德道：“是啊，口是作不得证的，陛下快写一块御旨戒牌，带在臣颈内，就不敢吃了。若再饮酒，就算大逆违旨，望陛下以正国法。”天子大悦，连忙御笔亲挥“奉旨戒酒”四字，尉迟恭双手接在手中，说：“且慢，待我饮了三杯，带在颈中。”敬德连斟三杯，饮在肚中。将戒酒牌带在颈中，扯开筵席，立在旁首说：“陛下，臣此番去犒赏，不怕应梦贤臣不见。”徐茂功笑道：“老元帅，你休要称能，此去再不得见应梦贤臣的。”敬德说：“军师大人，本帅此去，自有个查究，再无不见之理。”茂功说：“与你打个手掌，赌了这颗首级。”敬德说：“果然，大家不许图赖。此去查不出薛仁贵，本帅将首级自刎下来。”茂功道：“当真么?”敬德道：“嗳，君前无戏言，哪个与你作耍?”程咬金说：“我为见证，输赢是我动刀。”茂功说道：“好，元帅去查了仁贵来，我将头颅割下与你。”二人搭了手掌，一宵晚话，不必细表。

到了明日清晨，先差家将去报个信息，朝廷降旨，整备酒肉等类，叫数十家将挑了先走。尉迟恭辞驾，带了两个儿子，离了凤凰城，一路下来。先说汗马城张士贵，同了四子一婿，在营欢乐饮酒。忽报进营说：“启上大老爷，快快端正迎接元帅要紧。今日奉旨下来犒赏三军，顷刻相近汗马城来了。”张环听见说：

“我的儿，想必皇上道救驾有功，故而出旨犒赏我们，去接元帅要紧。”父子翁婿六人，连忙披挂，出了汗马城，果见三骑马下来，远远跪下叫声：“元帅，小将们不知元帅到来，有失远迎，望帅爷恕罪。”敬德道：“远近迎接，不来计较。快把十万兵丁花名脚册，献与本帅。”张环说：“请到城中，犒赏起来，自有花名，为何就要。”尉迟恭喝道：“唗！你敢违令，拿下开刀。”士贵吓得魂不附体，连忙说道：“元帅不必动恼，快取花名脚册来便了。”志龙回身到汗马城中，取来交与元帅。敬德满心欢悦，接来与大儿宝林藏好，说：“此是要紧之物，若不先取，恐被他埋没了仁贵名字。”张士贵满心踌疑，接到汗马城中，另是安下帅营一座，元帅进到里面，张环连忙吩咐备宴，与元帅接风。敬德说：“住了，你看我颈中挂的什么牌?”张环说：“原来帅爷奉旨戒酒在此，排接风饭来。”敬德说：“张环，且慢，本帅有话对你讲。”张环应道：“是。”敬德又说：“因朝廷驾困凤凰山，幸喜你等兵将救驾回城，其功非小。故今天子御赐恩宴，着本帅到汗马城犒赏十万兵丁，一个个都要亲赏。皇上犹恐本帅好酒糊涂，埋没一兵一卒，是皆本帅之罪，故我奉旨戒酒。你休将荤酒迷惑我心，教场中还有令发。若有一句不依，看刀伺候。”张环应道：“是。”敬德吩咐道：“教场中须高搭将台，东首要扎十万兵马的营盘，好待兵丁住在营中听点；西首也要扎十万人马的营盘，不许一卒在内。依本帅之言，前去备完，前来缴令。”张环答应，同四子一婿退出帅营。说：“孩儿们，如今为父的性命难保了。”四子道：“爹爹，为什么?”张环道：“我儿，你看元帅行作，岂是前来犒赏三军的？这分明来查点应梦贤臣薛仁贵。”张志龙道：“爹爹，不妨事。只要将薛仁贵藏过，他就查不出了。”张环道：“这个断断使不得，九个火头军名姓，现在花名册上，难道只写

其名，没有其人的？”志龙说：“爹爹，有了。不如将九人藏在离城三里之遥土港山神庙内。若元帅查点九人名姓，随便众人们混过，或者兵马内走转当了火头军，也使得的。”张环道：“我儿言之有理。”先到教场中传令，安扎营盘已毕，天色晚暗。

当日张士贵亲往前营中来，薛仁贵忙接道：“不知大老爷到此有何吩咐？”张环道：“薛礼，我为你九人，心挂两头，时刻当心。不想元帅奉旨下来犒赏三军，倘有出头露面，那时九条性命就难以保全，故我大老爷前来求你，这那离城三里之遥，有座土港山神庙，倒也无人行走，你等九人作速今夜就去，躲在庙中，酒饭我暗中差人送来。待犒赏完时，即当差人唤你。”薛仁贵应道：“多谢大老爷。”说罢，连忙同了八名火头军，静悄悄出了前营，竟往土港山神庙中躲过，我且慢去表他。

单说到尉迟恭吩咐二子，明日早早往教场。二子答应：“是。”来日，张环父子全身披挂，先在教场中整备酒肉，少刻元帅父子来到教场，上了将台，排开公案，传令十万人马，安住东首营中，又吩咐尉迟宝林：“你将兵器在手，站住西首营盘。为父点过来，你放他进营，若有兵卒进了营，从复回出来，即将枪挑死。”宝林应道：“是。”就立在西营。尉迟恭叫声：“先锋张环，你在东营须要小心，本帅点一人，走出一人，点一双走出一双，若然糊涂混杂，不遵本帅之令，点一人走一双，点二人走出一个，皆张环之罪。”张士贵一声：“得令。”听元帅令严，心中急得心惊胆战，低低说道：“我儿，为今之计怎样？我为父只道也没有严令发下来，所以要随便混转来，当了九个火头军。如今他这样发令严明，哪个当火头军好？”四子应道说：“便是。”不表旁首张家父子心中设法，要说到台上尉迟元帅，先把中营花名册展开，叫次子宝庆看明，叫点某人：“有。”走出东营，要到将台前领赏。元帅从上身认到下身，看了一遍，才叫张环赏酒肉回西营去。宝林又点薛元，应道："有。"走到台前，元帅听得姓薛，分外仔细观看，见他穿皂黑战袄，明知不是，赏了酒肉，回西营去了。每常犒赏十万人马，不消一日，快得紧的，如今有心查点仁贵，一个个慢慢犒赏，眼活费心，虽托长子端枪在西营看守，还当元帅用心，眼光射在两旁，恐兵卒混杂，点得到不上头二百名，天色昏暗，尉迟恭父子用过夜膳，同张环父子共安下营寨，家将四面看守，不许东西兵卒来往。一到明日清晨，元帅升坐将台，重使宝林到西营，点昨日几名，今日原是几名不差。然后再点兵卒，才想到了这三天把前营军名册展开，一个个点到月字号内来了。这番张环父子在下面如土色，分拆心肝，浑身冷汗。说："我儿，如今要点火头军了，将何人替点？为父命在顷刻，你们可有计策。"志龙叫声："爹爹，闻得元帅好酒的，如今奉旨在此，勉强戒酒，哪里耐得住的？今日又是个南风，不免将上好酒放在缸中，冲来冲去，台上自然酒香，看元帅怎生模样，然后见机而作。"张环道："倒也使得。"就吩咐家将，缸中犒赏的酒，倒来倒去。尉迟恭在将台上，劈面的大南风，果然这个美酿香气直透，引得尉迟恭喉中酥痒，眼珠到不看了点将旁首，看他把酒倒东过西，若没有：

戒酒牌悬在颈中，定然取酒入喉咙。

毕竟尉迟恭不知如何饮酒，且看下回分解。

第三十五回

尉迟恭犒赏查贤士　薛仁贵月夜叹功劳

诗曰：

芙蓉影入在江边，黑菊如何访向前。喜得芙蓉伶俐巧，故使张环性命全。

那元帅心中暗想："若没有皇上的戒酒牌挂在颈中，就叫张环献上来，饮他几杯何妨。"又说到张士贵父子，见尉迟恭飘眼盯住的看这里倒酒，必然想酒吃了。便说："我儿怎样设个计策，献酒上去，灌醉了他才好?"志龙说："爹爹，容易。把一碗酒放些茶叶在里边献上去，只说这个是茶。待元帅饮了下去，不说什么，只管献上去，若然元帅发怒，丢下酒来。只说茶司不小心，撮泡差了。又不归罪我们，爹爹，你道使得么。"张环道："我儿言之有理。"连忙把酒放些茶叶，走上将台说："元帅点兵辛苦，请用杯茶解渴，然后再犒赏。"敬德接过来，一闻香冲鼻，喜之不胜，犹如性命一般，拿来一饮而尽。暗想："这张士贵，人人说他奸佞，本帅看起来，倒是个好人，因见我奉旨戒酒，故暗中将酒当茶，与我解渴。本帅想再吃几杯，也无人知觉。"便说："张环，再拿茶来。"士贵见元帅不发怒容，又要吃茶，才得放心。连忙传令张志龙泡茶。敬德慢慢吃，还看不出，哪晓他是一口一碗，只管叫拿茶来，一连饮了十来碗，倒不去犒赏三军了。尉迟宝庆在案东横头，看见爹爹如此吃茶，疑惑起来，说："什么东西，茶多吃个不停，只怕一定是酒了，待等他拿起来看。"

张环接酒放在桌上，尉迟恭正要伸手来拿，被宝庆抢在鼻边一嗅，果是酒。连碗望台下一抛，说："爹爹，你好没志气。也岂不晓酒能误事，你为着何来？况奉旨戒酒，又与军师赌下首级，谁不知张环向有奸计，倘被他灌醉糊涂，哪能清清白白犒赏？正经之事不干，反好酒胡乱，若朝廷知道，爹爹你将何言陈奏，岂不性命难保？还不查点。张环有罪，以正国法。"尉迟恭差不多倒醉的了。见儿子发怒抛翻，性气顷刻面泛铁青，乌珠翻转，说："嗄唷，罢了，罢了。为父饮酒，人不知，鬼不觉，你这畜生，焉敢管着为父的，响叫饮酒！我如今不戒酒了！"把戒酒牌除在旁首，传令张环备筵一席："本帅偏要吃酒，吃个爽快的，看你管得住么？"张环只怕元帅，哪里怕你这公子？连忙吩咐大排筵宴，就在将台上赐张环陪酒，你一杯，我一盏，传花行令，快活畅饮。气得旁边宝庆泥塑木雕的一般。饮到未刻，尉迟恭吃得大醉，昏迷不醒，说起酒话来了。便叫："张先锋，本帅一向不知你心，今日方知你为人忠厚，本帅奉旨犒赏，吃得醺醺大醉，天色又早，还有前营、左右二营，不曾犒赏。今委你犒赏，明日缴令。本帅要去睡了。"张环大悦，应道："是。元帅请回，末将自然尽心。"宝庆叫声："爹爹，这是断断使不得的，岂可委与先锋犒赏？爹爹你自去想一想看，主意要紧，所以说酒能误事。"敬德心中已经昏乱，哪里想到查点贤臣之事。反喝道："好畜生，犒赏三军，难道注定要元帅去赏，先锋赏不得的么？为父如今偏要委他去犒赏，你再敢阻我么，快扶我到营中安睡。"两位公子无奈何，只得扶定尉迟恭，来到帅营，悠忽睡去，我且不表。

单讲张士贵，心满意足，连忙吩咐四子一婿，人人犒赏，如今不像敬德这样查点的，他却唤几百名来，大家分一阵。不上半

日左右，二营尽行赏到，人人无不沾恩。父子回营安睡，一宵不必表他。

再讲那帅营中尉迟敬德这一大睡，到黄昏时候，方才睡醒。二子跪下叫声："爹爹，你如今酒醒了么?"敬德说："我儿，为父奉旨戒酒，不曾饮什么酒。"二子道："啊呀！爹爹，你如今忘记了么？只怕朝廷得知，性命难保。那张环父子，把酒当茶，爹爹饮得大醉，这也罢了。不该把左右营的兵卒，委张环犒赏，如今兵将尽沾恩，应梦贤臣在于何处？岂不有罪了。"敬德吃惊道："嗄，有这等事，为父或者好酒糊涂，要汝等则甚，岂可由我饮酒，阻不得的么?"二子道："啊呀，爹爹，孩儿们怎么不阻，爹爹执意不听，反排筵席，快乐畅饮，如此大醉，酒醒已迟。为今之计，怎么样处?"尉迟恭无计可施，只听得营外猜拳行令，弹唱歌吹，欢舞之声不绝。敬德便说："我儿，外边喧哗，却是为何?"宝林道："就是那些兵卒，因受朝廷犒赏，所以皆在营中欢乐畅饮。"敬德道："不差如今是什么时候了?"宝林道："还只得黄昏时候。"敬德暗想，今夜乃中秋八月，故月色辉华，分外皎洁："我儿，你们随父静悄悄出营，前去走走。"宝林答应跟随。那元帅头上皂色巾，身穿黑战袄，腰挂宝剑，离了帅营，往东西营盘走来转去。也有四五人同一桌的，也有三四人合一桌的，也有二人对饮的，也有一人独酌的，也有猜拳的，也有行令的，也有歌舞的，也有弹唱的，也有劝酒的，好不热闹。敬德又行到靠东这座大营帐边，飘眼望去，见里面有四个人同饮，说道："哥哥，来来来，再饮一大杯。"那人说道："兄弟，你自吃罢，为兄的酒深了，吃不得了。""哥哥，如此我与你猜拳。""兄弟，你噜苏得紧，说道不吃是不吃了，猜什么拳。""哥阿，如此你来陪我饮一杯罢。""阿，兄弟，为人在世，不要不知足，我和你朝廷洪恩，大家吃得有兴，为是我们今日酒肉犒赏，大家畅饮快活，还有血汗功臣，反没福受朝廷一滴酒，一块肉哩。”“哥啊，那个是血汗功臣么?”“他攻打关城，势如破竹，就是朝廷被困凤凰山，若没有薛仁贵，谁人救得，就是元帅性命，也是他救的，这样大功劳，尚不能食帝王酒肉，我等摇旗呐喊之辈，倒吃得醺醺大醉，还要不知足，只管吃下去?”“哥哥，你说得是啊，我走到外边去小解，解就进来的，要说到外边。”尉迟恭一句句听得明白，暗想：“原来有这等事。”说：“我儿，有人出来撒尿，快躲到月暗中去。”三人尽躲在营后墩背，那人见皓月当空，不敢撒尿，也走到营背后月暗中，撩开衣服，正要对敬德面上撒起尿来，这尉迟恭跳起身来，把那人夹背一把，扭倒在地，靴脚踹定，抽起宝剑在手，说：“你认本帅是谁?”那人说：“啊呀！元帅爷，小人实是不知，望帅爷饶命啊。”敬德说：“别事不来罪你，方才你在营内，说九个火头军有血汗功劳，反不受朝廷滴酒之恩。那九个叫做什么名字，得什么功劳，为何犒赏不着，如今却在何方，说得明白，饶你狗命，若一句沉吟，本帅一剑斩为两段。”那人叫声：“元帅，若小人说了，张大老爷就要归罪小人，叫我性命也难保，所以不敢说。”敬德说：“呔，张环加罪你惧怕的，难道本帅你就不惧了。我儿过来，取他首级。”那人说：“啊呀，帅爷饶命，待小人说明便了。”敬德说：“快些讲上来。”那人便说：“元帅，这前营有结义九个火头军，利害不过，武艺精通，本事高强，内中唯有一个名唤薛仁贵，他穿白用戟，算得一员无敌大将。进东辽关寨，都是他的功劳。一路进兵，势如破竹，东辽老小将官，无有不闻火头军利害，只因大老爷与婿冒功，故将仁贵埋藏月字号为火头军。前日元帅来此，大老爷用计将九人藏在土港山神庙中，所以不能受朝廷洪恩。”敬德道：“原来如此。土港山神庙在于何地?”那人说：“离教场三里之遥，松柏旁就是了。”敬德说：“如此饶你狗命，去了罢。”那人说：“多谢元帅爷。”立起身，往营中就走。尉迟恭父子，步月来到山神庙，我且慢表。

单讲庙中火头军，人虽不受朝廷的恩典，张环却使人送来酒肉，他们排开二席，倒吃得高兴，猜拳行令，快乐畅然。只有薛仁贵眼中流泪，闷闷不乐，酒到跟前，却无心去饮。周青叫声：“大哥，不必忧愁。快来吃一杯。”仁贵说：“兄弟，你自己饮，为兄尽有了。外边如此月色，我到港上步步月，散散心，停一回就来的。”周青说：“如此请便，我等还要饮酒爽快哩。”那时薛仁贵离了山神庙，望松柏亭来。月影内随步行来，不想后面尉迟恭瞧呆，穿白小将走出庙来，连忙隐过一边，又见他望东首去，就叫：“我儿，你们住在此，待为父随他去。”二子应道：“是。”那敬德静悄悄跟在仁贵背后，望东行去数箭之遥，空野涧水边立住，对月长叹道：“弟子薛仁贵，年方二十八岁，欲待一日寸进，因此离家，不惜劳苦，跨海保驾征东，哪晓得立了多少功劳，皇上全然不晓，隐埋在月字号为火头军。摇旗呐喊之辈，尚受朝廷恩典，我等有十大功劳，反食不着皇上酒肉，又像偷鸡走狗之类，身无着落，妻子柳氏，苦守巴巴，只等我回报好音，恩哥恩嫂不知何日图报，此等冤恨，唯天所晓。今见皓月当空，无所不照，何处不见，有话只得对月相诉。我远家万里，只有月照，两头剖割，心事无门可告，家中妻子只道我受享荣华，在天子驾前，却忘负了破窑之事，哪知我在此有苦万千，藏于怀内，无处申泄。今对月长叹，谁人知道?”仁贵叹息良久，眼中流泪。尉迟恭听得明白，怎奈莽撞不过，赶上前来，双手把薛仁贵拦腰抱住说：“如今在这里了。”仁贵只道是周青作耍，说：“兄弟，不要戏耍。混账!”谁知敬德的胡须扫在仁贵后颈中，那番回头一看，见了黑脸，直跳起来说："啊呀，不好！"把身子一挣，手一摇，元帅立脚不定，轰隆一响，仰面一跤翻倒在地。仁贵抛开双足，望山神庙乱跑，跌将进来。八人正吃得高兴，吓得魂不在身。大家立起身来说："大哥，为什么？"薛礼扒起来，忙把山门关上说："众兄弟，快些逃命。尉迟老元帅前来拿捉了。"八人听见，吓得浑身冷汗，各拥进里面，把一座夹墙三两脚踹坍，跨出墙，一齐拼命的逃走了。讲这尉迟恭走起身，赶到山神庙，把山门打开，喝叫："我儿，随为父进去，拿应梦贤臣。"二子应道："是。"三人同到里边，只见桌子上碗碟灯火尚在，并不见有一人。连忙进内来，只见墙垣坍倒，就出墙望大路上赶来，应梦贤臣依然不见。只听得旁首树林中一声叫："奉旨拿下尉迟恭，理应处斩。"敬德听言，大吃一惊。回头看时，只见旁首林中一座营盘，帐内有军师徐茂功已到，说是："大人，本帅何罪之有？"徐茂功笑道："怎说无罪，你逆旨饮酒，此乃大罪；查不见应梦贤臣，该取下首级。"敬德说："逆旨饮酒，望大人隐瞒，若讲应梦贤臣，本帅虽不查取，却方才眼见明白，待天色一亮，本帅自往汗马城，将张环动刑，不怕不招出来。"茂功道："元帅，薛仁贵本来有的，只是内中有许多曲折缘故，所以查点不着，少不得后有相逢之日，你必须要见他，前去责任张环，后来反自有罪在不赦之日，如今趁不究明，好好随我回凤凰城去罢。"敬德无奈何，从了军师之命，就连夜离了汗马地方，连夜赶到凤凰城。

天色明亮，朝廷正坐御营，见军师同元帅进营说："陛下在上，老臣前去查点应梦贤臣，果然查不出，望陛下恕罪。"天子道："王兄查访不出就罢了，何罪之有。"程咬金道："老黑，陛下恕你之罪，我到饶你不来。你自说过的，还是你自己把头割下来呢，还是要我动手来割？"尉迟恭笑道："老千岁，你又在此搅浑了。军师大人尚不认真，反要你割起首级来，岂非真正是呆话了？”自从犒赏之后，不觉又是三天，陛下降旨到汗马城，命先锋张环即日开兵，再破关攻城下去。张士贵奉了圣旨，传令大小三军，放炮起兵。“是！”一声得令，离了汗马城，一路下来，约有三百余里，到了独木关安下营盘。天子随后也进兵前来，到汗马城停扎，只等张环破关报捷。谁想这先锋张士贵进攻关寨只靠得薛仁贵，那薛仁贵自从中秋月夜在土港山神庙，黑夜中被尉迟恭吓了这一惊，路上又冒些风寒，借端起根，病在前营，十分沉重，卧床不起了，八人伏事不离。张士贵闻报，心中闷闷不乐。停营三天，并无人出马。汗马城中朝廷旨意下来，朝夕不停，催取进兵。说独木关有多少上将，为何还未能破？那番急得张环无头无脑，日日差人往前营打探薛礼的病体如何，并没有一人回报好音，只得停营在此，不敢开兵。

先说到独木关中的守将名为金面安殿宝，实授副元帅之职，其人骁勇利害不过的，比着盖苏文本事更高万倍。两旁坐两位副总兵，一个名唤蓝天碧，一个名唤蓝天象，这二人也多有万夫不当之勇，生得来浓眉豹眼，蓝靛红须，正在堂中商议退敌南朝人马，忽有小番报进营来说：“启上三位平章爷，大唐人马扎营在关外，有三天了，不知为什么，并无将士索战。”安殿宝说：“有这等事？”便叫：“二位将军，孤闻南朝火头军骁勇无比，走马攻取关寨，如入无人之境，为何起兵到此三日，并不出营讨战？”天碧、天象叫声：“元帅，待小将们出关，先去索战，若火头军出来，会会他本事；若火头军不在里边，一发更好，就踹他营盘，有何不可？”安殿宝说：“将军主见甚好，如此小心出马。”二将答应道：“不妨。”那蓝天碧先自连忙披挂，上马端枪，离了总府，放炮出关，来到唐营，呼声大叫：“营下的，快报说！今

有将军爷在此。我闻汝邦火头军骁勇，既来攻关，因何三日不开兵，故此魔家先来索战，有能者快出营来会我。”那营前军士一闻此言，飞报进来说：“大老爷，关中杀出一员将士，十分利害，在那里讨战。”张环闻报，便对四子一婿道：“我的儿，为今之计，怎么样？那薛礼卧床不起，周青等服侍不离，关中来将，在外索战，如今谁人去抵挡。”志龙叫声：“爹爹，不妨。薛礼有病在床，孩儿愿去抵敌。”士贵满怀欢喜说：“既是我儿出马，须要小心。贤婿戎装帮助次儿，掠阵当心。”应道：“晓得。”张志龙全身打扮，尽皆上马，端兵出到营外，抬头一看，但见蓝天碧：

头戴紫金凤翼盔，红缨一派如火焰。面如蓝靛，须似乌云；眉若丹朱，眼若铜铃。狮子大鼻，口似血盆，海下几根铁线红须。身穿一领绣龙大红蟒，外罩一件锁子青铜铠。左悬弓，右插箭，坐下昏红马。手端一条紫金独龙枪，果然来得威风猛。

那张志龙看罢，把枪一起，豁喇喇冲到马前，枪对枪架定。说：“番儿，番狗，留下名来，你是什么人，擅敢前来讨战？”蓝天碧道：“我乃副元帅标下大将军，姓蓝名天碧，你岂可不闻我东辽顶尖儿的大将么？你有多大本事，敢来会我！”志龙笑道：“怎知你这无名番狗，我小将军本事骁勇，还不好好下马归顺。”正是：

阵前二将虽夸勇，未定谁人弱与强。

毕竟二将斗战如何，且看下回分解。

第三十六回

番将力擒张志龙　周青怒锁先锋将

诗曰：

蓝家兄弟虎狼凶，何惧唐师百万雄。小将志龙遭捉住，这番急杀老先锋。

那番将蓝天碧一闻志龙之言，呼呼冷笑道："不必夸能，魔这支金枪，从不曾挑无名之将。既要送死，快通名来！"张志龙道："我乃先锋大将军张大老爷长公子爷张志龙便是，谁人不知我本事利害，快快放马过来。"蓝天碧纵马上前，把枪一起，喝叫："蛮子，魔的枪到！"插、插这一枪，往张志龙劈面门挑将进去。志龙把枪架在旁首，马打冲锋过去，英雄闪背回来，二人战有六个回合，番将本事高强，张志龙哪里是他对手，杀得来气喘嘘嘘，把枪一紧，望蓝天碧劈胸挑进去。天碧也把枪噶唧一声，挠在旁手，才交肩过来，天碧便轻舒猿臂，不费气力，拦腰一把，将志龙提过马鞍鞒，带转丝缰，往关里边去了。何宗宪见大舅志龙被番将活捉了去，便大怒纵马摇戟，赶到关前大喝："番狗，你敢擒我大舅，快放下马来，万事全休，若不放还，可知我白袍小将军骁勇么！"那番惊动关前蓝天象，催动战马，摇动金背大砍刀，前来敌住宗宪道："来的穿白小蛮子，你可就是火头军薛仁贵么？"宗宪冒名应道："然也，你既闻火头爷大名，何不早早下马受死，反要死在戟尖之下！"天象说："妙啊，我正要活擒火头蛮子。"放马过来，宗宪串动手中方天戟，照着蓝天象面门上挑将进来，天象把刀枭在旁首，马打冲锋过去，英雄闪背回来。二人战到八个回合，何宗宪用力架在旁首，却被蓝天象拦腰挽住，把宗宪活擒在手，竟是回关。打得胜鼓，来见安殿宝。把郎舅二人囚入囚车，待退了大唐人马，活解建都处决。

单讲唐营内，张士贵闻报子婿被番将擒去，急得面如土色，心惊胆战。说："我的儿，你大哥、妹丈，被番邦擒去，冲兵速救还好，若迟一刻，谅他必作刀头之鬼。为今之计怎么样处置？"志彪、志豹说："爹爹，大哥、妹丈本事好些，尚且被他活捉了去，我弟兄焉能是他敌手？薛礼又有大病在床，如今谁人去救。"士贵叫声："我儿，不如着周青去，自然救得回来。"中军那里应道："有，大老爷有何吩咐？"张环说："你到前营月字号，传火头军周青到来见我。"应道："是。"中军来到前营前，也不下马，他是昨日新参的内中军，不知火头军利害之处，竟是这样大模大样，往里面喝叫一声："呔！老爷有令，传火头军周青。"哪晓内边这几位火头将军，也有在床前伏事仁贵，也有在那里吃饭，周青听见他大呼小叫，便骂："不知哪个瞎眼狗囊的，见我们在此用饭，还要呼叫我们，不要睬他。"原是忙忙碌碌，正管吃饭，不走出来。这外边中军官传唤了一声，不见有人答应，焦躁起来说："你们这班狗忘八，如此大胆！大老爷传令多不睬的了。"周青听得中军叫骂，大恼起来说："不知哪个该死的狗囊，如此无理，待我出去打他娘。"周青起身，往营外一看，只见这中军在马上耀武扬威，说："狗囊的，你方才骂哪一个？"中军道："怎么，好杀野的火头军，大老爷有令传你，如何不睬，又要中军爷在此等候，自然骂了！你也敢骂我？是这等大胆的狗头，我去禀知大老爷，少不得处你个半死。"周青说："你还要骂人么？"走上前来，夹中军大腿上一拢，连皮带肉，抠出了一大块。那个中

军官喊声："不好！"在马上翻将下来，跌为两处。中军帽滚开了，一条令箭，把为三段。扒起身来就走。周青说："打死你这狗头，你还要看我怎么？不认得你爷老子叫周青。"那个中军吃了亏，好不气恼，撞见了那些中军，好不羞丑。说："啊唷，反了，反了，火头军到大如我们的。"那些中军说："你原不在行，我们去传他，要观风识气，他们在里边吃饭，要等他吃完；在里边闲话，又要等他说完。况且这班火头，大老爷自己怕他的，凭你营中千总、百总、把总之类，多要奉承他的。岂用得你们中军去大呼小叫的，自然被他们打起来了。"那新参的中军道："嗄！原来如此。我新任的中军，哪里知道。"只得来见张环说："大老爷，这班火头军杀野不过，全不遵大老爷之令，把令箭折断，全然不理，所以中军吃亏，只得忍气回来缴令。"张士贵听言，心中大怒说："我把你这该死的狗头，重处才是。我大老爷逐日差中军去传火头军，何曾有一言得罪，今日第一遭差你去，就令箭折断，不遵号令。想是你一定得罪了他们，所以吃亏回来。左右过来，把这中军锁了，待我大老爷自去请罪。"两旁答应，就把中军锁住。张环带了中军步行往前营来，三子跟着。单有中军好不气恼，早晓大老爷是这样惧怕火头军的，我也不敢大呼小叫了。

不表中军心内懊悔，张士贵已到营前，火头军闻知，尽行出来迎接。周青道："本官来了，请到里边去。"张环进往营中，三子在外等候。八名火头军叩见过了，周青便说："未知本官到来，有什么吩咐？"张环道："未知薛礼病恙可好些么？我特来望他。"周青说："既如此，本官随我到后营来。"张士贵同到后营，来近薛礼床前，周青叫道："薛大哥，大老爷在此望你。"薛礼梦中惊醒说："周兄弟，大老爷差人在此望我么？"张环说："薛礼，不是差人，我大老爷亲自在此看望你。”仁贵说：“啊呀，周兄弟，大老爷乃是贵人，怎么轻身踏贱地，来望小人？周青，你不辞大老爷转去，反放进此营，亲自在床间看望，是小人们之大罪也！况薛礼性命，全亏大老爷恩救在此，今又亲来望我，叫小人哪里当得起，岂不要折杀我也。”张环道：“薛礼，你不必如此，我大老爷念你有功之人，尊卑决不计较，你且宽心，未知这两天病势如何？”仁贵下泪说：“是。大老爷啊，感蒙你屡救小人性命，今又不论尊卑，亲来看望，此恩难报。小人意欲巴得一官半职，图报大恩。看起来不能够了，只好来生相报。”张环说：“又来了，你也不必纳闷，保重身躯，自然渐愈。”仁贵说：“多谢大老爷费心，小人有病在床，不知外事，未知这两天可有人来开兵么？”张环道：“薛礼，不要说起。昨日番将讨战，两位小将军已被他们擒去，想来一定性命难保，今早差中军来传周青去救，不知怎样得罪了，被周青打了一场，令箭折断，故尔我大老爷亲锁中军，一则来看望，二则来请罪周青。”列位要晓得，九个火头军，只有薛仁贵服着张环，如今见他亲来看望，也觉毛骨悚然。今听见大老爷说周青不服法，气得来面脸失色，登时发晕，两眼泛白，一命呜呼去了。吓得张环魂不附体，连叫薛礼，不肯苏醒。周青着了忙，也叫薛大哥，并不醒来，恼了周青，大喝本官不是：“我大哥好好下床安静，要你来一头，薛礼、薛礼，叫死了。兄弟们，把本官锁在薛礼大腿上，待他叫醒了大哥始放。若叫不醒，一同埋葬。”王心鹤与李庆先拿过胡桃铁链，把张环锁在仁贵腿上。这士贵好不着恼说：“怎么样，周青你本无法无天了，擅敢把我大老爷锁住！”周青说：“你不要喧嚷，叫不醒大哥，连你性命也在顷刻。”那番张环魂不附体，连叫薛礼，方才悠悠苏醒：“啊唷，罢了，罢了。哪有这等事？”正是：

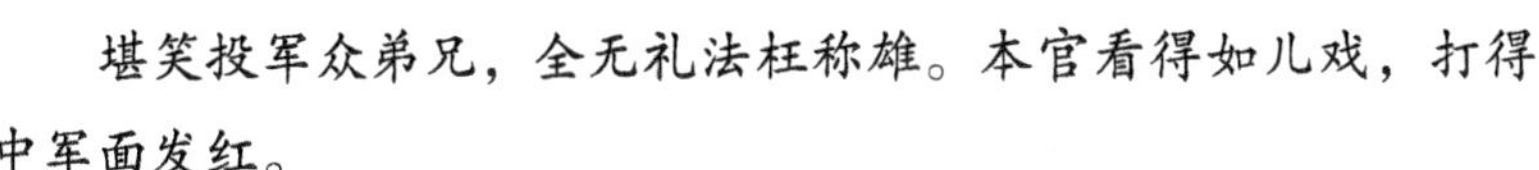
堪笑投军众弟兄，全无礼法枉称雄。本官看得如儿戏，打得中军面发红。

便叫：“大老爷!”士贵应道：“我被周青锁在你腿上。”仁贵听了，不觉大怒说：“怎么样，周青你还不过来放了么?”周青道：“大哥醒了，我就放他。”走将过来把链子开放。那个仁贵气得来大喊：“反了，反了！大老爷，小人该当万死。这周青容他不得，我有病在床，尚被周青如此无法，得罪大老爷。我若有不测，这班兄弟胡乱起来，大老爷性命就难保了。趁小人在此，你把周青领去，重打四十铜棍，要责罚他一番。”张环答应。周青说：“凭你什么王亲国戚，要锁我火头军却也甚难，本官焉敢锁我起来?”张环心下暗想：“他与薛礼不同，强蛮不过的，哪里锁得他住?”叫声：“薛礼，我大老爷不去锁他。”仁贵说：“不妨，李兄弟取链子锁了周青，待大老爷拿去重责。”周青说：“大哥要锁锁便了。”李庆先就把大链锁了周青，张环拿了，走不上三两步，周青说：“兄弟们，随我去。他若是罢了就罢；若不然，我们就夺先锋做。”张士贵听说此言，心中好不惊骇。说：“不好。”只得重走近仁贵床前，叫声：“薛礼，那周青倚强蛮，诸事不遵法度，我大老爷不去处他，只要周青出马，救了二位小将军，就将功赎罪了。”仁贵点头道：“这也罢了。周兄弟，如今大老爷不来加罪你，你可好好出马，救了二位小将军，将功免罪。快去快去。”周青不敢违逆兄长，只要连忙结束，上马端兵，同了七个兄弟，跟随张环，来到中营。姜兴本、姜兴霸啸鼓掠阵，王新鹤、李庆红坐马端兵助阵。

周青一马当先，冲到关前，呼声大叫：“呔！关上番儿，快报进去，今有大唐火头军周青在此索战，叫这番狗早早出马受死。”那番兵闻叫，连忙报入帅府。蓝家兄弟早已满身披挂，放炮开关，出来迎住。喝道："中原来将，留下名来，是什么人？"周青道："你要问他怎么。我说来也颇颇有名，洗耳恭听：我乃月字号内九员火头军里边，姓周名青，本事高强。你早献出二位小将军，投顺我邦，方恕你蝼蚁之命，若有半句支吾，恼了周将军性子，把你一锏打为肉酱。"蓝天碧呼呼冷笑说："我们也闻大唐火头军中，只有穿白姓薛的骁勇，从来不听见有你姓周之名，你就仙人异法，六臂三头，也不惧你。放马过来，照我枪罢。"二马交锋，蓝天碧提枪就刺，周青急架相还。二人战到十个回合，怎经得周青铁锏利害，番将有些抵挡不住，面皮失色。那周青越觉利害，冲锋过来，把左手一提："过来罢！"将蓝天碧擒在手内，捺住判官头，兜转丝缰，望营前来。再讲关前蓝天象，见兄长被擒，心中大怒。忙纵坐骑出阵，大叫："呔！蛮子不要走，你敢擒我哥哥，快快放下来。"那周青到营前将蓝天碧丢下。张士贵吩咐绑住，周青又冲出阵，大喝："番狗！你若要送命，快通名来。"天象说："我乃副先锋麾下，名唤蓝天象。可知我的刀法精通么？你敢把我兄长擒去，我今一刀不把你劈为两段，也不算魔家骁勇。"周青冷笑道："不要管他。"放马过来，天象上前提刀就砍，周青急架忙还，二人杀在一堆。只听刀来锏架丁当响，锏去刀迎迸火星。一来一往鹰转翅，一冲一撞凤翻身。这二人战有二十回合，蓝天象招架不住，却被周青劈头梁一锏，打得来脑浆迸裂，翻下马来，呜呼哀哉了。那时节众小番把关门闭了，报副元帅去了。周青得胜回营，张士贵满心欢喜。带过蓝天碧喝问道："番狗！你今被天邦擒在此，死在顷刻，还敢不跪。"天碧说："呔！天无二日，民无二王。我见狼主屈膝，岂来跪你？要杀就杀，不必多言。况又父兄之仇不共戴天，你来审我怎么。"张环说："既如此，吩咐推出营外斩首。"两旁一声答应："嗄！"

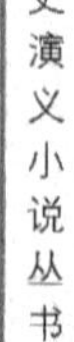

就把蓝天碧割去首级，号令营门，我且不表。

单讲独木关中副元帅安殿宝，正坐三堂，忽有小番飞报进来说：“启上元帅爷，不好了。二位将军被大唐火头军伤了。”那金脸安殿宝听见此言，不觉魂飞天外，魄散九霄，吩咐带马抬锤。手下一声答应，安殿宝通身打扮，跨上鞍辔，手执银锤，离了帅府，带领偏正牙将，放炮开关，吊桥坠下，五色旗幡招转，豁喇喇冲到营前，高声大叫：“呔！唐营下的，快报说：今有安元帅在此讨战。有能者火头军，早早叫他出营受死。”不表安殿宝讨战，单言周青连忙出马，随了众弟兄来到营外，往前一看好个金面安殿宝，你道他怎生模样？但见他：

头戴金狮盔，霞光射斗；身穿雁翎铠，威武惊人。内衬绛黄袍，双龙取水；前后护心镜，惯照妖兵。背后四根旗，上分八卦。左边铁胎弓，倒挂金弦；右有狼牙箭，腥腥取血。坐下黄鬃马，好似天神。面如赤金相同，两道绣丁眉心竖，一双丹凤眼惊人。高梁大鼻，阔口银牙。手端两柄大银锤，足足有那二百斤一个。虽为海外副元帅，要算东夷第一能。

那周青见了心内胆脱，叫声：“众兄弟，你们看这黄脸番儿，谅来决然利害。我有差迟，你们就要上来帮我。”众人应道：“是，晓得。哥哥放心上去，快些擂起战鼓来。”说罢，战鼓一啸，旗幡摇动，周青冲上前来，把亮铁锏一起，那边银锤架定，大喝：“来将何名，留下来好打你下马。”周青道：“你要问我之名，洗耳恭听：我乃张大老爷前营内火头军薛礼手下，周青便是。可知我双锏利害么？你这黄脸贼，有什么本事，敢来讨战与我！”安殿宝说：“本帅在着关内，只闻火头军骁勇，哪曾有你之名？可晓本帅银锤骁勇，穿白将只怕逢我也有些难躲，何在于你！”周青道：“不必多言，若要送死，须通名姓下来。”殿宝道：

“本帅双名殿宝。东辽一国地方，靠着本帅之能，你有多大本事，敢来送死?”周青听言大怒，舞动双铁锏，喝声：“照打!”当的一声，并锏直往番将顶上打将下来。安殿宝不慌不忙，拿起银锤望锏上噶啷一枭，周青喊声不好，在马上乱晃，险些跌下马来：“啊唷！果然好本事。”一马交锋过去，圈得转马来。安殿宝量起银锤，直往周青劈面门打下来。那周青看锤来得沉重，用尽平生气力抬挡上去，马多挣退十数步，眼前火星直冒。看来不是他敌手。回头叫声：“众兄弟，快快来!”七个火头军大家答应，纵马上前，刀的刀，枪的枪，把个安殿宝围在当中。三股叉分挑肚腹，一字镗照打颅头，银尖戟乱刺左膊，雁翎刀紧斩前胸，宣花斧斧劈后腮，紫金枪直望咽喉。那安殿宝好不了当，舞动大银锤，前遮后拦，左钩右掠，上护其身，下护其马；迎开枪，逼开斧，抬开刀，挡开戟，哪里在他心上。八人战他一个，还是他骁勇些，晃动锤头，左插花，右插花，双龙入海，二凤穿花，狮子拖球，直望八人头顶上、背心、中左太阳、右勒下，当胸前当当的乱打下来，八个火头军哪里是他对手，架一架，七八晃，抬一抬，马都退下来了。战到个四十回冲锋，不分胜败。杀得来：

风去惨惨天昏暗，杀气腾腾烟雾黄。

毕竟不知如何胜败，且看下回分解。

第三十七回

薛仁贵病挑安殿宝　尉迟恭怒打张士贵

诗曰：

八将英雄虽说能，未如殿宝独称尊。若无仁贵天星将，独木关前尽丧魂。

那两边战鼓敲得如雷霆相似，炮响连天。独木关前沸反淫天，忽惊动前营月字号内病人薛仁贵。他有大病在床，最喜清静，可以朦胧打睡。不想外面开兵，喊杀大震。一个薛仁贵哪里睡得起，忙问徒弟们："外面哪个开兵？如何杀了半日不定输赢，只管鼓炮喧声，害我再睡不着。"徒弟回道："营外众师父在那里开兵，不道关内出来一将，名唤金脸安殿宝，其人骁勇异常，善用两柄大银锤，因此八位师父围住战他，不分胜败，所以有此战鼓不绝。"仁贵听言大怒，说道："有这等事，我到东辽地方，从不败于番将之手，都是势如破竹，如入无人之境。今一病在床，想安殿宝有多大本事，八人都战他不过，使我火头军之名，一旦被他丧尽了，我哪里听得过！带我的盔囊甲包过来，待我去杀这金脸的番狗！"那十个徒弟上前道："这个使不得，你有病在床，保重尚且不妙，怎去与他开兵，不要说这没正经的话。方才周老师临去，嘱咐我们要小心服侍，怎么反要出去战阵，分明自送残生。不要说别的，就是冒了风，也有几日难过。"仁贵道："你等晓得什么来，我一生豪气，忿忿在心，今虽有病，哪里容得外面这番奴如此称威耀武，八个兄弟没干，自当我去开兵。"说完，坐起身来，穿好衫裤说：“快拿盔甲与我穿好，带马抬戟，我好出阵。”那些小卒们都说道：“薛老师，这是断断使不得，要开兵待病势好了，然后开兵。”仁贵怒道：“多讲！快去拿来。”小卒无奈，只得带马的带马，取盔甲的取盔甲。薛仁贵说要妆束起来，拿一顶烂银盔戴在头上，犹如泰山的重。说：“这顶盔不像我的。”徒弟道：“正是老师的”仁贵说：“为什么沉重的狠?”徒弟说：“这个自然。老师虽是那豪杰气性犹在，然而形容意景，恍惚不过，身十分瘦怯，力气萧然，自然带这顶银盔是沉重的了。”仁贵又把银条甲披在身上，慢腾腾跨上了马，接过方天戟来，犹如千斤模样，再也拿不起来。未曾出戟，心中混乱，头圆滚滚，曲了腰，双手拿定戟杆，楞在判官头上，戟尖朝上。遂叫徒弟加鞭，手下答应：“是。”把马牵出营盘，加上三鞭，这骑马不管好歹，后足一蹬，四蹄发开，豁喇喇竟冲上前来。惊动了虚空九天玄女娘娘，见仁贵带病出马，遂传法旨，叫左首青衣小童仗剑，去帮薛礼取胜安殿宝。小童领旨，暗中保护不必表他。

再讲张士贵，见薛礼在马上腰驼背曲，带病出马，又惊又喜，说：“薛礼，你是恍惚之人，须要小心，不可造次。”仁贵也不听见，望看时，但见围在一团，枪刀耀目。大叫：“众兄弟快些退下来，待为兄取他性命。”阵上八个火头军，大家杀得眼目昏花，汗流脊背，巴不能够有人来替。他忽闻大哥出马，心中欢喜。大家探下兵刃，多转营前来，忘记了仁贵病体，只有他独自向前。哪晓安殿宝见八人退去，又说大哥上来，明知有名薛蛮子，抬头看他穿白用戟，一定无疑。就扣住了马，把两柄银锤凤翅分开，一个朝上，一柄向下，看他冲来，必须住马与我打话。

那晓仁贵病颠之中，身不由主，哪里还把丝缰去扣，凭他冲到敌将马前。这叫天然凑巧，玄女保护童子，拿他戟尖刺入番将

咽喉。这安殿宝不防备的，要架也来不及，喊得一声："啊呀！"人已穿在戟尖上了。他原不曾扣马，又无力挑掉此人，由他直枪吊桥。后面八个火头军喜之不胜，连马把枪刀一起，催马来夺关头。那些番兵进得关来，薛仁贵也到了关内。那时枪刀剑戟，直杀过来。仁贵着了忙，用尽膂力，把个安殿宝挑在旁首，抡戟就刺，好似无病一般。杀得番将死的死，逃的逃，后边八人冲进关来，四下一追，杀入帅府，救出张志龙、何宗宪，查明粮草，关上改换旗号。张环领进人马放炮安营，犒赏了九个火头军，已取了独木关。此回书叫薛仁贵病挑安殿宝，张士贵又要冒功了。

单讲到汗马城，朝廷闻报了独木关，命大元帅尉迟恭传令大小人马，发炮抬营，离了汗马城，一路往独木关进发。先锋张环远远相迎，进了关门，发炮三声，齐齐打下营盘。张士贵进到御营，俯伏尘埃道："陛下龙驾在上，臣狗婿何宗宪，路上辛苦得其大病，前日又病挑安殿宝，已取独木关，略立微功。"朝廷大喜说："汝婿有病，取胜番将，功劳非小，待元帅上了功劳簿。"张环道："多谢元帅爷。"尉迟恭又道："张先锋，本帅看你倒是个能人。"张环道："不敢，何蒙元帅爷谬赏。"尉迟恭又说："本帅营中有件古董，人人不识，想你必然识得。"张环道："小将只怕未必识得。"尉迟恭道："又来谦让了，你且随我到帅营来。"张士贵只得随了元帅，进往帅营去。朝廷问徐先生："尉迟元帅说有古董，未知是什么古董与张环看？"茂功笑道："有什么古董，张环中了元帅之计，他哄去要打他。"天子道："果然么？"应道："正是。"

不表朝廷之言，单讲到尉迟恭同了张环，进入帅营，便说："张先锋，待本帅去拿出来。"士贵应道："是。"只等古董来看。再表尉迟恭到后营，拿了这条鞭，来到外面叫声："张先锋，你看此件是什么古董？”张士贵看见说：“元帅，此条是鞭，元帅用的镔铁钢鞭，不算什么古董。”尉迟恭道：“为甚柄上又刻几行字？本帅不识，你来念与我听听看。”张环说：“元帅，这乃先王敕赐封的打王鞭，所以刻着几行字在上面。”尉迟恭说：“刻的是什么字？朗诵与我听。”张环只得念道：“这六句刻的‘无端狄虏造反，抢掳国家廊庙，朕知虢国公忠义，三宣召请还朝。上打昏君无道，下打文武不忠，神人万不能回避，神尧高祖亲封’。”敬德大笑说：“依鞭上之言，汝等不忠奸佞，正可打得的了。”飞一腿把张环踢倒在地，提鞭就要打了。吓得张环魂不在身，大喊道：“啊呀，元帅爷，末将有功于社稷，何为奸佞？望元帅饶命。”敬德道：“你还说不奸么？本帅问你，那薛仁贵现在你前营内月字号内为火头军，怎么在本帅跟前将他隐过，只说没有？自从破东辽，大小功劳多是薛仁贵的，你偏偏将他功劳全冒在自己身上，还说不奸么？”张环道：“啊呀，元帅啊，这是冤枉的啊！末将月字号内火头军，只有薛礼，从来不听见仁贵二字。这乃同姓不同名，况薛礼又不晓得开兵打仗，何算应梦贤臣？望元帅休听旁人之言。”尉迟恭大怒道：“你还要强辨？本帅前日在汗马犒赏三军，你把我灌醉，糊涂混过。那夜醒来，行到土港山神庙，见薛仁贵对月长叹，本帅隐在旁边，一句句听得明白，我就上前拿他，他便一走，走往山神庙内。本帅赶进庙中，他已跨墙而出，还像有七八个伙伴。当日就要问你，奈军师阻住，故我未曾与你算账。今日取独木关，病挑安殿宝，一定是薛仁贵功劳，你又来冒他的，快说出真情，把薛仁贵献到本帅跟前，这还饶你狗命，你若半句支吾，今一鞭打你为肉酱。”张士贵看来不妙，心下暗想：“我若不把情由说出，性命谅来难保。不如把仁贵说明，暂避眼前之害，多贪留生命几天也是好的。”那番便叫声：“元帅

且息雷霆之怒，待末将细说便了。”尉迟恭道：“快些讲上来。”士贵道：“总是末将该死，望元帅恕罪。那薛仁贵果住山西绛州龙门县人氏，那年投军在内，因见他本事高强，故把他埋没在前营为火头军，将功尽冒在狗婿身上。此是情真，求帅爷饶命，待末将就去把薛仁贵献过来。”尉迟恭道：“前日救本帅小将是哪一个？”士贵道：“就是应梦贤臣。”又问：“前日凤凰山下追盖苏文，扯落袍幅者是哪一个？”答道：“也是薛仁贵。”尉迟恭便哈哈大笑说：“我把你这狗头砍死便好，你原来有败露日子的么。本该一鞭打你为齑粉才是，奈功劳未曾执对明白，饶你狗命，快去把薛仁贵献出，明对功劳，那时少不得死在我手。”张士贵连声答应，叩了四个头，退出帅营，竟往自己营中去了。

且讲尉迟恭满怀欢喜，来到御营说道：“陛下，薛仁贵如今有着落了。”徐茂功道：“有什么着落？分明把仁贵性命害了。”敬德道：“军师大人，本帅方才怒打张环，要献出应梦贤臣，他满口应承而去，谅他不敢不献，有何害他性命？”茂功道：“元帅，你哪里知道，张环此去，只怕未必肯献仁贵出来。他若献了薛仁贵，是他性命难保，元帅可肯饶他？”敬德道：“这个本帅恕他不过。”茂功又道：“却又来，他如今此去生心，把仁贵谋害了。”敬德道：“岂有此理！他若把薛仁贵谋害，明日怎生样来见我？”茂功说：“元帅又欠通了。他谋死贤臣，并无对证，只说没有薛仁贵，元帅因生心伤我性命屈招的，实没有仁贵，叫张环哪里赔补得出？这数句言语，就赖得干干净净，有何难处？岂不把一家朝纲梁栋，白白送与你手。”朝廷听见应梦贤臣性命难保着了，忙说：“徐先生，这便怎么处怎样救他才好？”茂功又掐指一算道：“还好，还好，内中有救，请陛下放心。”朝廷道：“既然有救，是朕万幸。”尉迟恭大怒说：“明日张环不献应梦贤臣，叫他吃我一鞭，岂有此理。”

不表元帅之言，另讲先锋张士贵，受着这一惊，回到自己营中，脸上失色，目定口呆。四子一婿上前问道：“爹爹前去报功，为什么这般光景回来？”张环说：“啊呀，我的儿，不好了。如今事露机关，为父性命不能保全了。”众人道：“为着何事？”张环道：“就是前营薛仁贵，被元帅细细地访出真情，要为父把他献出去，我若献他出去，也不为难，只是那一番隐瞒冒功之罪一彰，他岂肯饶恕我们性命的？”四子道：“爹爹，这薛仁贵献不出的，献去也是死，不献去也是死。”张环道：“这便怎么样？”众子道：“倒不如把九个火头军一齐将他谋害，后无对证，那时元帅究问其情，爹爹就在驾前哭诉说应梦贤臣果然没有，叫臣哪里赔补得出？方才元帅要伤臣性命，所以随口乱道，屈认其情，真实没有，望陛下饶恕性命。这几句回奏何等不美。”张环道：“孩儿之言有理。如今事不宜迟，把此九人怎生谋害？”志龙道：“爹爹，不如将药酒灌倒，一齐杀死，你道如何？”志虎道：“不好，他们九人何等骁勇，倘被他识破机关，造反起来，谁人服得他们？”志彪道：“有了，不如将砒霜毒药赏赐九人，待他饮下，一命呜呼。”志豹说：“尤其不好，九人在此，这怕未必齐饮，倘有迟晚岂非画虎不成反类其犬。大家不保。”张环道：“这不是，那不是，便怎么处呢？只要想一个绝妙的妙计，把他九人陷害，使那人不知，鬼不觉，方为安稳。”何宗宪眉头一皱，计上心来说：“岳父，有了。前日小婿被番将擒捉到此，听得他们说此处天仙谷口，凭你多少人进去，塞住了口子，后路不通，无处奔逃。不如将九人哄入天仙谷口，外面端整木头石块塞住了，多往山顶，将火弓、火箭、火球、火枪射打下去，多用些引火柴草撩下，岂不上天无路，入地无门，一齐活活烧死？”张环说：“贤婿此计甚

妙。”一面差人去周备火球火枪等项，一面端正塞住谷口之事。张环父子进往前营，叫声：“薛礼，不好了。我老爷为你时刻在心，谁想你前日在土港口山神庙中露出真情，尉迟恭十分着恼，今且把鞭打我，要我献你出去，我想把你献去，一定性命难保，枉费许多心机，十大功劳一旦休矣。所以我大老爷不忍，特差人打听离关十里之遥，名为天仙谷口，且避眼前之害，待我兵兴夺了三江越虎城，在驾前保你出来。”仁贵听见，魂飞海外，魄散九霄。说：“有这等事？感蒙大老爷屡屡搭救，无恩可报。兄弟们，我们大家去。”周青说：“不妨，有我在此，待元帅拿我，我自有话讲，不劳本官着忙。”李、王二人道：“你们专要倔强，性命要紧。”薛仁贵胆小不过，带了法宝，上马提戟，同了张环父子，一路来到天仙谷口，九骑马竟入谷口，但见两边高山峻岭，树木森森，居中有一位石成的弥勒佛，转到佛后，弯了一曲折，转过曲折的路，四面高山斗拢，不通的绝路。不表九人在内游玩，外面张环预备柴木在此，看他们多转在山凹内去了，他就在外边传令，将谷口堆满硫磺硝炭，点着了火，烧将进去。父子六人上了高山，先把引火柴枝丢下去，落在山凹，然后把火球、火枪、火箭，如雨点打将下去，满山凹都是火了。那番九个火头军吓得魂飞魄散，说：“如今性命大家不保了。”周青说：“都是大哥不好！张环这狗，万恶奸臣，什么好人，只管信他。方才若听我周青言语，大家活了。如今弄到火里头来死，真正是火头军了。”仁贵说：“周青兄弟，不必埋怨了。哪里知道这班狗头，横心烂肚，冒认功劳，设的诡计，害我九人九骑性命。为今之计怎样？不要说是火，就是这个烟，也吞不过了。”叫天不应，入地无门，慌做一团。仁贵忽然记起九天玄女娘娘赠的水火袍。他说遇有火灾，拿来披在身上，今日亏得带在身边，待我取出来。仁贵就往囊中取出袍服，九骑马堆做一堆，将袍罩住，这是玄女法宝，火就不能着身。正在放心，忽听半空中有人叫道："薛仁贵，你们九人不必着忙，要命者都把眼睛闭了，耳边有风声响动，不必睁开。听江边绝了风声，然后睁开眼来，才保全得性命。"这九人听见空中如此说，谅来非神即佛，不管真假，都把眼睛闭了。果然耳边风声响动，九骑马都叫起来了，人心都是浮虚，好像腾云模样。大家暗想："不要我们掉在水里边去了。"眼睛不敢睁开来看，这个风声响有一二个时辰，方才绝了风声。大家开了眼看时，却不是天仙谷内，又换了一个所在。但见两旁高山险岭，上边松柏长青，一条石衔，几个弯兜转，不见民房屋宇，又没有河水溪池，又无日月之光华，阴不阴，阳不阳，不知是什么所在。仁贵对周青道："兄弟，此处又不见人家屋宇，荒郊旷野，谅无安歇之地，不如问到独木关去，见天子龙驾。"周青说："独木关知道哪条路上去的？又天晚，有多少的路程，今晚料去不及的。"王心鹤道："且随马赶上前去，见有人问个明白。"众人道："说得有理。"九人随着山路，曲曲弯弯行将过去，从没有一人来往。看看天色将晚，行有四五里路，原是：

高山树木重重叠，屋宇人烟点点无。

毕竟这九人怎生模样，且看下回分解。

第三十八回

火头军仙救藏军洞　唐天子驾困越虎城

诗曰：

张贼奸谋恶毒深，时时只想害贤臣。九天若不行方便，万乘焉能入海滨。

单讲仁贵等九人行到傍晚，但有山林不见人烟，正在踌躇无处安歇，好生愁闷。抬头一望，只见前面忽来了一个老婆子，看来有百十余岁光景，老不过的了，头发眉毛多是白的，手中用拐杖一条，微微咳嗽行上来了。薛仁贵叫声："兄弟们，那边有个老婆子来了，不免去动问一声看。"众弟兄道："不差。"九人齐上前问道："老妈妈，借问一声。"那婆子道："啊呀呀！列位将军哪里来的，要到何处去的？"仁贵说："我们是中原人，保大唐天子龙驾跨海来征东的。因错了路头，如今要到独木关，不知从哪条路上去，有多少里路？今晚可去得及吗？"婆子道："原来如此，你们是唐天子驾前大将，老身不知，多多冒犯，望乞恕罪。若说此地，离独木关有五百里足路，今晚哪里去得及？"薛仁贵说："完了，这便怎么处？兄弟们，我们今宵到哪里去安歇？"众弟兄说："大哥，这便怎么好？"周青说："无可奈何，就在树脚下蹲蹲罢，过去一夜，明日前行有何不可？"婆子道："列位将军，若不嫌弃老身家寒，到我的草舍，水酒一杯，权且过了一宵，明日去罢。"仁贵道："未知老妈妈贵宅在于何处，若肯相留过夜，明日自当重谢。"婆子道："说哪里话来，舍下就在前面，将军们随老身来。”众弟兄应道：“既如此，妈妈先请。”

这九个人跟随婆子奔走，一路弯弯曲曲，行到一座山前，却见个石洞，有五尺高。婆子道：“请各位将军下了马，随我进洞来。”九人只得下马，低了头走进洞中，里面黑暗的行有半里路才见亮光，随着亮光走去，行出了山洞，又换一座世界了。两边只见苍松翠柏，廊下花砌砖街，十分精巧。眼前有四时不谢之花，八节长生之草，一见双双白鹤成对，处处麋鹿成群，耳中只听得狼嚎虎啸猿啼豹叫之声，柳梅竹响惺松，百树风调晰呖。喜得九人连连称赞：“妙啊！好一个所在。”一路观玩景致而行，哪里认得出去的原路。正走到一潭涧水边，这个水碧波清中有一条仙桥，两边紫石栏杆，婆子领过桥来，见有一所石屋，高有一丈，那婆子道：“列位将军，此处就是舍下了，请到里面来。”九人抬头看见门前有个匾额，上写“藏军洞”三字。仁贵就问：“老妈妈，何为藏军洞？”婆子说道：“将军不知其细，且到里边来，老身自有话讲。”九个弟兄进入内来，把马牢拴在树。抬头四下观看，奇怪得紧，家伙什物都是石凿成的，石台子、石交椅、石凳、石床，就是那缸、盆、瓶、勺、壶、注、碗、碟等类尽是石的。大家坐下，因见家伙什物稀奇，不像是凡人，连忙动问道：“老妈高姓？向来祖上可是官宦出身，目下有几人在家，因何独住荒野，不知作何贵业，望妈妈细说明白。”婆子道：“不瞒众位将军说，老身姓宣，从小在荒山草屋苦苦度日，父母尽行归天，又无亲戚投靠，只得采薇修炼，目下一百零八岁，从未曾食其烟火。心惟居正，不道昨宵有九天玄女娘娘托梦与我，说大唐天子驾下先锋张士贵前营月字号有火头军九个，万岁出旨要拿，亏得他们命不该绝，明日一定行到此山，你便将他藏过，救

了九条性命。所以有老身领救你九位将军到藏军洞内，此地原算仙界，就是东辽国王也不晓此地的，再没有人来往，你等放心托胆隐在此间，待老身去打听唐王赦宥①，自然来领你们出去干功立业。”九人听见此言，不觉大惊，说道：“原来有这等事，多谢老妈妈费心，我等感恩非浅。但如今酒无处沽，米无处籴②，便怎么样？”妈妈道：“不必沽籴去，那一只缸内是米，这一只缸内是酒，够你们吃的就是了。若要荤腥，仙桥北首名曰养军山，山上獐鹿野兽最多，打不尽的，有本事竟去寻来吃。”薛仁贵道：“这倒不消妈妈叮嘱，但我等多要吃到斗米坛酒，一个半缸干什么事，不到一二天就完了。”婆子道：“这两缸酒米吃不尽的。今日吃了多少，明日又长了多少出来，凭你吃千万年也不肯完的。”众人说：“有这样好处！如此老妈妈请便吧。”那婆子出了藏军洞，她就是九天玄女变化在此，安顿了九人竟是腾云去了。

单讲九个火头军，其夜饱餐夜膳已毕，过了一宵。明日上山打猎的打猎，煮饭的煮饭，游玩的游玩，好不快乐，倒也清静安稳，犹如仙家一般。若喜欢吃酒，一日吃他五六通，只不过野兽肉过酒过饭。自此安闲自在，在藏军洞住了数日，总是人鬼不知，哪里还把出仕干功挂在身上？都忘记了。

我且按下藏军洞九人之言。如今又要说到天仙谷张环父子守了一夜，天明往下一看，满山凹尽是火灰，谅九人九骑也化为灰了。如今同了四子一婿回到自己营中，在此商议要哭诉天子事情。忽军师府差人传令，着张环父子作速起兵离了独木关，前往

---

① 赦宥（yòu）——赦罪；赦免。

② 籴（dí）——指买进（粮食）。

建都攻打三江越虎城，破得城池，汝命可保，还要官上加官，不得违误。那张环父子得了此令，满心欢悦：“我的儿，这是军师好意，暗中救我父子性命，如今不怕元帅归罪了。”当日就此打扮，传令三军拔寨起兵，离了独木关，正走建都去了。这是非一日之功，要晓得一路进兵，徐茂功从不传令，今日为何传起令来？军师心中明白，犹恐元帅归罪张环，所以把张环提调建都，使他活了性命。元帅尉迟恭闻得张环不在独木关，明知军师救了他性命，所以就往三江越虎城去了，只得无奈何，原由他去。薛仁贵依然不见。

我且按下独木关朝廷之事。单讲到三江越虎城，高建庄王身登龙位，旁有军师雅里贞，底下各位文臣武将站立两旁。单有元帅盖苏文不在，他往朱皮山求木角大仙炼飞刀去了，尚未回程，虽有千军万马在越虎城，无人提调。君臣正在议论，忽有小番报进来道：“启上狼主千岁，不好了，独木关已破，安殿宝已死，不道兵临建都来了。”高建庄王听见失了独木关，挑死安殿宝，吓得魂不附体，叫声：“军师，为今之计怎生是好？元帅又不在城，倘一日兵来，谁人抵敌？”众文武大家无计可施，军师雅里贞上前奏道：“狼主龙心韬安，臣有一计，能擒中原君臣将士。”庄王大喜，说道：“军师有何妙计？”雅里贞说：“闻得大唐名将甚广，况有火头军骁勇，元帅尚且在凤凰山大败，安殿宝有名能将，也死在他们之手，料我数员将卒哪里守得住三江越虎城，不如把那城池调空，我们安顿营盘在驾鸾山上，把四门大开，专等唐兵一进城中，臣便点将暗中埋伏，统大兵把城围困，连扎数皮营帐，待他总有能人，也难踹出此营。然后慢慢攻打，岂不唐王性命如在反掌之中？”庄王说：“军师妙计甚高。”文臣武将无不欢心。即便降旨小儿郎官员等类，尽皆

搬到驾鸾山居住，点齐数十万人马暗中埋伏，专要围困城池，我且不表。

单讲张环父子，在路耽搁四五天，这一日早到三江越虎城了。张环说："我的儿，此城乃国王身居之处，谅来能人勇士猛将强兵不知多少在内，如今又少火头军，只怕未必破得此城。"众儿道："正是，只怕难以立功。"父子正在马上言谈，那一头早有探子马报来了："启上大老爷，前面番城不知为何城门大开，吊桥放平，但且旗幡招展，并无将卒把守，因此特来报与老爷得知。"张环说："有这等事？啊，我儿，这是什么缘故？想是他们闻得我那火头军利害，所以不战而自退了，也算天赐循环，不如占了越虎城，待天子到来就要立功了。"何宗宪上前叫声："岳父，非也！可记得扫北里边空城，弄出大事来招架不住，今日他又是空城之计了，不可上他的当。"张士贵道："这等见机而作就是。他邦排的诡计，我们只要进得城，报天子那边，只说你本事高强，攻破越虎城，待他上了功劳簿，尉迟恭赦了我们之罪就是了，管他围住不围住。"四子道："爹爹言之有理。"忙传大小三军统进三江越虎城。三声炮响，把四城紧闭，吊桥高扯，城上改换旗号，城中扎定营盘，寻查仔细已毕，即便差人速报独木关去了。

朝廷与茂功正在御营言谈，忽有当驾官启奏说："陛下在上，今有先锋张环同婿宗宪攻破越虎城，夺了建都一带地方，请陛下作速到越虎城。"贞观天子听奏开言道："徐先生，这张士贵原算得一家梁栋，不上几天就夺了建都地方，真算异人了。"尉迟恭说："万岁，既然张环取了建都，待臣兴兵保驾往越虎城。"天子道："元帅言之有理。"敬德传令大小三军卷帐起程，炮响三声，天子身登龙凤辇，众大臣保住龙驾，一路上旌旗飘荡，剑戟层层，离却独木关。在路耽搁数天，早到三江越虎城。张士贵父子远远出城迎接，朝廷进往城中，身登银銮殿，众臣朝参已毕，大元帅传令五十万大队人马扎住营头，把四城紧闭。张士贵前来见驾说："陛下在上，小臣攻破越虎城，逃遁了高建庄王，还未献降表，略立微功在驾下，待番王献了降表，然后班师。"朝廷说："此爱卿之大功。"尉迟恭记了功劳簿。忽有黑风关狮子口来了报马一骑，叫进城来，飞报银銮殿说："万岁爷在上，长国公王大老爷看守战船，冒了风寒，得其一病，前日已经身故，盛殓在黑风关了。今战船无人看守，恐番兵夺取，故来请旨定夺。"天子闻言说："啊呀！王君可得病身亡了吗?"不觉十分伤感，便说："战船是要紧之事，徐先生如今差哪一个去看守?"茂功说："今建都已取，料无能将，况张先锋立功甚广，不免差张环去看守战船便去。"朝廷听了军师之言，降旨张环带领一万雄兵到黑风关看守。张环领旨辞驾回营，同四子满身打扮，带领人马出了越虎城，竟望黑风关看守战船我且不表。

单讲高建庄王暗点人马，探听唐王君臣已进入城中，就把四面旗号一起，早有百万番兵围统四门，齐扎营盘，共有十层皮帐，旗幡五色，霞光万号，吓得城上唐兵连忙报进银銮殿去了："报！启上万岁爷，不好了，城外足有百万番兵困住四城，密不通风了。"吓得唐天子魂不在身，众文武冷汗直淋，分明上了空城之计了。敬德道："都是军师大人不好，张士贵只靠得应梦贤臣，所以破关数座如入无人之境，如今既晓薛仁贵不在里头，张环有何能处，差他来攻打越虎城，自然上了他们诡计了。"朝廷道："如今张士贵在此也好冲杀番营，偏偏又差他往黑风关去了。这个城池有什么坚固，被他们攻破起来，岂不都要丧命在此吗?"茂功道："请陛下且往城上去瞧看一番，不知那番兵围困得利害

不利害。”朝廷说：“军师说得有理。”便同尉迟恭、程咬金众大臣一齐上西城一看说：“啊唷！扎得好营盘也！”你看杀气腾腾，枪刀密密，如潮水的一般，果然好利害也。但只见：东按蓝青旗，西按白绫旗，南有大红旗，北有皂貂旗。黑雾层层涨，红沙漠漠生，千条杀气锁长空，一派腥骚迷宇宙。营前摆古怪枪刀，寨后插稀奇剑戟，尽都是高梁大鼻儿郎，哪有个眉清目秀壮士。巡营把都儿吃生肉饮活血，好似魈①羊猎犬；管队小番们戏人头玩骷髅②，犹如夜叉魍魉③。有一起蓬着头，如毡片，似钢针，赛铁线，黄发三裹打链坠，腥腥血染朱砂饼；有一起古怪腮，铜铃眼，睁一睁如灯盏，神目两道光毫，臭口一张过耳畔；有一起捞海胡，短秃胡，竹根胡，虾须胡，三绺须，万把钢针攒嘴上，一团茅草长唇边；有一起紫金箍，双挑雉尾；有一起狐狸尾，帽着红缨；有一起三只眼，对着鹰嘴鼻；有一起弯弓脸，生就镀金牙；有一起抱着孩儿鞍上睡；有一起搂着番婆马上眠；有一起双手去扯，扯的带毛鸡；有一起咬牙乱嚼，嚼的牛羊肉。红日无光雾然长，旌旗戈戟透寒光；好似酆都城内无门锁，果使番邦恶鬼乱投胎。啊唷唷！好一派绝险番营。朝廷看了，把舌乱伸，诸大臣无不惊慌。

忽听见城边豁刺刺三声炮响，营头一乱，都说：“大元帅到了。”这盖苏文在朱皮山练好飞刀，又在鱼游国借雄兵十万，今又团团一围，元帅守住西城，御营扎定东城，南城北城都有能将八员。雄兵数百万按住要路，凭你三头六臂，双翅腾云也难杀出

---

① 魈（xiāo）——山魈，山中精怪。

② 骷髅（kūlóu）——干枯无肉的全副骨骼或头骨。

③ 魍魉（wǎngliǎng）——古代传说中的鬼怪。

番营。

不表城上君臣害怕。单讲盖苏文全身披挂，坐马端兵，号炮一声，来至西门城下，两旁副将千员随后，旗幡招展，思量就要攻城，忽抬头一看，见龙旗底下唐天子怎生打扮，但见他：头戴赤金嵌宝九龙抢珠冠，面如银盆，两道蛾眉，一双龙眼，两耳垂肩，海下五绺须髯直过肚腹。身穿暗龙戏水绛黄袍，腰围金镶碧玉带，下面有城墙遮蔽就看不明白。坐在九曲黄罗伞下，果然有些洪福。南有徐茂功，北有尉迟恭，还有一个头上乌金盔，身穿皂绫显龙蟒，一派胡须都是花白的了，盖苏文也不认得是谁。在着底下呼声大叫："呔！城上的可就是唐王李世民吗？天网恢恢，疏而不漏。今日已上我邦暗算之计，汝等君臣一切休想再活，快把唐太宗献出来也！"这一声叫喊，惊得天子浑身冷汗，众大臣都吃了一惊，往底下瞧，却原来就是盖苏文。程咬金不曾认得，但见他怎生打扮，原来：

头戴青铜凤翼盔，红缨斗大向天威，身穿青铜甲，引得绦环片片飞，内衬绿绣袍，绣龙又绣凤，夹臂左有宝雕弓，左插狼牙箭几根，坐下混海驹，四蹄跑发响如雷，手端赤铜刀，左手提刀右手推，果然好一员番将也。

那程咬金看罢便叫："元帅，城下这一员番将倒来得威武，不知是什么人？"尉迟恭说："老千岁，这个青铜脸的番奴就是番邦掌兵权的大元帅盖苏文。前日在凤凰山下丧的数家老将总兵官，尽被他飞刀剁死的。"程咬金听见此言，放声大哭道："我兄弟们尽死在这青脸鬼手内的？"敬德道："正是。"程咬金说："啊呀！如此说是我的大仇人了，正所谓，仇人在眼分外眼红，快些发炮开城，待我下去与兄弟们报仇雪恨。"朝廷听见程咬金要出马与盖苏文斗战，连忙喝住道："程王兄不要造次，使不得的，这盖苏文英雄无比，况有飞刀厉害，你年高老迈，若是下去，哪里是他对手?”分明是：

不知懦怯才微弱，强与将军斗战亡。

毕竟不知程咬金出战如何，且看下回分解。

第三十九回

护国公魂游天府　小爵主挂白救驾

诗曰：

唐王御驾困番城，还仗忠心报国臣。遗命亲儿跨海去，神明相护破番兵。

咬金说："啊呀！万岁啊，自古说，父兄之仇不共戴天。况又当初在山东贾闰甫家楼上歃血为盟，三十六个好友曾说，一人有难三十六人救之，三十六人有难一人救之。如今二十余人尽丧在这青脸鬼刀下，我老臣不见仇人犹可，可仇人在眼，我不去报仇，不是那些众兄弟在阴司怨我无义了？一定要下去报仇！"徐茂功一把扯住叫声："程兄弟，断断去不得的，这盖苏文有九把柳叶飞刀利害，青光可以伤人，谅你怎生报得仇来，岂不枉送性命？"咬金悲泪说："杀我兄弟之人势不两立，哪怕他飞刀利害？我若死番将刀下，为国身丧；倘有徼幸，众兄弟阴灵有感，杀得番将首级，岂不是海底冤仇一旦休了？"元帅尉迟恭一把上前扯住说："老千岁，断然使不得！"下面文臣武将再三解劝才得阻住。程咬金大话虽说，到底也是怕死的，见众人再三解劝，方才趁势住了，便说："造化了他，但这狗头只是气他不过。"靠定城垛，望城下喝道："呔！青脸鬼番狗奴，你敢在凤凰山把我兄弟们伤害，此恨未报，今又前来讨战，分明活不耐烦了，你好好把颅头割下万事全休，若有半声不肯，可晓程爷爷的手段吗？我赶下城来，叫你们百万番兵尽皆片甲不留。"那盖苏文在底下说：

"可恼可恼！本帅看你年高老迈，安享在家只恐不妙，你还要思量与本帅斗战吗？快留一个名儿是什么，这样夸大口。"程咬金说："我的大名中原不必说了，就是那六国三川七十二岛，口外无有不知，婴儿闺女谁人不晓？你枉为东辽元帅，大天邦老将之名多不闻的吗？我留个名儿与你，乃我主驾下实受鲁国公姓程双名称为咬金，可晓得我三十六斧厉害？你有多大本事，敢在城下耀武扬威？"盖苏文喝道："老蛮子，你既夸能为何不下城来？"程咬金道："你敢走到护城河边，我有仙法厉害，你在城下，我在城上，有本事取你首级。"盖苏文听说，心中暗暗称奇，说道："不知什么东西，城上城下多取得命的，待我走前去，你倒献献你仙法看。"咬金说："还要过来些。"盖苏文把马带近护城河边说："快献仙法。"朝廷见他引过盖苏文，只道程咬金果然在中原学了什么仙法来的，其中稀罕看他，哪晓程咬金见盖苏文到了河口，喝叫住："着！看我仙法！"左手攀弓，右手搭箭，往城下射将下去，盖苏文不提防的，哪知这箭夹着面孔上来的，说声："啊呀，不好！"连忙把头一偏贴，正射伤左耳，鲜血直淋，带转马头回营去了。程咬金好不快活，说："略报小仇，出我之气。"朝廷便说："老王兄，你做出来的事就是稀奇的。"朝廷同了诸臣退到银銮殿商议退番兵之策。

一宵过了，明日大元帅盖苏文又在西城讨战。这一头报："启上万岁皇爷，城下盖苏文又在那里攻城讨战，请陛下降旨定夺。"朝廷说："为今之计怎么样？"程咬金说："待我再去赏他一箭。"尉迟恭道："老千岁又在这里发呆了，昨日他不防备，被你射了一箭，今日他来讨战，还上你的当？待本帅出马前去。"天子道："不可出马，你难道不晓他有飞刀的吗？"敬德说："陛下，他虽有飞刀利害，如今在着城下讨战，本帅不去抵敌，谁人出马?”朝廷说：“虽只如此，到底把免战牌挂出去好。”敬德领旨传令下去，城上免战牌高挑。盖苏文哈哈大笑，回营来见狼主说：“臣看大唐营中，也没有什么能人在内，故而把免战牌高挑，量他们纵有雄兵也难踹出番营。不要说破城活捉，就是那粮草一绝，岂不都要饿死?”高建庄王闻说此言，满心欢喜：“若能擒得住唐王，皆是军师元帅之功!”

也不表番营之言。再讲三江越虎城中，贞观天子满脸愁容说：“徐先生，今日被番兵围住，看来难转中原了。又不能回京讨救，就有骁勇众将，总是飞刀利害，也难取胜盖苏文。若困住城中一年半载，粮草又要绝了，如何是好?”徐茂功叫声：“陛下龙心韬安，我们闭城不出，免战高挑，不要说一年半载，只消等过头二十天，就有救兵到了。”朝廷说：“果然吗？可是薛仁贵来救驾吗?”茂功说：“不是薛仁贵。”朝廷说：“这么倒是张环不成?”茂功说：“一发不是。从今日算去，有了二十天，还陛下有人救驾便了。若不准，便算不得臣的阴阳定数了。”天子道：“不差，徐先生阴阳有准，定算无差。且闷坐过去等这二十天看。”自此番将日日攻城讨战，老主意不去理他。正是：

光阴迅速催人老，日月如梭晓夜奔。

少表贞观闭城不战老等救兵。单讲大国长安护国公秦叔宝临终这日，相传各府小爵主到床前，一个个教训说：“我当初幼年间，视死如归，枪刀内过日，不惜辛苦，才做到一家公位。汝等正在青年少壮，当干功立业，不可偷懒安享在家。我死之后，须当领兵前去保驾立功。我儿过来，为父一点忠心报国，就是尉迟恭督兵保驾，闻报一路平安，为父不能托胆放心，思量病好还要去保驾。如今看来，病势沉重，是不能的了。为父倘有三长两短，功名事大，祭葬事小，或三朝五日将来殡殓了，也不必守

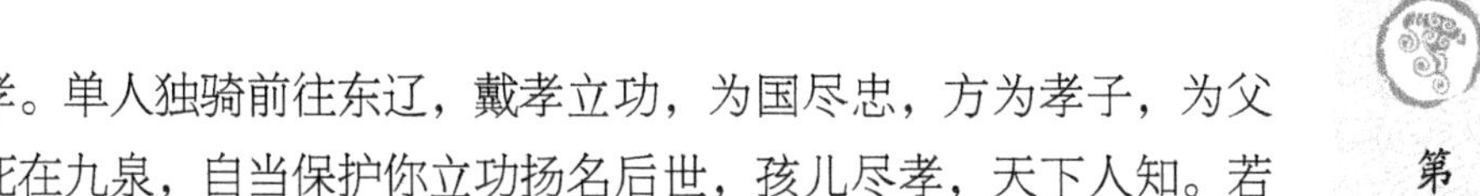

孝。单人独骑前往东辽，戴孝立功，为国尽忠，方为孝子，为父死在九泉，自当保护你立功扬名后世，孩儿尽孝，天下人知。若忘我今日临终之言，算为逆子了。”怀玉含泪跪领教训。秦琼又叫罗通过来说：“侄儿，你虽在木阳城，朝廷也是一忿之气将你削职，你母亲乃女流之辈，不知大节，万分不快，但是古人有两句诗说得好：

人爵不如天爵贵，功名怎比孝名高。

原是劝勉人子事亲之意，你不要拿来认做了真，到底为人功名为大。况且你少年本事高强，伯父未死之言，前去立功，朝廷决不来见责的。”罗通答应叔宝。这一日各府子侄一个个都是这样吩咐，公子不敢逆命。叔宝归天，丧葬已完，众爵主不忘遗命，奏闻殿下，起兵十万，依然罗通督兵，有这一班段家兄弟、滕氏弟昆、程铁牛、尉迟号怀。秦怀玉受父训，教他戴孝立功，为前部先锋。他头戴三梁冠，身穿麻布衣，草索拴腰，脚踏蒲鞋，手执哭丧棒，随身带领三千人马，逢山开路，过海起岸，星飞赶至三江越虎城，刚刚徐茂功所算的二十天救兵已到。

怀玉远远望去，营盘密密不计其数，都是蜈蚣旗招展，围住四城，并不见本国人马旌旗，心中吃了一惊。打发探子上前打听朝廷安扎何方。去不多时，前来回报说：“驸马爷，不好了，但见四营尽是番兵围绕城池，并不见我邦一个兵卒，一定万岁人马被困在城。”秦怀玉说：“既如此，安营下寨，待元帅大兵一到，然后开兵。”放炮一声，安下营寨。明日罗通大兵已到，秦怀玉上前接住说：“兄弟，就在此处安营了罢！”罗通说：“且到城边朝见父王，然后安营。”怀玉道：“你看城外营盘，尽是番邦人马，我们的兵将一个也不见，想当然，定然困在城中。幸喜我们兴兵来得凑巧，等候兄弟到来商议救驾。”罗通道：“哥哥说得有理。”便传军令，大小三军安下营寨，一声炮响，十万大兵齐齐扎下营盘。众爵主聚集帅营，议论破番之策，罗通说：“秦哥，番兵围困城池，必然有几百万，所以城中老伯父不能杀出，须要里应外合才能救保。”秦怀玉道：“这也不难，当年扫北，兄弟独马单枪前去报号，今日理当愚兄踹进番营先去报知，就可里应外合了。”罗通道：“若说报号，原是小弟去，何劳哥哥出马。”怀玉道：“兄弟，你这句讲差了。当日破虏平北，原是奉旨的挑选元帅救驾，故此兄弟去报号。今日出兵不是奉旨的，为兄不过受父亲临终之言，叫我戴孝立功，不惜身躯，所以愿为先锋，以抢头功，不忘我父遗训。一路上太太平平并无立功，今日理当是我单枪独马前去报号，算愚兄全了忠孝之心。”罗通道：“这也说得是，让哥哥前去报号，事不宜迟，速速前去，须要小心。”怀玉道：“晓得。”秦怀玉戴孝在身，又不顶盔，又不穿甲，坐下呼雷豹，手执提炉枪，摆一摆，大吼一声，冲向前来。

单讲番营内把都儿抬头看见，叫声：“哥啊，不好了！大唐朝有救兵到了，有个中原蛮子来踹营了。”那个说：“兄弟，他不是踹营的，他单人独骑而来，是到城报号的。哥啊，不差我们发乱箭射他便了。”秦怀玉大喝道：“不要放箭！天邦有公爷救兵到了，汝等作速弃围退去，还可保全性命，若然执意不从，尽要死在我爵主枪刀之下，断不容情的！快快让我一条进城之路，通个信息。”众番兵哪里肯听，他就大怒说：“你们这班该死的，不肯让路，我爵主爷要动恼了！”大呼一声，豁刺刺望着乱箭中冒过来了，冲进番营，手起枪落好挑，识时者散往四城，不识时者枪挑而亡，杀条血路进了第一座营盘，拼着性命杀进第二座营头。这番不好了，那些偏正牙将花智鲁达胡腊，提着一字镋，端把两人刀，四楞锏，举起开山斧，抱定大银锤，拦住在怀玉马头前，

一字镋裹头就打，两刃刀劈顶梁心，四楞锏护身招架，开山斧当面相迎，大银锤前心就盖，好一场厮杀。那怀玉全不在心，抡动提炉枪，前遮后拦，左钩右掠，一个落空，伤掉了几员番将。把马一催，又踹进四五座营盘，兵马一发多了，但见枪刀耀目，并无进路。怀玉乃是少年英雄，开了杀戒，碰着枪就死，重重营帐挑开，连踹十座营帐，方到护城河畔。怀玉出得营来，抬头一看，但见越虎城城上绣出天邦旗号，把马带住，正欲叫城，忽听得两营中豁剌剌一声炮响，齐声呐喊，鼓声如雷，有一员番将冲出来了。秦怀玉抬头一看，但见这员番将怎生打扮：

头上盔是生铁，四方脸白如雪，两道眉弯如月，一双眼染白黑，高梁鼻三寸直，兜风耳歪裂裂，狮子口半尺阔，腮下胡根根铁，素白袍蚕丝织，银条甲挂柳叶，护心镜光皎洁，腰挂剑常见血，虎头靴新时式，双铁鞭雌雄合，坐下马飞跑出。

冲到怀玉跟前，把双鞭一起，秦怀玉把枪抬定喝道："来者是谁？快留名儿！"那员番将便说："唐将听着，魔乃红袍大力子盖元帅麾下总兵大将军，姓梅名龙，奉帅主将令保守西城，你有多少本事？敢来侵犯西城！"怀玉大怒说："不必多言，照爵主枪！"便举枪便刺，梅龙把鞭相迎，两马相交，枪鞭并举，不上三四回合，马有七八个照面，梅龙有些来不得了，回头叫："众将快来！"这一班番将枪刀并举，上前把怀玉围住。数十将杀一个，怀玉自然战不过起来了，还算少上豪杰，一条枪抡在手中，前遮后拦，左钩右掠，上护其身，下护其马，杀得秦怀玉呼呼喘气，心中想道："报号要紧，挑了他罢！"紧一紧提炉枪，喝声："去罢！"一枪望番将面门挑来，正中咽喉，梅龙喊声："不好！"挑在水里去了。这些将官见主将已死，大家走散回营去了。怀玉踹气定了，把马带到西城吊桥首叫一声："城上哪位公爷在此？快报说本邦爵主救兵到了，秦怀玉进城要见父王，快快开城。”

不表秦公子在城叫号。单讲城中唐天子算到二十天不见救兵，忙问道：“徐先生，你说算到二十天有救兵到来。今日原不见有兵马来救。”茂功说：“臣阴阳有准，祸福无差。此刻中原救兵已在城外了。”尉迟恭说：“果有此事吗？待我上城去看来。”朝廷道：“王兄去看，有救兵速来报朕知道。”敬德答应，上马来至西城，往下一看，只听秦怀玉正在叫城。尉迟恭仔细一看，见吊桥下一员小将身穿重孝，却认得秦琼之子。敬德暗想：难道秦老千岁身故了吗？可惜，可惜！“啊，贤侄，令尊病恙，闻得险危，你今一身重孝，莫非已归天去了吗？”秦怀玉应道：“正是家父身故了。”敬德叹道：“哎，本帅只道征东班师，还有相见之日，哪知老千岁一旦归天而去。啊，贤侄，你怎生得知驾困番城前来相救？可带几家爵主，多少人马？”秦怀玉道：“老伯父有所不知，小侄奉家父临终嘱托，命我戴孝立功，各府兄弟多受家父之命，要求干功立业，带得雄兵十万，安营大路一侧。小侄不敢违家父之严命，今单人踹营，望伯父速赐开城，算为报号头功。”尉迟恭在城上听见了暗想：“这秦怀玉小狗头，前年把我打了两次，此恨未消，今日趁此机会欲效当初银国公苏定方一样，要他杀个四门，本帅在城上看他力怯就出去接应，也不为过。”尉迟恭算计已定，便开言叫声：“贤侄，这里西城军师向有军令，凡一应兵将出入，单除西门，余下尽可出入，这西门开不得的，军师把风水按定此门，连我也不解其意，如今贤侄虽来报号，本帅也不好擅开此门，待我去请军师定夺。”秦怀玉听见便说：“有这等事？既然军师按在此风水，也不必去问，西城开不得，自有南门，请伯父往南城去等，小侄杀到南城门便了。”敬德假意说道：“好一个将门之子。”说罢也往南城去了。秦怀玉把马行动，沿着

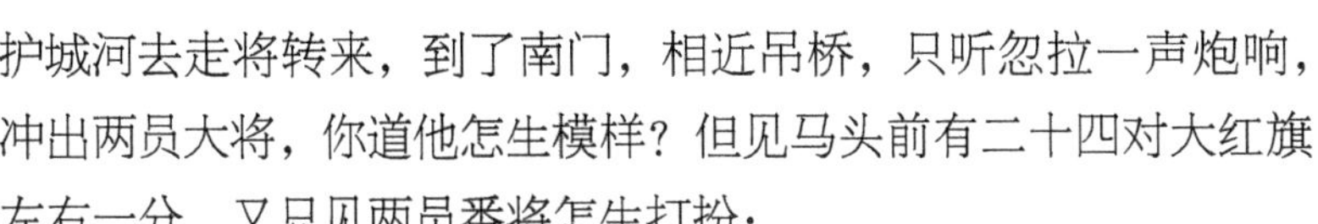

护城河去走将转来，到了南门，相近吊桥，只听忽拉一声炮响，冲出两员大将，你道他怎生模样？但见马头前有二十四对大红旗左右一分，又只见两员番将怎生打扮：

红铜盔插缨尖，头如巴斗相圆，长眉毛如铁线，生一双的大眼，两只耳兜在面，腮与胡鬓兼连。

这一个打扮又奇异，你看他：

赤铜盔霞光现，护心镜照妖见，大红袍九龙头，铁胎弓虎头弦，右插着狼牙箭，反尖靴虎朝天，赤兔马胭脂点。

这两将上前，一个用刀，一个用枪，挡住怀玉马前说：“来的南蛮子，用是铜包头铁包颈，由你在西城伤了我邦大将一员，又不进城，反来侵犯我南城。”秦怀玉说：“我把你该死的狗头，难道不闻爵主爷枪法厉害吗？你多大本事，敢拦阻马前送死？留下名来，公子爷好挑你。”番将说：“你要问魔，听着：魔乃六国三川七十二海岛红袍大力子盖麾下。”正是：

两员番将同骁勇，道姓通名并逞雄。

毕竟不知秦怀玉破南门如何进去，且听下回分解。

第四十回

秦怀玉冲杀四门　老将军阴灵显圣

诗曰：

苏文骁勇独夸雄，全仗飞刀恶毒凶。不是忠魂来报国，焉能小将立奇功。

单讲番将通名："魔乃盖元帅麾下加为无敌大将军巴廉、巴刚便是。可知我弟兄本事？你不到南城还可寿长，既到南城，性命顷刻就要送了。"秦怀玉道："你休要夸能，放马过来，照爵主爷枪罢！"插一枪往巴廉面门直刺过来。巴廉说声："好枪！"也把手中紫金枪急忙架住，噶啷一响，枭在旁首，那马冲锋过去转背回来。巴刚也起手中赤铜刀喝声："小蛮子，看刀！"插一刀往怀玉面门上剁来。怀玉叫声："不好！"把提炉枪望刀上噶啷噶啷只一抬，原有泰山沉重，在马上乱晃，豁刺一声，马才冲过去。巴廉又是一枪分心就刺，他把枪噶啷一响，逼在旁首。怀玉本事虽是利害，被两个番将逼住，只好招架，哪里还有还枪开去，只好把钢牙咬紧，发动罗家枪，噶啷一声分开刀枪，照定巴廉、巴刚面门，兜咽喉，左肩膊，右肩膊，两肋胸膛分心就刺。巴廉紫金枪在手中，噶啷丁当，丁当噶啷，前遮后拦，左钩 右掠，钩开了枪，逼开了枪；巴刚手中赤铜刀，钩拦遮架，遮架钩拦，上护其身，下护其马，挡开了枪，抬开了枪。好杀！这三人杀在一堆。正是：

棋逢敌手无高下，将遇良才各显能。一来一往鹰转翅，一冲

一撞凤翻身。十二马蹄分上下，六条膊子定输赢。麒麟阁上标名姓，逍遥楼上祭孤魂。枪来刀架丁当响，刀去枪迎迸火星。世间豪杰人无数，果然三位猛将军。

这一场大战，杀到有二十余合，两员番将汗流脊背，怀玉马仰人翻，呼呼喘气，正有些来不得了。那巴廉好枪法，左插花，右插花，双龙入海，二凤穿花，朝天一炷香，使了透心凉；那巴刚这口刀，上面摩云盖顶，下面枯树盘根，量天切草，护马分鬃，插插的乱砍下来。秦怀玉把枪多已架在旁边，不觉发起怒来，把提炉枪紧一紧喝声："去吧!"嗖的一枪挑将进来，巴廉喊声："不好!"闪躲也不及，正中咽喉，挑往番营前去了。巴刚见挑了哥哥，不觉心内一慌，手中刀松得松，秦怀玉横转杆子，照着巴刚拦腰一击，轰隆翻下马来，鲜血直喷，一命身亡了。那怀玉虽伤两员番将，力乏得极了，在马上眼花缭乱，慢慢的走到吊桥，往上一看，尉迟恭早在上面。怀玉便叫声："老伯父，快快开城，放小侄进去。"敬德说："贤侄，本帅方才一时错了主意，叫你走北城到放了你进来，不想走了南城，倒又要贤侄杀一门，好放你进去。"怀玉说："老伯父，为什么缘故呢？这里南门又放不得进城？"敬德道："贤侄，你有所不知，这里朝廷龙驾正对南门一条直路，况番兵此处众多，紧闭在此，尚且屡次攻城，若把城门一开，倘被番兵一冲，虽不能伤天子，到底不妙。贤侄，杀往东城放你进来，方才不惊龙驾，有何不美?"秦怀玉听说此言，明知尉迟恭作孽，在此算计他，说："也罢，既是老伯父如此说，待小侄再杀奔东城，你还有别说吗?"敬德道："贤侄，杀到东城，本帅再无别说，在城上先行。"秦怀玉急带马缰，往东城绕城而来，望见东门，城边未曾走近，只听番营内一声炮响，战鼓如雷，冲出一将来了，你道他怎生打扮：

头戴一顶斗蓬盔，高插大红纬。面孔犹如紫漆堆，两道朱砂眉，双眼如碧水，口开狮子威，腮下胡须满嘴堆。身穿一领青铜甲，亮光辉，官绿袍，九龙队。护心镜，前后开。手端着两柄锤，青鬃马上前催，喝一声好比雷。

秦怀玉见番将骁勇，忙扣住马喝声："番儿焉敢前来挡我去路！快留下名来是什么人？"番将道："你要问魔家名姓吗？我乃盖大元帅麾下随驾大将军铁亨便是。"喝声："小蛮子，照枪罢！"把手中双锤一起，望怀玉顶梁上盖下来。怀玉叫声："来得好！"举起提炉劈面相迎。不多几个回合，怀玉力乏之人，本事幸亏来得，这番发了狠，一条提炉枪神出鬼没，阴手接来阳手发，阳手接来阴手去，耍、耍、耍，在这铁亨左肋下，右肋下，分做八枪，八八分做六十四枪，好枪法！番将的银锤如何招架得开？战到一十余合，铁亨本事欠能，被秦怀玉一枪挑进来，正中前心，噗咚一响，翻下马来，一命呜呼。怀玉满心欢喜，省一省力走到城下，望城上叫道："老伯父，念小侄人困马乏，如今再没有本事去杀这一城了，想老伯父方才说过，自然再无推却，快快开城放我进去。"尉迟恭说："贤侄，你是这等讲，分明倒像本帅在此作弄你杀四门，总总我们不是说差了一句，害你受多少心惊。好好叫你进了北城，何等不美？反叫你走起南城东城来，却倒像有心的做起旗号，学那苏定方来，倒觉有口难言。"秦怀玉道："老伯父，小侄又不来怪你，为什么开城又不开，只管啰啰嗦嗦有许多话讲？"敬德道："非是本帅不肯开城，奈奉殷国公军令，三江越虎城只许开西北二门，不容开东南二门。所以不敢乱开，若到北门竟放你进来。"怀玉道："也罢！我三门尽皆杀过，何在乎这一门了。如此，伯父请先行，待小侄杀个四门你看，也显我小将英雄不弱。"说罢，带转马慢慢沿城河而走，到得北城，差不多

天色已晚了。只听得那边银顶葫芦帐内轰隆轰隆三声炮响。正是：

番营惊动豹狼将，统领貔貅杀出来。

那盖苏文亲自出来也。怀玉抬头一看，一面大旗上写着“流国山川七十二岛红袍大力子大元帅盖”，原来得凛凛威风，后面有数十番将。秦怀玉看了，不觉心内惊慌，大喝一声：“来的番儿可叫盖苏文吗？”对道：“然也！你这蛮子，既知我名，为何不要下马受缚？必要本帅马上生擒活捉！”怀玉道：“你满口夸能，到底有多大的本事拦住我的去路？可晓得爵主爷枪法厉害吗？你敢是活不耐烦，快来祭公子爷枪尖！”盖苏文大喝道：“呔！小蛮子，本帅有好生之德，由你在三门耀武扬威，不来接应，你好好进了城何等不美？该死的畜生，佛也难度，自投罗网，前来侵犯，要死在我马下。”喝声：“看刀！”这赤铜刀往头上一举，望面门砍将过去。怀玉看见说声：“不好！”把提炉枪望刀上噶啷噶啷这一抬，挡得怀玉两膊酸麻，坐在马上不觉乱晃。若讲秦怀玉生力尚不能及盖苏文，况且如今力乏之人，哪里是他敌手？啊唷，名不虚传，果然好利害！豁刺冲锋过去，圈得转马，苏文便说：“蛮子，你才晓得本帅手段？照刀罢！”又是一刀砍将下来。怀玉把枪枭在一旁，盖苏文连砍三刀，不觉恼了性子，把枪噶啷一声逼在下边，顺手一枪，紧紧挑将进去。盖苏文哪里放在心上，把赤铜刀架在一旁。两人杀在北城，只听见枪来刀架丁当响，刀去枪迎迸火星，一来一往鹰转翅，一冲一撞凤翻身，八个马蹄分上下，四条膊子定输赢。这一场好杀！那二人大战十有余合，秦怀玉呼呼喘气，被这盖苏文逼住了，往头顶面门、两肋胸膛分心就砍。怀玉这条枪哪里挡得及，前遮后拦，上下保护，抬开刀，分开刀，挑开刀，还转枪来也是厉害，上一枪禽鸟飞，下一枪山犬走，左一枪英雄死，右一枪大将亡。正是：

二马冲锋名分高下，两人打仗各显输赢；刀遇枪寒光杀气，来往手将士心惊；怀玉这条枪，恨不得一枪挑倒了昊天塔；盖苏文这柄刀，巴不能一刀劈破了翠屏山。提炉枪如蛟龙取水，赤铜刀如虎豹翻身。

这二员将直杀到日落西沉，黄昏月上，不分高下。秦怀玉本事欠能，盖苏文思想要活擒唐朝小将，遂叫："把都儿们，快快撑起高灯，亮子如同白日，诸将们围住小蛮子，要活擒他，不许放走！"两下一声答应，上前把一个秦怀玉马前马后围得密不通风，吓得秦怀玉魂飞魄散，走又走不出。也有三股叉、一字镋、银尖戟画杆戟、月牙铲、雁翎刀、混铁棍、点钢矛、龙泉剑、虎尾鞭，三股叉来挑肚腹，一字镋乱打吞头，银尖戟直刺左膊，画杆戟刺落连环，月牙铲咽喉直铲，雁翎刀劈开顶梁，混铁棍齐扫马足，点钢枪矛串征云，龙泉剑忽上忽下，虎尾鞭来往交锋，不在马前，忽在马后。秦怀玉这条枪哪里招架得及，上护其身，下护其马，挑开一字镋，架掉银尖戟，闪开画杆戟，勾去月牙铲，抬开雁翎刀，遮去混铁棍，按落龙泉剑，逼开虎尾鞭，好杀！杀得怀玉枪法慌乱，在马上坐立不定，大叫一声："啊唷！我命休矣！"盖苏文说："小蛮子，杀到这个地位还不下马受缚，照刀罢！"一刀吹下来，秦怀玉把枪枭在一边，但觉眼前乌暗，又无逃处，如今要死了。尉迟恭在城上，见秦怀玉被盖苏文诸将围住，喊杀连天，谅秦怀玉性命不保，吓得心惊胆跳，说："不好了！若有差池，某该万死了。左右，快来把吊桥放下，城门大开，后面张高亮子，待本帅出城救护。"手下一声答应，就大开北门。敬德冲出城来，抬头看时，只见围绕一个圈子，枪刀射目。敬德年纪老迈，心中也觉胆脱，又怕盖苏文飞刀厉害，不敢

上前去救，只得扣马立定吊桥，高声大叫："秦家贤侄快些杀出来，某开城在此，快些杀出来。"尉迟恭在吊桥边高叫，这时秦怀玉杀得马仰人翻，哪里听得有人叫他。这些人马逼住四面，真正密不通风，围困在那里，要走也无处走，杀得来浑身是汗。底下呼雷豹力怯不过，四蹄不能踹定，要滚倒了。马也要命的，把鼻子一嗅，悉哩哩哩一声嘶叫，惊得那番将坐骑尽行滚倒，尿屁直流，一个个跌倒在地，盖苏文这匹混海驹是宝马，只惊得乱跳乱纵，不至于跌倒。秦怀玉满心欢喜，加一鞭豁剌剌往吊桥上一冲，敬德才得放心，也随后进了城，把城门紧闭，扯起吊桥。

番邦兵将不解其意，便说："元帅，秦蛮子这匹是什么宝骑？叫起来却惊得我们马匹多是尿屁直流，跌倒在地。"盖苏文说："本帅知道了，造化了这小蛮子。我闻得南朝秦家有这骑呼雷豹厉害，方才本帅意欲活擒他，故不把飞刀取他性命，谁想竟被他逃遁了。"要晓得怀玉的呼雷豹，当初被程咬金去掉了耳边痒毛，所以久不叫，今日被番兵围杀了一日，马心也觉慌张，所以叫了一声，救了怀玉性命，直到征西里边再叫。那盖苏文同诸将退进番营，我且不表。

另言讲到城中，秦怀玉在路上走，后面尉迟恭叫住说："贤侄慢走。才叫你杀四门，不可在驾前启奏，这是本帅要显贤侄的威风，果然英雄无敌。"怀玉明知他说鬼话，便随口应道："这个自然，万事全仗老伯父赞襄①调度，方才之事我小侄决不奏知朝廷，老伯父请自放心。"敬德闻言大悦。双双同上银銮殿，敬德先奏道："陛下，果然救兵到了，却是秦家贤侄单骑杀进番营，到城报号，本帅已放入城。"怀玉连忙俯伏说："父王龙驾在上，

---

① 赞襄——辅助，帮助。

臣儿奉家父严命，戴孝立功，所以单人踹进番营前来报号。”朝廷闻说秦王兄亡故，不觉龙目中滔滔泪落，徐贩也是心如刀绞，程咬金放声大哭，一殿的武臣无不长叹。天子又开言叫声：“王儿，你带多少人马在外，有几位御侄们同来?”怀玉说：“儿臣为开路先锋，罗兄弟领大兵十万，各府内公子多到的，单等我们冲杀出城，大踹番营，外面进来接应。”朝廷道：“徐先生，我们今夜就踹番营呢，还是等几日?”茂功道：“既然，连夜就踹他的营盘。”连忙传下军令，吩咐五营四哨偏正牙将，齐皆结束，通身打扮，整备亮子，尽皆马上，听发号炮，同开四门，各带人马杀出城来。秦怀玉一马当先踹起番营，手起枪落，把那些番兵番将乱挑乱刺。后面程咬金虽只年迈，到底本事还狠，一口斧子轮空手中，不管斧口斧脑乱斩去，也有天灵劈碎，也有面门劈开，也有拦腰两段，也有砍去头颅，好杀！番营缭乱，喊声不绝，飞报御营说：“狼主千岁，不好了！南蛮骁勇，领兵冲踹营中来了，我们快些走罢!”高建庄王听言，吓得魂不在身，同军师跨上马，弃了御营，不管好歹，竟要逃命。只见四下里烟尘抖乱，尽是灯球亮子，喊杀连天，鼓声如雷，营头大乱，夺路而走。后面秦怀玉一条枪紧紧追赶，杀得来天地征云起，昏昏星斗暗，狂风吹飒飒，杀气焰腾腾。东城尉迟元帅带兵出番营，这一条枪举在手中，好不了当！朝天一炷香，使下透心凉，见一个挑一个，见一对挑一双，惨惨愁云起，重重杀气生。西门有小爵主尉迟宝林，手中枪好不厉害，朵朵莲花放，纷纷蜂蝶飞，左插花，右插花，双龙入海，月内穿梭，丹凤朝阳，日中扬彩，撞在枪头上就是个死，血水流山路，尸骸堆叠叠，头颅飞滚滚，马叫声嚎嚎。南门有尉迟宝庆带领人马，使动射苗枪，枪尖刺背，枪杆打人，人如弹子一般，挑死者不计其数，半死的也尽有。如今不用对敌，逃得性命是落得的，大家杀条血路而逃，口中只叫："走啊走啊！"四门营帐多杀散了。放炮一声惊动，罗通听得炮响，传令人马，众爵主提枪的举刀的拿锤的端斧的，催动坐骑，领齐队伍，冲杀上来。把这些番邦人马裹在中间，外应里合，杀得他大小儿郎无处投奔，哀哀哭泣，杀得惨惨。分明：

血似长江流红水，头如野地乱瓜生。

再讲到秦怀玉串串提炉枪追杀，番兵尽皆弃下营寨曳甲而走，正在乱杀番兵，忽见那边飞奔一员大将来了："啊唷，可恼可恼！南蛮有多少将，敢带兵冲杀我邦的营盘。不要放走了穿白的小蛮子，本帅来取他的命了。"怀玉抬头一看，原来就是盖苏文。那秦怀玉便纵马摇枪直取盖苏文，他举起赤铜刀急架相迎。二人战不到二合，苏文恐怕呼雷豹嘶叫起来不当稳便，就左手提刀，右手挈开葫芦盖，口中念动真言，叫声："小蛮子，看我的法宝吧！"嗖一响，一口柳叶飞刀飞将出来，直望怀玉头顶上落下来。怀玉见了，吓得魂不附体，叫声："不好！我命休矣！"思量要把黄金锏去架，哪晓得心中慌张，往腰间一摸拿错了：

抽了一根哭丧棒，上边擦出黑光来。

不知秦怀玉性命如何，且看下回分解。

第四十一回
孝子大破飞刀阵　唐王路遇旧仇星

诗曰：

福主登基定太平，八荒贡服尽称臣。何愁东海东辽国，转世青龙用计深。

再讲秦怀玉看见飞刀，欲拿黄金锏抵抗，不道心急慌忙，拿错了哭丧棒，往上一撩，见一阵黑气冲起，只听耳边括腊腊腊数声爆响，飞刀就不见了。盖苏文心内惊慌，便说："什么东西，敢来破我飞刀！"便复念真言，叫声："法宝，齐起！"果然八口飞刀连着青光，冒到秦怀玉身上。怀玉又量起哭丧棒，往上面乱打，只见阵阵黑气冲天，把青天吹散，八口飞刀化作飞灰，影迹无踪了。怀玉满心欢喜，挂好哭丧棒，提枪在手。盖苏文见破飞刀，急得面如土色，叫声："小蛮子，你敢破我法宝，本帅与你势不两立，不要走，照刀罢！"把赤铜刀往头上劈将下来。怀玉就举枪噶啷丁当架往，还转枪照苏文劈面门兜咽喉就刺，苏文哪里在心？把刀丁当一响枭在旁首，二人战到二十余合，秦怀玉呼呼喘气，盖苏文喝道："众将快快与我拿捉秦怀玉！"众将一声答应，共有数十员围将拢来，把怀玉围住，好杀！弄得怀玉好不着急，口口声声只叫："我命休矣！谁来救救！"忽阵外横冲一将飞马而入，杀得众将大败夺路而走，你道那将是谁？原来就是罗通，刚刚杀到，一闻怀玉唤救，他就紧紧攒竹梅花枪喝声："闪开！"催一步马冲进圈子，说："哥哥休得着忙，兄弟来助战了"。

秦怀玉见了罗通，才得放心。盖苏文提刀就砍罗通，罗通急架相迎，敌住苏文。怀玉把数十员番将尽皆杀散，也有刺中咽喉，也有挑伤面门，也有搗在心前，杀得番兵弃甲曳盔在马上拼命的逃遁了。单有盖元帅一口赤铜刀原来得厉害，抵住两家爵主见个雌雄。这一场好杀，你看：

阵面上杀气腾腾，不分南北；沙场上征云霭霭，莫辨东西。赤铜刀刀光闪烁，遮蔽星月；两条枪枪是蛟龙，射住风云。他是个保番邦掌兵权第一员元帅，怎惧你中原两个小南蛮；我邦乃扶唐室顶英雄算两员大将，哪怕你辽邦一个狗番儿。炮响连天，惊得书房中锦绣才人顿笔；呐喊之声，吓得闺阁内轻盈淑女停针。正是：番邦人马纷纷乱，顷刻沙场变血湖。

这三将战到四十冲锋，盖苏文刀法渐渐松下来，回头看时，四下里通是大唐旗号，自家兵将全不接应，大家各走逃命，看看唐将众多，盖苏文好不慌张，却被怀玉一枪兜咽喉刺进来，便说："啊呀！不好，我命休矣！"要招架来不及了，只得把头一偏，肩膀上早中一枪，带转马望前奔走，罗通纵一步马上叫一声："你要往哪里走？"提起手夹苏文背上一把，苏文喊声："啊唷，不好！"把身子一挣，一道青光，吓得罗通魂不附体，在马上坐立不牢，那盖苏文便纵马拼命的杀条血跳逃走，只因这盖苏文命不该绝，透出灵性，不能擒住。这番大小番兵见元帅一走，大家随定，也有的散开去了，也有的归到一条总路上而走。后面大唐人马旗幡招展，刀枪射目，战鼓不绝，纷纷追杀，这一班小爵主好不利害！这叫做：

年少英雄本事高，枪刀堆里立功劳。东边战鼓番兵丧，西首纷争番将逃。爵主提刀狠狠剁，番士拖枪急急跑。零零落落番人散，整整齐齐唐卒豪。蜈蚣旗号纷纷乱，中国旗幡队队摇。千层杀气遮星月，万把硫磺点火烧。条条野路长流血，处处尸骸堆积糟。鼻边生血腥腥气，耳内悲声惨惨号。碎甲破盔堆满野，剑戟枪刀遍地抛。

杀得那班番将，好似三岁孩童离了母，啼哭伤情；唐兵如千年猛虎入群羊，凶勇惊人。老将们挥大戟，使金刀，刺咽喉，砍甲袍，尽忠报国；小爵主提大斧，举银枪，刺前心，劈顶梁，出立功劳。千员番将衬马蹄，受刀枪，开膛破腹见心肠；百万唐兵擂战鼓，摇号旗，四处追征摆队齐。这场杀得天昏地暗，可怜番卒化为泥。这一杀不打紧，但见：

雄军杀气冲牛斗，战士呼声彻碧霄。城外英雄挥大戟，关中宿将夺金刀。

小爵主带领人马，远来救驾；老公爷先砍守营将士，放下吊桥。惊天动地，黑夜炮声不绝，漫山遮野，天朝旗号飘摇。唐家内外夹攻，无人敢敌；番邦腹背受伤，有足难逃。风凄凄，男啼女哭；月惨惨，鬼哭神号。人头滚滚衬马足，点点鲜红染征袍。沙地孤城，顷刻变成红海；番兵番将，登时化作泥糟。正是：

天生真命诸神护，能使邪魔魂胆消。

这一追杀下去，有八十里足路，尸骸堆如山积，哭声大振，血流成河。茂功传令鸣金收兵，诸将把马扣住，大小三军多归一处，摆齐队伍，回进三江越虎城去了，我且慢表。

另言讲这高建庄王，有盖苏文保护，只是吓得魂不在身，看见唐朝人马不来追赶，才得放心。元帅传令，把聚将鼓擂动，番兵依然同聚，点一点，不见了一大半，共伤一百十五员将。高建庄王说："魔家开国以来，未尝有此大败。"盖苏文说："狼主在上，今日那一场大战，损兵折将，都害在中原秦蛮子之手，不道如此凶勇，本帅九口飞刀被他尽行破掉，有这等大败。请狼主放

心，且带领人马退往贺鸾山扎住，待臣再往朱皮山见木角大仙，炼了飞刀再来保驾，与唐邦打仗，务要杀他个片甲不回！”庄王道：“既如此，元帅请往。”这盖苏文前往朱皮山去，路程遥远，正有许多耽搁，我且慢表。高建庄王领兵退归贺鸾山，也不必去说。

单讲那越虎城中，唐王元帅敬德把人马扎住教场点明白，然后上前缴旨。众爵主多上殿朝见天子已毕，朝廷大悦，赐坐平身，钦赐御宴，老少大臣饮过数杯，撤开筵席。秦怀玉说：“父王在上，那盖苏文九口柳叶飞刀要来伤害臣儿，不想把哭丧棒撩起，把飞刀打掉，黑气冲散青光，真算父王洪福，所以哭丧棒破了飞刀，可为天下之奇文也。”程咬金听见，不胜欢喜说：“陛下在上，这哭丧棒看起来倒是一件宝贝了，真乃天下有，世间稀，无处寻的宝物，拿来放在库中，日后遇有敌将用飞刀的，好将此物带在身边，再拿去破他。”徐茂功说：“御侄，使不得的。这根哭丧棒拿来烧化了。”朝廷说：“徐先生，难得这根哭丧棒破了飞刀，果然是天上有，世间稀的东西，怎么又要烧毁它起来？”茂功道：“陛下有所不知，这哭丧棒焉能破得飞刀？明明乃是秦叔宝兄弟一点忠心报国，阴魂不散，辅佐阵图，故此哭丧棒上有一团黑气破了飞刀，这是他在暗中报我主公。想秦兄弟在生时节，十分辛苦，与王家出力，他如今死后，阴灵还不安享，随孝子秦怀玉到东辽保驾，望陛下速速降旨，烧化了这哭丧棒，等秦兄弟冥府安享，阴间清静些。”朝廷听说道：“既有这等事，将哭丧棒拿来烧化了。”秦怀玉领旨将哭丧棒烧化，秦琼阴魂才得放心而去。自此在城中安养三五日，外边十分清静，并无将士前来讨战，番兵影响俱无，城门大开也不妨，众将尽皆欢心。

朝廷空闲无事，这一天早上，思想出城打猎，便问徐茂功道："徐先生，寡人今日欲往城外打猎，可肯随朕去吗？"徐茂功笑道："臣不去。"朝廷说："既然军师不去，也罢了。啊，诸位王兄御侄们在此，哪个肯保寡人出城去打猎？"茂功在旁丢个眼色，把头摇摇。众爵主深服军师，明知其故，大家不应。尉迟恭也晓军师有些古怪，便说："臣今日身子不快，改日保驾，望我主恕罪。"程咬金说："你们大家不去，臣愿随驾前去。"茂功喝道："你这个呆子匹夫，今日不宜行动，我们都不去，谁要你多嘴？"咬金道："这么，臣也不去了。"朝廷说："徐先生，你不肯去就罢，怎么连别人都不容他随朕去起来？寡人今日一时高兴要去出猎，为何偏不保朕驾去？到底有什么缘故，请先生讲个明白。"茂功道："陛下有所不知，今日若到城外打围，要遇见应梦贤臣薛仁贵的。"朝廷听见大悦道："寡人只道出去要见什么灾殃，所以你们都不肯随朕，若说遇见应梦贤臣，乃是一桩喜事，朕巴不能够要见他，只是难以得见，若今日打猎可以遇见此人，乃寡人万幸了。降旨备马，待朕独自前去。"茂功说："这应梦贤臣福分未到，早见不得我主，还有三年福薄，望陛下不必去见他。过了三年，班师到京，见他未为晚也。"朝廷道："难道他早见朕三年，还要折寿不成？"军师说："他寿倒不折，只怕有三年牢狱之灾。"朝廷说："嗳，先生一发混账了。这牢狱之灾，只有寡人做主，哪个敢将他监在牢中？如今联发心要见，总不把他下牢狱的。"茂功道："既如此，陛下金口玉言说了，后来薛仁贵有什么违条犯法之事，陛下多要赦他的。"朝廷说："这个自然赦他。"军师说："既如此说过，陛下出去打猎便了。"

贞观天子打扮完备，上了骕骦马，并不带文臣武将，单领三千铁甲兵八百御林兵人马出了东城，竟往高山险路荒郊野外之所而行。离了越虎城有四五里之遥，到一旷阔地方，朝廷降旨摆下

围场。御林兵也有仗剑追虎，也有举刀砍鹿，放鹰捉兔，发箭射熊，正在场中跑马打猎。朝廷龙心欢悦，把坐骑带往左边树林前，忽见一只白兔在马头前跑过，天子连忙扣弓搭箭，嗖的一箭，正射中兔子左腿，哪晓此兔作怪，全不滚倒，竟带了金披御箭望大路上跑了。朝廷暗想："朕的御箭怎被这兔儿带了去，必要追它脱来。"天子不肯弃这枝金披御箭，把马加上三鞭，豁剌剌随定白兔追下来了。这天子单骑追下来有二三里路，总然赶不上，朝廷扣住了马，不思量追赶了，哪晓这兔奇怪，见朝廷不赶，也就停住不跑了。那天子见兔儿蹲住，又拍马追赶，此兔又发开四蹄望前跑了，总然朝廷住马，此兔也住；朝廷追赶，此兔也就飞跑了。不想追下来有二三十里路，兔子忽然不见，倒赶得气喘吁吁，回转马来要走，只看见三条大路，心下暗想："朕方才一心追这只白兔，却不曾认清得来路，如今三条大路在此，叫我从哪条路上去的是?"正在马上踟蹰①不决，只见左边有个人马下来，头上顶盔，身上贯甲，面貌不见，只因把头伏在判官头上，所以认不出是哪个。天子心中暗想："这个人谅来不像番将的将官，一定是我邦的程王兄，他有些呆头呆脑的，所以伏在判官头上，待朕叫他一声看："程王兄，休要如此戏耍，抬起头来，寡人在这里。"便连声叫唤，惊动马上这位将军，耳边听得"寡人"二字，抬起头来。不好了！两道雉尾一竖，显出一张铜青脸，原来就是盖苏文。他只因飞刀被哭丧棒打毁，所以闷闷不快，要上朱皮山去炼飞刀，谅来此地决没有唐将来往，故而伏在判官头上，双尾倒拖着地，唐王哪里认得出？只道自家人马，叫这几声。盖苏文见唐天子单人独骑，并无人保驾，心中欢喜，大

① 踟蹰（chíchú）——心中犹疑，要走不走的样子。

喝道："咦！马上的可是唐童吗？上门买卖，不得不然，快割下头来使罢！"把手中的赤铜刀起一起，把马拍一拍，追上来了。朝廷吓得魂飞魄散，说："啊呀！不好了，朕命休矣！"带转马加上鞭就走。盖苏文大笑道："你往哪里走？这事明明上天该绝唐邦，欲使我主洪福齐天，所以鬼使神差你一个在此，若不然，为什么你是天邦一国之主，出来没有一个兵卒跟随的？分明唐邦该绝，还不速速献头！思量要逃性命，怕你走上焰摹天，足下腾云，须赴上那番？"朝廷拼命的跑，后面盖苏文紧追紧走，慢追慢走。赶得唐天子浑身冷汗，想："徐茂功该死！你方才说：'出去打猎要遇见盖苏文受灾殃的'，这句话一说，朕也不来了。偏偏说什么要遇应梦贤臣，引寡人出来相送性命。"谁想一路赶来，有三十里之遥，后面盖苏文全不肯放松，不住追赶。朝廷心慌意乱，叫声："盖王兄，休得来追，朕愿把江山分一半与你邦，你可肯放朕一条生路吗？"盖苏文说："唐童，你休想性命的了，快献首级！"这二马追出山凹，天子往前一看，只见白茫茫一派的大海，天连着水，水连着天，两旁高山隔断，后面有人追赶，如今无处奔逃，听死的了。盖苏文呼呼冷笑说："此地乃是东海，又是高山阻隔，无路通的，如今还是刎头献与我呢？还是要本帅自来动手？"天子心如刀割，回头见盖苏文将近身边，着了忙，加一鞭，望海滩上一纵，谁想海滩通是沙泥，软不过的，怎载得一人一马纵得？在沙滩四蹄陷住，走动也动不得了。唐王无奈，只得又叫声："盖王兄，饶朕性命，情愿领兵退回长安。"盖苏文跑到海滩边，把赤铜刀要去砍他，远了些斩不着，欲待纵下滩去，又恐怕也陷住了马足，倒不上不下，反为不美。"我不如今日逼他写了降表，然后发箭射死他，岂不妙哉！"心中算计已定，叫一声："唐童，你命在须臾，还不自刎首级下来，本帅刀柄虽

短，砍你不着，狼牙箭可能射你，你命在我掌中，还想在世，万万不能了，快快割下头来!”朝廷叫声：“盖王兄，朕与你并无仇冤，不过要朕江山，如何屡逼寡人性命？盖王兄若肯放朕一条活路，情愿把江山平分与你。”盖苏文说：“哪个要你一半天下，此乃天顺我邦。本帅取你之命，以立头功，要你江山，以保我主南面称尊。本帅看你如此哀求，要求性命也不难，快写一道降表与我，恕你性命。”朝廷道：“未知降表怎样个写法？”苏文说：“好个刁滑的唐童，你在中原为一国之主，难道降表都写不来？本帅也不要你写什么长短，不过要你写张劝票与我，拿到越虎城中，降你们这班老少将官爵主三军人等投在我邦，换你这条性命。”天子道：“但是纸都没有在此，叫朕写在何处？”苏文说：“要纸何用？你的黄绫跨马衣，割下一则衣襟，写在黄绫上，使你们大臣肯服。”天子说：“盖王兄，黄绫虽有，无笔难挥。”苏文叫声：“唐童，若用笔写，难以作证，你把小指嚼碎淋血，挥写一道血表，待我拿去!”正是：

唐王祸遇青龙将，性命如何逃得来？

毕竟唐王肯写降表不肯写降表，且看下回分解。

第四十二回

雪花鬃飞跳养军山　应梦臣得救真命主

诗曰：

万乘旌旗下海东，沙滩龙马陷金龙。苏文逞逞违天力，难敌银袍小将雄。

“好使这班老臣信服，方肯投降，快快写上来！”朝廷无奈，把金剑割下黄绫衣襟一块，左手拿住，如今要把小指咬破，又怕疼痛。“朕若写了血表，当真把天下轻轻付与别人不成？这血表岂是轻易写的？”心中好无摆布。盖苏文说：“不必推三阻四，快快咬碎指头写血表与我！”那番，贞观天子龙目下泪，暗叫一声：“诸位王兄御侄，感你们个个赤胆忠心与朕打成这座锦绣江山，哪知今日撞见盖苏文立逼血表，非是寡人不义，也叫出于无奈，今日写了血表，永无君臣会面之日了。”这道血表原觉难写，指头咬破鲜血淋淋，实难落实，高叫一声：“有人救得唐天子，愿把江山平半分；谁人救得李世民，你做君来我做臣。”只把这二句高叫。盖苏文呼呼冷笑说：“唐童快写！这里乃我邦绝地，就有人来，也是本帅麾下之将，焉有你的人马兵将到来？凭你叫破什么，总总无人来救。”一边逼他写血表，天子不肯写，叫救在海滩，逼勒不止，谁人来救，我且慢表。正是：

唐王原是真天子，自有天神相救来。

单讲那藏军洞中火头军，这一日，八位好汉往养军山打猎去了，单留薛仁贵在内煮饭。这骑云花鬃拴在石柱上，饭也不曾煮

好，这匹马四蹄乱跳，口中乱叫，要挣断丝缰一般，跳得可怕。仁贵一见，心内惊慌，说道："啊呀！这骑马为何乱跳起来？"连喝数声，全然不住，原在此叫跳。仁贵说："我知道了，想此马自从收来的时节，从不曾有一日安享，天天开战，日日出兵，自此隐在藏军洞有一月余外，不同你出阵，安然在此，想你也觉烦闷，故而叫跳，待我骑了你，披好盔甲，挂剑悬鞭，提了方天画戟，到松场上把戟法耍练一练，犹如出战一般。"这是宝马，与凡马不同，最有灵性的，把头点点。仁贵就全身披挂，结束停当，手端画戟，跨上马，解脱丝缰，带出藏军洞中，过仙桥，鞭子也不消用，四蹄发开，往山路中拼命地跑了。仁贵说："怎么样？"把丝缰扣定，哪里扣得住？越扣越跳得快，说："不好了！我命该绝矣！马都作起怪来，前日出阵，要住就住，要走就走，今日原何不容我做主，拼命地奔跑，要送我的命？"仁贵看来要跑得腾云飞舞一般，好似神鬼在此护送，逢山冲山，逢树过树，不管好歹的跑法，冲过十有余个山头，到一座顶高的山峰上住了。仁贵说："啊唷唷，吓死我也！叫声马儿，你原有些力怯的时候，所以才住了吗？"到底此处不知什么所在，便抬头往下一看，只见波浪滔天，通是大海。只听见底下有人叫："谁人救得唐天子，锦绣江山平半分；有人救得李世民，你做君来我做臣。"那薛仁贵吓得魂不在身，连忙望山脚下看时，只见一个戴冲天翅龙冠穿黄绫绣袍的，把指头咬破，只听叫这二句，住马写血字，马足陷住沙泥。仁贵见不曾见了朝廷，谅来那人必是大唐天子，不知因何在此海滩泥上。又见岸上一人，高挑雉尾，面如青靛，手执铜刀，却也认得是盖苏文，暗想："原来天子有难，我这骑马有些灵慧，跑到此山。马啊！你有救驾之心，难道我倒无辅唐之意？如今要下此山又无路道，高有数十丈，打从哪里下去？"

坐下马又乱叫乱跳纵起，好像要跨下的意思，惊得仁贵魂不在身，把马扣住说："这个使不得，纵下去岂不要跌死了？也罢！畜生尚然如此，为人反不如它？或者洪福齐天，靠神明保昤，纵下去安然无事。若然陛下命该已绝，唐室江山被番人该应灭夺，我同你死在山脚底下跌为肉酱，在阴司也得瞑目，快纵下去！"把马一带，四蹄一蹬，望山脚下好似神鬼抬下去一般，公然无事。薛仁贵在马上晃也不晃，心中欢喜，把方天戟一举，催马下来喝声："盖苏文你休得猖獗！不要走！"又说："陛下不必惊慌，小臣薛仁贵来救驾也！"那唐天子抬头一看，见一穿白用戟小将，方才醒悟梦内之事，不觉龙颜大悦，叫声："小王兄，快来救朕！小王兄，快来救朕！"盖苏文回头见了薛仁贵，吓得浑身冷汗，叫一声："小蛮子，你破人买卖，如杀父母之仇！今唐王已入罗网，正在此逼写血表，中原花花世界十有八九到手，我邦狼主也为得天下明君，你肯降顺我主，难道缺了一家王位不成吗？"仁贵大怒道："哇！胡说！我乃少年英雄，出身中原，有心保驾，跨海征东，岂有顺你们这班番奴？番狗，快留下首级！"苏文说："啊唷唷，可恼，可恼！你敢前来救着唐童，本帅与你势不两立！"把马催上一步，起一起赤铜刀，喝声："本帅的赤铜刀来了！"一刀直望仁贵劈面门砍将下去，仁贵把方天戟噶啷一声架开，冲锋过去，带转马来。盖苏文又是一刀剁将下来，仁贵又架在旁首。二人战到六七个回合，仁贵量起白虎鞭，喝声："照打罢！"一鞭打下来，打在后背上，盖苏文大喊一声，口吐鲜血，伏鞍大败而走。仁贵把马扣定，不去追赶，犹恐有番将到来，即便跨下马来，说："陛下受惊了，可能纵得上岸？"朝廷叫声："小王兄，寡人御马陷住沙泥，难以起来。"仁贵说："既然如此，难以起岸，待小臣来。"便抽出腰边宝剑，把芦苇茅草割倒，将来捆了

一堆，撂下沙滩，纵将下去，把朝廷扶到岸，又将方天戟杆挑以马的前蹄，此马巴不能够要起来，因前蹄着了力，后足一蹬，仁贵把戟杆一挑，纵在岸上。天子原上马，仁贵走将上来说："万岁爷在上，小臣薛仁贵朝见，愿我王万万岁。"朝廷叫声："小王兄平身，你在何处屯扎？因何晓得朕今有难，前来相救寡人？"仁贵说："陛下不知其细，且到越虎城中，待臣细奏便了。但不知陛下亲自出来有何大事，这些公爷们因何一个也不来随驾？"朝廷说："前日那些番兵围合拢来，共有数十余万，把越虎城团团围住，有二十余天难以破番解围，正在着急，幸亏中原来了一班小爵主杀退番兵，安然无事，寡人欲往郊外打围，奈众王兄不许朕出猎，故而没有一人随朕，此来不想遇着了盖苏文，险却怕命不保，全亏小王兄相救，其功非小，到城自有加封。"仁贵道："谢我王万万岁。"

天子在前面行，薛仁贵跨上雕鞍后面保驾一路行来。到了三岔路口，原扣住了马立住，不认得去路，那边来了四五骑马，前边徐茂功领头，尉迟元帅、程咬金、秦怀玉带下三千唐甲马八百御林军迎接龙驾。见了天子，茂功跳下马来了，俯伏道旁叫声："陛下受惊了，臣该万死万罪。"朝廷说："啊唷，好个刁滑道人，怎么哄朕出来，几乎送朕性命！"茂功说："陛下，臣怎敢送万岁性命？若不见盖苏文，焉能得遇应梦贤臣？"朝廷说："虽只如此，幸有小王兄来得凑巧，救了寡人，若迟一刻，朕献了血表，焉能君臣还得再会？"茂功说："臣阴阳有准，算定在此，若没有薛仁贵相救，我们领兵也早来了。今知我王不认得路道，所以到此相接。"天子道："既如此，快领寡人回城去吧。"茂功领旨，众臣前面引路，朝廷降宠，薛仁贵与他并马相行。

一路行来，到了三江越虎城，进入城中，把城门紧闭。同到银銮殿上，朝廷身登龙位，两班文武站立，薛仁贵俯伏尘埃启奏道：“陛下龙驾在上，臣有冤情细奏我王得知。”朝廷说：“小王兄，奏上来。”仁贵说：“臣幼出身在山西绛州龙门县大王庄，破窑中穷苦，若不相遇王茂生夫妻结为手足，承他照管养膳破窑，焉能使我每日间学成武艺，习练得本事高强？思想干功立业，显宗耀祖，以报恩哥恩嫂，单单苦无盘缠投军，因此同柳氏苦度在窑。其年先锋大老爷张环奉我皇圣旨，到山西龙门县招兵买马。幸有同学朋友名唤周青赠我盘费，相同到龙门县投军，哪晓张爷用了周青，道小臣有犯他讳字，将臣赶出辕门不用，也罢了。第二遭到风火山收了强盗三员同来投军，只用二人，又道小臣穿白犯他吉庆，仍旧逐出辕门不用。第三遭得了这位老千岁的金披令箭，张爷无奈，把小臣权用。他说：我张爷有好生之德，所以不用，放你生路，你偏生屡次撞入网来，叫我也实难救你。我岂为在此招军买马，单为朝廷得其一梦，梦见小臣不法，欲夺帝王之位，又赠什么四句诗。”天子说：“有的，小王兄，这四句诗就该明白了。”仁贵说：“陛下，他对小臣讲，‘家住遥遥一点红，飘飘四下影无踪，三岁孩童千两价，生心必定做金龙。’故尔军师详出一点红是绛州地方，有薛仁贵谋叛之心，因此在山西查访，拿来解京处决。所以小臣怕得紧，情愿为火头军，隐姓埋名‘仁贵’二字，他说立得三大功劳，保奏我王出罪。我因立了多多少少的功，奈陛下不肯饶恕，没有出头日子。未知张爷流言冒功，又不知陛下果有此事?”朝廷听完大怒：“啊！原来有此曲折，故尔难以明白。寡人此梦就如方才在海滩上逼写血表遇王兄救朕一样的模样，就是王兄赠我四句诗，‘家住遥遥一点红，飘飘四下影无踪，三岁孩童千两价，保王跨海去征东’。原为小王兄一人，故命张环到龙门县招兵，查访王兄出来领帅印督兵的。哪晓张环

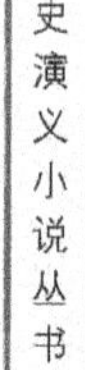

奸恶多端，在朕面前只说没有姓薛的，反把第四句改了什么‘生心必定做金龙’，纵何宗宪在此混账冒功！”尉迟恭上前叫声：“小将军，那日本帅被番将起解建都，想来一定是你救我的了?”仁贵说：“不敢，末将救的。”尉迟恭说：“如何? 我原道是你。本师还要问你，前日在凤凰山脚下，把本帅扯了一跤，又在土港山神庙翻本帅一跤飞跑而去，却是为何这等害怕?”仁贵说：“末将该当有罪。这都是张爷不好，他说朝廷还有几分肯赦，只有元帅爷迷惑圣心，不肯赦你，故此屡次拿捉，叫末将不可相通名姓。故此末将见了帅爷逃命要紧，所以这等惧怕，只想走脱，哪里相见元帅翻跌不翻跌?”尉迟恭听说此言，暴跳如雷说：“可恼，可恼！孩儿们过来，令箭一枝，星飞赶往黑风关狮子口，速调张环父子女婿六人到来见我!”宝林、宝庆一声答应，接了父亲的令箭，带过马来，跨上雕鞍，按好头盔锦甲，提了兵器，出了越虎城，竟往黑风关来调取张环父子，此言慢表。

单讲朝廷开言问道：“小王兄，你既在张环座下为火头军，缘何知道寡人有难海滩，却却来得正好，救了寡人性命?”仁贵道：“陛下有所未知，那日在独木关上，病挑安殿宝，小臣得了这个功劳，哪晓张环心生毒计，把我结义弟兄九人九骑哄入天仙谷口里边，后路不通前路，把柴木堆起，放火逼烧臣九条性命。幸有九天玄女娘娘摄救出了天仙谷，到一派山路中，躲住藏军洞中有两个月有余。不想今日臣八个兄弟出山打猎，小臣在洞中煮饭，这一骑马乱跳乱纵，我便上马出洞欲练戟法，谁想这马好似神舞一般，丝缰总扣它不住，跑过了几个山头，纵上这座山峰，如登平地一般，复又纵下海滩，才救我主。”朝廷说：“原来还有八位王兄在藏军洞中，降旨意快去宣来见朕。”军士上前道：“万岁爷，不知藏军洞中在于何处?”朝廷道：“小王兄，你去宣你八个兄弟从哪条路上去的？”仁贵说：“小臣去是玄女娘娘摄去，来是随马跑到一路上飞纵而来的，所以连臣也不认得，不知藏军洞在东在西。”茂功奏道：“陛下，那藏军洞想是乃九天娘娘仙居之所，有影无踪的所在，岂是凡人寻得到的？少不得日后八人自有见面之日。”天子道：“既如此，传旨排宴，命众御侄陪小王兄饮酒。”不表三江越虎城中钦赐御宴，众小爵主陪薛仁贵饮宴。

单讲宝林、宝庆在马上星飞来到黑风关战船内，张环父子闻报，远远接到船中。尉迟弟兄说：“张环，元帅爷有令箭一枝，要你父子女婿六人作速同往建都见驾，有要紧军情。”张士贵说：“二位小将军，不知元帅相传是什么要紧军情？”宝林道：“说是什么机密事，迟延不得的，快快整备同去见驾，我们也不知道的。”那番，士贵父子即忙周备上马，端离了黑风关，连尉迟弟兄八人一路上竟望越虎城来。在路耽搁数天，这一日早到建都，进入城中，同上银銮。宝林、宝庆上前奏道：“陛下，张环父子宣到了。”尉迟恭说：“传到了吗？与本帅将他父子洗剥干净，绑上殿来！”茂功叫声：“元帅不可造次，我自有对证之法。陛下，快传旨意，好好宣他上殿来。”朝廷降旨：“快宣来。”左右一声：“领旨。”军士出殿，宣进父子六人上殿，俯伏尘埃说：“陛下龙驾在上，臣张士贵朝见我王，未知万岁宣臣到来有何旨意？”天子龙颜翻转说：“张环，朕宣召你来到，非为别事，只因前日寡人出去打猎，路上遇着一位小将军，口称与你交好，朕现带在外，因此宣你来，可认得他姓甚名谁？”张环道：“如今这位小将在哪里？”朝廷把头一点，班中闪出薛仁贵，俯伏银阶叫声：“大老爷，可认得小人薛礼吗？”这士贵一见，吓得魂飞魄散，面上失色，索落落扑倒尘埃说：“你不像个人。”他还只道是薛仁贵阴魂不散，在朝廷驾前出现告御状，所以张环这等害怕。仁贵说：

“大老爷，怎么我薛礼不像个人起来？我自从被你那日哄在天仙谷内，亏玄女娘娘使出神通，救我九人九骑，故尔不送性命，还是好端端的一个薛礼，又不是什么鬼，为何这等发抖?”张环的魂被这一吓，差不多半把已经吓出的了。四子一婿跪在驾前，浑身冷汗，暗想：“不好了！如今是大家性命都活不成了。”朝廷喝问道：“张环，你到底可认得他吗？在哪里会过？快些奏上来!”张士贵叫声：“陛下，臣领兵中原到东辽，不知夺了多少关头，攻取了许多城池，从来不认得这位小将军，不知他姓甚名谁，如何反认得我?”薛仁贵道：“好个刁滑的张环，前日在你月字号内为火头军，怎生把我来骗，说‘立得三个功劳，在驾前保你出罪’。我薛礼不知立了多少功劳，反在独木关上生心把我九人烧死，冒取功劳与何宗宪，你良心何在？天理难容！今日在驾前反说不认得我?”朝廷道：“寡人心中也明白，张环欲冒薛仁贵功劳，将他埋没前营为火头军，反在朕驾前奏说没有应梦贤臣，谎君之罪非小，快些招上来!”

从前做下违天事，于今没兴一齐来。

毕竟不知朝廷如何究罪张环，且看下回分解。

第四十三回

银銮殿张环露奸脸　白玉关薛礼得龙驹

诗曰：

白玉关前独逞功，获将宝马赛蛟龙。张环枉有瞒天巧，难出军师妙算中。

“好待寡人定罪！”张环叫声：“陛下，这是冤枉的，臣实不知的。若讲应梦贤臣，犹其无影无踪了，薛仁贵三字从来不曾听得，就有这个人，也是东辽国出身。前日在山西招兵，从来没有姓薛的，何见谎君之罪？”朝廷说：“寡人也不来查你别件，就是东辽这几座关头谁人破的？寡人龙驾困在凤凰山哪个救的？元帅被番兵囚在囚车内起解建都，何人喝退的？”尉迟恭说：“是，嗄！只问这几桩事就知明白了，快些说上来！”张士贵叫声：“万岁在上，若说破关攻城之力，皆是臣婿何宗宪的功劳，凤凰山救驾也是何宗宪救的，元帅起解建都也是宗宪喝退的，何为冒他功劳？”仁贵笑道：“张环，这些都是你何宗宪功劳吗？亏你羞也不羞？自从在中原活捉董逵起，一直到病挑安殿宝，元帅功劳簿上哪一件是你宗宪功？还要在驾前谎奏！”茂功旁边冷笑道：“你二人不必争论，总有千个功劳，无人见证，不知是何宗宪 的，是薛仁贵的，我也实难判断。如今有个方法在此，便能分出真假，可以辨明了。”朝廷说：“先生，怎样个方法呢？”茂功说：“这里越虎城下去有四十里之遥，东西有两座关头，东为白玉关，西叫摩天岭。你二人各带人马前去，先打破关头先来缴令，这些功劳都

是他的，本来这两个关守将一样骁勇的。张环，倘我或有偏向哪一个了，如今大家拈头阄子为定，拈着那一个阄就去打那一座关便了，你们大家意下如何？”仁贵说：“军师大人言之有理，张环可有这个本事吗？”士贵道：“哪里惧你？我的宗宪戟法高强，大小功劳不知立了多少，何在为这一座关头？就去何妨！”茂功就在案上提御笔写了两个阄子，放在盒中倒乱一倒乱说：“你们上来取。”仁贵先走上来要取，茂功喝住道：“你乃是无职小臣，张环到底总管先锋，有爵禄的，自然让他先来取。”仁贵连忙住了手应道：“是。”张环上前取阄子在手，拆开一看，上写“摩天岭”三字，茂功道：“既是张先锋得了摩天岭，薛仁贵去破白玉关，也不必拆开阄子来看了。”张士贵听说，心中十分慌乱，不管好歹，连忙辞了驾，元帅发兵一万，父子六人巴不能够早到早破，领了人马星飞赶到摩天岭，我且慢表。

单讲徐茂功说：“薛仁贵小将军，这两座关欺心得多在里头，唯有白玉关好破，可以马到成功，手到擒来。这摩天岭好不厉害，总有神仙手段也有些难破，谅张环不知何年何月得破此关。方才这两个阄子都是摩天岭，所以叫你迟取，不必拆开来看了。”仁贵听言大喜说：“蒙大人照拂，薛礼无恩可报，求元帅发兵，待小将前去破关。”尉迟恭道：“待本帅点十万兵与你带去。”茂功道：“元帅不必发这许多人马，只消一千个兵足矣，就他单人独骑也可以去破得此关了。”尉迟恭说：“既如此，待本帅点雄兵一千与你。”仁贵说：“多谢元帅爷。”连忙打扮结束，辞了天子，正欲转身，茂功说：“你住着，我还有话对你话。”仁贵说：“不知大人有什么吩咐？”茂功道：“小将军，我有护身龙披一角，你带在身边。这有锦囊一个，你到白玉关，然后开来细看，照上行事，不得有违。”薛仁贵将锦囊龙披藏好，应声：“得令！”出了银銮殿，跨上雕鞍，手提画杆方天戟，带领一千人马离了三江越虎城，竟往东行来取白玉关，我且撇在一旁。

另讲这张士贵父子一路望西而行，下来四十里，早到摩天岭，一看吓死人也！但见：

迷迷云雾遮山腰，山顶山尖接九霄。一堆不见青天日，虎豹猿猴满处嚎。两旁树木高影影，踏级层层生得高。望上雾云乌昏黑，哪见旗幡上面飘。见说天山高万丈，怎抵摩天半接腰。纵有神兵骁勇将，这番见了也魂消。

张士贵说："我的儿，你看这座山头如此模样，也不知有多高，上面云雾漫漫，也看不出此条山路，又有壁栈在此，怎生样破法?"志龙说："爹爹，我们且攻他一阵，呐喊叫骂，待他有将下来，好与番将斗战。"士贵道："我儿言之有理。"连忙传令人马，震声呐喊连天，炮响不绝，鼓啸如雷，番奴番狗骂得沸反淫天，总然上面响也不响，又是一阵喊骂，上面原不见动静，连攻十有余阵，天色晚暗，上面听也不曾听见。张环说："我儿，此山高得紧，我们在此叫破喉咙，上边晓也不晓得。今日天色已晚，且到明日我们走上去看，倒也使得吗?"志龙道："爹爹主见甚好。"此夜，父子商议停当。明日清晨，坐马端兵出了营盘，张环说："我儿，待为父先上去探听消息，然后你们上来。"志龙道："是！爹爹须要小心。"张环道："不妨。"带马往山路一步步走将上来，直到了半山中，望上去见影影旗幡摇动，只听得上面喝叫："南蛮子上来，打滚木下去。"众番兵应道："晓得!"张环听见，吓得魂不附体，带转丝缰，三两纵跑得下山脚，数根滚木也就打到山脚下了，说："啊唷！我的儿，这个摩天岭看来难破的，我们在山下叫骂，他们不来理你，若然上去，就要打滚木下来，这等厉害，分明军师哄我们来送性命!"志龙说："爹爹，我们不破摩

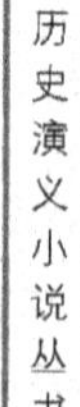

天岭，少不得也要死，如何是好？”张士贵眉头一皱，计上心来，说：“我儿，今番摩天岭看来难破，破不成的了。不如带领人马竟望黑风关，下落战船过海到中原，只说万岁班师，哄住大国长安，把殿下除了，谅无能将在朝抵敌，你们保为父身登九五，不怕天下地方官不肯降顺。那时，差勇将守住潼关，不容朝廷进中原。一则全了六条性命，二来一统江山一鼓而擒，岂不两全其美？反得大唐不用丝毫之力。”“孩儿们自当保父南面称孤。”张环传令兵马拔寨起程，离了摩天岭，竟走黑风关，下落战船，吩咐发炮三声，把三千几百号战船都开尽了，一只也不容留在此独木城，解开篾缆，由它大风打掉了。先锋之令，谁敢不遵？就等朝廷差将追赶，没有战船。此为断后之计。我且按下，不表张士贵返往中原。

单讲薛仁贵带领一千人马也到白玉关前，吩咐按下营寨。一声炮响，军士安营。天色已暗，当夜在灯下取出军师所赠的锦囊折开细看，只见上边有几行字写得明白：“白玉关守将，名为完贤朱追都罗弥，有一骑宝马，名唤赛风驹，日行万里，夜走五千，可以大海浪中水面上奔走不湿人衣，你快取番将性命，夺此宝马。今张士贵难破摩天岭，已经带兵往黑风关齐开战船，返到中原去了。大国长安有千岁在那里，唯恐延捱有伤殿下性命，所以赠你锦囊护身披一角，你快上赛风驹，下东海望中原救殿下性命要紧。且把张家父子拿下监牢，速来缴旨。是有王封。”仁贵见了这一个锦囊，也觉魄散魂摇，心下暗想：“谅军师之言决然有准，救兵如救火，若不破白玉关，少有赛风驹，怎到中原？也罢，不如到关前讨战便了。”仁贵算计已定，把马催到关前，呼声大喝：“呔！关上番儿快报，说今有大唐朝护驾小将军薛仁贵在此讨战，闻得你们守将叫什么完贤朱追都罗弥，厉害不过，有本事叫他早早出关受死!"

不表关外讨战，单说关内把都儿飞报总府来说："启上将军，关外有大唐人马扎安营盘，早有一将名唤薛仁贵，在那里呼名讨战!"都罗弥大怒说："既有唐将在外讨战，与魔家带马过来!"旁有一将应声道："不必哥哥亲自出马，待兄弟前去取胜便了。"都罗弥说："既如此，兄弟须要小心，待为兄到关上与你掠阵。"二人全身披挂，带马过来，跨上雕鞍，离了总爷衙门，来到关前，发炮一声，关门大开，吊桥坠下，豁剌剌冲出关来。抬头一看，原来就是火头军穿白将薛蛮子。"魔家久闻你的本事高强，到了此地，你命就该绝了。"仁贵抬头一看，但见这员番将怎生打扮：

头上戴一顶黄金虎头盔，面如锅底相同，两道朱砂红眉，一双碧眼圆睁，高梁大鼻，阔口板牙，招风大耳，腮下一派连鬓竹根胡，身穿一领映花紫罗袍，外罩红铜甲，左悬弓右插箭，手端大砍刀，坐下乌骓马。

仁贵心下暗想：这一骑马不像赛风驹，未知可是完贤朱追都罗弥，待我问声看："呔！来将少催坐骑，通下名来!"番将答应道："你要问我之名吗？我乃大元帅盖麾下加为镇守白玉关副将雷青便是!"薛仁贵 要救殿下到中原要紧，哪里还有工夫打话，听见说不是都罗弥，便纵一步马上喝道："番狗照戟吧!"把这一戟挑将进来，雷青喊声："不好!"把手中大砍刀望戟上噶啷噶啷这一抬，险些跌下马来。马打交锋过去，圈得转来，仁贵喝一声："去吧!"插一戟刺将进来，雷青喊声："不好！我命休矣!"躲闪也来不及，正中咽喉，一命身亡了。关上有都罗弥一见雷青刺死，不觉两眼下泪，吩咐开关，一马当先冲出关来，大叫："薛蛮子，你敢伤我兄弟，不要走，魔与你势不两立了!"薛仁贵

听抬头一看，你道他怎生打扮？但见：

头戴一顶镔铁凤翼盔，面如紫漆，两道扫帚眉，一双铜铃眼，口似血盆，狮子大鼻，腮下一脸五绺长髯，身穿一领柳叶黄金甲，外罩血染大红袍，手执一条银缨枪，坐下乃是一骑赛风驹。

那薛仁贵连忙喝问道："来者可就是完贤朱追罗都罗弥吗？"那番将应道："然也！既闻大名，何不早早下马归降？"仁贵闻他就是，心中喜之不胜，也不打话，巴不能夺了赛风驹就走，喝声："放马过来，照小将军的戟吧！""嗖"这一戟望都罗弥面门上刺将过来，十二分本事都显出来，那番将怎生招架得住？喊声："不好！"把手中银缨枪望戟上噶啷这一翘，架得双眼昏花，马都退后数步，冲锋过去，圈转马来，仁贵提起白虎鞭，望守将背上当这一击，在马上翻下尘埃，背梁打断，呜呼哀哉。连忙纵下马来，一把把赛风驹牵将过来，跨上马，传令将自己这匹马交军士带着，一千雄兵先报回越虎城去。身边早备干粮人参饼，在路上充饥，遂加上三鞭，这一骑赛风驹发开四蹄，离了白玉关飞跑而去。此马原算宝骑，四足有毫毛发出，犹如腾云驾雾一般，但见树木山溪在眼前移过，不一天到了黑风关塘口，只见波浪滔天，是大海了。仁贵把赛风驹扣定，叫声："马啊马，我闻你乃是龙驹，在海面上可以行得，今我主殿下千岁在中原有难，该我薛仁贵相救，你若果有过海之力，便纵下去，倘淹死海中，也算尽忠而死了。"说罢把马一纵下了海，只得马蹄着水，毫毛在面上，原可奔跑。仁贵好不害怕，耳边只听得呼呼风声不绝，这赛风驹用了跨海之力，真正飞风而去。仁贵用了些干粮，伏在马鞍鞒上，眼睛合着，连日连夜由在海中行走。不到三天，早见了中原登州府海滩了，但见战船密密，有汛地官在那里看守战船。仁贵纵上岸滩，有登州府王彪、总兵官徐熊二人喝住道："呔！哪里来的？可是海贼？到何处去？"仁贵说："我乃应梦贤臣薛仁贵，在东辽得功势如破竹，保万岁龙驾，乃扶唐大将，怎说海寇？你等做了汛地官员，如何这等不小心？张环父子瞒了陛下，在中原来谋反，欲夺大唐世界，你们不查明白，竟放了过关去，因此我随后赶来擒他张环父子，相救殿下千岁，快容我到大国长安去。"两个官员听了魂不在身，说："你既奉旨前来，可有凭据？"仁贵说："有的。"身边取出护身披一角，那二人见了朝廷龙披说："小将军，卑职们罪该万死，请将军到衙中，待我备酒接风。"仁贵说："要救殿下千岁要紧，不劳你们费心。那张环到来有几天了？"二人说："小将军，他是昨日到的。"仁贵大悦道："啊，如此不妨，还可赶得上。"别过，二人说："将军慢行。"那薛仁贵离了山东，竟走长安。不一日一夜，到了潼关，连忙扣住了马，望关口一看，只见上边大红旗上书着："大唐镇守潼关殷"。"啊，原来就是殷驸马，我不免叫关便了。呔！关上的报与驸马爷知道，说今日有圣旨下，要往长安，叫他开关。"那关上的军士问道："既有圣旨，可拿凭据出来照验，你是什么官长，说得明待我好通报。"仁贵说："我乃应梦贤臣薛仁贵，有功于社稷，现有护身龙披在此，你拿去看。"丢上关头，军士接住一看："真的。"连忙报入府中说："启上驸马爷。"驸马问道："启什么事情？"军士禀道："东辽国奉旨来了一员小将，自称应梦贤臣薛仁贵，现在外边，要过关到长安见殿下千岁的。"殷成听见此言，心中暗想：昨日张士贵父子说朝廷奏凯班师，停驾登州府了，今日缘何又有东辽国奉旨来的？"事有可疑，不必理他。"说："驸马爷，现在龙披在此。"殷成接来一看，果是朝廷的龙披，见了凭据，心内踟蹰了一回，便说："军士过来，放他进关前来见我。"军士

答应道："是。"回身就走。到关上把关门开了，放进薛仁贵，领到帅府，薛礼下马，进入殿来说："驸马爷在上，小臣薛仁贵朝见。"殷成用手搀扶说："你乃应梦贤臣，请起看坐。"薛仁贵说："不消坐了。请问驸马，张士贵父子怎样过关的？"殷成道："正是孤也要问你。张环昨日到我关上，他说陛下奏凯班师，已经停驾登州，四五日内就到长安了。为什么小将军又说在东辽奉朝廷旨意去到长安，有何急事？到底陛下班师否？"仁贵道："驸马爷有所不知，张环奉旨领兵攻打摩天岭，不想竟把战船一齐开了，赶到中原往进长安，有心要登龙位。我奉军师密令，赠我锦囊，叫我白玉关上取了赛风驹马，四日四夜在海中，赶来拿捉张家父子，相救殿下。谁想他哄进潼关，前往大国长安，不多路了，小臣事不宜迟，就要往长安去。"殷成听见，吓得浑身冷汗，说："果有此事？将军请先行，孤也随后就来。"薛仁贵答应，忙到外边，跨上马如飞就走。驸马也就通身打扮，带领二十家将，离了潼关，竟望陕西而来，我且不表。

如今单讲大国长安右丞相魏征，那夜得其一梦，甚是惊慌，忙上金銮殿，正是：

奸臣纵有瞒天计，难及忠良预见明。

毕竟不知魏征金銮殿见驾如何，且看下回分解。

第四十四回

长安城活擒反贼 说帅印威重贤臣

诗曰：

伏得龙驹过海来，张环父子定招灾。也应唐主多洪福，预令高人安算排。

那魏征丞相忙上金銮，殿下临朝，便俯伏金阶说：“殿下千岁在上，臣昨夜得其一兆，甚为奇怪。”那殿下李治叫声：“老王伯，未知什么梦兆？”魏征道：“臣昨夜梦中见我三弟秦琼，来到床前谏言几句道：‘你为了掌朝宰相，如何这等不小心？况万岁到东辽，曾把殿下托你保护，权掌朝纲，料理国家正事，今目下三两日内，有朝中奸臣谋叛，欲害储君，你如何不究心查访？四门紧闭，过了三天，决无大事，若不小心，弄出大事，你命就该万死了。’臣看此兆，原算稀奇，朝中哪个是奸，哪个是佞，叫老臣也无处去查。”李治道：“秦老王伯在日，尽心报国，一片忠心，今死后有这番言语，宁可信其有，不可信其无，他说把城门紧闭三天，决无大事，不免降旨，今日就四门紧闭，差将守城。”魏征传下令来，把城门紧闭了，君臣们在金銮殿上议论纷纷，我且慢表。

一到了次日早上，张士贵父子，领兵到了长安城。望去一看，只见光大门早已紧闭，吊桥挂起。心中惊骇，叫声：“我的儿，为什么光大门闭在此，难道有人通了线索，预先防备我们前来？所以吊桥高挂，四城紧闭。”张志龙说：“爹爹，我们在东辽

国来，人不知，鬼不觉，何人知道我父子存反叛之心，先把城门紧闭起来？必然又有别样事情。今日对他说，朝廷奏凯回朝，自然开城，放我们进去。”张环说：“这也有理。”连忙带马到护城河边，叫一声：“城上的，快报与殿下得知，今万岁爷奏凯班师，歇马登州，先差张士贵在此，要见殿下，快快开城。”那城上军士一见说：“大老爷，请候着，待我们先去报殿下，然后开城。”张环道：“快去通报。”军士来到午门禀知，黄门官上殿起奏说：“殿下千岁在上，外边有三十六路都总管，七十二路总先锋张环到了。说朝廷圣驾今已班师，先差张士贵来见殿下，望千岁降旨开城。”李治殿下听报父王班师，喜之不胜，立刻降旨，去放张环进城。丞相魏征连忙止住道：“殿下千岁，且慢。秦三弟托梦，原说要把城门紧闭三天，才无大事，刚刚昨日闭城，才得二天，就有张环父子到来，就是万岁奏凯还朝，岂可预先无报，事有跷蹊。臣看张环父子短颈缩腮，将来必有反叛之心，不可乱开，且往城上去问个明白。”李治说：“老王伯言之有理。快到城上去。”君臣上马，带了文武大臣，离了午门，竟上城头一看。只见张家父子人等，满身结束，坐马端兵，后有数千雄兵，摆列队伍，满面杀气。想他一定有谋叛之心。魏征问道：“张先锋班师了么，陛下圣驾可曾到否？”张士贵听言抬头，一见殿下同魏征在城上，心内欢悦，连忙应道：“正是。陛下奏凯班师，歇驾登州，先差小将到来，料理国家大事。未知光大门为何紧闭？望老丞相快快开城。”魏征说：“我受秦元帅梦中嘱托，他说今日有奸臣不法，欲夺天下。叫我紧闭城门，待朝廷亲到长安，然后开城。今陛下已在登州，不日就到，张先锋请外面扎营安歇，等待圣驾到了，一同放你们进来。”张士贵听见此言，吓得浑身冷汗，说：“好个秦琼，你死在阴间，还要来管国家大事。也罢！”叫一声：“老丞相，我实对你说，朝廷与众大臣，被番兵围困越虎城中，并无大将杀退，小将焉有神仙手段去救万岁，想来君臣不能回朝的了，因此我把战船齐开来到中原，想殿下年轻不能理国家大事，不如让我做几时，再让你做如何?”魏征大怒喝声：“唗！你这该死的狗头，朝廷有何亏负了你，却如何丧心。既然万岁有难在番邦，理当尽心救驾，才为忠臣，怎么私到长安，背反朝廷。幸亏秦元帅阴灵有感，叫我紧闭城门，不然被你反进城来，我与殿下性命难保。”张环道：“魏征，你不过一个丞相了，难道我张环立了帝，少了你一家宰相职分么？快快开城，放我进去就罢；若有半句不肯，我父子攻破城门进来，拿你君臣二人，要碎尸万段才罢。”魏征气得满脸失色，把张士贵父子不住的声声恨骂。那底下六人带兵呐喊，放炮攻城。耀武扬威，了当不得。忽听见后面豁喇喇一骑马跑来，上边坐着薛仁贵，一见张环人马，大喝一声：“呔！张环，你往哪里走，可认得我么?”张志龙回头一看，唬得心跳胆碎，说：“爹爹，不好了！薛礼来拿擒我们了。”士贵听见，魂魄飞散，纵马摇刀，上前叫声：“小将军，你向在我营中，虽无好处到你，却也费许多心机。今日可念昔日情面，放我一条生路。”仁贵喝道：“呔！我把你们这六个狗头，若说昔日之情，恨不得就一戟刺你个前心穿后背。乃奉军师将令，让你多活几天，叫我前来生擒，活拿你父子监在天牢，等陛下班师，降旨发落。快快你们下马受缚，免得本帅动手。”张环悉知仁贵本事高强，决不是他对手，倒不如受罪监牢，慢慢差人求救王叔，或者赦了，也未可知。便叫：“我儿，画虎不成反类其犬，既有将军在此，我们一同受罪天牢便了。”四子一婿，皆有此心，共皆下马。仁贵喝声张环手下将士，把他父子去了盔甲，上了刑具。那将士上前，把他父子去了盔甲，上了刑具。那边殷驸马也到

了。大叫："小将军，张环父子可曾拿下？"仁贵说："已经拿下了，专等驸马爷前来，一同叫城。"殷成大悦。便纵到吊桥边，叫声："殿下千岁，臣在此，快快开城。"李治在上面说道："殷驸马，这员小英雄哪里来的，可放得进城么？"驸马说："殿下放心，这位英雄，就是应梦贤臣薛仁贵。在东辽保驾立功，扶唐好汉，奉军师密令，前来拿捉张环的。"李治听了，才得放心，降旨开了光大门。吊桥坠下，殷驸马押了张家父子，带了一万人马，进入城中。将人马扎定内教场，竟带张士贵来到午门。殿下李治同魏征先到金銮殿，身登龙位，仁贵上殿俯伏尘埃说："殿下在上，小臣薛仁贵，愿殿下千岁、千千岁。"李治叫声："薛王兄平身。孤父王全亏王兄保驾，英雄无比，因此太太平平进东辽关寨，势如破竹，皆王兄之大功。未知父王龙驾，几时回朝，张环因何返到这地？"仁贵道："殿下有所不知，待臣细细奏闻。小臣向被张士贵埋没前营，为火头军，把大小功劳，尽被何宗宪冒去。后来在海滩救驾，遇见朝廷，吊取张环对证。"如此这般，一直说到破摩天岭，后又受军师锦囊，得赛风驹，赶来拿捉他，救千岁龙驾。李治闻言大喜，说："王兄如此骁勇，尽心报国，其功非小。张环有十恶不赦之罪，理当枭首级前来缴旨。"仁贵叫声："殿下且慢，陛下龙驾现在东辽建都之地，太平无事。且将他父子拿在天牢。待小臣到东辽，逼番邦降表，如在反掌。不久就要班师，回朝之日，还要取他对证，然后按其军法，未为晚也。"殿下李治说："既如此，降旨带去收监。"不表张士贵子婿六人下监。再讲殿下赐宴一席，仁贵饮过三杯，谢恩出朝。次日带了干粮，跨上赛风驹，离了长安，竟往登州，下海到东辽。我且慢讲。

如今先讲到东辽越虎城中，贞观天子这一日问军师道："朕想薛仁贵与张环各去破关，有八十余天，为甚还不来缴旨？一定这两座关上强兵勇将众多，所以难破。”徐眅笑道：“这个自然。只在这两天内，就有一处缴旨了。”君臣正在言谈，外边军士报进来了：“启上万岁爷，城外来了八员将官，都有坐骑，手内还有枪刀器械，口称与薛仁贵生死弟兄，要见万岁的。”朝廷听言，叫声：“徐先生，可放得进来，不妨事么?”茂功说：“陛下，不妨。这八人都有万夫不当之勇，利害异常。乃应梦贤臣的结义好友，东辽大小功劳，他们也有一半在内的。陛下降旨宣他们上殿，就可加封八人爵禄了。”朝廷大喜，一道旨意降出。不多一回，八人下雕鞍，放了兵器，上银銮殿来。俯伏银阶，说：“万岁龙驾在上，小臣们姜兴本、姜兴霸、李庆先、李庆红、王新鹤、王新溪、薛贤徒、周青等，朝见我王。愿陛下万岁，万万岁。”那天子龙颜大悦：“卿等们平身。寡人也闻得八位爱卿有功于社稷，朕今加封为随驾总兵。”八人欢喜，谢了恩，参见了元帅，与众爵主见礼。一番兵丁伏于跨下，向在张环侧首，今立朝纲，自觉威风。外边军士又报进来了：“启上万岁爷，薛仁贵现在外边，要见万岁。”朝廷听言大喜，降旨快宣。军士往外宣，仁贵俯伏银阶说：“陛下龙驾在上，小臣薛仁贵，奉我王旨意，前去攻打白玉关，不上一二天，就取关头。速到中原，救了殿下千岁，才得今日到东辽来缴旨。”天子听言，心中不明，说：“小王兄，几时往中原，救那个殿下？你且细奏明白。”仁贵道：“陛下有所不知，张环父子领兵到摩天岭，无能可破，私开战船，返往中原，欲杀殿下，思想登基。臣受军师锦囊，叫我破了白玉关，得了东辽一骑赛风驹宝马，大海行走，犹如平地，星飞赶到中原，相同驸马殷千岁，追到大国长安，已经把他父子拿下天牢，等我王班师，然后按其国法。又晓夜兼行，复到东辽来，保

万岁平定东辽。”朝廷说：“有这等事？小王兄真乃异人了。在东辽救了寡人，又在长安救了王儿，复又往东辽来救寡人。正所为百日两头双救驾，其功浩大！朕意欲加封，奈急切少有掌兵空职去补，如何是好？”尉迟恭上前启奏道：“陛下在上，臣年迈无能，不堪执掌兵权，愿把帅印托小将军掌管。”朝廷说：“若得尉迟王兄肯交帅印与小王兄，朕即加封为天下九省四郡都招讨平辽大元帅之职。”尉迟恭道：“某这颗帅印，秦府中所得，不知吃了多少亏，就是自己儿子也不放心付他执掌。今看小将军一则武艺精通，本事高强，二来一定前生有缘，我心情愿交付与你，安然在小将军标下听用。”仁贵推辞道：“这个不敢。老元帅乃开国功勋，到底掌兵权，道理明白，小臣不过一介寒儒，略知些韬略，自应在老元帅麾下执鞭垂镫，学些智谋，深感洪恩，怎执掌兵权起来？”天子道：“朕今为主，小王兄不必再奏。就此当殿披红，掌挂帅印。钦赐御酒三杯，就此谢恩。”仁贵不敢再逊，口称：“愿我王万爷、万万岁。”薛仁贵如今为了元帅，心中欢悦不过。有底下这些武职官，一个个上前参见一番。周青、李庆先、王心鹤八人，走将进来，叫声：“元帅哥哥，小将兄弟们参见。”仁贵道：“啊呀，兄弟们不消了。你们因何得知为兄在此，从哪里寻来的？”众弟兄说：“哥哥，我们那日打猎回到藏军洞，不见了哥哥，害得我们满山寻遍，忽遇那婆子到来，说起哥哥保驾干功立业去了，那时兄弟们要见哥哥，相随婆子来的。”仁贵道：“嗄，原来如此，可笑张环父子，把我们埋没，冒夺功劳，不想原有出头日子，今张环父子性命尽不保了。”八人说：“便是。”说罢，众人原退两旁。如今有秦怀玉、罗通、程铁牛、尉迟宝林、宝庆，这一班小爵主，上来参见。仁贵叫：“当不起。”心下不安，连忙跪下说：“陛下在上，臣有言陈奏。”天子说：“王兄有何事奏闻?”仁贵道：“臣乃山西绛州一介贫民，蒙陛下龙宠，又承尉迟老千岁大恩，将帅印交与臣执掌，在尔虽是臣小，出兵号令最大。今尉迟老千岁也在麾下听用，臣哪里当得起，意欲拜认老千岁为继父，未知陛下龙心如何?”朝廷说：“小王兄既有此心，朕今做主，将你过继尉迟王兄。”敬德心中也觉欢喜，假意推辞说：“这个某家再当不起的。”仁贵道：“说哪里话来。”就当殿拜了四拜，认为继父。尉迟恭从今待仁贵一条心的了，比自己亲生儿子还好得多。薛仁贵又与众爵主结拜为生死之交，朝廷准了奏，就在驾前，各府内公子爷们上前歃血为盟。大家立了千金重誓，生同一处，死同一块，一十八人患难相扶到底。信盟已毕，朝廷赐宴，金銮殿上，大排筵席，款待这班小英雄。饮过数杯，把筵席扯开，仁贵讲究破东辽关寨用兵之法。甚般直讲到黄昏时候，元帅方才辞驾，回往帅府安歇。一宵晚话，不必细言。

一到了明日清晨，元帅进殿，朝过天子。军师茂功开言叫声：“薛元帅，你既掌兵权，东辽兵将未晓汝名，快提兵马，去破了摩天岭，前来缴旨。”仁贵应道：“是。”回营吩咐，把聚将鼓打动，传令五营四哨，偏正牙将。左右忙传令道：“呔！元帅爷有令，传五营四哨，偏正牙将，各要披挂整齐，结束停当，在教场伺候。”又要说元帅哨动三通聚将鼓，有爵主们，总兵官无不整束，尽皆披甲上营说：“元帅在上，末将们打拱。未知帅爷有何将令?”仁贵道：“诸位将军，兄弟们，本帅今日第一次得君王龙宠，叨蒙圣恩，加封平辽元帅，今又奉旨出兵，前去攻打摩天岭，奈摩天岭难破，为此本帅要往教场祭旗一番。烦诸位将军同往教场，乃本帅头阵掌兵，故而传汝等到教场助兴，祭旗一番。往摩天岭攻打，自有八员总兵在此，不劳诸位爵主将军去的。”众爵主齐回言道：“元帅说哪里话来，今往摩天岭攻打，理

应末将们随去，在标下听用。”元帅说：“这个不消。”众将出营，上坐骑，端了兵刃，后面元帅坐了赛龙驹，同到教军场。这一班偏正牙将、大小三军，尽行跪接。偷眼看仁贵好不威风。怎见得，但见他：

头戴白绫包巾金扎额，朝天二翅冲霞色。双龙蟠顶抓红球，额前留块无情铁。身穿一领银丝铠，精工造就柳银叶。上下肚带牢拴扣，一十八豸轰轰烈。前后鸳鸯护心镜，亮照赛得星日月。内衬暗龙白蟒袍，千丝万缕蚕吐出。五色绣成龙与凤，沿边波浪人功织。背插四杆白绫旗，金龙四朵朱缨赤。右边悬下宝雕弓，弓弦逼满如秋月。左首插逢狼牙箭，凭他法宝能射脱。腰间挂根白虎鞭，常常渴饮生人血。坐下一骑赛风驹，一身毛片如白雪。这条画杆方天戟，保得江山永无失。后张白旗书大字，招讨元帅本姓薛。

这仁贵为了总兵大元帅，面上觉得威光，杀气腾腾，凭他强兵骁将，见了无不惊慌。这班人马中，向在张环手下的也尽多有在内，知道仁贵细底，向为火头军，与我们同行同坐，威气全无，今日他做了元帅：

何等风光满面生，腾腾杀气赛天神。

不知薛仁贵去打摩天岭，如何得胜，且看下回分解。

第四十五回

卖弓箭仁贵巧计　逞才能二周归唐

诗曰：

摩天高岭如何破，赖得英雄智略能。赚上番营夸逞技，周家兄弟有归心。

不表众三军暗相称赞，单说元帅祭旗已毕，众将拜过，奠酒三杯。元帅说：“诸位将军，请各自回营。本帅只带八员总兵，去破了摩天岭，回来相会罢。”众将道：“元帅兴兵出战，末将们理当同去听用。”元帅说：“不消，保驾要紧。城内乏人，请回罢。”众将道：“元帅既如说，末将们从命便了。”众爵主各自回营，我且慢表。

单讲薛仁贵传令，发炮起兵，点齐十万大队雄兵，八员总兵护住，出了三江越虎城，竟望摩天岭大路进发。一路上旗幡招转，号带飘摇，好不威风。在路耽搁二三天，这一日早到摩天岭，离山数箭，传令安营。炮响三声，齐齐扎下营盘。元帅带马到山脚下，往摩天岭一看，只见岭上半山中云雾迷迷，高不过的，路又壁栈，要破此山，原觉烦难。周青道：“元帅哥哥，看起这座摩天岭来，实难攻破。当初取这座天山，尚然费许多周折，今日此座山头，非一日之功可成，须要慢慢商量，智取此山的了。”仁贵说：“众位兄弟，我们且山脚下传令，三军们震声呐喊，发炮哨鼓，叫骂一回，或者有将下山，与他开兵交战一番如何?”周青道：“元帅又来了，前日天山下尚然叫骂不下，今摩天

岭高有数倍，我们纵然叫破喉咙，他们也不知道的。”元帅道：“兄弟们，随我上山去，探他动静。看来此山知有几能多高。”周青说：“不好，有滚木打下来，大家活不成。”仁贵道：“依你们之言，摩天岭怎生能破？待本帅冲先领头，你们随后上来。倘有滚木，我叫一声，你们大家往山下跑就是了。”八员总兵不敢违逆，只得听了仁贵之言，各把丝缰扣紧，随了仁贵，往山路上去。一直到了半山，才见上面隐隐旗幡飘荡，兵丁虽然不见，却听得有人喊叫打滚木。唬得仁贵浑身冷汗，说：“啊呀，不好了，有滚木了！兄弟们快些下去。”那班总兵听说，打滚木下来，尽皆魂不在身，带转马头，往山下拼命的跑了。薛仁贵骑的是赛风驹宝马，走得快，不上几纵，先到山下，数根滚木来着总兵们马足上扫下来，却逃得七条性命。一个姜兴本，马迟得一步，可怜尽打为肉泥。美兴霸放声大哭，七员总兵尽皆下泪。仁贵说：“众位兄弟，事已如此，不必悲伤，且回营去，慢慢商议。”八人回往帅营，排酒设席，饮到午夜，各自回营。

过了一宵，明日营中商议，全无计较。看看日已沉西，忽然记起无字天书，凡有疑难事，可以拜告。今摩手岭难破，也算一件大事，不如今夜拜看天书，就能得破了。薛仁贵算计已定，到了黄昏，打发七员总兵先回营帐，他就把天书香案供奉，三添净水炉香，拜了二十四拜，取天书一看，上边显出二七一十四个字，乃九天玄女所赠。这两句：“卖弓可取摩天岭，反得擎天柱二根。”仁贵全然不解，暗想：这两句实难详解。“卖弓可取摩天岭”，或者要我到山顶上卖这张震天弓，行刺守山将士也未可知。后句“反得擎天柱二根”，怎样解说？且上山去卖弓，自有就验后文。其夜薛仁贵全不合眼，直思想到天明，有众兄弟进营来了。仁贵说道：“兄弟们，本帅昨夜拜见天书，上显出两句诗来，说‘卖弓可取摩天岭，反得擎天柱二根。’不知什么意思，本帅全然详解不出。”周青开言叫声：“元帅哥哥，此事分明玄女娘娘要你扮做卖弓人，混上山去。别寻机会，或者破了此山，也未可知。”仁贵说：“本帅也是这等详解，宜可信其有，不可信其无。兄弟们，且在此等候，待本帅扮作卖弓模样，混上山去看。”周青说：“哥哥须要小心。”仁贵说：“这个不妨。”

薛仁贵扮做差官一般，带了震天弓，好似张仙打弹模样，静悄悄出了营盘，往摩天岭后面转过去，思想要寻别条路上去。走了十有余里，才见一条山路，有数丈开阔，树木深茂，乃番将出入之处。上落所在，好走不过的。薛仁贵放着胆子，一步步走将上去。东也瞧，西也观，并没有人行。走到了半山，抬头望见旗幡飘荡，两边滚木成堆，寨口有把都儿行动。心中暗想：“我若正走上去，犹恐打下滚木，反为不美，我不如从半边森林中，掩将上去，使他们不见。”仁贵正在暗想，忽听见山下有车轮推响之声，响上山来。仁贵望下一看，只见有一个人头戴一顶烟毡帽，身穿一领补旧直身，面如纸灰相同，浓眉豹眼，招风大耳，腮边长长几根须髯，年纪约有四五十岁，推了一轮车子，往山上行来。仁贵暗想，必定是番将差下来的小卒，不知推的是货物呢，是财宝？不免躲过一边，看他作为。就往左边掩在一株大槐树背后，偷眼看他。哪晓这人一步步推将上来，到得半山槐树边，薛仁贵往上下一看，并没有人走动，飞身跳将出来，把推车的夹领毛一把拖倒在地，一脚踹在腰间，拔刀就要砍了。吓得这人魂不附体，叫声：“啊唷，将军阿，饶命！可怜小的是守本分经纪小民，营生度日，并不做违条犯法之事，为何将军要杀起我来。”仁贵说：“住了，你且不必慌张，我且问你，你哪处人氏，姓甚名谁？既说经纪小民，谅不是番邦手下之卒，从何处来，车

子内是什么东西，推上去与哪个番将的，你且细细讲明，饶你回去。”那人道：“将军听禀，小人姓毛，别号子贞，只得老夫妻，并无男女，住在摩天岭西首下荒郊七里之遥，开弓箭店度日。不瞒将军说，小人做的弓箭有名的，此处一邦要算我顶好手段，因此山上有两位将军，名唤周文、周武，频频要我解四十张宝雕弓上去，奈因今年天邦人马来征剿，各关缭乱，多来定弓箭，忙得紧，没有空，所以直到今朝，解这四十张弓上去。”薛仁贵道：“你不要谎言，待我来看。”就把车子上油单扯开一看，果然多是弓。点一点，也不多，也不少，准准四十张。仁贵方才醒悟，天书上这一句：卖弓可取摩天岭，原来非为我卖这张震天弓，却应在他身上。就叫毛子贞：“你一人推上去，偶被小番们拦住，或者道你奸细，打下滚木来，如之奈何？”那人道：“这个年年解惯的，摩天岭上，时常游玩，乃小人出入之所，从幼上来，如今五十岁了。番兵番将无有不认得我，见了这一轮车子，就认得的，再不打滚木下来。若走到上边，小番还要接住替我推车，要好不过。就是二将周将军，待我如同故旧一般，哪个敢拦阻我。”薛仁贵道：“好，你这人老实，我也实对你说个明白。你看我是谁？”那人说：“小人不认得将军。”仁贵道：“我乃大唐朝保驾征东统兵招讨大元帅薛仁贵，白袍小将就是本帅。”那人说：“啊呀！原来是天朝帅爷，小人该死，冒犯虎威，望帅爷饶命。”仁贵道：“你休得害怕，若要性命，快把山上诸事讲与本帅听。守将有几员，姓甚名谁？番兵有多少，可有勇可有谋？说得明白，放你一条生路。”说：“帅爷在上，待小的讲便了。”“快些讲来。”那人道：“帅爷，这里上去便有寨门，紧闭不通内的。里边有个大大的总衙门，守将周文、周武弟兄二人，有万夫不当之勇。后半边是个山顶，走上去又有二十三里足路，最高不过的。

上有五位大将，一个名唤呼那大王，左右有两员副将，一名雅里托金，一名雅里托银，也是同胞兄弟，骁勇异常。这两个还算不得狠，还有猩猩胆元帅，膀生两翅，在空中飞动，一手用锤，一手用砧①，好像雷公模样打人的。还有一个乃高建庄王女婿，驸马红幔幔，马上一口大刀，有神仙本事，力大无穷。小人句句真言，并不隐瞒，望帅爷放我上去。”仁贵一一记清在心，取出宝剑说：“天下重事，杀戒已开，何在你个把性命？”说罢，擦的一剑，砍作两段。上前把他衣帽剥下，将尸首撇在树林中，自把将巾除下，戴了烟毡帽；又把白绫跨马衣脱落，将旧青布直身穿好，把自己震天弓也放在车子内，推上山来。

有上面小番在寨门看见了说：“哥啊！那上来的好似毛子贞。”那一个说：“啊，兄弟。不差，是他。为什么这两天才解弓上来？”看看相近寨口下了，那人说：“兄弟，这毛子贞是乌黑脸有须的，他是白脸无须，不要是个奸细，我们打滚木下去。”仁贵听见打滚木，便慌张了。叫声：“上边的哥，我不是奸细，是解弓之人。”番军喝道：“呔！解弓乃有须老者，从来没有后生无须的。”仁贵说：“我是有须老者的儿子，我家父亲名唤毛子贞，皆因有病卧床，所以今年解得迟了。奈父病不肯好，故打发我来的，若哥们不信，看这轮车子，是认得出的，可像毛家之物？”小番一看道：“不差，是毛子贞的车子，快快进来。”那仁贵答应，走进寨门。小番接住车子说：“待我们去报，你在那里等一等。”仁贵道：“晓得。”小番往总衙府来，说：“启上二位将军，毛家解弓到了。”周文道：“毛子贞解弓来了么？为何今年来得迟，唤他进来。”小番道：“启将军，那解弓的不是毛子贞。”周

① 砧（zhēn）——捶、砸东西时，垫在下面的器具。

文道："不是他，是哪一个？"小番禀道："那毛子贞是有病卧床，是他的儿子解来的。"周文说："他在此解弓，走动也长久了，从不曾说起有儿女的，今日为甚有起儿子来？不要是奸细，与我盘问明白，说得对放他进来。"小番道："我们多已盘问过了，说得对的，车子也认清毛子贞的。"周文道："既如此，放他进来。"小番往外来道："将军爷传你进去，须要小心。"仁贵道："不妨事。"将身走到堂上，见了周文、周武，连忙跪下："二位将军在上，小人毛二叩头。"周文道："罢了，起来。你既奉父命前来解弓，可晓得我们有多少大将，叫什么名字，你讲得不差，放你好好回去，若有半句不对，看刀伺候。"两下一声答应，吓得仁贵魂魄飞散，便说："家父对我说明，原恐盘问。小人一一记在心中，但这里将爷尊讳，小人怎敢直呼乱叫？"周文道："不妨，恕你无罪讲来。"仁贵道："此地乃二位将军守管，上边有五位将军为首，是呼那大王、雅里托金、雅里托银、元帅猩猩胆、驸马红幔幔，通是有手段利害的。兵马共有多少，小人一一记得明白。"周文道："果然不差。你父亲有什么病，为甚今年解得迟？"仁贵道："小人父亲犯了伤寒，卧床两月，并不肯好，况关关定下弓箭，请师十位，尚且做不及，忙得紧，所以今年解得迟了。"周文说："你今年多少年纪了？"仁贵说："小人二十岁了。"周文说："你今年解多少弓来？"仁贵道："车子中四十张在内。"周文说叫手下，外边把弓点清收藏了。小番应去了。一回前来禀道："启上将军，车子中点弓，有四十一张。"周文、周武因问道："你说四十张，如何多了一张出来？"仁贵心中一惊，当真我的这张震天宝弓也在里边，若说了四十一张，怎把宝弓撇在他手，如何是好？眉头一皱，计上心来。原算能人，随机应变，说道："二位将军在上，小人力气最大，学得一手弓箭，善开强弓箭，能百步穿杨，所以小人带来这张弓，也就在车子中，原不在内的，望将军取来与小人。”周文、周武听见此言，心中欢喜。说：“果然你有这等本事，你自快去，拿你这张震天弓来与我看。”仁贵就往外走，车子内取了震天弓进来，与周文、周武说道：“二位将军来，请开一开看，可重么？”周文立起身来接在手中，只开得一半，哪能有力扯得足？说：“果然重，你且开与我看。”仁贵立起身，接过弓来，全不费力，连开三通，尽得扯足。喜得周文、周武把舌伸伸说：“好本事，我们为了摩天岭上骁将，也用不得这样重弓，你倒有这样力气，必然箭法亦高。我且问你，那毛子贞向在此间走动的人，他从不曾说起有儿子，哪晓你反有这个好本事，隐在家中，倒不如在此间学学武艺罢。”仁贵说：“不瞒二位将军，但小人在家不喜习学弓箭手艺，曾好六韬三略，所以一向投师在外，操演武艺，十八般器械，虽不能精，也知一二。今承将军既然肯指点小人武艺，情愿在此执鞭垂镫，服侍将军。”周文、周武听他说武艺多知，尤其欢喜。说道：“我将军善用两口大砍刀，你既晓十八般器械，先把刀法耍与我们看看好不好？待我提调提调。”仁贵道：“既然如此，待毛二使起来。”就往架上拿了周文用的顶重大刀，说：“好轻家伙，只好摆威，上阵用不着的。”就在大堂上使将起来，神通本事显出，只见刀不见人，撒头不能近肌肤，乱箭难中肉皮身。好刀法，风声响动。周文见了，口多张开，说：“好好，兄弟，再不道毛子贞有这样一个儿子在家，可惜隐埋数年，才得今朝天赐循环，解弓到此，知道他本事高强。幸喜今日相逢，真算能人。我们刀法哪里及得他来？”周武道：“便是这样刀法，世间少有的，我们要及他，万万不能。看他一刀也无破绽可以批点得的。”那仁贵使完，插好了刀说：“二位将军，请问方才小人刀法之中，可有破绽，出口不清，望将军指教。”周文、周武连声赞道：“好！果然刀法精通。我们倒不如你，全无批点。有这样刀法，何不出仕皇家，杀退大唐人马，大大前程，稳稳到手。”仁贵假意道：“将军爷，休要谬赞。若说这样刀法道好，无眼睛的了。小人要二位将军教点，故而使刀，为什么反讲你不如我，太谦起来。若说这样刀法，与大唐打仗，只好去衬刀头。”周文不觉惊骇，心下暗想：“他年纪虽轻，言语倒大。”便说：“果然好，不是谬赞你，若讲这个刀法与唐将可以交战得了。”薛仁贵笑道：“二位将军这大刀，我毛二性不喜他，所以不用心去习练他的。我所最好用者是画杆方天戟，在常常使他，日日当心，时刻求教名师，这个还自觉道好些。”周文、周武道：“我们架上有顶重方天戟在那里，一发耍与我们瞧瞧。”那仁贵就在架上取了方天戟，当堂使起来。这事不必说起，日日用戟惯的，虽然轻重不等，但觉用惯器械，分外精通，好不过的了。周文道：“兄弟，你看这样戟法，哪里还像毛子贞的儿子，分明是国家梁栋，英雄大将了。”周武说：“正是，哥哥，这怕我们两口刀赶上去，不是他的对手哩。”周文说：“兄弟，这个何消讲得，看起来倒要留他在上，教点我们的了。”二人称赞不绝。仁贵使完戟法，跪下来说道：“二位将军，这戟法比刀法可好些么？”周文大喜说：“好得多。我看你本事高强，不如与你结拜生死之交，弟兄相称。一则讲究武艺，二来山下唐兵讨战甚急，帮助我们退了人马，待我陈奏一本，你就：

腰金衣紫为官职，荫子封妻作贵人。”

不知薛仁贵怎生攻破摩天岭，且看下回分解。

第四十六回
猩猩胆飞砧伤唐将　红幔幔中戟失摩天

诗曰：

天使山河归大唐，东洋番将枉猖狂。征东跨海薛仁贵，保驾功勋万古扬。

那周文、周武又说："我们保奏你出仕皇家，为官作将，未知你意下如何？"仁贵听言，满心欢喜，正合我意。便说："二位将军乃王家梁栋，小人乃一介细民，怎敢大胆与将军结拜起来？"周文、周武道："你休要推辞过谦，这是我来仰攀你，况你本事高强，武艺精通，我弟兄素性最好的是英雄豪杰，韬略精熟，岂来嫌你经纪小民出身？快摆香案过来。"两旁小番摆上香案，仁贵说："既如此，从命了。"三人就在大堂拜认弟兄，愿结同胞共母一般，生同一处，死同一埋。若然有欺兄灭弟，半路异心，天雷击打，万弩穿身。发了千斤重誓，如今弟兄称呼。吩咐摆宴。小番端正酒筵，三人坐下饮酒谈心。言讲兵书、阵法、弓马、开兵，头头有路，句句是真。喜得周文、周武拍掌大笑，说："兄弟之能，愚兄们实不如你，吃一杯起来。如今讲究日子正长，我与你今夜里且吃个快活的。"仁贵大悦道："不差，不差。"三人猜拳行令，吃得高兴，看看三更时候，仁贵有些醺醺大醉，周文、周武送他到西书房安歇去了。于今弟兄二人在灯下言谈仁贵之能。周武不信毛家之子，一定大唐奸细，故而有这本事。周文也有些将信将疑，其夜二人不睡，坐到鼓打四更。

又要讲到书房中薛仁贵吃醉了，一时醒来，昏昏沉沉，还只道是唐营中，口内发燥，枯竭起来，喊叫道："哪一个兄弟，取杯茶来与本帅吃。这一句叫响，不觉惊动周文、周武，亲听明白。周武便说："哥哥，如何！既是毛家儿子，为何称起本帅来，难道他就是唐朝元帅？"周文方才醒悟道："兄弟，一些不差。我看他戟法甚好，我闻说大唐穿白用戟小将利害，近来又闻掌了兵权，敕封天下都招讨平辽大元帅，名唤薛仁贵。想他一定就是，故此口称元帅。"周武说："哥哥，如此我们先下手为强，快去斩了他，有何不可。"周文说："兄弟差矣，不可。我们一家总兵职分，与元帅结为兄弟，也算难得的，立了千斤重誓，怕他不来认弟兄？况且我们又不是东辽外邦之人，也是祖贯中原，在山西大隋朝百姓，有些武艺，漂洋做客，流落东辽，狼主有屈我们在摩天岭为将。况发心已久，不愿在外邦出仕，情愿回到中原，在唐朝为民。奈无机会，难以脱身。今番邦社稷十去其九，难得大唐元帅在山，正合我意，不如与他商议，投顺唐朝，反了东辽，取了摩天岭。一来立了功劳，二来随驾回中原，怕少了一家总兵爵位，岂不两全其美。兄弟意下如何？"周武道："哥哥言之有理，不免静悄悄进去，与他商议便了。"兄弟二人移了灯火，推进书房说道："薛元帅，小将取茶来了。"仁贵在床中听见，坐起身一看，见了周文、周武，吓得魂飞魄散。暗想事露机关，我命该死了。心内着了忙，跳下床来，一口宝剑抽在手中，说："二位哥哥，小弟毛二，好好睡在此，未知哥哥进来有何话讲？"周文、周武连忙跪下说："元帅不必隐瞒，小将们尽知。帅爷不是毛家之子，乃大唐平辽元帅薛仁贵，欲取摩天岭，冒认上来的。"仁贵说道："二位哥哥休要乱道，小弟实是毛家之子，蒙二位哥哥抬举，结为手足，岂是什么大唐元帅。"周文道："我看你武艺精通，戟法甚好，方才又听得自称元帅，怎说不是起来？若元帅果是唐邦之将，我们弟兄二人也不是东辽出身，向在中原山西太原府百姓，后因漂洋为客，流落在此。狼主屈我们为总兵，镇守摩天岭的，心向中国已久，奈无机会脱身。今元帅果然是唐朝之将，弟兄情愿投降唐邦，随在元帅标下听用，共取东辽地方，班师回家乡去，全了我二人心愿，望帅爷说明。”仁贵听他有投降之意，料想瞒不过，只得开言叫声：“二位哥哥请起，本帅与你们今已结拜生死弟兄，患难相扶到底，并无异心。难得二位心愿投降唐朝，我也不得不讲明，本帅果是大唐朝薛仁贵，叨蒙圣恩，加封招讨大元帅，食君之禄，理当报君之恩，故而领兵十万，骁将千员，奉旨来取摩天岭。现今扎营在山下，不道此山高大，实难破取，故而本帅闲步散闷，偶遇毛子贞解弓上山，只得将计就计，冒名上山。谁道二位哥哥眼法甚高，识出其情，不如同反摩天岭，帮助本帅立功。到中原出仕，岂不显宗耀祖。”周文、周武道：“元帅肯收留，末将情愿在山接应。元帅快去，领人马杀上山来，共擒五将。略立头功，好在帐下听令。”说话之间，东方发白。仁贵道：“我下去领兵上山，倘小番不知，打下滚木来，如何抵挡。”周文说：“这滚木是小将叫他打，他们才敢打下山来，若不叫他打，他们就不敢打。元帅放心，正冲杀上来，决无大事。”薛仁贵满心欢喜，闲话到了天明，薛仁贵原扮做毛家之子，出了总府衙门，周文、周武送到后寨，竟下山去了，此言慢表。

单讲周总兵回衙，吩咐偏正牙将小番们等说：“东辽地方，十去其九，不久就要降顺大唐的了。方才下去这解弓之人，乃天邦招讨元帅薛仁贵冒名上来的，我总爷本事平常，唐将十分骁勇，谅不能保守此山，故今投顺大唐。与他商议，今日领兵杀上

山来，我们接应，竟上山顶，保全汝等性命，你肯投唐，在中原做官出仕，不肯降顺，尽作刀头之鬼，未知众等心下如何?”那些偏正将官小番们等，见主子已经投顺，谁敢不遵！都有心投顺。大家结束起来，端正枪刀马匹，候大唐人马上山，共杀上山顶。周文、周武都打扮起来，头上大红飞翠扎巾，金扎额；二翅冲天阴阳带，左右双分。身穿大红绣蟒袍，外罩绦链赤铜甲，上马提刀，在总府衙门等候。

再讲薛仁贵下山，来到自己营中。周青与众兄弟接见，满心欢喜，说：“元帅哥哥回来了么?”仁贵道：“正是。”进入中营，周青问道：“事情怎么样了，可有机会？这两句天书，应得来么?”仁贵说：“众兄弟，玄女娘娘之言，不可不信，如今有了机会，你等快快端正，即速兴兵，杀下摩天岭，自有降将在上面救应。”周青道：“元帅，到底怎样，就应了天书上的两句说话。且讲与小将们得知，好放心杀上去。”仁贵就把顶冒毛子贞卖弓，混上后山，如此甚般，降顺了周文、周武弟兄，岂不是又得擎天柱二根。周青与众弟兄听见，心中不胜大喜。大家各自端正，通身结束，上马提兵。薛仁贵头顶将盔，身上贯甲，跨了赛风驹，端了画杆方天戟，领了十万雄兵，先上摩天岭，后面众兄弟排列队伍，随后上山。一到了寨口，有周文、周武接住道：“元帅，待末将二人诈败在你马前，跑上山峰。你带众将随后赶上山来，使他措手不及，就好成事了。”仁贵道：“不差，不差，二位兄长快走。”周文、周武带转丝缰，倒拖大砍刀，往山顶上乱跑。薛仁贵一条戟逼住，在后追上山峰。后面七员总兵，带领人马，震声呐喊，鼓哨如雷，炮声不绝，一齐拥上山去。

再讲周文、周武跑上山，相近寨口，呼声大叫：“我命休矣！要求救救，休待来追。”这番惊动上面小番们听见，往下一看，连忙报进银安殿去了。这座殿中有位呼哪大王，生来面青红点，眉若丹朱，凤眼分开，鼻如狮子，兜风大耳，腮下一派连鬓胡须，身长一丈，顶平额阔。两位副将生得来面容恶相，扫帚乌眉，高颧骨，古怪腮，铜铃圆眼，腮下一派短短烧红竹根胡，身长多有九尺余外。驸马红幔幔，面如重枣，两道浓眉，一双圆眼，口似血盆，腮下无须，刚牙阔齿，长有一丈一尺，平顶阔额。其人力大无穷，本事高强。元帅猩猩胆生来面如雷公相似，四个獠牙拖出在外，膊生二翅，身长五尺，利害不过。这五人都在银安殿上讲兵法，一时说到大唐人马，势如破竹，大元帅屡次损兵折将，狼主银殿尚被唐王夺去，为今之计怎么样。呼哪大王说："便是，今又闻唐朝穿白将掌了帅印，统兵来取摩天岭，不是笑他，若还要破此山，如非日落东山。千难万难，断断不能的了。"众人说："这个何消说得，凭他起了妖兵神将，也是难破这里。"口还不曾闭，小番报进来了。报："启上大王、驸马、元帅爷，不好了。"众人连忙问道："为何大惊小怪起来，讲什么事？"小番道："如此甚般，唐将带领人马，杀上山来。二位周总兵，杀得大败，被他追上山来了。"五人听见此言，定心一听，不好了。只闻得山下喊杀连天，鼓炮如雷，说："为何不打滚木，快传令打滚木下去。"说道："滚木打不得下去，二位周总兵也在半山中，恐伤了自家人马。"那番急得五将心慌意乱，手足无措，披挂也来不及了，喝叫带马抬刀拿枪来。一位元帅猩猩胆连忙取了铜锤铁砧，飞在半空中去了。这里上马的上马，举刀的举刀，提枪的提枪，离了殿廷，来到山寨口。呼哪大王冲先，后面就是雅里托金、雅里托银，两条枪忙急，劈头撞着周文、周武假败上山来，说："大唐将骁勇，须要小心，且让他上山斗战罢。"两人说了这一句，就溜在呼哪大王背后去了，倒抵住雅里弟兄不许放

他到寨口接应，不由分说，两口刀照住托银托金，乱斩乱剁，这二人不防备的说："周总兵，怎么样敢是杀昏了。"连忙把枪招架，四人杀在一堆。后面驸马举起忽扇板门刀，一骑马冲上前来喝道："周文、周武，你敢是反了，为什么把自家人马乱杀?"二人应道："正是反了，我弟兄领唐兵来，生擒活拿你们。"驸马听言，心中大怒，说："把你这奸贼碎尸万段！狼主有何亏负于你，怎么一旦背主忘恩，暗保大唐，诱引人马杀上山来！"说罢，一马冲上前来，不战而自心虚。

单说呼哪大王见周文、周武反了身要取他性命，正欲回身，却被薛仁贵到寨口，说："你往哪里去，照戟罢。"插一戟，直望呼哪大王面门上刺将过去。他喊声："不好！"把手中枪噶啷一架，这一个马都退后十数步，雕鞍上坐立不牢。仁贵又用力挑一戟进来，这位大王招架也来不及，贴身刺中咽喉，阴阳手一泛，把一位呼哪大王挑到山下去了，差不多跌得酱糟一般。又要说仁贵冲上一步，直撞着驸马红幔幔，喝声："穿白将不要走，照刀罢。"量起手中板门刀，往仁贵顶梁上砍将下来。这薛仁贵说声："来得好。"把手中方天戟往刀上噶啷一声响，架在旁首。两膊子振只一振，原来得利害，冲过去，圈得马转，薛仁贵手中方天戟紧一紧，喝声："照锋戟罢。"插这一戟，直望驸马劈前心刺将过去。红幔幔说声："来得好。"把刀噶啷一声响，枭在旁边，全然不放在心上。二人贴正，杀个平交。半空中元帅见驸马与仁贵杀个对手，不能取胜，飞下来助战了。周文晓得猩猩胆会飞，一头战，一头照顾上面，留心的看见飞到薛仁贵那边去，遂叫："元帅！防备上面此人，要小心。"仁贵应道："不妨。"左手就扯起白虎鞭，往上面架开，随即要打，又飞开去了。又往周文、周武顶梁打下去。周氏弟兄躲过，又往薛仁贵这里飞来。他如今只好抵住红幔幔这口刀，哪里还有空工夫去架上面，到弄得胆脱心虚。

又要讲这周青、王新鹤七人，领兵到得山上，把这些番邦人马围在居中好杀。王新溪一条枪使动，杀往南山，李庆先一口刀舞起乱斩乱剁，竟望东首杀去。薛贤徒轮动射苗枪，催马杀往西山。姜兴霸在北营杀得番兵番将死者不计其数，哭声大震。周青两条锏好不利害，看见仁贵杀得气虚喘喘，连忙上前说："元帅，我来助战了。"把马催到驸马马前，提起双锏就打。红幔幔好不了当，把手中刀急架忙还，一人战一个，红幔幔原不放在心上。仁贵说："周兄弟，你与我照顾上面猩猩胆的砧锤，本帅就好取胜了。"周青答应，正仰面在此，专等猩猩胆飞来，提锏就打。如今这猩猩胆在上，见周青在那里招架，倒不下来了。正往周文、周武那边去打诨了。周氏弟兄与托银、托金杀了四十余合，枪法越越高强，刀法渐渐松下来，战不过起来。那一头李庆红、王新鹤见周文、周武刀法渐渐乱了，本事欠能，带马上前，帮了周文，提刀就砍。托金、托银忙驾相还，四口大刀逼住两条枪，不管好歹，插插插乱斩下去。这番将哪里招架得及："啊唷，不好，我死矣！"噶唧丁当，丁当噶唧，前遮后拦，左钩右掠，上护其身，下护其马。又战了二十冲锋，番将汗流脊背，呼呼喘气，要败下来了。上面猩猩胆见托金、托银力怯，他就转身飞下来，正照李庆红顶梁上当这一锤砧。庆红说声："不好。"要架也来不及了。打了一个大窟窿，脑浆冲出，坠骑身亡了。王新鹤见庆红打死，眼中落泪，只好留心在此招架上面猩猩胆。周文、周武两口刀，原不能取胜雅里弟兄，那一头仁贵、周青与红幔幔杀到一百回合，总难取胜。又闻猩猩胆伤了李庆红兄弟，心中苦之百倍，眼中流泪，手中戟法渐渐松下来。又听见满山火炮惊天，真正天昏地暗，刀斩斧劈，吓得神鬼皆惊，滚滚头颅衬马足，叠叠尸骸堆积糟，四面杀将拢来。番邦人马有时的逃了性命，没时的枪挑锏打而亡，差不多摩天岭上番兵死尽的了，有些投顺大唐，反杀自家人马。姜兴霸、李庆先、薛贤徒、王新溪举起刀提着枪，四人拥上来帮助仁贵，共杀驸马。把一个红幔幔围绕当中，枪望咽喉就刺，刀往顶梁就砍，戟望分心就挑。那驸马好不利害，这一把板门刀轮在手中，前遮后拦，左钩右掠，都已架在旁首。薛仁贵叫声："众兄弟，你们小心，我去帮助周兄弟，挑了两员将，再来取这狗番儿性命。"仁贵把戟探下，往东首退去。停住了马，左手取弓，右手拿取一条穿云箭，搭在弓上，照定上面猩猩胆的咽喉嗖的射将上去。猩猩胆喊声："不好。"把头一偏，左翅一遮，伤上膊子："啊吁，是什么箭伤得本帅？凭你上好神箭，除了咽喉要道，余外箭头射不中的。今日反被大唐蛮子射伤我左膊，摩天岭上料不能成事，本帅去也。"带了这支穿云箭，往正西上拍翅就飞。此人少不得征西里边，还要出战。仁贵一见宝箭穿牢猩猩胆左膊，被他连箭带去，心内着忙，可惜一条神箭送掉了。遂催马上前，把戟一起，接战驸马。正是：

摩天岭上诸英士，一旦雄名丧海邦。

毕竟薛仁贵怎生取胜，且看下回分解。

第四十七回
宝石基采金进贡　扶余国借兵围城

诗曰：

苏文炼宝往山林，借取邻邦百万兵。复困番城惊帝主，咬金诱贼脱逃行。

薛仁贵叫："众兄弟，去帮周文、周武，取了托金、托银性命，再来助我。"那薛贤徒、姜兴霸、王新溪探出兵刃，连忙答应道："嗄！"便向前帮助周文、周武，围住雅里弟兄，刀斩斧劈，杀得他两条枪招架也来不及，雅里托银心中慌乱，那柄枪略松得一松，却被王新溪刺中咽喉，翻下马来，一命呜呼了。托金见同胞已死，泪如雨点交流，心中慌张，被周文用力一刀，砍将过去，托金口说："嗄唷，不好！"闪躲也来不及，连肩带背，着了一刀，跌下马来，呜呼身亡。众人大悦，拥上来把驸马围住，又杀了一回。薛仁贵手中戟逼住红幔幔，杀得他呼呼喘气，刀法混乱，招架也来不及。他往四下一看，都是大唐人马，并没有自家人马，四将尽皆惨死，心中慌张不过，却被仁贵一戟倒将进去，红幔幔喊声："啊呀，我命休矣！"戟正刺中前心，穿了后背，阴阳手反往半边挑去了，自然死的。那些番兵尽行投降。薛仁贵吩咐山前山后，改换了大唐旗号。大家进往银安殿，查点粮草已毕，传令摆酒数桌，众将坐席饮宴。仁贵叫声："二位将军，此座摩天岭乃二位之功，待本帅班师到越虎城，在驾前保举一本，自有封赠。"周文、周武道："多谢元帅。"席上言谈，饮至

半夜，各回帐房安歇一宵。到了明日清晨，元帅传令要回越虎城去，周文、周武上前道："元帅且慢起程，此处殿后宝石基乌金子最多，请到后面去拣择几百万，装载车子，解去献与万岁，也晓得为臣事君之心。"仁贵道："哪里有这许多金子?"周文道："元帅，你道天下间富贵人家的乌金子，是哪里出的？多是我们这里带去，使在中原的。这乌金子乃东辽摩天岭上所出。"仁贵道："有这等事？快到后面去。"众弟兄同往宝石基一看，只见满地通是乌金子，有上号、中号、下号三等乌金。仁贵传令："众兄弟分头去拣选上等的，准备几十车，好奉献陛下，也算我们功劳。"数家总兵奉令，十分欢悦，各去用心寻拣上号乌金，各人腰中藏得够足。从此日日拣兑乌金，也非一日之功。

我且慢表仁贵兵马耽搁摩天岭，如今要讲到番邦元帅盖苏文。他复上朱皮山求木角大仙，又炼了九口柳叶飞刀，拜别师父下山，从扶余国经过，借取雄兵十万，猛将十员，来到贺鸾山，见狼主千岁。说起摩天岭已被大唐仁贵夺取，事在累卵①。"幸元帅下山，将何计可退得天兵，复转关寨，孤之万幸。"盖苏文启奏道："狼主龙心韬安，臣下朱皮山，半路上就闻报摩天岭已被大唐夺去，又闻薛仁贵同偏正将，多在山后宝石基兑择乌金子，还要耽搁两个多月，未必就班师下山。趁他不在越虎城内，因此臣就在扶余国借得雄兵十万，猛将十员，请狼主御驾亲行，带领大队，困绕越虎城，谅城中老小将官，也不能冲踹。臣就传令四门攻打，倘徼幸破了城池，捉住唐王，就不怕仁贵恃强了。岂不关寨原归我主，中原亦归我主？中原天下一统而得！"高建庄王龙颜大悦，遂即降旨，拔寨起了大队儿郎，离却贺鸾山，早到越

① 累卵——把蛋重叠起来。形容处境极为危险。

虎城。大元帅传令与我把门围困，按下营来。手下一声号令，发炮三声，分兵四面围困住了，齐齐屯下帐房，有十层营盘，扎得密不通风，蛇钻不透马蹄，鸦飞不过枪尖。按了四方五色旗号，排开八卦营盘，每一门二员猛将保守。元帅同偏正将，保住御驾，困守东城。恐唐将杀出东关，往摩天岭讨救。所以绝住此门要道。今番二困越虎城，比前番不同，更觉利害，雄兵也广，猛将也强，坚坚固固，凭他通仙手段，也有些难退番兵。

不表城下围困之事，又要讲到城内。贞观天子在银安殿，与诸大臣闲谈仁贵本事高强，计取摩天岭，只怕即日就要回城了。正在此讲，忽听见城外三声大炮，朝廷只道仁贵回朝，喜之不胜。那一头军士飞报进殿来道：“启上万岁爷，不好了！番邦元帅带领雄兵数万，困住四门，营盘坚固，兵将甚多，请万岁定夺。”朝廷一听此报，吓得冷汗直淋，诸大臣目顿口呆。茂功启奏道：“既有番兵困绕四城，请陛下上城，窥探光景如何，再图良策。”朝廷道：“先生言之有理。”天子带了老将，各府公子，都上东城。往下一看，只见：

征云霭霭冲斗牛，杀气重重漫四门。风吹旗转分五彩，日映刀枪亮似银。鸾铃马上丁当响，兵卒营前番语清。东门青似三春树，西按旌旗白似银。南首兵丁如火焰，北边盔甲暗层层。中间戊己①黄金色，谁想今番又困城。

果然围得凶勇，如之奈何。急得老将搔头摸耳，小爵主吐舌摇头。天子皱眉道：“徐先生，你看番兵势头凶勇，怎生是好？薛元帅又不在，未知几时回城，倘一时失利，被他攻破城池，怎

---

① 戊（wù）己——西汉时有戊己校尉，在此指代兵丁。戊，天干第五位；己，天干第六位。因戊、己的方位居中，故称。

么处。”茂功道：“陛下龙心韬安。”遂传令罗通、秦怀玉、尉迟宝林、尉迟宝庆，各带三千人马，保守四门，务要小心。城垛内多加强弓硬弩，灰瓶石子，日夜当心守城。若遇盖苏文讨战，不许开兵，他有飞刀利害，宁可挑出免战牌。若有番将四门攻打，只宜四城紧守，决无大事。不要造次，胡乱四面开兵，倘有一关失利，汝四人一齐斩首。四将得令，各带人马，分四门用心紧守。朝廷同老将、军师退回银銮殿，自然计议退兵。

我且分开城内之事，又要说到城外庄王御营盘。其夜，同元帅、军师摆酒畅饮，三更天各自回营。一宵过了，明日清晨，饱餐战饭已毕，大元帅全身披挂，带领偏正将，出营来到护城河边，一派绣绿蜈蚣幡，左右分开，盖元帅坐在混海驹上，摆个拖刀势，仰面呼声高叫：“呔！城上的，快报与那唐童知道，说前日曾在本帅马前苦苦哀求，追往东海，陷住沙泥，逼写血表，中原世界已入我手，可恨者穿白薛蛮子，把唐童救去，破人买卖；也是本帅自己不是，留得唐童首级，不早割取，为此心中时时懊悔。所以再上仙洞，炼就飞刀，借得雄兵猛将，今非昔比，眼下四门我兵甚多，谅薛仁贵在摩天岭上，决不能就回。唐童即日可擒，越虎城必定就破，汝等蝼蚁之命，也只在目前化为乌有。”底下厉声喝叫，忽惊动上面罗通，一闻此言，心中大怒，往下大喝道：“呔！我把你这狗番奴一枪刺死才好，怎么你自恃飞刀邪术，在城下大呼小叫，耀武扬威，满口夸言，我小爵主因奉军师将令，只要紧守，故不开兵，你今日且好好回营，少不得只在几日内，还你个片甲不留就是了。”苏文说：“我认得你是大唐罗蛮子之后，原有几分本事，只是太觉夸能，你还不知我四门兵马骁勇，谅汝城中老少之将，也不能守住越虎城，不如把唐童献出，归顺我邦，重重加封。如有片言不肯，本帅就要四门架起火炮攻打，管教你满城生灵，尽作为灰，那时悔却迟了。”罗通呼呼冷笑道：“青天白日，敢是做了春梦？在此说这些鬼话！凭你火炮、水炮打上城来，今日小爵主爷不与你斗战，把免战牌挑出去。”手下兵士一声答应：“嗄。”东门把免战牌高挑，四门上尽挂了免战牌。盖苏文一见，哈哈大笑回营，将言细说与狼主得知。庄王大悦，称元帅之雄威。其夜话文不表。

一到了次日，大元帅传下令来，四城门一共架起十二枚火炮，各带发五千雄兵，围绕护城河边，又架起连珠火炮，打得四处城楼摇动，震得天崩地裂。齐声喊杀，惊得荒山虎豹慌奔；锣鸣鼓响，半空中鸦鹊不飞。满城外杀气，冲得神仙鬼怪心惊。这番攻城不打紧，吓得那些城中百姓，男女老少，背妻扶长，抱子呼兄，寻爹觅子，哭声大震。街坊上纷纷大乱，众兵丁慌张不过。朝廷在殿，听得四处轰天大炮，觉得地上多是震动，浑身发颤，心中慌乱，并无主意。又听得城中百姓哭声不绝，惊乱异常，连及众大臣心胆俱碎。茂功十分着急，忙叫：“陛下龙心韬安，番兵攻城，虽是利害，有四位爵主在城上用心抵挡，一日决不能破，料无大事，请陛下宽心，降旨差臣招安黎民要紧。况外面有兵，里边不宜慌乱，若是先使自兵喧嚷，这外将势广，城即就破矣。”朝廷听了军师之言，遂命尉迟恭、程咬金往四路招安百姓。亏他二人领旨前去各路招安，方使这些百姓哭声略略缓低了些。二人进殿复旨已毕，尉迟恭又上四门叫诸公子抵挡，令三千攒箭手，往番兵队内，嗖嗖嗖地乱射下去；又把火炮、灰瓶、火箭打个不住，一直闹哄到黄昏时候，番兵才得退回营去，方使耳边清静。这一夜马不卸鞍，人不卸甲，只在保守四城。一到第二天，原架起火炮，四门攻打，城中每一门又加二千攒箭手抵挡，自此连攻三天，四位爵主食不甘，夜不寝，人劳马倦，越虎城危于累卵，即日可破。四位公子急得面容憔悴，又不敢亲去见君，各差人报知万岁，说番兵势大，攻城利害，若再不图良策而退，目前顷刻就有大祸。这番急得朝廷魂飞魄散，茂功奏道：“今夜且过，待臣明早图其计策。”朝廷许之。一到明日清晨，天子升殿，武将侍立两班，朝廷开言叫声：“先生，番兵连珠炮可怕，银銮殿尚且震动，想四处城楼独造空中，倘然震塌，城门着火，冲进城来，那时谁人御敌？可叹薛王兄破摩天岭已有五六天，这几日应该回来，不知何故耽搁住了。”茂功说：“陛下要退番兵，须当外合里应，内外夹攻，可退得来。”天子说：“薛王兄这标人马现在外边，若至城来，天缘凑合，两路夹攻了。如今不知他几时回城，事在危急之处，哪里等得及？”茂公道：“依臣阴阳上算起来，薛元帅未必就来，应在此月外方回。”朝廷听言，面多忧色。说：“依先生之言，我等君臣活不成的了。”茂公道：“非也，陛下只消降旨，命一大臣踹出番营，往着摩天岭讨救，薛仁贵自然前来，共退番兵，有何难哉。”朝廷说：“先生又来了，城中数万人马，老少英雄尚不敢冲杀番兵，寡人殿前哪一个有这本事独踹出营？”茂公道：“这个本事的人尽有，只恐他不肯去，若肯去，番兵包可退矣。”天子道：“先生，哪一位王兄去得？”茂公笑道：“陛下龙心明白，讨救者，昔日扫北的功臣也。”天子心中醒悟，说：“程王兄，徐先生保你能冲踹番营，前去讨救，未知可肯与朕效力否？”程咬金听说，心中老大吃惊，连忙跪奏道：“陛下在上，老臣应当效力，舍死以报国恩。但臣年纪老迈，疾病满身，况到摩天岭，必从东门而出。盖苏文飞刀利害，臣若去，只恐有死无生，必为肉泥矣。”朝廷想想道：“先生，当真程王兄年纪老迈，怎生敌得过盖苏文，不如尉迟王兄去走一遭罢。他这一条枪，还可去得。”茂公道：“陛下动也动不得，臣算就阴阳，万岁洪福齐天，程家兄弟乃是一员助唐福将。盖苏文虽有飞刀邪术，只好伤害无福之人，有福的不能伤他，故此臣保程兄弟前去，万无一失，大事可成。若说尉迟将军，他本事虽然比程兄弟高几分，怎能避得过番帅的飞刀之患，不但兵不能退，反损一员梁栋。程兄弟当年扫北里头，也保你讨救，公然无事，占取功劳。今日怎么反有许多推三阻四?”咬金道：“你这牛鼻子道人，前年扫北，番将祖车轮本事低些，用兵之法不精，营帐还扎得松泛，此乃一也；二则还亏谢映登兄弟救护出营，所以全了性命。如今我年纪增添，盖苏文好不利害，营盘又且坚固，更兼邪法伤人，我今就去，只不过死在番营，去尽其臣节，只恐误了国家大事，自然是你我之罪也。”茂公道：“你的说话作得证，为了一生，军事，我妙算无差，难道倒将我说话算为乱道？你既有心保天子，我岂无心帮国家，诱你出去，送汝性命？此刻映登在番营内等了半日，又来渡你，所以我保你去讨救立功，岂来害你性命？你若执意不去，限迟日子，须臾打破城池，少不得都是个死。”咬金听见茂公说谢映登又在营中救渡，喜之不胜，忙问道：“二哥，果然谢映登又在营中等我?”茂公说：“当真，哪一个哄你。”程咬金说：“既有谢兄弟在番营渡我，待臣情愿往摩天岭走遭。”朝廷说：“既是王兄愿去，寡人密旨一道。你带往摩天岭开读，讨了救兵，退得番邦人马，皆王兄之大功也。”程咬金领旨一道，就在殿上妆束起来，按按头上盔，紧紧攀胸甲，辞了天子，手端开山斧，出了午门，跨上铁脚枣骝驹，也不带一兵一卒，单人独骑，同徐茂功来到东城。咬金对茂功道：“二哥，我出了城，冲杀番营，营头不乱，你们把城门紧闭，吊桥高扯；若营头大乱，你们不可闭城，吊桥不可乱扯，放我逃进城来。”茂功说：“这不消兄弟吩咐，你只放胆前去，我自当心在此。”一面茂功竟上城头，一边放炮开门，吊桥坠落，咬金一马当先，冲出城来。过得吊桥，徐茂功一声吩咐，城门紧闭，吊桥扯起了。程咬金回头看见城门已闭，心中慌张叫声：“二哥，我怎样对你讲的。”茂功叫声：“程兄弟，你放大胆子，只顾冲营，自有仙人搭救，我这里东门更不开的，休想进城，快往摩天岭讨救罢，我自下城去了。”

不表徐茂功回转银銮殿之事，单讲程咬金坐在马上，怕进番营，只管探头探脑观看，却被营前番军瞧见，多架起弓矢喝道：“呔！城中来将，单人独骑，敢是要来送命么？看箭！”话未说完，就是嗖嗖的乱发狼牙弩箭。程咬金好不着忙，那番向前又怕，退后无门，心中一想，说：“也罢，千死万死，不过一死，尽其节以报国恩罢。”把手中斧子一举，二膝盖催动，大喝道：“营下的，休得放箭，我乃鲁国公程咬金，今日单人独马，来踹你营盘，快些开路，让路者生，挡路者死！”冒箭冲到营前，手起斧落，乱砍乱杀，有几个小番遭瘟，做了无头拆足之鬼，乖巧些逃往帅营去了。咬金冲进头营，砍倒帐房，欲踹第二座营盘，却听见左边一箭远的所在，起一声大炮，咬金在马上吃了一惊，抬头看时，却见一骑马跑来，中有一人，高挑双尾，青面獠牙，红须赤发，提板门样一口赤铜刀。咬金认得是盖苏文，顷刻浑身发抖，暗想：“我命休矣！”急转马头要走，也来不及了。正是：

一时遇了英雄将，意乱心慌难理论。

毕竟不知程咬金逃得出逃不出，且看下回分解。

第四十八回

程咬金诱惑盖苏文　摩天岭讨救薛仁贵

诗曰：

大唐福将鲁国公，满口花言逞英雄。哄脱番营去讨救，回朝应得赏奇功。

那盖苏文马快，纵到面前，好似天将模样，大叫犹如霹雳交加，喝道："呔！老蛮子，你有多大神仙本事，敢独骑来踹本帅的营盘，思想往哪里走？"这一声大喝，把个程咬金吓呆了，重复带转头，往番营内冲进去了。早有偏正将官，一拥上前，阻住咬金去路。后面盖苏文纵一步，马上叫声："老匹夫，你休想活命了，吃本帅一刀。"量起赤铜刀，瞎绰的往程咬金顶梁上斩将下去。这咬金也来得作怪，呼地里把马一带转，口中只叫："我命死矣！"把手中大斧，用尽周身之力，在这口刀上噶啷噶啷这一抬，把个程咬金险些跌下雕鞍，马都退后十数步，眼前火星直冒。盖苏文又要起刀来砍，程咬金把斧钩住说："呔！盖元帅，休得莽撞，慢来慢来，我有话对你讲。"盖苏文把刀停住，说："你既来冲营，有什么话对本帅讲？"程咬金善为捣鬼，在上欠身，打一拱道："元帅，请住雷霆之怒，暂息虎狼之威，容孤细细告禀。"盖苏文见程知节如此谦逊，只得在马上亦对道："老将军既有话讲，本帅洗耳恭听。说得盈耳贯耳，本帅是当送你回城，若有一句不得盈耳，休怪本帅恃强。"咬金道："这个自然。

不瞒元帅说，孤乃唐天子驾前一员开国功臣，名唤程咬金。将军若说到当初少年时，我的本事颇颇有名，也曾干过多少无天大事！曾在中原隋天子，分他一半江山，霸住瓦岗城，杀死隋朝大将数十余员；更兼断王杠、劫龙袍、反山东，老杨林尚不敢除剿，乱隋朝的头儿就是我程老将军为始。你东辽难道不闻得我的大名么?”盖苏文哈哈大笑道：“我道你是哪一个有名目的好本事，原来就是大唐朝的程老蛮子。本帅也闻说你是乱隋朝的头儿，你倚仗少年这些本事，单人独骑，来踹进营头，藐视本帅么？中原由你横行天下，这里却算你不着，今既冲我营盘，有本事早些放出来，不然本帅就要抓你驴头下来了。”咬金也就冷笑道：“盖元帅，孤家若是少年本事还在，哪怕一个盖苏文，就是十个盖苏文，也不在我心上，何用善言见你？亏你为了东辽大将，将才也无一些，我邦若有心踹你营盘，比我狠些老少英雄也尽有在城中，难道不会兴兵，四门冲杀的，单差我年迈老将，独一个来冲你帅营？你看前无开路一卒，后无跟从半人，须发苍白，年纪老迈，鞍鞒①上坐立不牢，又且善言求见。盖元帅啊盖元帅，难道我程老将军是这般行径，可是来踹你营盘的么?”盖苏文道：“你既不来冲营，到此何干?”程咬金说：“孤奉陛下旨意，有一件紧急事情，要往黑风关去，奈因急促了些，不曾面见元帅，以借道路。今元帅既来究我，我剖心直言，以告明元帅，望元帅放我出营盘。”盖苏文暗想一回，呼呼冷笑说：“老蛮子，本帅心中也知道，哪里是什么紧急事情，分明要往摩天岭讨救，

① 鞍鞒（qiáo）——即马鞍。亦称“鞍桥”，因其拱起处形似桥，故称。

勾引薛仁贵来退我兵马，你哄哪一个？”咬金说：“是否你原算一个英雄，心中明白，却被你猜摸着了。我老将军实不瞒你所讲，我城中兵微将寡，今见元帅兵强马壮，枪刀锐利，攻城紧急，所以朝廷命孤往摩天岭讨救，情愿的抵死来营中走一遭，不道触怒元帅虎威，拦住去路。若肯开一线之恩，放我出营讨救，则孤深感帅爷厚恩矣。”盖苏文哈哈笑道：“老蛮子，只怕你想念差了。这叫做放虎归山终有害，你既要讨救，把不能够截住你去路，岂肯轻易放你？本帅若开恩与你去讨了救兵来，反手缚手，反害我命，此事皆孩童所干，非大将军所为也。老匹夫阿老匹夫，管叫你来时有路，去就无门。本帅今日一刀劈于马下，也除了后患！”程咬金哈哈大笑道：“何如？我原说不出我之所料，盖苏文你纵有精通本事，非为大将，真乃废人也！”盖苏文听见此言，就问：“老蛮子，不出你口中所料什么事来？”咬金道：“你有所不知，孤在城中与军师斗口打手掌来的。”苏文道：“打什么手掌？”咬金道：“我那军师保我摩天岭讨救，万无一失。孤惧你本事高强，此行自知必死番营，所以不肯前来讨救，屡次驾前辞脱，谁道军师说盖苏文为了一国大元帅，通天本事，名扬流国山川七十二岛，豪杰气性，吃食吃硬，欺人欺强，只要几句善言求恳，他自有宽宏大量，放你出营的。孤家就对军师说，盖苏文枉为大将，在东辽决不比我朝中老将，多有仗义疏财大将军，气性柔弱暴强，素有忠义之心，以尽为人臣大节。他是个狼心狗肺奸猾刁人，虽为国家梁栋，到底倭君蛮将，怎晓人臣关节，只仗自己牛刀本事，妖术伤人，恃强吞弱，专欺善良，最惧高强。况薛仁贵骁勇，世上无双，盖苏文屡次败在他手，阵阵鞭伤，若闻薛仁贵三字，就把他魂魄提散，肯放松我出营，勾引仁贵来，自害自

身？料想乘便先杀我程咬金，除了后患。今元帅果不肯放我，提刀要杀，果不出我口中所料。”那盖苏文听了此番言语，心中大怒，叫一声：“老匹夫，本帅为了国家大将，英雄性气，人臣大节，岂可不知？汝邦军师言语还可中听，本帅就放你去讨救来，退我兵也无翻悔。但你这老蛮子，口中不逊，骂着本帅，休想活命了。”咬金说：“我在城中就抵桩死的，我死你刀下，不过为国捐躯，但你为了国家良将，坏了一生英雄之名，却被各国元帅耻笑，都说你惧怕薛仁贵利害，故把一员年老将军杀死，何不揞死了一个蝼蚁？有本事把薛仁贵首级割得下，才为东辽元帅也。”盖苏文却被咬金花言巧语，说得面上无光，厉声叫道：“罢了，罢了！我为一生大将，被你这老匹夫十分耻辱我无能，我就斩汝下马与蝼蚁无二。罢！众将闪开一条大路，让他去引了薛蛮子来，少不得一齐割他首级。”程咬金大喜说：“妙啊，才算你是个大将，我去了来，把头割与你。”营中让出大路，咬金催马就走，出了营盘，来至一箭之地，心中放落惊慌，回头一看，见盖苏文远远望我，就叫道：“你这青面鬼，不必看我，把头候长些，三日内就来取你首级。”说了这一句，把膝盖一催，往摩天岭大路上去了。我且按下不表。

单提盖苏文退进帅营，闷闷不乐，忙传军令传四门守将到帅营，有事相传。这一令传到四门，六员大将飞骑来至东城下马，进往帅营说：“元帅在上，传末将等有何军令？”苏文道：“诸位将军，你等今番各要用心保守，今早城中有一将冲出我营，讨救兵去了。这摩天岭一支人马，为首是招讨元帅薛仁贵，其人本事高强，十分利害，他麾下偏正将官一个个能征惯战，若唐兵一到，必有翻江倒海一场混战，汝等小心紧守，不可粗心轻敌，损兵失志。”六将齐声应道：“元帅将令，怎敢有违。末将等自当小心。”苏文道：“各守汛地要紧，请回罢。”六将辞了元帅出营，跨上雕鞍，分头各守城门去了。这数员将乃扶余国张大王驾下，殿前十虎大将军，力大无穷，骁勇不过。盖苏文故而借来守城。你道十位大将姓甚名谁：

飞虎大将军张格
玉虎大将军陈应龙
雄虎大将军鄂天定
威虎大将军石臣
烈虎大将军孙岭
螭虎大将军栾光祖
龙虎大将军俞绍先
越虎大将军梅文
勇虎大将军宁元
猛虎大将军蒯德英

前四员保盖苏文守东城，故不必叮嘱，后六员分守西、南、北三门，所以传谕。

我且休表番营整备之事，单言程咬金不上一天，到了摩天岭，竟大胆望上面走上来。但见寨门口旗幡飘带上书大唐二字，心中欢悦。又见许多小军保守，将近寨口，那些军士嚷道：“啊呀，不好了！有奸细上山了，快打滚木下去。”程咬金听见大喝道：“谁是奸细，我鲁国公有旨意在身，快报元帅得知，叫他快来接旨。”军士们听见，魂不附体。一面到上面去报元帅，一边就开关放进程咬金，便说：“老千岁，帅爷屯兵在山峰上，随小的上去。”程咬金同了军士上山峰，只见薛仁贵冠带荣身，在殿

背后闪出，曲躬接进。一座小小银殿，仁贵俯伏，程咬金开读圣旨道："圣旨已到，跪听宣读：

奉天承运皇帝诏曰：今有东辽国番帅盖苏文，统雄兵数十余万，战将数百余员，四门重重围困，营盘坚固，守将高强，飞刀妖术伤人；更遭连珠火炮，四城攻打，昼夜不宁，城楼击动，土震山摇。老少将无能冲杀，闭城紧守。奈番兵攻城紧急，使城中百姓慌乱，君臣朝暮不安致极。日不能食，夜不能寝，人不卸甲，马不离鞍，人劳马乏，越虎城危于累卵，即日可破，军民旦夕不保。故而朕今命着鲁国公程知节，杀出番营，前来讨救。小王兄可速急领兵，踹退番营，以救寡人危难，功劳非小，就此钦哉！谢恩。"

"愿我皇万岁、万岁、万万岁！"请过圣旨，香案供奉。仁贵叫道："程老千岁，本帅见礼了。"咬金说："不敢，元帅，孤也有一礼。"二人见礼已毕，坐下道："本帅奉旨来取摩天岭，不上二月有余，哪晓盖苏文又兴兵困住城池，四门攻打，朝廷受惊，不必言之。老千岁这两天在城中也觉辛苦了。"咬金说："番兵火炮利害，攻城紧急，数日内原觉不安。前日闻元帅取了摩天岭，番兵还未困城，只道你不久就回城缴旨，哪晓困住在城五六天，竟无信息。为此朝廷命我前来讨救，请问元帅在山上还有何事未了？所以耽搁住了。"仁贵道："老千岁有所不知，本帅得了摩天岭，就想回城。奈殿后宝石基专生乌金子最广，所以我领众弟兄，日日在后面，拣择上好的充足十车，进献朝廷，故而耽搁住了。"咬金这人生性好色贪财，听见乌金甚广，不觉大喜，忙问："元帅，如今宝石基在何处？领我后边去看看。"仁贵起身，同了知节出殿，转到后山，到宝石基所在，见诸位总兵在那里忙忙碌碌地拾金子，他就欲心顿发，也去乱拾乱捡，往腰中乱藏，往怀内乱兜，现出旧时本相了。仁贵叫声："老千岁，且慢拾金子。本帅有言告禀。"咬金道："什么？说话请说便了。"仁贵道："本帅欲兑完十车乌金，然后到城缴旨，谁想只选得六车，还有四车不曾装载，如今越虎城事在危急，救兵如救火，本帅就要连夜点将，兴兵速去，天明就要冲营的，望老千岁且守在此间，得空把上号乌金兑选，装满了四轮空车，凑成十车在山，待本帅退了番兵，奏知陛下，差将来取乌金，献上朝廷，这本帅感戴老千岁深恩矣。"程咬金道："元帅说哪里话来，臣之事君，人人如此，有什么感戴。"薛仁贵连忙传令殿中排宴，众人多往殿上坐席饮酒。咬金上坐，仁贵侧坐。酒饮至二更，安顿了程咬金，点一万人马，保守摩天岭前后寨门，余者多下岭去，山脚下听调。料理灯球亮子，一起篾腊高烧，照耀如同白昼，偏正将装束停当，齐下摩天岭，在山脚下等候。大元帅全身披挂，来至山脚下，扎住帅营。仁贵升帐，就点："周文、周武！"二将答应一声说："元帅，有何将令？"元帅说："你二人带正白旗人马二万，前往越虎城西门，离番营一箭之地，且扎营头，听东门放号炮，然后冲进营盘，遇将截住斗战，不得有违，去罢。"周文、周武一声："得令！"接了令箭，带领白旗人马二万竟往西城前进。再讲薛仁贵又传将令，命姜兴霸、李庆先往南城冲杀，也听号炮，领兵踹营。"得令！"二人接了令箭，带正红旗兵马二万，离了帅营，往南城进兵。我且慢表。再讲仁贵又传王心鹤、王新溪，带领黑旗兵二万，往越虎城北门进扎，听号炮然后冲营。"得令！"二人接了令箭，出帅营带领黑旗兵二万，望北门前进。再讲薛仁贵点将，按了三处城门，如今传令拔寨起兵。三声炮响，元帅上马，

前面周青、薛贤徒跨上雕鞍，各执兵刃，随了元帅，带领二万绣旗兵马，前后高张亮子，咬金送一里程途，方回摩天岭安顿不表。

单说大元帅人马，黑夜赶到三江越虎城了，元帅吩咐安营，埋锅造饭，三军饱餐已毕，扯起帐房，往东城而来。太阳东升，高有二丈，薛仁贵坐在马上，望番营前一看，但见一派绣绿旗幡飘荡，营前小番扣定弓箭，排开阵势，长枪手密层层布住。那番薛仁贵按按头上盔，紧紧攀胸甲，吩咐开炮。只听“哄咙括喇括喇”，这一声号炮不打紧，四门多知道了，也打点冲营不表。仁贵喝声：“兄弟们，随我来！大小三军冲营头哩。”把二膝一催，舞动一条方天戟，后面人马齐声呐喊，锣鸣鼓响，叫杀上来。仁贵在前领头，冒着乱箭，冲到营门首，挺戟乱刺，挑掉了几名小番，左右攒箭手长枪手，也闻白袍将利害，一见魂不在身，大家弃弓撇枪，各自要命，都逃散了。仁贵一马冲进番营，把座牛皮帐房挑倒，冲进第二座营头，有偏正牙将、平章胡腊，持斧端刀，挺枪执戟，拦上前来，围住仁贵，一场厮杀。但见明枪耀眼，劈斧无光，仁贵哪里放在心上，手中戟好比蛟龙一般，护住马，遮住身，如执一条活龙在手，数般兵器，哪里近得仁贵之身，却落得空被仁贵连捣三戟，挑翻了二员番将，纵出圈子，手起戟落，番将招架不定，损伤落马不计其数，有几员脱逃性命。薛仁贵踹到三座营盘，后面周青、薛贤徒量起兵刃，两旁各冲杀番营，乱伤番兵，死者甚多。二万多人马混杀。番营炮声不绝，喊杀连天。东门番营纷纷绕乱，苏文在御营听得外边喧闹，明知救兵到了，站起身来，叫四位将军：“外面唐兵已到，料想仁贵必冲此地营盘，快些上马，随本帅前去迎敌，须当小心。他标下之将，皆本事高强，不可失利与他。”四虎将答应：“不妨”。按下头盔，系紧攀胸甲，跨上雕鞍，各执器械，先出御营，奔杀过去了。盖苏文连忙提刀，抢出营去。这里高建庄王与军师雅里贞，也上坐骑，立在营前。八员随驾将军，保护两旁，张望元帅退唐兵。或有失利，就好逃命，所以也坐马在外。单言盖苏文五骑马，冲出营前，劈头就遇薛仁贵，便大叫一声：“薛蛮子，你太觉眼里无人，看得本帅平常了。你救护唐童，破人买卖，使本帅恨如切齿，今领兵困绕四门，又被你领兵前来，与你势不两立。”正是：

排成截海擒龙计，管取唐王入掌中。

毕竟不知薛仁贵如何杀退盖苏文，且看下回分解。

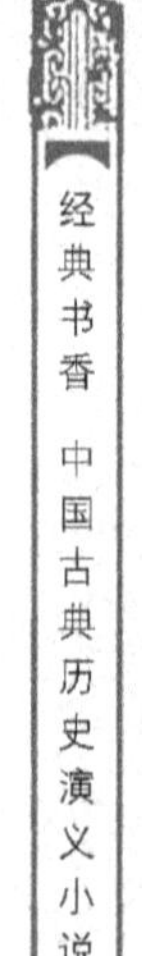

第四十九回

薛招讨大破围城将　盖苏文失计飞刀阵

诗曰：

枉去扶余借救兵，苏文难获大唐君。飞刀失去雄师丧，天意谁能谋得成。

“你领兵好好退转摩天岭，万事全休。如若执意要冲我营盘，放马过来，与你决一雌雄！管叫你带来蝼蚁片甲不留，自然反悔在后。”薛仁贵呼呼冷笑道：“我把你这番狗奴，本帅屡次把你这颗颅头寄在颈上，不思受恩报恩，献表归顺，反起祸端，兴兵侵犯城池，此一阵不挑你个前心透后背，也算不得本帅利害。照戟罢！”嗖的一戟，分心就刺。盖苏文赤铜刀赴面交还。二人战到十合，不分败胜。左右飞虎将军张格，玉虎将军陈应龙，二骑马冲将过来助战。苏文见有帮助，一发胆壮。那仁贵旁边，周青飞马上来相助，把双锏往二人兵器上一分，二将觉得膊子震动，明知仁贵标下将士十分利害，也不通名答话，截住了，斧刀并举，双战周青。周青好了当，使起铁锏，护身招架，三人大战，并无高下。右手赶上雄虎将军鄂天定，威虎将军石臣。鄂天定善使飞口青铜刀，石臣使两柄亮银锤，都有万夫不当之勇，来助盖苏文。只见仁贵旁边，又冲出薛贤徒，挺枪迎住。三将战在一旁，没有输赢。二位元帅战到四十个冲锋，杀个平交。苏文手下偏正将甚多，喝声快上来，就有二十余员番将，把个薛仁贵围在核心，刀斩斧劈，锏打枪挑，仁贵虽然利害，却也寡不敌众，少了接战将官，也有些难胜番兵。

我且按下东城交战之事，另言南门姜兴霸、李庆先，听得东城起了号炮，连忙吩咐扯起营盘，也放一声号炮，带二万人马，冲杀番营。庆先舞动大砍刀，冲到番营前，乱斩乱斫，杀了几名小番，踹进营盘，砍倒帐房，姜兴霸手中枪胜比蛟龙相似，杀进营盘，手起枪落，小番逃散不计其数。冲到第二座营盘中，忽听一声炮起，杀出两员将官，大叫道："唐将有多大本事，敢冲我南营汛地，前来送死么！"二人抬头一看，但见这两员番将，怎生打扮：

头上边多是大红飞翠包巾，金扎额二翅冲天，阴阳带打结飘左右。面如重枣，两道青眉，一双豹眼，狮子大鼻，口似血盆，海下一派连鬓长须。身穿一领猩猩血染大红蟒服，外罩一件龙鳞砌就红铜铠。左悬弓，右插箭，脚蹬一双翘脑虎尖靴，踹定踏凳，手端一条紫金枪，坐下胭脂马，直奔过来了。

李庆先喝道："番将少催坐骑，俺将军刀下不斩无名之辈，快留下名来。"番将说："蛮子听者，我乃大元帅盖麾下，加为烈虎大将军、姓孙名岭。"又一个说："我乃螭虎大将军栾光祖便是。不必多言，放马过来。"孙岭晃动紫金枪，望庆先劈面门刺将进去，李庆先把大砍刀噶啷一声，枭在旁首。薛贤徒挺枪上前，那一头栾光祖持生铜棍，坐下昏红马，纵一步上前，迎住贤徒，枪棍并举，二人大战番将，不分胜败。

我且按下南门交战之事，单表西城周文、周武，听南城发了号炮，也起炮一声，带领二万人马，冲杀进营。里面炮响一声，冲出两员将官，你道他怎生打扮，但见那：

头戴的多是亮银盔，身穿的尽是柳叶银条甲，内衬白绫二龙献爪蟒。左边悬下宝雕弓，右边插着狼牙箭，手端浑铁鞭两条，

坐银鬃马。面如银盆，两道长眉，一双秀眼，兜风大耳，海下长须，飞身上前来。

周文喝道：“来将留名，敢来送死么。”番将喝道：“呔！蛮子听者，我乃大元帅标下龙虎大将军俞绍先。”周文道：“我也认得，你是张仲坚驾下大将，有本事，放马过来，看将军一刀！”把大砍刀直取番将，绍先舞起双鞭，敌住周文，来往交锋，各献手段。又要讲到周武冲进番营，手起刀落，把那些番邦人马杀散奔跑，劈头来了一员番将，便问道：“来的番将，快留名字，好枭你首级。”那员番将大喝道：“呔！蛮子听者，我乃越虎将军梅文便是。奉元帅将令，来拿你反贼，明正其罪，不要走，照打罢！”把坐下雪花驹催一步上，举起两根金钉狼牙棒，望周武顶上就打。周武手中刀急架忙迎，相斗一处。马分上下战住。

西城输赢未定，又要讲北门王新鹤、王新溪，闻号炮一响，带二万人马，两条枪直杀进番营，挑倒帐房，番兵四路奔走，见两员番将直冲过来，你道他怎生打扮，但只见他：

头上多戴开口镔铁獬豸盔，面如锅底一般，高颧骨，古怪腮，兜风耳，狮子鼻，豹眼浓眉，连鬓胡须，身穿一领锁子乌油甲，内衬皂罗袍，左右挂弓插箭，手端一口开山大斧，催开坐下乌鬃马，赶上前来。

大叫：“唐将有多大本事，敢冲踹我这里营盘！”王新鹤喝道：“来将慢催坐骑，我枪上从不挑无名之辈，快留姓名来。”番将道：“蛮子，你要问我之名么，洗耳恭听：我乃大元帅盖麾下，加为勇虎大将军，姓宁名元。”“我乃猛虎将军蒯德英便是，快放马过来！”把坐下黑毫驹一纵，手中大砍刀一举，直望王新鹤劈面斩来。新鹤把枪架住在一边，马打冲锋过去，英雄闪背回来。王新鹤提起枪直刺面门，蒯德英大刀护身架住，两人战斗在营，全无高下。王新溪纵马摇枪来战，那边宁元使动斧子迎住。新鹤尽力厮杀，一来一往，四手相争，雌雄难定。

不表东南西北四门混战，喊杀连天，番兵四散奔逃。又要讲到城上，四门公子看见城下番营内乱哄哄鼓炮不绝，声声大振，明晓元帅救兵已到，多下城来，到银銮殿奏其缘故。天子龙心大悦，众将放下惊慌。茂功当殿传令："汝等快上结束，整备马匹，带齐队伍，好出城救应，两路夹攻，使番兵片甲不留。"众爵主齐声得令，各各回营，忙忙结束，整备马匹，端好兵刃，传齐大队人马，在教场中等候。众公子上银銮殿，听军师调点。当下茂功先点罗通、秦怀玉："你二将领本部人马一万，开东城冲杀，接应元帅，共擒盖苏文。"罗通、怀玉一声："得令！"出银銮殿上马，至教场领兵一万，往东门进发不表。茂功又点尉迟宝林、程铁牛："你二人带兵一万，往南门冲营，须要小心。"二将口称："不妨！"就奉令出殿，跨上雕鞍，前往教场，领本部人马一万，往南城前进。再表茂功又点尉迟宝庆、段林："你二人带兵一万，往西门冲营，不得有违。"二将答应，上马端兵，领人马往西城进发不表。再讲茂功又点尉迟恭："你可独带兵马五千，开兵接应北门。"敬德一声接应，上马挺枪，领兵五千望北城而来。放炮一声，城门大开，吊桥放平，一马当先，冲到番营前，手起一枪，把番兵尽行杀散。尉迟恭一条枪踹进二座营盘，五千兵混杀开去，番兵势孤，不来对敌，弃营逃走。敬德催马，无人拦阻，直进营头，见王新鹤弟兄大战番将二员，有二十余合不分胜败。恼了尉迟恭，把乌骓马纵一步上，喝声："去罢！"手起一枪，把个蒯德英挑在他方去了。宁元看唐将多了，心内着忙，斧子一松，却被王新鹤一枪刺中咽喉，坠骑身亡。三人大踹番营，喊杀连天。番兵逃亡不计其数。北门已退，营盘多倒。又要讲西

门开处，挂下吊桥，冲出一标人马，踹踏营来。尉迟宝庆、段林各执一条枪，杀散小番，冲进营盘，只见周氏弟兄大战二将，数十合不定输赢。宝庆把枪一挺，拣个落空所在，插一声响，挑将进去，把个俞绍先穿透后背，死于非命。梅文见伤了一将，叫声："啊呀，不好！"却被周武就拦腰一刀，砍为两段，结束了性命。两条枪在左乱伤性命，两口刀在右乱砍小卒，尸骸堆积，倒幡旗衬满地，坍皮帐践踏如泥，西城又得破了。

单表尉迟宝林、程铁牛带兵冲出南门，杀进番营，见李庆先、姜兴霸与番将战有三十冲锋，未分胜败。恼了程铁牛，纵马上前，手起开山斧，把栾光祖连头劈到屁股下，战马皆伤，身遭惨死。孙岭心中又苦又慌，被庆先一刀将头砍落尘埃，一命归天去了。这番乱杀番兵，大踹辽营，番人料想不能成事，都抛盔卸甲，弃鼓丢锣，四散逃命。三门帐房，踹为平地。骸骨头颅，堆拦马足。血水成河，到处涌流，尸身马踹，踏为泥酱，四下里哭声大震，都归一条总路，逃奔东行。唐朝人马鸣锣擂鼓，紧紧追杀。

又要讲到罗通、秦怀玉，领人马到东门，发炮一声，开城堕桥，卷杀番营，两条枪胜比蛟龙一般，番兵不敢拦阻，让唐将直踏进营。抬头看见盖苏文同偏正将，围住了薛仁贵厮杀，番兵喝彩。明知元帅不能取胜，正欲要接应，但见左右两旁，杀声大震，战鼓不绝。罗通一马冲到，左边见二员番将，战住周青，足有数十回合，番将渐渐刚强，恼了罗通，一马冲到，手中攒竹梅花枪，嗖的一枪刺将进去，把个陈应龙挑下马来，一命休矣。张格见了，魂不在身，手脚一乱，周青量起铁锏，照头一下，可怜一员猛将，脑浆迸裂，死于非命。右首怀玉见番人双战薛贤徒，不问根由，纵马上前，把提炉枪一紧，到将过去，石臣架在一边，怀玉手快，左手把枪捺住，右手提起金装神锏，喝声："去罢!"当夹背上一下，石臣大叫一声："我命休矣!"翻鞍坠马，鲜血直喷。复一枪刺死在地，马踏为泥。鄂天定见了，心中惨伤，兵器略松，贤徒紧一枪，挑中咽喉，阴阳手一反，扑通响跌在苏文圈子内。吓得偏将心慌意乱，却被怀玉、罗通上前，不是枪挑，就是锏打，可怜二十余员将官，遭其一劫，逃不多几名，死者尽为灰泥。竟把盖苏文围住居中，杀得他马仰人翻，呼呼喘气。一口刀在着手中，只有招架之功，并无还兵过去。被五位大将逼住，自思难胜，若不用法，必遭唐将所伤。苏文计定，把刚牙一挫，赤铜刀往周青短锏上一按，周青马退后一步，闪得一闪，却被苏文混海驹一催，纵出圈子，远了数步，把刀放下，念动真言，一手掐诀，揭开背上葫芦盖，一道青光，飞出一口三寸柳叶刀，直望唐将顶上落下来。罗通、周青等一见，心内惊慌，往后边乱退。仁贵纵上前来，放下戟，左手取震天弓，右手拿穿云箭，搭住弦上，望青光内一箭射去，一道金光冲散青光，空中一响，飞刀化为灰尘。把手一招，箭复飞回手中。恼了盖苏文，连起八口飞刀，阵阵青光散处，仁贵也便一把拿了神箭四条，往上一齐撩去，万道金光一冲，括喇括喇一声响，八口飞刀尽化灰尘，影迹无踪，青光并无一线，把手一招，收回穿云箭，藏好震天弓，执戟在手，四将才得放心，一齐赶上。盖苏文见飞刀已破，料想不能成事，大叫："薛蛮子，你屡屡破我仙法，今番势不两立，与你赌个雌雄。"纵马摇刀，直杀过来。仁贵舞戟战住，四位爵主围上前来，使枪的分心就刺，用戟的劈面乱挑，混铁锏打头击顶，大砍刀砍项劈颈。杀得盖苏文遍身冷汗，眼珠泛出，青脸上重重杀气，刀法渐渐慌乱，怎抵挡得住五般兵器。却被仁贵一条戟逼住，照面门、两肋、胸膛、咽喉要道，分心就刺。苏

文手中刀只顾招架方天戟，不防罗通一枪劈面门挑将进来，苏文把头一偏，耳根上着了伤，鲜血直淋，疼痛难熬，心内着忙。周青一锏打来，闪躲不及，肩膊上着了一下。那番慌张，用尽周身气力，往贤徒顶梁上劈将下来。薛贤徒措手不及，肩上被刀尖略着一着，负了痛往半边一闪，盖苏文跳出圈子，拖了赤铜刀，把混海驹一催，分开四蹄，飞跑去了。后面仁贵串动方天戟，在前引路，后面四骑马仗兵器，追杀番兵。高建庄王同雅里贞拍马就走。众番兵一见元帅大败奔走，都弃营撇帐，四下逃亡。唐朝人马拢齐，几处番兵各归总路，往东大败。天朝兵将，渐渐势广，卷杀上前，这一阵可怜番兵：

遭刀的连肩卸背，着枪的血染征衣。鞍鞒上之人战马拖缰，不管营前营后；草地上尸骸断筋折骨，怎分南北东西。人头骨碌碌乱滚，好似西瓜；胸膛的血淋漓，五脏肝花。恨自己不长腾空翅，怨爹娘少生两双脚。高岗尸叠上，底中血水昂昂。来马连鞍死，儿郎带甲亡。

追到十有余里之外，杀得番邦：

番将番兵高喊喧，番君番帅苦黄连。南蛮真利害，咱们真不济。丢去幡旗鼓，撇下打腊酥。貂裘乱零落，黄毛撒面飞。刀砍古怪脸，枪刺不平眉。标伤兜风耳，箭穿鹰嘴鼻。一阵成功了，片甲不能回。人亡马死乱如麻，败走胡儿归东地。从今不敢犯中华。

这一场追杀又有十多里，番兵渐渐凋零，唐兵越加骁勇，杀得来枪刀耀眼，但只见：

日月无光，马卷沙尘，认不清东西南北。连珠炮发，只落得惊天动地；喊杀齐声，急得那鬼怪魂飞。四下里多扯起大唐旗号，内分五色，轰轰烈烈，号带飘持。何曾见海国蜙幡彩色鲜，闹纷纷乱抛撇路摇。唐家将听擂鼓，诸军喝彩，领队带伍，持刀斧，仗锤锏，齐心杀上；番国兵闻锣声，众将心慌，分队散伍，拖枪棍，弃戟鞭，各自奔逃。天朝将声声喊杀，催战马犹如猛虎离山勇；番邦贼哀哀哭泣，两条腿徒然丧失望家园。刀斩的全尸堆积，马踹的顿作泥糟。削天灵脑浆迸裂，断手足打滚油熬；开膛的心肝零落，伤咽喉惨死无劳。人人血如河似水，人马头满地成沟。闷自己不生二翅，恨双亲不长脚跑。抛鸣鼓四散逃走，弃盔甲再不投朝；逢父子一路悲切，遇弟兄气得嗷号。半死的不计其数，带伤的负痛飞逃。这番踹杀唐兵勇，可笑苏文把祸招。数万生灵送空命，如今怎敢犯天朝。

这一追杀有三十里之遥，尸骸堆横如山。大元帅薛仁贵传令鸣金收兵，不必追了。当下众三军一闻锣声，大队人马，各带转丝缰，众将领回城去。我且慢表。

单讲那番邦人马，见唐军已退，方才住马。苏文传令扎住营头，高建庄王吓得魂飞魄散，在御营昏迷不醒。盖元帅吩咐把聚将鼓哨动，有几名损将投到，点一点，看雄兵损折六万余千，偏正将士，共伤八十七员。就进御营，奏说损兵折将之事。庄王大叹道：“元帅，欲擒唐将，反使损折兵将，这场大败非同小可，也算天绝我东辽，孤之命也。”苏文道：“狼主韬安，臣此番：

管叫大仙仗仙法，减去唐王君与卿。”

毕竟盖苏文怎生求救大仙，且看下回分解。

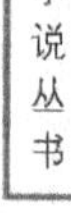

第 五 十 回

扶余国二次借兵　朱皮仙播弄神通

诗曰：

苏文几次上仙山，再炼飞刀又设坛。怎奈唐王洪福大，机谋枉用也徒然。

庄王道："你有何法破他？"盖苏文道："大唐将士虽多，臣皆不惧怕，但所惧大唐者，薛蛮子利害非常。臣如今再上仙山，请我师父前来，擒了薛仁贵，哪怕大唐将士利害，城亦可破矣。"庄王大喜，说："事不宜迟，快些前去。"盖苏文辞驾出营，上雕鞍，独往仙山，我且慢表。

单讲唐朝人马，退进城中，四门紧闭，把三军屯扎内教场，点清队伍，损伤二万有余，偏将共折四十五员。遂同众爵主、总兵们等，上银銮殿俯伏尘埃，奏说退番兵大踹营头之事。朝廷大喜，说："皆王兄们之大功劳，赐卿等各回营卸甲，冠带上朝。"众将口称领旨。回营换其朝服，重上银銮殿。朝廷不见了程咬金，心内一惊，忙问："薛王兄，可是程王兄到摩天岭讨救，兴兵来的呢？还是薛王兄已班师回城，退杀番兵的？"仁贵说："陛下，若非程老千岁到来，臣焉能得知？还要耽搁在摩天岭。"朝廷说："既如此，为什么程王兄不见到来？"仁贵就把兑选乌金，看守摩天岭此事，细细奏明。唐王大悦，降旨一道，命尉迟王兄往摩天岭解乌金来缴旨。敬德口称："领旨。"上马提枪，带领家将八员，出了东城，往摩天岭去了。一到次日清晨，尉迟恭、程咬金同解十车金子，到殿缴旨。天子降旨，把乌金入库，又命光禄寺，银銮殿上大排筵宴，赐王兄、御弟、众卿们饮安乐逍遥酒贺功。诸将饮至日落西山，众大臣谢酒毕，扯开筵席，黄昏议论平复东辽之事。仁贵满口应承，说："陛下，此一番若遇番兵交战，必然一阵成功，使他心情愿服归降。"朝廷大悦，叫声："薛王兄，你的英雄世上无双，但寡人受盖苏文屡次削辱，恨如切齿，若得王兄割他头颅，献于寡人，以雪深恨，功非小矣。"仁贵奏道："若讲别将，臣不敢领旨，若说盖苏文，这有何难？取他首级如在反掌。包取他头颅，以泄陛下仇恨便了。"天子说："前仇得泄，皆赖王兄之为。"君臣讲到三更时候，方各回营安歇，一宵安睡。到明日，薛仁贵升帐，调拨副将四员，带兵五千，看守摩天岭山寨已毕，逍遥无事，安享在城，半月有余。

单讲番邦盖元帅三上仙山，请了木角大仙，又往扶余国借兵二十万，有国主张大王，叫声："盖元帅，那大唐朝薛仁贵，有多大本事，你屡屡损兵折将，把孤一国雄兵，尽皆调空。今日大仙亲自下山，扶助东辽社稷，谅仁贵必擒。待孤亲领精壮人马，同元帅前去，杀退唐兵。"苏文道："若得如此，只我邦该复兴矣。"这番张仲坚点起雄兵，三声炮发，一路上旗幡招转，号带飘摇。到了东辽国，相近御营，高建庄王早以闻报，远远相迎。道："孤家狭守敝地，并无匡扶邻国之心，敢劳王兄御驾，亲临敝邑，赴我邦难。挽覆之恩，使孤心不安，何以报此大德。"张仲坚连忙下马，挽定庄王之手，笑曰："王兄是首国之君，孤虽有小小敝地，犹是股肱之臣①，今天邦有兵侵犯，孤理当左右待

① 股肱（gōng）之臣——股肱，即大腿和胳膊，引申为辅佐君主的大臣。股肱之臣，比喻帝王左右辅助得力的臣子。

劳，未见一线之功，何德之有。”二人谈笑，进御营施礼，分宾坐定。当驾官献茶毕，庄王道：“王兄，大唐薛仁贵骁勇，我邦元帅盖王兄大队雄兵损折，实为惶恐之至。”仲坚答道：“王兄，胜败乃兵家常事，打仗交锋，自然有损兵折将之功。盖元帅虽不能取胜，也未必常败；薛仁贵屡屡称威，也未必连胜。今王兄洪福，现有仙人下山，扶助社稷，薛蛮子即日可擒，王兄所失关寨，自然原端复转，有甚烦难。”说话之间，元帅同木角大仙进入御营，说：“狼主千岁在上，贫道稽首了。”庄王一见，心中欢悦：“大仙平身！孤家苦守越虎城，小小敝邑，谁道天朝起大队人马前来征剿，边关人马十去其九，事在危急，幸得大仙亲自下山救护，孤家深感厚恩不尽。”木角大仙开言道：“贫道已入仙界，不入红尘，奈我徒弟二次上山，炼就飞刀，尽被薛仁贵破掉，未知他什么弓箭射落飞刀，因此见进，愤愤不平。今又算狼主天下旺气未绝，仁贵命该如此，所以贫道动了杀戒，下入红尘，伤了薛蛮子，大事定矣。”庄王大喜，御营设宴款待大仙。

次日清晨，元帅进营问：“大仙，今日兴兵前去，还是困城，还是怎样？”大仙道：“此去不用困城，竟与他交战。贫道只擒了薛仁贵，回山去也。”那番元帅点起大队，同了师父，竟望越虎。不及半天，早到东门下，离城数里，远扎下营头。日已过午，不及开兵，当夜在营备酒待师。席上言谈，饮到半酣，方回营安歇。次日清晨，摆队伍出营。大仙上马端剑，后随二十名钩镰枪，一派绣绿旗幡，一字排开，飘飘荡荡，攒箭手射住阵脚，鼓哨如雷。盖苏文坐马端兵，在营掠阵。木角大仙催开坐骑，相近河边，高声大叫：“城上的，快报与那薛蛮子得知，叫他速速出城与贫道打话。”城上军士见了，连忙报入帅府来道：“启上元帅，番邦又领了大队人马，扎营在东城。今有一位道人，在那里讨战，口口声声，要请元帅打话。”那薛仁贵立起身来，顶盔贯甲，通身结束，上下拴扣，底下总兵们齐皆妆束停当，候元帅提戟，同上东城，往下一看，但见这道人怎生模样：

头上青丝挽就螺蛳髻，面如淡紫色，长脸狭腮，黑浓眉，赤豆眼，鼻直口方，两耳冲尖，海下无须。身穿一件金线弦边水绿道袍，脚蹬一双云游棕鞋。坐马仗剑，扬威耀武。

仁贵左首周青叫道：“元帅，我看这道人身躯软弱，有何能处，待兄弟出城去取了他性命罢。”仁贵道：“兄弟休得胡乱，不可藐视他们，从来僧道不是好惹的。这来者不善，善者不来，本帅看这道人虽然身躯软弱，谅有邪术伤人，故敢前来声声讨战与我，待本帅亲自出马，会他一会。兄弟们随我到城外，掠阵助战。”众弟兄一声答应：“是。”元帅吩咐发炮开城，吊桥堕下，二十四对白绫旗左右分开，鼓声哨动。姜兴霸摹旗，李庆先擂鼓，周青坐马端双锏，在吊桥观望。仁贵一马冲上前来，大喝：“妖道，请本帅有何话打？”那大仙抬头看时，果然好威武也。但只见薛仁贵怎生模样：

头上白绫包巾金抹额，二龙抢块无情铁。身穿一件白绫蟒袍，条条丝缕蚕吐出；外罩锁子银环甲，攀胸拴口鸳鸯绌。左首悬弓右插箭，三尺银鞭常见血。催开坐下赛风驹，手仗画戟惊人魄。

木角大仙笑道：“来者可就是薛仁贵么？”仁贵道：“然也！既问本帅大名，你是何方妖道，今请本帅出城，待要怎样？”木角大仙怒道：“呔！谁是妖道，我乃朱皮山木角大仙是也。已入仙界，不落红尘。因我徒弟盖苏文屡炼飞刀，被你将何妖术破掉，故而贫道动了杀戒，下落红尘，特来会你。可知贫道本事利害，见我还不下马归降？投顺狼主，共擒唐王，饶汝性命。若有

半句支吾，贫道一剑砍为两段。”仁贵哈哈大笑道：“汝不过一妖道，擅敢乱言，藐视本帅。你既说已入仙班，能知天文地理，难道不晓本帅骁勇，何苦落此红尘中，管国家闲事。我劝你好好回山，免其大患。若执意要与本帅比论，可惜你数载修炼，一旦伤我戟下，悔之晚矣。”木角大仙叫声：“放马过来，吃贫道一剑。”往仁贵头上挥将下来。薛仁贵把戟钩在一边，二人相战十余合，怎杀过薛仁贵的手段。道人本事平常，剑法松了两剑，马退后数步。仁贵哪里知道，只把手中戟逼下来。哪晓这道人把剑按开了戟，口中一喷吐出杯口粗细一粒红珠，往仁贵劈面门打来，光华射目。元帅眼前昏乱，看不明白，把头低得一低，正打中在额角包巾的无情铁上。此铁乃是二龙抢这一面小小镜子，不想这珠打得重了，连镜子嵌入皮肉内，有六七分深，鲜血直冒，染红银甲。喊声：“痛杀我也！”马上一摇，扑通一声，翻落尘埃。大仙把口一张，红珠原收嘴内。仗剑纵马，要伤仁贵。不防吊桥边周青见了，魂不附体。大叫：“妖道！休伤我元帅。”飞马舞锏，迎住道人厮杀。薛贤徒赶上前来，救回元帅，一竟入城。来至帅府，安寝在床，连忙把药敷好，松了包巾，哪晓仁贵昏迷不醒，只有一线之气在胸中。薛贤徒着忙，急到银銮殿奏说此事。朝廷大惊，就命茂功前来看视。只见仁贵闭眼合口，面无血色，额上伤痕四围发紫。徐勣问道：“此伤必受妖道口中精华打中，毒气追心，无药可救。不知阵上还有何人开兵，断断不可，若受此伤，一定多凶少吉。只可高挑免战牌，保护城池再作道理。你须服事，三天内有救星下临。”众将应道：“是。”徐勣后上银銮殿，细奏仁贵受伤，命在须臾。天子闻言，心内牵挂。

单讲薛贤徒听了军师之言，忙到东城，把金锣敲动，外面周青与道人战不上八九合，只听城上鸣锣，就松下双锏，叫声：

"妖道，欲打你为齑粉，奈城上鸣锣收兵，造化了你，明日出来结果汝的性命。"带转马，望城中去了。吊桥高扯，紧闭城门，薛贤徒吩咐高挑免战牌。木角仙见了，哈哈大笑，回进帅营。盖苏文接到里面坐定，说："师父，今日开兵辛苦了。"吩咐摆酒上来。大仙道："你屡次失利，称赞仁贵之能。起大兵数万，未闻一阵得利。今我一人下山，没有半日交战，就送了薛仁贵性命，又败唐将一员，杀得他免战高挑，闭城不出。"苏文道："薛仁贵方才被师父打落马去，明明唐将救回，未伤性命，怎说已送他残生起来？"大仙道："你有所不知，我口中这一颗红珠，打去不中就罢，若已中在他身上，凭他有什么神仙妙药，也到不得第四天。"盖元帅听言大喜说："师父，此珠这等利害，万望师父再在此，与徒弟把唐将伤几员，就好灭大唐，兴东辽，取中原天下矣。"大仙道："我一番下山，眷恋红尘，开了杀戒，也非独伤仁贵而来。原有心辅佐狼主，剿灭唐兵，夺取中原花花世界，锦绣江山，做了中华天子，然后上山的了。"盖秀文不胜欢喜，营中摆酒款待。

一到次日天明，大仙出营，在城下厉声喝叫，大骂讨战，唐将只是不理。猖獗回营，下马走进帅营，苏文开言道："师父，今唐将闭城不战，何日得破此城？延挨时日，如之奈何。"大仙道："不妨，今看城上免战高挑，一定唐将十分惧怯，待等三天后，绝了仁贵性命，然后四门架火炮攻城，怕他们君臣插翅腾空，飞回中原去了不成。"苏文道："师父主见甚高。"就依其言，日日营中饮酒，不表。

不想光阴迅速，停兵到了第三天，惊动香山老祖门人李靖，正坐蒲团，忽然心血来潮，遂掐指一算，明知白虎星官有难，即驾起风云，来到越虎城，按落仁贵帅府前。周青在外边，见空中

落下一道人，倒吃了一惊。大喝："妖道何来？快些拿下！"李靖道："周青，休得莽撞！我乃香山老祖门人李靖是也。今是薛仁贵有难，特来救他，快报进去。"周青听了李靖二字，倒身下拜，说："原来是恩仙，小将不知，多多有罪。元帅卧床不起，昏迷不醒人事，请恩仙同进去看视。"李靖随了周青，来至后堂，走近床前，揭开帐子，李靖看了额上伤痕，就知是朱皮山这妖道作怪。忙取葫芦中仙水，搽药伤所；又取一粒丸药，将汤灌于口中，登时落腹。肚中响了三声，仁贵悠悠醒转，说："嗄唷，好昏闷人也。"两眼睁开，身上觉得爽快，忽然坐起床上。周青、薛贤徒欢喜不过，叫声："元帅，李恩师在此救你。"仁贵见李靖坐在旁首，即下床整顿衣冠，拜伏在地，说："蒙恩师大人屡救薛礼性命，无恩可报。"吩咐摆素斋款待。李靖说："不必设斋，贫道已不食烟火，今有朱皮山妖道在此横行，阻逆天心，故此下山收服妖畜，除其大患，好待你剿平东辽，奏凯班师。"薛仁贵大喜，连忙传令，摆队出城，与这妖道开兵。各营总兵全身打扮，薛元帅披挂完备，随李靖来至东城，炮声一起，城门开处，吊桥坠下，冲出一彪人马，攒箭手射住阵脚，薛贤徒搴旗，周青掠阵，战鼓哨动。薛仁贵坐马端戟，在吊桥观望。只见李靖手中不端寸铁，唯有拂尘一个，飘飘然步行至番营，喝道："营下的，快报与朱皮山泼道得知，叫他早早出营会我。"营前小番看见，连忙报进营来道："启元帅，唐邦也有一个道人，在外面请大仙答话。"盖苏文听报，便问道："师父，他们不知往哪处也请了道人来，谅必法术高强，所以擅敢前来讨战。"师父木角大仙道："不妨，谅这班蠢俗莽夫，怎到得名山圣界，访请高人。不过荒山庙宇，请其邪法妖道，投入罗网，自送残生。快摆队伍出营，取他性命。"盖苏文传令，摆一支人马，旗门开处，大仙上马提剑，营前摇旗擂鼓，冲将上来。李靖喝住道："来者朱皮山龟灵洞道友，少催坐骑，可认得贫道么?"那木角大仙听叫"龟灵洞"三字，不觉惊得浑身冷汗，心下暗想："'龟灵'二字，原是暗名。凭他相交道友，得爱徒弟，从不知我'龟灵'暗号，哪晓这个道人，竟猜破我名，谅他定是道术精高。"遂问曰："道友何处名山，哪方洞府，今至红尘，乱入阵中，有何高见，敢来会我贫道?"李靖笑曰："我乃香山老祖门人李靖便是。那高建庄王不过外邦小国之主，盖苏文虽有本事，只好镇压番国海岛之君，扶兴社稷，该依理顺行，年年进贡中国，岁岁朝拜君王，保护边关才是。如今他横行无忌，倚仗道友九口飞刀，伤害上邦名将，眼底无人，藐视中国，以逆天理，反打战书，将圣天子十分羞辱。故而大唐起雄兵来征剿，理上应该。盖苏文屡伤大唐开国国老，及将官数十员，得罪天子，在凤凰山下，上苍已判定，不久死于薛仁贵之手，顺了天心。今朝又得一位道友精华珠打伤仁贵，幸亏贫道早知，救了他性命，不然一旦归阴，谁除苏文大患？此罪却归道友，只怕难上仙山，修其正果了。为此特请你出来，有言相告：你虽是朱皮山学修截教，也有数千年功德，不入红尘，以成正果。然而上天爻象①，该当知道，为何一时昏乱道心，助恶违逆天道，其罪难逃。故我贫道劝你好好去红尘，回仙山，可免灾殃。若有半声不肯，献你原形，悔之晚矣。"木角大仙听李靖一番言语，口虽不信，心中着忙。但被他羞辱不好意思，便大喝："李靖，你仗香山老祖之势，欺负贫道无能，我是截教，法力不

① 爻（yáo）象——爻是组成卦的基本符号，"－"是阳爻，"－ －"是阴爻，每三爻组成一卦。"爻象"即爻的交错变动之象，古人以此预示吉凶。

弱于你，今既落红尘，开了杀戒，谅也无妨。但你既是正教，怎的也入红尘，管国家闲事？贫道今已下山，不擒唐王，誓不归山。你休持：

香山门下神通广，惹我朱皮道力仙。”

毕竟龟灵洞主与李靖开战如何，且看下回分解。

第五十一回

香山弟子除妖法　唐国元戎演阵图

诗曰：

龟灵妖法仗红珠，千载精华功不殊。指望威名成海国，哪知一旦露形躯。

那木角大仙说罢，仗手中剑纵马上前，往李靖一剑挥来。李靖闪过，把手中拂尘望剑上一拂，大仙手便震痛，仗剑不牢，落于地下，李靖便大步上前。木角仙看了，把口一张，就吐出红珠一颗，精华射目，往李靖照面门打来。李靖全无惧色，把手中拂尘轻轻一拂，这颗红珠拂落于地，拾起手中，往怀内藏过。大仙一见红珠收去，料想不能复回朱皮山去，吓得面如土色，慌忙下马拜伏于地，高叫："大仙，可怜念我弟子千年修炼苦功，得受此珠。今一旦被大仙收去，难成正果。望大仙还珠复口，感戴甚深，恩重如山。从今回山去，再不敢胡为了。"李靖笑道："我方才劝言在前，你偏偏不肯听我，今哀求贫道，事已迟了。若要还珠，快快献出原形。"木角仙听言，心下十分懊悔。要此红珠，无奈何只得现了原形，乃是一个簸箩大的乌龟，受日月精华，采天地之气，修成这颗红珠，才炼人形，哪晓被李靖猜破，要他献形，把符咒画在龟背，要复人像，且待五千年之后。便说："孽畜，贫道助你风云一阵，你去吧。若执迷不悟，要还此珠，便赏你一刀。"那龟精料哀求无益，便借风云而去，影迹无踪，引得

吊桥边兵将，笑声大震。番营前盖苏文，气得面如土色，来取李靖。仁贵一见，催开战马，舞戟上前迎住。苏文算计已定，把赤铜刀架住画戟，说："住着，本帅有言对你讲。"薛讲贵收住坐骑，问道："有什么话对本帅讲？"苏文应道："我是番邦元帅，你为中国大臣，必然眼法甚高，能识万样阵图。今本帅刀法平常，实不如你。我有一个阵图在此，汝能识得否？"仁贵笑道："由你摆来，自当破你阵图。"苏文传令，就调数万大队儿郎，分开五色旗幡，登时列成一阵，果然摆得利害。苏文道："薛蛮子，你在天朝为帅，可能识此阵否？"仁贵抬头一看，但见此阵，有诗为证：

一派白旗前后飘，分排五爪捉英豪。银枪作尾伸头现，中有枪刀胜海潮。

薛元帅看罢，哈哈大笑说："盖苏文，你排此阵难我，明明藐视本帅，此乃一字长蛇阵，我邦小小孩童也会识破，难着甚人？"苏文道："你休得夸口，只怕能识不能破。"仁贵道："就是要破也不难。你还未摆完全，限你三日后摆完了，待本帅领兵从七寸中杀将进去，管教你有足难逃。"盖苏文听见此言，明知仁贵能破此阵，传令儿郎散了此阵。又说："薛蛮子，你既然识此阵图，本帅还有异阵排与你看。"仁贵道："容你摆来。"盖苏文就分开旗号，顷刻演成一阵，叫声："薛蛮子，你可识此阵否？"元帅看时，但见此阵，有诗为证：

红白大旗按后前，居中幡子接云天。刀剑枪戟寒森森，英雄入阵丧黄泉。

仁贵道："此乃是三才阵，只消按天地人三才，用三队人马，往红白黄三门旗内杀人，此阵立可破矣。”苏文见仁贵识破，不足为奇，传令儿郎散了三才阵，又复分列旗幡，摆成一阵。说：“薛蛮子，你可认得此阵否?”仁贵看见，微微冷笑，便叫声：“盖苏文，你有幻想异奇之阵，摆一座来难我，怎么却摆这些千年古董之阵，谁人不识，哪个不知，本帅既在天朝为帅，岂是依靠实力而来，就是这些兵书战册，阵法多也看得精熟的。若说这十座古阵，你也不要摆了，我念与你听，头一座乃一字长蛇阵，第二座乃二龙取水阵，第三座乃天地三才阵，第四座名曰四门斗底阵，就是你摆在此的；还有第五座五虎攒羊阵，第六座六子连芳阵，那第七座七星斩将阵，第八座八门金锁阵，第九座九曜星官阵，第十座便是十面埋伏阵。总也不足为奇，你既作东辽梁栋，要摆世上难寻，人间少有，异法幻阵，才难得人倒。今本帅为中国元戎，到学得一个名阵在此，若汝识得出此阵之名，也算你番邦真个能人了。”苏文道：“既如此，容你摆来。”那薛仁贵退往城中，调出七万雄兵，自执五色旗号，吩咐周青、薛贤徒擂鼓鸣金，按住八卦旗幡，霎时摆下一个阵图。仁贵在黄旗门下大叫：“盖苏文，你摆三阵，我俱能识破。本帅只摆一阵，你可识否？是什么阵。”苏文听说，便抬头一看，但见此阵好不异奇，十分利害。焉见得有许多利害呢？有诗为证：

一派黄旗风卷飘，金鳞万光放光毫。刀枪一似千层浪，阵图九曲象龙腰。炮声行走金声歇，不怕神仙阵里逃。五色旗下头伸探，露出长牙数口刀。一对银锤分左右，当为龙眼看英豪，双双画戟为头角，四腿束取攒箭牢。二把大刀分五爪，后面长枪摆尾摇。苏文那有神通广，不识龙门魂胆消。

盖苏文见此阵摆得奇异，半晌不动，口呆目定。暗想我在东辽数十年，战策兵书阵法，看过多多少少，却从来不见此阵。叫道："薛蛮子，凭你稀奇幻术，异名阵图，也见过多少，从来没有此阵。你分明欺我番邦之将，把这座长蛇阵装得七颠八倒，疑惑我心，前来难着，本帅不知你杜造的什么阵。"仁贵哈哈大笑，说："盖苏文，料你是个匹夫，怎识本帅这座异阵，你既道我自己杜造长蛇阵，改调乱阵，三天之后，你敢兴人马破我阵么？"苏文道："既为国家梁栋，开兵破阵，是本帅分内之事，容汝三天摆完全了，待我兴兵破你。"薛仁贵传下令来，领散了龙门阵。当日即又点大队雄兵十万，调出城来，扎住营头，一共十七万兵，安营在外，旌旗飘荡。仁贵同八员总兵，屯扎帅营左右，前后帐房安得层层密密，坚坚固固。不觉日已向西，城上唐王同诸将闭了东门，竟往银銮殿升登龙位，饮了御酒，专等第三天看盖苏文破龙门阵。这话慢表。

单讲城外盖苏文退进御营，来见狼主。庄王先传令设酒，御营中掌灯点烛，大排筵席。二位王爷坐在上边，苏文坐在旁首，底下数席文武大臣。共饮三杯之后，庄王问道："元帅，你三阵唐将尽皆识破，他摆得一阵，你就目定口呆，岂不被大唐兵将耻笑么？"苏文奏道："有所不知，臣摆三阵，是阵书有的；他或者也看熟在肚中，故而被他识破。这仁贵摆的，书上不载，自己杜造次乱长蛇阵图，分明疑难于我，所以臣回他不识，待三天后臣调遣人马，容我破阵，那时杀他们血溅成河，尸骸堆积，何必识他阵名。"张大王笑道："倒也说得有理。元帅能人，待破阵之日，孤家发八员猛将，雄兵十万你带去，阵即破矣。"苏文称谢，酒散回营安歇，不必去表。

再进唐营中薛仁贵，同八员总兵，在营饮酒席上，开言叫声：“八位兄弟，本帅在山西县苦楚不堪，三次投军，张环奸诈，把我隐藏前营为火头军，虽承数位兄弟不愿为旗牌，愿做火头军，同居一处，一路上立功，尽被奸臣冒去，害你们不早见君王，享荣华富贵，受苦多年，单只为我。今天幸蒙圣恩封天下招讨，才为本帅。尔等也得受总兵爵禄，我九人干功立业，征剿番邦，尽心报国，从来不烦老少众将之力。今盖苏文要破我龙门阵，是他命该休矣。我前番在中原探地穴，曾受玄女娘娘法旨，说要复青龙一十二年，可平靖矣。今算将起来，足足十二年了，况今朝仙师李大人又说欲复青龙，定摆龙门阵，正应在三日后。龙门阵中多要用心擒捉，好成功班师，我九人功非小矣。明日须听本帅调遣。”八人大喜说：“这个自然。若能平复东辽，我等俱听哥哥号令，用心擒捉，立功标下。”言谈半夜，各归营帐安歇一宵。次日清晨，元帅传令二将，对番营高搭五坐龙门，不消半日，完成整备。火炮火箭，强弓硬弩，钩镰短棍，长枪大刀，端正锐利，盔甲新鲜，又忙了半日。第二天众军兵饱食一顿，调开队伍，扯起营盘，忙忙打扮，顶明盔，披亮甲，旌旗招转，内按五色冲天大纛旗领队分班，八总兵妆束坐马，两旁站立，仁贵执旗一面，领队分排四面八方，鸣锣击鼓，调东南，按西北，顷刻摆完全了。五坐龙门，按金、木、水、火、土旗幡。到了第三天，仁贵在阵内用了些暗计，四周长枪剑戟，火炮、火球架起，八员总兵分四门而立，中门薛仁贵，手中拿白旗，对番营叫道：“快唤盖苏文出营看阵。”早有番营前小卒，飞报进御营来说道：

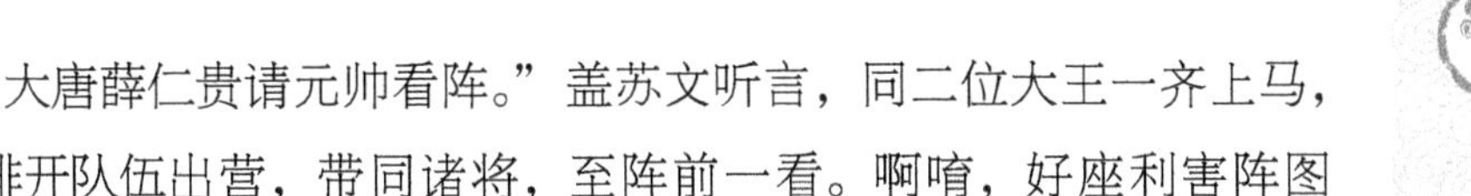

"大唐薛仁贵请元帅看阵。"盖苏文听言，同二位大王一齐上马，排开队伍出营，带同诸将，至阵前一看。啊唷，好座利害阵图也！但只见：

五座龙门高搭，对联金字惊人。左边写：踹杀番兵、血染东辽；右首书：活捉庄王、头悬太白。摆攒箭手、长枪手、火炮手、鼓旗手、幂幡手，密密层层护定；龙门首上，按着绣绿旗、大红旗、白绫旗、皂貂旗、杏黄旗，风飘飘一派五色旗。东发炮，龙头现出，专吞大将；西鸣金，摆尾身旁，进阵难逃。满阵白旗如银雪。霎时变作火龙形。其中幻术无穷尽，内按刀枪连转身。五色绣旗一刻现，神仙设此大龙门。专为东辽难剿灭，故把龙门建策勋。

盖苏文见前日不完全龙门阵，随口应承说破得此阵，如今见了这座完全阵图，倒惊得呆了半个时辰。方才开言道："薛仁贵，你既摆全阵图，本帅明日兴兵来破。"仁贵道："若能破者，必遣能将进我的阵。"

不表盖苏文回进帅营，打点破阵之日。另言讲薛仁贵按了龙门阵，带领总兵进入城中，来至银銮殿上，见朝廷奏道："陛下在上，臣欲擒盖苏文，灭东辽，奏凯班师，所以摆座龙门大阵。待明日必捉番邦元帅，大事可成矣。"。朝廷大悦，降旨排筵，钦赐仁贵饮酒。言谈至三更方散，回帅府安歇一宵。次日五更，炮声一响，遂将鼓哨动，各营将官满身披挂，结束停当，饱食战饭。大元帅顶盔贯甲，整顿齐备，上马端戟，离了帅府，同诸将出城，升帐而坐，众将侍立两旁听调。薛仁贵传罗通、秦怀玉二将，领五千人马，速往西行，离阵四五里，埋伏山林深处，等盖苏文败来，发炮拦阻去路，赶他转来。罗、秦二将一声得令，接了令箭，齐出营门，上马端兵，领五千人马，前往西边埋伏，我且慢表。再讲仁贵又点周青、薛贤徒，你二人也带五千兵马，北路而行，埋伏树林深处，等候盖苏文逃到，赶他转来，不得有违。二将一声得令，接了令箭，出营上马，带领五千铁骑，竟往北路埋伏不表。那仁贵又点王新鹤、王新溪："你二将领五千兵马，往南方绿树林中埋伏，拦截盖苏文去路，不得有违。"二将一声得令，接了令箭，出营上马，带领飞骑五千，前往埋伏。仁贵发遣三路精兵已毕，只见东方发白，番营无人知觉。那元帅起身，吩咐扯开帐房，摆开龙门大阵，按定当阵门守将，点姜兴霸、李庆先守住左首二门；周文、周武守住右首二门；仁贵自执红旗，守住中门。走出走进，演此活阵。锣鸣鼓响，只等破阵擒将，此言慢表。

单讲盖苏文也是五更起身，众将齐集两旁，站立听令。都是英雄强壮，气宇轩昂之辈。苏文心下踌躇："我看这数员战将，几万雄兵，破阵也尽够有余了，然而此阵中，决定利害，故敢口出大言，摆与我破。未知此阵何名，书上并不置载，看看稀稀奇奇，似此阵图十分幻异，叫我怎生点兵调将，将何令发使他们进阵，怎样破法?"正是：

恨无黄石奇谋术，难破亚夫幻异功。

盖苏文坐在帅营，无计可施，不敢发兵调将，前去破他异阵。哪晓高建庄王同扶余国张大王，带一支御林军出营，看元帅发兵破阵。但只见自家人马明盔亮甲，排队分班，只不见元帅动静，不觉心中焦闷起来，降旨一道，传元帅出营破阵。左右得

令，就传旨意前往帅营。苏文接旨，来到御营见驾，说：“狼主，召臣前来，有何旨意?”庄王说：“元帅，你看唐朝阵中，杀气冲天，称威耀武，为何元帅全不用心调兵遣将，前去破他，反是冰冰冷冷，坐在营内呆看，岂不长他们志气，灭自己威风么?”苏文奏道：“狼主在上，唐朝摆此阵图，臣日夜不安，岂不当心?但阵书上历来所载，有名大将阵图，臣虽不才，俱已操练精明熟透，分调人马，按发施行，或东或西，自南自北，出入之路，相生相克，方能破敌，得逞奇功。如今他们所摆之阵，十分幻异，虽不知那阵中利害如何，今看他摆得活龙活见，希希奇奇，连阵名臣多不曾识得，就点将提兵去破，竟不知从何门而入，从何路而出；又不知遇红旗而杀，还不知遇白旗而跑。”庄王叫声：“元帅，他摆五个龙头，俱有门入，必然发五标人马，进他阵门的。”苏文道：“进兵自然从五门而入，臣也想来如此，但愿得五路一直到尾还好破他，倘然内有变化，分成乱道，迷失中心，那时不得生擒，就是肉酱了。”张大王笑道：“若是这等讲，歇了不成?”盖苏文听见张大王取笑了他，只得无奈，点起五万人马，五员战将，分调五路进兵，按了四足后尾，听号炮一齐冲入。传孙福、焦世威带兵五万冲左首二门；又调徐春、杜印元领兵五万，冲右首二门。四将答应去讫。盖苏文按按头上金盔，紧紧攀胸银甲，带五千兵马，催开坐骑，摇手中赤铜刀，望中门杀过来。后面号炮一起，左首有孙福、焦世威纵马摇枪，杀上阵门。里边姜兴霸、李庆先上前敌住，斗不数合，唐将回马望阵中而去。孙、焦二将随后追进阵中，外面锣声一响，大炮、火箭乱发，如雨点相同，打得五万番兵，不敢近前。欲出阵门无路，里面二将望绿旗兵中追杀，忽一声炮响，兵马一转，二员唐将影迹无踪，四下里尽是刀枪剑戟，裹二将在心，乱砍乱挑，回望看时，前后受敌，心下着忙，叫救不应，二将兵器架不及，刀山剑岭之危，作为肉酱而亡。料想不免那姜兴霸、李庆先有暗号在内，纵绿旗引走，转出龙门外去了。右边有徐春、杜印元纵马端兵，冲到阵前，内有周文、周武舞动大砍刀接住番将，厮杀一阵，唐将拍马诈败入阵，徐春、杜印元不知分晓，赶入阵门：

正是英雄无敌将，管取难进刀下亡。

毕竟不知二将追入阵中死活如何，且看下回分解。

第五十二回

盖苏文误入龙门阵　薛仁贵智灭东辽帅

诗曰：

龙门阵岂凡间有，原出天神幻化工。灭取苏文东海定，唐王方见是真龙。

那徐春、杜印元随起入阵，忽听阵中锣声一响，阵门就闭，乱打火炮，乱发火箭。五万番兵在后者逃其性命，在前者飞灰而死，不得近前。单说阵中徐、杜二将，追杀白旗人马，忽放炮一声，二员唐将不知去向，前路不通，后路拥塞，眼前多是鞭、剑、锏、棍，前后乱打。二将抵挡不住，心内一慌，措手无躲，料想性命自然不保的了，只怕难免马踹为泥。正所谓：瓦罐不离井上破，将军难免阵中亡。周文、周武转出龙门阵，又去救应别将，我且不表。

单讲盖苏文拍马摇刀，至阵前大叫道："本帅来破阵也！"薛仁贵一手拿旗，一手提戟，出阵说道："盖苏文，你敢亲自来入我阵么？放马过来吃我一戟！"望苏文直刺，苏文也把手中刀急架忙还。二人战不上六合，仁贵拖戟进阵，苏文赶进阵中。外边大炮一响，中门紧闭，满阵中鼓啸如雷，龙头前大红旗一摇，练成一十二个火炮，从头上打起，四足齐发，后尾接应，连珠炮起，打得山崩地裂，周围满阵烟火冲天，只打得五路番兵灰焦身丧，又不防备，只剩得数百残兵，还有翘脚折手逃回番营。高建庄王见阵图利害，有损无益，元帅入阵，又不知死活存亡，料难成事，见火炮不绝，恐防打来，反为不妙，随传令扯起营盘，退下去有十里之遥，方扎住营头。只留盖苏文一人一骑，在阵中追薛仁贵。不一时，锣响三声，裂出数条乱路，东穿西走，引盖苏文到了阵心，轰隆一声炮起，不见了薛仁贵，前后无路，乱兵围住，刀枪密密，戟棍层层。乱兵杀得苏文着忙，一口刀在手中，前遮后拦，左钩右掠，上下保护。哪晓此阵是九天玄女娘娘所设，其中变化多端，幻术无穷。但见黑旗一摇，拥出一层攒箭手，照住苏文面门四下纷纷乱射。盖元帅虽有本事，刀法精通，怎禁得乱兵器加身，觉得心慌意乱，实难招架，又添攒箭手射来，却也再难躲闪，中箭共有七条，刀伤肩尖，枪中耳根，棍扫左腿，锏打后心。这番盖苏文上天无路，入地无门，有力难胜，有足难逃，叫救不应，满身着伤，气喘嘘嘘，汗流脊背。心下暗想："我此番性命休矣！"把钢牙坐紧，用力一送，赤铜刀量起手中，拼着性命，手起刀落，杀条血路，往西横冲直撞，逃出阵去了。薛仁贵见苏文逃走，忙传令散了龙门阵，带四员总兵，随后追杀。

那苏文逃出阵图，望西而走。有五六里之路，忽听树林中一声号炮，冲出一支人马，内有二员勇将，挺枪纵马，大叫："盖苏文，你往哪里走？我将军们奉元帅将令在此，等候多时，还不下马受缚！"苏文一见，吃惊道："我命休矣。唐将少要来赶！"兜回马便走。只见南头又来了一支人马，内中有姜兴霸、李庆先，伏兵齐力大叫："不要走了盖苏文！"追上前。忽西首炮声响处，冲出王新鹤、王新溪，带领一支人马，纷纷卷杀过来，大

叫："不要放走了盖苏文！我奉元帅将令，来擒捉也。"盖苏文见三路伏兵杀到，心中慌张不过，催急马望东大败。只见有二将横腰冲出，却是周青、薛贤徒，提枪舞锏，追杀前来。只杀得盖苏文离越虎城，败去五里路之遥，但见自己营前有庄王站立，欲要下马说几句言语，又见唐兵四路追赶，薛仁贵一条戟紧赶后边，全不放松。遂泣泪叫曰："狼主千岁，臣一点忠心报国，奈唐势大，杀得我兵犹如破竹，追赶甚急，臣生不能保狼主复兴社稷，死后或者阴魂暗助，再整江山。今日马上一别，望千岁再不要想臣见面日期了。"哭奏之间，冲过御营，望东落荒，拼命奔路。薛仁贵催开坐骑，紧紧追赶，喝声："盖苏文，你恶贯满盈，难逃天数了。今日命已该绝，还不早早下马受死，却往哪里走！如今决不饶你，怕汝飞上焰摹天，终须还赶上。"豁喇喇一路追下来。苏文只顾上前逃遁，不觉追至五十里，却往前一看，但见波浪滔天，长江滚滚，并无一条陆路，心中大悦。暗想："如今性命保得完全的了。"到得海滩，把混海驹望水中一跳，四足踏在水面，摆尾摇头，一竟到水中去了。从又回头，对岸上仁贵哈哈笑道："薛蛮子，你枉用心机，如今只怕再不能奈何我了。岂知本帅命不该绝，得这匹坐骑——龙驹宝马，今逃命去了。谅汝中原只有勇将，决无宝马，你若也下得海来，本帅把首级割与你；你若下不得海，多多得罪，劝你空回越虎城去罢，不必看着本帅。料想要取我的性命，决定不能了。"薛仁贵立马在海滩上，听见此言，微微冷笑道："盖苏文，你有龙驹宝马，下得海去，笑着本帅没有龙驹宝马，下不得海么？我偏要下海来，取你之命，割你颅头，以献我主。"说罢，把赛风驹一纵，跳下海中，四蹄毫毛散开，立在水面上，把戟晃动，随后追赶。苏文坐下马，在水游的不快，仁贵的坐骑浮于水面，四蹄奔跑，好不速快，犹如平地一般而走。这苏文见了，大叫一声："啊呀！此乃天数规定，合该丧于仁贵之手了！"遂把马扣定，开言叫道："薛元帅，我与你往日无仇，今日无怨，只不过两国相争，各为其主，所以有这番杀戮，尽与主上出力夺江山，以兴社稷，立功报效，至此极矣。今我盖苏文自恨无能，屡屡损兵折将，料想难胜唐王，故败入海来，以将东辽世界与汝立功，也不为过。难道我一条性命，不肯放松，又下海来必竟要取本帅首级？"薛仁贵说道："非本帅执意要你性命，不肯放松，只是你自己不是，不该当初打战书到中原，得罪大唐天子，大话甚多，十分不逊。天子大恨，此句牢记在心，恨之切骨，包在本帅身上，要你这颗首级，非关我事，只得要送你之命了。"盖苏文听了这些言语，心中懊悔无极，大叹一声："罢了，罢了！我虽当初自夸其能，得罪了大唐天子。薛元帅，你可救得本帅一命么？"仁贵道："盖苏文，你岂不知道么，古语说得好：

阎王判定三更死，并不相留到四更。

我若容情放你逃身，岂不自己到难逃逆旨之罪也。"盖苏文道："也罢，你既不相容，且住了马，拿这头去罢。"便把赤铜刀望颈项内一刎，头落在水。仁贵把戟尖挑起，挂于腰中。但见苏文颈上呼一道风声，透起现出一条青龙，望着仁贵，把眼珠一闭，头一答，竟望西方天际腾云而去。鲜血一冒，身子落水，沉到海底。这匹坐骑游水前行，去投别主，不必去表。可怜一员东辽大将，顷刻死于非命，正是：

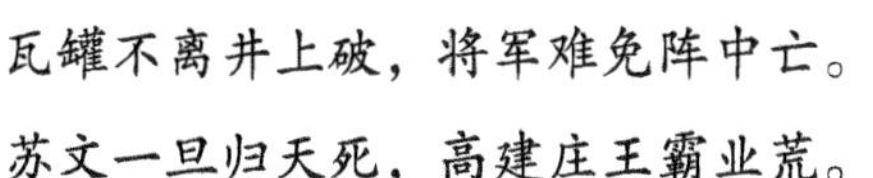

瓦罐不离井上破，将军难免阵中亡。

苏文一旦归天死，高建庄王霸业荒。

薛仁贵得了盖苏文首级，满心欢喜，纵在岸上，即同诸将领兵回来，把苏文首级高挂大纛旗上，齐声喝来，打从番营前经过。有小番们抬头，早已看见元帅头颅，挂在旗杆之上，连忙如飞一般，报进御营。我且慢表。

先讲薛仁贵回上三江越虎城中，安顿了大小三军，上银銮殿奏道："陛下在上，臣摆龙门阵，杀伤番将番兵不计其数，把盖苏文追落东海，勒逼其头，他已自刎，现取首级在此缴旨。东辽灭去大将，自此平复矣。"朝廷听奏，龙颜大悦，降旨把首级号令东城，又传旨意，命薛王兄明日兴兵，一发把庄王擒来见朕。仁贵口称领旨。其夜各回，安歇一宵。到次日，仁贵欲点人马去捉庄王，有军师徐茂功急阻道："元帅，不必兴兵。庄王即刻就来降顺我邦也。"仁贵依了军师之言，果不发兵，我且慢表。

再说番邦高建庄王，在御营内闻报盖元帅已死，放声大哭，仰天长叹道："孤家自幼登基，称东辽国国之主，受三川海岛朝贡，享乐太平，未常有杀戮伤军之事。哪晓近被天朝征剿，兴师到来，一阵不能取胜，被他杀得势如破竹，关寨尽行失去，损折兵将，不计其数，阵阵全输。今盖元帅归天，料不能再整东辽，复还故土，有何面目再立于人世，不如自尽了罢。"扶余国大王张仲坚，在旁即忙劝阻道："王兄，何必志浅若此。自古道胜败乃兵家之常事，况大唐天子有德有仁。四海闻名，天下共晓，因王兄殿下元帅盖苏文，自矜骁勇，复夸飞刀，惹此祸端。今已自投罗网，有害东辽，这场杀戮也是天数。如今元帅已死，王兄何不献表称降，免了死罪，再整海东，重兴社稷，有何不可?”高建庄王叹息道：“王兄，又来了。大唐势广，兵马辛苦，跋涉多年，才服我邦，岂肯又容孤家重兴社稷?”张大王道：“王兄，不妨。唐天子乃仁德之君，决不贪图这点世界。王兄肯献降表，待孤与你行唐邦见天子，说盟便了。”庄王大喜。就写降表一道，付与仲坚。张大王连忙端正停当，辞了庄王出番营，跨上雕鞍，带领亲随将官八员，望着三江越虎城而来。到了东门，往上叫道：“城上军士听者，快报与大唐天子得知。说今有扶余国王张仲坚，有事要见万岁。”城上军士听见，连忙禀与守城官，即便进朝，上银銮殿见驾。奏道：“陛下，城外有扶余国王张仲坚，有事要见万岁。”朝廷道：“他有何事来见寡人?”茂功道：“他来见驾，不过为东辽国投降之事，陛下快宣他进来朝见。”朝廷便着宣张仲坚见驾。守城官领旨出朝，来到东城，放琉球千岁入城。进朝上银銮殿，俯伏上奏道：“天朝圣主龙驾在上，臣扶余国张仲坚朝见，愿我王圣寿无疆。”朝廷道：“王兄平身。”张仲坚口称：“领旨。”扶笏当胸，立于底下。王爷问道：“未知王兄见朕，有何奏章?”仲坚低首称臣，说：“陛下在上，臣无事不敢轻蹈银銮，今有事时来，冒奏天颜，罪该万死，望圣天子赦罪。”天子道：“王兄既有事来，何罪之有。奏上来。”仲坚道：“陛下在上，今因高建庄王虽有欺君大罪，皆因误听盖苏文之言，故尔有今日之事。今苏文已被我王名将杀入东海，身已灭亡，庄王追悔无及，所以臣冒犯天威，大胆前来说盟，陛下若肯容纳，现有高建庄王降表在此，请圣上龙目亲瞻。”朝廷说：“既王兄献呈他的降表，取上来待朕观看。”近侍领旨，接来铺展龙案之上。天

子龙目细看，只见上写道：

南朝圣主驾前：小邦罪臣庄王顿首朝拜，天朝皇爷圣寿无疆。臣不才，误听盖苏文之言，浑乱天心，失其国政，十分欠礼，得罪天颜。故使我王亲临敝邑，跋涉圣心。臣又不率令文武到边接驾，早早招安，献表归顺，以免后患，窃听众臣谗言，一旦藐视圣主，屡屡纵将士作横，欺负我主，全不尽其天理，所以有这场杀戮。天网恢恢，致使臣文武官尸骸暴露，军兵将剑戟刀伤。苏文虽保护国家，由然助纣为虐，使我江山败落，文武惨亡，到如今虽被我皇名将薛元帅取其首级，臣还痛恨在心。自思滔天之罪不小，乱刀剁酱之危难免。臣闻我王向有仁政好生之德，所以邦邦感戴。臣罪虽在不赦，理当献过头颅，以赎前罪。然奈臣实无欺君之心，陛下龙心明白，可肯恕臣之罪，容其复兴社稷，重整乾坤，则臣感戴不尽，情愿年年进贡，岁岁来朝，以后再不兴兵侵犯。望主容纳，深感仁德矣。

贞观天子看表，十分欢悦："既蒙王兄不避斧钺①，前来讲和，寡人无有不准之理。"收下降表。张仲坚谢恩已毕，退出午门，竟回番营相见庄王，回复言语不表。

再说次日，唐王留兵马三十余万，偏正将八十二员，降旨一道，命使臣送到庄王帐下，掌管东辽，重开社稷，复转江山不必细表。如今打点黄道吉日，就要班师。徐茂功算定阴阳，选一吉日，大元帅薛仁贵把尽数人马统出越虎城，调点整齐，各位众大臣，诸老将、爵主们，皆满身妆束，打扮新鲜，在外伺候。底下

---

① 斧钺（yuè）——古代斩刑所用的斧子。

这一班总兵、先锋、游击、千把总、百户、守备，一应武职，大小官员，都是顶明盔，披亮甲，骑骏马，端兵刃，分班侍立。贞观天子头上闹龙金冠，身披绛黄蟒服，腰围金镶玉带，坐下日月骕骦马，出了越虎城。降旨宰杀牛羊，祭旗已毕，主上亲奠御酒三杯，众将拜旗过了，正欲起兵班师，早有高建庄王同张大王飞骑而来，拜伏在地。说："南朝圣上，今日班师，臣无物进献，特贡金银二十四车，略表臣心。愿陛下一路平安，竟到长安。"天子大喜道："蒙二位王兄之德，又献金银与朕，使寡人欢悦班师，真乃寡人之幸也。不消远送，各守社稷去罢。"庄王与张大王口称："愿我王万岁、万万岁。"二王谢驾，退回三江越虎城，坐银銮殿，聚集两班文武，传旨各路该管官员，调兵点将，镇守地方。张仲坚自回扶余国，料理国政，永为霸主。庄王子孙兴复，东辽至唐没，不敢侵犯中原。这些后话，不必细表。

单讲大元帅薛仁贵，带领大队人马，分列队伍起程，后有程咬金、尉迟恭、徐茂功三人，保定龙驾。罗通、秦怀玉、尉迟宝林、尉迟宝庆、程铁牛、段林，各管五营四哨。前后左右营军卒，摆齐队伍，放炮三声，离却越虎城，一路上旗幡招转号带飘，齐声喝彩，马卷沙尘，纷纷然出东辽边界。沿海关逾山过岭走荒僻，往崎岖险地行虎穴，日起东方行路，日西沉落停兵。朝行夜宿，饿食渴饮，在路耽搁数月有余，早到中原山东登州府。有地方官闻报，忙忙整备，接天子御驾扎住登州城内。连发三骑报马，往大国长安报知。有殿下千岁同首相魏征料理国事，传旨巡城都御史禁约告示，张挂京师，使百姓人等知悉。朝廷大军，这一日离了山东，穿州过府，一路上子民香花灯烛迎送回朝。不够三天，早到大国长安。元帅薛仁贵传令，大小三军屯扎外教场，遂令偏正将，同朝廷进了光大门，但见城中百姓，家家上锅①，户户关门，挂灯结采，锣鼓喧天。文武衙门，搭台唱戏，称颂朝廷。

再表殿下李治，同魏征出午门，迎接上金銮，身登龙位，先有殿下上前朝过，然后魏征朝拜三呼。随有这一班三阁、六部、九卿，各文武一众大臣，朝参过了。然后大元帅薛仁贵俯伏阶下道："陛下龙驾在上，臣薛礼朝见，愿我王万岁、万万岁。"朝廷说："王兄平身。"底下有周青、薛贤徒、王新鹤、李庆先、姜兴霸、周文、周武、王新溪八员总兵，齐跪金阶。朝贺已毕，天子传旨，宰杀牛马，令元帅带众将复往外教场，祭奠太平旗纛：

只见祥云呈瑞色，显教兵甲洗春波。

祭献过了，备酒犒赏大小三军，且听下回分解。

---

① 锅（diào）——即钌（liào）锅儿，扣住门窗等的铁片。

第五十三回

唐天子班师回朝　张士贵欺君正罪

诗曰：

圣驾回銮万事欢，京城祥瑞众朝观。万年海国军威震，全仗元戎智勇兼。

那征东将士个个受朝廷恩典，多是欢心。犒赏已毕，元帅传令散队回家。于今枪刀归库，马散山林，众军各散回返家乡故土，真个夫妻再聚，子母重圆，安享快乐，太平食粮，不必细表。

再表贞观天子临朝，那日正当天气晴和，只见：

旌旗日暖龙蛇动，宫殿风微燕雀高。

两班文武上朝，山呼已毕，传旨分立两班，有大元帅薛仁贵同诸将上朝，当金銮殿卸甲，换了朝王公服，盔甲自有官员执掌。朝廷命光禄寺大排筵宴，钦赐功臣。朝廷坐一席九龙御宴，左有老公爷们等坐席，右有众爵主饮酒，欢乐畅饮，直至三更，酒散抽身，谢恩已毕，散了筵席，龙袍一转，驾退回宫。珠帘高卷，群臣散班。天子回宫，有长孙娘娘接驾进入宫中，设宴献酒。朝廷将东辽之事，细说一遍。皇后也知薛仁贵功劳不小，我且慢表。再讲众爵主回家，母子相见，也有一番言语；老公爷回府，夫妻相会，说话情长；八位总兵自有总府衙署安歇。薛仁贵元帅自有客寓公馆，家将跟随伏事。当夜将将欢心，单有马、段、殷、

刘、王五姓公爷，五府夫人，苦恨不已，悲伤哭泣。但见随驾而去，不见随驾而回。这话不过交待个清楚。一到了次日清晨，朝廷登位，文武朝过，降旨下来，所有阵亡公爷、总兵们，在教场设坛追荐，拜七日七夜经忏。天子传旨，满城中军民人等，俱要戒酒除荤，料理许多国事，足足忙了十余日。

不想这日天子驾坐金銮，文东武西，朝廷降下旨意，往天牢取叛贼张环父子对证。早有侍卫武士口称领旨前去，顷刻，下天牢取出张环父子女婿六人，上殿俯伏阶前。天子往下一看，但见他父子披枷带锁，赤足蓬头，龌龊不过。左有军师徐茂功，吩咐去了枷锁，右有尉迟恭，即将功劳簿揭开。薛仁贵连忙俯伏金阶。朝廷喝问道："张士贵，朕封你三十六路都总管，七十二路总先锋，父子翁婿多受王封，荫子封妻，享人间富贵，也不为亏负了你。你不思以报国恩，反生恶计，欺朕逆旨，将应梦贤臣埋没营中，竟把何宗宪搪塞，迷惑朕心，冒他功劳。幸亏天意，使寡人君臣得会，今平静东辽，奏凯回朝，薛仁贵现今在此，你还有何辨？"士贵泣泪道："陛下在上，此事实情冤枉，望我王龙心详察。臣当年征鸡冠刘武周之时，不过是七品知县出身，叨蒙皇爷隆宠，得受先锋之职，臣受国恩，杀身难报，敢起欺心灭王之心？若讲前番月字号内火头军，实叫薛礼，并无手段，又不会使枪弄棍，开兵打仗，何为应梦贤臣？所以不来奏明。况且破关得寨，一应功劳，皆臣婿宗宪所立。今仁贵当面在此，却叫臣一面不会，从未有认得，怎陷臣藏匿贤臣，功劳冒称已有，反加逆旨之罪？臣死不足惜，实情冤屈，怎得在九泉瞑目。"薛仁贵闻言大怒，说："好个刁巧奸臣，我与你说为火头军之事，料然争论你不过，你既言宗宪功劳甚多，你且讲来，哪几功自你们女婿得的？”张士贵心中一想说：“陛下在上，第一功就是天盖山活擒董逵，第二乃山东探地穴有功，第三是四海龙神免朝，第四是献瞒天过海之计。”却忘了龙门阵，做《平辽论》二功。竟说到第五箭射番营，戴笠蓬鞭打独角金睛兽，第六功飞身直上东海岸，又忘记了得金沙滩，智取思乡岭二功。竟说到三箭定天山箭中凤凰城，凤凰山救驾之事，尽行失落，不说起了。明欺尉迟恭上的功簿不写字迹，只打条杠子为记色的。讲到枪挑安殿宝，夺取独木关，正说得高兴，就记得不清，竟住了口。谁知仁贵心中倒记得清楚明白，一事不差。便说：“张环，这几功就算是你女婿何宗宪得的么？”张环道：“自然，都是我们的功劳。”仁贵笑道：“亏你羞也不羞，分明替我说了这几功。你女婿虽在东辽，还是戟尖上挑着一兵一卒，还是亲手擒捉了一将一骑，从无毫末之力，却冒我如许之大功，今日肉面对肉面在此，还不直说，却在驾前强辩。我薛仁贵功劳也多，你哪里一时记得清楚？你可记得在登州海滩上，你还传我摆龙门大阵，又叫我做《平辽论》，东海岸既得了金沙滩、思乡岭，难道飞过去，不得功劳的么。还有冒救尉迟千岁，夺囚车，还有凤凰山救驾，割袍幅，可是有的么。为什么落了这几桩功劳，不说出来？”张环还未开口，尉迟恭大怒，叫道：“啊唷，张环的奸贼，你欺我功劳簿上不写字，却瞒过了许多功劳，欺负天子罪之一也。”茂功亦奏道：“陛下，这张士贵狼心狗肺，将驸马薛万彻打箭身亡，无辜死在他手，又烧化白骨，巧言诳奏君王，罪之二也。”朝廷听言，龙颜大怒。说：“原来有这等事！我王儿无辜，惨伤奸贼之手。你又私开战船，背反

寡人，欲害寡人的殿下，思想篡位长安。幸有薛仁兄能干，将你擒入天牢，如今明正大罪，再无强辩。十恶大罪，不过如是而已。”降旨锦衣武士，将士贵父子绑出午门，踹为肉酱，前来缴旨。绵衣武士口称：“领旨。”就来捆绑张环父子女婿。单说尉迟恭，原来得细心，仔细睁眼看绑，却见张环对东班文武班内一位顶龙冠，穿黄蟒的眼色斜丢。侍卫扎绑不紧，明知成清王王叔李道宗与张环有瓜葛之亲，在朝堂卖法，暗救张环。连忙俯伏金阶奏道：“陛下，张环父子罪在不赦，若发侍卫绑出，恐有奸臣卖法，放去张环，移调首级，前来缴旨，哪里知道？不如待臣亲手将先王封赠的鞭，押出张家父子到午门外打死，谁敢放走张环。”朝廷依了敬德之奏，只吓得张环面如土色，浑身发抖。急得王叔李道宗并无主意，只得大胆出班俯伏金阶，奏道：“陛下龙驾在上，老臣有事冒奏天颜，罪该万死。”天子道：“王叔有何事奏闻？”李道宗奏：“张环父子屡有欺君之罪，理当斩草除根，但他父子也有一番功劳在前，开唐社稷，辅助江山，数年跋涉，今一旦尽除，使为人臣者见此心灰意冷，故而老臣大胆冒奏，求陛下宽洪，放他一子投生，好接张门后代，未知我王龙心如何？”天子见王叔保奏，只得依准。说：“既然王叔行德，保他一脉接宗。”降下旨意，将张环四子放绑，发配边外为民，余者尽依诛戮。侍臣领旨，传出午门外，放了张志豹，哭别父兄，配发边外。后来子孙在武则天朝中为首相，与薛氏子孙作对，此言不及细表。先讲尉迟恭将张环父子女婿五人打死，割落首级，按了君法，成清王李道宗将他父子五人尸骸埋葬。王叔宠妃张氏，容貌超群，已经纳为正室，闻父兄因与薛仁贵作对，打死午门，痛哭不已，怨恨仁贵在心，必要摆布，好与父兄报仇。王叔十分解劝，方得逍遥在宫，不表。

单言尉迟恭缴过旨意，仁贵侍立在旁，有黄门接了湖广汉阳荒本一道，奏达天子。朝廷看本，顿发仁慈。说："湖广如此大荒，不去救济，民不能生，恐有变乱之患。"便对茂功说："徐先生，你往湖广走遭罢。寡人开销钱粮，周济子民，招安百姓，要紧之事，非先生不可。"徐贩领旨。当日辞驾，离了长安，竟往湖广救荒而去，此非一日之功。

当夜驾退回宫，群臣散班。其夜朝廷睡至三更，梦见一尊金身罗汉，到来说："唐王，你曾许下一愿，今日太平安乐，为何不来了偿此愿?"天子梦中惊醒，心中记得，专等五更三点，驾登龙位，文武朝见，三呼已毕，侍立两旁。天子开言说："寡人当初即位时，天下通财，铸国宝不出，曾借湖广真定府宝庆寺中一尊铜佛，铸了国宝，通行天下。曾许复得辽邦，班师回朝，重修庙宇，再塑金身，不想今日安享班师，国事忙忙，朕心忘怀此愿。幸菩萨有灵，昨宵托梦于朕。今开销钱粮，铸此铜佛，其功洪大。尉迟王兄，你与朕往湖广真定府，一则了愿，二则督工监铸铜佛，完工回朝缴旨。"敬德领了旨意，辞驾出午门，带家将上马，趁早离了大国长安，竟往湖广铸铜佛去了。此言不表。

如今单言那薛仁贵，俯伏尘埃奏道："陛下在上，臣有妻柳氏，苦守破窑，候臣衣锦荣归，夫妻相会。不想自别家乡，已有一十二年，到今日臣在朝中受享，未知妻在破窑如何度日。望陛下容臣到山西私行察访，好接来京，同享荣华。"天子听奏，心中欢悦。说道："薛王兄功劳浩大，朕当加封为平辽王之爵，掌

管山西，安享自在，不必在长安随驾，命卿衣锦还乡，先回山西。程王兄，你到绛州龙门县督工，开销钱粮，起造平辽王府，完工之日，回朝缴旨。”程咬金当殿领了旨意，打点往山西督工造王府。薛仁贵受了王位，心中不胜之喜。三呼万岁，谢恩已毕，退出午门。其夜安歇公馆，一到了次日清晨，端正船只，百官相送出京。下落舟船，放炮三声，掌号开船。离了大国长安，一路上威风凛凛，号带飘飘，耽搁数天，已到山西，炮响三声，泊住号船。合省府州县大小文武官员，献脚册手本，纷纷乱乱，兵马层层，明盔亮甲，戎装结束，都在马头迎接。仁贵见了，暗想当初三次投军的时节，人不知鬼不觉，何等苦楚，到今日身为王爵，文武俱迎，何等风光。我欲乘轿上岸，未知妻在破窑度日如何？不免此地改妆，扮做差官模样，上岸到绛州龙门县大王庄，私行探听妻房消息，然后说明，未为晚也。薛仁贵算计已定，传令大小文武官员尽回衙署理事。只听一声答应，纷纷然各自散去，我且不表。

单言薛仁贵扮了差官，独自上岸，只带一名贴身家将，拿了弓箭，静悄悄往龙门县来。天色已晚，主仆歇宿招商，过了一宵。明日清晨早起，离了龙门县，下来数里，前面相近大王庄，抬眼看时，但见：

丁山高隐隐，树木旧森森。那破窑，依然凄凄惨惨；这世态，原是碌碌庸庸。满天紫燕，飞飞舞舞；路上行人，联联续续。别离十余载，景况未相更，当年世界虽然在，未晓窑中可是妻。

仁贵看罢，一路行来，心中疑惑。我多年不在家，必定我夫人被岳父家接去，这窑中不是我家，也未可知，且访个明白。只听得前面一群雁鹅飞将起来，忙走上前，抬头一看，只见丁山脚下，满地芦荻，进在那边，有一个金莲池。仁贵见了凄然泪下，我十二年前出去，这里世界依然还在。只见一个小厮，年纪只好十多岁，头满面白，鼻直口方，身上穿一件青布短袄，白布裤子，足下穿双小黑布靴，身长五尺，手中拿条竹箭，在芦苇中赶起一群雁鹅，在空中飞舞。他向左边取弓，右手取了竹箭，犹如蜡烛竿子模样，搭上弓对着飞雁一箭，只听得呀的一声，跌将下来，口是闭不拢的。一连数只，一般如此，名为开口雁。仁贵想："此子本事高强，与本帅少年一样，但不知谁家之子。待我收了他，教习武艺，后来必有大用。"正要去问，只听得一声响，芦林中一个怪物跳出来，生得可怕：独角牛头，口似血盆，牙如利剑，浑身青色，伸出丁耙大的手来拿小厮。仁贵一见大惊，可惜这小厮，不要被怪物吞了去，待我救了。他忙向袋中取箭搭弓，弓开如满月，箭去似流星，嗖的一声，那怪物却不见了，那箭不左不右，正中小厮咽喉，只听得啊呀一声，仰面一跤，跌倒尘埃。吓得仁贵一身冷汗，说道："不好了，无故伤人性命，倘若有人来问，怎生回答他来。自古说：'王子犯法，庶民同罪。'管什么平辽王。"欲待要走，又想夫人不知下落，等待有人来寻我，多把几百金子，他自然也就罢了。不言仁贵胸内之事，原来这个怪物，有个来历的，他却是盖苏文的魂灵青龙星，他与仁贵有不世之仇，见他回来，要索他命，因见仁贵官星盛现，动他不得，使他伤其儿子，欲绝他的后代，也报了一半冤仇。故此竟自避去，此话不讲。

再说云梦山水帘洞王敖老祖，驾坐蒲团，忽有心血来潮，便掐指一算，知其金童星有难，被白虎星所伤。但他阳寿正长，还要与唐朝干功立业，还有父子相逢之日。忙唤洞口黑虎速去，将金童星驮来。黑虎领了老祖法旨，驾起仙风，飞到丁山脚下，将小厮驮在背上，一阵大风，就不见了。仁贵看见一只吊睛白面黑虎，驮去小厮，到大惊失色，茫然无措。再讲黑虎不片时工夫，就到洞口缴令。老祖一看，将咽喉箭杆拔出，取出丹药敷好箭伤，用仙药灌入口中，转入丹田，须臾苏醒。拜老祖为师，教习枪法，后来征西，父子相会白虎山，误伤仁贵之命，此是后话慢表。

再讲仁贵叹气一声说：“可怜，尸骸又被虎衔去，命该如此。”慢腾腾原到窑前，没门的，是一个竹帘挂的。叫一声：“有人么?”只见走出一个女子来，年纪不多，只好十二三岁的光景。生得眉清目秀，瓜子脸儿，前发齐眉，后发披肩，青布衫，蓝布裙，三寸金莲，倒也清清楚楚，斯斯文文，好一个端严女子。口中说道：“我道是哥哥回，原来是一个军官。”问道：“这里荒野所在，尊官到此怎么?”仁贵说道：“在下自京中下来的，要问姓薛的这里可是么?”金莲说：“这里正是。”仁贵就胆大了，连忙要走上来。金莲说：“尊官且住，待我禀知母亲。”金莲说：“母亲，外面有一人，说是京中下来的，要寻姓薛的，还是见不见，好回复他?”柳金花听得此言，想丈夫出去投军，已久没有信息。想必他京中下来，晓得丈夫消息，也未可知，待我去问他。说：“长官到此，想必我丈夫薛仁贵，有音信回来么?”为何问这一声？仁贵去后那小姐无日不想，无刻不思，转身时，亏周青赠的盘费，自己也有些银子，又有乳母相帮，王茂生时常照管，生下一双男女，不致十分劳力。今见了仁贵，难道不认得？投军一别，仁贵才年二十五岁，白面无须，堂堂一表。今日回家，隔了十三年，海风吹得面孔甚黑，三绺长髯，所以认不得。仁贵见娘子花容月貌，打扮虽然布衣布裙，十分清洁，今见他问，待我试她一试。说道：“大娘，薛官人几时出去的，几年不曾回来？”金花道：“长官有所未知，自从贞观五年，同周青出去投军，至今并无下落。”仁贵说：“你丈夫姓甚名谁？为何出去许多年，没有信么？”金花道：“我丈夫姓薛名礼，字仁贵。极有勇力，战法精通，箭无虚发。”仁贵欲要相认，未必他心洁否，正是：

欲知别后松筠操，可与梅花一样坚。

毕竟不知怎生相认夫人，且看下回分解。

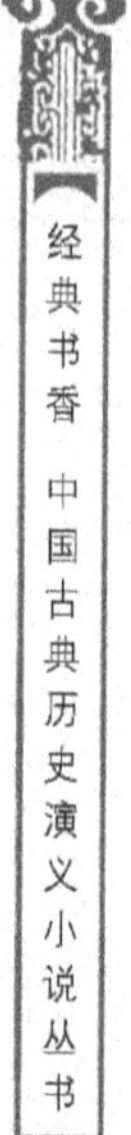

第五十四回

平辽王建造王府　射怪兽误伤婴儿

诗曰：

紫蟒金冠爵禄尊，夫人节操等松筠。甘将冰雪尝清苦，天赐恩荣晚景声。

那仁贵开言道："原来就是薛礼。他与我同辈中好友，一同投军。他在海外征东，在张大老爷帐下，充当一名火头军。今圣上班师回朝少不得就要回家。我闻大娘十多年在窑中凄凉，怎生过得日子？我有黄金十锭，送与大娘请收好了。"金花一听此言，大怒说："狗匹夫，你好大胆，将金花调戏。我男人十分利害，打死你这狗匹夫才好，休得胡言，快走出去。"仁贵看见小姐发怒，只是嘻嘻的笑道："大娘不必发怒。"金莲也便喝一声："叫你去不肯去，哥哥回来，怎肯甘休！"顾氏乳娘看见仁贵举止端庄，出言吐语，依稀声音，像当年薛礼无二，使上前叫声："小姐，不要动气，待我问他。"说："尊官，你悉知薛官人怎么样了，不要糊糊涂涂，说个明白。"仁贵听了乳母问他之言，欲待说明，这一双男女从何而来？莫不是窑中与人苟合生出来，也要问个明白；若不说明，夫人十多年苦楚，叫我哪里放心得下。我今特地来访，难道不说明不成，待我将平辽王三字隐藏，明白一双男女，果然不妙，我一剑分为两段。算计已定，开言说："娘子，卑人就是薛礼，与你同床共枕，就不认得了？"金花闻言，气得满面通红说："狗匹夫，尤其可恶，一发了不得。女儿，等哥哥回来，打这匹夫。"乳母说："小姐且住发怒，待我再问个明白。尊官，你把往年之事细细讲明，不要小官回来斗气。"仁贵说："我自从到府做小工，蒙小姐见我寒冷，相赠红衣，不道被岳父知道，累及小姐，亏岳母救了，在古庙殿中相遇，蒙乳母撺掇，驮回在破窑中成亲，亏了恩兄王茂生夫妻照管，天天在丁山脚下射雁度日，蒙周青贤弟相邀，同去投军，在总兵张大老爷帐下月字号内，做了一名火头军。今班师回来，与娘子相会。"说了一遍，金花说："我官人左膊上有朱砂记的，有了方信是薛礼。"薛礼脱下衣服，果然朱砂记。金花方信是实，一些也不差，抱头大哭，叫女过来，也拜了父亲。金花叫声："官人，你今日才晓得你妻子之苦，指望你出去寻得一官半职回来，也与父母争气，也表你妻子安享。如今做了火头军回来，不如前年不去投军，在家射雁，也过得日子。也罢，如今靠了孩儿射雁，你原到外边做些事业做做，帮助孩儿过了日子罢。"仁贵听了叫声："娘子，我出门之后，并无儿女，今日回来，又有什么男女，还一个明白。"金花说："官人，你去投军之后，我身怀六甲，不上半年，生下一双男女，孩儿取名丁山，女儿取名金莲，都有十分本事，与你少年一般。孩儿出去射雁，不久就回。见了他十分欢喜。"仁贵说："不好了，不要方才射死的小厮，就是孩儿。待我再问一声：'娘子，孩儿身上怎样长短，如何说与我知道。'"金花道："孩儿身长五尺，面如满月，鼻直口方，身穿青布袄，青布裤儿。"仁贵说："坏了，坏了！"双足乱踹说："娘子，不好了，方才来访娘子，丁山脚下果见一个小厮射开口雁，不想芦林

之中，跳出一个怪物，正要把孩儿擒吞，我见了要救他，被我一箭射死，倏然不见，却误射死了孩儿，如今悔也迟也。”金花一听此言，大哭说道：“冤家，你不回来也罢，今日回来，倒把孩儿射死，我与你拼了命罢。”一头大哭，一面乱撞。金莲叫声：“爹爹，哥哥射死，尸骸也要埋葬。”仁贵说：“那尸首被虎啣去了，叫我哪里去寻。”金花母女尤其大哭。仁贵见了，也落了几点眼泪。上前叫一声：“夫人、女儿，不必啼哭，孩儿无福，现现成成一个爵主爷送脱了。”金花听了说：“呸！在此做梦，人贫志短，一名火头军妻子，做了夫人，正军妻子做王后？”仁贵道：“夫人不信，如今绛州起造王府，是哪个？”金花道：“这是朝廷有功之臣。”仁贵叫声：“夫人，你道王爷姓什么？”“闻得王家伯伯说姓薛，名字不晓得。”仁贵道：“却又来，我同尉迟老将军，跨海征东，海滩救驾，早定东辽，班师回来，皇上恩封平辽王，在山西驻扎，管五府六州一百零三县地方，都是下官执掌，一应文武官员，先斩后奏。如今访过了夫人，接到王府中，受享荣华富贵，不想孩儿死了，岂不是他无福，消受不起？目下府州官公子也要有福承受，况我一介藩王的世子，不是他无福么？夫人哭也无益。”金花一听此言，心中一悲一喜，悲的是孩子死了，喜的是丈夫做了王位。便回嗔作喜，开口问道：“你做了平辽王，可有什么凭据，莫非射死孩儿，巧将此言哄骗我们？”仁贵道：“夫人，你果然不信，还你一个凭据。”便向身边取出五十两重一颗黄金印，放在桌上，说声：“夫人，还是骗你不骗你？”金花看见黄金宝印，方信是真，叫声：“相公，你果然做了藩王，不差的么？”仁贵说：“金印在此，决不哄夫人。”金花嘻嘻笑道：“谢天地，我这样一个身上，怎好进王府做夫人？”仁贵说：“夫人不必心焦，到明日自到鲁国公程老千岁，同着文武官员来接。但不知我出门之后，岳父家中有信息么？”夫人说：“呀，相公。家中只有我父亲，道我真死，母亲、兄嫂放走我的，不晓得住在窑中，十余年没有音信，如今不知我爹爹、母亲怎样了。”仁贵点点头说：“夫人，你这一十三年怎生过了日子？”金花说：“相公不问犹可，若问你妻子，苦不可言。亏了乳母相依，千亏万亏，亏了王家伯伯夫妻，不时照管，所以抚长了儿女一十三年。”仁贵说：“进衙门少不得要接恩哥、恩嫂过去，报他救命之恩，一同受享荣华，还要封他官职。夫人，如今原到岳父家中去，他有百万家财，高堂大厦，鲁国公到来，也有些体面。若住在破窑里面，怎好来接夫人，岂非有玷王府，笑杀绛州百姓。下官先回绛州，夫人作速到岳丈家中，去等程老千岁来接，就是恩哥恩嫂，不日差官相迎，我要去到任要紧，就此别去。”夫人说：“相公，我与你远隔十多年，相会不多时，怎么就要去了？”仁贵道：“夫人，进了王府，少不得还要细谈衷曲。”依依不舍，出了窑门，到了山冈，上了马，看了山脚下，想起儿子，好不伤心。几次回头，不忍别去。说也罢，长叹一声，竟望绛州而去，此话不表。

单讲金花小姐看见丈夫去后，母女双双晓得仁贵做了王位，不胜之喜。便对乳母说：“方才相公叫我到父母家中去，好待程千岁来接，这窑中果然不便，但回到家中，父母不肯收留，将如之何？”乳母说：“小姐放心，这都在我身上。同了王家伯伯前去，对员外说小姐不死，说了薛官人如今他征东有功，做了平辽王位，哪怕员外不认？况且院君、大爷、大娘，都知道叫我同小

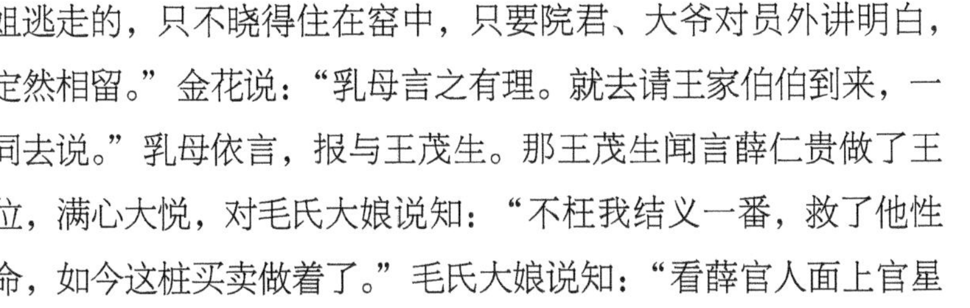

姐逃走的，只不晓得住在窑中，只要院君、大爷对员外讲明白，定然相留。”金花说：“乳母言之有理。就去请王家伯伯到来，一同去说。”乳母依言，报与王茂生。那王茂生闻言薛仁贵做了王位，满心大悦，对毛氏大娘说知：“不枉我结义一番，救了他性命，如今这桩买卖做着了。”毛氏大娘说知：“看薛官人面上官星现发，后来必定大发。”茂生说：“不必多言，快快同去。”夫妻二人茫茫然来到破窑中，说：“弟媳恭喜，兄弟做了大大的官，带累我王茂生也有光彩。”金花将仁贵来访之事，说了一遍：“还要报答大恩，不日差官来请，相烦伯伯同乳母到我家中报知消息，好待来接。”王茂生满口应承，口称当得，便同了乳母，来到柳员外家中报喜，此言慢表。

再讲那柳 员外那年逼死了女儿，院君日日吵闹，柳大洪与田氏相劝不休，那员外倒有悔过之心。这一日乳母同王茂生到来报喜，员外难寻头路，茫然不晓。那番柳大洪说起：“妹子不死。当初做成圈套，瞒过爹爹，放走妹子逃生的。今日乳母、王茂生所说，薛仁贵做了大官，要接妹子回家，好待明日鲁国公来接妹子到任。爹爹，如今事不宜迟，做速整备，差人去接妹子到来，等候程千岁相迎。”柳员外说：“到底怎么，讲得不明不白，叫我满腹疑心。”柳大洪说：“爹爹不知，向年薛礼在我家做小工，妹子见他身寒冷，要将衣服赏他，不想暗中错拿了红衣，被爹爹得知，要处死妹子。孩儿同母亲放走，至今十有余年，不知下落。今乳母回来报喜，果有其事。”员外听言说：“此事何不早讲，直到今日，我到受了你母亲几年吵闹。既是你们放走，后来我气平之时，早该差人寻取，到家安享，却使他在窑中受这多年的苦。”

叫声："乳母，你同我进去见了院君，羞他一羞。"说罢，同乳母进内，叫声："院君，你做的好事，把老汉瞒得犹如铁桶一般。"哈哈大笑。院君见了，又好笑又好气，啰声："老杀才，还我女儿来。"员外说："乳娘，你去对院君细细讲明，我有心事，要去外边料理。没有工夫与他讲。"就把十个指头轮算，这件缺不得，那件少不得。不表员外之事，再言院君对乳娘说："这老杀才在那里说什么鬼话?"乳娘说："有个缘故，待老身对院君说。"院君道："我正要问你，你自从那日同小姐出门之后，十有余年，到底怎么样了，快说与我知道。"乳娘说："自从出门，走到古庙，遇着了薛礼，同到破窑中成亲，不一年薛礼出去投军，救驾有功，封本省平辽王。昨日来访，说明此事，窑中不便迎接，明日要到员外家中。护国一品太夫人，为此员外在此喜欢。"院君听了满心喜欢。对员外说："如今打点先去接女儿回家，明日好待程千岁到来迎请。"员外说："我都晓得。"吩咐庄客挂红结彩，端正轿子二乘，差了丫环、妇女、家人们先去，接了小姐回来。筵席要丰盛，合族都请到，嫁妆要端正。女儿一到，明日等老程千岁，忙得不得了。乳娘同茂生先去报知小姐，然后接迎家人妇女数十名，两乘大轿，来到窑前。小姐晓得乳娘先来报知，与女儿打扮，忽听得一班妇女来到，取出许多新鲜衣服送与金花，说："奉员外、院君之命来接小姐。"金花大喜，打扮停当，然后上轿，回转家中。见了父母，谈说十余年之苦。院君听了，心中不忍，反是大哭，员外在旁相劝。当夜设酒款待女儿，自有一番细说，不必细表。

再讲仁贵离了窑中，一路下来，来到绛州，进了城门，不知

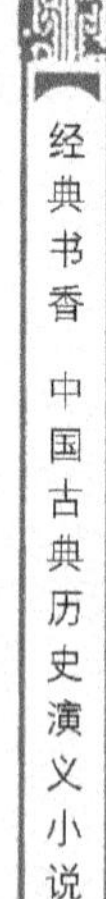

王府造在哪里，待我问一声。上前见一钱庄，问一声道："店官，借问一声，如今平辽王府造在哪里?"那店官抬头一看，见马上军官十分轩昂，相貌不凡，忙拱手说："不敢，那里直过东下北就是。"仁贵说："多谢。"果然不多路，来到辕门，好不威势：上马牌、下马牌、马台、将台、鼓亭、东辕门、西辕门，巡风把路，朝房、节度司房、府县房、奏事房、简房。仁贵把马扣住，下了马，将马拴在辕门上，那巡风一见，兜头一喝："把你这瞎眼的，这里什么所在，擅敢将你祖宗拴在这里。好一个大胆的狗才，还不拴在别处去，不要着老爹嗔怪!"仁贵道："不要噜苏，我是长安下来，要见程老千岁的。快些通报，前来接我。"巡风听了，对旗牌说："我们不要给他说。听得平辽王不日来到，莫不是私行走马上任，也未可知。"旗牌说："说得不错。"对巡风说："不要被他走了，连累我们。程千岁性子不好，不是好惹的。"巡风道："晓得的，不必费心。"那旗牌来到里面对着中军说知，中军忙到银銮殿报与程千岁。哪道那程咬金正坐在殿上，低头在那里算鬼帐，造了王府开销之后，只好落银一万，安衙家伙等项，只落得五千两头，仪门内外中军、旗牌官、传宣官、千把总、巡风把路、各房书吏上了名字，送来礼仪不上三千头，共二万之数。我想这个差事可以摸得三万，如今共只有一万八千，还少一万二千，再无别人凑数。正在乱郁郁，听得中军跪下报说："启老千岁，外面有一人，说长安来的，要老千岁出去迎接。"程咬金不提防的倒弄得心里一跳，这一边说："唗！死狗才，长安下来的与我什么相干，要本藩出去迎接，倘长安下来的官，难道我去跪迎，放屁！叫他进来见我，待我问他。倘有假冒，不要难为你们。”那中军不敢回言，诺诺连声而退。对巡风说：“叫他进去。”巡风见了仁贵说：“程老千岁唤你进去，须要小心。”仁贵想：“这怪他不得，他是前辈老先生，怎么要他出来接我，自然待我进去见他。”便说：“你们这班人看好了我的马，厮见过了程老千岁就出来的。”巡风听了他言语好个大模样，看他进去见了程千岁怎生发落，此话不表。

再讲薛仁贵走到银銮殿，见了程咬金，叫声：“程老先生辛苦了。”程咬金抬头一看，见了仁贵，立起身来说：“平辽公，老夫失迎了。”仁贵道：“不敢。”上前见礼，宾主坐下，说：“老千岁督工监造，晚侄儿未曾相谢，今日走马到任，望恕不告之罪。”咬金说：“老夫奉旨督造，倘有不到之处，还要平辽公照顾。今日到任，应该差人报知，好待周备衙迎接才是。今日不知驾临，有罪，有罪。”仁贵说：“老千岁说哪里话来，晚侄有件心事要烦老千岁说明。”咬金听了“心事”两字，便立起身来，同仁贵往后殿书房中去讲话了。吓得外面这些各官等都说：“我等该死，今日王爷走马到任，方才言语之中得罪了他，便怎么处？”旗牌道：“想起来也不妨事的。自古道不知不罪，若王爷不问便罢了，若有风声，求程千岁，只要多用几两银子，这老头儿最要钱的。”众人都道：“说得是。”少表众效用官员说话。再言文武各官都知道了，行台、节度司、提督、总兵以下文武官员差人在那里打听。听得此言，飞报去了。次日清晨，都在辕门外侍候。听得三吹三打，三声炮响，大开辕门，薛爷吩咐文武官回衙理事，各守汛地。下边一声答应退出。少时传出一令来，着军士们候程千岁到柳家庄接护国夫人。传令已出，外面都知道，文武官员不敢散去。只听炮响，里面鲁国公程千岁果然八抬大轿，前呼后护出来。外面备齐了全副执事，半朝銮驾，五百军士，护送薛爷家眷亲至辕门。府县官不得不随在后面，好不威势。百姓观者如堵，三三两两说：“王爷就是本地人，做本地官，古今罕见。”少表百姓评论，再讲程千岁来到柳家庄，把兵马扎住，三声大炮，惊动了柳员外，鼓乐喧天，同儿子大洪出来迎接。那些文武各官俱在墙门外跪候。正是：

寒梅历尽雪霜苦，一到春来满树香。

毕竟不知柳家父子出迎如何，且听下回分解。

第五十五回

王敖祖救活世子　平辽王双美团圆

诗曰：

金绣双花福分高，赤绳缘巧配英豪。一朝得受藩王爵，鸾凤和鸣瑞圣朝。

再说那程咬金下了轿见了柳刚父子，呵呵笑道："亲翁不必拘礼，今日来迎侄媳，快快请令缓上轿。"那员外父子连声答应，迎进大厅，父子下拜，咬金扶起。叙及寒温，三盏香茗，柳刚父子在傍相陪，柳刚说："承老千岁下降，只恐小女消受不起，请回銮驾，老夫亲送小女到王府，还有薄仪相送。"咬金大悦，说："这也不必费心。本藩先回，致意令媛，舍侄候令嫒到王府团圆。"说罢，起身别了员外，大门上轿，吩咐各官同护国夫人送归王府。各官跪下说："是。"咬金先自回去。然后各官同柳刚到大厅见过礼，一面小姐转身，本宅家人妇女，半副銮驾，前呼后拥，兵丁护从，放炮起身。然后那各官同员外起身，离了柳家庄，来绛州城。一路风光，不必细说。来到辕门，三通奏乐，一声炮响，两旁各官，跪接夫人。进了王府，直到后殿下轿，仁贵接见，然后出轿拜见父亲，夫妻相见。柳员外过来赔罪，仁贵说："岳父，何出此言，少不得一同受享荣华，小婿命内所招。"员外辞别出府，回家去了。平辽王与夫人后堂设宴共酌，叙其久阔之情，不必细讲。少刻传令出来，令文武官各回衙署，不必伺候。外面一声答应，回衙不表。

再讲员外回去，与院君商议，整备银子三千两与程千岁，各官送银三百两，兵丁各役，俱有赏赐。嫁妆备不及，折银一万两。程咬金见了礼单，对仁贵说："令岳送我三千银子，再不敢受。"仁贵说："有劳贵步，自然请收，不必过谦。"咬金说："又要令岳费心，老夫只得收了。"再讲王茂生见金花出门之后，窑中剩下这些破家伙，收拾好了，顾氏乳娘跟随小姐也进王府去了，弄得冷冷清清，回到自己家中，对毛氏说："薛礼无恩无义，做了王位，忘记了我王茂生。他说着人前来接我，怎么今日还不见人来？"走门出户，东一望，西一望。毛氏大娘见了他倒也好笑，说："官人，他不来，我们倒要去贺他。"王茂生道："这也说得有理。拿甚东西去贺他？也罢，将两个空酒坛放下两坛水，只说送酒与他，他眼睛最高，决不来看，就好进去见他，自然有好处的。"夫妻二人商议已定，次日果然挑了两坛水，同了毛氏，竟望绛州来。到辕门，只见送贺礼纷纷不绝，都到号房挂号，然后禀知中军，中军送进里面，收不收，里面传出来。王茂生夫妻立在辕门外，众人睬也不去睬他，理也不去理他，却被巡官大喝一声，说："这什么所在，把这牢担放在这里，快些挑开去。"王茂生道："将爷，我与千岁爷是结义弟兄，烦通报一声，说我王茂生夫妻要见。"巡风听见说："瞎眼的奴才，难道我千岁爷与你这花子结义，不要在这里讨打，快快挑开去。"王茂生无可奈何，今日才晓得做官这样尊重。只得将担子挑在旁首，叫妻子看守，自己来到签房，看见投帖子甚多，不来细查，茂生就将帖子混在当中。签房送与中军，中军递与里面去了。仁贵正与咬金言谈，相谢接夫人之事。传宣官禀上说："外面各府行台、节度，族中具有手本帖子礼单，送上千岁爷观看。"仁贵看了，对传宣说："各府等官三日后相见，族中送礼，原帖打还。你去对他说，千岁不是这里人，是东辽国人，没有什么族分，回复他们这班人去。”咬金说：“住着，平辽公，这些都是盛族，礼也不受，说什么东辽国人，不明不白，说与我知道。”仁贵说：“老千岁不知，晚侄未遇之时，到伯父家中借五斗米，都不肯的，反叫庄客打我转身。亏了王茂生夫妻，救了性命，与他结义在破窑中。”受苦之事，说了一遍。咬金道：“这也怪你不得，老夫少年时，也曾打死了人，监在牢中，没有亲人看顾。后来遇赦出来，结义哥哥尤俊达，做成事业。这势利的人，我就不采他，如今贵族中也有势利人，礼物不要收他，传他进来，每人罚他三碗粪清水，打发他回去。”仁贵道：“礼物不收就够了，粪清水罚他，使不得的。”传令一概不收。咬金说：“你拿帖子再看一看，内中也有好的，也有歹的，难道一概回绝不成。”仁贵见说：“老千岁高见。”就将帖子看过，内中有一帖，上写着：“眷弟王茂生，拜送清香美酒二坛。”仁贵见了帖子大喜，对咬金说：“方才晚侄说恩哥恩嫂，正要去接他，不想今日倒来拜我。”咬金说：“如何。我说好歹不同。”仁贵一面传令，回绝合族众人；一面吩咐开正门，迎接王老爷。这一声传话，外面都知道了。巡风把总听得千岁出来接王老爷，大家都吓得胆战心惊，走上前见了王茂生，跪下说：“小人们不知，多多得罪。求王老爷，千岁面前不要提起。”竟乱磕头，一连磕了几个头。王茂生说：“请起，我说结义弟兄，你不信呀，磕头无益。”巡风看来不答对，连忙袖子里拿出一封银子，送与茂生。茂生接了，放在身边。说：“发利市了。”只听得里边击鼓三通，报说：“千岁出来，接王老爷。”王茂生摸不着头路，黑漆皮灯笼，冬瓜撞木钟，迎将进去。仁贵一见，叫声：“恩哥，兄弟正要差官来接，不想哥哥先到，恕兄弟失接之罪。”茂生说：“不敢。”同进银銮殿，到后堂见过了礼。茂生说：“你

嫂嫂毛氏，也在外面。”吩咐打轿，有数名妇女随轿来，在外面上轿，来到后堂。这两坛酒也挑进来。仁贵夫妻拜谢哥嫂，请嫂嫂里面去。金花同毛氏来到里面不表。

再讲仁贵吩咐，将王老爷酒取上来。王茂生看见，满面通红，想道：“这不是酒，是两坛清水，不打开便好。”好似天打一般。仁贵吩咐家将，将王老爷酒打开来。家将答应，将泥坛打开一看，没有酒气，是水。禀道：“不是酒，是水。”仁贵呵呵大笑，说：“取大碗来，待本藩立饮三碗。叫做‘人生情义重，吃水也清凉’。”仁贵忙将水喝了，王茂生置身无地，看仁贵吃完水，封王茂生辕门都总管，一应大小事情，以下文武官员，俱要手本禀明王茂生，然后行事。如今王茂生一脚踏在青云里，好不快活。请程千岁相见，王茂生见了咬金，跪将下去。咬金说：“如今平辽王恩哥，就是我子侄一样，以后不必行此礼。”吩咐设酒，与哥哥贺喜。此话不表。

另回言说那传宣官到外面，对送礼人说千岁不是这里人，是东辽国人，礼物一概不收。请回，不必在此伺候。薛氏族中一闻此言，大家没兴，商议送银三千与程千岁，不知此事允否。又听得传宣官言是东辽国人，礼单一概不收，将信将疑，听得击鼓开门，接王茂生，薛雄员外说：“他是卖小菜背篓子，妻子做卖婆，到开正门出接，无疑是我侄儿。我是他嫡亲叔父，怕他不认?”内中有一人姓薛名定，开言说：“王小二夫妻尚然接见，叔父头顶一字，无有不见之理。”员外想起前事，懊悔不已，只得要央王茂生了。忙打点三千银子，到次日用衙门使费，央传宣官先送银子给王茂生，然后送礼单进去。传宣官说：“这个使不得，王爷出令如山，不敢再禀。”巡风道：“昨日王老爷得罪了他，几乎弄出事来。他是千岁的叔父，就是通报也无妨。现今王老爷得了银子，怕他做甚。”却说王茂生是个穷人，不曾见过银子面的，今见了许多银子，心中想道：“我没有这宗胆量得这注财喜，必要与程千岁商议；况且他是前辈老先生，与仁贵合得来的。”算计已定，来到咬金面前，说：“程老千岁，我有句说话上达①。”咬金道：“茂生，你有什么话，说便了。”茂生道：“那薛雄员外要认侄儿，送礼来庆贺不收；如今特地请我，送银子三千两，要我在千岁面前帮衬。我一人得不得许多银子，特来与老千岁计议。”咬金说：“老王不要哄我。这银子要对分，不要私下藏过，有对会的。”茂生道：“若要独吞，我不来对老千岁说了。”那番一同来见仁贵。那仁贵正在大怒，说：“狗官，昨日已经发还，今日又拿礼单来。混账，要斩，要打！”传宣官在地磕头。咬金说：“平辽王为何大气？”仁贵说：“老柱国②不知，昨日寒族来送礼，要认本藩。已经将礼单发出，不认他们这班势利小人。今日又来混禀，你道可恼不可恼。”咬金说：“世态炎凉，乃是常事。如今做了王位，族中不相认，觉得量小了些。”仁贵说：“这是无情无义之物，那恩哥送来水，吾也吃三碗，这官儿一定要正法。”茂生跪下说：“这个使不得，要说兄弟不近人情，做了藩王，欺灭亲族，这是一定要受的。”仁贵连忙扶起，说：“既承老千岁、哥哥二位指教，吩咐将礼物全收了，与我多拜上各位老爷，千岁爷改日奉谢。”“是，得令！”传宣官传出外面去，那薛氏舍族见收了礼，大家欢喜回家。这是仁贵明晓咬金、茂生二人在内做鬼，落得做人情，此话不表。那王茂生做了辕门都总管，

---

① 上达——向上级报告。

② 柱国——官名，唐以后沿用作勋官的称号。也指肩负国家重任的大臣。

冠带荣身，这些大小文武官员，哪一个不奉承，个个称他王老爷，千岁言听计从，文武各官要见，必先要打关节与茂生，然后进见，足足摸了几万余金。咬金完工复命，仁贵送程仪①三千两，设酒送行。次日清晨，送出十里长亭，文武百官都送出境外，满载而归。一路风光，竟望长安而去，不必细表。

再讲风火山樊家庄樊洪海员外，对院君潘氏说："你我年纪都老了，膝下无儿，只生女儿绣花，十三年前被风火山强盗强娶，被薛仁贵擒了三盗，救了女儿。我就将绣花许配他，说投军要紧，将五色鸾带为定，一去许久，并无音信。我欲将女儿另对，后来有靠。女儿誓不重婚，终身守着薛礼，这也强他不得。若没有薛礼相救，失身于盗，终无结局，所以忍耐到今。但是老来无靠，这两天闻得三三两两说薛仁贵跨海征东，在海滩救驾有功，平了东辽，班师回朝，封为山西全省平辽王之职，上管军，下管民，文武官员，先斩后奏。手下雄兵十万，镇守绛州。前日程千岁到家中，接取护国夫人，难道忘记了我女儿不成？"院君听了大喜说："此言真的么？"员外说："我不信，差人打绛州打听，句句是真。指望他来接到任，半月有余，不来迎接，却是为何？"院君说："员外不要想痴了，前年薛礼原说有妻子的，你对他说愿做偏房，故将鸾带为定。只有女儿嫡亲一脉，你我两副老骨头，要他埋葬，做了王府偏房，决非辱了你。不要执之一见，要他来接到绛州，路又不远，备些妆奁，亲送到王府，难道他见了鸾带，不收留不成？"员外点头说："此言倒有理。"吩咐庄客备齐嫁妆，叫了大船，一面报与小姐。绣花闻知大喜，连忙打扮，果然天姿国色，犹如月里嫦娥。打扮停当，员外取了五色鸾

---

① 程仪——旧时赠送给旅行者的钱物。

带，同了院君、小姐下船，一路前来竟到绛州，泊船码头。在馆驿安顿，扯起了旗："王府家眷"四字。府县闻知，忙来迎接。员外说起因由，府县官好不奉承。一同员外来到辕门，只见弓上弦，刀出鞘，扯起二面大黄旗，上书"平辽王"三字，有许多官员来往。员外心中倒觉害怕，不敢向前。府县官说："你到奏事房中坐坐，待我禀知都总管王老爷，然后来见，你将鸾带待吾拿去。"员外将鸾带付与府县官。府县官见了，连忙来到总管房内禀明，说："樊家庄樊洪海，向年有女绣花，曾与千岁爷有婚姻之约，现有五色鸾带为定，如今亲送到此，未知是否有因。卑职们不敢擅专，求总管老爷转达千岁。"王茂生听了，说："二位请回，待本总见千岁便了。"府县官打一拱辞出，回复员外，此话不表。

单讲王茂生拿了鸾带，竟到里面见了仁贵。叫声："千岁恭喜，今有樊家庄樊洪海员外夫妻，亲送小姐到此，与兄弟成亲。"仁贵竟忘怀了，听了此言，便叫："恩哥，哪一个樊员外送小姐到此，此话从何而来?"王茂生说："向年在樊家庄降了大盗三人，员外将女绣花许配，现有五色鸾带为定，方才府县官说，果有此事么?"仁贵低头一想："嗄，果有其事。出去十多年，此事竟忘了。如今员外在哪里?"茂生说："大船泊在码头，员外在奏事厅相候，兄弟差人去接。"仁贵说："我道他年远另行改嫁，到任之后，自有原配夫人，所以不在心上。今日他亲送小姐到此，难道不去接他么？须要与夫人商议，夫人若肯收留，差官前去相接，若不收留，只好打发他们回去。"叫声："哥哥，待我见过夫人，然后对你讲。"仁贵来到后堂，叫声："夫人，下官有一件事，要与夫人商议。"夫人说："相公有甚言语，要与妾身商议?"仁贵说："夫人不知，那年出门投军不遇，回来打从樊家庄经过，

员外相留待饭，问起因由说是风火山强盗三人，内有一个姜兴霸，要逼他女儿成亲。我因路见不平，降了三寇。那三人见我本事高强，结为兄弟，员外竟将女儿许配与我，我彼时原说家中已有妻房，不好相允。他说救了我女儿，愿为偏房，我将鸾带为定，只道年远，自然改嫁，不料樊员外夫妻，亲送女儿到来。夫人，你道好笑不好笑，我今欲要打发他回去，夫人意下如何?”夫人说：“相公，你说哪里话来。既下定下樊小姐，员外夫妻亲送到此，岂有不接之理。就是妻子，一当姊妹相称，相公不差官去接待，妾身自去相接。”吩咐侍女们打轿，同我去接樊小姐。左右答应一声，仁贵说：“不劳夫人贵步，烦恩哥同府县官前接便了。”王茂生带了千百户把总执事，先到奏事厅叫道：“府县官在么?”那绛州府龙门县立起身来说：“卑职在。”“千岁有令，着你二位同我去接樊小姐。”府县答应道：“是。”员外抬头一看，这人是王小二，肩篓子的阿好阔绰，圆翅乌纱，圆领红袍，随了数十名家丁，昂昂然。员外叫声：“王茂生，你认得我么?”茂生回转头一看，说：“是员外，小官不知，多多得罪。”茂生做生意时，常到樊家庄去买卖，所以认得。

闲话休讲，再言王府差出许多衙役，两乘大轿，丫环妇女，不计其数。王茂生带了兵丁千百户府县官，多有执事，员外也乘了轿子，好不闹热。一路行来，已到码头，府县官侍立两旁，然后院君上轿，随后小姐上轿，放炮三声，一路迎来。前呼后拥，百姓看者如市。来到辕门，放炮一声，开了正门，三吹三打，抬到银銮殿下轿。姊妹相见，又过来见了院君。樊小姐再三不肯，上前说：“夫人在上，贱妾樊氏拜见。”夫人见小姐一貌如花，满心大悦。说：“贤妹，何出此言。”正是姊妹相称，同拜了。选定吉日，看历本说，今日正当黄道天喜，忙唤宾相，就在后殿成亲。仁贵大悦，好一个贤德夫人，成就好事。分为东西两房，修表进京，旨下封为定国夫人，拜谢圣恩，此言不表。次日清晨，拜见恩哥、恩嫂，请员外、院君相见。仁贵称为岳父、岳母，留在王府养老终身，受享荣华。又接柳员外夫妻到来，仁贵夫妻同了樊氏一同拜见，吩咐设宴庆贺。外面文武官都来贺喜，此话不表。再讲柳员外夫妻，在王府三日，告拜回家。仁贵夫妻再三留不住，只得送出辕门。你道柳员外夫妻为何不肯住在王府？他有万贯家财，又有儿媳侍奉，在家安享，可以过得，所以必欲回去。这樊老夫妻单生小姐，无有子媳，故靠女婿、女儿养老。薛雄员外同了合族也来贺喜，薛爷此番留进私衙，款待筵席，尽醉而散别去。来日千岁出了关防告示，不许亲族往来，恐有嫌疑人情。禁约已出，谁人敢进来混扰，就是钦差察院衙门，有了关防禁约，尚不容情出入，何况这是王府，非当小可。管下有五百多员文武，难道到不要谨密的么。

不表仁贵山西安享之事，再说程咬金进京复旨，君臣相会，朝见已毕，朝廷自有一番言语，也不必细表。单言咬金退朝回府，有裴氏夫人接见，夫妻叙礼已毕，分宾坐定。夫人说："相公，皇事多忙，辛苦了。"咬金笑道："夫人有所说的，若无辛苦事，难赚世间财。方才这桩差使做着了，果然好钦差，赚了三万余金的银子，这样差使再有个把便好。"夫人亦笑道："相公，有所说有利不可再往。你如今年纪高大，将就些罢了。"吩咐备酒接风。程铁牛过来拜见父亲，孙儿程立本也来拜见祖父，他年纪只得十三岁，倒也勇力非凡。今日老夫妻同了儿孙家宴，也算十分之乐。此话不表。次日有各位公爷来相望，就是秦怀玉、罗通、段林等这一班，那徐茂功往河南赈饥去了，不在京中；尉迟恭真定府铸铜佛，也不在京。唯有魏丞相在朝，他是文官，不相

往来。唯有程咬金是长辈，坐满一殿，上前相见。咬金一一答礼，程铁牛出来相陪，把平辽王事细说一遍，众小公爷相辞起身，各归府中，又有周青辈八个总兵官，一同到来问安。问起薛大哥消息，咬金道："那平辽公好不兴头，他有两个老婆，两个丈人都有万贯家财，发迹异常，不须你们挂念。"周青对姜兴霸、李庆红、薛贤徒、王新溪、王新鹤、周文、周武说："如今我们在长安伴驾，不大十分有兴，薛大哥在山西镇守，要老柱国到驾前奏知，保举我们往山西，一同把守，岂不是弟兄不时相叙手足之情，好不快活么。"咬金说："好弟兄聚首，最是有兴的事。我老千岁也是过来的人，当初秦大哥在日，与三十六家弟兄猜拳吃酒，好不闹热，如今他们都成仙去了，单留我一个老不死在此，甚觉孤孤冷冷，不十分畅快，这是成人之美，老夫当得与你们方便方便。"各人大悦起身，叩谢辞去。次日五更三点上朝，天子驾坐金銮，文武朝见已毕，传旨有事启奏，无事退班。咬金上殿俯伏，天子一见，龙颜大悦。说："程王兄，有何奏闻?"咬金说："老臣并无别奏，单奏周青等八总兵，愿与薛仁贵同守山西等处；就是薛仁贵欲请封柳、樊二夫人，贞静、幽娴、淑德，王茂生夫妻之义侠。"天子说："悉依程王兄所奏。"卷帘退班，龙袖一转，驾退还宫，文武散班。咬金出朝，周青等闻知，大家不胜之喜，到衙门，收拾领凭，八个总兵官，辞王发程，文武送行，离了长安，竟到绛州王府，与薛大哥相会。王茂生奉旨实授辕门都总管，妻毛氏夫人封总管夫人；柳、樊二氏，原封护定一品贞静夫人。仁贵领众谢恩，王府备酒，弟兄畅饮，自有一番叙阔之情，不必细表。次日传令八总兵各分衙门地方镇守，自有副总、参将都司、千把等官，迎接上任，好不威武。平辽王到任之后，果然盗贼宁息，全省太平，年丰岁稔，百姓感德。正是：

圣天子百灵相助，大将军八面威风。

此回书单讲罗通定北奇功，薛仁贵跨海征东，平定大唐天下，四海升平，满门荣贵团圆，还有《薛丁山征西传》唐书再讲。诗曰：

凤舞麟生庆太平，唐王福泽最为深。每邦岁岁奇珍献，宇内时时祥瑞生。治国魏征贤宰相，靖边薛礼小将军。英豪屡见功勋立，天赐忠良辅圣君。

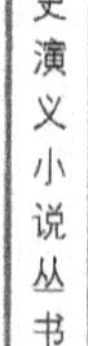